民國武俠小說典藏文庫

民国武侠小说典藏文库

姚民哀卷

南北十六哥侠传

姚民哀 著

中国文史出版社

“帮会小说之祖”姚民哀

张赣生

民国通俗小说作家中，颇有几位“奇人异士”，姚民哀便是其中之一。

姚民哀（1894—1938），江苏常熟人。他出生于一个说书艺人家庭，九岁时即随其父在江浙乡镇间流动演出，奔走江湖。当时正值光绪二十九年，由巢湖一带流亡到太湖流域的一伙人，以聚赌、贩盐为事，结为秘密帮会，声势甚盛。姚民哀随其父出入于这些人盘踞之处，对他们的特殊术语及风习十分熟悉。因见帮会中人见义勇为，同党相共患难，意志坚强，深为钦慕。姚氏年稍长，便也投身其中，加盟陶成章之光复会和陈其美之中华革命党为党员。辛亥革命爆发，陶、陈两派系势力均在上海一带发动武装起义，与辛亥义军相呼应，姚氏于此役曾充当敢死队员，与清军作战。

民国建立后，转年姚氏入新闻界，在《民国新闻》任职。民国五年（1916），袁世凯僭号洪宪，大约姚氏曾在外地有反袁活动，故逃亡回上海避难，并重操说书旧业。同时，在《小说丛报》《小说新报》等报刊发表笔记和短篇小说。他进入文坛并非偶然，早在辛亥革命时期，姚氏就既参加了秘密会党组织，也参加了陈去病、高旭、柳亚子等发起成立的文学社团——南社，与文坛人士建立了联系。此后，他一面从事说书旧业，一面编辑报刊并撰写小说及其他文章。他的说书以说唱《西厢》著称。他编的报刊有《小说霸王》（不定期刊，1919）、《世界小报》（日刊，1923 创刊）等。所著长篇小说有《山东响马传》（1923）、《荆棘江湖》（1926）、《四海群龙》（1929）、《箬帽山王》（1930）及《江湖豪侠传》《太湖大盗》《秘密江湖》等。

这时，姚民哀已揭出“帮会小说”的旗号。清末的会党受革命潮流影响，与反清志士联络，是民主革命的一支重要武装力量，因而受到姚氏钦慕，并投身其中。民国建立后，会党作为黑社会组织的丑恶一面便日益暴露出来，姚氏也就由钦慕转为厌恶，对其加以口诛笔伐。他在1930年为顾明道《荒江女侠》作的序中说：“向称膏腴之所、上媲天堂之苏杭二地，近亦不时以盗匪洗劫闻。虽公家防卫方法，舍水陆皆有专司其责之军警外，更益以商民自卫团体。马肥人壮，械充弹足，日夜梭巡，守望相助，无地不郑重其事，诚无懈可击，谁尚口是而腹诽？而匪徒犹能肆意剽掠，挟载以去。苏杭且如是，彼地土枯瘠，人民衣食维艰，而又俗尚武力，虽妇竖小孩亦好暴勇斗狠，向称盗匪渊薮之所，自然尚堪设想焉耶？或曰：捕治既难严厉，试问应以何术驾驭最为适妥？姚民哀曰：治盗善法，莫妙于行侠尚义，则铲首诛心，无形瓦解。唐雎所谓‘布衣之怒，伏尸二人，流血五步’，足使鼠辈栗栗心寒，惴惴知戒。一方贤有司更以宽容博爱之经济，导入以正，此风自然渐次湮泯，人人皆为奉公守法之民矣。不佞年来从事于秘密党会著述，随处以揭开社会暗幕为经，而亦早以提创尚武精神侠义救国为纬。”这便是姚氏作“帮会小说”的动机。

姚民哀的文章洋溢着侠气，并确曾执枪上过战场，但他的形貌却离膀大腰圆差得太远。严芙孙说：“他的身体，既小且矮，夹在人丛里，仿佛是个十余龄的童子。”“他的脚小得诧异，鞋夹在人丛里，仿佛是个十余龄的童子。”“鞋子只穿得五寸六分实尺，比到三寸金莲，只多二寸有余。这件趣事，早已遍传小说界了。”所以当时有人和姚氏开玩笑，拟了一个“挽联”送给他，词云：“脚小人小棺材小，名多友多著作多。”他看了一笑置之。张丹斧也曾和他开玩笑，说他这种革命党，“一块钱可买一打”。上述“挽联”说姚民哀“名多”，是指他喜欢变更笔名，如老匏、护法军、乡下人、花萼楼主、天亶、小妖等，不胜枚举；他登台说唱，又化名为朱兰庵。1924年姚氏患重病，外间传说他已去世，就是因为他经常更换名姓，人们在一段时间内没看到姚民哀这个名字，才做出那种猜测。

姚民哀后来参加了星社。1936年秋，星社社友在上海聚会，邀姚氏来与大家见面，郑逸梅回忆当时的情形说：“十年不见，相惊憔悴，同社诸君乃与之一一握手，询其尚识故人否。民哀或忆或不忆，又复述过去事，令人似温旧梦。”当时姚氏不过四十二岁，已显老态，可见他生活境况不佳。1938 年，抗日战争期间，姚民哀被游击队熊剑东所杀，或云因其附敌。

在姚民哀的著作中，以《四海群龙》及其续编《箬帽山王》较为驰名。《四海群龙》讲的是清末镇江有一位任侠仗义的帮会首领姜伯先，此人曾留学日本，文武全才，回国后私蓄军火，招养志士，专做劫富济贫、行侠仗义之事，后为人陷害，被官府正法。他的朋友闵伟如四方联络帮会首领，全力为姜伯先复仇。《箬帽山王》则另起炉灶，写“四海群龙队中的一条大龙”杨龙海组党的故事。

姚民哀另辟途径，描述帮会内幕，的确使他的作品颇有特色。当时姚氏对帮会的态度也比较客观，他一方面笔伐残害民众的黑社会组织，另一方面对辛亥革命前具有进步性的帮会组织给予热情的赞扬，这自然与他本人亲身的经历有关。

姚氏有些作品或章节写得比较平实，其原因恐怕不在于掌握的真实材料太少，反而在于掌握的真实材料太多，因而扼制了想象。不过，小说之引起读者兴趣，不是出于单一的原因，有时是出于审美，有时是偏于认知。好奇心和求知欲同样能使读者产生浓厚的兴趣，好奇心和求知欲得到满足同样是很大的乐趣，所以小说的艺术味道淡薄，也并不等于它就不能吸引读者。徐文滢在《民国以来的章回小说》（发表于 1941 年）一文中，论及姚氏“帮会小说”时说：“另一个真正以说书为生的侠义小说作家姚民哀，以说书的笔调写了不少江湖好汉的真实故事。这其实不是侠义，而是江湖秘闻了。作者则自己挂上一块招牌：‘帮会小说。’这个作家的熟习江湖行当和黑话确是惊人的。他似乎是一个青红帮好汉中的叛党者，‘吃里爬外’不断地放着本党的‘水’吧。作品有《四海群龙》《龙驹走血记》《江湖豪侠传》《山东响马传》等书。我们不要看轻这些粗浅的题目，从这里，我们看到我们见所未见、闻所未闻的东西，我们多少看见一点儿中国社会的隐伏着的一面了。这些江湖秘诀、好汉豪客的逸事、帮会的组织规律，是真正的中国流氓社会的文化和‘国粹’。我们近来懂得它的已很少，可是这种种秘密的广大的组织仍然根深蒂固地存在着。听说这个作家已因某种原因而死于狙击，以后恐怕不容易有同类的熟悉江湖掌故说来头头是道的‘黑话大全’出现了。”徐氏对姚氏作品的这一评论，代表着普遍的看法，其基本立足点正是偏于从认知的方面加以肯定，这很符合实际情况。

尽管我认为姚氏小说比较平实，但他在中国通俗小说方面的贡献却非常大，对于这一点，过去的研究者们似乎估计不足。姚民哀是一位作家，可他却喜欢来一点理论上的思考，他写过不少这方面的文章，如《稗官琐谈》《说书闲评》《读书札记》《说林濡染谭》《小说浪漫谈》等。这些文章，有的也一般，不过是重申一些老生常谈，但有的却十分精彩，闪烁着智慧的火花，尤其是《箬帽山王》开篇那个《本书开场的重要报告》，对后来武侠小说的发展有深远影响，其意义不应低估。

姚民哀说："现在大多数人的心理，多喜直截了当，以速为贵。譬如以前没有轮船之际，东南人出门，皆坐民船；西北旱道上，都以骡马牲口、二把小手车儿代步，居然也不觉得缓慢。到了现在，莫说叫人们坐民船、雇骡车赶路，连乘轮船都嫌慢，火车尚且慢车不愿意乘，务必拣特别快车搭乘哩。再往后去，哪怕十里八里路的起码旅行，也必须飞艇或摩托卡来去，连特别快车也不高兴乘坐了。就是著书人自己心上，亦是如此，专想快了还要快，速了更要速。故此小说开场，再要用那序跋、凡例等累赘东西，谁耐烦去细瞧，的确一概删除掉了，来得干净些。"如果严格要求，姚氏这一段话作为理论当然还不够严密，还不够全面，但他能从社会生活和人们的心理的发展趋势着眼，要求小说艺术预见到这种趋势，去适应这种趋势，是应该给予肯定的。特别是联想到八十年代中期前后，在我国文艺界流行的那次关于"节奏问题"的讨论，就更觉得姚氏是前知五十年的"诸葛亮"了。

更重要的是如下这段话，姚氏说："被我探访得确实的秘党历史，以及过去、现在的人物的大略状况，也着实不少。……倘经一位大小说家连缀在一起，著成一部洋洋洒洒的鸿篇巨著，可以称为柔肠侠骨，可泣可歌，足有令人一看的价值。如今出自在下笔头，可怜我学术荒落，少读少作，故此行文布局多呆笨得很。只得有一句记一句，不会渲染烘托、引人入胜，使全国爱看小说诸君尽皆注意一顾。清夜扪心，非常内疚，有负这许多大好材料的。……故便抄袭'五十三参''正法眼藏'的皮毛佛典，预定作一种分得开、拼得拢、连环格局的武侠会党社会说部。……譬如《四海群龙》已有了个小结束，就算它完了吧，如今再来作这《箬帽山王》了。不过名称虽异，内容有许多地方同《四海群龙》依旧遥相呼应、息息相关的。以后如果再作《洪英择婿记》《侠义英雄谱》《关东红胡子》等等，仍依着草蛇灰线例子，彼此互有迹象可寻。……可能这部书的结局，倒安插在那一部书内；此时无关紧要的一句谈话，将来却就为这句谈话，要发生出另一件重要事儿来哩。如此作法，庶读者自由一点，既可以随时连续读下去，又可任意戛然中止。”就姚民哀本人的创作实践来看，这种“连环格局”的小说结构，他运用得还不够精彩，没能发挥出这种结构的艺术魅力。几年以后，还珠楼主、白羽、郑证因、王度庐分别用这种方法写出了他们的“蜀山系列”“钱镖系列”“鹰爪王系列”“鹤—铁五部作”，才把这种“连环格”的潜在魅力充分地发挥出来，构成了规模宏伟又极富变化的艺术画卷。五十年代以后，香港的梁羽生、金庸也走的是这条路。这个功劳不能不归之于明确提出“连环格”这一观念的姚民哀。

如上所说，我认为姚民哀在民国武侠小说的发展史上有重大贡献，是一位重要的人物，他的贡献不仅在于他创作的小说，更在于他在观念上开拓的新道路，这是有超前的先导作用的。对于姚氏的种种设想，应该有更深一步的认识和估价。

目　　录

第一回

谭党会野史开场
谋结合异僧涉世

却说我们中国这个名称，不知昉自何代何人。有的道周朝建都在河南，本来中州居天下之中，所以就叫作中国。然而这个“天下”两字，仅就着亚洲一部分范围而言，乃是从前闭关时代，用部落眼光观察之后所发的狭窄论调，与现在交通时代，具世界眼光的学者口吻完全不合的了。况且就依着目下国境方圆而论，也比周朝时候的疆域要广阔得多着哩。所以位处扬子江中部的武汉地方，公认它是全国土地的中心点，河南早已算不得腹部哩。故此近代儒林中衣冠之士都称祖国作中华，这倒较原来的“中国”二字，确乎贴切一些。

我国在地球上开化最早，向属文墨礼仪之邦，自然有华彩发扬于外，所以唤作中华。雄踞亚细亚洲的东南隅，为世界上最古最大的邦国，东西相距九千一百里余，南北相距六千三百里余，面积四千三百十万方里，占全球百分之十地步。幅员辽阔，人民众多，真可以算得世界各国的冠军。不过户口既多，人种自也复杂异常，除了汉、满、蒙、回、藏五大族之外，尚有苗、瑶、壮、哈、维、黎等六七种种类。人种既繁，那风尚习俗当然也随地殊异，不能一致的了。而且各种人的对于宗教上信仰，凭你善导也罢，强迫也罢，他们总随着同种人的多数方面趋附信从，不肯共同遵守法定的国教，以昭一律。而且越是这一种含有宗教性质的集合，那条例与现行法律有所抵触，为官厅所干禁的，暗中归附的信徒越是来得多，就是一种团结精神秘密党会，也必定较公开法团来得优美。所以中华舆版之内，除了儒、释、道三大宗教之外，信仰天方教的人倒也不少。其次遵信天主、耶稣、喇嘛、希腊四教的民众，如其详细侦查之后，与天方教徒列表对勘，大约数目也不相上下哩。

现在满、蒙、藏三族人民大半是服从班禅或达赖指挥，为黄喇嘛教的信徒。至于中华北部人民，大半信仰天方教的；南部人民，大约百分之四十乃是信仰天主或耶稣、希腊三教。这都成了公开事务，容易调查。至于暗中集合、含有宗教性质的半公开团体，所谓某党、某会、某帮之类，那是更觉名目繁多，朝盛暮衰，此仆彼起，言难尽述。其中有几种也称教的，如白莲教、八卦教、两杯茶教等类是也；也有几种称帮的，如青帮、红帮等是也；有几种称会的，如哥老会、三点会、大刀会、兴中会、共进会、红黄绿白黑五色枪会等等，已都是声闻昭著，人家知道这名目的了。更有一部分的集合，那势力只不过达一两县地界，充极其量跨着两三省、五六县地界的会党，更加同潮湿地上的蚂蚁一般，一时哪里点得明白这种党会究有多少数目。好在这部小说完全谈的这一道门儿里的逸闻遗事，看官们休慌，少不得把这些大小秘会沿革历史，容著书人慢慢地一回回叙述出来，供大家茶余酒后的谈助。正是：

荒唐满红，涕泪一握，姑妄言之，画蛇添足。

这部小说又名《九狮一僧录》，望文生义，便知书中主人翁第一个重要人物乃是个和尚无疑。倘就事迹而论，这和尚一生作为究不及那九筹生龙活虎狮子般的好汉来得多，不过这九筹狮汉一者不是生同郡邑，再者各人隶属一种社会，那环境和生活状况各各不同，并非站在一条水平线上的人物。若无这和尚居中撮合，再也不会聚到一块儿去的，好比将纱织布一般，若不用线作纬，一万年也织不成布，故而这个和尚一生的关系确非浅鲜。所可惜者，这九狮好汉生当斯世，辜负着天赋他们的雄才伟略，不能成得王霸事业，以致这和尚也只得同徐敬业帐下的骆宾王、苻坚幕中的王景略去争一日短长。不然，竟可和明成祖驾前的姚广孝分庭抗礼，虽是晨钟暮鼓、四大皆空的比丘，却也是运筹帷幄、摇鹅毛扇子的角儿呢。因此上，这书开宗明义，第一回却先郑重其事演述这和尚的来历。

这和尚原籍陕西同州府韩城县人氏，陕西旧唤关中，亦名秦省，又叫陇中。《公羊传》上道："自陕而东者，周公主之；自陕而西者，召公主之。"因在河南陕州之西，故曰陕西。全省东西相距七百四十里，南北约距一千二百六十余里，面积六十万六千六百方里，共分七府、十州、七厅、七十三县地界，有一千零三十万余户口。天气较山西温和，不过每年雨水甚少，故此十年之中倒有六七年要成旱灾的。如果雨水合时，土地又很肥美，秦岭南倚汉水，北靠渭河，水利尚便，就可年年大有丰稔，不愁荒歉。全省荒岭很多著名所在，除却横亘东西的秦岭之外，尚有西安西南的覆盖南山，华阴南面的太华、少华二山，延安府西的太白山，凤翔府东南的岐山，汉中南首的汉山，宁羌州的龙门山等，都是高昂峻峭、地势雄壮。省内的大河除自北而南顺流急湍的黄河及汉、渭二水之外，尚有溃沙急流、深浅莫测的无定河，也很说得着有历史上价值的。全省的出产物品除大麦、豌豆、黄豆、芥菜、苞谷、高粱等诸般农产物之外，其次就是皮毛，算是出口大宗，每年运往别省销售的数目着实可观。就是矿产品类之中，煤铁咧，石油咧，自然铜咧，陕省多有，真是一处天富之区。可惜人民不知访求良工，合资开采，实在有负这一块好地方。

至于陕省的沿革，本则夏禹治水，定为雍州之域，周为王畿，后属于秦。秦始皇并吞统一以后，始置上郡、汉中等郡，汉亦建都兹省。三国时属于曹魏，仍称雍州。晋代因之。唐贞观二年，分为关内、山南两节度。宋初混称陕西路，后又分出一永兴军路，南宋时属于金人辖治。元中统三年，与四川同称行省。明清因之谈到疆域上，乃是东连豫晋，西通甘新，南达川鄂，北接内蒙，周以龙兴，秦以虎视，自古为帝王之宅，向来称天府之雄。所以钟毓出来的人物，气度、目光都非同小可。历古至今，陕地产生的有名英杰，成功伟大事业彪炳千古的果已不少。要知晓冥冥中怀才抱奇、终身坎坷、赍志以殁、埋灭风尘的无名英雄，自古迄今，更不知生了多少。就是我书所述的这个和尚，就是湮没无闻、自由生灭的无名英雄之一。

这和尚俗家姓名叫李鲤，表字龙门，幼年曾取过博士弟子员，考名唤作雷瑞。同学少年，因他擅长博古学问，往往有一个僻典或是一个冷字，经他手考据起来，条分缕析，务尽务详，所以大家戏呼他为李累赘。当他年交弱冠之际，父母要替他娶房媳妇，他极力反对早婚，道："要待名题金榜，琼林宴罢归来，再谈亲事。"其实他对于旧社会通行的买卖式婚姻大不赞成，非得要自家眼内看对了那个女子，那女子也肯嫁给自己，双方同意，才举行订婚手续。如其终身不遇可意人儿，那么情愿守鳏到老，终身不娶。不料李龙门学问虽佳，文章憎命，迭连应了七回秋试，依然故吾。其间父母相继见背，祖遗房屋又遭回禄，并且随便做甚事情，只要有他入伙，那事必定失败。后来，他志气灰颓，情愿受雇训蒙，托人引荐出去。谁知这家人家如请了李龙门做西席，家内不是失火便是丧亡人口，竟成了个倒运钝秀才，连教书也无人请教。甚至韩城县各界人士，元旦路遇了李累赘，都要吐口涎沫，远避三家，道："如果和他交谈了，今年恐怕沾染了他的晦气，要一年不吉利哩。"

李龙门遭此境遇，真个生趣毫无，屡次要思自寻毕命的了，倒又上吊绳断，投水不沉，弄得求生不能，求死不得，这便如何是好呢？后来，幸得遇着一个嵩山少林寺的方丈，乃是韩城出身，和龙门的父亲极有交情，那年回到故乡有事勾当，听人提起了钝秀才境况，不忍故人之子受苦，便携带入山，叫他司理寺中信札，在常住内添上一份斋饭。此时李龙门做人也做得厌极了，毫无依恋，索性逃儒归释，把三千根烦恼丝一扫而空，拜方丈做了师父，持斋礼佛，和木鱼经卷为伴，竟做起和尚来。少林寺内的僧众大多喜弄拳棒的，龙门毕竟是个书生，和这一道不近情，许多怒目金刚队里杂着一个低眉菩萨，自又觉得格格不入，故此师父代他题了个孤云法名，他自己也取了个钝和尚别署，在寺内将就过活。

到了那一年中秋晚上，钝和尚因贪玩月色，一个人在后头菜园内发呆，坐到三更敲过，尚未安息。忽然听见虚空中好像有人喊道："我在哪里呢？"

钝和尚听了很为奇怪，站起来向四围瞧着，除了自己一身一影之外并无别人，这声音又何从而来呢？当下空自狐疑了一阵，也就去睡了。到了第二日，和大众偶然谈及此话，有的笑他是耳朵作怪，有的道："月明深夜，怕是山魈狐魅的声浪。"

内中有个香积厨内烧火的老道人听了，便又接口诘问钝和尚道："敢是似从北方吹送过来一种很壮厉的声音喊着这一句吗？"

钝和尚道："想来昨晚你也听见的吗？不然怎会描摹得如此合符？"

老道人道："昨晚是我没有听见，此话说来长哩。还是明末清初时候，有一个鲁王部将失败了，逃到我们寺内出家。此人天生神力，御道上那只万年炉，他只消三个指头便能顶起来，他在寺内专练一种金刚禅功夫。同时江苏茅山朝天宫内有个胡道士，也修养一种大还丹的碧箓功夫。他俩修炼成了，要想勾合了一班不忘故国的义士侠客，共谋光复河山，扶明灭满，干一番大大事业。那时俺们寺内的当家名叫黄檗禅师，他唯恐画虎类犬，并且知道清朝国运隆盛，断难逆天行事，所以趁那厮出定神游之际，把他的臭皮囊架火化了。等待他原神归来，不见自家躯壳，便在空中作声诘问，经黄檗禅师再四指点，他总觉故主恩深，一灵未泯。后来，不知经了多少道行高超的师父讽经度拔，无如他耿耿此心，终难消灭无痕，一丝不挂，每遇风清月朗之夕，仍要作声。我进寺的那一年，有个少年沙弥不知轻重，听了空中声息，他戏答道：'我在这里呀！'不料应了这一声，第二天便发疯死了。故而我们那一辈内师弟兄听了这空中声响，都吓得心神忐忑，掩耳远避。不过自从疯死了这小沙弥以来，那空中声息也不常发现，以后我们一辈进寺来的僧众已都不知这话儿。我们同辈旧人衰老病死，今已大半圆寂，生存的又都飞锡在外，所以说出这话来，不知道的多哩。但是，这声息久已寂灭，怎么昨晚倒又会发现呢？或者那人瘗骨的塔院就在菜园后头，昨宵是中秋佳节，他也特来凭吊一番，信口喊上一声呢。”

钝和尚听这老香工说罢，心上忽动了一种奇想，先跑到那塔院之前，把那块合塔的石碣仔细摩挲察看。说也古怪，那练金刚禅的僧人的俗家姓名也是叫李龙门，不过单名一个膺字。此人的生年碣上是不载，只载那人死的年月日时，和钝和尚的降生时日又八字相同，年代固然各别，而干支也一些不讹。那人是戊辰年二月初八戌时圆寂，钝和尚是戊辰年二月初八戌时出世。钝和尚见了，心上顿觉揭开了层云翳一般，从此夜夜跑到后园去听去。不料和尚命运真钝，你要留神听这空中声息了，空中倒又万籁无声哩。守过了一年，到第二年中秋晚上，意谓总可听到了，偏偏这一晚上，半夜星月交辉，待过夜午，油然作云，沛然下雨，一连阴了半个多月，依然未曾如愿。

直到第三年八月十四黄昏时候，钝和尚刚巧步入菜园，果又听得半空中道：“我在哪里呢？”

钝和尚久有准备，今宵凑巧遇见，岂肯坐失良机，忙向当空高声应道：“李龙门好端端在此呀，回来吧，不必再在外飘荡受苦哩！”

钝和尚口中说完，好似身子和谁撞了一下，打了个寒噤，回到自家房内，忙钻进被窝，蒙头便睡，连茶饭不思，一味昏沉沉好睡。直睡过了七天七夜，到八月二十二清晨，方得睡醒下床，陡觉雄心勃勃，不甘蛰伏，跑到香积厨内洗漱之后，一顿东西吃了三升米饭，肚子内尚未十分饱满。

谁知寺内僧众得此消息，都道："钝和尚如此吃得下，常住内如何供养得起？他的功绩不过代寺中抄写抄写笔墨，答复答复往来书札罢了，他如此大食量，只好别求福地，我寺留了他一个人，碍了余众的福食。不是我们有意要挤轧他，实因稽查他的勋营，不应享受如许大的权利。"

一唱百和，众口沸腾。幸亏他是方丈嫡徒，大众诉了住持，同禀方丈，方丈道："他睡了七天，今日才醒，所以十四顿并了一顿吃，格外见得凶狠些，第二顿少不得就吞吃不下这许多。"

不料钝和尚自那天为始，食量兼人，力大如牛，平日间大众欺他文弱，都把他当作玩品消闲，如今不对了，一言不合，他便攒眉怒目，动辄挥拳，而且寺中许多会拳脚的都不是他对手。大家硬不过他，便日日到住持、方丈两处去聒噪，无非攻讦他事做得少，饭吃得多。虽有方丈袒护，叵耐寇众我寡，方丈也支架不住，于是便择日替钝和尚补了戒，具了状牒，当众授了他一份衫衣钵褐，命他出外朝山，先完行脚功德，如遇善道场，即便挂单释褐，自谋乐地。这一下正中钝和尚心怀，他本来在此听不惯大众冷言冷语，久想离开此处访求天下英雄豪杰，将全中华各省的秘密党会，设法使它们结合起来，成功一个大团体，吊民伐罪，干几件轰轰烈烈的事情出来，流芳百世。但想起了方丈拯拔自己到此间的私恩，一时倒未便舍之远去，一旦方丈命自家出去朝山行脚了，真正适如所愿，再好也没有。不过依方丈的本性，很不愿孤云徒离开身畔，实在是被众逼迫得不能不这样办了。这层意思，钝和尚也明白，所以临走之际，山门左首有一块八仙桌般大小的石头，被钝和尚一拳打作四块，指示大家道："俺若不看在师父面上，早就把这鸟寺放把火烧了，你们也同这顽石一样。如今俺身子是走了，留个榜样在门口，有朝一日，俺得意还山，你们若得不死，哼，大家小心着！"

说罢，将收拾的行李担子挑起来，大踏步离寺出山而去。此一去，真好比：

久蛰蛟龙欣入海，脱羁虎兕喜还山。

要知钝和尚出山之后，究竟干出怎样一番事业，且待下回分解。

第二回

王气未全衰天地英灵孕霸主
名师自投荐安危经济授奇儿

却说江苏南京城内有一家富绅，世居三步两桥，姓龙名潜，表字子渊，乃是个缙绅队中的奇士。自从二十岁那年领了乡荐之后，明年春闱联捷，身登翰苑，因为上书触忌当道，自觉傲骨嶙峋，不合在这龌龊官场中厮混，所以便告养出都，遍游寰宇，西登太华，东上泰岱，阅遍了尘世沧桑，看破了一切浮荣。祖士雅气概激昂，桓子野性情凄恻，子渊兼而有之，更加遭逢如此的环境，渐渐陶熔了一个满肚子不合时宜的人物。幸亏家道小康，无求于人，等待中年倦游归来，闭门莳花，读书自遣，享受那左图右史的清福，倒也逍遥自在。

过了数年，妻房云氏，乃是安徽五河县云仙洲孝廉之女，知书达礼，贤惠出众，自与龙太史结缡之后，相夫举案，极尽唱随之乐。不过夫妇年过三十，膝下犹乏子女，就是这一些缺点，舍此以外，总算事事如愿，别无遗憾了。直到云氏三十六岁那个年头上，夫妻俩同游孝陵，云氏忽生异感，归家就怀起身孕来，足足有了十三个月，才行坐蓐。临盆的那一晚，子渊梦见中山王徐达降临他家，正诧异间，却被家人报喜道："夫人养了个公子！"惊醒异兆。子渊早知此儿生有自来，蛟龙绝非池中之物，所以自小就另眼相看。

那云氏夫人中年得子，自然格外钟爱。子渊因念及此儿出世时候的梦兆，所以取名达字，到了五岁时候，就送往附近小学中去读书。不料达儿的天资虽则再聪明也没有，竟可一目十行，不过一班同学之中，算他第一个顽皮。始而上学下学，家中派人领送，后来就是达儿自己道："从家中往塾中去这条路熟识的了，无须领送。"谁知自此以后，每到下午放夜学，达儿总是头一个出塾，等到回至家内，总在黄昏时候。始而家长不甚注意，过了些时，因为天气寒冷了，云氏夫人疼爱儿子，遣人去请求塾师，可能早些放晚。塾师讶道："你家达官人生得聪明，功课早完，学向来放得最早，怎么龙府上还嫌晚呢?"

云氏听了，才暗中派人窥伺达官行止。原来他塾内出来，不即回家去，呼集了不少小孩儿，同往北极阁或鼓楼附近操兵演阵，他算是司令的，领头指挥群孩儿，所以要到黄昏时候才回家。子渊听了，暗忖："这梦应了天下将乱，重武轻文，由他去玩去吧。"

子渊虽不去拘束达儿，那云氏究是个女流，觉得孩子在外如此蛮玩，终放心不下，所以一到达儿九岁，便主张聘了个高明西席到家训教儿子。此时达官已有了名号，也是子渊替儿子题的，取霖雨苍生之意，名叫天霖，表字济苍。那年闻说要在家读书，心上虽然一百个不愿意，到底九岁孩子，能力有限，总闹不成什么家庭革命哩。如是者读了三年，把四书五经尽已读毕，开了笔，文字也完篇了，不料他嫌比这种文绉绉的诗赋文章不是大丈夫应为之事，不肯再读了。西席去管束他，非但管束不下，并且反要殴打先生。十二岁的小孩儿气力比二三十岁的壮汉还大，一两个人轻易也近不得他身，累子渊向人作揖赔罪。于是文的不教他了，就其性之所近，请一个有名拳师来教他武功。习了不过一年，将所有花拳绣腿的把式全行学会，又嫌比这是匹夫之勇，不是万人披靡的法则，又把那个教拳脚的把式匠轰跑了，不学哩。于是南京城内多知道龙天霖的大名，众口同声道："这孩子天分虽有，可惜要打先生的，不学无术，将来未必会成甚大器的。"就是一班教书匠、把式匠轻易也不敢再受龙子渊家关聘，来丢这个脸哩。于是龙太史改换方式，在门上贴了一张字条，上面写道：

若有通儒，自问能教小儿读书者，请进面谈，脩金俀巨不吝。

人家见了这张条儿，"脩金俀巨不吝"六个字，人人听得进的，无奈探访探访龙天霖的作为，这钱不好赚的，所以依旧无人来做自荐的毛生。

龙天霖闲荡了半载光景，那一天，龙太史拜客回家，正要进门，忽然瞧见阶沿左首放着一个铺盖，一只竹箱旁边还站着一个中年汉子，头戴一顶西缎瓜棱秋帽，身穿一件破旧的洋绉大褂，外罩天青羽纱马褂，足蹬包头布靴。不过此人身装虽则不佳，但是神采奕奕，一毫没有寒酸气象。子渊向他看了一眼，他便指着那张字条动问子渊道：“足下想是此宅主人，久知府上有位绝顶聪明生有自来的公子，要延师训读。晚生不揣谫陋，特从家乡绍兴闻风赶来，愿为公子之师。自问虽无特殊艺能可以造就贵公子做个救时良材，然也不至于尸位素餐，误人子弟哩。”

龙太史听了，正愁请不到西席，今见此人骨相清奇，吐属不凡，他自愿应召而来，再好也没有，便吩咐下人代他照顾行李，一面把他让进书房，行礼分宾主坐下。待茶烟敬过了，先请教那人姓名、籍贯，方知是绍兴府山阴县人，姓钱名通灵，表字东孙。他的祖父就是行出厘卡抽税助饷方法来，先为洪军参谋，后投清军，被侍郎雷以諴忌功暗杀的钱江钱东平。龙太史听了这履历，便知此人不是寻常之辈，达儿福命不小，今番才遇着真正名师来了。所以向东孙道：“钱先生这等翩然莅至，足见抱负非常，才有这种倜傥不群的举止。不过豚犬虽堪造就，天资略觉胜人，但是愚夫妇中年得子，不免溺爱一些，以致小儿娇养惯了，那一种顽劣状态直不可以言语形容。先生果肯成全，不特小儿大幸，就是愚夫妇，亦无任衔结。请问尊寓何处？待弟明日竭诚拜谒之后，好订期送关奉聘。”

东孙道：“天下万无不可化育的人才，皆因为人师者缺乏化育人才的本领，反把这桩教育大事当作牟利生涯。凡是做先生的，十停竟有九停九抱着饭碗主义在那里厮混，自然只有耽误人才，不会造就人才的了。晚生既承青盼，大约至多三年五载，可以把令公郎造成一个人物，总不负他天赋那种异禀。不过此后书房功课，请公无须过问，至于关聘等类，竟可不拘这世俗形迹，就是往后的脩脯两餐，悉任尊便。今天算他黄道吉日，请尊价把晚生的两件行李搬了进来，就算开学，何必再劳枉驾答拜，拘泥了世俗浮文，反又误了大好韶光？”

龙太史见东孙如此洒脱，十分欣喜，一面吩咐家人将后面小花圃内的五间潭影山房里外打扫洁净，将钱师爷的行李安顿进去，一面收拾酒饭，预备贽仪，命人去把天霖找寻回来。父子俩都换了公服，陪东孙到了潭影山房之内，先命天霖拜了先生，送过贽敬，接着便摆上酒席，开怀畅饮。等待席散，子渊向东孙恭恭敬敬作了一揖道：“此后小儿功课，但凭老夫子循循善诱，弟一切概置不问，谨遵台命。”

东孙道："勉尽所能，或有报命。"

当晚子渊带了儿子进去，第二天一早，天霖被母亲强逼到了书房之内。他目中见了东孙那种偃蹇寒酸样子，已觉可厌，昨天因为碍着天伦在座，未便多话，今晨上学，劈头第一句道："先生，你可知以前那文武两位教师怎样走的？"

东孙道："据说都吃不起你打才走的。"

天霖道："可又来，你来做我先生，想也要尝尝我的拳头滋味？"

东孙道："以前那两人全是呆子，他们讨打原因，大约都为硬逼着你功课起见，所以你恼了，才要动手。其实你不用功，与别人什么相干。我办法和他们不同，此后你高兴就跑来坐坐，想着什么不明白的话就问问我。如其你不高兴来，那么我吃我的饭，我睡我的觉，你也自顾自出门玩去。像这样儿，难道你还会打我吗？"

天霖听了，喜道："倒看你不出，比以前的先生凑趣得多哩。"

说罢，便离开书房，自去玩耍。从此以后，天霖比前好些了，第一月内，居然到书房内点过十四次卯，第二个月，爱听先生演讲义侠故事，在书房内坐过四天全日头、五天半日头，点过十九次卯。流光迅速，东孙是八月里头来的，转眼之间已是十一月初旬。那天狂风怒吼，雪花飞舞，天霖不能出门玩耍，便又走到潭影山房内去寻先生，要叫他将上回讲过那桩盗红绡事情，究竟昆仑奴是如何结局，续讲下去。及至走到书房门外，只听得先生吹了一会儿笛子，又唱了几句，再把笛子吹着。仔细一听，就是方才唱的那"分明是豢神龙，烹走狗"九个字，忙进屋问道："先生，你到底笛儿怎样吹法，会吹得同口内唱的字样一般呢？"

东孙道："这是《双红记·青门》出内，昆仑奴口中唱的《川拨棹》曲牌儿第二句，用'五六五六五上五六工六尺上乙四上'十五个工尺字眼，去谱了它出来。"

天霖来意，正要问昆仑奴结局，如今巧逢是昆仑奴所唱曲文，便问明了笛孔上的工尺程序。初吹不像，东孙又将起承转合、高低疾徐的节次指点明白，再吹起来，有些意思。于是从那天起，天霖镇日镇夜在书房内学吹笛、唱曲子。学到年底，已心手相应，全学会了，便生厌恶哩。于是改学丝弦，又只得二三个月，又换学别种乐器。半年一过，音乐全能，于是换下棋、打牌、台球、雕刻、画画、幻术，他一窍通，百窍通。遇着先生肚子内也真搬得出，天霖小肚子内也容纳得下，每学必会，每会必精，每精必厌。如是一来，十五岁那个年头上，竟有足足半年工夫不曾出书房门，和先生的感情自也一天深似一天。

到了那年的冬天，又遇上雪天气，那晚师徒两个在灯下闲话，天霖提起："近来学那算法也没深味了，从上年下雪天学唱曲儿为始，学到现在，共学会几种玩意儿，除此以外，到底先生可再有新鲜玩意儿训教我呢?"

东孙道："我所会的解闷法儿全给你学去，如今要问你可有特别玩意儿反叫教我了。"

天霖想了一想道："我有一桩本领，和先生教我的种种雕虫小技大不相同，我若教先生，怕先生年纪大了，骨头硬哩，不耐烦学它。"

东孙道："倒要请教是什么玩意儿呢?"

天霖道："长枪大戟、北腿南拳，先生定然不耐烦学习的。"

东孙道："原来这一门，我早年就想练习，可惜未遇名师，而今你既然会的，再好也没有，待我试试如何?"

天霖道："既然先生要试试，待明日练两套功夫给你瞧。今日天色晚了，枪棒上不生眼睛的，怕闹出乱子来。"

东孙笑道："天晚何妨？将来你到外头干事，夜遇强敌，难道也推说天晚不动手吗?"

天霖遭这话一激，立刻往外去喊了几个平日跟他的小厮，将灯球火把点起来，同至花圃，招呼东孙，一同到后门相近平日练武的那块空地上，先将残雪扫去，又在旁边小屋内搬出许多兵器来。天霖脱了长衣，先使了一回拳、一趟刀，又扎了一路枪，再和那般小厮打了几回对子，一个个被他打败，便得意扬扬向东孙卖弄自家本领。

东孙道："我倒不信你有如此大的本领，也要和你交交手哩。不过我是外行，你须格外留情。"

说着，便在一个小厮手内抽了一条杆棒，长衣也不脱，便来和天霖交手。天霖见他拱肩缩背的样子，哪里好和自己打对，无奈东孙定要交手，便叫他丢了杆棒，徒手战吧。于是各站定了门户地步，自己先把左手向怀内一拢，右手向右一横，亮开架式，再把右脚一跺，左脚一抬，身子一偏，接着一个黑虎透心架势向东孙当胸打去。口内却照顾道："先生站稳了，打进来哩。"

说也奇怪，明明一个钱东孙站在面前，等待一拳打过去，人已不见了。但觉自己的辫子根上有件东西贴着，将头摇动，身子要用力闪摆，那件东西摇摆不掉，及至拨转身躯，那件东西也随身转过去了。闹了半天，经旁观小厮说破，方知是钱先生紧跟在自己身后，把左手的掌心贴在自己的后脑壳上，所以永远摇摆不掉的了。怄得天霖火发，想用翻手拳往后捣去，又捣不着，猛然想起自己的绝技，假意向前一冲，急忙回身一腿，想把先生踢倒。不料东孙不慌不忙，把身子向旁一闪，倒退半步，把手往上一抄，正把天霖的脚跟托住，哈哈大笑道："你的功夫尚浅哩！而今我只要轻轻一送，你可就要跌倒了，拳脚不是这样玩法的啊！"说着，把手一松，天霖才得将腿缩回。

此刻动了真火脾气来了，顺手把那根平日用惯的枣木杆棒抢在手中，一声不响施展出一个神蟒翻身把式，直向东孙肩上刺来。东孙见他杆棒拱来，好似没曾看见一般，只把右腿一撤，左腿一踅，前身一低，天霖那条枣棒早从他脊梁上面过门，刺了个空心。想收回杆棒，再使第二手，谁知东孙已从杆棒底下踏步进门，左手抓住杆棒，轻轻往里一抽，天霖休想再站得牢步口，身子跟着杆棒向东孙怀内直跌进去。东孙又把左手一抖，天霖觉得两虎口热辣辣的，休想再能抓得住那家伙。究竟天霖也练了这几年功夫，再者心地聪明，又加天生神力，此刻又想出个败中取胜的方法，索性把手一松，杆棒不要了，却趁势把两手一弯，一头两肘齐向东孙胸腹上撞去。东孙左手才夺得杆棒，瞥见天霖头肘并进，不禁喝彩道："好！"口内说着，身子并不躲闪，反将腹部往前一迎。天霖的头肘好似撞入棉絮里头，松软异常，暗忖："不好！"想要收回，不料被东孙肚皮向内一吸，早把他一头两肘吸住，宛比加上了三道脑箍，痛得头似震开一般，口中忍不住喊声："哎呀！"东孙忙将肚皮向外一凸，又把右手抓了天霖背上的衣服，向外一丢。天霖两脚腾空，被东孙掼了个倒翻筋斗，离地有七八尺高，这一跤着地，人必受伤，两旁小厮发起嚷来。东孙从容不迫把手中那根杆棒伸过去接着天霖身子，又把棒绕了两绕。天霖身不由主跟随那棒绕了两个流星，然后东孙把棒往下一沉，天霖的身子也随着那棒轻轻一跤跌倒在地。东孙忙丢了枣棒，过去扶他起来。

此刻天霖汗流浃背，头脑昏沉，卧在地上道："我不站起来了，因为站了起来，仍要跌下去的，站他则甚？"

停了一停，神志清楚了，忽然如同云开见日，心领神会，一骨碌爬起来，跪在东孙面前，叫了十余声先生道：“学生一向有眼无珠，家中有这样现成好先生不来求教，反倒外间去瞎闹。先生方才这几手，方不愧称作本领。好先生，千万看在家父面上，指点学生吧!”

东孙道：“此间不是讲话之所，你且起来，穿了衣服，还是到书房内去细谈。”

此刻天霖已经心猿上锁，意马收缰，对于这先生佩服到五体投地，一毫不敢违拗，便站起来把长衣穿了，随着东孙回进潭影山房。至于地上的兵器，自有小厮们收拾。当下师徒俩回至书房，天霖天性急暴，连时候早晚也不管，扯住了先生问长问短。

东孙道：“你所喜的全是江湖上卖艺营生，学精了也没甚了不得。我不是讲给你听过，当初西楚霸王曾道：‘一人敌不足学，请学万人敌。’这句话，你该尚记得。”

天霖道：“那万夫莫当的本领岂是轻易学得成的?”

东孙道：“这是没出息人说的，天下无难事，只要有心人。要学万人敌，容易得紧，只消多读书，多走路，到那时自能杰出一时，万夫辟易。”

天霖听了，皱着眉头道：“多走路这句话不错的，家父也曾说过，待我满了二十岁，要命我到外面去游历一番，见见世面。那句多读书我不赞成，老实说，书我已读过不少，奈都是能说不能行的纸上空谈，于人有甚用处?”

东孙道：“你此言差矣，如果书上的说话全是空谈，怎会自古迄今，一代代地流传下来？不从读书入手，如何会做得个伟人？做不得伟人，怎生干得成大事？古今来最难得的是完全人才，像你天生这副虎头燕颔、猿臂熊腰的相貌，又生在这种人家，秉了这样的天分，可算得完全人才的了。若不趁此青年，先把书读透了，再出去把山川形胜各处人情风俗亲历一番，然后到了中年干出一番奇伟事业，未免有负天赋啊!”

龙天霖本则是个有来历的人，现在经钱东孙一语点破，心头豁然开朗，便敛容正色问道：“请问先生，我如今应该先读哪一种书呢?”

东孙道：“我祖传下来的造就人才方法共分四项，第一是圣贤，第二是豪侠，第三是专门工艺，第四是功名富贵。不知你最喜哪一项，然后再定先读何种书。”

天霖道："圣贤学问，自知庸劣，不敢希望。至于专门工艺，科学尚未昌明，器械必欠精良，并且要去仰异种鼻息，即使成了，逃不出外人窠臼，有些不愿学它。至于功名富贵，现当叔世，身入此中的君子尚思明哲保身、洁身隐遁，我家爸爸就是个现成榜样，像我这小小年纪，犯不着再溷入这只染缸里了，更不屑去学它。四者之中，我倒最喜第二项豪侠一类哩。"

东孙道："你既喜豪侠一项，我先有几句要言告诉你：第一，闲事少管，闲话少说，事当快意处要持，话当快意处要住；第二，立身当高一步着眼，处人当低一步交接，口莫道不可行之事，心莫萌不可说之事；第三，你是富贵场中的聪明人，时时要本着'宽厚'二字做人，至于鉴人处己，常常要想着'容忍'二字走路。可知百战百胜，不若一忍，万言万当，何如一默。自古以来，困天下的智囊，不在智而在愚；穷天下之雄辩，不在辩而在讷；服天下之大勇，不在勇而在怯。这三种戒律，以后你能终身服膺，方能成功一个真正豪侠哩。"

天霖点头答应。从第二天起，天霖潜心埋首，专习豪侠功夫，柔经刚史，双文单武，足足读了四年，把东孙所能的熔经铸史学问、奋武揆文经济完全学得。龙氏一家把这位西席当作神圣般看待，他来了这五六年时候，从未出过一次大门。子渊和云氏也预备供养他一世，这才是嘉宾贤主，用不着"辞留"二字的了。不料天霖十九岁那年秋天，东孙忽然向子渊父子要告辞他去。龙太史当然不肯放他动身，苦苦留住。东孙没奈何，将自家一段隐痛历史诉说出来，情势难再挽留，只好拿出大大的一注程仪壮他行色，又端正一席丰盛筵席与他饯行。临走的那一天，子渊父子俩特地渡江送到浦口，方才洒泪而别。正是：

天涯路远何堪送，地主情深岂易酬。

要知钱东孙此去又做出什么事来，且待下回分解。

第三回

酒肉友朋多赵王孙迎宾倒屣
交情生死见言笠人入梦托孤

却说洪杨极盛时代，曾国藩奉旨创练湘勇，一时饷糈无着，几乎瓦解。幸得钱东平想出这设立厘卡、抽税助饷的方法来，商民虽大受其累，但是曾、左、彭、李等人的功名事业全仗这上头造成功的。他们对于这个钱东平应该要有一种相当的酬劳，初不料这样大功被李合肥顶替了去，非但一点儿好处得不到，反而还倒赔了一条性命，并且受洪朝将士的唾骂，责备他首鼠两端、不忠不义哩。所以他的儿子钱少东弃儒为商，发誓不替满洲人干事。他们本来是基督教的信徒，东孙养了出来，便在教会学堂内读书，后因少东到香港一家洋行内做生意，便将家眷也带了去，东孙自然改入香港的教会学堂。却巧这个学堂内天南遁叟王紫铨在内当教员，东孙白天在校内揣摩中西文学，晚上回去却巧又与潮州梁芷香同居。芷香是南五省著名的师家，也是缘有前定，一见东孙聪明文秀，爱如亲生子侄，便将自己所能的拳棒全教授了东孙，故而钱东孙能学贯中西，才兼文武。不过既有不仕清朝的家训，又经了王紫铨的陶熔，自然深明夷夏之防，脑经里充满了种族革命思想，年纪一年大一年，张开眼来瞧瞧时局，真如汉朝贾谊所说的，可为痛哭流涕长太息者。于是又存了一种改革政治的念头，到了二十岁那年，有人来作伐为媒，代他定亲，他便举出“匈奴未灭，何以家为”八个字出来拒绝。好在少东也是一个商界奇人，并不想享含饴弄孙的庸福，儿子不要娶妻，也不去强迫他。

东孙先入了三点会，后又加入兴中会，广事结交，想干一番大事业。后来父母相继亡故，他索性又进了红帮，心想把普天下的秘密党会结合成了一个大团体，到那时登高一呼，万山响应，总可以做一件惊天动地的事情。桓温所谓大丈夫不能流芳百世，亦当遗臭万年。自进红帮之后，好在一剑随身，别无挂碍，便离开香港，东奔西驰，南来北往，路着实走了一走哩。无奈眼中人物虽有几个，总觉得不是救世全才，就是各种秘密会党的组织方法，固嫌不甚完备，互有长短处。那些个中人又是醉生梦死者居多，谈不到恩仇心事。谁知白发不饶人，再加哀乐萦怀，容易衰颓，一转眼间，把少东遗下的一份家私用得差不多，年纪却和遗资成个反比例，铜钱一天少一天，年纪一年多一年。已经过了四十岁，事情却一件没有做出来，晓得再一瞬间，快要老死了，还是趁此改变方针，把平生抱负教授几个有志青年，待他们继续奋斗，以竟我未了之志。

这当儿，适闻人家谈起南京龙太史的儿子要打先生的，龙太史聘不到西席，以致门上要贴出那招租式的字条。此话打动东孙心事，便登门自荐，总算不负五年心血，造就了一个龙天霖。但是一木难支大厦，天霖已经成就，所以又要漂泊江湖，再去物色青年。子渊始而极力挽留，后来东孙说出心事，未便误人大志，只好定了后会之期，放他动身。

东孙晓得徐州有个赵王孙，轻财好客，竟有“小孟尝”的诨号，早已想要去瞧瞧究是个何许样人。故而从龙家出来，便渡江北上，向徐州进发。在路无非饥餐渴饮，晓行夜宿，无甚多话。那天到了徐州，便先在东关招商客寓中住下，先打听打听赵王孙的口碑。此地乃是禹贡九州之一，春秋属宋，战国属楚，秦置彭城，项羽自称西楚霸王，建都于此，汉置徐州郡，后代因之。至清雍正十一年，始升为府，管辖铜、萧、丰、砀、沛、邳、宿、睢八县。吕梁湖在其东南，奎湖位置西南，襟带沛泗。其时正在规划津浦、陇海两条路线，如其成了，不特与苏、皖、鲁、豫四省有关，简直是南北往来要道，形势也险要异常。当地的古迹有彭祖楼、吴季札挂剑处、项王戏马台、范亚父与王陵母两古墓，又有燕子楼、黄楼、快哉亭、放鹤亭、子房山、云龙山等处名胜，足够游人的恋赏。不过这几处所在，东孙以前到此，俱已游过，此番是专为访问赵王孙而来，没有心绪再去重游旧地。当下把行李安顿妥帖之后，便动问茶房往小孟尝家去如何走法。

茶房听了此话，将东孙上下一打量，闲闲地答道：“客官，你迟来了半年哩。半年之前，这位赵三爷家内的招贤馆尚未闭歇，不论九流三教、金皮利斩，上下中三等人物，只要有口能吃喝、有眼好走路的，端正一张帖子，托他们门上的赵忠二太爷传递进去，立时请见。当他面三声一奉承，即便招留在家，大鱼大肉地款待。若得身上衣衫褴褛，马上剪料，喊成衣司务做新的给你穿。手头没有钱用，每逢大小月底，可往账房内支取零花月俸。而且来人哪怕一年半载、三年五载不想着他去，他家不行生厌，供给始终如一。这些人吃饱穿暖了，干些什么事呢？一年到头，一天到晚，无非在三爷面前瞎奉承。我听见俺们店内二掌柜说，有一次三爷放了一个屁，旁侧一个门客慌忙咂嘴道：'三爷到底有福之人，连放孤屁也比众不同，异香扑鼻，其味无穷。'三爷听了，皱眉道：'怎说排泄出来的气味会变香的，不要我的脏腑出了毛病吧？'那门客忙又把手向空乱抓一阵，将鼻子嗅了几嗅道：'到底臭不可当，近几天俺伤了风，鼻孔齆了，所以适才没把味道辨正。'诸如此类的奉承话多着哩，咱们听了，肚子都笑疼。三爷最爱的是骏马，其次拳脚。来客如能骑得几脚牲口，懂得几下花拳绣腿的把式，那是更投三爷所好，特别待遇，比住在自己家内还舒服。所以'九头狮子小孟尝赵千里'十个字，真是四海闻名，威震江湖。

"不料半年之前，山东泰安府拿住几名土匪，内中有个铁头孙四，不知和赵三爷有甚过不去，在泰安府堂上把赵三爷诬攀做了窝家。却巧新接任的铜山县王太爷又看上了三爷，硬要借三千块钱，三爷没答应他，便存下了一些心迹，本想借事生风，却巧泰安府有公事递来，正中王县尊下怀，便传齐快皂两班人役，要往赵府抓人。幸亏刑房科吏沈大相劝县尊不可造次：'赵千里本人既有功名，外头人缘又好，手头钱又富裕，非但本城绅宦和他非亲即友，就是南京督署、苏州抚署，以及北京总理衙门，都有相好的熟人在内。此刻贸贸然去抓了他，缚虎容易纵虎难，将来出入大哩。依书吏主见，不必这样小题大做，此刻太爷亲去拜会赵三爷，或者命人前往，送个现成人情。横竖三爷得此消息，他自己定必要去打干，至于答复泰安府的公事，索性问三爷怎么办。从此太爷卖了这整个儿的情分给三爷，他一定有相当酬报，借此结交了一个朋友。老实说，像这种朋友结识了，益多损少，未识书吏愚见，太爷以为如何？'王太爷听了这话，将此事孰利孰害仔细忖量一下，觉得书吏所说的话有理，就差沈大相到赵家送信。其实衙门中接到公事，三爷那里也得了信息哩，早把对付方法预备好了，明知王县尊要当件大事做的，所以派人分往济南、南京、泰安三处设法。此间由十余个公正乡宦具名公保，保赵三爷向来清白安分，万不会结交匪类，窝藏赃私。况且本人于前二年赴京候差，并不在家，显系邻盗诬良，信口供攀，务请严讯，以明皂白。这是保状上的话，大概一切手续早已备妥，等待铜山县刑房书吏前去送信。晓得王知县卖人情，自然照着所定办法做去，再加双管齐下，暗中还有济南等处走的门道，天大官司，端正得大银子对付，自然没甚大不了。不过这一来，赵三爷钱花去不少，据云铜山县衙门内，上上下下打点掉二撇以外，别处的运动费尚不计在内哩。

“发生了这事以后，三爷觉得和这班江湖闲汉往来有损无益，交朋友交得灰心了。正这当儿，又来了一个山东滕县人姓言的，乃是慕名而来，在三爷家内住了两天，忽然留了一封信，不辞而别。三爷见了姓言的那封信，不言不语了三天，到第四天上，自家推说有病，医生道须静养，不宜交接宾客，而搬到云龙山内别墅中去养病。家内那班门客全由赵忠管家代表，每人送了一份很厚的程仪，一概辞去。

“自从三爷闭门谢客以来，莫说靠着帮闲为活之人一只金饭碗打碎，连徐州城厢内外的茶坊酒肆，以及我们仕宦行台，每月也少做不少买卖哩。未知三爷何日再出来交朋友，我们也在此希望。听客官口音，瞧客官神气，想也是不远千里而来投奔赵千里的，可惜今非昔比，客官已来迟的了。”

东孙道：“如果到云龙山内访问赵三爷的别墅，总问得到的？”

茶房道：“想来问是总问得到的，不过去却从未有人去过。”茶房说罢自去。

东孙一瞧时候不早，且待明日去吧。一宿无话，第二天清晨起身，梳洗完毕，吃了早膳，身上换了一身衣服，吩咐茶房把房门锁了，便出离旅店，往云龙山走去。那云龙山是唐朝张天翼退隐之所，峰峦峭立，石磴回环，历来的墨客诗人至此多有吟咏。山居徐州城南，只隔二里多路，东孙走不多时，已经到了。只见山脚下草房甚多，往来男妇也不少。东孙上前去访问赵三爷的别墅，多回道不知，一时问不到，心上暗忖：“赵家别墅一定碧甍雕梁，与村屋不同。我沿山找去，拣大房廊闯去，总闯得到。”不料走过了不少村落，也经了好几处，却始终没有瞧见大房廊，越走越冷静了，赵家别墅仍未找着。

又走了一程，忽见一个土堆大围墙，墙内正中三间主屋，也是茅草盖的。屋后有个竹园，竹林深处好似还有几间屋子。竹林的四周，三步一榆，四步一槐，那榆槐的空隙处用一个芦苇编的短短疏篱围着，篱后约有六七亩的麦田枣地，麦田尽处已是云龙山脚。最妙的土墙门外，左首一棵冬青，右面一棵榆树，都是合抱不交。树外一条道路，路外乃是一道清溪，虽不见得如何深阔，因是流下来的山泉，所以十分清洁。此屋背山面水，风景入画，屋主人绝非寻常浊物。东孙触景动心，见大榆树下立着一个少年，生得形容魁伟，眉宇轩昂，忙抢上一步，向那人拱拱手道："千里兄，你抛却城市嚣尘，到此享山水清幽之乐，何等逍遥自在，真令人羡煞妒煞！"

书中交代，这个少年确就是王孙赵千里，被东孙当头一闷棍，王孙还当作自己认不得他，他总认得自己的，所以也就承认不讳，慌忙还礼道："岂敢岂敢！恕赵某眼拙，与尊兄曾在何处会过？"

东孙一听，果是赵王孙，撑不住大笑道："实不相瞒，弟是久仰大名，不辞远道，特地来登堂拜谒，尚属初次识荆。到了贵地，才知兄谢客隐居。及至到了这里找寻吾兄别墅，不料再也寻不到，访问访问附近人们，又多推说不知，照他们脸上神情推测，分明明知故隐。大约兄有预嘱，所以他们不肯直说。果真如是，弟思即使寻到府上，一定也难见兄面。正踌躇之际，却瞧见这所入画草庐，门前又站着吾兄这样一个人，真是鹤立鸡群，佼佼不凡。料想除了吾兄，哪里会有如此英秀乡农？所以斗胆上前冒叫一声，居然如愿，得挹芝颜，幸会幸会！"

王孙听了，方才知着了来人道儿，听他一派恭维说话，又道是屁渐渐臭起来一流人物，跑来无非转打抽丰念头，开了一个端，背后真不知有多少跟踪而至，实在讨厌。暗怨自家太觉爽直，为甚一口就直认不讳，如今反难改过口来，只得照例敷衍道："尚未请教尊姓大名，多蒙枉过，有何见示？"

东孙道："小弟就是山阴钱通灵，草字东孙的便是。"

王孙一听这姓氏，立即改容道："哦！老哥就是东孙先生，有眼不识泰山，失敬失敬，快请到蜗庐内坐地。"

于是两人携手入内。王孙把东孙直领到竹林之内一个小轩中，方才行礼，分宾主坐下。又喊贴身侍奉的青霜、紫电两个小童道："有贵客在此，快去汲泉烹茶。"

一面将那坛竹叶酒打开，先烫两壶来，吩咐王四端正新鲜菜蔬，留客午膳。小童答应了，分头办去。

这当儿，东孙将小轩内正中的陈设大略一瞧，只见一个黄杨小匾，乃是“韬光”二字，写的钟鼎篆。中间挂一幅张南皮的山水小立轴，旁边挂着一副黄道周四言小对，上联“孤剑谁托”，下句“悲歌自怜”。一只花梨小天然几，上首摆一副玛瑙小插屏，下首供一个雨过天青色的白玉小花瓶，中间放着一座古铜小鼎，鼎上有不少古篆铭识。一时不及细辨，但觉青绿斑斓，谅必又是一件古玩。再要往两旁看时，王孙已嘱咐完毕，开口问道：“数年之前，接到醴陵宁太乙的手书，道及老哥不日就要枉驾，为何直迟至今日才来呢？”

东孙道：“小弟自从湘楚倦游，本拟到府请安，为因在金陵龙子渊家内勾留五载，训教他的儿子济苍。这小子尚觉可教，总算不负我一番经营，将来或者可以助兄一臂哩。”

王孙道：“所以近几年来，外间再也不见老哥踪迹，恭喜您学有传人，吾党之大幸也。”

他俩是英雄遇了豪杰，再者彼此闻声相思了已久，一旦聚晤一室，把臂快谈，自然肝胆相倾，一时万语千言，如同黄河奔泻，滔滔滚滚，真累著书人记述不尽许多。等待茶熟酒温，开樽对酌，愈加高兴了。

酒至半酣，王孙问道：“老哥心目中究竟见过多少人中英物来呢？”

东孙叹道：“说也惭愧，弟自十三岁出道至今，相交朋友虽则不少，但是学问经济两无可议的完全人才，眼中尚未得见。”

王孙道：“湖南的焦大鹏兄，你看如何？”

东孙道：“达峰门第既高，识器亦伟，又能礼贤下士，再加是哥老会中的老大哥，湘西健儿以及永郴人士多奉命唯谨，自是当今豪杰。但是依弟一孔之见，自来草创之君，不难虚心下贤，难于诚心用贤，不贵自己有谋，贵于善用人谋。像达峰那种人，弟目中也见得多了，他自己有才，还恐自矜其才，好贤下士，却愁误任不贤。将来建牙树纛，独当一面，逞一时之雄，固属意中，易如拾芥。若谓他救世真主，可以恩溥天下，万方共戴，似乎还欠些。吾兄以为如何？”

王孙笑道：“吾与兄呢？”

东孙道：“自然也算得应运以生之子，较异寻常。若论战胜攻取，弟不如兄；倘谈到帷幄运筹，决机应变，兄逊于弟。将来一朝发难，成则新朝佐命，败为清代祸首，生下地时，已早注定了。”

王孙道：“关东红胡子队里有一个冯四儿，也还不弱。”

东孙道：“就是淮上的苏二、吴郡的沈标、杭州的阿瑞哥，都不失为将帅之才。弟旷观时势，默察人情，天下不久定要大乱。在上者如能修德行仁，已是逆取顺受之局，偏又好大喜功，舍本求末，遇着那班臣下，又多逢君之恶，粉饰太平，死活还思取法欧美，百事更始，以致苛税频兴，尚愁供应不给。瞠目神州，哪一处不骚扰殆遍？民不堪命，小百姓脂膏日竭，而户口反又日增，当地产出的食物就给当地人口享用，已经愁着不足的地方居多，有余的地处稀少。偏又生出一班奸商人蠹，事事聚敛垄断，那么逼得这些穷民除了啸聚山谷，迫为盗贼之外，除非是要坐以待毙。其间更有一班井底之蛙，仗着自家一些小忠小信，多思乘乱割据，霸占一方，尚不肯和衷共济，一个个怀着并吞妄念，天下愈加不可收拾。”

王孙道：“李少荃不是说过的，户口盛衰，却关系一国的治乱。弟将古史引征，确是不错。因为人多食少，百物昂贵，贫富相殊太甚，狡黠者利用此机揭竿而起，天下纷靡。周朝最盛时代，人口有一千三百七十余万，于是幽厉乱作，直到西汉文景才休。及至孝平之际，户口又有一千二百余万，王莽赤眉之难作，幸亏刘秀崛起戡定。到明章之后，户口多至五千六百余万，遂有黄巾乱肇，三国分裂，恶兼天下。人口到一千六百余万，便有五胡乱华，中原喋血。隋文混一区宇，俭用富储，人口又增加到四千六百余万。便群盗蜂起，八百余万户口，乱剩三百余万，所以李唐建国以后，像武则天那样荒淫，未生大乱，及至天宝年间，有了五千余万户口，便有安史之乱开端。接着十藩割据，黄巢肆虐，五代并吞，直到北宋建隆以还，始能稍得休养。到宋徽宗时，又有五千余万人口，而金人南侵，南宋时代兵火不息，人口剩了千余万，算中华历史上最最疲弱时代。接着蒙古便生出个奇渥温成吉思汗来，侵略到欧洲地界，算是中华历史上最强盛时代，幅员既广，滋生自繁，转眼之间，又满五千余万人口。于是张士诚、陈友谅等纷起割据，明代人口增至六千余万，张李杀戮亦不下巢温。清朝开国至今，三藩之后，接着教匪，殆至洪杨，总算乱得最大一点儿。但是现又休养了这几时，加着外患四逼，土地日蹙，不有新殖民地开辟出来，世界安得不乱？弟有鉴于此，所以年来有意结纳英豪，一朝际遇，共谋拯民水火的事业。叵耐养客十年，未得一士，天下人才虽多，惜弟见闻谫陋，未能交尽人世贤豪。至于能可指挥一旅之师、供人驱策、以力相竞者，弟前年曾经周济过山东武定府的三史弟兄，勇敢胜人，有事之秋，或堪一用。”

东孙道：“是不是江湖上所传的大狮子、二狮子、小狮子三人？现在新疆青济一带当马贼的吗？”

王孙道：“正是这三弟兄。”

东孙道：“原来与吾名字倒有渊源。弟正思出嘉峪关去游说他们，本愁没人介绍，如今就烦兄作书与弟，前去会会他们。”

王孙道：“我也虑他三人是匹夫之勇，如今得兄前往，真是三史大幸，不会再生歧路彷徨之叹。但是吾兄难得到此，既来之则安之，至少也要学平原十日之饮，才放兄走路。”

东孙道：“日月近矣，岁不我与，此刻正是我辈卧薪尝胆之秋，不是樽酒联欢之日，待日后直捣黄龙之后，再与君痛饮未迟。现既承美意见留，弟不敢有却盛情，勉留一宵，做长夜谈如何？”

王孙道：“也好。”

东孙道：“我听人说起，吾兄谢客是因着滕县言笠人一书而起，那么这姓言的想也是一个非常之人了。”

王孙听了，不禁凄然下泪道：“笠人固也是今世有数人物，可惜天不永年，已于两月之前作古了。”

东孙失惊道：“怎么说？笠人已经去世吗？”

王孙叹道：“谈到笠人身世，可把‘怀才不遇’四个字的评语概括他一生遭际。当初弟在日本士官肄业之际，与他是前后同学，后来弟回国之后，请杨独眼专教拳脚，不料笠人也请教独眼教过的，我和他又是同出一师门下。不过他天性沉默，向不喜与人多话，如其家计在他以上之人，他更加不愿交接，所以我和他从来不曾交谈过一回。直至半年之前，弟遭了铁头孙四诬蔑，其时家中还养着三十多个闲汉。弟的本意，将这二三十人解衣推食待遇着，一旦有事，他们总该赴汤蹈火，代我当先冲陷。不料出了小小一件事情，他们多已萌了明哲自保念头，一个个自谋去路，唯恐波及。反是平素不甚亲热、淡然相处之人，倒出全力相助。于是弟看破这班帮闲的多是衣冠禽兽，想一概同他们割绝，不过又想着曾国藩在南京时候为甚要豢养一群假道学，就为这班东西成事不足，败事有余，与其散在外头为民害马，还不如将他们软囚起来，我虽多费一些日用，冥冥中社会上却省了不少是非。那时我自问自心，多思法乱，反变没了主见。幸得这当儿，笠人翩然莅至，他一瞧舍下情形，大不赞成，信宿便行，留书切责。弟的心事被他一言道破，并云‘天下人士，大抵此类，你也养不尽许多，再和这些人相处，连自家气节多要无形感化。况且世已如此，吾辈入山唯恐不深，岂竟甘与若辈为伍，借沽末世虚名’云云。弟经他当头一棒，所以顿改旧行，急图韬敛，卜居此处，实在弟的别墅还在山内。因为金碧辉煌，触目得很，知道的人也很多，故而弟连那处都不住，情愿在此度那乡村的孤寂生活。心内对于笠人自然十分感念，曾经亲到滕县去找他，奈何没有找到。不料两月之前，有一晚，弟忽然梦见笠人携了个孩子，惨然告别道：‘要往张家口去一趟，二十年后再行相见。’又指着这孩子道，‘此儿同他生母二人，今后全仗照拂。’说罢，翻身便走。弟上前想去抓住他，好似脚下一滑，一跤跌醒，方知是一场噩梦。弟已知这非吉兆，翌日清晨，备马赶去，无奈脚力太劣，迟到一步，他已咽气，不及与他说话的了。据他夫人说，临终前一小时，忽然神清气爽，叫儿子汝良把生平所作的文章诗词等类拿到床前亲自检点一下，然后吩咐架一炉火盆在床前，一齐焚去，独留下一册《行军必读》和两本《中华新形势》，嘱咐妻儿道：‘这三册书籍，待徐州赵家的三先生到来，赠送给他。至于你们母子二人以后的生计，我昨晚已专诚去托了赵三先生，你们无须忧愁。良儿将来如遇道士少亲近，倘逢和尚，不妨跟着他跑，自有益处。’说罢这一番话，便又昏昏沉沉，至死不曾再说话。身后固然萧条异常，弟代他家主理一切，当他病重时候，亲友一个也不来探望，等待弟去负责治丧了，跑来凑趣的人不知多少。最可恶有几个族中人献殷勤代办东西，还要于中生法打后手，弟见此情形，所以力主一了百了，代笠人买了块地，五七内便将灵柩埋葬入土为安，将那所房屋租给人家，他们母子二人索性接到了舍下，与拙荆同住在城内。笠人生前虽非鼎鼎人物，然也受着一部分人的崇拜，如此一抔黄土，此生已矣。弟办了他这次丧务，心灰了不少，至今尚觉得郁郁不乐哩。”说罢，目中掉泪，嗟叹不止。

东孙道：“人若不死，世界上争名攘利，巧取豪夺，弱食强吞，更不知伊于胡底。幸亏人有死日的，尚且尔诈我虞，已经如此情状了。笠人身后有你这样一个朋友料理一切，使生者各得其所，已算不枉这一世了，将来弟若死了，尚不知怎样哩。快丢开此话，另谈别的吧。”

他俩这一席酒，从正午喝起，直喝到黄昏才散，当晚两人同榻，又谈了半夜方睡。到了第二天，东孙急于要去会会史氏弟兄，催王孙写了一封介绍书信，拿了便匆匆告别，回到徐州招商客店中，算清房饭金，雇车登程，书中暂且搁下。

先说赵王孙送东孙到了门外，呆立在榆树底下，直至望不见了，方才回身进内。一脚刚跨进门，又闻得背后气喘吁吁的声音喊了一声三爷，扭项回头一瞧，原来是自己亲信家人赵忠，奔得满头大汗，神气很要紧地飞步赶来。料必家内又发生了什么事情，前来报信，心上不觉别地一跳，自忙回身动问端的。正是：

冷眼渔樵无祸福，热心豪杰是非多。

究竟赵忠为了何事前来，且待下回分解。

第四回

挟技走风尘千里马未逢伯乐
游春识异丐万人敌长困泥途

却说赵王孙见赵忠如此情状，认道家内又出甚乱子，忙高声问道："赵忠，为了何事到来，要跑得如此情状？"

赵忠此刻已在门外站住脚步，心上急于要告诉东家，实因上了几年年纪，走了急路，一时气够不到，越要紧越不成，只得就在门槛上坐着歇息。待那口气平定，少喘了些，忙又站起来禀告道："回三爷，上次嘱咐老奴留心购买良好脚力，代价大些不妨，老奴自闻此谕，时刻留神，无奈三四十天来，眼内竟没有瞧得上的牲口。今日清晨，老奴的外甥女婿在子房山采了一担茅柴，挑到城中出售，挑至西大街口上，遇见一个人，跟着一匹瘦马，迎面走来。那马想是饿极了，见柴便抢，一口扑去，把我家外甥女婿扑了一跤。那人垂头丧气跟在马后，大约走路还在那里打瞌睡，所以不妨那马要抢食，直至人跌翻了，路人同嚷起来，他才觉着，忙上前搀扶，连声道歉。我家外甥女婿本是个马疯迷，跌了这一跤，非但不恼，反爬起来没口子赞那匹马好口劲。那人听了，知道遇了识者，当我家外甥女婿不是兽医，定是开过鞭杖行的马牙子。我家外甥女婿道：'咱一非兽医，二不是马牙子。咱这一担柴，三十多斤一束，二束一头，前后四束，共有一百余斤，咱由子房山进东关，一径挑来，自东至西，已走了四里多路，尚未曾换过肩。此马毛长膘落，居然能掼咱一跤，所以知道它口劲好哩。你有马不骑，慢慢地跟着走，莫非要卖吗？'那人脸子一红，低低应道：'正是。'我家甥婿笑道：'此马外表全无，不是内行不会问信的了。除非往赵三爷府上去兜揽兜揽，或有成交之望。'那人便许了我家外婿一个口愿道：'若成交了，肯送一个九五扣佣。'央告他领到我家。老奴见了那马，虽则膘瘦，然而筋骨峻嶒，确是好货，唯恐自己失眼，所以叫人稳住了那卖马的，特亲赶来请示。”

王孙听了，喜道：“原来如此，我懒得进城，你回去见机而作，若得马主肯牵来，待我复眼最好。如其他不愿牵来牵去，横竖你看上了眼，不会十分恶劣，就买了下来，养上了膘再说。”

赵忠答应，又忙着拔步如飞而去。王孙回至韬光轩内，向炕榻上躺下，因为昨晚没有好睡，人觉得乏了，闭目养神，竟养得睡着了。正睡得甜蜜蜜时候，被青霜进来喊醒了，禀道：“忠大叔已把马主同马唤来，请爷出去复眼。”

王孙一听，忙擦擦眼睛，坐起身来，定了一定神，便踱向外去。此刻，那个马主站在土墙门外，见自己的马实在瘦得不成样儿，己所不欲，勿施于人，自己都瞧不上眼，叫别人怎么会买？连日病后乏力，又无心绪，这坐骑久未放青喂水，细细收拾，所以脏得更加不起看，连尾鬃都并结在一处了。没奈何，将左袖卷起，按着马背，将右手五指把马的领鬃尾下往下略为分理。那马觉得疼痛，掉过头来望着主人，将鼻息乱嗅，眼中却滚下泪来。马主见此情状，一阵心酸，也几乎下泪，不忍再去理鬃，用手掌在它项上拍了两拍，低低地道：“马呀马，俺在甘肃地方，名驰八府两厅十二州四十七县，多亏你做了我的膀臂，一向当你子侄般看待。不料背了风火出来，又遭病魔折磨，床头金尽，流落他乡，没奈何只得将你权且鬻去，以济眉急。只要待俺身子复原，囊内不空，就要到来赎你，你不必流泪，累我伤心。”

那马见主人拍项嘱咐，昂首哀嘶，四蹄踢跳，它也同人恋恋不舍，何忍与故主轻别情形相似，无奈它懂得人话，人却莫名它嘶叫些什么，只好辜负了它的美意。这个当儿，赵王孙已踱至门外，抬头一见那马，生得竹批耳峻，风入蹄轻，麟身骨骏，凤臆毛拳，不觉暗暗喝起彩来，忙走到那马旁侧，用左手在马腰内一按。王孙膂力虽狠，此马倒还经得起他这一揿，分毫不动。从头至尾托一托，准长一丈，自蹄至鬃，准高八尺，遍体白毛如同银丝细卷，并无半点儿杂毛，越看越爱。又追想到两月之前，如其早有这骑脚力，或者还赶得上同笠人说几句话的哩。当下便指着那人问赵忠道：“那位想就是马贩了？”

那人含羞答道：“小可并非贩马之人，只因流落异乡，又兼病后，没奈何将自己脚力权押宝庄，将来尚拟备了原价将马赎回的哩。”

王孙一闻此话，觉得此人立言得体，而且不忍将此马卖绝，定是个落魄英雄，倒要留神看看他容貌。只见此人生得脸如重枣，浓眉大鼻，七尺上下身材，四旬左右年纪，头戴半旧毡笠，身披皂布大褂，背后已经破了，足上皂布倒筒快靴，用皮补了头，又将破哩。脸上虽罩着一重晦气色，但是说话时的态度一毫没有寒乞相。蓦地心上一动，便开口问道：“足下贵姓？府上哪里？缘何流落在敝地？”

那人道：“尊驾不必盘诘小可姓名、籍贯，究竟这马要不要呢？”

王孙道：“我看足下一表非俗，尊骑又不同凡驷，我以前也是出过门的，深知出癯人的苦乐，所以先要请教你的姓氏籍贯。”

那人叹道：“尊驾想就是江湖上时时有人称道的赵千里三爷吗？”

王孙道：“不敢，在下贱字千里，足下何以知之？”

那人道：“河南有个天王纵王大哥，不是和三爷认识的吗？敝省有个病大虫郭标，不是前数年也曾到府拜谒过的吗？实不相瞒，小可就是郭标的堂弟，和王大哥同是三原高家弟子，单名一个栩字，双称寿丞的便是。”

王孙想了一想道：“如此说来，西北三省绿林中有个通臂神猿，又称白马郭二，谅来就是足下了？”

郭二道：“惭愧惭愧。”

王孙忙道：“此间不是讲话之所，且到草堂中坐了再谈。”

于是吩咐赵忠照顾脚力，自己便领着郭二到主屋中，让座之后，才再问道：“闻得二壮士在陕甘二省早已开山正位，怎样会流落江淮，变成吹箫伍相呢？”

郭二道：“马有千里之能，非人不能自往；人有冲天之志，非运不能自通。小可落魄缘由，说来也话长哩。小可原籍是凉州府镇番县人，自小跟着敝前人高鹞子在潼关左右保镖为活。甲午年的秋天，敝前人受了义和团内一个苗大师兄的暗算，在西安城内损瞎了一只右眼，从此摘鞍下马，归隐三原。因念小可随侍微劳，便替小可各方打了招呼，将榆林一府五县地界命小可站了这处码头，所以小可虽然原籍西凉，实在本地情形完全隔膜。直至前年丙申冬天，兰州的孔大鼻子亡故了，他部下一班人变了无首群龙，便去邀请我家堂兄出山。无如家兄隐在敦煌山内炼碧箓，炼得已有了些门道，不愿再入红尘厮混，再四推辞，经不起孔门子弟缠扰不休，家兄没奈何，只得将小可转荐给他们，指引到榆林迎邀小可。

“当时小可见孔家门下一片至诚，又属家兄指引来的，并未和人斟酌，便允许了他们，照例到了趟兰州，将孔大鼻子生前办法动问清楚。这种站码头规矩，横竖一个祖师父下来，大同小异，况且小可是代他们挂个名儿，即使有甚不合意的地方，才得接手，未便就去更改。偏偏榆林原范围地从未出过岔子，那一次小可上了兰州，却巧闹了乱子出来，当手伙计夯不下这肩重担，便连发了七八批人追小可回去料理。榆林是小可第二故乡，前人分拨下来的码头，当然重视一些，得着消息，自即赶回调度。至于兰州这一局，只得暂搁一边，故而客也不曾拜谒。不料甘省地方的人民十分之四汉人，十分之五回族，余外是哈、缠两族合一分，这班哈人、缠人多是寄名小刀会同虎尾鞭会居多。当地会党中势力最大，自然首推天方教，教内姓马的又是独一无二的大族，所以甘省社会上有句‘天马皇’的俗谚，言其天方教内姓马的势力竟和皇帝一般哩。孔大鼻子最初也是仗着姓马靠山，慢慢地做出来的。其时兰州白相人阴中有一个马秃子，居然也有一部分势力，他早已在人前宣传道：‘孔大鼻子死了，他遗下那把交椅，除了俺外，简直没有第二个此资格。’谁知孔门弟子十停中倒有七八停不愿推戴马秃子，所以才出来请隔帮掉弯之人进去坐这一位，借以拒绝马秃子的。小可哪里晓得这种复因？初不料踏进兰州，无形中马秃子已同小可存了心迹，回头小可急于回了趟榆林，马秃子便借是生非，道小可眼睛生在头顶上，瞧人不起，他逢人便挑拨。等待小可榆林的岔事办妥，二次进兰州，闻人道及马秃子爬灰倒笼的说话，小可忙自认错，便即端正名帖，将甘省所有江、海、河三道人物，以及穿老虎皮当公事的、掏乱把为活的，一概亲去登门拜谒，打过招呼。小可意谓如此人事可算尽到，谁知命运不济，又闹出戏里戏来。

“小可到巩昌府拜客，路见一个异乡大汉夯着一个白发女尸，后头随着一个蓬头女子，在那里沿街求化一口棺木钱，盛殓那个死媪，是他们的母亲，他俩是异父同母的兄妹。小可见了，觉得惨然，便倾囊助了他们五十块钱，并且帮助他兄妹俩将死者盛殓入棺。棺枋在义冢地厝好，做了标识，以便日后迁柩的记认。一切完毕，打发他们兄妹动身回转家乡。小可才也离开巩昌，至肃州拜客去了。全省一个袴栳圈兜齐，回到兰州，又见露天一个放鞭汉，卖飞张的皮行朋友，练得好功夫，软硬俱全，卖口也圆活，可惜拉开了场子，瞧热闹的人倒不少，无奈没有一个作成他半张膏药。小可又心腹软了，当场招呼他收了场子，同他去求汉时候，一淘海底。据他自己说，头天辟生放上去，买卖不坏，曾有人去通风道。此间风俗，无论金皮利斩、风火池妖哪项空心饭，多要到站码头老大马秃子处挂一个号，每天做下来的钱至少送一个二八扣给马老大，然后他派人来捧场照料，生意做得长。不然恼了马老大，一言之下，你天天贴堂食，生意要顶根的。此人因为没有答应这话，果然第二天就没主顾。小可瞧见他这日，乃是第三天，依然不曾有一个本子生意做着。那时，小可听了，大不谓然，本想开亮了和马秃子交涉，因为甘省天马皇关系，让步些吧，单只招留了这个皮行一宿三餐，又通了一些樯子给他，叫他开码头吧。在小可意谓，这总算双方顾到，不曾碰伤姓马什么哩，岂知马秃子大发雷霆，指小可有意吃里爬外，下他面子，扬言有他无我，有我无他，非拼一拼不休。小可听了，付之一笑，暗里防防，表面上不当一回事。

“及至去年丁酉，秋末冬初，冤家路窄，小可和马秃子在赌场内遇到，本则有几次见面，他说话戳碰上来，小子总让他一步，假作不曾听得。再者旁边总有定做和事佬的人在，从中遮盖，所以没做甚出来。那一回却巧，旁边劝客一个没有，再加小可才摇了一场摊，沉得一塌糊涂，心上不免怒火直迸，偏又和秃子相遇，他仍旧不三不四，尴尬话说出来，小可自然一句多不让。秃子恼羞成怒，绑腿布内拔出攮刺来同小可拼了。小可早有准备，等待一交手，秃子的秃顶上反被小可戳了个六刀十二洞，当时小可就离开兰州，回到榆林，意欲在原地盘上守土去，岂知从前做过事，没兴一齐来。

“小可在巩昌资助那一双兄妹，内中亦有纠葛。这个妹子，巩昌有个巡防营统领的儿子，也姓马，叫马显庭，他看对了，要买去做妾，因为乃兄不答应，那女子本人也不愿，一口回绝。不过乃兄向在巡防营内当哨长，是个记名守备、实缺千总，就为不允这头亲事，被马显庭于中掇弄，撤掉了差使，还追缴那一哨历任的公亏，逼得此人变产赔偿，已弄得一贫如洗，走投无路。马显庭尚不肯罢休，实在无可如何，这个老娘六十多岁了，去吊死在马显庭公馆门上，遗嘱叫儿女去做人命。无奈财势不敌，人命做不成，幸亏马显庭的老子怕事一些，总算他出面劝这厢莫做人命，自行买棺盛殓。他那里命儿子也不再追究公亏，作为交换条件，方算两罢。

显庭实在刁恶，暗中又差了许多人造谣言，指他们是哀怜党，骗人财帛，叫人家莫着道儿，若是认得的，又用势头去阻住人家出钱，所以兄妹俩求化了半天，不曾求得分文。后来小可一出场，使他们死者入棺，生者他去。显庭得了信，恨得牙痒痒的，立刻命人出来抓小可，幸而小可也上兰州去了，没被抓去。后来不知怎样，会被显庭探知小可名姓，求爷动了公事，到兰州来捉小可，人虽仍未捉得，此风却吹入了马秃子手下人耳内，便到巩昌去走门道一哭诉。显庭借题发挥，竟将小可算是土匪首领，与革党暗通声气，开堂放布，扰害行旅，谋为不轨，一桩桩一件件罪案加上来，行文到榆林抓人。

“从此小可连原码头也不能站脚，只得将手下散了伙，自己单人独骑到豫西去找关东十弟兄。谁知白老大、张老三、柴老八、憨老九等，多背着大风火，避风头隐开，没有找着。只得到洛阳寻王大哥，王大哥指点小可到此地来寻三爷。不料小可一到此间，却巧三爷被泰安一案牵连，未便晋谒，住在客店内，忽又害起病来，一病五个多月。及至病好，打听三爷已经关了山门，不斋僧的了。瞧瞧自己衣衫褴褛，形容憔悴，也无面再来拜会您老的了。实因这骑落膘马，兜售了五六天，始终没人问过信，今天遇见担柴小哥，提及大名，没奈何只得前来。初想不提名姓，待将来赎马时再行道破，谁知瞒不过三爷法眼，再加三爷适才问得十分诚恳，小可只得掬忱奉告，可能周济些川资，将马留下为质。小可以后如有寸进，总不忘三爷此次周全恩惠。”说罢，想要站起身来作揖。

王孙忙双手乱摇，一迭连声阻止他行礼道：“我辈相交，岂在这上头较量？不过据二壮士的说数，目下就有了川资，似乎尚难回府，意欲何往呢？”

郭二叹道：“势只得海角天涯，随遇而安，尚无一定去处。”

王孙道：“不佞目下又被环境所困，养晦村居，又未便独留足下，去处有一所在此，不识二壮士愿去与否？”

郭二道：“哪里呢？”

王孙道：“拙荆的母家，本同不佞姑表至戚，姑母即是岳母，内兄就是表弟。家居在北直隶宣化府万全县喃嚇庙地方，祖传贩卖皮货为业。吾那表弟虽是商家子弟，却性喜文墨，今年已经二十三岁，他只管吟诗作赋，所有六七处皮货庄的商业进出，全是姑母与几个老伙计经理着，表弟概不问闻。不过他们家在口外，民情风俗穷苦刚劲，时常聚众为盗，剽掠富户，因此上家计较裕、衣食无虑的人家，多聘请镖客看家护院。本来他家有个老师家，那是霸县神弹李家的门徒，叫金刀霍大福，不佞曾经见识几面，年纪已有七十开外。据他自己夸口，少年时节跟过僧亲王荡平发捻，到过豫、鲁、皖三省，立过很大的汗马功劳。去年表弟信来，提及此人已死，他家缺了个护院之人，晓得不佞家内常有武士道内的行家往来，所以托不佞介绍一个人去。不佞因为没有相当人才，故而至今尚没荐人去。如今听了二壮士说话，再巧也没有，鄙意想把二壮士荐去，暂且苟安一时，未稔尊意若何？”

郭二听了，沉吟片刻道：“既承三爷推荐，自当勉力试为，唯恐材庸力薄，有负了三爷提拔之恩。”

王孙笑道：“壮士也是个爽利人，不佞也不肯胡乱多嘴，因材而施，快不用这些世俗套话吧。”

当下便吩咐紫电喊赵忠进来，命他一面将那骑白马牵去，快用细料喂养，留心洗刷，让它长膘快些；一面代表主人陪郭二壮士进城，好生款待，并且叮嘱赵忠，非但替他算清客店账目，并须代他置备行囊以及身上衣服，而且口外天气寒冷，棉皮衣服都要拣上好的购办。赵忠一一答应，便陪了郭二回进城去，依着主人的说话发办。虽则有钱易成事，但是衣服行李等件，做起来也要好几日哩。等待衣服等物齐备，那骑白马的膘水虽未复原，长得也可以入眼的了。王孙便写就一封书信，唤郭二再至城外，当面将书信交付与他，又叮嘱了一番说话，另外再送了他六十块钱盘费。依着郭二，定要将马留下，王孙哪里肯受。推让再三，王孙道：“壮士若无这骑脚力，减去不少威风，不佞万不肯领情。好在壮士善能相马，此去口外，又是产马所在，只要你代不佞留意，将来若见良驹，烦神另购一匹，不佞已沾惠多多。”

郭二听了，自然连声答应，牢记在心。其实王孙这话因为郭二定要将坐骑留赠，所以道这几句，做个收束。在郭二亲闻此语，受恩必报，竟无日不挂心头，以致为了购马，后文生出无数波折。

当下郭二藏了书信，辞别王孙，回至城中收拾一切，和赵忠等也辞谢了声，动身上路，向北登程。在路无话，行了几天，到得张家口，问明了上喻嘛庙道路，一径前往。到了那里，一问大墙门内张家，妇竖咸知，便指点他前往。郭二到了张家门口，将赵王孙的介绍信投递进去，王孙的表弟张补篱什么事都不管的，拿了书信进去告禀母亲。

张赵氏道："既然你家姊丈荐来的人，想来忠诚可靠，你出去招呼姓郭的入门，照例寒暄。待为娘吩咐下人，将霍师爷住的那间房屋收拾一下，然后将新师爷的行李搬进去。姊丈信上说，这姓郭的却是风尘蹭蹬、数奇不偶的英雄，不是寻常靠此营生的把式匠，务须另眼相看。那么我们该备酒接风，你也把老脾气改改，看在姊丈面上，陪这姓郭的一陪，不要又同往常一样，瞧不起这班武夫，一言不合，拂袖便走，使人下不过去。"

补篱含笑应着出去。说也古怪，以前霍大福在日，补篱总嫌他鲁莽之夫，不愿与他多话，此次和郭二见了面，却一见如故，谈得异常投机，总算郭二投着这样一个东家，确为初愿所不料，故而安心住下。转眼之间，秋去冬来，又交春令，天气渐渐温和。有一天午饭过后，补篱忽然有兴道："郭师爷来了四个多月，连此间街道若何方向怕尚未知。今天师爷可有兴致，咱们同去逛庙如何？"

郭二道："爷如有兴，小可当得奉陪。"

于是他俩便带了一个家童，离了家门，同上喇嘛庙去闲逛。那庙还是雍正年间建造，居然也有转轮藏塔，规模十分宏壮。可惜香火不甚茂盛，庙内又乏高僧高道主持，只有两个年老庙祝管理烧点香烛，所以墙坍壁倒，满目荒凉。如其赶集日期，庙场上、大殿上居然有几个地摊点缀，似乎热闹些。那日并非市集之期，格外见得荒芜。他俩走至大殿，补篱瞧见佛龛右首地上合着一口铁钟，含笑指给郭二瞧道："这口钟不知有多少重量，记得以前霍老头儿常来试过，始而单手能举，后来单手不行，要双手并举，等待近三年来，连两条手都举不起来。到底年纪大了，膂力也要衰弱的。"

郭二听了，明知补篱此话是有用意的，忙也含笑应道："小可自忖年纪虽轻，恐怕膂力不佳，还不及老头儿哩。"

口内一面说，一面走到钟畔，卷起两袖，将左手执着右腕，下边踏了个丁字步，右手执着钟纽，向上一提，提得离地三尺光景，然后轻轻放下道："这钟不甚重大，约至多不过一百四五十斤。"

补篱道："可见郭师爷比霍老头儿力量高得多，有了这样力量，反谦逊不如老头儿哩。"

郭二正欲答话，忽从庙外走进一个乞丐，身上鹑衣百结，一手执了一根竹棒，一手提着一只破篮，篮内放着一个洋铁砂锅，锅内盛着五六个黑面窝窝头，还有一个断颈洋瓶。初不知瓶内藏的什么，直至这乞丐挨肩走过，补篱闻嗅着一阵酒香，才知瓶内打的是白干。那乞丐瞧了张、郭等三人一眼，自顾自走至铁钟旁侧，身子蹲下去，把竹棒放在地上，就把那条手向钟上一搭，那钟便往上一跳。乞丐乘势向前一插，四个指头已经插入钟腹，把钟口托住，又往上一抬，抬得离地有尺半高，又从容把那只食篮按在钟内。听他口内自言自语道："老钟小心些，穷爷的晚餐交给你看守了。"说罢，见他索性把那口钟往上一掀，掀得离地有五尺多高，他的两条手得能从容不迫地退出钟外，接着那钟当的一声合到地上，把乞丐那只食篮却好罩住。那乞丐便又拾了竹棒，站起身躯，向殿后走了去哩。

郭二撑不住把大拇指伸出来，向补篱道："爷瞧见吗？百余斤的铁钟当饭罩使用，而且只使得四个指头，这才当得起力士之称。像小可十个指头，只得提离平地两三尺高，和这乞丐比较，真正寒碜。"

补篱欣然道："我仰慕查伊璜那种学识，不料风尘中竟又有一个吴六奇第二生出来哩。既然有缘遇见，极该同他订交，不可失之交臂，快同你追上去，和他交谈去啊！"

说着，拉了郭二，喊了家童，也忙着赶往殿后追寻那个大力乞丐。正是：

世上易生千里马，人间难得九方皋。

未知这乞丐究是何许样人，且待下回分解。

第五回

六千里外叹飘零杜宇催归归未得
十二时中空盼望孀嫠佞佛佛无灵

却说张补篱见了那个大力乞丐，有意要同他结纳，忙拉了郭二，追至殿后，见是一片瓦砾旷场，四周是用黄石堆砌的围墙，旷场尽头处，一扇刺树后门虚掩在那里。瓦砾场上不有那个异丐踪迹，想已出了后门去哩。忙又过去开门，跨出去一望，只见远山如线，黛痕入画，地上绿草如茵，人家养的牲口三五成群放在那里啃青，耳边厢但听得枝头好鸟，同道上辚辚嘚嘚的车马声浪，互相唱和，点缀春昼，渲染野景，真令人心旷神怡，但是那个乞丐却不知走到哪里去了。补篱和郭二呆子一般站在嗬嗽庙后门口，好久好久，意欲待这乞丐回来，交谈几句。谁知呆等了半天，不见回来，于是再回到殿上，故意东一张西一望，消磨时候，瞧瞧佛龛中的神像，上首供了一尊观音，下首却塑着一个武圣。

补篱笑道："再不料圣贤爷却和观自在同受香火起来了。"

郭二道："换了旁的神道也该别别瓜李之嫌，幸亏这位武帝，他有过秉烛达旦成迹留在世间，所以现在就和观音大士相处在一块儿，人家反钦敬他提创男女平权，实行解放，不会说坏他老人家的了。"

补篱道："郭师爷，你认道观音是女身吗？大谬大谬。"

郭二道："小可瞧那全本《大香山》，火烧白雀寺，不是表演观音历史，道伊是妙庄王三公主？"

补篱笑道："就为有了这出《大香山》，以至世人大半把观音当作女子了。"

郭二道："这层道理咱们姑置不论，就眼前说话，还是把观音认为女身，使圣贤爷好沾些便宜。"

补篱道："圣贤爷自家有媳妇的，何必去讨观音的便宜呢？"

郭二道："请问圣贤爷的岳家姓什么呢？"

补篱道："姓胡，此事就发生在本朝。去年不远，那是圣贤爷自己托梦与解州知州朱旦，详述自身三代，道祖父叫关审，表字问之，别号石磐，汉和帝二年庚寅生，世居解州常平村宝池里，为人冲穆好道，常将《易经》《春秋》二书训教小辈，卒于汉桓帝永寿三年丁酉，享年六十八岁。圣贤爷的天伦叫关毅，字道远，天性仁孝，爷死了，庐墓三年，不履城市，于汉桓帝延熹三年庚子六月二十四日生圣贤爷。后来娶妻胡氏，于汉灵帝光和元年戊午五月十三日，生子关平。那朱知州得了此兆，便托一个名士叫冯山公作了一篇《关侯祖墓碑记》，刊在石碑上，树立在解州关庙之内。"

郭二道："如此说来，爷到过解州，想曾亲睹这篇碑文？"

补篱道："不，我是在一个姓宋的著的一部笔记，名唤《筠廊随笔》上瞧见的。"

郭二道："原来是书上瞧下来的，小可也听人从书上看下来，道圣贤爷本不姓关，而且脸子也不红的。因为代人打抱不平，杀了一个恶霸，避祸逃出去，过一个什么关，见关上已张挂缉拿他的告示，而且画影图形，万难过去。于是往河边去，想脸上去涂些水泥，及至河边，水中照见自家面目已变成红色，于是大着胆子闯过关去。关上人盘问圣贤爷姓什么，圣贤爷信口回答，指关为姓。至于那个关平，本是胡老儿的第二个儿子，过寄圣贤爷为子，亲生二子，大的名兴，次的名索。并且说圣贤爷能画竹头，画得很好。圣贤爷原相是庚寅，故而东吴孙权托人说亲，要圣贤爷的女儿做媳妇，圣贤爷回答道：'虎女焉肯配于犬子？'如今照爷说来，小可以前听得的全不是这回事了。"

补篱笑道："据郭师爷说来，那么孙仲谋的生肖定属犯了，这真和打哈哈地道'诸葛亮的天伦叫诸葛何，周公瑾的爸爸叫周既'一样了。"

郭二道："不错，去年小可到爷府上来的时候，路经北京，在前外一家落子馆内闻得一个说相声的万人迷，他在桥梁上也如此说法，道周公瑾临死说的所谓'既生瑜何生亮'。"

补篱听他越说越糊涂，方信古人那句"尽信书，则不如无书"的话确有至理。从古到今，受这种鼓儿书戏剧害的人实在不少，怪不道前年到姊丈家中，见他那册《红帮海底》上把梁山宋公明算是鼻祖，又有什么从古到今三根半棍子，李哪吒、孙悟空、赵匡胤三根是全的，薛刚只算半根棍子，同此刻郭二的说话相近的了。有朝一日，我总得同姊丈说明了，拿来细细地改正它哩。

两人一阵子闲谈，时候又消磨了好一会儿，这个乞丐尚不见回来。依着补篱，还要等下去，随来的家童道："爷出来好久了，怕老太太要悬望，咱们姑且回去。横竖一个乞丐，要会他容易得紧，明后天待小的跑来，喊到我们家去搭话，何必像爷这样金枝玉叶之礼，屈尊就卑，在此呆等呢?"

郭二道："管家这话说得也是，爷如其爱才如命，定要今天会这乞丐，可以吩咐此间庙祝，叫他转告乞丐，少顷回来了，叫他就上爷家去，也是个办法。"

补篱听了点点头，便命家童去知照了庙祝一声，然后回家。口内虽则不说，心想："这个乞丐，我料他绝非寻常人物，未必招之即来，挥之即去。"果然不出补篱所料，当日此丐未来，第二天着家人去唤，仍未唤到，回来禀复道："这乞丐可恶得很，闻说是爷呼唤，和蹩脚医生相似，情愿无生意在家内抱小孩，一有人家相邀治病，即便搭架子要大吹法螺，道某家某家多来相请，忙得不可开交。此丐也是这一法，昨天庙祝知照他，他睬也不曾睬一睬，今天小的去呼唤，初也不来瞅睬，经小的再四催促，那乞丐方有气无力地道：'我要我的饭，他做他的富商，两不相干，唤我何事? 难道他要拜我为师学些要饭诀门，以备将来需用吗? 老实说吧，你家主人叫我不动，毕竟要叫我，你去回复道"婆媳妇戴孝"就是了。'他说罢，又扬长自去上街要饭了。"

这家人意谓说了这一席话，主人听着，必恼此丐无礼，不会再去叫唤的了。殊不知补篱一听这话，愈觉此丐傲骨嶙峋，不同庸俗，令人益加敬爱。再将他回答这句"婆媳妇戴孝"话仔细味一味，分明是一句哑谜，暗藏"无公夫"三字，无公无夫，所以婆和媳妇都穿了孝服，"公"字谐声假借那个"工"字用。"本来我既要和他结纳，应该我自去亲近，命家童传唤，庙祝转言，皆非敬贤之道，毋怪他要将'无工夫'三字来拒绝。此丐不但武力胜人，并且腹中也略有经济，这倒更不忍轻易放过，还是自家再去一趟吧。"正待前去，天公不作美，忽然狂风大作，先下了一阵黄沙，接着雨雪纷飞，天又骤然寒冷，不能出门，只得在家闷坐了三天。直待第四日清晨，天虽未晴，雨雪幸已住了，天也温暖了许多。补篱不管地上泞滑，喊了郭二，家人也不带，又上喃嘛庙去找寻那个乞丐。走到殿上，只见那个乞丐睡在铁钟旁侧，面对着墙壁，手内拿了一枚大钱，口内咿咿呜呜地唱着。张、郭俩留心侧耳一听，原来唱的句儿道："你本是宇宙中的精灵，人为你劳碌奔波过一生。习文的赖你萤窗雪案供衣食，练武的为你虎斗龙争动甲兵。有了你五湖四海皆能去，有了你富贵功名容易成。多少是非因你起，至亲为你拼性命。有了你，胡言乱语无人驳；没了你，金玉良言谁肯信。神奸大憝与你为狼狈，义夫节妇须你完品行。没了你到处人憎厌，有了你无地不欢迎。孔老二周游历国也因你，孟夫子嚼舌喷蛆亦为君。俺为你龌龊东西常鄙弃，只落得流落他乡受苦辛。"

补篱听了乞丐唱的这支《铜钱曲》很有深意，郭二待他唱罢，要开口唤他，补篱摇摇手，亲自轻轻走至他近身一望，只见他靠墙根的地上摊了四五张纸，纸上花花绿绿，字画俱有。定睛细瞧，原来是从张家口上库伦及买卖城的详图，不但把所有经过的小地名以及若干里数都载得明白，并将何处险要，可置炮台，难攻易守，何处平坦，形势不甚重要，易攻难守，都一行行注着，那是绝好一纸军用详图。

补篱不觉脱口而出道："咦，这位朋友还读书识字的哩！"

乞丐冷不防背后有人说话，倒吓了一跳，忙坐起身来，扭项一瞧，认得是前几天曾来玩耍之人，听补篱如此说法，闲闲地接口道："不读书识字，也不至于要饭。"一面说话，一面将那叠地图收拾了，和那一枚大钱都向怀内一塞。

郭二此刻便把补篱家世以及访寻来意，粗枝大略都说给乞丐听着。补篱道："我看朋友骨相瑰奇，绝非久困泥途的流丐，朋友究竟怎样会如此落魄？"

乞丐一闻此话，不禁脸色一变，几乎泪下，凄然地答道："承公顾问，而且如是诚意，刮目相看，可算是风尘知己，俺也不能不以实相告。俺原籍四川打箭垆瓦斯沟人氏，名叫刘兴邦，自幼受过名师传授，文武学识皆能略有门道。俺的爸爸本以贩卖药材为业，常走关东三省以及青海、蒙古、热河、新疆、绥远、察哈尔等地。俺在六岁时节，俺爸被一个同伙见财起意，在官厅谎告上一状，指俺爸是棒匪头目，抓到当官，幸无确证，所以定了个流罪，充军到乌里雅苏台，发给披甲人为奴。那时，俺年纪幼小，还不识什么，直至十四岁那年，被人骂了俺没爷种，回家追问母亲，才知端的，故而对天发誓，立志出来寻父。始而老娘不放，到了十五岁这年春天，俺瞒着母亲，偷跑出外，沿巴塘大路，一径求化到川藏交界，三十九土司管理的地方，再回到川边太昭县，循着那条大道到加托克，在是处做了半年苦工，然后奋勇越过察察岭同克里雅山，及至于阗，人冻出了病来。又在于阗病了三个多月，再循大道进甘肃的玉门关，经过敦煌至安西，又出猩猩峡至镇西，居然到得俺爸戍所，仔细一探听，才知爸已到了乌尔戛哩。于是再走翁金河，至赛尔乌苏，经那林抵库伦，总算吃了这许多苦，得和俺爸见面。本想父子俩结伴回去，谁知俺爸忽然抱疾身亡，俺没奈何，将爸火葬了，拣着骨，从昭莫多到林滂江，来化到此。因在塞外多受了风霜，两条腿有了病哩，所以在此寄居，已近两个月了。心想待天气温暖，腿病好些，要从内地大宽转求乞回乡。”

补篱道：“大丈夫桑弧蓬矢，志在四方，朋友又何必定要回去？”

刘兴邦道：“俺十五岁寻父，偷跑出门了已经九年，今年俺二十四岁哩，不知俺那苦命的母亲在家怎样了，所以俺必然要回去。”

郭二道：“你只有二十四岁吗？哎哟，你自家不说，我认道你总近四十岁了。你家中除了老娘，还有别人吗？”

刘兴邦道：“俺有个妹子，尚有母亲自小与俺定了一房媳妇，童养在家。”

补篱道：“你出了门，家中全剩了三个妇女，叫她们如何过活呢？”

刘兴邦道：“实不相瞒，俺爸生前买卖不恶，我娘手头稍有些积蓄。再者俺们川边姓刘的多是公口弟兄，自己赚了钱，遇了公口会内发生甚事，要需用款子，便将自己所入先尽会内支用。譬如这家没了当家，遗下孤儿寡妇难以为活，会中也要给养的。所以俺虽出外，家中人的日用大约布衣菜饭之需不愁没有哩。”

补篱道：“据你说来，总是早一天回去好一天。”

刘兴邦道：“这又何消说得？无奈力不从心，再加生了腿病，只得慢慢设法。”

补篱道：“我前天见着你有这样神力，我心上就很爱惜，此中恐有前缘注定，而今听你说来，又是个孝子。你所谓力不从心，不过缺乏川资，待我如今回去就命人送一笔盘缠与你，待你好早日回去，一家团聚如何？”

刘兴邦听了，双手乱摇道："萍水相逢，怎好讨惠？天生着俺这个苦命身子，注定要受多少折磨，一毫也不能减少。如承厚惠，使俺早回家内，怕又要生出别的乱子来，还是待俺腿病小痊，求讨回去的好。"

郭二道："你这人倒也古怪，我那爷热心资助着你，你反如此说法。可知张爷的钱乃是将本求利完全经商赚来的干净铜钱，不是做了官去乌天黑地刮积下来的造孽钱，又非贩米出洋运销鸦片吗啡等毒物的不义之财，你取不伤廉。而且张爷又非施恩望报之人，你只要回得家去，心上常念着有这么一个义士慷慨解囊助汝回去，这就是了。"

补篱笑道："我不作你哀怜党看待，你也莫当我放九头鸟博重利的人看待，这就得了。四海之内皆兄弟，今番我助你，也许将来有你助我的日子哩。"

当下补篱和郭二回转家中，便把此人此事入内告禀母亲。张赵氏一听，也大加钦敬道："救人须救出，莫负半途间。既有这等仁孝之人，资助他回里也不能草草率率送几个钱去就算了，倒不如把姓刘的邀到家内，索性代他置办行装，另外资助他一票盘费，再代他出封信给你姊丈，叫他顺路上徐州投递。你家姊丈交游广阔，西鄂东川一路上定有朋友辗转照料过去，让这孝子安然到家，最好使他能够多带些钱回去，这才尽善尽美了。"

补篱听了大喜，忙退出来，烦郭二劳步一趟，再上呴嚇庙内，务必把刘兴邦邀到家来。郭二奉命前去，兴邦见是诚意相邀，未便过却，只好随到张家。补篱便将自己母亲的意思同他说起，把个刘兴邦感激得涕泗横流，不过闻说要多赠路费，仍又极力辞谢道："小人有何德能蒙太夫人同爷如此优待，今生如其无由答报，只好来生变作牛马以偿。爷如其把小人看得起，当作一个人看待，那么请赏赐一百二十块钱，小人一路回去，已很宽裕了。倘定要厚赐，超过这数目，那是爷仍将小人当作沿门求化的乞丐看视。至于徐州是必经之路，代爷送信给令亲，也是分内该为，但是切莫再去转累令亲破费分文。爷虽美意，怎奈社会上人嘴坏不过，要将小人说成无赖，把寻父省母当了标识，借此飘荡江湖，拿来当作营业，到东告帮到西骗钱，还好算男子汉大丈夫吗？所以小人一定不敢拜惠。"

补篱闻他如此说法，斩钉截铁，倒变了无法可以多送川资，又只得进去和娘商量。张赵氏真有主意，私下吩咐家人，把二百两小银锞儿打扁了，杂在棉絮里头，代刘兴邦分装在被褥袄裤之内，于是留他在家住了七天，待衣服行李制就了，然后送他上路。临行那一天，表面上补篱果只拿出一百二十个番饼来送给他为路费。郭二见他腿上有病，行路不便，也将自己那骑白马借给他乘道："你到了徐州，再过去要经水道乘船哩。此马就留在赵三爷处，横竖此间常有人往来，有便可骑回头的。"

补篱又将写给姊丈的书信封口授给兴邦，叫他面递赵王孙开拆。刘兴邦受张家母子如此优遇，最稀罕是自己已流为乞丐，一旦邂逅相逢，向无交谊，而蒙这样照拂无微不至，这才是仗义疏财，当此四字无愧。所以临走之际，刘兴邦在张家厅上朝上拜了八拜，祝颂补篱母子多福多寿多子孙，拜罢之后，又从贴身掏出一个铁铸的小小九连环，赠予补篱道："这小玩意儿，爷将来如往西川、川边、青海、新疆等处有事，万一遇到神匪棒匪等众，把这小东西显出来，或者有些小效验哩。"

又向郭二作了一个揖，谢他借马之恩，方才上路。却是连累张家一班下人背后烦言啧啧，多道："小人发呆，着这江湖上哀戳的道儿，连郭师爷也枉为出门人，也被他将马骗去哩。"

直到兴邦去了近五十天之后，徐州赵王孙派赵忠到来，骑还郭二马匹，并预送中天节盘前来。有信答复补篱母子道：

> 将刘兴邦派人送至大通，搭长江船至汉口，并托汉口的哈巴狗刘贵照料一切。此人本是川西孖八卦教中有名人物，一过重庆，便有同教招呼，因来书切嘱密助多金，故亦依照府上办法，将金叶子五十两散缝在袍褂之内，赠彼穿去。

张家下人见郭二的坐骑已回来，才知并非哀戳，方始不有闲话。赵忠住了三四天，领了谢函，自返徐州复命。

话分两头。却说刘兴邦的母亲项氏，自从九年前头，一个儿子不见了，自然妇女识见，先忙着求签问卜，四处找寻。他们川边地方最敬信的神祇，第一是灵佑忠义王，其二叫作千圣小皇。其实忠义王是张桓侯，小皇是关索，不论大小事情，多去叩问这两位神道，据云灵验非常。刘氏不见了儿子，可怜啼啼哭哭往忠义王庙内求签，求得一根五十签下下，签诀道：

向阳花木不逢春，色相空空镜月明。
鲛泪成珠须仔细，罡风吹处化为尘。

请人详解，都道非但儿子没有生还之望，家中的女儿还得提防出事哩。刘项氏听了，雪上加霜，日夜忧愁，为了找寻儿子，冤枉钱不知费了多少。如是者过了一年有余，那条寻儿子心肠稍微冷些了，不料命宫磨蝎，前生注定，一个十二岁的女儿巧珠接着也被骗子拐去。这事一发生，把个刘项氏急得发疯一般，在路上瞧见了别人家小孩儿，她便抱定了喊："心肝好肉，今天被娘寻着了！"情状着实可怜。疯了三月有余，生起病来了。这当儿，那个童养媳的母家道："刘家孩子既已不见，不能耽误我女儿终身。"要领回去另行对亲。这竟是刘项氏的一道催命符，莫说别的，病人在床，童养媳去了，谁伺候茶汤呢？幸亏刘项氏有个内侄女，年纪与兴邦是同年的，因为算她的命，要做尼姑的，她父母设法将八字改了，出帖出去，配了一家婆婆家。不料那未婚夫夭折哩，再换对一家，又是如此，此女变成双料望门寡，没人家要了。她常在姑娘处走动，到了那时，她倒很忠实地来服侍姑娘。刘项氏病了年半，才得起床，感谢这内侄女的服侍勤劳，便认为义女，但是希望自己儿女回来的那条心肠当然不会灰烬。

瓦斯沟的风俗和前藏相似，有一种惨酷的迷信举动，名为点天灯，乃是将自己身上的皮肉割下一块来，缚在那神庙前的旗杆顶上，喂空中飞鸟。相传点了天灯之后，有求必应，于是刘项氏在神前默祷，不论儿女，如能生还一个转来送自己的终，情愿连点三次天灯，每年正月十五举行，庙祝说要先点后验，于是刘项氏臂上割了三个碗大的创痕出来。天灯竟然连点三次，谁知儿女依然杳无消息，不见生还。可怜刘项氏又许了终身持斋念佛，天天焚香点烛，要修得可能使儿女二人中回来一个，每日不是烧香念佛，便是同义女谈心事。一谈心话，便又哭泣，任凭亲族跑来解劝，她总譬不过来。内中有个族侄，叫刘三喜子，他觑上了这份家私，近两年来常常跑来献小殷勤，但是刘项氏心病一天深一天，两只眼睛渐渐哭得失光，瞧远不行了。每日只吃一顿东西，而且吃得极少，身子常常微寒微热，半眠半坐，神思恍惚。不过她病到这地步了，那烧香念佛的日课依然风雨无阻地做着。过到此种生不如死的日子，尚未觉悟佛无灵验，还扶病修祷：“望佛菩萨保佑，就是儿女不回来，也求菩萨保佑他们在外手脚清健，无灾无晦，如有难关，多折在我苦命老婆子一人身上吧。”正是：

无后不偿儿女债，有子方知父母心。

欲知后事如何，且待下回分解。

第六回

游子喜归来感友赠金慰慈母
同根煎反急唆夫设陷阱堂兄

却说刘项氏望子不归，盼女不返，喉间虽然有气，其实精神上受了这样痛苦，真比死还要难过，这才是人间地狱，实在难熬。初不料不见了九年的儿子尚得生还。

刘兴邦自蒙张补篱母子照拂，又承郭二把坐骑借予他，先至徐州，复承赵王孙另眼相看，派人送至大通，搭江轮到了汉口，一切又有哈巴狗刘贵来招待，将他送上水船。到了重庆，然后舍舟登陆，先到成都，等过了成都，再向西行，已好比到了自己家内一般。虽然尚有九百二十里路程方可到得打箭垆，但是依着驿路西进，所有经过双流、新津、邛州、名山、雅安、荥经、清溪等八县，泥头、沉村、烹坝诸驿，皆有公口分会设着，不愁没有自己人招呼。

兴邦出外首尾十年，心上虽也牵挂老娘，无奈由张口到北京，距离四百三十里驿站路，再由北京到成都，有四千七百五十里，自成都到家，再有九百余里，共有六千多里路，依着吏部赴任凭限定例，也需走一百多天才到。此次幸遇张、赵等人资助，从长江西上，自东川至川边，便利得多。如其走了旱道，由陕入川到家，非但周折，路上苦楚还要受得多哩。所以在啕嘛庙中存身要饭，倒也不见得怎样念家，而今到了打箭垆，回至瓦斯沟家内，只剩二十余里，反而心中焦灼，恨不能肋生双翅，飞回家内。好容易到了瓦斯沟集上，唯恐再遇熟人勾搭，将头上毡帽往眉上一按，遮了自己面庞，背了行囊，低着头匆匆走路。穿过市街，到了自家门首，可怜家中没有了男子，弄得门垣颓坏，一股萧索情状，使人见了，酸鼻难受。出了门九年，恐怕打错了门，所以要站定了仔细认了一认，不曾认错，才把手一推，门却闩着，于是伸手叩门。兴邦虽然是个豪杰，此际也撑不住一颗心别别地跳个不定，接连叩了九下，才听见里头一个女子声音问道："是谁呀？"

兴邦还认是自己女弟巧珠，忙答道："妹子，是我。"

里头刘项氏的内侄女项秀林也误认作刘三喜子，故此道："敢是哥哥？"

兴邦喜道："不错，是你哥哥回来了。"

秀林便走出来，拔去门闩，乒乓一声，开出门来。两下都是一愣，不约而同地道："你是谁呀？"要彼此诘问一遍，方得明白。

兴邦急问："我那娘呢？"

秀林道："睡在床上。"

兴邦大踏步进门，将行囊卸在中堂，除下毡帽，三步改作两步，进房看视老娘。秀林也把门闩上了，跟至床前，低低地道："义母身子虚弱得紧，晚上没有好睡，此刻想是眠稳着。表兄手脚放轻些。"

兴邦走至床前，只见老母面朝着里，鼻孔中只有一丝游气，摸摸臂上身上，好似枯柴一般。兴邦自知手重，缩了手，低低唤道："母亲，母亲！"喊了两声，刘项氏游魂复返，身子沉重，翻不过身来，口内却喊道："秀儿，我那兴儿想已不在人世了，我适才恍惚之间，好似兴儿的声口唤我，这定是他在异乡作古，魂魄还家看我哩。"说时，又要哭出声来。

秀林便道："寄母，并非是梦，九年前不见的表兄现喜安然回来了。"

兴邦便在床前跪下去，接口道："母亲，不孝的孩儿回来哩。"

刘项氏的病症本因挂念儿女而起，此刻听得声口果是自家儿子，不过乡音中夹着一些别地方杂音，心花怒放，病竟减去一半。平常转侧要秀林搀扶，不然休想动弹，此刻却很爽利地坐起身来。可怜两目又失了光，再加房内黑暗，一时看不清楚，只伸出那只鸡爪似的枯瘦手向床前瞎摸。口内连喊："果是兴儿回来了吗？谢天谢地，点了天灯，谁说没有用？好儿子，你抛得为娘好苦！你出门了九年，一向究在何处？如今不惹人笑话，有人送终了唉！你家妹子也被骗子拐出去了，算算亦已七八年哩。你今回来，不知你那苦命妹子，今生母女尚能见面否。好儿子，你今后切不可再抛撇为娘出门的了。可恨你那媳妇早被你的混账岳母亲领回去改嫁别人的了。如今你回来了，有人出头说话了，该去理论一下，将茶礼要回，替我儿另对一门亲事哩。”

刘项氏口内絮絮叨叨，夹七搭八，有头没脑地说着，两手一上一下地乱摸。兴邦忙跪上些，将身子去凑着娘的手。秀林聪明，便点起灯来。刘项氏才看清兴邦面目、双手，搀了儿子起来，叫他坐在床沿上，不住手地在儿子身上扒摸，口内频频叫唤，心上又回念以前苦楚，再者想着女儿巧珠不知能否也像儿子般回来，不觉又要哭出来。见儿子已长大成人，身上穿着得也不坏，想来在外日子还不甚难度，心上又颇欣喜，竟要笑出来。于是弄得脸色非哭非笑，一味把口张开了干号。

此时的刘兴邦见娘如此模样，心上也悲喜交集，既忙着要把自己九年在外情事一一告诉老娘，又忙要动问家内情形，怎么胞妹会被骗子拐去，一时倒也变了一部二十一史，何从说起。直待娘号停了，兴邦也定一定神，先将自己因为寻父出外，怎样受尽辛苦，居然到库伦，把父亲寻到，后来父殁他乡，怎样负骨归来，流落张口，如何遇着补篱母子仗义资助，才得归来，依次说出。把个刘项氏听得哭一阵，笑一阵，骂一会儿，谢一会儿。

兴邦说完自己之事，于是再问及家中事情，一桩桩、一件件地细问，可怜刘项氏含着眼泪，一情一节告诉儿子。兴邦听了，心上自也十分难受，待娘话毕，便先站起来向项秀林深深一揖，谢了她这几年侍奉之劳。于是再回头安慰娘道：“如今儿回来之后，好重振门庭，娘可过几时好日子哩。”

刘项氏道：　“儿呀，你把父亲的骨殖路远迢迢背回家来，现在何处呢?”

兴邦便将外头衣服解开，直解到衬里小短衫内，才现出贴肉一个黄布小袋，用布带挂在颈内，指给娘瞧道：“此中就是爸的骸骨。”

刘项氏道：“难道一个人一副骨殖只有这一些些?”

兴邦道：“不，袋内并非是全副骸骨都在里头，那是几根大骨，烧不成灰的，装在里面。库伦风俗大多如此，人死了，延请喇嘛诵了经，然后举火焚化，有钱人家用瓦龛合着尸身焚的。像我爸那样，他们公共焚尸场所有一只铁交椅，把尸身缚在上头，下面做就两个铁轮，推入火内去焚化。等待火葬以后，隔了五天，由亲人进去拣骨上袋，袋好了便在附近寺观内的塔院中先供了三天斋饭，算请同塔院的故鬼享用。斋了三天，到第四日，由寺中执事将塔门开了，把这骨袋挂了进去，便算完事。每座塔院挂满五千零四十八副骨殖，凑满一藏，算是功行圆满，另换新塔。这都是依着达赖喇嘛法则办理，大小人家如是，总没有全副骨殖装在袋内的。”

刘项氏道：“此地是没有塔院的，你预备如何处置这袋骨殖呢?”

兴邦一面重将衣服纽好，一面答道：“儿想死者入土为安，还是买块坟地，择日将爸骨埋葬了。”

刘项氏叹道：“好儿子，为娘手内积蓄现已用得差不多，公口会内的津贴，幸亏小房内的三喜子按月代领，如今也大非昔比，领不足的了。有时这个月内的钱支付不出，还要待下个月并支。所以为娘的拮据万分。你说买地埋骨，一时哪里有这笔款项啊?”

兴邦口虽不言，心想：“公口会内断不会两月并支。”又道，“什么领不足？此中大有研究，过一天当得亲往会内问问哩。”此际忙不在一时，不暇便向娘说起，仅道：“儿到了家，总好设法赚钱，不至于再坐困用死钱了。”

刘项氏道：“我老糊涂了，儿到了家好久，尚不曾命秀儿去端正茶饭。”

兴邦道：“儿此刻并不饥渴，不必特地去煮起来。少顷和母亲、妹子一同吃晚饭吧。”

刘项氏道：“也好，为娘的久不吃大米饭了，今天儿回了家，为娘的大为高兴，少顷也要吃些饭了。”

秀林道：“义母坐了这许多时候，想已乏了，可想睡一会儿再坐吧。”

刘项氏道：“今日奇怪，我竟一毫不觉得倦乏，此时如其你家巧珠妹妹也归来了，我或已能够下床了。”

她俩讲话当儿，兴邦觉得身上发热，便脱下一件马褂来。刘项氏道：“这件马褂敢就是徐州姓赵的恩公赠你的吗？拿来给我仔细瞧瞧是什么料的。”

兴邦便将马褂授到娘手内。刘项氏反反复复，看了又捏，捏了又看，连道：“怪了，里头不尽是棉絮，还杂和着一种硬绷绷、一条条的什么东西在内哩。”

兴邦道：“本则一路怀疑，皆因未便拆看。这两件袍褂，姓赵的赠我之时曾道：‘莫嫌绨袍，务请永久保存，切莫轻弃，留些纪念。’不要他们因儿不肯多受银钱，将值钱东西缝在里头，倒不如拆开一些瞧瞧。”

刘项氏道：“痴孩儿，你不多受人家馈赆，人家求之不得，难道真怕钱要霉坏，一定要挨给你?”

秀林道：“左右没事，待义女来拆开一些瞧瞧也不妨。”于是，秀林伸手接去，将那件马褂袖口先拆出来，果有赤金叶子和在絮内，自然再将全部拆视了。

兴邦道：“照此看来，这件大褂内也有东西在内哩，不然不会如此重的。”

刘项氏见衣服内拆得出金叶子，她便将大褂要去，坐在床上拆了。兴邦又想道：“张恩公送的被褥袄裤，一路上扛得我出了不知多少热汗，夜间摊开睡时也嫌太硬。我一向认是结实老棉胎，现在袍褂中拆出了金叶子，不要被褥袄裤之中有甚藏在里头吧。”所以便走到客堂内，将行李打开，先拆去了被角上的线，伸手进去一摸，果又摸着了，拿出来一瞧，原来是小银锞儿，用铁锤打扁了，塞在絮内，不但被内藏着，连摸那褥子袄裤内也有好几块。放在手内掂掂，每块倒有六七两重，将被褥等四周摸遍，共藏有近三十块。心上愈加感激张、赵二人，暗忖：“受了他们这样深厚恩泽，叫俺何以为报?”

他正拿了块扁银跑进房内，告诉母亲。刘项氏听了，哈哈大笑道：“既有这许多金银，非但买地埋葬你爸的钱够了，就是我们一家三口以后过活之资，也好少忧急些了。”

兴邦不禁也含笑应着。秀林格外快活，高声道：“这是上苍不负义母苦心，苦尽甜来的好日子来了……”此话未毕，忽听外间有人打门。

兴邦跑去开门，出来一瞧，乃是个獐头鼠目、脑后见腮的少年，一望而知不是好人。兴邦拦住大门，不放他进来。那少年大怒，指兴邦：“何处跑出来的野驴子，敢在三爷府上撒野?”

兴邦听了，自然更不答应，要动手打起架来。幸得秀林走出来一瞧，方知两下误会。来的不是别人，就是近年来时常照顾刘项氏的族侄刘三喜子。秀林忙代两下介绍，兴邦听了，忙改容招呼把门关上了，让进客堂。兴邦抢前一步，将行李卷过一边，偏偏那拆开的被角内迭连滚了两颗扁银锞儿出来，兴邦很匆忙地拾起来，向怀内一揣，方同三喜子寒暄坐下，谢过了一向照拂之情。三喜子自也要问问兴邦在外九年干些甚事，兴邦便粗枝大略说些给他听。三喜子又闯入房内，叫应婶母道："公口会内上月津贴尾找，侄儿今天方得领到，即便送来。"一面说，一面又把刘项氏在大褂中拆出金叶子的情形看在眼内，并且还走至床前，拈起一条金叶子来复了复眼，口中啧啧称赞了几声："好足赤！"大有爱不释手形状。

此刻兴邦也跟进房来。刘项氏也停止了手中工作，同三喜子交谈，却道："侄儿，你瞧你家兴哥哥，在外做了九年买卖，却兑了这点儿黄货，呆不呆？"

三喜子将手内拈的金叶子放下来道："婶母是终年在家，不知外面江湖上的危险。财帛动人心，被歹人溜了眼，千方百计来图谋着，一不留心，连性命都有关碍，还是如此的安稳。横竖照分两计数，这条子金一些不亏蚀，不比首饰，倒还要除手工和是否本牌等折耗哩。但不知兴邦大哥这回得意还乡，共带了多少黄金回府？"

刘项氏道："我尚未计总数，不知共有多少。"

三喜子含笑回头向兴邦问道："大哥是知道多少数目的。"

兴邦觉得此人很不漂亮，不愿多谈，随口答道："在外做小买卖，哪会有多少黄白物带回家。家母适才也曾提及公口会的津贴，多费三老弟的金神，期期代领。现在分会内的当家想来仍是顾老胡子，怎么会规也不及从前整齐，为何要上月搭下月，还领不足？我倒要彻底去查查哩。那时如其要支款原经手人对质，还得有累三老弟。好在自族弟兄，我托大一些，只好待事后趸当酬谢老弟台了。"

三喜子心上别地一跳，忙从身上摸出一元四毛钱来道："这是上月尾找，本月的津贴明日也放了，索性仍待我去领了送来，下月的可以兴邦大哥自去支领。目下会内当家名义仍是老胡子负着，只因年纪大了，衰迈龙钟，所以实权现操在我家二房内的二十三叔父手中。大哥如往追查，用着小弟之处，自当效力。"说罢这番话，便回复了一声刘项氏，匆匆辞别出门。

兴邦假意敷衍了一句道："因我才得到家，诸事茫无头绪，家母又病着，乏人料理，连茶都没请喝一口，只得缓日补偿。今天诸多简慢，万乞海涵。"

送至门口，拔闩开门，一拱而别。兴邦关门进去，忙将金银一齐拆出来，检点数目，原来是五十两金叶子、二百两银锞儿，都交予母亲收藏起来。当日诸事都不及去干。

到了第二天，先到族长至亲等家中拜谒一趟，接着便忙着托人购地，急于要将父骨入土。待此事办过之后，再同母亲商量做何生理，维持永久的生计，书中暂且搁下慢表。

先提那个刘三喜子，别了兴邦，一脚回至自己家内，打门进去，向着妻子叹道："三年心思白白费掉了。"

三喜媳妇道："此话没头没脑，叫人猜想都猜想不出，怎么叫作三年心思白费呢?"

三喜子道："我和五房内的项氏婶母亲热，完全为她儿女都不知去向，所以常去走动，巴望她死了，好得她那份家私。不料今天走去，她九年前失去的那个兴邦狗入的倒又生龙活虎般回家来了。"

三喜媳妇惊然道："当真的吗?"

三喜子道："是我亲眼目睹，岂有不真之理?"于是把适才情形细述出来。

三喜媳妇听罢，恨恨地道："你这死囚杂种狗入的，自己枉为男子，一点儿胆门子没有。上年依我主见，乘苦命老乞婆病上床当儿，用砒霜毒毙了她，此刻就是这小龟子回来，家私也要不回去。偏偏你发起慈悲心念来了，说甚老乞婆迟早不活的了，何必下这毒手。如今发得好慈悲，老天爷总算补报你，兴邦回家啦，亏你好脸子尚来告诉我，三年心思白费啦。"

三喜子被妻子埋怨得哑口无言，一味低着头坐在客堂内唉声叹气道："天呀！就是放回来，何不放了巧珠这丫头回了家?我那五房家私，一半是我的跑不了。而今前功尽弃，没法想了。"

三喜媳妇道："不要你认差了人，老乞婆弄的玄虚，买了个野毛头进门，将那项家的小贱货配了他，霸占这份家私。"

三喜子道："兴邦出去时候十五岁了，我焉有认不得会差的道理?再者兴邦此次回来发了财哩。黄的金子、白的银子带回来很多。有了这金银，谁不愿做他爹娘，何必定要去认半死人做妈?照此推想，愈不会有别种关系，所以项老太婆病已好了一半，已能坐在床上做活计。"

三喜媳妇道："我们不管他三七二十一，打一下闷棍，真的也当他假，运动了族中驱逐他，或者用硬功打出他。"

三喜子道："运动阖族驱逐他，一来先犯本钱，再者真金不怕火炼，他是真的刘兴邦，所说出去时候十五岁了，不仅我们两口子认识他，事实上万办不到。至于用硬功，兴邦从小力大如牛，合抱不交的杨树，九年之前已经空手拔得起，何况目下正当壮年。你没瞧见他现在神气筋粗骨暴，一望而知是个不好惹的，休去自讨苦吃。”

三喜媳妇道：“你不要一味怕事，照你说来，他为了老乞婆那笔津贴，尚要去找顾老胡子说话，万一他做出来，呕掉这几年打后手钱尚是小事，不过从今以后，你还能在本地方上立足干事吗？你也得想想，人无害虎心，虎有伤人意。据我想来，还是先下手为强，后下手要遭殃的。”

三喜子道：“我正为此事在此焦急哩。”

三喜媳妇冷笑道：“不想对付方法，一个人焦急有鸟用？”

三喜子道：“我一时竟想不出甚好法儿来对付他。”

三喜媳妇两手叉腰，仰面朝天，想了一想道：“据你说，兴邦告诉你是出门寻父，他娘又道做买卖，母子说话不合，一件可疑。自己赚的金银为何要这样东塞西塞，怕人瞧见，又回答不出数目来？譬如买货客伙，亦该明白此次在自己家里，或是店里带出来多少本钱。或是是卖货的，也有一个除佣净盈多少数目在肚内。你又不是外人，为甚始而要避你的眼，继而你问数目共有多少，又支吾到别种说话上去？这是二件可疑。我看这钱定是来历不明，也许是偷盗来的吧。”

三喜子一听此话，触动灵机，忽然眉飞色舞，喜得跳起来道：“得啦！”

三喜媳妇道：“你得了什么计较呢？”

三喜子便凑到妻子耳畔，低低说道：“我想如此如此对付他，你道如何？”

三喜媳妇道：“这方法甚好，不过事不宜迟，要干便干了，不要又同上年下毒一般，我想了出来，你迟疑不做，致有今日。”

三喜子道：“今番自然就干，不可再缓的了。”

说罢，即便开门出去。正是：

蛇舌蜂针皆不毒，世间最毒妇人心。

欲知后事如何，且待下回分解。

第七回

枭獍逞奸邪同谋遗产
英雄扶正气独戏公堂

却说三喜子在家内信了妇人的教唆，二次出门去寻里正，告诉他："刘兴邦蓦地归来，带了许多来历不明的财帛回来。我曾亲眼瞧及，形迹可疑，犹恐将来闹出事来，连累我们近族，所以先来出首。"

那个里正叫陈荣生，已当了三十多年里正，真是个老公事，一听这话，一口就把三喜子的心事猜破，道："谁人不知你想得刘项氏那份家私？一旦你见族兄回来，你数年来的心思白用，所以你想出这诬良方法来谋害他。不过你信口说了这一句，又无真实凭据，这场官司叫你做对头人，和兴邦打去，你还想在他娘面前讨好，将来好得那份家私，你是一定不肯出头的，其实要我去做原告出首哩。万一审问下来，兴邦这钱确是做买卖积存下来的，那么这反坐罪名我可受不了。再者，你是不知官场的情形，现在打箭垆那个同知是湖北麻城县人，附贡生出身，加捐同知的，姓蔡，名叫锡康。他到任以来，口内时时唱念'千里做官只为财，不拿铜钱也是呆'两句，常和他属下那个徐照磨讲心话，口口声声我花了多少本钱才补此缺，再不料此地所征漕银三千七百四十六两，要实收实解，漕米折银又少不过，只得二百五十二两，没甚手脚好做，仓谷四千石，又被历任拖空下来，不足的了。明正土司的仓谷四千石也挨不到经手，单只一项养廉一千两，算是可靠收入，收来对付这个冲难繁要的衙门，实在不容易，莫道有利可图，一不留神还得赔本。你想吧，这位蔡大老爷口吻如此，他手内官司好打的吗？本来有两句'天上老鹰刁，地下湖北佬'古谚，若得贸贸然去投了一状，刘兴邦果真是盗，衔些米饭给蔡同知受享犯不着，如其反坐过来，吃不尽兜着走。除非你肯出头和兴邦去打对头官司，我就帮你干去。”

三喜子一团高兴，被陈荣生兜头一勺凉水，浇得烟消火灭，懒洋洋回去。陈荣生心上暗忖：“吹散了这边，然后跑到刘项氏那边，三声一说，借了这题目，多少总可捞他一个茶酒东道。”正想前往，不料打箭垆同知衙门里来了三个捕快、一个眼线，拿了一份公事到来，找寻里正，道：“本官接到雅州府的札子，乃是名山百丈场乡间的案子，连抢了七家，并且刃伤了两家事主。据眼线供出来，有瓦斯沟人在内，所以特来访拿。”

这件公事，因为府内的札子格外紧急，一路上吃下来，自然这三个捕快一到瓦斯沟，吃住在里正身上要人，一时三刻叫陈荣生如何交代得出这人来？仔细问问那眼线，才知这七家事主里头有一家做银匠的，常在雅州城中大银楼内领了生活坯子，拿家去打成了首饰，然后交到店里，故而此次遭了盗劫，失单上有金条、生银若干开列着哩。荣生一听，想着方才三喜子来说的话，那刘兴邦倒成了此案的嫌疑犯，便同捕快道：“请三位头儿少待，此地的嫌疑犯我想起一个人来了。不过此人力大无穷，只能用软功骗他到官，如其动武，怕你我多不是他对手。”

捕快道：“用什么软功呢？”

荣生便将三喜子报告的话一一说了出来道：“好在他们有自族弟兄在内幸灾乐祸，再者此人很听娘的说话，我们先去招呼三喜子，托他在此人娘面前见景生情，用话哄骗，只说本官要请看家护院的教师，命三位前来聘请，唯恐本人不允，叫她务必令儿子前往。然后我们备了张假帖儿，把他诱进衙门，我们的公事可以交代了。不过要干这事，事前须细心一点儿，待我领眼线先去照一照相，有影子的动手，倘然不是公门里面好修行，也不必去连累好人。”

三个捕快都道：“不错，快领眼线照相去。”

初不料这个眼线并非出钱购来，就是百丈场的村农。只因名山知县下乡踏勘，此人平日是个乡尖，欢喜多说多话，本乡出了盗案，他指手画脚，和人谈论道：“出事那晚的白天，我瞧见一伙客边人，本疑心不是善类，果然晚上就出乱子。”有人指他胡话，他当件正经事同人争执，并且道：“内有一个瓦斯沟口音的，身材生得怎样长短，面容如何肥瘦，瞧得清清楚楚，如其现在遇见，我还认得出的哩。”

这话却巧吹入名山县耳内，便带他回城充眼线，弄假成真，此人心上懊悔异常，一味想早日脱身回去。偏偏名山县的公差恫吓他道："倘然抓不到强盗，就把你当盗党办。"

他口虽不言，心上急死了，自怨多言卖能，闯出祸来，反弄得身子不自由，只得暗暗念佛，唯求早早抓到了一人，自家的干系也好早日脱卸。这也是刘兴邦的年灾月晦。陈荣生领那眼线去照相，却巧兴邦从族长家内出来回去，走在前头，荣生指着兴邦后形问那眼线道："你瞧前头走的那个汉子，是不是你遇见的那人?"

眼线跟随在后，且相且走，直跟到兴邦门口，留神听了听声口，可怜兴邦哪里晓得己身言行背后有人注意了去。等待打开了门，自顾自进去，那眼线便向荣生道："这人的身材好似长大了不少，不像那日我瞧见的人。及至听他声口，却又像的，仔细看看他的面貌，又有些相像。不过前次见他嘴上生了不少短髭，如今却剃得精光的滑了。"

荣生听了这一句道："公事场中，不行说那圆滑不负责的话儿，对便对，不对便不对，用不着一脚进一脚出的，你瞧此人究竟是不是呢?"

那人见荣生竖眉怒目、声色俱厉地追问他，吓得他没口子应道："一定是他，一定是他。"

当下荣生同眼线回至家中，告诉了三个捕快，依着定计进行。一到晚上，荣生便到赌场内找寻三喜子，果然一寻便着。荣生还不肯直告，只推说："你白天同我提起那件事，如今却巧有名山县百丈场盗案公事行来，你究竟肯出多少谢仪，待我来把兴邦做进这案内去?"

三喜子听了此话，喜得搔头摸腮，说不尽的快活，连向荣生道谢。至于谢仪一层，一口便许六十块大洋。荣生鼻子内哼了一哼，冷笑道："亏你一个大胆许出来，兴邦跌了进去，刘项氏一份家私至少两三万，你一人享用，我又不能再来分一半。老实告诉你，我是同你生长在一块土上的，往后去有碰头哩，孙子王八蛋要赚你一个小钱儿。不过要把兴邦做进去，打箭垆同知衙门里头果然要上下打点，名山县衙门内也得去花一笔铺堂使费，这才好把兴邦揿翻。用情不举手，举手不容情，万一打蛇不死，乃是反要被蛇咬的，六十块钱用在何处呢？你去代我分派分派看。"

三喜子听了，无言可对，停了一刻道："依里正算来，要多少才够呢?"

荣生道："衙门里的交易可称无底洞，少给了当然不行，要增加的。

若得给得多了，又知道你是外行，更加要争，定要一下打在七寸三分之内才没多话。像这样诬良为盗案子又非寻常小事可比，我去接洽起来，同知衙门内大半人面熟情，彼此来去得多了，唱不出外字调，倒是还有名山那头县衙门，我也不熟，要转去托人。干脆一句话，你拿出一千块钱来，待我去派了再说，如其不够，我代你垫了，好将来同你结算的。”

三喜子听说要一千，头都摇得下道：“我拿得出一千现货，也不必去转别房的遗产念头了，何不就将这笔款子放放债，盘盘利息，也可度日的了。”

荣生暗忖：“这小子极话都说出来了，看起来石子里榨不出油，也是徒然的。”于是同讲人命般，他俩唧唧哝浓足足谈了一个更次，总算荣生跌到二百块钱，三喜子方勉强答应。不过现付只得八十块，其余一百二十块还要见了颜色，树上开花哩。当下荣生便和三喜子约定，明天一早，荣生到三喜子家内拿这八十块头，这款越爽快，那件事的颜色保在他身上，立刻给青红皂白出来看。三喜子自然无心再谈，马上回家，和妻子说明了，将款备齐等待。

第二天天才亮，荣生已来打门取款，八十块钱一上袋，便叫三喜子：“往兴邦家内，如此这般地吹风，回头我同快班前来，假作聘请兴邦，他若推却，你须在旁添话帮衬，掇弄得刘项氏叫儿子应聘前往，这是你的责任。横竖此事与你的关系深同，我们关系反浅，你须努力去干一干的了。”荣生嘱罢自去。

三喜子又同妻子商议了半天，然后跑到兴邦家内，假意向他母子俩道贺道：“昨晚得的喜信，打箭垆蔡大老爷要来请兴邦大哥去做保家师爷。”

刘项氏毕竟女流，听了信以为真。兴邦却摇头不信。正在辩论，外边陈荣生同三个捕快叩门进来，取出蔡同知的柬帖，邀兴邦立刻同去。兴邦果然力辞道：“一来老母多病，家内乏人；再者小子并无真实本领，去了要辜负大老爷的抬举。还是烦三位上差禀复贵上，另请高明。”

不料兴邦在客堂内辞谢不去，三喜子在房中极力怂恿刘项氏道：“这是阖族中长威光的事，大哥为何反而拒绝呢？婶母该出去命大哥答应前往。”

刘项氏哪知就里，竟信了三喜子说话，喊兴邦进房，命他答应为是。三喜子故意含着笑脸，叫喊出去道：“兴哥，母命难违，答应了，从今后兴哥在本地衙门中踱出踱进，我们族人脸上也好看得多啦。”

兴邦心上很厌恶三喜子，但是场面上被他这一嚷，更难推却，就是要辞，也只得到衙门中去面辞，不能使居中人为难的了。当下只得叫秀林做起饭来，就令三喜子去打了五角酒，陪陈荣生等吃了一顿午餐，然后向三喜子敷衍一句，烦他照顾家事。别了母亲、表妹，和陈荣生等同进城去。刘项氏格外高兴，认作真有此事，故而兴邦出门，她竟能下床来扶着秀林的肩膀，亲至门外送儿子，直待儿子走得看不见了，才回进去。三喜子奸谋得遂，待兴邦走了，他再鬼混了好久，也欣然回家。

单表刘兴邦等离了家门，陈荣生假意别去，实在是回家去唤眼线的。兴邦虽则顺从母命，不得不往州衙走遭，心上总觉得疑团莫释：“自己一个寻常百姓罢了，又不是常在家乡做行告拳师的，怎么才从远道归来，蔡同知便会派人来邀？难道真的交了好运，所以在啕嗽庙会过张补篱，徐州碰见赵千里，把金银硬挨给俺，如今又遇到蔡同知来提拔我了？”于是一头走路，一头动问同行的公差：“究竟蔡大老爷怎样晓得小子懂得拳脚，如何会来呼唤？”

那三个捕快各说各话，龙门合不上了。走了一程，又听得后头有人喊着追来，回头一瞧，却是陈里正，又和着一个乡农，同追上来道：“我也有事上打箭垆，同伴前往，路上热闹些。”于是一路上你一言我一语，都讲的江湖黑话。兴邦始而不接谈，后来荣生忽然问道：“刘大哥，这回恭喜您进衙做保镖，不过如有客路开武差使的弟兄到来踩盘放春典，您能全明白吗？”

兴邦道：“虽不全懂，对付尚堪对付过去。”

在兴邦是信口答话，岂知他们是有意盘诘，于是荣生等将黑话说出来，兴邦全能回得出大小过门儿。荣生向那三个捕快丢眼色，百丈场这件案子八九成是有他在内了，不然强盗切口怎么全知道呢？等待同到州衙，便将兴邦软禁在班房之内，他们便往里销差。三个快班，两名是本衙门的，内中一个乃是名山县署派来，和着眼线同来的哩。当下蔡同知在签押房，先传瓦斯沟里正陈荣生进去，问他怎样将盗党拿获，有无赃证。荣生便把三喜子所说的话算是自己亲见，一一禀了上去。蔡同知道：“既有金银，照名山县粘附的失单上，本则有的，何不人赃并解，单抓人来呢？”于是再传值日皂班，命他们随里正前去，将赃银起来，待赃到了，再把盗犯过堂。荣生应着，立即又同皂班回去起赃。照例就是刘项氏、项秀林两名妇女也要带在案内听讯，因为有一百二十块钱树上开花关系，从中弄一个手脚，通信给三喜子，使他先去做好人，这面对付皂班，只说这两名女子和盗犯没关系的，不过也姓刘，同居罢了。由三喜子出来担保了去，这样一做手脚，无非使刘项氏格外信任三喜子，将来好全部家私传给他。荣生非但树上开花不落空，尚想有大大交易在后，故肯如此调派。

三喜子保了人去，便在兴邦家内开箱倒笼，细细一搜，共搜去了五十两金叶子、一百八十两扁银锞儿，第二天拿到衙门呈报上去，已剩了三十两金叶子、一百二十两扁银锞儿了。蔡同知见了这金银，很似盗赃，不然好好的银锞儿，为甚要打扁？赃证来了，待中饭过后，吩咐坐三堂，将盗犯过堂问一问，交名山县快班带去，归案究治。其时刘兴邦在班房内足足坐了二十四小时，明知事情糟了，到底不是请保家，但不知为了何事，要用这法儿骗我到州衙来呢？及至闻得三堂传讯，自己也要紧进去弄弄明白了，便大踏步进来，到三堂上跪下。蔡同知先问了姓名、籍贯、年岁、职业，兴邦以直禀告。

蔡同知道："你说十五岁出门寻父，年未成丁，倒有如此孝心。新疆察察岭在冰山附近，人到那里，冻先冻死了，从来未曾闻得有人去过，分明你十五岁便出去入伙为盗了。你是军犯儿子，你的相貌又颇凶恶，定是盗伙无疑。"说着，又命差人把金银拿给兴邦看了道，"这东西是不是新从名山百丈场银匠家内打劫来的吗?"

兴邦道："冤哉焉！这金银是朋友送我的。"

蔡同知道："咥！目下世人哪个不是一钱如命，怎会有这许多金银送人？这样好人，你会遇着，本分府为何反遇不着呢?"

兴邦道："确是汉口刘贵等送小人的程仪。"

蔡同知道："越说越对了。本分府也是湖北省人，那刘贵是著名青红帮匪，夏口厅、武昌、汉阳三处的访案至少积有五六十起。他本来坐地分赃，专同你们这班匪类结交，就算这金银不是你直接抢来，是刘贵赠你，也是来历不明的。本分府好生之德，不难为你，你有话往名山县堂上说去。"

兴邦虽在下申辩，蔡同知好似不曾听见一般，吩咐手下，把该犯上了刑具，暂寄外监。他便退堂进去，传书吏备了公事，将人赃并交名山县快班押解回去，一面另行备文禀复雅州知府，他总算公事交代过了。那名山县的快班当日手续未完，不能便走，又等了三天，方把回文赃物领到。一瞧那金子，足赤变了烂金，纹银也成了七铜八铁的折银，多非原赃，这是彼此公门中人心照不宣，未便多话。然后往监内提了人犯，正要动身，不料兴邦的母亲啼啼哭哭，刚巧赶到监门口两碰头，可怜她见了儿子这种铁索锒铛、赭衣就道的情形，老泪扑簌簌地落下来，呜咽了半天，只说了“儿呀，娘害了你哩！”七个字出来。

兴邦此刻心如刀割，满肚皮想找几句说话出来安慰老娘，一时倒又想不起从哪一句说起才是对症发药，也只有痛哭。母子二人泪眼相看，呆对了好一会儿，兴邦才道：“娘呀，您是病后之人，劳动不起，快些回去吧。儿不过遭了嫌疑，到名山县去了一趟，便可恢复自由，平安回来的。娘呀，您回去吧！”

刘项氏道：“十五年前，你家父亲遭人陷害，临了发配出去，为娘的也在此处送别他，他也道不妨事的，遇了恩赦，便可回家，岂知直待你背了几根枯骨回来，今生不能再见。那时有一个六岁的你、两岁的你家妹子，所以我茹苦含辛，一年年地苦度过来。到后，你们兄妹二人次第不见，生人乐趣早已全捐。好容易上天垂怜，儿得还，好比泥犁黑狱之中有了一线光明。初不料儿回家了，只得两天又遭官司，并且连三间祖屋据里正道迟早也要发封。这种日子再活他则甚？儿呀，今天是咱们娘儿俩生离死别的日子了！”

兴邦此际虎目中也频频掉泪，无言可慰老娘。那个名山县的快班站在旁侧，等得不耐烦了，硬逼着兴邦走路，先往下处算清了账目。那个眼线已把铺程收拾，于是同押了兴邦，觅路往名山去了。

监门口的刘项氏见儿子去了，捶胸跌足，号啕痛哭，此时围了许多闲人，你一言我一语地追问。同来刘三喜子适才怕见兴邦，躲在人后，现在重又露面，劝刘项氏回去。谁知她痛肠泪出，再加是个忧患余生的老年人，哭得一口气回不过来，竟然两脚一挺，眼皮望上一翻，身子往后一跤仰跌下去。三喜子忙上前搀扶，可怜她就此一瞑不视，呜呼的了。

三喜子心上万分喜悦，表面上居然也要假作悲伤，料理后事。顷刻之间，打箭垆全市传遍，都道：“蔡同知糊涂，将安善良民当作盗匪治了，至于害得这人的娘急死在监门口。”此话谣传出去，吹入了一个姓干的耳内。此人乃是天主教徒，实在也是个草莽英雄，因为不遇知音，久困泥途，一天到晚喝酒，所以人家多叫他干酒鬼。他得闻此信，暗骂："中华男妇的见识真多是井底之蛙，死了一个老婆子，街坊上议论纷纷，索性纵兵殃民，一下子弄死几百几千，反又都不敢多话，委之劫数了。不过蔡锡康治理此事，确乎草率一些，我倒要同他去玩耍玩耍哩。"于是仗着酒兴，跑到同知衙门内击鼓喊冤。本官认了什么大事情，立传吏役伺候坐二堂，吩咐传那击鼓之人进见。两旁吏役多认得是干酒鬼，未知他何故要来叫喊，只见他酒气熏天，脚步踉跄，走上二堂，到了公案之前，还往上闯着。两厢一声吆喝，叫他跪下。

干酒鬼道："可怜我是瞎眼，瞧不清楚，你们不要狐假虎威来吓人。"

蔡同知道："本分府瞧你两目张着，黑白分明，怎说是个盲子？"

干酒鬼道："大老爷看起教民是清白的，教民看大老爷却糊涂得很。到了此处，更加乌天黑地，辨不出路来。只有一件同大老爷相似，见了雪白的洋钱，那是看得出的，其余都看不出来。"

蔡同知听他如此说法，脸子多有些微红，不过还认作他无心的哩。待他跪了，问道："你姓甚名谁？"

干酒鬼道："教民姓干，小名唤作老子。"

蔡同知道："你叫干老子？"

酒鬼道："岂敢。"

此刻两厢吏役撑不住要笑出来，蔡同知也觉察了，暗骂："这奸民名字刁得很，不能再叫他了。"问他何事喊冤，酒鬼道："干老子家内被盗，连盗首姓名都知道了，所以特来喊冤。"

同知道："盗首叫甚呢？"

酒鬼便口若悬河滔滔不绝地报出名姓来，却都是当地几个著名士绅。同知道："这都是衣冠中人，岂有为盗之理？"

酒鬼道："这都是不操弧矛的大强盗，被他们勾引外伙，狼狈为奸，把打箭垆底都要挖掉了，还说不是盗哩。他们是衣冠中人，大老爷就包庇他们绝不为盗，像刘兴邦那样的小民，大老爷抓了他来，也不细细察究，就硬派他是盗伙，害他母亲在监门口急死。大老爷是民之父母，父母有爱子之心，如今大老爷不以民之好恶为心，也枉为民之父母了。"

这一席话说得蔡同知面上红一块白一块，倘然不是教民，早就掣签喝打。现在听说是个教民，又怕外人出场，只得把惊堂木一拍道："是个疯子!"

吩咐旁边撵他出去，自己着紧退堂，白受了干酒鬼在公堂上大闹一场。正是：

岂有疯癫能守道，若知廉耻不为官。

要知蔡同知曾否报复干酒鬼的刺辱之仇，且待下回分解。

第八回

胠箧动天良堪称侠义真君子
健儿显身手不了恩仇非丈夫

却说蔡同知无端被干酒鬼当众刺辱一番，究竟他是朝廷五品命官，岂肯善罢甘休，当场因为不耐再听酒鬼胡话，就急急退堂。及至走了进去，忽然想着这刁民虽则信教，不能打他，何不把他软禁了起来，待他吃些苦头，然后押到神父那里，告诉他此人咆哮公堂，照着中华法律，罪名大哩，因为他是贵教信徒，所以解来请你自办。这么一来，也可出出今天的气。所以忙又差贴身下人，速到外边去，命差役把这疯子看押在班房里，待少顷大老爷发落。下人应着出去，岂知迟了一步，那疯子早已跑掉的了。下人进来禀复，到了第二天，同知到天主堂内拜会神父，告诉他干酒鬼胡闹情形，神父命人去找寻，不料干酒鬼昨晚动身出门去了。

神父道："待这厮回来，定当严加训饬，押到司马跟前请罪便了。"

蔡同知拉了个半片俏的面子，此事便算将就过去。

话分两头，单表三喜子因为要得五房那注产业，所以将刘项氏的尸身不得不觅人抬回了瓦斯沟，然后盛殓，主持丧务，自然他们夫妻二人。刘项氏临下材时，幸亏项秀林想着将刘兴邦负归的那个黄布骨袋挂在姑娘身上，让他们老夫妻死也同衾了吧。等待含殓完毕，依着秀林主张，将这棺木停在家内，她情愿伴灵，待兴邦官司了后，回到家中，再行埋葬。不料三喜夫妻异口同声道："兴邦是没有回来日子的了，死者入土为安，三朝便要拿出去。"

于是两下争执起来。后经刘姓族长出来调停，将柩停到终七拿出去。三喜的妻子俨然此屋主妇，大小粗细物件，多要经手检点，而且造出许多话来向秀林寻衅，并道刘项氏尚有什么东西，着在秀林身上交出，几乎天天斗口。三喜子又在旁做好做歹地相劝道："好聚不如好散，等过四十九天，她自回项姓家去，何必事事与她认真？"这是分明下的逐客令。

其时秀林生身父母已死，家内哥嫂当家，又十分寒苦，她竟有欲归不得之势。人生遇到这种环境，也是眼前地狱，叫这个孤苦女子如何度活呢？日夜去抚着刘项氏的棺木痛哭，这也好比借他人酒杯浇自家的块垒。

这当儿，陈荣生来要那一百二十块钱了。三喜子道："五房的产业虽已归我，无奈现款没有，那钱只好慢慢设法。"

荣生不答应，两下争论起来。秀林听出了因头，方知兴邦是被他们谋害的。白天不敢说什么，待到晚上，三喜子夫妇俩回去了，秀林便唠唠叨叨哭诉刘项氏，要阴魂有灵，收拾这班恶人。连哭了两夜，第三夜二更打过，秀林仍正痛哭心伤之际，耳边厢忽然有了窸窣之声。秀林心上别地一跳，暗想："真的鬼出现了吗？"抬起头来望一望，又没有什么。秀林哭道："义母呀，您老人家在生最疼我，知道我胆小吓不起的，您阴魂果真有灵，该去寻着对头仇人的啊！"此话未毕，又听头上扑哧一笑。秀林吓得战战兢兢，抬头张望，梁上早跳下一个浑身黑服、遍体皂装的瘦小汉子来。秀林急得往外飞奔，欲想拔关叫喊。

那瘦汉忙开口道："姑娘休慌，也莫害怕，俺是云贵两省有名义贼赛时迁彭二，俺虽干这黑夜勾当，平生最喜偷富救贫，扶危济困，俺到四川来游玩峨眉山的，不料从绥江过来，在大凉山内错走到冕宁，索性绕到川边来玩玩。今天到此投宿在你家东邻，因隔墙听见姑娘哭得苦楚，而且哭得时候也很久，所以由屋上过来动问个底蕴。俺不是来偷东西的，你不必去惊动别家。你方才哭道，有对头仇人，是怎样一个仇寇？你说给俺听听，仇人住居何处？或者俺可以拔刀相助哩。"

秀林见这贼的言行举止倒很正派，确不像个歹人，并且所说的话诚恳异常，自己定要叫喊起来，瞧这贼从梁上下来，轻如落叶，功夫匪浅，谅来喊了人也捉不住他的，反空做一个贼冤家。他既自称义贼，动问我仇家，自己一肚皮心事本则无从发泄，何妨就抖抖这口闷气呢？于是把一情一节细细地诉说出来。彭二听了，双眉倒竖，两目圆睁，把刘项氏的灵座拍得跳起来，忙道："这三喜子的王八入的住在何处呢？"

秀林道："他们夫妻俩白天必要到这里来的，天天晚上回去。你果有心代我出气，只消明天留神瞧这屋内外来的一对狗男女，就是三喜子夫妻俩。等待他们晚上回去，你暗地跟往，非但认得门口，连人也不会认错哩。”

彭二点点头道：“对的，你也不要哭了，时候快三更了，好生睡吧。明天仍旧这时候，俺再来有话同你谈哩。”说罢，走到庭心中，将身子往上一纵，已经上了屋面，只稍微有一些瓦响，转眼之间已经不见了。

秀林见夜已过午，把窗儿关上，移灯回房安歇，且待明日晚间这贼的消息了。第二天白昼，好似见那瘦小汉子在门前走过了两三次。到了晚间，打过了三更，尚不见那贼到来，秀林认是不会来了，正想安睡，庭心中啪的一响，彭二来了，道：“这一对昧良狗男女，俺本当结果他们性命，因为与俺并无仇寇，像他们如此不仁不义行为，如再不改，自有人收拾他们。这种人的颈血不屑污我宝刀，所以用闷香闷过了他俩，只替他们头部上留了一些标识，又在他们门上贴了一张招贴，使得大众知道这对狗男女的劣迹，总算下了个警告给他们。俺因与姑娘有约，故此急急赶来，如今姑娘变了茕茕孤孑之人，你自己打算怎样呢？”

秀林泣道：“本来我是个尼姑命，所以连遭颠沛，弄到如此地步。如今我自家打算，待姑娘终七之后，送她棺木入土了，我预备到此间东市梢的白衣庵内，拜那当家悟善做了师父，削发为尼去了。”

彭二道：“姑娘既要出家，你手里头可有多少私蓄呢？”

秀林道：“我的手头如何会有私蓄？好在出家去做尼姑，不必计论有钱没钱的了。”

彭二道：“姑娘毕竟女流，现在世界上做人，无论何种社会，没钱总不行的，你认道方外不计较钱了吗？普天下男女僧人不知几许，为什么出名的高僧多是某处著名丛林中的方丈，从未曾听说穷乡僻壤的苦行和尚，倒有一班巨绅头宦、斗方名士都去捧他做高僧？可知就是出家人，也要有钱才有道行，自己手内私蓄越多，手面越大，手面一大，交际广阔，才有著名寺院的方丈住持等缺。挨得到做着做了名山宝刹的执事僧众，自有寺产经手，有了大寺院的产业掌管，自有一班斗方名士反来恭维他，巨绅显宦的家眷自会来皈依他座下为徒，哪怕‘奸淫邪盗’四字俱全的酒肉和尚，也可颂扬他是济颠僧派。你真认出了家，四大皆空，六根清净的了啊？”

秀林叹道：“我何尝不知这层道理。无奈我手头实在没有，不得不如此说法。”

彭二道：“俺会和姑娘见面，冥冥中亦有前缘，既然管了闲账，索性成全了你。你且稍等一会儿，待俺去拿来说吧。”又纵身上屋。

去了片刻，二次重来，手内捧着一个小包，拿进屋中，放在灵台之上，道：“这包内一共五百多块在内，姑娘收藏好了，做出家资本，大约够的了。俺今番去后，将来或者再到此地，定来探望姑娘。如其明天三喜子家那件事闹出来，姑娘千定不要说甚幸灾乐祸的闲话，更不可与人提及俺的事情。万一人口不密，漏泄出去，姑娘要受莫大祸患，切记切记。俺就此去也。”

此时项秀林心上说不尽的万分感谢，听说他要去了，无以答报，忙双膝跪下，向他至至诚诚磕了四个头，算谢他这番情意。跪下去时，尚闻他道：“这又何必。”

及至拜罢起身，人影也不见的了。当下把钱收好，自去安息。过了这晚，到明天起身，开门出去，便有人告诉她一件新闻道：“三喜子的家中门上不知被谁写了‘不仁不义的衣冠禽兽，图谋自族产业，上天降罚，削去眉发，以示薄惩，如再怙恶不悛，立当追摄魂魄’三十九个大字。经过的人见了，大为诧异。好事之人打门进去告诉他，谁知三喜子的两条眉毛、他妻子一头头发，昨晚不知怎样，都剃得精光。因此互相传述，都道三喜子存心不良，图谋你家姑娘遗产，所以触怒上天，差黄巾力士前来，将他夫妻两口的眉发削去，并且门上还写了这行字迹，弄得人人知道，使他夫妻俩见不得人面了。”

秀林听了，心知彭二所干的事，腹内颇觉痛快，外表却一些声色不露。那一天，三喜子夫妻俩不来了，到了饭后，秀林反上他家去探望，装得殷勤得很，实在呢恐怕人言不实，自家亲去瞧瞧。门上的字迹虽已抹去，他夫妻俩的眉发果都没有了。

又过了一天，复闻闲人传述道：“陈荣生家失窃，并且失去的不是自家的钱，还是收的漕银，共有五六百块，解漕的限期又近了，不能不赔出去。”

秀林暗忖：“莫非这也是彭二干的事？他赠我那票洋钱，用出去须留点子神。”所以每晚夜深人静，慢慢地将那洋钱上的图记一一地抹去。

光阴迅速，转眼之间，刘项氏终七之期到了。三喜子媳妇头上装了个网巾，前来料理内务。三喜子的眉毛尚未生出来，大人见了不说什么，那些小孩子们见了，都指着嚷道："大家快瞧呀，这是不仁不义、图谋自族产业的衣冠禽兽，所以没有眉毛的。"

三喜子心上虽恨这班小孩儿，然也无可奈何。秀林将姑娘棺木送入了土，自家识相，不待三喜子夫妇开口，将自己的细软收拾了，携往白衣庵内，削发为尼去了。不料刘项氏棺才入土，刘兴邦却从名山县跑了回来。照兴邦的武艺而论，一条脚镣、一副洋铐不放在心上，只因名山县那个快班知道这囚犯不是好惹的，所以一路用软话笼络住他，不敢硬做，免得路上出了岔，扛不住的。兴邦见他如此依顺自己，倒也不忍去累他，所以很自然地同到了名山。那个名山知县董筱沧，那是直隶沧州府人，出身是个一榜，大挑班次，读了几句书，有一点儿迂腐气味，把兴邦连坐几堂，传事主来认了几回。人虽都道："不是，那赃银却有些像的。"因为兴邦的原银早被打箭垆衙门内做了手脚，也换了雅州府那家银楼牌号的烂银，把兴邦诬陷成了真赃假盗的局面。

董知县道："贼既是了，盗岂会假？"

所以硬派在兴邦身上，要他招出同伙几人，如何起意连劫七家，叫兴邦招出什么来呢。董知县问了十几堂，问不出口供，主张要用大刑敲打哩。兴邦暗想："遇着这糊涂虫，再不脱身，白受苦楚。"那晚却巧是七月下旬天气，傍晚时候，天有些打阵，所以夜来暗暗无光，伸手不见五指。兴邦待二更天巡监二爷巡过了，他便高喊要大解，值夜禁班听见了，口内不住地骂："死囚犯，讨人厌！"但是牢狱中规矩，凡是大案的囚犯，和小案囚犯待遇不同，他要什么依什么，因为大案犯人多为江洋大盗，十有八九是没命活的，如其不依他，他横竖只有一死，乘你冷不防当儿，被他打死了，白死的；再者，大案的囚犯，像刘兴邦般，现在虽只一人，你不依了他，回头他的同伙一个个跌进来，人多势大，他要翻本的；三来，大案囚犯多是硬汉，你事事顺从了他，将来他绑出去恭喜了，也许他有一票私蓄埋藏何所，到那时念着禁子伺候得周到，他自己今生总用不着了，叫禁子去掘了来，算是伺候一场的酬劳，这种事常有的。故此，骂尽管骂，来却不会不来。听说要解大手，便把那根两头尖橄榄式总档木上的销开了，牵到屎桶旁侧，又将兴邦锁在屎桶上，待他大解。那禁子自往外去，预备少顷再来牵进去。

兴邦蹲着身子，将底衣拉下，解了个痛快，顾不得污秽，将镣铐多浸在热粪里头，浸了好一会儿，用力一绷，镣铐都断了。锁在屎桶上那根细链更不放在心上，伸手过去，轻轻一扭，便又扭断。站起身子，系好了底衣，定了定神，看准了方向，然后蹿到屋上，先将手上、足上、项下的断链都扭下来，撂在屋上，然后翻房越屋，越到监狱后面僻静所在，跳到平地。定睛向四周一望，望见靠东首二三箭路之外就是城墙，暗想："董知县那里，以后遇巧再报复吧，乘他们未曾觉察，出城走他娘吧。"主见打定，便往东上了城墙，就地拾了块砖石，向城外丢去。留神听了一听，下面乃是实地，便纵上城垛子，做一个虎势，两脚一撩，用了个旱地拔葱飞云纵功夫，身子早跳到了城外。此刻谯楼正打三鼓，兴邦便驾起夜行术功夫，脚不点地，向西开步。走至东方发白，已经快到始阳镇了，自忖："后面就有人追来，也追不着的了。"好在塞在贴肉夹袋内的一张十元钞票没被禁班搜去，便至始阳镇上兑散了，先饱餐一顿，然后至估衣铺内买了套衣服，往澡堂子内剃头洗澡换衣服。一切舒齐，又往铁店内办了一柄牛耳尖刀藏在身畔，才再向打箭垆进发。行了两天，打箭垆到了，因为天色不早，先投宿在一家小客店中，有空去同店中人闲话。问及这里的官长清正不清正，店中人哪知就里，即将一月之前刘兴邦那件事情始末以及干酒鬼当堂如何讽刺全说出来。兴邦一闻母亲急死，几乎掉下泪来。旁边又有一个好事少年插嘴道："刘兴邦这件案子，其实冤枉的。"

店中人道："何以见得？"

那人道："我新从刘兴邦出身所在的瓦斯沟到来，有友人告诉我件奇事。"

店中人道："什么奇事呢？"

那人便把三喜子夫妇俩失去眉发，门上写字的情由一一说出，并且道："里正陈荣生常向三喜子去讨相谢，自淘伙内吵嘴，露出马脚来，别人才知刘兴邦这件案子乃是他族人三喜子勾通里正做的手脚。祸由争夺产业而起，刘兴邦岂非冤枉的？"

兴邦在旁听了，将经过情形仔细追想，想起那日里正和快班诱我到州衙，确是三喜子极力掇弄着我母亲。越想越对，老娘一命竟是断送在三喜子手内，哪里还按捺得住，便将客寓床铺钱算了，连夜动身，赶回瓦斯沟来。赶到半夜过些，已至市梢头三岔路口，心中正在盘算如何报仇方法，遥见别条路上有灯光闪烁，也向这岔路口走来。兴邦暗想：“被人溜了眼，做不成事的。”好在道旁有个大松林，暂且把身子在松林内躲一躲，再作道理。此时万籁俱寂，那灯光是从东南方向北面行来，却巧有一阵阵不大不小的南风吹着，兴邦藏躲的那个松林位居西北，故而东南路上持灯人的谈话声音，兴邦都听得很清楚的。一个人问道：“今天里正为了何事上打箭垆去？”

一个人答道：“又为了刘兴邦的杀坯，累我太阳光内，热辣辣地晒去。”

问的人道：“刘兴邦不是四五十天之前解往名山县归案讯办了？”

答的人道：“昨天晚上，蔡大老爷又接名山贾知县的加紧公文道，这杀坯越狱逃遁去了。所以贾知县四处备文关照一体缉拿。蔡糊涂接了这公文，昨晚就传齐皂快两班谕话，叫他们特别注意。因为这杀坯是此地出身，所以又来传我去，叫我格外当心，这又是雷厉风行的公事，不是寻常打哈哈的玩意儿，故而我连夜又跑回来。虽说晚间凉快，然而我不比以前了，一来一去，四十宽里路，走得我肩腿都发了酸。幸亏走的小道，好似近二三里，又遇见了你，一路闲谈，总算快到了。你是不见得再到街上，到了王家坟，要朝北走的了。”

那人道：“全被你猜着。夜深了，要紧回去，明日上街哩。”

他俩谈话未毕，已到松林跟首，那人说声再见，自投北去。兴邦在松树林中瞧得明明白白，见提灯向西行去的就是设计来赚自己的里正陈荣生，仇人相见，分外眼明，好在他深宵独行，此时不下手，等待何时？便在贴身抽出那柄牛耳尖刀，在鞋底上用力磨了两磨，弯身下去，在地上抓了把沙泥，借着他的灯光抄出松林，紧跟在他身后，做了几个势子，要向他后背心刺去。忽而转念着：“他是当了里正，公事寻着他，不能不偏了良心做事，和三喜子夫妇俩两样些。我只消如此足矣。”

算计定妥，有意缓了一步，让他走前两步，兴邦喊道：“荣大叔慢些走，我还有话哩。”

陈荣生认是方才同伴归来的人，口内应着，脚步稍停，回过头来。兴邦觑得准切，把手内那把沙泥便向他两眼眶内掷去。荣生哎哟一声，两目紧闭，向前如飞瞎跑。兴邦赶上一步，抓住了他的发辫，轻轻往地上一掼。荣生已经仰面朝天，一跤跌了下去，手内的灯笼非但跌熄，并且趁势一抛，已抛出了丈外路去。荣生还认是剪径小盗，所以口内不住地喊：“大王爷饶命，身上银钱、衣服任凭大王爷收去！”

兴邦暗想：“银钱的确用得着。”便喝道：“牛子快献宝来。”荣生此刻两眼被沙泥迷着，仍张不开，依然闭着双眼，在褡膊内将银洋、钞票、小毛子一齐挖出来，向上瞎送。兴邦便伸手接来，倒有六七十元光景，便向自己袋内收起，然后把抓辫那条手一松。荣生认道出了这点子钱买活了一条命哩，想爬起来逃跑，兴邦提起左足，对着他胸前一踏，踏得荣生叫苦连连，高嚷救命。

兴邦喝道：“不许响，再响一刀结果你狗命！”

荣生要保全性命，果便不响。兴邦身子伛下去，右手执刀，起左手大、食两指，在荣生两颊上用力一捏，捏得荣生张开了口，哎呀连连。兴邦趁势横过刀来，在他口内一划，半条舌头划断了。兴邦将这厮舌头割到了手，自己向路旁一跳，用脚踢踢他道：“滚吧！”

荣生忙从地上爬起来，口内痛了一痛，眼内淌了些热泪出来，淌去了不少沙泥，勉强可以张开来了，抱头鼠窜，匆匆逃命，始终未曾看清动手之人面目。兴邦打发了陈荣生，自己也便进了市街，一径寻到三喜子家门口，隔着门缝一张，见里面尚有灯光，心上暗喜：“这是母亲阴灵有感，儿得报仇。”便伸手用力打门，有意高喊道：“陈荣生差我来寻三喜子，有要话面谈，快些开门。”

喊了几声，只听里头应道：“当家的到大雪山去了，有话明天来说吧。”

兴邦道：“你莫非三嫂嫂吗？荣大叔说这话紧要非常，等不及明天，如其三兄不在家，就和三嫂嫂说了一样的。快请起来，开开门。”

三喜媳妇听了，信以为真，好在天气秋热，起来穿着便利，果真下床，携灯向外，拔开门闩。兴邦早已预备，等待她开出门来，兴邦唯恐杀错，故而再问一句道：“你是三嫂子吗？”一面说，一面见她头上短发蓬松，看来不会错的了。

三喜媳道：“我真是三喜子房下，荣大叔差你来，到底有甚要话说呢？”

兴邦顿然把脸色一沉道：“你知道我是谁？我就是刘兴邦。”

三喜媳妇一听，知事不妙，哎呀一声，意欲把门闭上。兴邦手脚利落，早已抽出尖刀，对准她的咽喉刺去。三喜媳妇身子往后一退，口内想喊救命，“救”字出口，被兴邦把荣生的半条舌头就往她口内一塞，使她要喊也喊不出。尖刀刺着她的喉间，用力挖了个圆转，气、食两管同断，鲜血直喷出来，手内的煤油灯和身子一同着地，两脚不住乱跳。

兴邦骂道：“狗贱人，今日才知你家大爷的手段，好生之德，省你牵命了。”说着，便跨进门槛，提起右足，用力在她胸前踹了一脚，她方两足一挺，呜呼哀哉。

兴邦暗忖：“三喜子狗入的不在家，便宜了他。一命偿一命，我母被他们害杀，如今刺杀了这狗贱人，也可算报复仇寇，扯个直了。”

方才闻得名山县公事又到，自己家乡不能存身，向别处去做番事业吧。正待开步，耳边厢忽听得有人喊道：“你逃了出来，却在此地干得好事!”

兴邦听了，不觉呆了一呆。正是：

日间不做亏心事，半夜敲门不吃惊。

刘兴邦究否能够脱身，以后又做些甚事，要知详细，且看下回分解。

第九回

春宝山开堂放布
清德宗下诏求贤

却说刘兴邦刺死了三喜媳妇，一个人正在打算以后的行止，忽听有人叫喊，适中心病，不禁吓了一跳，侧耳仔细一听，原来隔巷一家猪作坊内一只猪逃了出来。屠夫当时没有觉察，直待此刻起来宰猪，方知圈内少了一只，点着灯寻出来，在三喜子的屋横头找着，高喊这声乃是赶畜生的，不是与人说话，倒累兴邦吃了个虚惊，自己也忍不住好笑起来了。自家满肚子一打算："亲仇虽报，但是受了张、赵二人的恩惠，尚未曾报哩。至于家乡方面，毫无依恋，只有那个表妹项秀林服侍老娘一番辛劳，如今无从答报，也只能和三喜子的仇恨一样，都待异日再来分别报酬吧。"当晚便离开故乡。

不敢再走来路，另由岔道走泸定、汉源、峨眉，到了嘉定，搭了岷江内的满江红船，顺流东下，到了江津。他自己怅无所止，大地茫茫，此身无寄，一路东行，碰运气，闯到哪里是哪里。这叫作天无绝人之路，在岷江船上结识了一个朋友，乃是浓眉曝目的麻面汉子，自称满天星孙琪，江苏淮安府山阳县人氏，到川里来寻朋友。此人在宜宾上了船，便和兴邦交谈，一见如故，彼此讲得异常投机。船过泸县，便去买了香烛纸马，拿回船上供奉了，两人便在神前设誓，结为异姓手足。及至到了新津，孙琪不忍便和盟弟分手，所以也上岸盘桓。那时兴邦身畔的盘缠一路上用得差不多了，虽到新津，其实也无目的，当下寻了客店，投宿下来。那一晚，孙琪忍不住诘问道："我早已瞧出老弟的心事，究竟到此有甚事否？彼此既做了通家弟兄，你又何妨直说呢？"

兴邦无奈，便将自身以往诸事一一诉说出来，现在一身做客，四海为家，实在没有去处。

孙琪拍手道："劣兄早已料到老弟身上背着风火哩。现闻你说了实话，劣兄目力尚不算低，因为爱弟魁梧奇伟，一表非俗，可算得一筹好汉，故而劣兄诚心和弟结识。你可知劣兄究竟是何许样人？俺本是淮扬春宝山的外八堂大爷，奉了山主之命，到长江上游来访贤入伙。

"我们春宝山的发祥地面，乃是在扬州江都县西麻镇，距今两三年前，劣兄同一个蔡标大哥俩住在那里贩贩海砂，寄名在双龙山。当弟兄的自从竹匠宝山和盛春山大哥加入了伙后，便另立堂号，搬到海州板浦镇上，造下山头，推春山做了山主，宝山做了红旗，定了春宝山名目。本来俺们是做小买卖的，从此改用大底子，走海道贩砂子，并由劣兄背了公事下山，游说山东日照县葵花岗的标得王，清江浦的顾三麻子、蒋六子等入伙，声势逐渐扩大。依着双龙山组织老法，除了山主老大、红旗老五之外，从大爷一直到老公十个名位，不分内外的。

"我们春宝山却分开内外水旱四门，每门八堂，譬如圣贤大爷、当家老三、红旗老五、掌风老六、访贤老七、坐堂老八、跑腿老九、心腹老幺八项，就是内八堂职事，总称正龙头。其次内外大爷、金旗老三、巡风老六、陪堂老八、老五也叫红旗，老七老九老幺也叫访贤跑腿心腹，这是四堂一律。并且老七老九老幺三项，各堂有各堂的人承值。红旗老五同山主一样，全山只有一个，统管四堂行刑事务，所以叫红旗一到，性命难逃。这是外八堂副龙头。水八堂是管事大爷，银銮老三、把风老六、巡堂老八合着老五等四种，乃是水八堂陪龙头。旱八堂是理事大爷，看家老三、使风老六、监堂老八，再加七九幺四项，称旱八堂小龙头。以前双龙山的规仪，采取天地会、三合会制度。天地会创立之初，为有马第七仪福好色败事，所以忌讳七字，我们春宝山却不忌的。四堂的大爷好比四个山主副手，四个老三管理财政，四个老六专司通风报信，以及陆路御车、水路驾舟等交通事务。四个老八分司四堂笔墨，四个访贤多同劣兄般在外招人入伙。老九每堂八名，专门奔走，共有四八三十二人。老幺每堂二十名起码，逐年增加，没有定额。我们山上现已有了四千多老幺，平均分派，每堂多有一千多名老幺哩。近年来更加隆隆日起，所有苏皖交界，沿长江一带地方的东梁山北汉堂、西梁山兴义堂、紫金山忠义堂、伏虎山守义堂，全归我们春宝山正义堂节制。自淮扬以西、武汉以东，哪一个码头上不有我们本山弟兄。按照洪门定规，满了一百单八员将军、十万八千名老幺，就要封山修炼。我们春宝山上的将军，非但三十六天罡星宿早已满数，就是七十二位地煞星官亦相差不远。不料去岁冬天，我们山上有八船海砂，在扬中装了底子向下水开去。山主的大令，叫带队的运往北岸通如靖崇海、南岸江常太宝等处销去。船到崇明，被北岸的罗家父子、南岸沙上的杨家三兄弟两路夹攻，一齐吞没了去。我家山主得到水三堂老六的报告，便差蔡标大哥前往办交涉，道：‘光棍盘利只打九九，没有打加一，彼此靠着什么为活，道不谈道，相不吃相，从未有吃人不吐骨头的。九船货物还了我们一半，大家面子下得去，并且不打不成相识，从此交了个朋友，患难相扶如何？’那罗、杨两家俱已答应，谁知半山杀出个程咬金。有一个在童子洋内管理大戢、小戢、大洋、小洋、泗礁、徐公、黄龙、绿花、陈钱、花鸟、枸杞等十一个山岛首领，与张桂林、范高头、余孟亭、夏竹林等同开九华山的山主曾国璋，他忽然插身进来，硬来出头，一定不答应缴回一半，说什么光棍打光棍，一顿还一顿，你们春宝山有种的，将来遇巧，也可犯犯咱们。现在要来倒拔蛇，叫盛春山早早息念。

“蔡大哥回来如此这般一说，山主涵养功深，只冷笑了几声，旁边红旗老五齐宝山气得三尸神暴躁，七窍内生烟，恨不能立刻调了队伍，前去与姓曾的交手。幸得山主极力相劝，自知本山势力尚不如他们九华山雄壮，知彼知己，百战百胜，故而一方派人往九华山去卧底，遇巧便离间他们弟兄，使他们自相践踏。一面又派劣兄等出来，收罗四方豪杰，前往扶助本山，扩张势力。

“劣兄因爱上了老弟绝非寻常汉子可比，你本来没地方去处，何不随了劣兄同往下江玩玩？倘蒙投入我们山头，在劣兄身上，保你一步登天，派你一件好公事。未识老弟意下若何？”

兴邦道：“大哥如此照拂小弟，铭感五内，只恐才力庸弱，有误宝山公事，有负大哥期望。”

孙琪道：“咱们实事求是，用不着这种文绉绉的虚浮空话。老弟果真没甚用处，劣兄也不会同你结拜，再在此地上岸陪伴着你哩。”

兴邦道：“小弟本则是公口会的会员，和洪门算得一家。”

孙琪道：“不，混称洪门，实在也分三类。以前的老洪门发源在湖南洪江，本来就是八卦教内分出来的天地会同哥老会一部分人，为因官厅缉捕该两会人公事紧急，便在洪江重行改组。其中重要人物，湖南辰州府籍贯，专门施符卖药，草做皮行生意的居多，改组之后，想不出好名称，就叫了洪帮。及至太平天国失败之后，洪秀全的后人逃往香港去，也组织了一个三点会，专门结交草莽英雄、江湖好汉，欲想恢复天朝旧业。后因‘三点会’三字叫不响亮，也便改称洪帮，这是新洪帮。那消息传入老洪帮人的耳内，只恐有了两个洪帮，外界容易蒙混，才改称公口。殊不知老洪帮改名了不多时，那新洪帮也化为同盟、光复、兴中三会，新洪帮也无形消灭了。至于我们春宝山的所谓红帮，乃是青红黑白颜色的‘红’字，不是洪钧老祖的‘洪’字，考究咱们始祖呢，仍从八卦教中化出来的。当时八卦教内有天地人三才三位教祖，天文教主张宏雷、地理教主袁智千、人和教主白练祖。在乾嘉时代，不是川陕湘楚等处白莲教很做一番事业的吗？其实白莲教也从八卦教内分出来，发动当儿，人和教主主张急进，天文教主不赞成，便孑身隐避。地理教主始而参与机要，后见人和教主大权独揽，他自己姓白，连教名也改为‘白莲’二字，地理教主也便急流勇退，隐居在嵩山鹤鸣观内修道，其时尚是乾隆三十四年。

“待至三十六年年头上，八卦教内南方离宫头殿真人部生文，本是河南商丘县的富商，既有势力，又多智巧，他自掌了离宫事务，便另外花出大乘教、金丹八卦教、义和门、如意门四项名目。徒弟收了两万多，招摇过甚，被官厅抓去斫了部真人一死。蛇无头而不行，人和教主恐其涣散，便着北方坎宫头殿真人山东宁县的孔万休代替部生文管理他生前部众。不料部生文的爱徒直隶青县的李老八、叶福明，景州的葛锡，华故城的葛立业等群起反对道：‘我们离宫属火，白教主令孔万休来管我们，他本是坎宫头殿真人，坎为水，按着五行生克的道理，应该命东方震宫头殿真人山东菏泽县的王中来兼管，木能生火，本宫才有兴隆日子。如今是水来克火，毋怪部真人要被妖断送性命，连我们本教总教主都忌刻本宫徒众，外人自更乘隙而入了。’一唱百和，这两万多人不服人和教主的管束，于是李老八等想起隐居嵩山内的地理教主，便推定代表一步三拜，到鹤鸣观内去请袁智千祖师出山主持。袁祖师始而碍在白练祖面上，不肯出来。李老八等迭连求了十二次，同时白练祖又说了一句不伦不类的闲话，袁祖师一来顾念李八等的至诚，二来和白练祖斗了点意气，那才与李八等约法三章，二次入红尘，主掌离宫门下大乘等四种支流。先将名儿改称红帮，暗中便表示与白莲教不同。再者白自西方庚辛金，叫了红帮，又藏着火克金的意思。不料李八等请了袁祖出山，便张牙舞爪，任意胡为。袁祖料他们不有好结果，又翩然隐去。

“后来李八等在嘉庆年间果多被满洲人那彦成拿去过铁。直到太平天国年间，袁祖暗献神通，将曾军部下犯法管带林大义等一十八人，半夜工夫，从淮安救到兖州洪钧庙，天显火龙，重兴红帮，建立双龙山忠义堂。后来由彭雪琴宫保招安了，帮打捻匪，屡立战功，林大义仍做到提督，其余十七个人也多做到总参协游等身份。我们春福山就是依这双龙山根上发的苗，故而我们的红帮又叫袁家，与那个洪帮本同末异的。老弟投入了我们山上，至少给一个老六位置给你，比你现在有家难归、有国难奔，岂非高得多?”

兴邦道：“我们公口会里头，自己人碰头，有一种专门说话，为外人不懂的，想来贵山总也有的了。”

孙琪道：“这叫作皮盼。天下三帮九会之中，让我们红帮暗中的势力最最远大，所以江湖上有‘在青一条线，在红半片天’两句俗话。因为势力远大之故，规矩也最繁，非但皮盼一项比青帮的道情、黑帮的春典来得多，连行礼时节的手脚、吃喝之际的筷碗都不行。随随便便举动，桩桩件件有交代的。”

兴邦道：“如此说来，同哥老会相似，也有茶碗阵、酒杯阵等摆出来的了?”

孙琪道：“着呀！这回山主亲自选定十月十八晚上在安徽东汉县或者安庆府要开一回大堂，散一散票布，把上江弟兄一共聚一聚，劣兄和你赶得及的哩。横竖你经过这次大典，你见识就可添增不少哩。”

兴邦道：“贵山的票布是怎样一个形状的呢?”

孙琪道：“我们春宝山的八堂票布和散给老幺的腰屏乃是两种。”

说时，便在随身包裹中拿出他自己的票布，乃是四寸长、二寸半阔的一方黄缎，上书“香水山堂”名目。居中“春宝山”三个大字，两旁绘就五爪戏珠金龙二条，堂名口号以及职事名目一一叙明。

兴邦看过了，孙琪又拿出一种姜黄粗布做的，道：“这一种乃是散给老幺佩戴的。普通腰屏又叫八卦，就是投入我们山上的一种凭证，和做官的敕书、学生的毕业文凭有同等价值，我们都非常重视哩。”

当下兴邦将普通腰屏的正反面仔细瞧了一会儿，上边花花绿绿，名目甚多，一时也瞧不出个所以然来，又未便一一去动问孙琪，且待进帮以后慢慢地再考博吧。

二人一阵子密谈，时候已经不早，当便各自安歇。到了第二天，兴邦又要去觅船动身，反是孙琪道："我们既然到了新津，左右没事，何不玩上一两天再走，未为迟也。"于是又耽搁了一天，然后搭船到了重庆，再沿路搭短载到宜昌。到了宜昌，有长行江轮一径到汉口。兴邦身上是分文没有，川资吃用全由孙琪包场。好在红帮中人这上头并不星星较量，实行共产制度，只要谁身边有钱，就拿出来用，用完了再想方法。

一到汉口，有同山弟兄遇见了，因为盛春山刻意经营上江，要扩张本山势力，汉口乃是中华全国的中心点，比较津沪两埠还富庶一些，故此特别注意，在租界上设着一个接洽机关在那里。孙、刘二人到了，吃住二字不消愁得。孙琪一打听，十月十八究在何处开堂，有人晓得原委的道："本则已定了安庆，现因此地和九江、河口三处新入伙弟兄有近三百名，并且湖口的弟兄大半在炮台上当差使的，不能出远，所以在赣皖交界的张家滩开堂了。"

孙琪道："咱们如何前往呢?"

那人道："胆门子小的到湖口登了岸，另雇江船下驶；如其胆门子大的，搭下水轮船，直到东流，那里有小划子候着载去。到了那一天，去的人多着哩。"

孙、刘二人暂在汉口住下，直到十月十六晚间，搭了怡和洋行的江轮东下。同去的人果然有三四十，十七清早到九江，下船来的搭客倒有大一半往张家滩赶香堂的，当晚船到东流，果有十余只划子候在江面上。好在天气不阴，月色皎洁，和水光映射了，同天然的汽油灯一般。轮船停一停，孙、刘二人同着大众纷纷跳上划子，并不艰难，如其遇着阴天或是黑夜，自轮船上渡到小划子上，危险得很。当下大众到了岸边，舍舟登陆，由向导引领他们到了张家滩，由东西上的赶香堂人也都来了。山主尚在安庆，要明天搭太古上水船来哩。当晚，大家只得席地而卧。

过了一宵，第二天中饭过后，盛春山才同蔡标等十几个人到来，一看见孙琪在此，甚为喜悦，身畔拿出一张香堂执事名单。孙琪的名字本已开列在上，盛等到后，匆匆进了一顿饮食，天已晚了。帮中人干这些事，大抵要利用两省或者两县交界的小地面上，而且必在晚上举行，这是为遮避衙门耳目起见，千篇一律的。这次香堂设在离张家滩一里多路的一所关帝庙内，孙琪派了执事，他不能再和兴邦在一处。兴邦随众吃了晚饭，跟着他们前往。那所关帝庙本来三进房屋，此时把山门这一进放了许多凳子，算作临时的休息室。正殿的庭心内用铁条、木板搭着一条浮桥，正殿上面那方“义薄云霄”的匾额却把一张黄纸糊着，黄纸上书着“正义堂”三个大字，正中间关帝神树外面的万年台上供着许多黄纸扎的临时长生禄位。兴邦一瞧，正中五位写的是蔡得忠、方大洪、马超兴、胡德帝、李式门前五祖之神位；上首五个纸位，上写的是吴天成、洪太岁、姚必达、李式地、林永超后五祖之神位；下首分作上下两批，上批纸位上写的是郑君达、万云龙、郑玉兰、郭秀英、周洪英、陈近南等六位，下一批乃是朱洪、朱开、梁山一百单八条好汉、红门已故诸会员等四位。中间另外一个纸位写着“天佑红之神位”六字，比那余他二十个位来得长些，设在前五祖位的前面。每个纸位之前，香蜡均已齐备，不过尚未燃着。

兴邦穿过正殿，到后殿上，见“乾坤正气”那方匾额也用黄纸写的“红花亭”三字盖在外面，另有一副红纸对联贴在柱子上，联语是“英雄居第一，不用文章朝圣主；豪杰定无双，全凭武艺保君王”二十四字。正中就只关帝神像，并无别的神位。不过供桌上头供列着红纸灯、红纸伞、七星刀、龙凤棍、算盘、秤尺、镜子、剪刀、宝剑、桃枝、数珠、木鱼。正中设有一座用枣、栗、榛、松等果子扎的小宝塔，塔上贴了一张字条，标明这座叫高溪塔，又名万年塔。供桌下面地上，上首摆着一座纸扎三角形的九华塔，下首放着一个木斗，斗上标着“木杨城、木立斗世”两批七个字，斗内插了一支司令的帅字旗。两边尚有五扇一面、共成十扇尖角旗，旗上皆有小字写着。兴邦未及细瞧，要紧参观会场别种仪式，不料有人前来招呼。回到休息室，盥漱更衣，将发辫打开，绾在头顶心内，用红布绕着，由山主派的领香师点了点人数，然后匀作了几批，每批头上派一名老幺率领着，鱼贯而入。他们外面如此，里面值堂师、护法师等也忙着在那里燃点香烛，请祖降临，点香烛请祖都有诗句要背诵。兴邦在外，未曾听见，领香的晓得兴邦是一步登天的，故此派在头批内进来。

走至浮桥跟首，早有派定的执事站在那里高声问道：“到来干吗?”

兴邦等都不知如何回答，都是面面相觑。领香的代答道：“我们要列名军籍，扶保袁家，所以来的。”

又问道：“怎么会知道此地招兵？”

答道：“瞧见春宝山招贤公示才知道。”

三问道：“你们敢是听人教唆而来的吗？”

答道：“不是，全出自愿。”

三问三答之后，领香的方引着大众过了浮桥。到正殿门口，又有执事阻止他们进去，也问道：“你们从哪里来？”

仍由领香代答道：“由东方来。”

又问道：“谁是你们的保人？”

领香便命兴邦等自己回答：“是谁介绍你们进来，就把这介绍人说是保人。”

第一个兴邦先道：“我是内八堂孙琪大爷保的。”

一个个挨次说毕。三问道：“到我们山上当弟兄，吃三分米、七分沙，苦的呢。”

领香又代答道：“全山弟兄受得下这苦，我们总也能受的。”

二次问答既毕，放他们同进正殿。领香的便指挥大家参祖，每一个神位之前，须行一个三跪九叩首的大礼。总共二十一个神位，要六十三跪、一百八十九叩首，凭你好身体，这一番跪叩下来，总觉得头昏眼暗，有些喘乏。无奈后批人多着哩，不容少停。

等待礼毕，领香的又引着他们转向后殿。后殿门口也有人厉声问道：“宝剑与头颈比较，谁硬？”

领香的叫大众同声答道：“头颈硬。”

于是进了后殿。地上都铺着稻草，代替拜垫，领香的命兴邦等一字排开，跪在关帝面前。待后面几批人都进殿跪齐了，值堂师命大家将上身衣服脱去一半，一律袒露出了右手肩臂。司香师将长梗安息香点着了，每人分派三支，都用左手执着，领香的在旁诵那三把半香的诗句。兴邦留心一听，头把是赞的羊角哀左伯桃，二一把是桃园三弟兄，三一把是梁山好汉，临了半把是瓦岗寨程咬金等众人，句子怎样，一时来不及听清记着。领香念毕，也跪在众人前头，代表禀告道：“高溪的天佑红，率领若干新弟兄，特来投效本山，遵守桃园义气，以显梁山上的威风，恳请山主在五祖跟前将我等保证收容。五祖适亦参过，我等心肝已都照鉴许可的了。”

左右护法师代应道：“五祖已许天佑红入圈。”

领香便命大众同声答应遵命。此时山主盛春山站在供桌上首问道：“尔等都是什么人?”

领香代答道：“全是高溪天佑红。”

山主道：“莫胡说，世上哪有姓天之人？尔等究竟生于何处?”

领香答道：“我本崇祯驾前一宦官，忠心义气，以报仇为事，意欲重兴大汉江山。我以天为父，地为母，日为兄弟，月为姊妹。天以洪钧为始，日月合为明，故而我名天佑红，上天必定佑护红门之故。”

山主道：“我等经历万里程途。”

问道：“同行几个人?”

答道：“三人。”

问道：“何以只汝独自到此?”

答道：“谢哥先行，万哥后行，我居中间。”

问道：“从何方来?”

答道：“东方。”

问道：“来龙去脉是什么时候?”

答道：“日月照东海时来。”

问道：“走的大道还是小路?”

答道：“走的大道中央。”

问道：“尔可知何种书上载的红门历史?”

答道：“文武书。”

问道：“文从何人，武学哪个?”

答道：“文从孔子，武学关帝。”

问道：“文在何处学的?”

答道：“在红花亭学的。”

问道：“读到哪一项?”

答道：“读到‘洪水横流’那一项。”

问道：“武在何处学的?”

答道：“在少林寺。”

问道：“以后认谁为祖?”

答道：“自然以红为祖。”

两下这番说话问答完毕，值堂的便将预备大锡方供，大石香炉，炉上贴了“反汌复汨”四个大字，搬到中间放下。盛春山亲自过来，将方供上的大蜡烛点着，袖中抽出一张纸来，喃喃念诵。兴邦也没有听清楚，好似起句是：“吾人当吉凶相共，以求恢复天地万有之明。”开头的结句是“上仰神明之降鉴，当各表诚心，以矢守此三十六誓”云云。春山这一篇东西诵的时候很长，专待诵毕，只见孙琪高擎着那册左绣凤凰追玉、右绣双龙戏珠、上下绣山河日月图的黄缎宗卷，站至正中，揭开宣读三十六条誓词。孙琪宣毕，照例要红旗老五来开读十禁十刑和二十一条帮规，今番齐宝山未来，由蔡标代表读了。在宣读这两种文件之际，连来赶香堂的以及堂中各职司事一概都要跪下，以昭郑重。兴邦虽特别留心，到底条款多了，不及记忆，心想：“这许多上香上烛诗句以及山主演词、三十六誓等等，只好过一天向孙琪抄录的了。”

帮规等读罢，堂中执事和赶香的站起来，司香师便在各人手中将烧残的长梗安息香收去，一股脑儿丢在大石炉中。同时山主又在石炉前一站，左边献上一只公鸡，右面献上一把刀来，左右护法师同声念道：“此刀不是寻常刀，老君炉内炼丹刀，炼了七七四十九天炼成三把刀。第一把关公偃月刀，第二把杨戬劈山救母刀，第三把留作袁家镇山宝。一不斩猪，二不斩羊，待本山主斩凤凰，有仁有义刀背过，无仁无义刀下亡。”

春山接了鸡和刀，又待他们念毕，便提起刀来，将鸡斩了，鸡血先滴了几滴在石香炉内，然后孙琪、蔡标俩抬过一大木桶黄酒，春山便把手移过来，也滴了几滴鸡血在酒内。按照双龙山老例，还要从山主到新会员止，每人将左手食指割开，滴几滴人血在酒内。如今春宝山改良办法，将鸡血代替人血，酒内滴血滴过了，自有人在春山手内将刀和死鸡接去。山主等在那里斩头沥血，左右护法师便招呼值堂师领香的，大家动手，将所有临时张贴的匾对、高供的神位，和那册黄缎簿面的誓词、红缎簿面的禁刑会规册，以及纸扎的九华塔等物都堆在后殿天井内，架火焚烧，不过分作两堆烧的。那神位匾对杂物，就着地用稻草衬底，四周还有锭帛围着，算送祖归山。那两册誓词与刑禁会规另外化在一只铜盘之内，待焚过之后，纸灰在盘内捧至酒桶旁侧，一齐掺入酒内，由盛、孙、蔡三人在供桌上取下刀、尺、剑三件器具，将鸡血纸灰搅和在酒内。所有在场诸人每人喝着一小杯，其名齐心汤，喝过之后，方算大典告竣。新入帮的再行了一个三跪九叩首，算道谢今日堂中诸执事辛苦。山主便拿出一个红纸小包，包内裹着制钱四文，派赠在场诸众，以留纪念。

到这时候，大家可以自由行动了，不然连唾涕都要干涉。除了派着职事人员规定几句问答之外，其余新的跪着，旧的站着，鸦雀无声，秩序井然，足当“整齐严肃”四个字的评语。等待山主分赠红纸小包之后，内外水旱八堂的四个老三便向今天上香诸人收取香费，每人至少一元，上香的人越多，负担越轻，这笔开支，连山主等来往川资都计算在内，着实不轻。如其上香人少，按人头均派，负担便重了，不过也有限度，至多收到十元零八角，暗藏梁山一百单八条好汉的一个比例小数。如其再入不敷出，例应山主挖包赔贴的了。老三收费，四个老八便把新入伙的弟兄姓名、籍贯登录花名册，一面便散放票布。

这个当儿，孙琪特把刘兴邦喊过去，和盛春山重行见礼，极力揄扬道：“这就是小弟新结拜的盟弟，他是东西边三川的有名人物，小弟硬拉他入伙，该使他一步登天，将来定有一番事业做出来，献出我们桃园中义气，传布我们春宝山威风。”

春山见兴邦相貌堂堂，魁梧出众，倒也爱上了，便同孙、蔡等几个本山要人密议了一下。他本则对于齐宝山跋扈恣肆、事事越权，心上大不满意，久想改变制度，暗分宝山势力，实因没有相当人才，一向不曾发表。如今见了兴邦，便乘势当众宣布道：“我们春宝山红旗老五向只一人，兼管四堂，目下人多势盛，宝山兄弟一人精力有限，照顾不来，所以此次这样一个大香堂，他也没空来赶。故此我现在改换章程，红旗也是每堂一位。目下尚乏人才，偏劳宝山兄弟一人管了内外两堂的红旗事务，旱八堂的红旗请葵花岗标得王担任，水八堂的红旗就烦这位新入伙的刘兄弟担任，大家赞成吗?”

此时宝山本人不在，就有几个心腹在场，资格不够，只好反对在肚内，表面上居然一致赞成，全体通过。于是春山便命水八堂的巡堂老八填就了一方黄缎票布，亲手授予兴邦，照例有几句皮盼道：“我今封赠汝为老五哥，久仰大名雷贯耳，红旗红半边，义气胜桃园。上与五祖出力，下替兄弟分忧，怀抱七星剑、杏黄旗，左捧三十六天罡，右携七十二地煞。文通武达，熟读法律，条条看到，事事有规，果然红袍大都督，真是海外天子，海内英雄。”

兴邦此刻早由孙琪教了他回条，忙躬身接了票布，口内连道："我兄弟不知不识，无德无能，交结不到，过门不清，以后尚望山主指导，今日还祈众家英雄海涵海涵。"当下他们这许多事干下来，天也快亮了。春山唯恐宝山量窄，不要弄出事来，所以就命兴邦仍同孙琪俩背了公事，往河南去拜访关东十弟兄，同他们联络感情。他同蔡标等依旧搭轮东下，孙、刘二人也重返汉口之后，再动身上陕州、洛阳一带去。在盛春山意谓，如此治理，或者不会出事，岂知祸机已伏，下文春宝山的许多事情，以及齐曾火并，引出红、黄、绿、白、黑五枪会来，标得王受反间被刺等事，全由这次改变旧制，封赠红旗起点。如今暂且按下，后文再行细表。

单道春宝山此次在张家滩开堂放布，事后谣传出去，倒也很像一回事。其时钦天监奏道："彗星昼现，白虹贯日。"广西地方出了一个绿林豪杰姓陆的，闹得很凶；辽东三省的胡匪，二三十帮小帮联合起来，与官军为难；陕豫两省的白莲教余党又和山东响马勾结了，蠢蠢欲动；山西又是旱荒，赤地千里；四川的神匪棒匪遍地皆是；江北发现两杯茶教；由外洋归来的留学生，十有八九是革命党，以致上海学堂内发生劈掉圣牌，龙州镇南关也闹出革命揭竿起义的大事；江浙两省遍地巢湖帮盐枭，聚众开赌。总之，各省皆是危机四伏，岌岌堪虞。有几省人祸好些，又闹水旱瘟疫的天灾，弄得人心惶惶，大乱将起。

那时，名虽清德宗光绪在位，实在权柄操在慈禧后的手内。她见外省现状不佳，便把罪名推诿在儿子身上，居然连下两道圣旨，说些"万方有罪，在余一人"的冠冕话儿。临了又求直谏之臣以言过失，庶朕得择善以从，兆民乐治也。其实这道诏书乃是愚民政策之中的一种手段，不过骗骗知识界，让他们宣传宣传，使小百姓心气和平一点儿，好再度几时逸乐。不料新申两报的宫门邸抄栏内将这道诏书刊布出来，行销出去，触入一个人的眼帘，不禁打动了他心事。久有此意，实因未遇机缘，此次皇上既下这诏，何不出头去干一番轰轰烈烈、留名后世的事业？成则衽席，败则斧钺，拼着这条命去干一下，横竖没有难事的了。正是：

党会规仪关种族，国家离乱见忠良。

未知这人姓甚名谁，欲干何等大事，要知详细，且待下回分解。

第十回

应诏陈词劾三凶万民称快
批鳞罪犯戮孤忠四海呼冤

上回书说的，要干常人所不能为、不敢为、动地惊天大事之人，不是别个，就是南京三步两桥、生有自来的奇男龙济苍父亲——在籍翰林龙潜龙子渊太史。他自从见了那两道上谕，便不言不语，终日在书房中踱来步去，愁眉不展，坐立不安，顿改常度。他妻子云夫人明知丈夫心上有了一件不易解决的事情，所以如此屡次要想启口动问，又想着丈夫的老脾气，无论大小事情，他不愿和家中人讨论的，问他也是枉然，不会说什么出来，只好听他一个愁闷去。

子渊的心上为甚踌躇呢？一来自己不过一个翰林，拟就了这折奏，叫谁代递？张开眼来瞧瞧，满朝大佬，没有一个生这胆门子敢代递自己这本折子。二来刚在戊戌政变之后，上了这一本，人家定要把自己看作康、梁一派人物。但是保皇党中一班人，除了谭嗣同的经济、梁卓庵的文章之外，其余都不佩服，故而不愿被世人硬编派自己，当康党看待。三来自身去干这孤注一掷的玩意儿，家内妻儿应当先预为计，料想上去，此折一上，九成九这脑袋要搬家，一不留神还防连累妻孥，事前该熟筹一个善策，嘱咐妻儿才是。四来这两道上谕，明知官校文章，骗骗人罢了，自己明知故犯，去上这封奏，到底上算不上算？不要想博个身后微名不曾博着，反同吴可读一般，士林中议论起来，都道书生迂腐，人言两失。至于这折奏如何着墨，心目中要参劾的贪污大吏搜罗他们劣迹列入折内等等，尚在其次。有了这四种大原因，所以自家反变了一筹莫展、迟疑不决起来。如是者过了四五天，心坎上这几个问题依然不曾想出相当办法来。

那一天晚饭过后，一人坐在书房内，闭目筹思，觉得无聊得很，一会儿摇膝沉吟，一会儿把左手食指在书案上画圈儿。不料贴身侍奉的小厮提了滚水进来冲茶，因为这几天主人有了心事，一个懈意便得挨骂，所以格外当心，放轻了脚步，蹑进书房中，把茶壶注满了，仍放在书案左边老地方，身子便急急退了出去。子渊因为有了心事，耳内虽听得响动，懒得开眼，所以动都未动，依然仰面斜躺在眉公椅内，左手仍旧在那里画空圈儿。不料一个不留神，手背却碰着了茶壶，因为壶内刚刚注满沸水，手碰上去，觉着一烫，在这出神当儿，倒烫得有些难受。顺手一撩，不料将茶壶撩下地去，砰的一声，打成八九片，热茶流了一地。下人听得声息，忙进来收拾。这一把宜兴窑的曼生壶，子渊买来就是旧货，到了自己手内，也泡了十外个年头，用时非常珍惜。今晚自己失手打掉，不能怨谁，只好付之一叹，眼睁睁看下人携灯收拾，将台上揩抹，地上打扫了，另换一把茶壶再泡茶，拿进书房。居家平日这一来，倒也算件事，乱了一阵，再归沉寂。

子渊忽然觉悟到，天下事情，岂有尽被人料到？譬如这把曼生壶，有谁想到如此结局？我心上想干的事，毋庸鳃鳃过虑，要做的也不用多想。常言道："多思法乱。"过分多虑，事必不成。况且自己既已存着宁同玉碎、不望瓦全的念头，放着一个徐桐徐中堂，是清秘堂的掌院，总算老师，好托他代递折奏。至于妻孥问题，以后清议如何，管不了许多。像这曼生壶般，一向我也算得留心宝贵，今晚偏在我手内打掉，我这个身子就算此次不拼，也不见得会永久生在世上。将来老死牖下，同此壶一样，自然毁灭了，更不值得投鼠忌器，非丈夫也。当下便欣然伸手磨得墨浓，蘸得笔饱，拿过纸来，将那折奏的草稿先打起来。当今朝臣中最为万民所痛恨的，内里一个李莲英，外边刚毅和荣禄两个满奴，不如一起参劾在内吧。略略沉思了一下，把这几日来的腹稿排了次序，便振笔疾书道：

为应诏直言，敬祈据呈代奏事。窃职伏读十一月十一、十四等日，上谕因灾祸迭兴，诏诸臣各抒谠论，冀迓和平，仰见朝廷宵旰忧劳至意，民生颠顿，鉴在帝心，目下似可无言矣。然三凶在朝，上倚慈恩，下植徒党，权震天下，威胁士民，包藏祸心，伺隙必发，危及至尊，四海悬心，切于剥肤。于是盗贼窃伺，于是强敌觊觎，尤君父之隐忧，国家之巨患。职又岂忍畏罪待祸，缄默不言乎？况我朝纳言之盛，超越百代。

乾隆朝孙嘉淦，以自是规高宗，道光朝袁铣，以寡欲规宣宗，而倭仁胜保苏廷魁诸臣，并直言不讳于文宗之朝，此皆匡言主德，直陈无隐，主圣臣直，著为美谈。而我朝之纠举大臣，有若李之芳之劾魏裔介，彭朋之劾李光地，而弹劾权奸，则如郭琇之参明珠，钱礼之参和珅等，当时皆侃侃直言，不避权贵，是以贪横敛迹，圣治昌明。恭惟我皇太后、皇上，敬承祖制，宵旰求言，职又何敢于圣主之前，而竟缄默不言乎？谨采小民所言，而未由上达宸听之公论，益增其未备，请为我皇太后、皇上陈之。

窃闻《周易》有言，乾为君位，史官所记，日为君象，此中华四千余年来相传之恒说也。至若垂帘听政，则唯宋之宣仁太后，治称极盛，此外若汉之和熹邓皇后，亦有美政纪于简编。然详考其时，皆国君嗣服，尚在冲龄，始举此制。故汉安帝之年稍长，杜根即有谏言。而宋章献太后之时，范仲淹亦尝上疏诤之。若今日我皇上之临御天下也，二十余年矣，更与汉宋两朝之情形迥异。而去秋八月，臣下犹恭奉我皇上吁请皇太后训政者，足征圣母至慈，圣皇至孝，度越万古，超逸寻常。或谓皇上因遘逆臣康有为等之变，故再吁请皇太后训政，以定危疑。或谓皇上因圣体违和，故再吁请皇太后训政，以维国计。度今一年以来，皇太后之调护圣躬，训启圣聪者，当已圣德日隆，而圣体日康矣。为皇太后计，此正归政之时至也。唯今日者，或又谓皇上以时事多艰，而欲仰承慈训，故皇太后亦以国事为重，致略形迹之嫌疑，此则圣慈圣孝，亘古同昭，臣下岂敢复有异说。

第念此后，皇上圣躬之安否如何，天下万世，不能不以为皇太后之责任，何则？必有鲁恭、袁敞、杨震等以为之臣，而后得成和熹之治；又必有司马光、吕公著、文彦博等以为之臣，而后得成宣仁之治。况司马光等诸人，虽奉宣仁太后以为政，其于宋哲宗，固无纤芥之嫌也。若今三凶在朝，凭借权势，上托慈圣之倚畀，隐与今上为仇雠，而其余之以世仆而怏怏于少主，以党阉而窃窃患失者，咸有不利其君之心，以希永保富贵之计。核其情状，往往而然，而三凶又实为之魁。

三凶者何？大学士荣禄、大学士刚毅、太监李莲英等三人是也。

子渊写至此处，特地停了停笔，站起身来，往东首书架上把装订好的《天津国闻报》取过一大叠，搁在书案上，仔细检查一下。当时南北报纸虽已不少，不过看报的只论文章好歹，不问新闻真确不真确，办报的亦然如此。再加言论没有目下自由，交通也不如现在便利，又没够格的访员，所以十张报纸倒有七八张刊着长篇累牍的论说，后面披露几条社会琐闻，论说多是模棱两可、可以不说的文字，琐闻不外某处聚赌、某处捉奸之类。至于这张报纸的表现精神处，却在那拈出一段琐闻做了题目，著就一篇游戏文章之上，看报的人也注重在这上头，同目今小报相似。唯独《国闻报》，乃是蒋观云和刘老残俩在内主持，再者开设在天津近水楼台先得月，又弄一个蹩脚外人算老班，算是洋商，故比余多报纸敢说一点儿。所以要晓其时辇毂近事以及官僚秘恶，务必要瞧《国闻报》。比较起来，那价值还在如今东洋人办的那张《顺天时报》之上。

子渊是从该报出版开始订阅起的，一直订到那时候了。他平日间早有深心，如其瞧到荣、刚、李三人的劣迹新闻，便用朱笔圈出。现在用得着了，恐其弄错，所以再翻阅一遍之后，重又坐下写道：

窃荣禄少以妄言荧听，废斥多年。近十年间，重跻通显，不念皇上录用之恩，而以倒行逆施为事。方其为步军统领时，已上恃皇太后之亲，下恃礼亲王之戚，玩视朝旨，三令不从。比任北洋，不及半年，激怒天威，几欲加诛，夫人臣而为圣主所欲杀者，则其平日之跋扈可知。今则内掌枢机，外握兵柄。夫自古及今，内外之权不相侵，将相之柄不兼摄，诚以防主弱臣强，祸生肘腋。于汉曹操有此权，则凌君矣；于魏司马昭有此柄，则弑主矣。今荣禄既为军机大臣，而又节制武卫五军，尽握北洋兵权。

近闻苏元春在江南练兵，以备入桂剿匪，亦归荣禄节制，则彼兵权之盛，又蔓延及于南洋，而且督抚保举人才，则归其差遣。外省制造械弹，则供其军需，威柄之重，震动天下。

我朝前代权臣，如鳌拜、明珠、年羹尧、端华、肃顺诸众，均无此势力。使荣禄于此或生异心，未识皇太后何以为皇上地也。即荣禄此时，初衷可保，而此后势成骑虎，不得复下，武夫患失，必起奸谋。祸变之来，不知所底，稽古史册所载，权臣恃母后而不利其嗣君者，指不胜屈，况今日荣禄之与今上乎。此可虑者一也。

再要往下写时，云氏夫人差仆妇出来请示道："十句钟已经打过，主母待老爷进去用了稀饭，预备睡了。"

子渊道："我尚有事，稀饭不要喝，待太太喝了先睡就是了。"

仆妇答应，退回后堂复命。子渊索性停了笔，喊小厮进来，询知少爷已经回来，在书房门口探了一探，不敢进来打岔，想已到上房去睡了。子渊命小厮绞了块热手巾，擦了擦眼，又吩咐换了壶热茶之后，叫他们也去睡吧，不用再伺候了。打发过了家人，喝了口热茶，重又握管，一口气笔不停挥地写下去道：

刚毅外似清廉，内实贪鄙。风闻其平日尝通馈遗于阉寺，设典肆于津门，既身为军机大臣，应如何开陈上心，善回天听，是其责也。

乃去年皇上变政之时，刚毅辄抗违激挠，以致怒掷章奏，故去秋之政变，平情衡论，亦由刚毅辈有以激成之。迨皇太后重复训政之初，刚毅首以杀戮士人、钩稽党籍为务，幸皇太后聪明仁恕，只戮六人，不事株连。若充刚毅之居心，不至尽杀士类不止。士与民，国家之赤子，圣主所当首先爱惜，甚于土地、府库者。乃刚毅之赴苏查漕，信任不肖官吏，肆意追比，闾阎惊扰，并又摧残教育，斫伤士气，省少许有限之款，灰无限士子之心。再江南士民，感戴今上，纪诵圣德，一闻道路之讹言，辄用怵惕而忧疑，其用情虽愚，其爱君则挚，刚毅必诬为汉奸，任情摧挫。夫士民爱国念君，而反指为汉奸，是必仇视今上，诽谤圣德，而后方为大清之良民，中华之佳士，是则刚毅已明率国人而叛今上矣。其设心于皇上为何如乎？此可虑者二也。

自古迄今，如汉、如唐、如明，皆有宦寺之祸。汉之宦官，如曹节、侯览、张让等，明之宦官如王振、汪直、魏忠贤等，皆攘窃威柄，荼毒臣民，而率以圮国。然此辈仅志在蒙蔽天子，以成其奸，故尚无篡弑之事。唯唐之宦官，废立由其专擅，弑逆出于仓促，若宪宗则弑于陈宏志之手，若敬宗则弑于刘克明之手，寺人谋孽，言之寒心。我朝惩前毖后，律法森严，阉寺小人，不得参与政事，防微杜渐，宜向无汉末明季之患矣。而今之李莲英，以一梳头房出身之小人得擢总管，而屡因弹劾此人致罢官获罪去者，已非一人。风闻李已拥有资产数百万，苟不贪婪，此资何由而得拥？不擅作威福，又何以遂其贪婪？

时至今日，李已结天下之公愤，召中外之流言，上损我慈圣之盛名，下启彼逆臣之口实，其为罪恶，已不胜诛。最可虑者，此日隐患伏于宫禁之中，异日必祸发于至尊之侧。盖李之所恃者皇太后，而其所不快者厥我皇上，故比年来颐和园奔走之臣僚、内务府执事之臣仆，凡辗转与李通声气，以及数与往来，且有因李起家之臣僚等，无不指斥乘舆，而诋诽圣德。此李之对于我皇上设心处虑为何如？

唐宪宗之于陈宏志，未尝欲诛之，而宏志卒弑之，以服药暴崩告天下。唐敬宗之于刘克明，未尝欲诛之，而克明卒于饮酒烛灭时弑之。刑余之人，心狠手辣，自古皆然，此可虑者三也。

荣禄、刚毅、李莲英三人，地位异殊，故行事不同，而其不利于今上则一。且权势所在，人争趋之。今日凡掌有兵柄之旗员，即职不隶荣禄，而亦属荣禄之党援；凡势位通显之旗员，即悍不若刚毅，而亦刚毅之流亚。致嗜进无耻之满汉臣僚，日见随声附势，而入于彼三人之党内。局势至此，人心至此，诚可为痛哭流涕，长太息者。窃谓不杀三凶，以儆其余，则今上将来之安危未可知也。此三凶内藏奸慝之谋，外托公忠之状，祸伏隐昧，似无可显言于朝，第涓涓不塞，将为江湖水之涓涓，犹可及塞，流为江湖，则一决不可止矣。而况此三人者，唯皇太后能操纵生杀之。

今上实非其敌，今乘皇太后训政之时，分荣禄之兵权，惩刚毅之暴戾，除李莲英之狠毒，以绝一切不轨之谋，以弭将来无穷之祸，唯在于皇太后诏令之一举手劳耳。若异日荣党遍满，尽收天下之劲旅在握，刚毅则恣睢贪暴，挫尽天下士子之志气，加以李阉盘踞大内，患生肘腋，防不胜防，奸佞满朝，内外一致。

此时今上孤立，唯有委政权强，听命宵小，庶可图旦夕之安，一有衅端，危难立至。此时即有效忠者，亦何异于董卓、朱温之起保汉唐之主，尚何济哉？《春秋传》曰："无使滋蔓，蔓难图也。"正此之谓欤。

伏愿皇太后、皇上，听曲突徙薪之谋，懔滋蔓难图之义，亟收荣禄兵权，而择忠悫知兵之督抚，分领其众，惩刚毅之贪暴，起用慈祥仁恕之旧臣。若李莲英阉寺小人，复何顾惜？除毒务尽，不俟终朝。如此则今上安于泰山，可慰苍生之望，此非独为皇上计。

方今时势，岌岌可危，自各口通商，海禁开放以来，狡黠之徒往往借外人为护符，为虎作伥，自食同种，强吞弱食，惨不尽言。自粤捻回匪平定以来，各省裁撤之兵流为会匪。二十年来，辗转勾引，日聚众多，踪迹诡秘，不可究诘，中华疆内，无省无之。剧贼积盗，又窃伏充斥，此所以年来戕官闹教、乘隙扰乱之案，层见叠出。各省教会莠民、剧贼积盗之潜伏于下者，既如是众多，设朝廷一旦有事，则必乘间窃发，揭竿而起。兼以大欲无厌，得寸则尺之强邻，眈眈在侧，四顾皆然，彼等正欲唆鹬蚌之争，庶可坐收渔利。权强在朝，萑苻遍野，外有狡邻，内有刁珰，祸变之来，正未可知，不生明末流寇之忧，定蹈晋代五胡之辙。是时虽食三凶之肉，亦何足以谢天下？

愿我皇太后、皇上思患预防，惩治权奸，所以保圣躬，亦即所以固国基也，此普天下忠愤之士民所欲流涕为两宫告者。职不惜首领，待罪陈言，披沥具陈，谨请代奏。伏乞皇太后、皇上垂愚悯，立杀三凶，布告中外，是则四海苍生所馨祝翘盼者也。

翰林院庶吉士臣龙潜谨奏。

子渊将奏折底稿打就，自己甚为得意，从头至尾读了一遍，然后在抽屉藏放妥了。正欲回往里头安睡，忽听窗外啾啾鬼叫，叫得人毛骨悚然。

子渊暗忖："莫非这折子上不得，所以龙氏祖先冥中前来关切？"想起了这层心思，不觉改了一半锐气。再反过来一想："明代杨椒山参严嵩，左光斗参魏忠贤，写本时候也有鬼叫，杨、左二公坦然不以为意，卒成身后大名。我既下决心要步武杨、左后尘，自应也有鬼叫。怪力乱神，通儒不道，管他什么账？想是风吹树叶作响，世上哪真会有鬼叫呢？"于是自顾自回到上房去睡了。

到了来日，子渊又把折稿修润了几次，然后端正白折子，誊清楚了。折子誊就，便知照云夫人，叫她预备行李，自己要上京供职，不过千定行李要简单，东西不必多带出去，横竖需用起来，好在京购办，或者好差人回来拿的。子渊忽然要动身进京，事出仓促，弄得云夫人一时也摸不着头脑，幸亏家计宽裕，事事可以咄嗟立办，不比要什么没什么的人，若得出门，才必事先预备，不然成行不得。他们是不会感此困难。

临行那天，云夫人备了几色子渊心爱的菜蔬，替丈夫饯行。济苍这日自然也不能出去，准备送老子过江哩。子渊胸有成竹，上折子的话，家中绝不提言，此刻和妻孥话别了，不能不露一些端倪给他们听听。所以酒至半酣，正颜厉色向着云氏道："人生五十，才知四十九年之非。我今年五十多岁了，本则无官一身轻，有子万事足，我为甚又重温宦梦，入京供职，反去自寻烦恼呢？我就为觉着以前行为非是之故。人生一世，算他一花甲为度，我去花甲近了，转眼之间，溘然长逝，便算过了这一世人了。天生吾才必有用，吾生以后，父母把我领到科举路上，实在已经走错了，我始想糊糊涂涂过了这生便完哩。如今想着，此生若得糊涂过去，便是有负天赋。小时候虽则走错了路径，也可将错就错，就在错路上去博个身后微名，挂人齿颊，岂不是比湮没无闻、断送这世来得上算些？况且膝下有了达儿，祖宗面上也对付得去，因此上我忽然又要去供职，实在是去寻此生结果，想博身后浮名而往，并不是还有甚升官发财念头。我此番去了，家内往后一切责任，只好偏劳夫人去如何调度，就是你此生结果问题，也只得自去寻找，我都不问不闻的了。"

又向济苍道："你有了这身能耐，文通武达，将来出处，自己留心。大丈夫贵乎自立，我也嘱咐不尽你许多。总之，你牢记着'事在人为'四个字，不要自家暴弃，有负此生。"

当下母子二人听子渊如是说法，虽觉有异，当时尚料想不到他老人家究去干出什么来，自只有唯唯答应。等待席散，子渊吩咐点了香蜡，向祖堂、家堂等前磕头辞行，又和妻子揖别，命长随挑了行李，就此登程。济苍送至浦口，自行回去。子渊同那长随先搭短载到了淮安王家营，然后雇了长行车，循着南大道一径入京。向来到京，寓在宣外青厂内亲云小川主事家内，唯独此次却至长巷下三条元宁东馆内住下。也不拜会同乡，仅只那天往清秘堂去，顺便到小川寓内去了一次。连以前换过兰谱、居家时常通音讯的几个知交，如内务府经历司汉堂主事长洲汪朝模，内阁学士安肃梁、仲衡，吏部验封司郎中王嘉禾等寓内也未曾去。带进京来的长随晋福，他是龙家买绝家奴，自小就伺候子渊的，所以主子的起居住、性度好恶、往来亲友的亲疏，全明白的，这回主人顿改常度，倒也弄得不明白了。

子渊到了京内，休息几天，打听明白了徐荫轩到翰林院衙门的准时候，便带了折子去参谒，求他代奏。徐中堂只把折子头上略瞧了一瞧，已吓得伸出舌头缩不进去，将子渊结结实实训饬了一顿，问子渊生几颗头。“识时务者不失为俊杰，此时荣、刚、李三人，圣眷何等隆宠！你要寻死，死的法儿多着哩，何必如此死法？我替你代奏，也来陪你同死不成？快把这折子毁了吧！”

把原折掷还了子渊，便昂然走了。过了一天，子渊又具了一张“如犯不测，祸由潜一人身受，与老师无涉”的禀帖，到徐桐私宅内去谒见，务必求他代奏，又被徐桐命下人撵出门外。他二次一闹，在京亲戚以及寅年世交都知道了，齐至元宁东馆劝阻子渊：“休发这呆气。君子思不出其位，况且丁此末世，你想做甚朝阳鸣凤，还是安分守己混过了这生算啦。”

无奈子渊心横哩。徐桐不替他代奏，他尚筹思别法，要将此折上达宸听。这消息传扬开去，吹入国闻报驻京访员的耳内，这是绝好政界新闻资料，便专诚到来访谒子渊，想把折稿要去登报。子渊道：“不佞参劾三凶，乃是代表小民所欲言而未能者，然已犯了沽名之嫌。现在折尚未上，再由亲手致君去登报，更加显得不佞是妄悖沽名，非是为民喉舌。横竖不佞此折迟早要上的，待那时上了出去，足下往内阁方面托人转抄了后登报吧。”

访员暗想：“如由内阁转抄，一来麻烦，二来人云亦云，没有价值了。不过此际本人已谢绝抄登，又知他不是一班穷翰林，能以利诱的可比，只得暗中另行设法的了。”当便兴辞出去，暗地里却去托了与子渊同寓的一个兵部额外主事江宁叶文铨，请他从中想法。叶主事就在那一晚向子渊借那折子底稿，假意拿至自己房内细看，直至第二天午前缴还，实已抄了一份，给那访员购去。又隔了两天，子渊折子仍没有上，《国闻报》上的新闻却已刊布出来，把子渊原折在专件栏内发表，闹得满城风雨，通国皆知。徐桐慌了，要保自家禄位，便先上本参劾子渊。普天下有气节人士见了此折，自当拍案称快，大白连浮。实在这些些小事，莫说西太后、光绪俩未曾留意及此，就是三凶本人也未必在心哩。反是同子渊有关系人见了，都急得频唤奈何。还有三凶手下走狗的走狗，倒也恨得牙痒痒的，当件大事，大费经营，经这班人一嚷，那才嚷得三凶也注意及了。

内中刚子良，自命算清廉正直之臣，一时被子渊揭破了假面具，恨如切骨，必欲置龙潜于死地，这口气方消。徐桐首先参劾之后，接续弹劾子渊的折子如雪片般飞来。朝廷自先下诏，革去了龙潜功名，再行传旨拿问，由坊官派役到长巷三条元宁东馆内将子渊抓去，下在刑部狱里。晋福慌了，便分往子渊亲友处叩求援救。无奈事前大家都曾劝阻，子渊自己要有事，诚心惹出这大乱子来。此刻人家还当子渊自去登的报哩，谁再愿意出来沾点儿寒湿气在身上，一个个摇头拒绝。反是那班不相干的老百姓，得知子渊下狱，并有难免凌迟的谣传，大家都痛骂三凶，可惜龙翰林。

这一天，步军统领派兵出来巡街，百姓们已异口同声道："是冤杀参劾三凶的忠臣龙翰林。"有人认得子渊的，果见他绑在大车上，由驴马市大街经过，推向菜市口去。这是准杀无疑，跟去瞧的人实在不少。正是：

断头台未褫奸魄，菜市口先落忠魂。

欲知后事如何，且看下回分解。

第十一回

绝处逢生察木多孤忠远戍
风尘奇遇便宜坊隐侠留谜

却说内阁学士梁仲衡，乃是龙子渊生平知己之一。他本是北直隶本省保定府安肃县人氏，自己年已近六十，倒尚父母双全，故而他的夫人不能随着良人度适意日子，只得在家侍奉翁姑。仲衡只带了一个丫头收房的姨娘住在京内，每隔了两三个月，必定要在本衙门请几天假，归省一次。所以他京中寓址犯不着租大房子，贪图进出便利，故而他的公馆就打在南城虎坊桥粉坊琉璃街北。

此次子渊来京，仲衡恰巧回乡省亲，未曾碰见，如果他在京内，或者阻得住子渊此番的发呆举动。因为他是子渊的谱兄，子渊又向来见他有三分怕惧，哪怕用硬功逼着子渊将折子焚毁，不准胡闹，也办得到。无如仲衡偏不在京，直至市上争传昏皇要杀龙忠臣，大家纷纷赶至菜市口瞧去那一天，仲衡才得到京。他在家乡听人谈起，有个姓龙的翰林，江苏人，胆门子真不小，敢参劾荣、刚、李三人，指他们是三凶，连西太后霸政误国也参在内。目下官场中尚有这一个硬骨头的硬汉，真是凤毛麟角，不易多提的了。

仲衡一闻此话，暗忖："翰林院里头，江苏人姓龙，除了我谱弟龙潜，没有第二个。不过子渊回籍已久，况且是个名士派头的人物，年轻时候已喜陶情诗酒、徜徉山水的了，现在年纪要五十开外，想其情总更不会干出这种迂拙举动，妄想杀身成仁之事了。那么除了他，江苏尚有哪个龙翰林呢?"这真叫作事不关心，关心则乱。仲衡本则尚不回京销假哩，就因为风闻了此话，便拜别父母妻小，急急赶至北京。一到寓内，先查问守寓下人高长升道："南京龙老爷，此次我老爷回乡之后，他那里可曾有过信札来吗？”

高长升道：“小的本来要回主子，晋福来了二三回，小的听人说，龙老爷今天一定恭喜哩。”

仲衡听了，直跳起来道：“你这话没头没脑，怎么说的？我问你，这当儿南京龙子渊老爷处有否来过信札，怎么叫作今天一定恭喜？恭喜些什么呀？”

高长升道：“老爷有所不知，龙老爷此次忽然到京，如此这般经过，已被坊官拿问，打入天牢。方才听闲人传说，龙老爷已经绑出狱门，押赴菜市口处决了。”

仲衡一听这话，连连蹬足道：“这个书呆子，难道新得了神经病吗？明知办不到的事，枉送自家一命，这又何苦来？”

当下立即就命高长升：“速往菜市口，再去探个实在。果真是龙老爷恭喜，快去端正上好棺木以及衣服炭屑石灰等诸般杂物，预备少顷收尸成殓。”

高长升应着自去。仲衡暗想：“此事恐怕还要波及妻孥，可怜他家里头怕尚绝无所闻。我那云氏弟媳从来不喜看报的，云小川又是胆同芥子般大小，向来没有决断之人，此刻恐怕要紧洗刷自身干系，绝没想到去送信给族妹哩。此事也只得我去通风，叫云氏弟媳早早设法躲开。但是这风如何通法呢？要快，只有打电报，不过电报虽快，不可直言，此事不容造次。再者，又要顾自己前程，只有派专人前去最为妥当。”于是忙唤老家人梁忠到上房，嘱咐了一番要言，便多给盘缠，命他立刻动身，兼程赶往南京去送信。

打发梁忠走了，仲衡坐立不安，一会儿由上房踱至门首，站了片刻，又踱回上房，身子向床上横躺下去，顺手在枕边拿起一本曾苕生的《鸣原堂诗集》，瞧得很认真。姨娘在旁忍不住道：“老爷，你那卷书颠倒拿着哩。”

仲衡听了，方才如梦初觉道：“怪不得眼前花花绿绿，瞧不清楚。”说着，叹了口气，把书仍向枕畔一丢，坐起来喊姨娘点灯抽大烟哩。

及至姨娘一切周备，仲衡横到了烟榻上，一手执着签儿，呆对了烟灯想心事。姨娘便把榻前的痰盂移开，身子蹲下去，在仲衡手内接过钢签，代为烧成了一口烟，装上了枪，将枪递过去。仲衡虽伸手接着，并不送至口边抽吸，仍旧出神呆想。隔了半天，姨娘忍不住道："斗门冷了不好抽的呢。"

仲衡如梦初觉，才将烟斗凑到灯上去。刚抽得一抽，外边高长升回来了，赶到气急败坏直闯进来。因为男仆不能径入上房，便站在窗外头喘吁吁连喊老爷。吓得仲衡忙把烟枪一丢，直坐起来，奔至上房门外问道："怎么哩？"

说着，不住地把眼去瞅那壁上时钟，见短针掩在十二句的右偏，长针掩在六句的左偏，半句钟刚打过，齐巧午时三刻辰光。想来子渊已经身首分离的了，一颗心禁不住别别地跳个不定。

高长升道："闲人弄错的，今天处决的乃是广西临阵脱逃一个参将衔实缺都司的武官，也姓龙，不知被谁以讹传误，缠到龙老爷身上去。"

仲衡道："不要人家没讹，你缠讹了！"

高长升道："小的亲到菜市口，挤至众人面前，把犯官面貌仔细瞧过，确非南京龙老爷。小的唯恐人多遮眼暗，自己瞧得不准，恰巧汪郎中的亲信长随汪发兄弟，他年轻眼快，力气又大，比小的挤得更前，仔仔细细瞧清明白，他亦说不是南京龙老爷。并且这个龙都司的妻子同着一个九岁的女儿、两个七岁双胞胎的儿子在那里活祭当家，也端正了棺木，啼啼哭哭，准备收尸盛殓。如此情形，岂有再会弄错之理？"

仲衡点点头道："如此说来，我们预备的东西今天没有用着。"

高长升道："回主子的话，小的因为一出门便闻得龙都司不龙都司，故此先往菜市口瞧看之后，心想瞧见了，果真是那龙老爷，然后再办吉祥东西未迟。及至瞧了不是那龙老爷，小的斗胆，擅为其主，不敢浪花主子一个本子，所以一件都没办。小的愚见，主子是个福星降世，龙老爷五行有救，主子回京以后，只消奏保一本，龙老爷便得安然出狱，用不着这些东西了。"

仲衡摇头叹道："恐怕今天用不着，迟早些罢了，难免有用得着的一天。"

高长升也顺着口风转过来道："本来这乱子也闹得太大，得罪了一个人已经不了，何况参了两位中堂、一位总管，尚算不了，再把老佛爷也带在折子里头。"

仲衡无心去听这些废话，打算回房抽烟去。高升便又煞住话头，改口禀道："方才汪发说及汪郎中正天天希望主子回京，他有要言面商。如今小的告诉汪发道：'主子已经来啦。'他回去一禀，怕汪郎中等不到明天，今晚就要上主子家来哩。"

仲衡又把头一点，举步回房。高长升也退了出去。果然到二句钟打过，汪朝模、王嘉禾、云小川三人同来拜访仲衡，共商援救子渊方法。仲衡听说此事，荣、李二人都不甚介意，只有刚子良一人主动，觉得有一些生路，子渊性命或可保全，当下便议定了一个双管齐下法儿。

到了来日，仲衡自顾自往本衙门销假当差，别人意谓仲衡同子渊情同管鲍，他来了总有一番手脚做出来搭救仲衡。不料表面上一毫动静没有，不免惹人闲话，都道："梁仲衡这种人也被这世界化坏了，对于龙子渊这件事，连公正平衡的说话也不曾听他说一句，袖手旁观，往后去朋友愈加难交了。"

又有人道："本来好人不做官，做官不好人。梁仲衡真有了侠肠古道，早已挂冠隐去，还高兴在这无风三尺土、有雨一街泥的龌龊场窝混饭吃啊？"

殊不知仲衡老成持重，谁料他暗中进行援救子渊的方法非常地积极呢。偌大京华，只有一两个局外人眼光远大，识见高超，料定仲衡暗内必在那里做手脚。

过了些时，忽然有个大臣诨号琉璃蛋的，和刚毅谈起子渊的事道："荣、李二人，他们不失身份。本来这些书呆子，文不能测字，武不能担水，一旦钻入了清秘堂，居然算身列仕途，起居服御放得宽阔的了。自己除了作几句死八股外，又不能干别事，于是一年年混下来，弄得债台百级，走投无路，譬如自寻短见，才想出这种不遑瓦全地拼命胡干法来。您若恼他处治他，落在他的圈儿当中，像荣、李俩的不去瞅睬他最妙的方法，我做了您，也和荣、李一样办法。好在圣眷隆重，也绝不会信这狂吠，难道您同这种人反去着穷酸道儿、成他身后名吗？"

刚毅一听，觉得很是有理，回去和手下再一计议。其时他最信任的乃是义和团中的一个大师兄，别个牙爪说起来仍主前议，把龙潜斩首，独有大师兄的主张道："把这厮办个充军罪名，将他充得远些，在路上多吃些苦。等待到了戍所，过了几时，社会上忘怀了这厮名字哩，然后再派人前去结果了他性命。中堂心头之恨既仍可消，这厮身后虚名却博不到了，并可使他多受些路上风霜，真是一举三得。”

刚毅听了，大为赞成，便授意走狗转致刑部中人照此干去。那大师兄见龙潜性命保全，自向汪发去居功夸口，再去支取那一半谢仪。书中表过不提。

单道刑部中人，一闻刚毅走狗说话，立便拟稿上去，将子渊定了越权犯上、擅劾大臣的罪案，充发到察木多，给披甲人为奴。依着驿路计算起来，由北京往察木多，共有八千一百三十里路官站，要经过山西、陕西、四川、川边四省地面，一百二十三个尖站宿头。别的都丢开不说，单就这许多地处打尖宿夜，算账登程，已够把人磨个半死。不过当时仲衡等诸人代子渊打干得这个地步，已经煞费苦心，总算对得起朋友的了。等待发配察木多安置消息漏出来了，仲衡等又辗转托人向刑部提牢厅提牢处又花了一票小费，托他们委派两个慈善些的部差押解子渊往戍所，这倒也是一件很紧要的事。如其两个部差都同凶神恶煞一般的人，对于犯官非但没有一次和颜悦色的讲话，一言不合，竟要抡起水火无情棍打孤拐，一路上不知要多挨若干顿冤枉棒。如其是慈善部差，一路上谈谈说说，好少受无数困苦。这点儿小权限却操在提牢手内，所以仲衡等要去打个招呼。其时满提牢是镶红旗人，叫都林布，也是生员出身，会填几阕小令的词曲，自命是满人当中的优秀分子，想做纳兰容若第二，一向尊敬读书人的。汉提牢是常州阳湖县人，两榜出身，民刘瞻汉，与子渊有同乡关系。仲衡等去一摸靴筒，格外注意，就挑了两句部差，一唤乔荣，一唤郑璧，年纪都已四十以外，非但心性温和，而且都曾解过蒙藏公事，老于行旅，道路熟悉，登程之后，多少有个照应。仲衡派高长升专理子渊登程诸务，得悉解差已派定乔、郑二人，自然又要和他俩接洽。先每人送他们八十块钱一个鞋袜费，言明送龙老爷到戍所，带得一封书信回来，呈至粉坊琉璃街内阁学士梁大人处，还有二百元辛苦钱给他们。银钱终究好东西，他俩初接受下这件公事，都倒抽一口凉气，背地怨着：“提牢捉弄人，好事情不派我们，又派往前藏去，搅得不好，尸骨都不还乡哩。”初不料此次倒是块小肥肉，不比以前穷官儿了，自然喜出望外，满口应承。于是小川等代子渊往长巷下三条元宁东馆取了铺程行李出来，也送至乔荣家里，由他转交。最后仲衡等公共集合的一票川资五百三十元，依小川主张，要面授子渊。高长升却明白这门道儿道：“无论贵贱东西，一股脑儿去交给乔、郑俩转手，龙老爷一点儿亏不会吃的。况且这川资全是现洋，路上不便携带，换了钞票，又愁别省不流通，反不如交给了乔、郑二人，由他们打主意，便利得多。不然，他们心上一犯疑，连累龙老爷要受冤枉苦楚的。”

小川一听言之有理，果也命高长升送给乔、郑转交，他们皆为避嫌关系，故而事实上都出全力帮忙，形式上什么祖饯哩、送行哩，这许多虚浮俗套都没有做。只每人写了一封很恳切的信，也都预先搁在乔、郑身上，待子渊出行后，给他观看。

等待十一月初八，部文发下来，将子渊在狱内提出来，同着公文，当堂交给乔荣、郑璧领下。此时子渊镣铐俱全，乔、郑便趁手同至安定门大街大兴县署内去过堂，将批文打过了印，一出县署，乔、梁便代子渊开去家生道：“用不着扮鬼脸的了。”

于是很殷勤陪子渊往澡堂子内拿出车资来，喊人往家内去拿一包洁净衫裤，然后彼此剃头洗澡换衣裳，并问子渊可有甚要事在京办了动身。道：“今番这公事，不比吏部领凭赴任那么有钦定限期，填明凭照，哪怕到安西、哈密，最多只限到一百四十天，九个月零十日限来回的哩。我们今回只消一百天上赶到打箭垆过了堂，便由得咱们逢山玩山，逢水玩水，哪怕三年五载到成所，也不算误公哩。”说罢，哈哈大笑。

子渊暗忖：“谁说差役中没有好人，这两个就一点儿没有役气，总算我不幸中之大幸，遇着这二人。但不知他俩何故同我相好，现在可惜没处找晋福，非但要赏些钱给他俩，我自己还得带川资行李哩。”当下便告乔、郑道：“别的要事没有，我想要往长宁东馆去取行李去。”

乔荣道：“行李早在舍间，并有梁大人等的书信，公送给爷的三百块程仪，小人已斗胆代爷收藏，回头同至舍间拿去就是了。”

子渊听了大喜道：“既然行李已在府上，我心上别无挂恋，洗罢了澡就走也成。”

郑璧道：“今天是咱们不忙了，此间出去找一家馆子吃喝个痛快，然后往中和去听叫天、瑶卿的《武家坡》尽情乐他一宵，明早准备上路。乔四儿赞成吗？”

乔荣笑道：“有东西吃，有好戏听，岂有不赞成之理？我是不成问题，未识龙爷心上如何？”

子渊道：“我的身子现在是自己做不得主，全仗二位处置，二位有怎样便怎样干去。我好娃娃跟大人，本人没主意的了。”说罢，三人都哈哈大笑。

此时同浴堂洗澡的人有认识乔、郑俩的，便交谈起来。于是兼及到子渊身上，大家都围拢来瞻仰这个龙忠臣，你捧一句，他赞一声，把子渊反弄得局促难安。忙忙地剃过了头，到池内洗净了身子，回出来换穿洁净衫裤，将脏的赏给跑堂，俟乔、郑俩也一切舒齐了，催着他们会账走吧，不料已有个面不相识的人抢会去了。正要出门，堂伙却送过一张请客单来，请他们三人上便宜坊吃鸭子，下边署名叫刘吉祥。

乔、郑同声道：“这是咱们拜把子弟兄，在崇文门一带算得一霸天，想是知道我们出远差，所以备了饯行酒，叙叙咱们哥儿弟兄一片情意，不妨去扰他一顿。”

子渊心上虽则不愿意，无奈自己是个罪人，做不得主，只得跟他俩前去。及至到了便宜坊七号雅座中，跑堂说：“刘爷因有要事被人找去，菜已备齐，账已付过，请三位爷自在吃喝便了。”

乔、郑听说账已付过，便胆门子壮了一大半，喊跑堂烫酒发菜，狼吞虎咽便吃。子渊暗暗留神这一席东西，不伦不类，算他海参席，倒有驼峰的，当他鱼翅席，又只得八个大碗，菜虽道地，终嫌不成品格。及至吃罢了，跑堂又将一纸菜单拿进来道：“方才刘爷再三叮嘱道：‘这纸菜单千定要送呈一位龙老爷过目，并请龙老爷再四辨辨味儿。’但不知三位爷台哪位贵姓是龙？”

子渊便伸手接过来一瞧，这菜单写得一笔好苏字，笔酣墨饱，字字有神，心上大大诧异。据乔、郑俩提那姓刘的，不过东城一个混混的头目罢了，倒写得出这样好书法。再把句儿一瞧，乃是一并肩写的：

全鸭、驼峰、琉璜菜、伊府面、蹄子、螃蟹、鹌鹑、萨门鱼

这就是适才吃的八簋菜名儿，后面又有一行小字道：

慧心人自解个中玄妙

这真把子渊装入闷葫芦内，永也解不出个中玄妙来，只好自恨心地不

慧，所以瞧不明白，授给乔、郑俩瞧着，更加莫名其妙。当下擦脸漱口之后，子渊为这单儿古怪，不即丢掉，折叠了藏在身畔，又另外加给些小账与跑堂，同出便宜坊。郑璧便又硬邀到中和听戏，他俩是全神贯注瞧得津津有味。

子渊坐在那里，同辘轳般转个不定，哪有情绪听戏。直至大轴《武家坡》出场，精神勉强振了一振，一味希望戏快完了走路。听小叫天悲壮苍凉唱到那句“薛平贵好一似孤雁回来”，不禁打动自家心事：“不知此去也能和剧中人一样，往塞外去另辟一个局面否？”又想道：“薛平贵当时年龄方壮，迟了十八年回来同妻子相见，至多似我现在般年纪。如今的我，似剧中人回来时年纪才得出去哩。再加十八年已在花甲之外，将近古稀，自不知活得活不得哩。况且我和剧中人出去的名义又完全不同，他是当兵穷汉，跑出去就做西凉驸马，由愁苦境界转入安乐境界去。我是在家享惯安乐，如今充出去做军犯受苦，和薛境遇完全相反，一定受不下这苦楚，要身死他乡。就算十八年中逢到恩赦赐还，怕我寿命已经等不及的了。可怜我那云氏夫人目下虽不至像王宝钏那般苦度光阴，然要学王宝钏苦尽甜来，夫妻重会算粮大登殿，今生绝不会也有这一日啊。”想到这上头，撑不住眼泪也掉下来，因为旁观不雅，忙把头仰了起来，做出瞧着戏台上神情，实在眼睛朝了上，可能使热泪回进了眼眶，不要再淌出来吧。

此时，台上已演至生旦搭话，旦道：“军爷，你懂得哑谜吗？”

此句又触动了子渊心事，伸手到袋内把那纸菜单儿捞出来仔仔细细重又猜详了半天，忽然大悟，拍掌高声道：“哦，是了！”

正是：

雪里鹭鸶飞始见，柳藏鹦鹉语方知。

此刻大家正鸦雀无声，凝神息气地瞧着台上，蓦然被子渊这一声“哦”，坐在附近的人们都吓了一跳，不约而同把视线移至子渊身上，都开口查问端的为了何事高声。子渊免不了要受嗔怪，他究因悟着了什么要如此呢？且看下回分解。

第十二回

双义传镖何惧天罗地网
单身说寇全凭舌剑唇枪

却说中和园池子内中心几批观众都被子渊忽然高喊一声“哦”字，齐吃了一个虚惊，都扭项回头向子渊白眼。有几个脾气暴躁的口中竟吁吁作响，和赶乏角进场的打通般表示憎厌。子渊也自知其过，两颊臊得绯红，把头低了下去，心上老大没趣。直待隔了好久，昂起头来偷瞧，大众头都回了过去仍注意台上人的动作了，子渊的一颗心才安定，脸也渐复原状。他为甚要高喊那个“哦”字呢？

原来王瑶卿说了“哑谜”二字，好比钥匙相似，把子渊的聪明窍屈戍打开，想着了六书中的谐声一类。二次把这菜单展开瞧时，第一味全鸭的“全”字，第二味驼峰的“驼”字，挨次计下去，乃是“全驼琉伊，蹄螃鹌萨”八字，分明是“前途留意，提防暗杀”二句话的谐声。“这是局外热心人探知我的仇家方面暗布网罗，一路算计着我。这人不忍坐视，又未便明言，所以特设这哑谜警告我的。但是方才那席主人翁乃是乔、郑二役的拜把子弟兄刘吉祥，我跟姓刘的水米无交，他何爱于我，要花了一笔菜钱特地来知照我呢？再者我的仇家乃是荣、刚、李三方面的人，多半仕途显宦，那姓刘的不过一个混混，如何会知晓仇人来暗杀我呢？这真百思不得其解。”再一转念过来，“莫非就是这两名解差得了我的仇家贿赂，要做《水浒》上解林冲、卢俊义的董超、薛霸般解上了路，经着荒僻地方，要下手结果我性命，所以刘吉祥会知道，暗中关切我留意，又同戏上所说的远在天边、近在目前的哑谜吻合了。唉！《水浒》上林、卢二人有鲁智深、燕青私下救护，我有谁来援救？这位通风送信的热心人一团美意警告了我，事实上我仍只能存死生由命的心念，没有彻底提防法儿，晓得了和毫无所知一样的啊!”当下子渊独自以心问心，呆呆思想。戏台上因为不带回窑，只演跑坡，快要完了。乔、郑俩究竟有事，怕戏完了人多散出去，犯官由人淘内一轧就此走失了，肩头上夯不下的，故而要提早些先走。

等待一出戏园子门口，乔荣向郑璧道：“你可以回府了，可有甚话叮嘱媳妇，明日一早到了舍下，好干脆上路。”

郑璧道：“我同你一般毛豹性格，得了可出门信儿，公事没有下，已早把家内大小事情分别理妥，明早准定上路，一些儿没有麻烦。今晚龙爷是睡到你家去了，左右没事，送龙爷到了你家，顺便再向你拿了那五十块，然后回去未迟。”

乔荣道：“五十块前日不是彼此径直过付，未经我转手，何来再……”

郑璧道：“你不用着急，前日彼此径直过付的是八十块哩，五十块是今天那一笔，不是言明八刀的吗?”

乔荣恍然道：“不错，是我忘怀了。”

于是郑璧名为护送，实仍帮乔荣把子渊押至乔家，然后再分了五十块钱，也匆匆回家去了。可怜仲衡等公赠给子渊的程仪，高长升用话骗到了手，先独吞百三十番，如今乔、郑俩又是百元后手打去，子渊只拿到了一个六折头。

郑璧走后，乔荣将子渊的东西多检交了本主，一壁厢喊家中妈子烧些热水起来，泡茶给子渊喝。所有子渊的卧处预早端正，他倒尚不思睡，陪着子渊闲话。子渊问他：“此去察木多有多少里路，从何处前往?”

乔荣便去寻出一张驿单来授给子渊道：“这一趟路有八千多，经过的尖宿站口实在多不过了，一时报不清楚。好在这上头全有，请爷瞧吧。”

子渊接了那张单子一瞧，单上写道：

由北京皇华驿动身三百三十里至保定府清苑县金台驿，四十五里至满城县泾阳驿，四十五里至望都县翟城驿，六十里至定州永定驿，五十里至正定府新乐县西乐驿，四十五里至正定县伏城驿，四十五里至恒山驿，六十里至护鹿县镇宁驿，七十里至井陉县陉山驿，四十里至晋省平定州甘桃驿，四十里至乐平县柏井驿，五十里至平定州平潭驿，五十里至孟县芹泉驿，五十里至寿阳县寿阳驿，五十里至太安驿，七十里至太原府榆次县鸣谦驿，五十里至阳曲县临汾驿，八十里至徐沟县同戈驿，六十里至祁县贾令驿，五十里至汾州府平遥县洪善驿，八十里至介休县义棠驿，八十里至霍州灵石县瑞石驿，四十里至仁义驿，六十里至霍州霍山驿，八十里至平阳府洪洞县普润驿，六十里至临汾县建雄驿，六十里至史村驿，七十里至曲沃县候马驿，八十里至绛州闻喜县涑川驿，九十里至解州安邑县泓芝驿，七十里至蒲州府临晋县樊桥驿，七十里至永济县河东驿，七十里至秦省同州府潼关厅潼关驿，四十里至华阴县潼津驿，七十里至华州华山驿，五十里至西安府渭南县丰源驿，八十里至临潼县新丰驿，五十里至咸宁县京兆驿，五十里至咸阳县渭水驿，五十里至兴平县白渠驿，九十里至乾州武功县驿，六十里至凤翔府扶风县驿，六十里至歧山县驿，五十里至凤翔县驿，九十里至宝鸡县驿，八十里至东河驿，七十里至汉中府凤县草凉驿，七十里至梁山驿，五十里至三岔驿，五十里至留坝厅松林驿，六十五里至留坝厅驿，五十里至武关驿，五十里至褒城县马道驿，四十里至青桥驿，五十里至开山驿，五十里至沔县黄沙驿，四十里至顺政驿，九十里至大安驿，九十里至宁羌州柏林驿，四十五里至黄坝驿，六十里至蜀省保宁府广元县神宣驿，五十里至望云驿，四十里至问津驿，四十里至昭化县驿，四十里至大木村驿，四十里至剑州剑门驿，六十里至剑州州驿，四十里至柳池沟驿，四十里至武连驿，四十里至上停铺驿，四十里至绵州梓潼县驿，六十里至绵州魏城驿，六十里至绵州州驿，三十里至新店子驿，三十里至罗江县驿，六十里至德阳县驿，四十里至成都府汉州州驿，五十里至新都县驿，五十里至成都县锦官驿，四十里至双流县驿，四十里至新津县驿，六十里至邛州州驿，一百一十里至雅州府名山县百站驿，八十里至雅安县驿，一百里至荥经县驿，一百三十里至清溪县驿，七十里至泥头驿，七十里至沈村子驿，一百一十里至烹坝驿，一百一十里至川边打箭垆康定驿，五十里至折多山驿，七十里至提茹驿，九十里至东俄洛驿，七十里至卧龙石驿，四十里至八角楼驿，四十里至中渡驿，八十里至剪子湾驿，七十里至西俄洛驿，四十里至咱吗洞驿，六十里至火竹卡驿，六十里至里塘理化驿，五十里至头塘驿，六十里至拉二塘驿，六十里至二郎湾驿，五十里至三坝驿，九十里至大朔驿，八十里至绷槎木驿，八十里至巴安巴塘驿，九十里至竹巴笼驿，一百里至空子顶驿，六十里至帮木驿，一百里至古树驿，一百一十里至江卡宁静驿，九十里至力树驿，八十里至石板沟驿，六十里至阿足驿，九十里至洛加宗驿，七十里至察雅乍了驿，八十里至昂地驿，九十里至王卡驿，六十里至巴贡驿，一百里至包墩驿，七十里至蒙堡驿，六十里至昌都察木多驿。

子渊见了，皱眉道："要走这些路途，不知何年月日走得到呢。"

乔荣道："这尚是尖宿驿站，尚有许多小市集名儿没书在单上。不谈别处，就讲北京往保定，要经过卢沟桥、长辛店、良乡、琉璃河、涿州、高碑店、定兴、固城、安肃、漕河等十个小码头，至于里数，驿路不甚准确。譬如北京至保定，照驿路作三百三十里，实在三十里至卢沟桥，十二里至长辛店，二十里至良乡，三十八里至琉璃河，二十八里至涿州，四十里至高碑店，十六里至定兴县，三十四里至固城，二十六里至安肃，二十六里至漕河，二十二里至保定，共只二百九十二里实路，较驿路要减去三十八里。不过过了康定，那边的路贱了，名为一百里，实在有一百三十多里。咱们明天上路，每日赶六十里计算，连途中风雨阻隔也预料在内，大约有了五个月可以赶得到了。"

子渊听了，叹口气，便倒头睡觉。第二日一早，郑璧带了铺程到来，三人即便登程。在西便门外雇着一辆涿州的短载回头车，贪它代价轻廉，再者这一条大道，来往之人不绝，不愁出岔。所以言明日半天要赶到的，皆因是十一月初九日子，日短夜长，加着他们上路时候迟了，故此讲明日半天。若得三春日长天光，早些就道，哪怕搭夜一点儿，一天可以赶到的哩。

当日他们到良乡宿夜。此处春秋时代乃是燕国旧都，汉属广阳，晋属范阳，唐朝始改为县，宋属燕山，元属涿鹿，明时改隶顺天府，清代因之。县东三里有个尉迟恭修建高十五丈的多宝塔，县南三里有望诸君乐毅的古墓，又有伏龙岗、龙泉山两处名胜。子渊从前在北京出入，曾多瞻仰过的，此次没有这闲心绪，由乔荣拿了部文，往县署盖印验放。

初十绝早上路，午牌过一些已抵涿州。这里古为涿鹿之野，秦上谷，汉涿郡，三国魏范阳，唐称涿州，宋又改名威行军，元明仍复唐称，清因之，属顺天府。当年火车未通，涿州乃进京出京的要道，做此间的知州，也只得一千两养廉银、一百二十两办公费、一百九十四驿马。来往客官，仅私供应，如非老吏，自家赔累，弄了一身债还得罪人哩，所以有“日边冲要无双地，天下繁难第一州”的古谚。当地古迹很多，城西有张飞洗马潭，西北有燕太子丹的华阳馆，西南有燕昭王展礼台，东南有督亢陂和刘备故里楼桑村、卢植故居卢家泺，多有历史上价值。其实城西高台庙的土台兀塔、石经山西域寺内各种唐刻佛经也很名贵。

子渊等进了市梢，郑璧引至魏家合义公店内，占了个座儿，先将车资开发，然后喊跑堂过来，告诉他打饭尖，点菜下锅，吃了好赶路。跑堂应着自去。子渊问乔、郑可要上州衙盖印。

乔荣道：“打尖不比住宿，毋庸前去盖印的，不然还有经过非尖非宿的地处，也要盖印验放了，不但麻烦，更不知要费多少时候哩。”

他们正在闲谈，忽然跑堂过来邀往雅座内坐地。郑璧道：“咱们吃了便须赶路，今天尚思到安肃宿夜，况且有被窝行囊等许多累赘东西。就在此间吃喝，不用再搬雅座了。”

跑堂含笑道：“小的说句不多心的话，并非小的当伙计们想伺候三位，少顷多讨赏赐，请搬雅座。只因我家掌柜的从适才打发去的车夫口内探知三位中有位龙老爷，就是掌柜天天称道的当今第一个大大忠臣，所以命小的先过来请三位到了雅座之内。我家掌柜进去换衣服，一会儿就要出来相见。至于东西，待小的拿去交明柜上，包无遗失，回头爷等走时再行点奉。”

本则子渊在散座内有些不惯，如今听跑堂这么一说，便令乔、郑把东西交给了他，转寄柜上，然后跟他踱进了雅座坐下了。不到一盏茶时候，门帘一掀，先走进一个矮胖有短须之人，随后又进来一个瘦长壮汉，见了子渊纳头便拜，累子渊也忙着还礼。他俩又同乔、郑打了个招呼，然后五人分宾主坐定。跑堂重又送茶，矮胖短须者先开口道：“龙爷想来不认识小可了，小可叫凤凰魏一，这是舍弟双鞭魏七。”

子渊恍然道：“原来二位是魏妈的后人，哎呀，我记得你们昆仲共有好几个哩。”

魏一道："不错，小可一共兄弟五人。自从当年受爷教训，又蒙资助银钱，愚兄弟便同至长沙，投拜在胡六师父门下，加练了五年苦功，总算彼此有点儿小能耐，于是回至家乡来开着这所小店，苦度光阴。前三年的冬天，有帮浏阳贩夏布的客人要往辽东销货，顺道上吉林去买参，带回湘省销售，在长沙聘请胡师父保镖。胡师父因为风烛残年，不愿出这远门，就将咱们弟兄推荐了，这是师命难违，不容不去。又怕自家玩意儿不行，出去就给绿林中人拔了镖旗去，自身丢下不算，倒是师父的脸面要紧，故此花刀魏三、花枪魏五、单锤魏九三人一同出马，这一趟走下来，非但没出岔子，并且很交结几个生死朋友，故而三、五、九三个兄弟就在吉林接盘了万盛和镖局，一瞬已有二年多光景。今年又要倒了吉林杨家三条龙，虚名格外重一点儿，凡有关内往辽东去的生涯，路经此间，由小可接洽妥当，命七弟走走镖档子，一面跟外头结交结交，有口苦饭吃的了。不过想着了爷的大恩未报，小可心上总常常记挂着，又没空到南京来拜府。不料一个月之前得到京友来信，提及爷所干的大事，真令小可又惊又喜，正想把三、五、九喊回来，咱们拼着性命到京内反牢劫狱，搭救着爷，又得到发配消息。小可又拟候上前来，却迭连接到九头狮子赵千里、锦毛狮子姚逢刚的镖号转牌，叫小可弟兄俩担任护送爷出直隶省界，不过赵、姚二人的镖令叫小可弟兄是密保，不必和爷说明。小可因为追念爷的恩典，急欲拜见尊颜，以慰渴想。再者探知爷的仇人刚毅已转命走狗龙殿扬步步设下网罗，要同爷作对。本则这龙殿扬，刚毅在西太后面前保举，说是臣的黄天霸，现在他的施仕纶，命他摆布着爷，自必放出全副本领干的了。唯恐爷要惊慌，所以特地面禀一声，暗中有了赵、姚俩传镖保护，一路暗里按段派人留神，爷放心前往，不用担愁的了。小可存着这两种原因，天天巴望爷驾到面禀。小可意谓爷总不是这样形式路过的，虽然从前认得金容，到底隔了近二十年眼生啦。适才若不动问车夫，恰巧跑腿又迟了一步来报告，真要失之交臂哩。"

子渊听了，心上大为诧异，暗忖："赵千里是徐州的有名人物，从前和钱东孙西席分手，由他口中说过，与我却向无交谊；又有一个姚逢刚，更不知何许样人，何爱于我，私下要如此卫护着我呢？"又偷眼把乔、郑二人瞧瞧，"见他俩神色自若，不似得着荣、刚、李等贿赂，要暗算我的，不然闻得魏一说一路暗里有人留神，他俩定有小破绽，不期然而然地露出些来哩。照现下看来，这两人不会做董超、薛霸。好在我暗中已有鲁、燕等人，他俩就做，也奈何我不得的了。”

其时跑堂已把酒饭开至雅座，一、七二人便邀子渊等三人入席饮酒用饭。席间魏一苦苦要留子渊住个三天两日，无奈子渊一定不允，魏一只得抽身出去，代为雇定长行车马。等待席散，乔荣要会钞，魏氏弟兄哪里肯收，便宜了那跑堂得了一宗大大赏钱。子渊等又喝了一道茶，即便告辞。一、七俩送至店外，告诉子渊道：“这个赶车的名叫秏子王，非常灵活，而且是个老出门，到过塞外两次，所以特地雇他来送爷的。这骑菊花青乃是魏一的脚力，自己不常出门，养老厩头，辜负了它铁蹄骏骨，特赠给爷代步。此人此马都可以腹心相托，爷在路上既省沿途雇车换载之劳，每天又可多赶整站，便利不少哩。”

子渊并不落那世俗空套，向一、七俩作揖道谢，自便上马前行。乔、郑俩坐上车厢，见东西也多装妥，秏子王便上了车沿，把长鞭扬动，背车的骡子也紧紧随后追上。子渊自得魏一弟兄车马之助，果真沾光匪小。

在路晓行夜宿，到十六那天，已至陉山驿宿夜，因为十七中午想赶至乐平柏井驿打尖，故此格外早了些就道，出店之际，不过四更天气，东方尚未发白。十一月内天气，赶这种早站何等难受，再加这条大道沿着井陉山的，愈觉寒风砭骨，吹得人一点儿暖气没有。临上道时，乔荣曾说：“龙爷此刻坐车暖一些，让小的跨马，待出了太阳，再倒换过来。”子渊不要坐车，仍策马前导。不料越走越冷，那骑菊花青也不住地打嚏。子渊实在受不住了，只得搭讪着高喊乔、郑，同他们倒换着再走。不料他高声一喊，惊动树林中把风码子，立刻传信上山，不多一刻，已聚了四五十名喽兵，先放一支靶头响箭出来。子渊正思下骑上车，猛听头上嚓的一响，不禁诧异道：“这是什么声响？”

秏子王一听，惊然道：“不好啦，借盘缠收落地税的弟兄来哩。”

话声未绝，果然树林中擎出十几个火把、四五十人来，转至大道上，一字排开，齐声喝道：“道上油子站着，此刻天尚未明，行路规矩多不懂，已经冲山闯道，一定夹带了违禁品物，所以要鬼鬼祟祟赶路。待咱们五老爷搜检之后，才能行啦。”

秏子王早把骡儿勒住，自己跳下车沿，蹲在路旁，任他们劫掠过了，再作道理。乔、郑二人本在车上打瞌睡，始而子渊喊他们，虽已接谈，没有醒透，如今被喽兵一嚷，他俩方张眼一瞧，见前面情形，他俩也是老江湖，并不慌张，反先把被窝包囊等打开，免得他们少顷来一卷便走，连根起去，反不如自家先动手了，或者有些剩下来哩。车上布置妥了，也都跳下车去蹲在足旁候动静。他们三人吓是都不吓，不过寒冷异常，身子皆有些发抖。子渊始而见了，心上难免有些惊恐，继思："我既生死置于度外，还有甚畏首畏尾？"转了这个念头，神态自若，从容下马，静候响马怎样。

隔了片刻，只见树林背后又转出两三对长梗气死风灯，二十余名彪形大汉簇拥着一匹踏雪乌骓马。马上坐着一个赤糖色脸、粗眉大目之人，头戴一顶紫貂四喜套的拉虎帽，身披一领狐腿一口钟，策马行来，状颇威武，虽则是个草泽之雄，倒有一股庄严气概。到了大道上，开口问道："你是哪里来的？从此经过，懂得规矩吗？"

子渊抢前一步，拱拱手道："犯官龙潜，发配川边，路经涿州，蒙魏家弟兄多情，特送这头代步，并给一辆车，和两名解差乘坐。今天因为要赶整站，故而提早登程，经过壮士区域，多多惊动，承示宝山规矩的说话。犯官初经贵地，结交不到，自忖所有东西全奉献给壮士，作了价分给弟兄们，买饭不饱，打酒不醉。倘蒙壮士特别周旋，高抬贵手放条生路，山水有相逢，即使今生无缘图报，到来世亦必报答壮士的义气。"

那人听了，把子渊上下细细打量，口中自言自语道："瞧不出这笔管生模样儿的人倒也懂得江湖上打过门的话儿。"

又将车马看了一眼，厉声问道："你为甚要充发边远呢？"

子渊道："因为参了荣禄、刚毅、李莲英三个奸臣，触怒君上，革职充军。"

那人恍然道："哦，如此说来，你本来是个翰林职分。"

子渊道："不错，本则是庶吉士原官。"

那人道："嘿，为了你，咱们多年老弟兄的和气都伤啦，总算你的运气，碰在俺手内，放你去吧。快些赶路，趁在俺的班上，出了此山的范围，好保全你的脑袋。若得天光一亮，俺交了班，轮着老大不是老三巡哨，你难免要做刀头之鬼，上马快走吧。"

回过头去吩咐道："众弟兄散开，放这厮一条生路。"

又向那后来的二十余名亲壮道："回庄去，少说话。"

说罢，口内打了一声呼哨，自顾自回过马头，带着手下，循原路去了。先前出来拦路诸众也四散走去。

子渊和盗首搭话，乔、郑俩同耗子王都听得明明白白，一闻盗首肯虎口吐食，并且叮嘱快走。说也古怪，大家此刻忙着赶路，身子也不战了，冷也不怕了，上马的上马，上车的上车，急于觅路赶道儿。正是：

世路于今皆蜀道，人情自古等秋云。

要知后事若何，且看下文分解。

第十三回

前路茫茫寄家书恓惶挥涕泪
悲风猎猎怜同病典质济寡孤

却说京汉路未通之前，由北京往川，须经由晋、秦两省转折前往，其实自京赴豫、鄂、湘三省也有驿路，何不假道豫、鄂呢？因为其时黄河铁桥未曾建筑，再加到了鄂省，由水道到了东川，重复陆行到西川，反多周折，所以假道了晋秦，可以一气赶到西川，转觉爽快。

闲话休提，且表子渊等一行四众，自井陉山受了虚惊之后，在路格外留意，不敢再赶早黑站了。

在路行了一个多月，那天是十二月十五，已将近陕西省会的西安府，到临潼县新丰镇宿舍夜。此地是西安东首一个大市集，唐朝年间，马宾王在此酒店中以酒濯足，故而镇上酒店很多。新丰酒的名望和江浙间的绍兴孝贞洋河高粱比较起来不相上下，实在新丰本地不出酒的，完全山西运去的汾酒。我国人全重虚名，亦不问实际的，那种远来和尚好看经的陋俗各省都有的。子渊虽已算得个缙绅中的精明人物，然而这些商业上的门道儿究竟不知道的多哩，反不及乔、郑俩和耗子王晓得的地道。

那晚落了店，子渊笑道：“自从离家以来，好久不曾喝个痛快了，到了这产酒所在，虽则十一月十五虚度的了，但是每月望日，明月团圆，今晚喝他个不醉不休，也可算万事不如杯在手，一生几见月当头哩。”

乔荣笑道：“此地的酒多从汾州运来，不过加了些香料罢了。”

郑璧道：“乔四儿老喜说扫兴话，既然龙爷有兴，咱们大家润他个痛快喉去，管他什么来路，咱们又不要开酒店做酒贩子，问他干吗呀。”

于是喊店伙打了三角酒进来，切了一盘干牛肉。乔荣又亲去购了盐水花生、油炸花生、酱豆茶干等四五色真正下酒菜来，三口儿在房内慢慢吃喝，被乔荣适才道破了新丰酒的来源，果然喝起来就觉着较汾酒尖淡，未见所长了。

正在饮酒时节，忽然门外闯进一个人来，向着子渊道："爷您舍得赏俺喝个酩酊大醉吗？俺是一个异乡苦人，流落在此，举目无亲，每日里只有借酒浇愁，喝得稀靡烂醉，人事不知，躺下去一觉睡至天明。若得喝了个半醉，躺至炕上，一辈子合不拢眼，便要想起家内媳妇和孩子，牵肠挂肚，比什么都难受。又没有热心人代俺捎书带信，这种生离滋味，真比黄连苦参子还要苦。无奈身上又没多少酒钱，每天赚下来的一些辛苦钱总喝不醉。适才见爷进店，瞧爷的面庞，定是个乐善好施之人，故而找寻前来，求爷赏俺今宵一个烂醉，让俺好稳睡一个通宵，乐他一乐，爷答应不答应?"

乔、郑俩正要开口喝他出去，谁知子渊也为凋年急景，经过的地方见人家夫妻父子多团叙一处，曝日闲话，预备过年，独有自己五十多岁的人，尚荷罪远戍，尝那风雪长途的苦况，不免要念着家内的云氏夫人与济苍儿子，有好几个整夜没有睡着了。今晚原想借这新丰名酒浇平胸头磊块，然后一枕黑甜，图一个好睡。初不料乔荣说破酒源，已觉饮无特味，如今又闯进这个半疯半乖的人，唠叨叽咯，说上一大篇话，大半打入子渊心坎儿内。再者听他说得可怜，不禁动了兔死狐悲之念，果依了他的要求，喊店伙加添了四角酒至房内，命那人坐下，分些下酒菜给他，叫他放量喝个大醉。那人一些不为作伪，酒来了，见他口中不知喃喃了些什么，然后拿起酒壶就吸，不满两盏茶时候，已把四角酒吸罄，下酒菜却只嚼了两颗盐水花生。此刻子渊等三人自己瞧得呆了，只顾眼睁睁净瞧那人，却全忘怀了自饮。子渊见四角酒完了，问他要添吗，那人道："既经叨扰爷定了，今宵当然放量喝一下，奈俺尚有正事在身，过量了怕误事，少喝又不愿意。这样吧，免得一会儿又要添酒，一气喊跑堂再打了三个这点儿酒，今晚可以将就过去了。"

郑璧道："敢是再打三角来?"

那人笑道："不，命跑堂再取三四十二角酒过来，俺喝了今宵可以不再干呕想喝的了。"

乔荣道："这酒是汾酒底子，你一口气喝了十六角酒，此地是十五两作一斤，每斤半作一角，实在分量是二十二两五钱。难道你喝得下三百六十两实足酒数吗?”

那人笑道:“当初李太白有三倒铜人之量,俺一顿喝二十四斤折扣酒,有何足道哉?尚比不上古人哩。”

子渊道:“我瞧你口内饮酒,头上淌汗,想来再打十二角酒来,你喝是喝得下的。不过这酒质性猛烈,你若努力喝了下去,一来挖不出来,少顷在肚中发作,不要怨我;再者你灌了这多酒,还思吃晚膳吗?”

那人道:“俺有名的叫干酒鬼,只要有酒喝了,饭是向来不要吃的了。至于这十六角酒喝了下肚,莫道发作,哪怕醉死了,也不但不怨到爷,并很感激爷成全俺做个醉死酒鬼,不是没酒喝渴死的瘾鬼。”子渊听了,也撑不住笑出来了。

当下便喊店伙如数添给他喝。他们三人自顾自吃晚饭,待子渊等饭罢,那人十二角酒也喝下了肚。他喝完了酒,又闭着眼喃喃了一阵。子渊不明他这是什么礼节,其实上文已曾提过,这干酒鬼是天主教的信徒,所以每逢吃甚东西,必要感谢天主的赏赐,吃罢了,又要念经祷谢天主。祈祷之后,把衣袖抹抹嘴道:“离开了康定,自至陕省以来,总算今天喝了一回半痛快酒。”回头向子渊拱手道,“蒙爷萍水相逢,如此推爱,不当俺小痞子骗白酒喝,心感异常。但是俺生平为人,一饭之德必酬,睚眦之怨必报。爷给了这顿酒与俺喝,满想图报的方法,一时将何报爷呢?俺听爷口音好似南方人,俺明日便要动身江南金陵去,爷可有家信去?待俺顺便带去交给府上,告诉他们一声大概何时准能回府,免得府上亲人盼望。今晚时候不早,俺也不在此胡缠,爷长途劳顿,早些将家书缮就,好早些安睡。那封书信明早俺定来向爷领取哩。”说罢,头也不回,扬长自去。

乔、郑二人都指:“这是闯店放生意的坏东西,被他一阵哀戳,喝了这许多酒去,明天算起账来价又不小,劝爷往后休再着这些道儿。虽说爷用的钱又不要我们哥儿俩打公司、下股份,为甚要阻止爷的高兴,只因一路上受爷佛眼相看,又深知爷盘费多少,现在十停路程没有走去两停,盘费已经用去不少。前路茫茫,当真钱到路尚不到,准备怎样啊?”

子渊笑了一笑,也未和他们去空话,暗想:“那个酒鬼绝也是个江湖异人,不然怎会劈空来要了顿酒喝?倒又要往南京去代我捎带家书,这是分明已知道我来踪去迹,故意装出这种傻状来愚弄愚弄凡人俗眼罢了。”当又拿出钱来,叫郑璧去买了纸墨笔砚信封等物,待他俩睡了,子渊一人在灯下静心细作家书。不过长久没有握管哩，始而手抖得休想写成字，将开头“骊珠吾妻妆次”六字写得无笔不抖，好似北碑书家做字，故意把笔画弄成一条条蚯蚓般，自己瞧了也觉好笑。掐指算算，本来在京写了那纸呈给徐桐的禀帖以后，一向不曾捏笔，毋怪要写不成字了。此所谓拳不离手，曲不离口，写字亦然如是。谁知写了几行，手虽不抖，心却酸起来了，再写了几句，止不住目中掉下泪来，把张信笺都滴湿了一大半，墨写上去要花的了，不能不凑至灯上把信笺烘燥了再写。好容易纸烘燥哩，墨又冻了，而且这一封信，千言万语，一时实在写不完，因为自家此去，不知今生尚能遇赦赐还，仍旧立直了回至南京家内，和妻儿团聚否。照情势推想，多份要身亡戍所，尸骨不还乡的了。此信又好比一纸遗嘱，非但只写过去现在的事由，还要预嘱济苍将来的话，所以格外见长。越到后面，信上的说话越加沉痛，自己的心上也分外酸楚，两眼眶中满含热泪，泪珠同断线珍珠般一颗复一颗地连续滚下来。右手笔不停挥地写，左手不住地握巾拭泪，愈想愈写，越写越苦，连累两只手写一句拭一下，心上想一想，眼泪滴几点。等待这封信写就，天已经四鼓时分，子渊就和衣在炕上横了一横，隔不多一刻工夫，天光已亮，忙起来收拾东西。这副笔砚虽不佳，叵耐自己带至京都的上好文房四宝都在元宁东馆寓内，如今不知下落，料想晋福总代主收拾，仍带回宁。也许小川等经手携去，将衣服铺程路上必需之物交给了我，这种文具不是罢不成的东西，连衣服都不曾装箱，只打了个包裹，自然这冷热货更加不能送给我。本来军犯也用不着这雅品物类，但是我没有了这文具，一路上更觉寂寞。如今这副不高明文具也要收拾它伴我到戍所去的了。

十六这天格外寒冷，乔、郑俩为昨宵多喝了酒，今晨一来人倦，宿酒未醒，二来畏寒瑟缩，尚多躺在热被窝内不曾起来，倒是那个干酒鬼已经绝早到来拿信了。子渊将万金家书交给了他，又送了他五吊钱程仪，他亦并不推辞，接受了去。临别时节，郑重对子渊道：“俺劝爷把身外累赘东西早日设法寄掉，待车轮入土浅些，非但行路轻便迅速，并且少惹歹人注目。可知太平路走得将完了，再往前去，一步难过一步了。”干酒鬼轻轻露了这句口风，他自匆匆出店，径往江宁代子渊做青鸟使去了。

子渊听了他的话，心上一盘算，晓得汉中总兵孙金彪虽是江苏吴县武举出身，却是荣禄的死党，陕安兵备道，乃是满洲镶白旗人，叫景星，刚毅的换帖。此外陕甘总督陶方之、陕西巡抚魏午庄、将军国俊、左右翼副都统长春德溥、藩司张汝梅、臬司李有棻，和那三凶多有渊源的，不比山西巡抚胡聘之、藩司俞廙轩、臬司刘毅吉，和三凶关系都浅泛的。就四川督抚鹿芝轩、藩司王毓藻、臬司文镜堂等，和三凶交谊虽较晋省诸员为密，却比此间诸员为疏；并有盐茶道张绍原、嘉雅宁兵备道王季寅，多是熟人，也比秦地好些。最最可虑，要行经凤县、沔县、褒城、宁羌、留坝三县一州一厅，五处地方全属汉中一府所辖。宁羌知州录斐马毓华，虽是我嫡亲同乡，上元县附生出身，是个天方教徒，我向来瞧不起他，今番要在他门下过了，总有些小麻烦。又想起湖北恩施人的樊增祥，乃是我素来称道的，也在此间做渭南县，可惜路径不对，身又不能自主，最好绕道前去，和樊山见一见面才称心适意哩。又一转念，万事不由人做主，一生多半命安排，如此鳃鳃过虑，于事实上有何益处？承干酒鬼提了这话，一路上暗严戒备，过一天是一天，走一步是一步，搅到哪里是哪里了。于是待乔、郑起身算过店账，再行动身。

又走了七天，那日是十二月二十二，天气奇寒，彤云遍布，西北风刮得人路都难行。

耗子王道："咱们一路行来，总算天气温和，尚未遇着冰冻下雪的日子，今天怕免不了要下雪的哩，可能稍迟半天，待咱们到了大站上，那才雪降下来，咱们就在那里过了年关再走。不要阻住在小站口上，要柴无柴，要米无米，天又不肯晴，就算晴了，路上半烊半冻不能走，那真苦哩。"

郑璧把大拇指和小指伸出来打了个手势道："你是怕小站上没有这东西卖，所以希望大站，可惜天公不是你做，也未必肯听你指挥。"

耗子王道："这东西哪处没有的卖，不过小站上没有好货，这比没有的吸还难受。就是二位头儿所爱的杯中之物，小站口上也没有好货出售吧。"

乔荣道："你们话没讲吧，老天已不客气，将上好面粉撒下来哩。"

只见米聚为山，作当前之指点；花飞如掌，舞空际之兰珊。关塞云深，压貂裘而尽湿；泥痕爪印，飘雁影以俱寒。渺渺山川，半在有无之际；茫茫宇宙，同归虚白之乡。他们冒雪前进，本拟到留坝宿夜，现因松林驿到了尖站，天一下了雪，赶到南星镇，只得投店住下。不料南星镇上的客店昨天地保到各家关切，说是留坝厅管粮同知、汉军正蓝旗人文麟文大老爷传出谕话，凡有东来客人，务取本地殷实商家的担保，方许招留，不然查出该店容留无保东客，非但重罚，还要严办。这是簇新鲜的公事，紧得非凡，一家都不允招留。

子渊等四人，天上的雪越下越大，走又不能走，无可奈何，只得在东市梢一所枯庙内存身下来，希望老天早晴早走，所有人和牲口的食料由耗子王去购到庙内来吃喝。这座庙一共只有一所大殿，一个小院落。庙门剩得一扇，而且破的了，不能关闭，四周墙坍壁倒，满目荒凉。万年台下面卧着四个乞丐，内中有个弄蛇的，左手是六指头，多一个无名指的。他们四人只得把车扛上了大殿，停放在隐风些地方，牲口卸了，家生系在车辕上。四个人尚不敢多睡觉，怕乞丐偷东西，只得轮流坐更了，不分什么上下，多蜷缩在车上当他一个大炕用，勉强过了一晚。

二十三那天，雪下得更大，自明至暮，一刻未停，仍只得躲在庙内。子渊无聊至极，和乞丐们去谈谈，才知他们也非本地人，三个是甘肃两当县，那弄蛇的六指头是湖南辰谿。并询知此庙乃是宋代金刀杨令公妻子佘太君庙，庙内八个人，占了四个省份，一旦会聚在一处谈话，谈得很密切。子渊见他们不能去要饭，把自己吃剩下来的给了他们。那晚，子渊等都倦乏了，虽仍轮流坐更，不比二十二夜间严重了。到二十四那天绝早，雪下得小些，四个乞丐上街要饭去了，因为到了白天哩，子渊等放心一点儿，见天仍如昨，不能就道，索性都睡了个晏朝。等待睡足起身，已近午刻，仍由耗子王出去买办食物东西。购物回庙，却引了个鹑衣百结的妇女，怀内尚哺着个未满周岁、遍生漆游瘅毒的孩子，一同前来。

子渊问道：“你引此妇前来则甚?”

耗子王道：“说也可怜，这女人的当家名唤神枪手朱英义，也是我们北直隶沧州府狼儿口人氏。小的虽不认识他，但是他的名望向来知道，练得好把式，骑得好马。眼珠子虽和斩黄袍内郑子明一样，右大左小，可是打起洋炮来，不必瞄准有准头。打起空中飞鸟时节，一颗子好打中两只鸟儿，名为一开一合，打下来鸟儿的嘴必是一个张开一个合上，百不失一。所以叫神枪手，山东道上绿林、镖局两方颇颇有名。却巧去年榆林镇挂印总兵努克齐斯珲巴图鲁蒋雨亭大人入京陛见，在德州和她当家的遇到，爱他能耐，便带至任上当差，公事搅得很不错，故把家眷也接了去。不料今年十月内害起病来，服药无效，自知不起，只得辞差回去。行到此处，投宿在合兴顺店内，盘缠也用尽了，人也睡倒了，不能动弹，现在奄奄一息，大概今明要回老家的了。万一身后分文无着，店内又欠了不少房饭钱。这位娘子更因生下来只得九个月的孩子生了满身漆游瘴，周身无皮，肉色殷红，怪怕人的，也愁养不长大，何况身在异乡，举目无亲的客地。没奈何，把祖传的一口镔铁剑想卖了几个钱，先代当家的端正了棺木等物，再作道理。小的去买东西，路经合兴顺，见围了八九个人交头接耳地谈论，小的上去询知底蕴，怪可怜人的，所以把她引来，求爷买了她这口剑，多花几个钱，最好让她殓过了当家的尸首，再多一些回去盘缠。爷这份阴功，如肯允许小的要求，积得大哩。"

子渊听了，先把那妇人仔细一瞧，见她虽无衣饰，却出落得楚楚可怜，一毫没有寒乞相、小家气，真所谓艳如桃李、冷若冰霜。两耳的山根异常厚大，目下虽暂落魄，将来后福倒也不小，不觉心上已暗加钦敬。开口问道："如此说来，那口剑在何处呢？"

耗子王回头向她一伸手，那妇人本则两手捧着孩子，现见耗子王向她伸手要剑，便腾出一条左手来，在衣服底下抽出一口冷森森、光闪闪的松纹古定剑来，蹲身下去，搁在地上。待耗子王就地拾起来，陈于龙爷。子渊见她处此途境，尚不忘授受之嫌，不肯把剑径交耗子王手中，更加可敬。及至接过剑来，反复一瞧，子渊不禁从心上喝出彩声来。原来这口剑柄上刊有"疥痨宾"三个小篆字，按唐书《顾彦晖传》曰，彦晖为东川节度使，尝宴诸将于堂上，以所佩疥痨宾宝剑，命养子瑶佩侍左右，酒酣语诸将曰："与公等生死同之，违者先齿疥痨宾。"唐代古物可遇难求，有德者居之，无德者失之，这姓朱的家有此宝，媳妇又生着这般福相，决计不会如何落魄。当便将原物交给耗子王，还了那妇人，她指指地上，叫耗子王放下了，她自在地上拾了宝剑，仍旧藏于衣底，意谓交易不成，回身便走。

子渊忙道："娘子请先回店，不用着急，奉劝你这口宝剑也不必出售。一来家传珍品，何忍落于人手？再者世间能有几个识者，价值卖足了，怕也有了丧费，没有川资。少顷我命车夫送一百块钱前来，或够支配的了。至于你那小孩身上的漆游瘴，快去觅青菜叶贴了，就能痊愈，不是凶恶症，无须着急的。"

那妇人听子渊如此说法，心想：“方今天下，如此大善人恐怕我遇不到哩。”故也不道谢，仍冒雪走了去。

子渊和乔、郑等吃过东西，然后伸手去包中取钱。明明记得包内用剩尚有一百五六十块钱哩，谁知遍寻无着，并且如何遗失的痕迹也一丝找不出来。仔细追想，大约尚是今日清晨热睡时出的岔子啦。现在钱已丢了，话倒已经许出了口，亲对朱娘子说送钱去的，就是自己路上也要用的，这便如何呢？踌躇了半晌，只得问耗子王道：“南星镇上可有当铺吗?”

耗子王道：“有的。”

子渊就将一大包衣服交给耗子王，命他拿至当铺质钱。如能质至百元以外，那算最好，送一百块钱与朱娘子，余下拿了回来。倘若质不满百，那么尽数送给了她，自己前途用费只得另再想法。正是：

不如意事常八九，可与人言无二三。

要知后事如何，且待下回分解。

第十四回

飞霞女还金酬德
孤云僧谈命推星

却说子渊这一大包细毛皮衣，命耗子王持往当铺质钱，只当了一百二十两。南星镇商界定例，用是七百文一两，一共只得八十四千制钱，幸得其时银圆兑价每元不过八百三十四文，故而耗子王遵命送了一百块钱到合兴顺店内，交给朱英义媳妇，尚有六百文零头带回来交予子渊。如其照现在二千八百有奇的洋价，只有三十块钱哩。

子渊这包皮衣倘然不是在这腊月下雪天质当，或者换了南五省，好多当些。如今既是冬天，再加岁底，当皮衣格外杀价，况且陕省是皮毛产出所在，故而只当得此数。论子渊出京时候，小川等送他五百三十元盘费，被高长升扣了百三十元，乔、郑俩合吞了百元，剩得三百元净到手，一路上又用得阔一些，乔、郑、王三人又处处存私心打后手，因此到这里已耗去了一半，如今索性被偷儿连根拔去。再往前行，须得想个法儿，不然人若无钱，阳间大难，出门人非钱而不行哩。耗子王送银回来，把尾款当票交付明白，然后告诉子渊道："小的将钱送至合兴顺，亲手交付朱大娘子。她洒脱得很，并不推辞，把钱收过了，方向小的说那口宝剑已经售了五天。头天有个过路客人见了，也识得是好宝贝，一口就许五十块钱，她卖是肯卖的了，不过心上也拼不得和此剑永远分离，故此要请问那客人的姓氏、籍贯，预备怀中那个出世九月的小孩倘能长大，万一有个好日，备了原价，仍要去赎回原剑。那客人听是活卖，不是绝卖，道：'目下买了去，反得常挂在心，保守此剑。设或不留神失掉啦，将来原主备价赎取，倒变大起交涉。这不是买东西，简直买罪受。'于是依着那客人，再加些价值倒可以，但是要绝买的。不料她心上价值不妨短少十元或五元，不过定要预先言明，同做押款相似，不卖绝的。两下为了这绝活问题，结果不曾成交。除了此客之外，无人识得此剑。这三天之中，天又下雪，况届年终，竟无客往来，就偶然有少数客人冒雪经过，多是商界中人，为着年关账目或经济关系，不得不冲风冒雪地来去，试问这种人，有甚心绪来顾问这门冷热货呢？本镇上的人全是黄牛眼睛，只识稻草，这门好歹，休说自己不懂，连听也怕多没有听见，所以跑至合兴顺，见了这剑，都不过道几百文。其中有个做火居道士的，他做法事之际用得着宝剑的，居然一口许出两吊钱，见卖主不允，在旁横加竖加，加到了三千五百文。她被这厮缠扰不休，厌恶极哩，便信口拒绝道：‘不卖了。’讵料有个混账人接口道：‘本来这口顽铁铸的东西能值几何，若是皮肉做的东西就值钱。像大娘般人品，不论零售趸沽，定能卖顶贵的行市。我第一个就愿出重价，捐个元号青龙生意的买主哩。’这几句轻薄话一说，羞得她脸涨通红，躲往房内。事后方知这个混账人本是个急色儿，乃是镇东的奸生子，诨名叫花花太岁，关乎女色上的不端事情也干得多哩。谁说老天没眼，花花太岁说了这句话，当晚就被一个无名好汉仗义拔刀，把这厮上部鼻头尖、下部龟头尖同时削了下来，倒换位置装上了。鼻子上翘起了一些小东西，岂能站在人面前？故此要上汉中去请西医医治哩。朱大娘子今午随小的到庙中，始而认道又不成交的了，等待小的把钱送去，她感激得什么似的，道：‘本要上庙来叩谢恩爷，实因男女防嫌，再加此地多花花太岁的一类歹人，三因要留心当家的咽气时辰，只得遥空拜谢大恩。’她拜过之后，又向小的盘问了爷的姓氏、籍贯、到此何干，小的就一一告诉着她。她说：‘却好这小孩儿乳名叫龙生，如今再提一个南恩或者星恩的官印，表明在南星镇受龙爷恩典，将来见了这名字，就念着恩爷大德。如其今生不能图报，来生变作犬马以报。’小的又告诉她爷丢钱当衣一节事，她便追诘小的可知这钱是谁偷盗，小的说正犯不知是谁，只有先宿在庙的四名乞丐有些嫌疑。她听了忽然微露笑容，又问小的今天要动身否，小的说恐怕立刻雪花止下，明天路上还难跑，今天更谈不到‘动身’二字，她便命小的回庙多多致谢恩爷。‘至于丢失的钱，果属是四名乞丐偷去的，今夜二更以后三更之前，我命他们来送还，所虑者不是他们窃取的，那就无从追赃了。’小的自便回庙，不过在路想想，这朱大娘子怕也懂得几手把式的，不则怎么说这些话？大约那花花太岁的鼻尖就是伊弄的玄虚哩。”

子渊道："'各人自扫门前雪，莫管他家瓦上霜。'这话我们莫谈。"

乔荣道："我但求这钱是那乞丐窃取的，倒有原璧归赵之望。"

郑璧道："不然，路只走去了一半不到，前路如何行去啊？"

子渊不去接谈，背着手将龛内佘太君的神像仔细端详，聊以消遣。默忖："曾在前人笔记中瞧见，贵州多杨令婆庙；杭州清泰门外有时迁庙，偷儿多去烧香祭祀；济宁东外有宋江庙，响马奉祀很诚。此外汲县纣王庙，颍州卫灵公庙，福州吴天保庙，泉州夏得海庙，钱塘涌金门外的青蛙神张顺庙，赤山埠武松庙，石屋岭杨雄、石秀庙，宜昌、沙市等处的孙行者庙，常熟的金元七总管庙，松江的杨老爷庙，都是淫妄之祀，比五圣高一些罢了。此处倒也有杨令婆庙，如此坍败不堪，何不大显威灵，弄几个愚夫愚妇来修葺一下呢？"此间风俗也是今晚送东厨司命上天，和江南的官三民四龟念五一样，子渊见了，不免又动思乡之念，晚上睡不着了，便命乔、郑二人上半夜安心睡觉，到三更半接班，至于初鼓起至交班时候，由自己和耗子王坐更守夜。其实子渊口虽不言，心想："失支的钱十有八九是那乞丐偷的。朱妇说二更以后送还，瞧她怎样送来哩。"转眼之间，已闻得当铺谯楼上已经二更打过，并无什么动静发生，大约不是那乞丐盗去的了。

刚转这念头，忽听车厢上头的皮篷上啪的一响，好似梁上坠下了一件东西来。耗子王便站起来，用火一照，乃是一个小纸包儿，拿下展开来，裹的一块鹅卵石子，莫名其妙，那纸却有几行细字，便递给子渊瞧个明白。这当儿，院落中的雪堆内忽然钻出一群白老鼠，一路吱吱呱呱地打架，打上殿来，一点儿不怕人的，竟打上车厢来。耗子王忍不住伸手去抓时，白老鼠都向子渊身上蹿过来。子渊自也伸手去赶它，谁知哪里来甚白鼠，都变了雪白的大拉斯，一点数目，乃是一百五十七元。

子渊连声道奇，忙把纸上字迹一瞧，只见上边写的是：

部下因难妇鬻剑无人问津，病夫又危在旦夕，故不得已下手搬移恩爷之款。明知正人之资不应妄动，实因情极，暂求燃眉。顷难妇已亲自追至二百里外诘知，乃六指头吴小四所为者，共移得一百五十八元，百元付予难妇，五十八元则彼等四人分携以行，而在路已耗去一佛矣。难妇遂先将己之百佛交予小四，嘱其务必如约送还，至于已经用去之一佛，万望宏度海涵，暂勿诘究，以后得当，彼等亦必图报也。

难妇受再造鸿恩，小女亦叨回春妙治，终身衔结，宁有已时。唯自后恩爷在路，万弗再以食物给人。藏银之处，最妙有秽污之物同裹，不则将五谷同包亦可，如是则吾党无术搬运，不愁再蹈此次覆辙。敢布区区，伏惟亮詧不宣。

沐恩难女朱宣飞霞拜启。

后边另有一行道：

此信阅后，请付丙丁，并求秽污或五谷同包之法秘而不宣，庶同党不责难妇泄底之过。不则非但获咎，或竟宣告死刑也。特及。

子渊瞧了点点头，便将这纸凑至火上焚掉，暝然无迹，又把失而复得的银洋和那方鹅卵石一同收起，叮嘱耗子王往后不必多话。

到了二十五，雪虽停了，路上泞滑难行，仍只困守在庙内。耗子王出去瞧见，那神枪手果已死了，朱大娘子备办衣衾棺椁，在合兴顺开丧殓夫哩。

一到二十六，路上可以走了，子渊实因枯庙受不了，故便上路。休息了四五天，人马多精神加倍，那一天竟赶了一百多里站路，搭了一个黄昏，居然至褒城县宿夜。

二十七这天出了太阳，路上开烊又不能走，便允了耗子王的请求，在此兴盛客店内度过年关，待年初二就道。子渊闲着没事，自和乔荣或郑璧出去，往褒城城内走走，不过二人出去，总留一个守寓，耗子王是自有他们赶脚帮赌钱抽烟，自寻一乐。到了大除夕的辰牌时候，子渊一个儿在寓所左近一家茶棚子内喝早茶，瞧瞧同棚茶客，大一半是吃船上饭的，因为褒城是在褒水旁侧，那褒水是同汉水通流，一直要到湖北武昌北岸，就是汉阳江的上游。现届岁底，所以这班船家泊停了船，上岸来玩玩。大凡吃水面上饭的人，用钱比旱道上人阔绰，他们常说坐在三面见水、一面见天的底子，性命一直悬在当空打秋千，上午不知下午事，钱要来干吗？故此十个人有七个阔手，打起架来也比旱道上人拼狠。不过他们举止、行动、饮食、言语间的忌讳也较岸上人多，而且不统一的，海船海式，洋船洋式，湖船湖式，江船江式。汉江船的规矩和长江船不尽符合的，长江船的门槛和岷江船又有异同，真个别有天地，好似另一世界，休说一时弄不全，简直一世钻在这里头，也不见得色色彻底明白。子渊见了这神情，又想着金陵下关同水西门一带状况，不禁又要想起家乡，呆呆坐着出神。忽被邻桌两个中年船家碰着茶碗盖催开水，当当两响，子渊倒吓了一跳。这两个人特别会喝水，店伙甫经冲过，顺着冲至间壁桌上，他们又在那里催开水哩。如是者三四回，店伙忍不住奚落这两人道："难道这茶碗漏了不成？这两个碗少顷要翻过来瞧瞧哩。"

不料"漏"字"翻"字都是船家犯忌的，这两人受了奚落，幸而是除夕，不愿意淘气了，换了平日，早已伸手把店伙的扇风子扇了上去哩。于是两人站起身来，把茶资向桌上一撩，齐声道："怎么不是碗漏？非但这两个漏，你们全棚子是碗皆漏的了。"两人说罢，怒气勃勃出棚去了。说也古怪，一刻工夫，果然东桌嚷碗漏，西桌也嚷碗漏，一霎时全棚的大小茶碗都漏了。此刻店伙也变没有法儿对付了，不比泡了茶，有时茶仙经过，洒出来发黑色，千定嚷不得，一嚷全堂茶要发黑的，只消把那碗或一壶黑茶向藏碗的橱上头一搁，另外再泡一碗给买主，可称神不知鬼不觉。所以大茶馆落台下面、碗橱上头总有几把茶壶（以前茶碗）塞着，代客泡了茶又必先洒一些至开钟内，好似涤涤钟底般，其实就看看茶色如何。凡做茶博士的，资格老到了，多知道这过门儿。如今同时碗漏，却尚初次遇到，用甚方法救治呢？

此刻子渊对面桌上有个和尚，忍不住开口道："做买卖的人和气为先，俗谈南纸店中大先生，哪怕吃饭时有人来购一文钱纸，也只得放下筷碗，站起来拿给他，何况茶坊酒肆，百客衙门，更加要低声下气一点儿，万不容得罪人家。如今嘴上占了一些小便宜，要受一辈子的大累，够你们受用了。"

此时茶棚中的掌柜听那和尚话里有因，便去央告他设法。和尚道："出门人各有三千年道行，不是我做的事，哪怕懂得这解法，也不肯来空做这冤家。不过我可以指点你们一条正路，方才你家伙计得罪了两个催开水的茶客，你们不知道，出家人却认得这两人，是船帮中的深通富阳法的人。如今快到西码头，见有一条满江红船，船头正面画一个太极图的，你将伙计带去，跨上船时，你高喊一声：‘老大顺风！’然后命你家伙计向他船上大将军磕了四个头，你便央告船上人道：‘适才无心冒犯，如今将来修礼了。’听他们答了一句说话，你们就上岸回来便了。”

茶棚掌柜忙依了和尚的指导，带那惹祸的店伙同去。一到西码头，果有这样一条船，方才那两个茶客果在船艄上喝酒。掌柜如法表演过，其实那两个船家也早得同帮中人的送信，晓得暗有能人指示来的，究竟小交涉，占了点儿小面子，趁势收篷。听了“修礼”二字，一个冷笑接口道：“不漏了，用得着什么修礼不修礼？”

掌柜自便同着伙计上岸回店，早有随去瞧热闹的闲人先奔回茶棚子探亮，果都不漏了。少顷，掌柜回来，向和尚道谢，又申斥了店伙几句，一件事情算了结。子渊冷眼旁观，把事儿的始末瞧得清楚，便搭讪着去和和尚交谈，请示他的上下，方知他是嵩山少林寺的方丈单，法名叫孤云，出外朝山完愿的，却好也宿在兴盛店内，于是一同回店。他并不除荤戒酒，和寻常那些表面修行的俗僧不同，子渊便邀他到自己房中，请他酒饭。饭罢，孤云僧道：“出家人受了施主这一餐，无以报答，请把尊庚告诉我，容出家人代施主推算一下命运吧。”

子渊道：“犯官是道光二十八年戊申八月十七日寅时生的，今天算五十二岁，明天就要五十三岁了。”

孤云便要了纸笔，又回至自己房内去，拿了本万年历来一查，道光二十八年八月十七是丙申日，便先掐指算一算年上起月法。清代是用夏历的，所谓“夏正建寅为人统”，正月是寅月，至于天干支配法，也有一定的歌诀道：

甲己之年丙作首，乙庚之岁戊为头。
丙辛之岁庚为上，丁壬壬位顺行流。
若言戊癸何方发，甲寅之上细推求。

例如甲乙己丑年的正月是丙寅，如今子渊原相是戊申，戊年正月是甲寅，以次推下去，八月乃是辛酉，再把日上起时法一算，这叫作：

甲己还加甲，乙庚丙作初。
丙辛从戊起，丁壬庚子居。
戊癸何方发，壬子是真途。

现在子渊日子是丙申日，所谓丙辛从戊起，无论丙子、丙寅、丙辰、丙午、丙申、丙戌、辛丑、辛卯、辛巳、辛未、辛酉、辛亥等日的子时，总归是戊子的，依次推去，子渊的下地时辰乃是庚寅了。推算星命的大框法则，男命要他合，女命要他冲，一数至七数是冲的，故唤作子午、寅申、卯酉、辰戌、已亥、丑未，相冲至于合法呢。拣日或其他用途，以十二支六合为标准，独有算命乃是十二支三合作用的。譬如八字内见了申、子、辰三时，便合成水局，亥、卯、未合木局，寅、午、戌合火局，巳、酉、丑合金局，辰、戌、丑合土局。

当时孤云僧推算了一会儿，向子渊道："足下的八字乃是戊、申、辛、酉、丙、申、庚、寅合成一个月上偏官格，照命推算，杀官太重，喜逢于时相冲，化杀生身，更可运大得力，真是大贵之命。怎么倒如此遭际呢？因为足下原相是戊申，所谓戊申巳酉大驿土，申为坤，坤为地，戊本中央土位，再加坤土，两土叠加，非比其他浮沉之土，故曰大驿。不过足下一生，气以归息，物当收敛，宜藏锋安度，无晦无灾，偏偏此次参劾三凶，锋芒毕露，物极必反，所以要有此次的远戍。所幸者，万物土中生，足下既有此两层厚土，可载重物，将来栽培出来的后人绝非寻常人物哩。"

此时子渊听孤云僧如此说法，真所谓：

妄言妄听浑无据，疑假疑真究茫然。

要知后事如何，且待下回分解。

第十五回

冷眼旁观多髯翁热心破局骗
亲身经历大力女含怒讲家常

却说孤云僧将子渊星命细细推算之后，又暗暗地讽劝一番道："现在华夏之防，不分事仇为主，认贼作父，有些犯不着。只消看胡、曾、左、彭诸人助满洲人干了这样大事，况且咸丰亲口说过，谁先打开南京，剿灭洪杨，封他一个王爵。到后来曾九拼性舍命，攻下金陵，非但不践前言，还要追究曾九剽掠罪名。就是曾国藩自己从祁门争围之后，就步步防他，不曾给过他一个有实在地盘的官职，安安逸逸做个三年五载，建立如是大功，只封一个侯爵，反落了个自戕同种的恶名，仔细想来，不上算。况且现在主弱臣强，牝鸡司晨，贿赂公行，是非颠倒，弄得天恫人怨，不出十年，天下必将大乱。识时务者为俊杰，似足下的名位经济，万不值再效学愚忠，千万善为自处，为国珍重。"

这一席话说得子渊也有些心动的，两下定了个通讯暗号。到了庚子年正月元旦下午，孤云先自登程东去，子渊等四众到小年朝方才上路，西行到了沔县大安驿。却巧有条川帮盐船空空载回昭化，子渊正在愁经过宁羌州，不要有盗匪出来麻烦人。现闻有便船出犀牛江，到白龙、黄沙、三江岔口登陆，避过宁羌州，再好也没有，乔、郑等也赞成的。好在船身深广，车马牲口装在里船头，落了底舱，一些不碍事的。船上搭客，除子渊等外，前舱内已先有一个年轻客人搭着，乃是广元一家药行内的收账员，尚是去年离店收账，不及赶回去，迟至今岁方回。子渊等下了船，始而乔荣也想在前舱开铺，不料这个少年客人一百二十四个不愿意，他因为行李沉重，所以不要别人合舱，私下去和船主说了，将前舱三铺包去。船主无奈，只好和乔荣善商，搬到了中舱。随后又来了年将花甲的大汉，此人生得浓眉曝目，方颐大耳，颏下生了一部极长的连鬓胡子，连口都生得遮没了，顶长的垂过了胸膛。头戴海虎绒皮帽，身穿米色茧绸胎皮大褂，玄缎乌龙掸玄狐马褂，足踹尖顶靴，腰束丝鸾绦，胁下挂了一口佩刀。下船来占了个房舱，却没有铺程，向船上人租用被窝。子渊也颇纳罕，暗忖："穿得出如此身装，怎么出门没有铺盖的呢？"前舱内的收账客人更加犯疑，若在平日，定要换船的了。实因在新正初头，无船可换，幸而他在房舱尚隔着个中舱哩。

子渊等是午后下船，守至申牌时分，依着船主心上，中舱六铺、房舱两铺，现在子渊等占了三铺去，耗子王是混在船艄上的，老头儿占了房舱一铺去，至少尚要待三个客人下来，才开船哩。幸得这老者连连催促道："在此新年里头，不会有人再来的了，快些开船吧！"

船家无奈开船，行至酉初，便在一个小村落前抛锚暂停开夜膳，三舱五客合一桌。那老儿吃起东西来，身畔取出两个金钩儿，把长髯分开钩起，挂在耳上，方能吃东西。

夜饭过后，少年客人先回前舱，子渊和髯客闲谈起来，方知他是甘肃的"病大虫"郭标，向在敦煌石室中修养，此次往四川峨眉山去探访道友。郭标听子渊述出往事，他也早有所闻，很敬重子渊。正谈之间，耳畔忽闻橹声欸乃。郑璧推窗一望，四野暮霭苍茫，天上新月微明，迎头摇来一只舟船，靠上来合帮停夜，帮船上撑篙的是个三四十岁的胖大汉子，艄上摇橹驾舵的是个二十余岁的妇人。前舱客人听见声息，也推窗探出去观看。龙、郭二人谈了好一会儿，船上人也开铺睡觉，诘问他们要明天五更时分起锚，于是龙、郭、乔、郑次第安歇，反是这少年客人睡得最迟。到了五更时分，船家果然起来起锚开船，因为现在水浅风又不顺，行至吃中饭时，尚只得四十里不到。等待船上人又将船暂泊，开了午饭，进舱请前舱客人吃饭，方见他呆坐在前舱淌泪，不要吃饭，问他何故哭泣，他又说不出来。郭标猛悟道："唉！谁叫你少年人不老成的啊！"

他听了竟哭出声来哩。郭标便跑至前仔细一盘问，原来昨晚大众睡了，少年客人尚倚窗闲眺，忽然小船上那个摇橹妇人收拾得脂香粉腻立在舱前，向客人憨笑。两船靠得紧，少年客人把手招招，不料那妇人竟笑嘻嘻由窗口爬过来，做那少年客人的救命王菩萨了，而且风骚得紧，连干两度。少年客人倦极了，便就睡熟睡，也不知她何时去的。早上开船，少年客人尚情思昏昏，春梦浓浓，直至睡足起身，见枕畔一个手提小皮箱的洋锁扭下来的了，方才着急检点箱内的账款，共计一百元一叠的钞票五张、六张五十块头庄票、二百现洋，整整失去一千块钱，真是哑子吃黄连，说不出的苦。此番回店，非但生意保歇，还要赔钱，而且一生名誉断送，以后休想再能掌大权，所以急得哭了。郭标结结实实埋怨了他一顿，又问了他店号名姓，晓得他是广元长寿恒药材行的出水，叫贾劳贤。

郭标笑道："你真是个假老盐，俺昨天下船之际，瞧你神色之间很提防着俺，认道你少年老成，是个老江湖。初不料你尚会着软扎火囤的道儿哩。"

当下郭标回至中舱，和子渊等吃饭。席间谈起此事，子渊反代他求郭标想法："彼此出门人，姑念他情状可怜，成全了他吧。"

郭标沉吟了一会儿，便问船家："昨晚那条花船，你们认得出吗?"

船主道："这船留心辨认，总认得出。不过此事贾客自投罗网，又不能上衙门告状，就认出了船来也没有用。"

郭标道："你们认得出就好了，劳你们把船摇回去，望见那船，远远地就泊下，只要他们再来放生意，我有法儿对付，倘然将贾客的失款追回，重重地酬劳你们。不然，在你船上丢失了大宗款项，连你船的名誉也有关的。"

船家没法，只得摇回去，直摇至黄昏时分，已摇过了昨宵泊船地方里半路光景，才见那条小船系在一棵野榆树底下，舱中露出火光。郭标喊贾客私下也把那船详视一下，确是昨晚那条不错的了，便反迁就上去，把大船靠近小船泊下。船上诸众全听郭标指挥，多假去睡静，单剩郭标独自开了房舱窗呆呆地瞧着。大约到了下午十句钟后，小船上的胖汉不见了，那妇人却推起了冒头芦席，在舱内灯前对镜理妆。郭标瞧见了，低低道："此地有落水鬼的，半夜三更一个人害怕吗?果真害怕，不妨到我大船上来。"

妇人佯嗔道："东船不管西船事，你请我过船，敢是嘴巴发痒?"说着，有意扑哧一笑。

郭标道："你说的话我有耳病，听不清楚。"

妇人道："你听不清楚，可以到我船上站近了听的。"

郭标道："我行李内有点儿小东西，不敢离船，你到我舱内来讲吧。"

妇人假作恨恨道："冤家碰得着点的。"一壁口内咕哝，一壁把身上花青绵绸袄子拍了几拍，玄色西缎单衩裤拽了几拽，欲前不前，懒洋洋钻出舱来。郭标手便伸出窗外，把她似拎小鸡般拎过了船。她到了这边，袄裤同落篷相似，已卸了下来，钻入郭标被内。郭标心中暗笑，有意坐在舱沿上，同她有一搭没一搭地闲话。她连催了五六遍，他总不脱衣就寝，觉着船身有些摇动，要想坐起来，却被这胡子一只左手揿住了，真同泰山压顶般压住了，休想动弹。侧耳用心一听，船果真开的了，惊然道："怎么船已开了?"

郭标道："他们行他们的船，我们睡我们的觉，又不用你去把舵，管他则甚?"

妇人发急道："谢谢你，放我回去。"

郭标笑道："笨坯！肯放你回去，也不邀你过船来了。你是专骗钱的，我是专骗人的，难道只兴你骗人的钱，偶然你遭了人的骗，就急得如此，这又何必呢?"

妇人方知反着了人家道儿，好容易挣扎了坐起来，袄裤都不知去向。没奈何，仍只能卧在被中，哭着央求。郭标也不去理她，喊那贾客进来，交给他看守。舟船摇出了十多里路，也就泊下，郭标却和子渊合铺睡。

至年初五早上，大家起身了，贾客已把这瘦马的住址、养家的名姓全盘问明白。郭标便命贾客将这妇人袄裤包了，教了他说话，先行上岸，走往她养家家中去走马调将。又烦乔、郑俩辛苦一趟，恐怕养家要钱不要人，或者召集了同村人蛮做，务必要当公事人，用一点儿恫吓手段，做贾劳贤后盾的了。乔、郑俩遵命，随后赶去。不料那个瘦马养家今晨见大船开去了，舍不得这瘦马，只好摇着小船追上来。贾客在岸上瞧见了，便喊着他，把袄裤给他溜眼，然后告诉他："如要放还人，须把前晚窃去的银洋如数缴还，不然，我们不来难为你，和你当官去说话。做这种事的人，从前不比现在，现在养瘦马的大户，必定是巡捕房包探，或是当手伙计、警局内的侦缉队员、略有手面的白相人，他见打官司不吓，多半是赌铜钱不愁天亮、坐监牢不怕日长的主顾。从前干到这一行的，听见打官司头疼的，再者这厮既不认识字，又不曾见过钞票、庄票的面目，此番尚是初次瞧了钞票，花花绿绿，当它洋纱照牌哩。如果他晓得了前晚是数目一千，今天也情愿不要人的了，因为他只晓得到手二百番，放去这头瘦马不上算。”

听贾客一说，满口应承。后面乔、郑俩也追到了，于是皆从他小船上载至大船停泊所在，将小船也泊定下来，在火舱的行灶下面夹层内提出一个白布小口袋。贾客接了，提上大船，打开口袋一点数目，分文未短，方把袄裤还给那妇人。她眼泪汪汪，忙忙穿着好了，走至中舱。郭标又半训半劝说了几句，她向大众磕了个头，忙下小船。肥汉也忙着解缆摇去。郭标才吩咐大船赶路。

此刻贾劳贤不似前天那种骄傲状态瞎小心了，取出五十块钱送予郭标，其余收藏起来。郭标始而想不收的，忽一转念，代他赏了船家五元，送了乔、郑俩五元，余下四十元暂时收下。初八午前至广元，贾劳贤向郭、龙等千恩万谢了一阵，然后收拾行李，自回长寿恒店中去交账。

子渊等再前行了一天，到初九薄暮至昭化，当晚不能登岸，仍宿在船。初十朝上，吃过早饭，然后付了船金，舍舟登陆，动身上路。郭标另有一事要在昭化耽搁，请子渊先行，却把贾客拿出来的四十元转赠子渊，聊表他的私衷钦佩。子渊因为自己余款不多，故而老实不客气也就收下了，然后两下分别。子渊径自先行由昭化过去，再经了大木村一个小站，便进栈道。照《水经注》上看来，栈道在褒水西面，北出衙岭山，东南经大石门，历张良所烧的故栈道，以至下谷，又东南历小石门，穿山通道，六丈有余。平常人自重庆到成都，经行那条鹿头山脉，多以为险峻异常，当作栈道，实在还不是哩。如今子渊走的这条路要越五盘岭，过剑阁，至文昌帝君的家乡梓潼县，那才是真栈道啊。晋朝羊祜道：“今江淮之难不过剑阁，山川之险不过岷汉。”四川这处地方本已天生险要，这一段剑门、岷山两山脉接壤之处，上从阴平山始，下至阆中为止，为险要省份中的愈加危峻之处。两边壁立千仞的高岭，中间一条鸟道，左右多是深不见底的涧沟，连山绝险，所以邓艾阴平偷渡要算件唯一的奇功。宋朝李继隆平蜀，雨后夜涉栈道，人马多滑坠涧中，用了十余丈的粗绳，一头系在大树上垂下去，救几个未曾跌死之人，十丈以外的绳索尚只垂下了三分之一，若及涧底还有三分之二地步，你们想多少高险。所以李太白《蜀道难》歌行上有“剑阁峥嵘而崔嵬，一夫当关，万夫莫开”之句。

子渊等进了栈道，他自寻乐趣，不当驰赴戍所，只算花钱出来游历，故而凭今吊古，按辔徐行。耗子王原催促过的道：“栈道中的行程有规定迟速段落，不能任意走路。自昭化至梓潼，一共三百里站路，日长时分作三天，日短时四天，务必按时赶道。如其错了一些些，前不巴村，后不巴巷，叫苦来不及的呢。”

子渊不听他话，第二天照例在剑州打尖，武连宿夜。不料为游玩剑阁风景迟了两个时候上路，到柳池沟，天在未末申初，依着耗子王就此投宿，明晨再走。乔、郑俩不肯，都道：“天色尚早，怎么就宿夜？好在今天是正月十二，晚上有月光的了。此往武连不过四十里，就搭一个黄昏也不妨。”

子渊是无可无不可的，耗子王一人拗不过他们二人，再行上路。谁知到了薄暮，天气忽变阴霾，一重重乌云遮满，天上一些月色没有，行人对面莫辨。这种险道，如何走法？要觅宿头，无觅处了。耗子王口内不住地啰唆饶话儿，乔、郑俩也无言以对。正在危急为难之际，忽然树上跳下个大马猴来，惊得子渊几乎坠马，幸得耗子王瞧出这是人乔装的，大着胆上前搭话，果然是个女猎户假扮的。当下子渊将自己一行四众错过宿头、月色模糊不能趱路的情由先告诉了她，然后求她指引一条明路，附近可有山野人家前去借宿一宵。那女猎户听了蹙额道：“此间小地名叫小剑戍，方圆三十里之中，人烟稀少，一共只有我们董、沉、韩、罗四家猎户的子孙，多是因树成屋、开门见山的人家。实在我们住的屋子完全是寄身在天生石隙之中，外人不知道的，一辈子寻不出门户来。我们四姓男女，一股脑儿八九家，四散住开，同心占住这方地盘。你说投宿的话，老实告诉你们吧，除了我沈大姑外，其余七八家，家内人口众多，食指浩繁，凡有客人投宿到他们家去，十回倒有九回要干出谋财害命的事来。横竖便利得很，只消把客人手脚捆了起来，向深涧内一丢，一毫吹灰之力不费。我家公公同丈夫在日也干这一手的，后因上山樵猎，父子俩一样，都是失足坠涧而亡，尸骨无从收拾，所以我晓得天道好还，又无后辈，自己发誓不干的了。不过我客人也不愿招留的了，何以呢？可知留了客人，当然要备水食等待客人，临行哪怕拿出加倍的钱来酬谢我，尚不愿意，只因山道崎岖，我又是个女流之辈，上市集去购办了食粮，运回来困难。又因我洗手不做欺心黑事，他们七八家的男女都把我当出角人看待，不肯同我互助工作，事事须亲料理，吃掉了粮食，出钱尚有购处，喝掉了我积水，遇着天旱当儿，三四十天不下雨，真活活渴死人。而且行路的客人大抵食物尚在其次，先要紧饮料，因此关系，我不留客的了。今晚遇见你们，也是缘法，我若不留你们，再往前去，你们四命保管活不到天明，体上天好生之德，留了你们吧。不过话先言明，只留你们宿夜，水、食两项概不供给。”

耗子王道：“我们自己备有干粮、水葫芦，如许留宿，已感大德，本不当再叨扰的了。”

于是沈大姑便引了他们，往前不过三十余步，她向左首石壁撮唇作声，那山谷是有回声的，不必高声长啸，已山鸣谷应。她口内声犹未绝，只见五步路外的石壁上忽然开出一扇门来，有个白发婆婆执着一支臂粗的火炬站在石门口。

沈大姑道：“放躺板过来，有客人的车马哩。”

老媪忙伸手在石壁上解去绳结，三块椐树板便放下来，搁在涧上，同浮桥相似。若是沈大姑自己出入，蹿来跃去，用不着这躺板，所以一向用绳悬起。子渊等四人两马一车，渡过浮桥。沈大姑在涧右嘱咐了老媪一番，她自去寻觅山兽放猎，不进来哩。那老媪抽起了躺板，闭上石门，引他们转了四五个鹅头颈弯，顿觉别有天地。一片三角形的大旷场，场上放着五六个大水缸，靠东首一个突出的石嘴角，倒好比用人工特堆起来的假山相似。旷场尽处有五间朝南茅屋，因是就着山势盖的，所以参差不齐，五间屋的深浅阔狭都是各间各样，不是一般尺寸。老媪便指点把牲口系在场上，车儿驻在檐前，又指定主屋下首内的第一间，叫他们席地安歇。她自往主屋中熄了火炬，另点着一盏鬼火般的油灯，很认真地纺纱。

子渊被这车声闹得睡不着，到了半夜光景，她还不住手，子渊忍不住走出去道：“时候不早咧，老婆婆也可停工安歇，老人家，何必再如此勤工助学作呢?”

老媪听了，不禁拭泪道：“媳妇凶恶，她出去多少时候，回来要多少纱，若得短少了，便要挨她打骂。她不回来，我如何好睡?”

子渊听了，大为诧异，正欲再问，那老媪忽然侧耳一听，忙站起来奔出去开门。原来沈大姑又在石壁外呼啸了，转眼之间，沈大姑匆匆进来，肩上扛着一只死鹿，手内提了一个死狼，走至场上，那老媪慌忙闭了门，追进来。大姑吩咐她快把狼、鹿剥了皮腌起来，老媪连声答应，就在场上动手。好在此刻天气晴朗，月色皎洁，灯多用不着的。

子渊又忍不住遥喊道："今天已过半夜，让老太太明天做吧！"

沈大姑诧异道："咦！客人尚没睡。"

又回头把老媪一瞧道："哦！你又说了什么话哩？"

老媪急得面如土色，浑身觳觫。沈大姑三脚两步跨过来，身上那个马猴皮套尚未除下，就起毛茸茸一条左手，把子渊一把拖至屋外道："本来我家没个公正人，客人既喜管闲事，代这老不死说情，来来来，请到庭中来评评这个理儿，究竟谁是谁非。"

子渊的右臂被沈大姑左手抓住，好比上了夹棍，带跌带冲，冲出屋来。沈大姑身子靠在庭东石嘴角上，向子渊指手画脚地诉说以往历史道："自己是打箭炉人，嫡姓是刘，乳名巧珠，十二岁时候遭这老不死拐骗到成都，她自己做娼，将我当瘦马。后来，她姘了这里沈猎户，硬把我配给沈猎户的儿子，一同住到此间。她又不惯住在这山村旷野，要同我逃走，我不愿意，她怕我告诉沈家父子，反教唆公公、丈夫合帮了把我虐待。她意谓我受不了沈猎户父子的打骂，必定跟她跑了。后见我心同铁石，绝不会逃的了，她才一个儿出去鬼混了二三年。外间没好处，又跑回家来，公公不要她，反是我强迫做主留养着她，她吃饱穿暖了又来从中作祟，弄是生非。等待公公、丈夫次第去世之后，我出去做清猎户弄了钱回来养她，她家事不问，反天天跑往董、韩、罗三家去搬是非，弄些闲口舌出来，所以我才同她严定规约，不许出门，在家粗做。谁知每逢家中有了投宿客人，她又装模作样说我忤逆她。客人似个念书人，明白礼义廉耻的，你倒说句公平话，是她不是呢，还是我不是？"

沈大姑讲出了劲儿，口若悬河，滔滔不绝，左手扯了子渊不放，右手东指西画地打手势。后来讲到了米薪油盐的家常事情，越说越生气，那右手一伸一缩，碰至石头上，那石屑同糯粉般剥落下来。子渊始而勉强忍痛，口内不住地唯唯，她讲个富贵不断头，工夫大了，子渊只得哀告大姑放手，再抓下去，臂膊痛得似断下来一般了，沈大姑方才松手。

子渊待她讲毕，要紧回进屋中去睡觉，再也不敢多管闲事。十三清早起来一瞧，只见右臂膊上从脉门青肿起，一直肿至肩骱上，右肘之下，昨宵沈大姑捏手之处，非但青肿，并且红紫。走出去瞧那庭中石角，好比经着刀切的一般，掉了一大块，地下堆了一堆石屑，粗细都有。子渊将昨晚上情事告诉乔、郑，他俩听了，都伸出了舌头缩不进去。正是：

孝媳慈姑天下少，异男奇女世间多。

要知子渊此去以后如何，且看下回分解。

第十六回

狭路逢仇题壁惹殃投黑店
空山遇隐开樽谈侠宿青庐

却说子渊那条右臂，自遭沈刘巧珠抓了这一把，要隔好几天才能痊愈。当时乔荣听子渊述说昨晚情形，便道："此妇亦非真正善良之辈，趁她此刻尚未起身，我们快些趱路吧。"

大家点头称善，于是急急收拾行囊，装上了车，子渊取出一块钱来，交给老媪，命她转呈沈大姑作为宿费，便烦她开了石门，放了躺板，渡过深涧，准备上路。不料昨天晚上走过那躺板，望出去上下左右黑洞洞，糊糊涂涂走过了。如今到了白天，打从这板上经过，望下去杳杳冥冥，不知有多少深；望到上头，又好比在井底观天；望至两面，大多似长弄一般，终年没有日光晒着一般，阴森之气使人不寒而栗。再加奇峰怪石，千态万状，丛生其间，真和刀山剑树一般。从石门至山道，那个涧面虽只一丈八九尺宽，子渊慢慢地走过来，竟好比越过了一个岭头相似。乔、郑俩亦然有些头眩脚软，人虽过来了，那头菊花青和背车牲口蹲在石门口，任凭秏子王在前牵，那老媪在后赶打，总一动都不动不肯过来了，这便如何呢？正在束手无法，空自争嚷间，沈大姑趿着拖鞋跑出来了，见此情形，她忍不住伸出两手，把两头牲口往两胁下一挟，挟过了涧面。子渊昨宵未见她庐山真面目，今日才见她不施脂粉，丰韵天然，就不过皮肤生得粗糙，两足大一点儿，其余倒也生得长眉插鬓，姿首动人，于是上前申谢，并告诉她有一块大洋交在老婆婆处作为宿费。沈大姑也向子渊道了声多谢。

此时秏子王把车推将过来，不料前车轮已到了大道上，后轮在躺板上滚下来一侧，若得子渊等不和沈大姑交谈，乔、郑俩上前扶一把，就不会出事。子渊和沈大姑一说话，乔、郑俩都忙着去打量她，暗暗议论道：

“看她不出，倒生有水牛般力气。”贪着说话，没助扶车。耗子王本则两手推在车上，自己也大意了一些，车身一侧，耗子王跟着往左一晃，心上慌了，唯恐失足，忙向右用力一闪，闪得太过分了，只听哎呀一声，可怜耗子王两足朝天，一个反千跟斗，由躺板上跌向涧内去了。

子渊瞥见，极声呼救，被沈大姑拦住道：“休慌慢忙，这种悬崖峭壁，跌了下去，来生再会。就算身子被葛藤缠住，不曾跌死，坠在半腰不上不下，不祭毒虫，便膏猛兽，或供恶禽，最便宜是饿成个人腊，总之死多活少。你们一阵慌乱，已坠下去的人仍救不起，不要再跌了一个下去，犯不着哩。”

子渊虽则明知无法施救，但是心上着实不忍，走至沿边望望，已经踪迹不见，徒劳感叹，只得撮土为香，跪下去磕了四个头，默默祝告一番，然后站起身子，和沈大姑揖别，重行就道。失了一个耗子王，非但子渊感着不便，就是乔、郑二人，要当心车马，可追念不置。

又行了两天，出了栈道，那日至绵州该管的新店子打尖，乔荣在外照料车马，龙、郑俩先走进这个饭铺店门之内。子渊瞧见柜内坐着一个黑麻大汉，左眼上边生有一个肉瘤，瘤上有一簇白毛，好似在哪里会面过的，叵耐一时想不起来。那瘤汉也目不转睛地把子渊打量，他们走至头堂，地步不大，买主倒不少，将所有座儿占尽，没有空隙。

郑璧道：“此处不空，咱们换一家吧。”

正要回身走时，跑堂会做生意，忙过来招呼，将他俩引至二堂雅座内坐地。那雅座异常宽敞，一并肩共有五间，每间用长门软帘，屋内粉墙雪白，好似新近修饰过，做过午市，屋内就得搭铺，留投宿客人呢。大凡驿道上的大规模茶棚酒肆，十有八九兼做仕宦行台营业。子渊一路上过来，也经历得多哩，不过似此处这样的清洁宽大却很罕见。一进屋子，跑堂照例泡茶打脸水，然后问明要什么炒菜、多少酒饭，自向外间灶上去关切。

子渊先去把后窗户打开一望，窗外是半亩光景的一块园地，地上种满芥菜，这是预备炙制榨菜的。园地尽头，一道小溪，有一条青石横卧溪上，那是人家节孝牌坊的华表柱，如今改造为溪桥。桥的那边，古木森森，皆属人家的坟墓，再向坟后一望，就是鹿头山的中峰。此时已经山含春意，黛烟如笑，令人见了又要想起江南。再回身将屋中瞧瞧，见桌子底下覆着一具新的铁锅，两边墙上居然挂了八幅单条，一面是春、夏、秋、冬四幅山水，一面是临摹苏、黄、米、蔡四幅字，不过次序多未排整，挂颠倒的。那幅蔡字左侧，墙上有一行字迹整整斜斜书着，踱过去停睛一瞧，乃是：

紧枷加颈解金京，心缀新愁醒最惺。
棋势奇输其如水，拎瓶岭顶听莺嘤。

二十八字，看来像首七绝，不过用意何在，吟咏的什么，看不明白。倒是这种聱牙佶屈七个音同字不同堆起来，一时也颇不易。重又讽诵一遍，因着它首句“加解”二字打动自己心事，重回至后窗户，遥对青山，吟哦了一会儿，暗想：“这只右手自被沈大姑抓了一把，现在虽不酸痛，但是青紫未退，何不试试腕力，不知能可复原写字否?”正转着此念，郑璧站起来道：“酒饭再不来，我到外面催去，顺便换乔四儿进来喝些水。”

子渊便命郑璧把包裹中的笔墨砚台拿出，唤乔荣带进屋来。郑璧应了出去，不久，乔荣果拿了进屋，放在桌上。子渊便磨得墨浓，蘸得笔饱，也在墙上书道：

洒尽无穷泪，只因他，长途寂寞，自伤身世。谁信此生多厚福，底事天生明慧。并更著，浮名相累。做宦可怜如断梗，只将那，声影供群吠。天欲问，今休矣。

情深拼得生憔悴，转愁他，香怜易烬，玉怜轻碎。羡煞软红尘里客，镇日醉生梦死。歌与哭，任猜何意。绝塞生还能有几，恐吾身无此欢心事。知我者，仅逝水。

（戍途有感，凄然倚此，调寄《金缕曲》）

人生若只如初见，底事秋风悲画扇。等闲变反故人心，反道故人心易变。

岷山雨罢清宵半，泪雨零铃终不怨。何如田舍饭牛郎，比翼连枝酬夙愿。

（前阕既成，追忆骊珠，相思万叠，不能自已，爰再倚此，聊以自慰，调寄《木兰花令》，并书壁间，留待重来之鸿雪。然而日月逝矣，岁不吾予，重证旧盟之说，恐成虚愿矣。呜呼！庚子春日，金陵子渊龙潜倚声并跋。）

写罢之后，一支笔尚执在手，对着墙上摇首吟哦，甚为得意。他正在奇文自赏之际，那个黑瘤大汉忽然掀帘进来，勃然向着子渊道："你到底是南京龙翰林，明人不做暗事。你尚记得二十年前曹州的'醉金刚'吕康生吗？我放我的响马，干你鸟事？魏大个儿同俺有杀父之仇，你算帮助他报官请兵，把俺老巢掘去，逼得俺无家可归。事后才知背后有你，皇天有眼，也有今日。本来刚大人也有信牌令箭到此关切，做掉了你，非但无罪，并且有功。今天你只有进门来路，没有出去之门，你等着吧。"说罢，翻身便走。

子渊此刻急得束手无策，咕哝道："这便怎样呢？"

乔荣道："事已至此，爷空急有何用？趁此刻响马出去脱衣抄家伙当儿，还是赶快跳窗逃命，你先至前面大道左右森林中候着，待我们随后上前相见。"

子渊道："我一跑之后，他要找着你俩说话。"

乔荣道："我俩自有方法脱身，爷不用管了。"

子渊忙即跳出后窗，觅路逃命。匆促之间，那支笔尚捏在手中没有放下哩。子渊走了半支香烟工夫，吕康生率了八个徒弟，手中执了藤鞭檀棒绳索等物蜂拥入来，后头跟着本店做手和着头堂内的吃客，共有二三十众，都是来瞧捉拿棒匪军师热闹。及至冲入屋内，只剩了乔荣一人安坐在那里喝茶。康生厉声问道："那姓龙的呢？"

乔荣坦然道："他由后窗跳出去，逃得不知去向。"

康生道："你识相些，明白指点出来，没有你的事，如再支吾蒙庇，不要做了替死鬼。"

八个徒弟也在旁同声吆喝。乔荣道："我是马夫，外间一个是车夫，你们两家打交关，没有我们赶脚的事。天下绿林好汉虽有千千万万，规矩总是一般。陆路不伤车马夫，水上不害弄船人。"

康生听了，对着乔荣脸上狠狠地啐了一口涎沫道："呸！你当俺是响马眼线的乌堂朝阳，你不睁开眼来瞧瞧，皆为你们这班棒匪，动不动借伙食请财神，所以此间绅董特往省内请了督抚公事，组织保甲局保护地方。

本镇十三圩圩董地保，公聘俺吕爷爷去当局子内的督练官，连本州知州刘南太爷、丰谷井盐捕州判吴纪勋都得听俺指挥。你这野杂种，口内简直放屁，眼睛耳朵都生着出气的吗？”

乔荣见势不佳，忙改口称他作吕大人，并假意指着东面道：“姓龙的往东逃去的了。”

吕康生不顾三七二十一，吩咐一个徒弟道：“这两个杂种瞧那神气也不是好人，定是那棒匪军师的护卫喽兵，你们先拿来捆扎起来，连同车马，送至局内看押，让俺把正犯拿了来，一同送往州衙究办。”

吩咐已毕，带了那七名徒弟，也是跳窗出去，往东追赶。其实子渊是向西北方逃命去的，如今背道而驰，如何追得到？康生追了一程，踪迹杳如，晓得中了野杂种的计哩，忙回身再往西追，及至走出西市梢，望望大道上，也无痕迹。打听打听田内种麦之人，道：“有如此形状的一个江南人，可曾经过？”

大家回答：“不曾瞧见。”

东、西两道不见，这人跑至何处去呢？徒弟们齐声道：“这人定是逃进鹿头山，向金鞭崖那条路上去了，我们进山追去。”

康生沉吟了半晌，叹道：“姑且回局去，拷问那两个党羽，问确实了，进山未迟。不然，又要惊动那个鲠骨头挺身出来管闲账，未免再闹间壁烦恼出来的。”

那班徒弟一听师父提及“鲠骨头”三字，个个觉得两太阳穴隐隐生痛，气焰顿挫了下来，都趁势收帆道：“不错，拷问了两个死蟹，再捉活的未迟。”便又一窝蜂拥着吕康生回保甲局去。

话分两头，先表子渊跳出后窗，奔过溪桥，也不辨天东地西，循着那条斜径，一脚高一脚低，随弯倒弯，亡命往鹿头山内奔去。一口气奔了一里多路，虽则这条山道收拾得异常平坦，两旁都栽着松、柏、榆、槐四种树，一棵间一棵，中间一条山径，好似走入人家坟墓内的御道一般。如在平时，慢步当车，这种路踱踱，哪怕三四里也不觉费力，无如今天的子渊跑的是急路，五十岁以外的年纪，平素安富尊荣惯常的，一旦如此逃命狂奔，有生以来第一次，走得气喘吁吁、汗流浃背、两腿发酸、喉干欲裂，眼前金星直迸。心想：“离着黑店不少路了，好休息一会儿再走。”脚步刚才放缓，刺斜里猛起一阵喊声道：“追着了，瞧你再能逃吗？”一唱百和，加着山谷回声，真和春雷般震耳，吓得子渊心胆俱碎，头也不敢回，再努力奔了半里光景，奔得实在走不动的了。却巧那里有家山民人家，两扇竹笆门外有个竹子编筑的桥亭式方廊，两厢做了两块木板同长凳一般，这是预备过路人坐着积力，乃是一所改良歇凉亭。子渊忙奔入亭内，要紧在木板坐下，不料心急匆忙坐了个空，加着一阵头眩，眼前发黑，一跤跌下地去，手内捏的笔也跌掉，并将那半开半掩的竹笆门也撞得洞空。可怜他跌了下去，身子侧卧着，一味张着口发喘，四肢等于瘫痪，非但不能立时爬起来，并且腹内那口气尽向喉间拥塞起来，急喘得如同带雨春潮，胸前一掀一瘪，隔着衣服都瞧得出来。偏偏喉咙里又有一口浓痰塞住，一时透不过气来，照此情形，不消多少时候竟要塞得咽气哩。幸亏里头走出一个岸然道貌的人来，见此情形，忙喊庄客出来，把子渊舁进了屋子，然后由两个人搀扶了他，在屋中走来走去。走了几个来回，那人卷起袖子，伸手在子渊背后肾俞穴内一把一拿，子渊哇的一声，吐出一口浓痰。那人又取出通关散，吹入子渊鼻中，打了两个喷嚏，方得心平气和恢复原状。子渊忙向那人道谢。

那人道："你且请坐，待庄客们熬了陈檀橘汤饮后，乃是顺气化痰的，再行谈话。"

子渊果坐下，待热汤煎成，送来吃下，然后再和那人见礼，各通名姓。子渊方知他是吴可读的侄子，名叫吴士华，幼得异人传授，身通十八般武艺，尤精剑术。因为厌恶尘嚣，故而隐居在此。正谈论间，庄客已摆上杯箸，请士华邀子渊入席饮酒。子渊口虽谦逊，实在腹中觉得有些饿了。

士华道："这种陈酒名叫'百花春'，是我们山村人家的家酿，喝了通筋活血。我因足下跑了急路，恐受内伤，所以特地烫起来，请足下饮些。四海之内皆兄弟也，无用虚套。"

于是龙、吴俩对面入席，庄客在旁执壶斟酒，酒过三巡，菜上两道。子渊问道："不才从载籍上稽考下来，剑术起于唐代，绝于宋时，故自元明迄今，不复再闻有剑仙侠客。先生却从何处学得来的呢?"

士华笑道："此术并非起于唐、绝于宋，其间派衍甚多，我所学的，那是创自黄帝，帝授风后。风后乃是个男子，后来吾道中人误认作为女身，即世俗所谓九天玄女是也。后以此术神奇，恐人妄用，违了上帝好生之心，不肯任意指导，但择一二诚笃之士，分别教导，又不愿全部授予一人，故此术未曾广传，亦未绝传。后来张良以此击秦皇，梁王刺袁盎，公孙述杀来岑，李师道毙武元衡，皆属吾道以往成绩也。吾道既不易轻得，唐之藩镇羡慕特甚，狂延奇踪异迹之人，一时贪妄之辈不问好歹，皆出为所用，因此上世称剑术独创盛于唐代。殊不知精精空空诸人，实违上帝好生之戒，故而收成皆得惨祸，自后师儆徒、父诫子，凡学剑术，不得妄传人、妄杀人，并不准代恶人出力以害善人，不许代众生除毒诛奸之后而居其名。这是我们剑术门中至巨至要的戒律，皆当恪守，不敢稍有违犯。当年赵元昊刺客不敢杀韩魏公，苗刘刺客不敢杀张德远，皆就为不肯轻开杀戒，妄刺正人故耳。”

子渊道：“张良博浪椎中副车，公孙述、李师道等所遣，书皆称盗，并未提及有甚剑术，先生何所见而云然?”

士华道：“此即吾道所谓代众生除毒诛奸之后，而不居其名是也。试思嬴政身为万乘之主，他若出宫巡幸，定然警跸森严，护卫煊赫，并且秦朝立法严酷，一朝人主皇帝出来巡幸，车前焉有不清道戒严之理？力士苟无奇术，何能击中副车？余若袁盎，官居近侍，来岑身为主帅，武元衡位列台衡，倘无剑术，何以能致袁等性命？像武元衡身后，连颈骨也都取去，吾人仔细推想，刺客如无异术怎做得成?”

子渊道：“那么太史公《剑侠传》所称荆、聂诸人，是否有术呢?”

士华道：“太史公迂阔得紧，他的话未可全信。荆、聂诸人不过激于一时义愤，舍命一为，乃是血性好汉，可以称武，不能谓侠。这些人也入了《游侠传》中，那么世间暴勇斗狠亡命狂徒多可称侠的了。”

子渊道：“昆仑奴磨勒、红线、聂隐娘等如何?”

士华道：“红线、隐娘，女流而能如是，固属千古罕见。磨勒用剑尚未化形，他的手段矫捷，涉水登高本领固已异乎寻常，加人一等，若和红线等针孔可度、皮郛可藏的玄妙比较起来，尚差得远哩。”

子渊道：“照虬髯公所说，取仇人心肝下酒，那么剑术门中也许报复私仇，图快一时的吗?”

士华道：“不！虬髯之事乃是李靖寓言，并非真有其事。至于‘复仇’二字，无论为公为私，总之要辨别事实曲直，即使直在我而曲在彼，也须用着‘忍恕’二字。如至忍无可忍、恕无可恕地步，不得已而出手，但是出手之际，又不能忘怀着孔子所谓‘如得其情，则哀矜而勿喜’两句话，方算得真正剑侠哩。”

子渊道：“按着贵道门中规则，世间哪几等人罪在不赦？”

士华道：“贪贿虐民的牧令、奉恶嫉善的大吏、纵兵殃民的将帅、蒙上压下的宰辅等等，这多是杀无赦。至于舞文猾吏、武断士豪、家庭间的逆子悍媳、社会上的劣绅奸商，凡此一切众生，古云‘多行不义必自毙’，须待若辈幸逃法网而仍怙恶不悛，方下手剪除，做法理的后盾哩。”

子渊道：“目下世道陵夷，此辈众多，足下为何不出山游缉、除暴安良呢？”

士华叹道：“唉！方今叔季之世，久已黑白混淆，在我目中看来，十停中人有九停半可杀，如遂我个人志愿，却违了上帝之心，所以我甘避深山，置之不见不问。横竖内忧四起，外患迭来，土地日蹙，人口日增，不出十年，少不得自相践踏，群起争食，定有一场大劫运开始。经过了这数十载兵火疫疠之后，那时自有贤者出来，重行补缀山河，收拾人心。目下谈不到此，识时务者为俊杰，所以我甘遁空山，老死牖下，非真怀宝迷邦，也不是待贾而沽啊。”

子渊道：“但不知先生剑术，何人所授？”

士华道：“不瞒足下说，自从先伯侍读公尸谏以后，天下士林中人多同秦越人的肥瘠不关，没有一句持平公论。因此上我晓得，屠沽群中或尚有一二忠义之士，至于衣冠队内，多是才济其恶、心术不堪问闻、杀不可赦的恶滥小人。所以便抛弃书史，向中下社会中踪迹奇人，费了八年辛力，总算天可怜我，和静因师在黄山相遇。吾师生平技艺，只授了我等同门四人，大师兄是山阴钱东孙，二师兄是康定悟善，也是个比丘尼，我排行第三。我将近学成之际，吾师又收了一个江南姚逢刚，便把山门紧闭，不再收徒。我师弟兄四人之中，大兄和四弟内外兼精，二兄内功尤胜，唯我只学会了一点儿外功的皮毛，最最丢人，有玷师门威信。及至我末技学成之后，目光识见多从远大处着眼，又把行刺那拉氏代伯父报仇的心肠淡了下来，常把‘理数’二字横亘在胸，不有一些贪嗔痴妄的邪念了。”

子渊喜道：“哦！原来先生和钱通灵先生是同门手足啊，如此说来，真个不是外人了。”

士华道：“本来谈了半天，也未请教足下何故到此，跟我家大兄是何交谊?”

子渊便将自身历史，以及东孙自荐到舍训教儿子，后来如何分手，自家如何入京参劾三凶，如何发配察木多，今日如何至新店子，同醉金刚遇到，他如何追忆前仇，故此逃命入山，心慌神乱以致跌倒在门外，因得与君相会，依次诉说出来。

士华不听犹可，一闻子渊遭姓吕的欺压，不禁怒从心上起，恶向胆边生，伸手将桌子一拍，直跳起来。正是：

不是一番言细诉，怎得从头事尽知。

要知后事如何，且待下回分解。

第十七回

追聚前情火烧醉金刚
风波倏起蜂刺菊花青

却说吴士华听了子渊说话，勃然震怒道：“这厮竟又敢如此猖獗，不下个警告给他，他益发要肆无忌惮哩!”

子渊忙道：“在下今天在此，明日又不知到着何处去的了，不过适才难受点儿吧。俗语道得好：‘吃亏人好做，当场难熬。’现既已熬过了他当场，也没有什么别种花样。先生府居此处，共姓吕的守望相助，诚犯不着因在下一身，伤了你们两家永久的和气。”

士华道：“足下未知我们以前的交涉哩。我自剑术学成之后，云游各地，心想择一处善地隐老终身，后来到了此间，甚合我意，就便住了下来。我初至此间，建筑屋子，收拾花圃，种种草创时代，幸得新店子镇上一个开设客寓的吕良生诸事出力，援助我的。良生店中有个认来族弟叫康生，我就觉得此人蜂目豺声，绝非善类，私下关切良生注意。谁知良生为人懦弱，尤贪杯中之物，喝醉了，肚内说话全要告诉人的，我叮嘱了他，他酒后就去说给那厮听了，因此上那厮暗中把我恨得牙痒痒的，常想暗算着我。有一次，我出山去购物，却巧有头疯牛断了绳逃出来，这厮瞧见了我，把那疯牛向我当面赶过来，他想借刀杀人的。被我略用功劲，待那牛头撞将入来，将左臂在牛角上一挑，把疯牛挑了个转身，反向那厮斗去。那厮不会软功，只得一拃手，把个牛头拃下了半个来。牛主人同他大起交涉，结果罚他出了半条牛价才休。第二次，良生命他送件东西到我家里，刚遇大热天气，他白昼不送来，直至黄昏时候，他才扛了物件，推门进来。却巧我一人在庭中，仰卧在一张竹榻上乘凉，浑身懒倦，蒙蒙眬眬睡着了。他又顿起不良心肠，把肩上扛的东西轻轻放下，蹑手蹑足走至榻旁，蓦然伸手把我肾囊用力一抓，想捏碎我的睾丸，致我性命。幸亏我外表虽似睡着，他推门进来，微有声息，已把我惊醒，不过我两目仍然闭上，懒得开口罢了。觉着下部有人伸手进来，我忙呼了一口气，将睾丸缩起，他一抓一个空，他忙退出手去，我却故意翻身侧卧，把这厮的手臂压在我的两腿之间，用力夹了他两夹，如其再夹一下，他那条臂膊必折。我念在良生分上，只给了些结实痛苦予他尝尝，不曾收三夹弄伤他，压得他站立不直，蹲了下去，又不敢高声喊痛，一味低低哼着。过了半个更次，我又用力把腿一伸，将他掼了个流星跟头，掼至竹篱门首。我假意喊：'篱边有贼，快放猎狗出来，把这没眼瘟贼分尸。'吓得他面也不敢露，一骨碌爬起来，忍痛飞跑。他这条手足废有二个半月，用绷带络着，青一块紫一块，不能做事。自此以后，他认得了我啦，不敢再来惹我。

"不料那年冬天，良生害病死了，他便欺负孤儿寡妇，吞没良生那所客寓，私下同良生的亲族勾结好了，又花钱贿通了城镇劣绅，逼得良生妻子无路可走，没奈何，来哀诉给我听了，求我代她申冤出气。我始而反去找他，只要命他按月提出若干钱来给予良生媳妇，让她母子俩日用有了，这就完啦。谁知他非但不听，并且口出不逊之言，指我多事。当晚又率领了手下一班狐群狗党，要来放火烧毁我的房屋，逼得我无明火提高三千丈，当场去抓他，被他脚快逃了去。第二天，我乔装了一个担水夫，送水到他店内，被我把他拿下，然后将良生亲邻族友齐喊临场。又命地保执笔，镇董做证，写了张甘责，着这厮亲笔签押，每月缴还良生家若干租费、若干创店酬劳金，如有一月不缴，下月加倍追偿，三个月不缴，立由原主收回自做，或转租与他人。此外，对我的交涉又着他另立一纸服辩，因为他已有过焚毁我屋的暴动，所以禁止他金鞭崖方圆五里之中，不许他踏到。他经过了我这次教训，做事稍为敛迹点儿，不敢肆行无忌，任性妄为。

"不料近年来，民心思乱，荒歉频遭，加着四川百姓，全中国之中算最最蛮悍难治，俗称：'天下未乱，四川先乱，天下已平，四川未平。'事实上确乎是的，什么棒匪神匪、拜香会、黑边钱，闹得乌烟瘴气，请财神一镬熟的事情，时有所闻。故而东西两川的乡城村镇，多由当地士绅出来主持，劝商农量力捐输，集有延款，开办保甲团防，一壁按图举办清乡，实行调查户口，以杜宵小匿迹。却巧现在这个绵州知州刘南，乃是浙江山阴县监生出身，一切民刑事由的大权都操在宅门上那个办稿案的二太爷之手。此人是山东曹州府籍贯，叫孟长禄，跟康生是亲同乡，故而新店子开办保甲局，这厮得着孟长禄的搀扶，居然做了局子中的督练。从此趾高气扬，狐假虎威，青天没有箬帽大，远不比往年循良。我本晓得这厮乃是柙中饿虎，无奈求人鞴上饥鹰，饱便思扬，久欲治他一下哩。今日我所恨者，恨他不该做那朝贵鹰犬，噬啮良善，又不得不警诫他一下。”

子渊听他俩早有前因，不仅为着己事，未便再说什么，只得搭讪着岔往别件事上去，闲谈下酒，直饮到日色西沉，方才席散。

士华道：“今日足下也辛苦了，客房中早已备下被褥，请安睡一宵，明日登程未迟。”

子渊道：“倒是和两个解差有约，在大道旁侧见，若得在府宿夜，恐怕和那俩参商。”

士华道：“不瞒足下说，我已命手下前去探过，那两名解差被康生诬指为棒匪羽党，现在拘押保甲局内。他意欲待拿住了足下，一同解县哩。所以足下今晚尽不妨安心睡觉，待等明晨，我教会了足下一个小小方法，然后再和那厮照面，索还车马行囊，同着两名差役，一同平安上路就是了。”

子渊听了，只得依言安息。睡至十六卯末辰初，子渊忙即起身。士华已经做过了早上功夫，出来相见。待子渊洗漱之后，再同桌吃了早膳，士华才拿出一个竹节式的镔铁渔筒，有二尺四五寸长，一尺一二寸口径，上面一个盖头，是用螺蛳旋的筒外套着根皮带，带上有三个皮圈。士华亲自动手，代子渊背上这个渔筒，第一个皮圈套在颈内，第二个围在肩上，第三个扣在左肘，却巧那个渔筒斜背在身，筒口透出右肩尖二三寸光景，左手弯过去，攀得着筒底上做的机栝。于是士华又教了子渊用法，用时须端其颈如一支孤柏，澄其神如万里长江，扬其膺如猛虎蹲踞，运其眸如烈日飞动，差其指如娇鸾翔舞，柔其腕如游龙夭矫，旋其盖如羊角风高，飞其弹如鲤跃禹门，然后可以制敌生死，权操必胜。又叮嘱子渊，见着那厮应如何如何说法。子渊一一领会了。

士华道：“足下放心前去可耳，横竖我暗暗随下，如其这厮尚不软化，顽强抵抗，我便出头助你便了。”

子渊便向士华至诚道谢，订了后会之期，辞别出门，径由原路至新店子保甲局门口，高声喊道："吕康生，快把车马随从好生放还，两罢善休，如再敢道不字，嘿，不要后悔嫌迟！"

子渊在门口一喊，却巧康生到局预备要用私刑拷问乔、郑俩了，局门口守卫将子渊上下一打量，猜着八成，急忙传报进去道："外间来了个异乡口音之人，形似昨天逃去的那个棒匪军师，口口声声要同督练见面。"

康生听了，顺手拿了根马棒，大踏步出来，走到仪门外头，向头门外一望。这所保甲局的局址原本是杨四大王庙改造的，故而规模倒很宏大，头门仪门，两庑戏台，御道庭燎，一应俱全，正南出向，望出去视线笔直，毫无阻碍。遥见来人肩上背着一段黑圆东西，心上已有些犯疑，走至头门之内，停睛一瞧，确是仇人龙翰林。正要开口吆喝，不料子渊见他已进了七步路的门内，把左手弯过去，揿动机括，那渔筒铁盖自来开掉，筒内射出一股青烟，烟内杂着一颗小小火弹，向康生身上直打过来。康生一见，果是那东西，前番曾经吃过大亏，不禁筋骨都吓得软了，心想退让，已经不及，那弹射着衣角，衣服立时焚烧。康生忙向地上一蹲，连滚带爬，爬出十步之外，总算弹火被他滚熄，不过衣服已烧去了一大块，慌忙爬起身来，撒腿便跑。子渊要发第二弹时，他已经逃往局内躲了起来。

子渊又高喊道："快将龙老爷的车马、随从、行李等件如数奉还，不然，我先烧去了你们的盗窝，然后拿住人赃，同至省内去见鹿芝轩去！"他在外如此一喊，叫出"人赃"两字，中了康生心病，索性身在绿林，倒不怕什么的，如今要利用"保甲局督练"五个字，反而畏首畏尾起来。再加子渊背上那一筒追魂神火弹乃是蓬头狮子吴士华的暗器，不问可知，姓龙的昨日逃至金鞭崖，和姓吴的遇到了，所以有这毒门东西授给他，而且姓吴的定尚在暗中臂助。我若再不收帆，一些便宜讨不到了。故忙喊局丁："快把昨日拘押的那两个北方人同着车马、行李，一齐释放，由他们自去。"

局子依言照办，等待乔、郑出去，和子渊见了面，他俩尚思反治他个诬良为盗罪名。幸得子渊劝阻道："我们只要检点自己东西不缺少，就饶恕了他们吧。"于是一行三众重复聚首登程。

乔、郑俩问及肩上那个铁筒，子渊备述根由。郑璧道："如此说来，这件小东西倒是我们救命恩人哩。"

子渊叹道："事非经过不知难，从今后，我再也不复手健，去客店壁上题甚诗词了。”

乔荣道：“本来那副笔砚也丢失的了，要写也没有家伙哩。”

子渊道：“真的要写时，可以向客店中借笔砚，或者往前途再购了一副。”

郑璧道：“原来这副笔砚想多忘怀在黑贼店中。”

乔荣道：“不，砚台同墨忘在黑贼店内的，本则我尚思收拾的哩。无奈他的手下逼我往局内去吹须瞪眼，一刻不等，神气活现，也不容我再拿这零碎了。至于那支笔，我记得爷拿着走的。”

子渊道：“跳窗走的时候，那支笔却始终捏在手中，没有失掉。直至到了吴家竹篱门外，一跤跌下地去，把那支笔掼得无影无踪了。”

他们三人在路谈谈说说，倒也并不寂寞。又行了五天，那日过了新津，进邛州地界，由新津至名山，一百七十里驿路，又是完全山道。本则邛崃山脉也是西川有名的，起自黑水河梭磨河以上，沿着小金川纳凹河下来，直要至始阳镇为止。虽没有剑门山般险峻，但是往来的人迹比较栈道上稀少，故此道路崎岖，更比栈道难行。

他们正行之间，乔荣指着半岭一个黑点儿道：“二弟，你的目力较我尖锐，你瞧得出这半山坳内是个什么东西?”

郑璧停睛细瞧了好久道：“这危峰之上绕生着一根很粗的葛藤，这藤上又结着一个方桌大小、正面椭圆、背形锥式的东西，面上又生几千个孔儿，有许多生翼的虫蚁在那里钻进钻出。虫色是黄的，想必是生翅的黄蚂蚁了。”

乔荣道：“飞蚁的颜色只有黑的。”

郑璧道：“橘子过了淮河，尚且变作了枳实，也许此间的飞蚁是黄的。”

子渊道：“你俩毋庸空争，再仔细复瞧一下，恐怕不是飞蚂蚁哩。因为我们望至半山，至少有十余丈路，倘是飞蚁，下边望上去，只见蠕蠕而动，辨不出甚颜色的了。”

郑璧果又将两手大、食两指弯了个圈儿，中、无名、小三指也个个圈了罢了转来，露出一条虚隙，架在眼上，又瞧了半天道：“咦！果然不是飞蚁，那是一个大蜂房，有许多黄蜂钻出钻进哩。”

乔荣道：“这蜂房有桌面大小，里头定然生有珠子的了。”

郑璧道："我只知龙、蟒、鲛、蛇四样鳞介动物腹中会生珠子的。此外老蚌腹中孕避尘珠，蜈蚣头内孕避火珠，黄鳝骨节内孕避暑珠，老龟甲内孕避水珠，蜘蛛丝内孕定风珠。从未听得蜂房内也产生什么珠子哩。"

乔荣不相信，问子渊道："爷想也知道蜂房产珠的吗？"

子渊道："蜂有七种，分蜜土、竹露、大黄、赤翅、独脚等总名目，若得详细剖解起来，蜜蜂又叫蜡蜂，又唤蜚虫，已有甲、乙、丙三种。甲是生在林木或土穴中的，名为野蜂；乙种是人家用器具豢养的，名为家蜂；丙种是在山岩高峻处做房的，名为石蜂。野、家二蜂，身小而色微黄，石蜂则多黑色，身大类似牛虻。大黄蜂比蜜蜂稍大，多产出于木内。黑色的就叫胡蜂，广东人唤作瓟瓠蜂，又叫壶蜂、玄瓠蜂，拿它的蜂子出来，盐炒曝干之后，当食物吃的。露蜂亦名肠蜂、勣蜂，又唤百穿、紫金沙，只有此地西川牂牁已的森林中产生。入药的竹蜂名为留师，生在野竹子内，它的蜂房只有鸡子般大小，颜色带一些红的。赤翅蜂生在岭南，红头黑翅，大如螃蟹。独脚蜂也出在岭南，一只脚生牢在树根上的。土蜂名为蜚零，也分甲、乙两种：甲种又称蟺蜂，生在大江东南；乙种名马蜂，生在荆巴山内，和牲口天性相反，闻着马或骡驴的羶味便要飞集拢来虿刺的。蜂房之中，只有年代深远了，中产蜜蜡，不有产珠子的，大约山上这种蜂房不是石蜂，定是马蜂的了。快不要多话哩，早些走吧。但求不是马蜂最美，不然又要费一下心思，绕道避它，麻烦人哩。"他们一壁说话，一壁前进，越走越和蜂房接近。

子渊口内却巧，讲解完毕，已行在那大蜂房的下面，忽然有一阵异味刺入鼻内，其味似腥似臭，非常难受，人闻着了，连连打恶。谁知子渊胯下那头菊花青和背车的黑骡闻着了这味，同时高声长嘶，昂首顿足，不肯前进了。他们正在催打之际，不料飞下十余个马蜂，齐向马骡身上叮咬。两头牲口一受着蜂刺，顿然竖起耳尾，昂首哀嘶，浑身跳动。等待马蜂二次叮咬，偏偏人又用力地在牲口身上催打，那骑菊花青先发起性来，马头向下一低，放开四蹄，豁剌剌往前直蹿。后头那匹背车马骡也用力随后追上，车轮滚在山道上，加着山谷回声，格外响亮。下面嘶声、蹄声、车轮声一震，将上面蜂房内群蜂震动，一齐拥出房来，黑魆魆结成一大团，连天都黑了一角，漫山遍野追集上来。那菊花青和背车骡子自然格外奔跑得快，马背上的子渊，车沿上的乔、郑休想做得主张。

一瞬之间，路已不知走了多少，后面的马蜂仍旧成群追来，胯下的菊花青休想扣勒得定。瞥见那条山路折向左去，迎面是座重峰峭壁，再隔着一道二丈余宽的山涧，马是不会归弯的，全在人扯手内过门。等待子渊瞧见山路左转弯，当马头是峭壁山涧，忙用尽平生之力要把菊花青扯归弯时，谁知此刻马同离弦弩箭、风送孤云般，实在快不过，哪里来得及扯过马头，已向着迎面涧内如飞鸟归巢相似，竟直驰下去。正所谓：

马行栈道收缰晚，船至江心补漏迟。

但不知龙子渊的性命是否同耗子王坠渊身殁，尸骨无踪一样否，且待下回分解。

第十八回

定数最难逃螳螂在前黄雀在后
隐忧犹未已当局者迷旁观者清

却说龙子渊路经邛崃山，胯下的菊花青遭了马蜂围刺，舍命飞奔，以致收不住缰绳，未能归弯，直驰向危岩深涧中去。子渊自知今日万无生理，前一星期曾亲睹耗子王失足坠渊情形，如在目前，他空身坠下，尚且没有命活，何况我今日连人带马下去，再不料我龙子渊倒是这样死法，真是万想不到。

后面车上乔、郑二人也因瞧见迎面石壁路势蜿蜒，想有鹅头弯来了，所以两人四条手狠命扯住了缰绳，吃奶气力都运出来，扣住那马骡。终究骡子的口劲不及菊花青，再加又背上一辆车，车上装了东西，无论如何，比单驮一个人的分量要重几倍。三来乔、郑二人的手劲到底比子渊硬得多，所以四条臂膊用力一扣，居然将那骡扣住，顿时速度放缓，抬头向前一望，子渊的一人一骑已不知何处去了。初认已经归弯，及至乔荣跳下车沿，伸手搭在车辕上，把车慢慢地转向左首，再向前望望，依然不见子渊踪迹。

乔荣诧异道："龙爷到了何处去哩？怎么连后身影儿都不见了？"

郑璧惊道："不好了，莫非龙爷手内扣不住缰，一直线冲驰出去，连人带马跌往涧内去哩？"

乔荣道："哎呀！果真如此，龙爷怕不成了耗子王第二了？"

郑璧忙把车停在路旁，也急跳下车沿，两人齐至涧边一望。原来这一段山涧虽有二丈余宽，却只有一尺多深，而且涧底细草如茵，子渊虽则连人带马跌了下去，且喜一些没有受伤。不过涧内潮湿得很，那黄沙泥同软绵相似，马蹄踹了下去，一时被淤泥窝住了，拔不起来。子渊跌下去时，瞑目待死，及至四蹄陷入泥中，觉着身子微微往上震了一震，张开眼来一瞧，宛同跌在陷马坑内，不会有性命之忧。惊魂甫定，得庆更生，正要开口叫唤，乔、郑二人已齐到涧边来探头张望。一见这情形，都额手称庆，于是先设法将子渊扶出了山涧，然后乔荣赤足下去，郑璧在上面用力帮助，再将那菊花青牵将上来。说也古怪，等待他们人马全都站定不行，那马蜂也都不来追刺，飞回老巢去了。

子渊叹道："天下本无事，庸人自扰之。早知这马蜂，人马索性站定了，反不刺人的，我们适才何用出这辔头，这种手续和跌下去的虚惊吓，都是自己去找出来的烦恼。而且跑了这一跑，脸上、项上、手背上倒有好几处也被蜂尾刺着了。"

郑璧道："经一遭长一智，所以古人说一个人活在世上的乖处，学到老学不了的。我也被蜂针刺着，适才要紧找爷，不觉得怎样，现反热辣辣地痛得难受。"

乔荣正坐在车沿上揩足穿鞋袜，接口道："我也被这小东西钻刺着的，幸亏我褡膊内带有大栅栏同仁堂的太乙紫金锭在此哩，先拿出来在被刺的创痛处摩擦一下，这紫金锭是止痛拔毒的。回头到了站上住店，弄些热水，细细洗一洗。不然，蜂尾刺过了，它有一些些针锋留在那创痕内，吹了风，还兴发作起来，也很厉害。我是上回走齐齐哈尔的差使，已曾上过一次味儿的了。"

三人当下休息了好一会儿，待乔荣挖出紫金锭，大家轮流按摩过了，然后再催动车马，重行前进。那日赶至羊肠市宿夜，落店的时节，有两个黑布扎头的大汉站在车旁，目不转睛地瞧子渊等卸行李。子渊虽觉得这两人形状奇突，总认道是棒匪派来的踩盘伙计，子渊意谓自家行囊中洋不满百，老于此道的只消瞧了马蹄踏地的深浅，车轮辗起的尘土高低，也就有数，这一些些东西，眼都不开，瞧了之后，绝不会来下手的。那晚这家店内双铺小房间全已卖满，只有一个四铺大房间没有人。子渊因爱这店清洁，就包了这个大房间，三个人分占三铺，空了一铺，又要了热水，大家洗了个澡。等待到吃晚饭时候，忽然柜上人声喧嚷起来，纷呶嚣叫，闹得里头住客都误认是走水，齐放了碗箸出来瞧看。子渊本则落了店，凭你外间怎样地喧闹，总置之不问不闻。今天也是暗中有鬼使神差的，子渊也随众走至店房，抬头一瞧，乃是个三十多岁的汉子，头上戴了顶纬度金边镶的深黄色毡帽，身穿菜青洋绉棉大褂，反披着玄缎对胸铜扣老羊皮得胜褂，足蹬皂布快靴，手拿湘竹旱烟袋，系着火刀火镰、四喜皮烟荷包。那种神气，活似捉拿九花娘京剧内的“小方朔”欧阳德，就不过没架阔玳瑁边大眼镜，嘴上少了几根小胡子罢了。他赶进这店，说要住宿，柜上回答他客满哩，请他照顾了别家吧。不料他往门外转了一转，二次进店道：“今晚你们店中若不腾出地步，留俺住下，必要闹了人命案子来，所以俺今晚非宿在你们店中不行。”

柜上执事嗔怪他出言无状，什么人命不人命，便同他争吵起来。讵料他非但不承认造言生事，反指店中人和杀人凶手是一鼻孔出气的，故此要阻绝他投宿在此。这种毫无影响的说话，劈空冤人，谁甘忍受他的诬蔑视，故此两下大闹起来。店中人多声众，声势汹汹，几乎要拥上去动手殴打那人。

先走出去的瞧热闹客人已都上前劝解那人道：“你一样出钱住店，何必定要宿在此间？况兼人家确是客满了，不则你来照顾他们买卖，一样留客赚钱，和你又向无仇寇，岂有单单拒绝你一人之理？开店做买卖，信用名誉最重要，你信口诬蔑人家谋毙客人，无论谁都受不了。现在彼此看在我等分上，多事不如少事，闲话越嚷越多，不用再争执了，请多走一步，投往别家店内去宿了吧。再这般无理争执，不要别家也客满了，你今晚反变没有宿头，要露宿一宵，犯不着的。”

不料那人同害了神经病般，非但不听这种好言相劝，并又指着居中劝解之人道：“你不要我住在这店内，你莫非就是少顷要下手杀人的人？”

他说时，脸上似笑非笑，半耐半真的，于是大家都指他是个疯子，主张扯他到了门外完事，自然七手八脚，大家上前去推他。不料他站的地方好比生了根般，铜浇铁铸，休想扯得动分毫。正在奈何那人不得、纷纭聚讼当儿，却巧子渊走出来，问明根由细底，不禁心上一动，便越众当先，向着那人道：“足下今晚不是此店不宿，店内确已客满，彼此出门人，我为调解你们两方起见，免再争持不下，我包房内尚有一张空铺，倒不如足下睡在我房内去如何？”

那人听了，抬起头来，把子渊上下一打量，仰天打了个哈哈道：“好好好，就睡在你的包房内去吧。”于是便跟子渊到了房内。

原来这个大房间落在最后一进屋内，那是另外一个小小院落，异常幽静，迎面四扇和合窗，一垛短墙，两扇梱木蝴蝶门。那人进屋一瞧，对窗一铺，子渊的被褥已经摊着，那边靠墙两铺是乔、郑俩睡的，短墙之内放着一只小八仙桌，靠门这一边乃是张空铺。子渊等正在吃晚饭，丢了碗箸出去的，如今回进来，桌上自然杯盘狼藉。

子渊道："不嫌残肴剩酒，随便吃些吧。"

那人摇头道："东西不叨扰，不过我未带行李，这铺上空空荡荡，如何睡法呢?"

子渊便再去唤跑堂进来，命他到柜上要了副被褥，摊在那张铺上。那人好似几日夜没睡似的，等待跑堂把被褥摊上，他便和衣躺下去，呼呼熟睡了。

店中执事异常地道，待等饭后，特把子渊邀至账房，郑重叮嘱道："这个怪人是尊客自愿招呼他去的，我们店内这间房包给了客人，不收二批铺钱，只消被褥钱了。不过有言在先，客人房内东西自家留意，如有三长两短，发生意外，敝店恕不负责的了。"

子渊道："这是我自愿招留他的，当然不干贵铺甚事的了。"

子渊在账房内谈了一会儿，回至房中。那人却一觉醒来，见子渊进屋，他却含笑问道："柜上找你去，为了何事?"

子渊并不隐瞒，以直相告。那人哂道："今晚他们这种鬼鬼祟祟，步步防我，少不得明晨他们要来求我呢。"

子渊问道："足下贵姓大名，府上何处，到此有何贵干?"

那人道："既不和你定姻做儿女亲家，又非换兰谱做拜把子弟兄，何必拘着俗套，问名道姓? 我也不问你，你更无用问我，在此间羊肠市萍水相逢，你就称我一声羊肠客是了。"

子渊晓得他不愿留名，也不再追诘。大家默坐了半晌，到了谯楼打二更时候，子渊等预备要睡了，那人忽然在床上抽身和子渊调床安歇，并道："少顷你们听有声息，千万不可声张。万事有我在此，也不必惊慌。"

子渊知他话里有因，自便依他调床安歇。但是被他说了这种若隐若现的奇异话，哪里睡得着。天至三鼓时候，俗谚道："二十一二，月上二更二。"此时月色却巧大放光明之际，照在和合窗上，如同白昼相似，屋内桌的油灯反而光彩毫无。子渊偷眼瞧那人，见他依然未睡，坐在正面铺上，两眼半开半合，口内衔了旱烟袋，不住口地抽烟。子渊暗忖："怎么这人此刻反不思睡了？”

正转念间，猛听屋面上好似发现脚步声响，接着靠上面的两扇和合窗无风自开，便有一个穿本色衫裤之人蹿入窗来。那人好似不曾瞧见，依然抽他的淡菰芭，不过呷了一口烟，抬起头来对着窗口微微吁了一口气。月光之下，瞧得异常清晰，只见雪白一缕浓烟对着窗口直射上去，耳畔更似听得哎呀一声，接着扑通一声，宛同一个人从高坠地，那和合窗又自行掩上了。子渊瞧得清清楚楚，因他预嘱切莫张皇，故仍仰卧枕上，静伺其变。

约又隔了一盏茶时候，只见窗儿又启，好似有一黑一白两条影子和飞鸟般冲进来。那人又是微吁一口闷烟，外边便又噼啪两响，窗儿未及掩闭，只见一道寒光同闪电般一亮一烁，射进窗来，屋内也起了一道金光，向那寒光直迎上去，便有了一种兵刃相击的铮锹之声。如是者有半个更次，寒光渐淡，金光更盛，好比有万道金蛇在月光之下游跃纵横。临了，那道寒光缩剩了一线，和辞巢归燕般直退出窗去，那道金光顿时粗得同齐天大圣的金箍棒一般，又似鹞鹰搏雀之势，自后疾追出去。猛听得外间高喊“罢了！”一声，好似有人掼翻在对面屋脊附近，跟首骨碌碌滚至滴水檐前，由檐上再滚下地。这一声格外宏重，似乎地面都被震动，自己睡的床都微微摇了几摇。那道金光仍回进窗口，不知钻往何处去了。

子渊轻轻回眸，向正铺上一瞧，那人依然端坐着在那里抽烟，窗也渐渐掩上来。

忽然，窗外有人问道：“谁在此？”

那人口中咕哝一声。子渊未及听清楚，好似对答着一个“陶”字呢，还不知是个“曹”字，总之不出二萧、三肴、四豪三个韵目内的字，于是窗外从此寂然无声。那人也把烟袋挂在床栏上，和衣倒身睡了。子渊也自觉疲倦，蒙眬合眼了。

睡了不多一会儿，东方刚才发白，客店中的掌柜已来打门喊子渊起身，急得面如土色，低低告诉道：“昨宵我因尊客房内留下异人，终放心不下，三更以后，侧耳静听，屋上好似有人打架，计算方向，正在此间，故而天光一亮，便爬起身走来查看。却见院落之内横了四个尸首，三个是当胸有个小孔，尚在汩汩流黄水，一个黄冠打扮的，连头都削去了半片，而今都躺在庭心内，这便怎么了呢？”

子渊心知其故，忙指示店主东速去哀求正铺上的怪客设法。店主东走至床前，极声求告，那人异样地好睡，刚刚唤醒，诉说得一句话，他又合眼打呼了。此刻店主东急得同热煎盘上蚂蚁相似。

子渊瞧出那人是有心刁难，不是真的好睡，故也在旁代店主说情道："人命关天，足下如有异术成全他，看在在下脸上，就趁此际大众未起身时收拾了吧。"

店主东直急得在床前跪下来恳求，那人方欠身而起，笑对店主道："昨天晚上，我受你累，今天你受我的累了。若不看在这位客人脸上，这场官司准由你去代打，连你这所倒霉店都带翻。如今便宜了你。不过我到外间收拾，你不许来偷偷瞧视，如违我言，你问这位客人吧，不要你凑了第五个。"说罢，床栏上除下旱烟袋，走出屋去。

隔了好久，还不见动静，店主东心上万分着急，又不敢违言窥视，急得坐卧不宁。子渊见时候不早，外间客人都在那里起身梳洗，准备吃了早饭上路，心想："那人到底收拾得怎样了？"走至门背后，从门缝中偷眼一瞧，非但庭中没甚尸首，连那人也不知去向，忙喊了店主东同步出门，详细复勘一下，一些痕迹没有。

子渊问店主东道："四个尸身，你瞧见躺于何处呢？"

此刻弄得店主东又惊又喜，自己也疑心适才见鬼不成，忙出去想找那个奇人，早已走得无影无踪，没处寻得到的了。再到客房天井内仔细瞧瞧，清早亲见尸横所在地上隐隐有些红水痕儿，舍此以外，别无所见。究不知被戮者是何许样人，到店中来又为了何事，一辈子想不出来，只有央告子渊莫轻易告诉别人，因为声张出去，有关营业的。子渊口虽不言，心内异常明了，晓得昨晚来的非为金钱，定是奸人买出来的剑仙奇士，要暗害我命的，却巧被那个怪客溜眼，路见不平，拔刀相助，本领在来者诸人之上，所以群凶授首，我反安然无事，做了个坐视成败的局外人。青云里冷眼看厮杀之辈、到来行刺诸人，真同螳螂捕蝉一般，一心专注着我，岂知那个怪客又做了螳螂背后的黄雀啊。店主东来求他不要声张，自然一口应承，不好照直告诉他，这事尚完全由我而起，和你店实没相干的哩。

店主人走了，乔、郑二人起来，子渊问他俩，昨晚睡了，可曾瞧见什么。二人齐道："昨晚特别地好睡，睡梦中似见天色变了，像闪电般烁了几下，其余毫无奇异瞧见。"

子渊听他俩如此说法，知道昨宵之事一无所知，也不必跟他们再去明言什么了。当下吃过早饭，算账动身，这一天赶至名山宿夜。名山知县董筱沧和子渊是乡会同年，乔荣拿部文去盖印，筱沧知道龙年兄过境了，便着心腹家丁到子渊寓内，秘密邀至署中，郑重告诉子渊道："自年兄离京就道以后，刚子良便命心腹走狗龙殿扬买了几个江湖亡命之徒，暗里紧紧跟随，想乘隙下手，结果你的性命。后因你暗中也有人拥护，在内三省势难下手的了，故此龙殿扬又改变方略，派人上川边去贿结了土司。待你一过康定巴塘，那里路更荒僻，然后大小站口上的客寓都由土司先去说定了，待你落店，便放火烧房，烧掉了旧屋，造还他们新房。据云，由二郎湾至察木多这一段路线内，连水食内都预先下毒，将你的小照印了几十张，散给这班店东瞧了，只要你去购买食物，他们就要把有毒东西卖给你。沿途又有一班鸡鸣狗盗、昆仑红线之俦，按段埋伏着，总之，非把你置诸死地不休。这是我从雅州府知府崔志道堂翁那里得来的消息。他们这种毒手，本预备在陕省把你摆布的，不料你有了车马，赶路赶得快，及至他们想着如此办理，你已将出陕境了，所以他们又把那法儿移往川边去干的。崔堂翁是陕省鄠县人，他同刚子良也很有渊源，这话乃是千真万确，一点儿不虚。我听了代你担忧，留神你若过境，咱们有老同年的情谊，务必尽我所知，告诉给你知晓。你须得格外留意，莫因离京渐远，意谓一至康定，好比已出国门，不妨事了。其实你的后患无穷，隐忧方兴未艾哩，切莫大意自误。"

子渊听了，当场自问筱沧道谢。及至出署回寓，反复推想筱沧说话："他是自居旁观地位，把我事瞧得清明，唯恐我身到局中的，迷而不悟，故特进此忠告。不过他们如此小题大做，我本是个文弱书生，手无缚鸡之力，终难逃他们的掌握，迟早要性命断送掉的。筱沧一味叮嘱我留意，请问自二郎湾至察木多，路尚隔有一千六百十里，难道叫我插翅飞渡不成？"越想越烦恼，越思越痛恨。正是：

雪里鹭鸶飞始见，柳藏鹦鹉语方知。

要知子渊究竟如何前去，且待下回分解。

第十九回

遍地叹荆榛万里云山孤枕梦
深山藏虎豹三年旧雨一朝逢

却说子渊虽承名山知县董筱沧顾念年谊，告诉他相手方摆布自己的方法，无如明知山有虎，逼作饲虎人，这是充配前往，不比自备资斧的游历，晓得哪里不太平，可以折回不去，现在身非自主，不能不去。而且还不能同乔、郑二人直说，只得一人闷在心头。

到了二月初三，已到了打箭垆，遇着天阴下雨，不能就道，便在客店中住下，候天晴了再走。却好同寓有个老客商，出身是东川重庆府的读书人，因为文场失利，弃儒就商，往来蒙、藏、青、新等地，贩售本轻利重之货，现在巴塘嘉益桥那边迪化府伊犁等处均开设店铺，很有几个钱了。子渊便去和他亲热，顺便探听探听路上情形。

那人闻子渊要赴察木多，便问道："可曾托人往三尸大王处捐护照否?"

子渊道："这却尚未，不知一张护照要纳多少捐费?"

那人道："这有一定的，每站路两纸八吊头羌帖，每吊五百，折扣也叫作吊，分明是一千文打八折，一站路花八百文护照费，小孩童仆减半，车儿牲口两折一算。譬如你一人一车，背车子不是另有骑脚力，还加个车夫，那么作二个半人计算，须出二十吊羌帖钱护照费。"

子渊道："照此说来，我们同伴三人，再加一车两马，行一站路要花三十六吊羌帖钱，此去察木多倒着实要缴出些哩。"

那人道："一些不贵。足下未曾经过这条道路，似乎听了骇然，我细细分剖给你听了，包你很愿意地拿出来。

"前藏这处地方，最初经诸葛孔明七擒孟获，一度征服以来，他们最怕两川的人民。到了本朝年羹尧、岳钟琪俩平定大小金川之后，开拓这个川边地方，于是藏民对于我们格外畏敬。藏妇爱脸搽香粉，头戴花朵，身披金绣围裙等物。故而二三十年前，我们多冒称江南客人，带了花粉锦绣杂物，跑来和他们更换贵重药材，莫不利市三倍。不料这消息传扬开去，滇、黔两省的牙商固然也要到来交易，并且湖北省内的农、工、商三类人物也纷至藏地贸易，想分润我们川人专利。本则四川人的商业竞争智识远不如他们湖北人。常言道：‘天上鹞鹰刁，地下湖北佬。’汉口三分里、四成里那些窑子内的姑娘，做着了川帮客人，算擒住了天字第一号的冤大头，陶情作乐场合，尚且川人暗败在鄂人之手，何况到这种半开化地方做买卖，全仗心灵手快好得利，当然更不若湖北人了。

“我们川人便同云、贵两省人联合了，一壁也入了藏人的黄喇嘛教，想团结起来，排除湖北人。不料湖北人比我们更刁，先自把藏地居留民众详细一调查，晓得真正藏民不过百分之三十，从湖、广、湘、桂四省徙避来的苗人反要占百分之五十。此外哈人、维人、内外蒙古人、南北满洲人、陕甘两省迁移来的回民，合算起来，也有百分之二十。我们来来往往，川流不息，川、鄂、云、贵四省商民也占百分之十。于是湖北人便暗中说合真正藏人重兴红喇嘛教，教唆哈、维人组织小刀会，满、蒙人创立拜香会。他们鄂人自身到藏地来做生意，从不兴十个八个一队，不来便罢，若得来时，必定三四百家合伙了一淘来。而且这三四百家人家之中，吾国固有工艺几乎都全了，踏到藏境，便拣一处四通八达所在的要地，聚族而居，取名叫鄂人模范村，东立一个，西立一个，非但不缴土地税给藏人，反以强为胜，喧宾夺主，凡有货物经过他们村境，他们要出来抽取厘金。我们詈他们叫‘恶人要饭村’，无奈咒骂尽管咒骂，事实上总失败在他们手内。

“我们有气没出处，便伪报藏番作乱，往营内请了官兵同往，想把鄂人村一概荡平。不料他们知道有兵来了，他们又去信了天主或是耶稣教，去弄几个外国人来做护符，我们依然打不倒他们。初不料外国的教友一来，接着什么探险团来了，又是政客来了，也是军队开到了，等待军队来了之后，宣言藏地归他保护，征收起人头税来了。我们请进去的中国军队饷糈无着，自然也要向我们商人收税，协济饷项。那湖北人的村税、藏地喇嘛寺原有的出产税也仍照常收取，于是一件货物成本只得二十文，一路上的税率反加了八九十文上去。最可恶东村收了税去，并无收款凭证交付你的，所以到了西村，照样又要上捐。除非路径熟悉，翻山越岭逃税，或者东西少，带货的人有手面，讲交情免税，再不然手脚对付得去，遇到收税场合，打得个落花流水，要税拳头上来领，倒也硬得出头的。于是和内地劣绅保漕相似，又生出了一班哥老会的当家或是公口会的大盟旗、大刀会的红门大太爷等等，出头来包运货物，保可偷漏逃税。不过藏、鄂兵丁等处的税总易偷漏，独有外国人的关口总觉难逃，于是更有一种在外人处当翻译的、写字的，也出来保逃外税，甚至于在外人处做西崽之人，也结了一个叫长生会出来包运货物。那班哥老会等等的大佬好血食，又被这班洋奴抢生意，抢去一大半，无处雪愤，便动手劫掠货物，若得货物抢不到，就掳人勒赎。往往初次入藏，经商门道未曾走正，出了捐税，货本货物终未到手，自己还吃了多少苦楚。也有单身客人被人抛赃陷害，身畔搜出黑盐或者烟土钢铁之类，因为这三种货物藏地算税率最最重大，禁止偷漏的条款也最最严厉，搜到了竟要家破人亡，多得很哩。

“闹到如此形状，真个连一步平路都没有的了。幸得向在新疆、青海两地做著名的公道大王，本是山东武定惠民县人，姓史，派了个军师，带了一万弟兄到来。先同外人交涉，划界各守，不许轻越雷池一步，总算前藏完全收回，后藏暂由英人权主，然后把前藏各种会党有名人物分别剿抚。现在表面已宣告肃清，客人来去，只要向他那里捐了护照，安稳来去，碰坏一根汗毛，立架机器装还。如有货色，那另有定章，按路长短抽取保险费，办得再好也没有。如其不出这笔保护费，他们便不管你账，到底危险万分。因为领头之人是三个姓史，藏地跟他们反对之人有心叫得声音倔强些，变了‘三尸大王’。试想出了这一些小耗费，可以得着如是大安全，岂非一毫不贵啊？”

子渊听了，默然回房，仔细想想：“莫说路上尚有人暗算着我，就是没人暗算，此去察木多，计有二千四百五十里，须出十九千六百文护照费，预算自己川资，若再付了这票额外支出，一路上三个人的膳宿两项怕要不敷了。”自己踌躇了一会儿，又同乔、郑俩计议一下，也没议出什么妥善方法来。乔、郑俩出外去打听打听，却巧遇着四五个湖北天门县人，他们也是久惯往来川藏，路径熟悉，道有捷径可通，待天老太太晴了，跟他们同走，可以省去这项护路耗费。他俩进来告诉了子渊，真叫作明知不是伴，事急且相随了。

在康定寓中住了五天，初九朝上，天气晴明，于是子渊等便跟了那班鄂帮客商一同出发，离开打箭垆，再往西南行去，完全是山道来了。谈到全藏山道，向分南北两系，现在子渊经行的是藏北山系，那是昆仑山脉。昆仑山拥抱塔里木盆地土之外，侧重迤南，至于迤北，即为阿尔丁打克，与阿尔喀打克两山作并行线，群山郁结，犬牙错杂。阿尔丁打克山又和阿照喀打克山连贯一气。那杜赖乌拉、术坎乌拉、布汉布达等处，都是阿尔喀打克山的北系。哥哥细粒山脉的塞打木山，土人叫作绿冈，宗克布列山，土人叫丘陵的，布喀蔓克那山，土人叫野犁头山的，喀拉哥尔木山，土人叫黑石山的，全是阿尔喀打克山的南系。子渊随了这帮鄂商趱路，虽则免出护照费，但是翻山越岭，望出去，只见四周都是插天峻岭，岭上皑皑积雪，满眼白色。

行了三四十里，一个游牧人都未见，毒蛇猛兽时触眼帘，人烟既如是稀少，水食自难求到，气候寒暖不调，晚上支帐露宿，这种种苦楚变了意中事哩。子渊默忖："我此回赴戍，倒和外人中央亚细亚地形探险队相类。"

行了几日，也不知走了多少里路，问问鄂商，他们道："大约依着大道，已过了卧龙寨哩。"

子渊道："依了大道，由打箭垆至卧龙石，只得二百二十里，如何我们现已行了好几天?"

鄂商笑道："本则我们要省出护路费，不得不舍了大道近路，走这远路哩。"

他们只顾口内说话，不提防脚下蹈着陷坑，一大伙人连着车马都跌了下去。远远间有一中队人，支着牛皮帐房，遥遥看守在那里，见他们跌了下去，便慢慢地走来，端正挠钩绳索，将他们次第钩起来，一个个背剪两手，再用一条长绳把他们八个人系了一长排，同秋天的大石蟹般一串。又将车马等物钩了起来，然后把陷坑上面依旧收拾一下，仍和平地一样，使人觉不着此处掘有陷坑。收拾妥帖，方先押至帐篷内，禀过篷内的班长。

班长冷笑道："谁叫你们省出几个钱，自讨这苦楚受!"

于是选派十五名喽兵，由一个副班长领了，押关他们和车马等物上大寨去。又不知经行了多少路，才上了个高岭，一步步向上，到了岭顶，反凹了下去。天生成这个四面危崖，中间一块五六百亩田大小的平阳之地，所谓盗寨，实在是所黄喇嘛寺。其时天已傍晚，解押子渊等到来的副班长把车马人众都交给大寨亲军值日班长接受之后，自率原来的十五名弟兄连夜赶回本汛交令去了。

那值日班长接受子渊等众之后，吩咐亲军道："先生往大道上去守候故人，今晚就是要回来，最早三更，这起逃税小案不见得讯问。且把他们看守在外班房，待明日早堂解吧。"

亲军答应，将子渊等押至外班房，虽则关锁了，不得行动自由，有一餐大米稀饭开进来，给他们吃喝。

子渊笑谓同伴道："似这样的被盗绑来做肉票，比什么都享福，叫我一辈子在此也愿意。"

看守人笑道："吾家先生说的，不比犯了军法范围的禁令，你们不过逃税，结果要你们拿出钱来的，应该特别优待些。老实说，你们现在吃喝的实际上仍是吃的自己，不过经我们的手代你等承办一下罢了。"

子渊听了这话，暗中大为诧异，料想这个盗魁定是个老于世故、着实有经济的人。又瞧他手下人的军容，对于军纪风纪维持得十分严肃，再听这种论调，虽尚未见其人，已知是个草泽英雄，不是寻常流寇。当晚，子渊等坐了一宵，虽在深山高岭之上，幸而近几日来夜夜露宿郊野，今晚倒在屋内，故尚不觉得如何难受。

到翌日天光甫亮，已经闻得吹号声音，刁斗森然，竟似身在军队之中，哪里像被绑到盗窟之内。约莫到卯末辰初，已有人来喊子渊等出去，道是归民政厅税务管事讯理此案。子渊一路走一路留心，经过大殿，只见一方匾额，那是"待时堂"三字，旁悬一副长联道：

> 红巾抹额，托足绿林，山野展经纶，不过小试牛刀，屠门大嚼，四海相交重信义，但求斡地旋天，恩怨与烽烟共熄；
>
> 黄帝有灵，常怀赤子，庙廊多佥壬，可叹内乱蜂起，频乘外患，两间众生无道德，何如潜龙翔凤，身心于日月同光。

子渊忙看署款，却又上下皆无。照这联语推测，此一伙山寇里头倒有个王景略一类人物厕身在内哩。当下转过大殿，走至东面，但见一并肩三间花厅模样，原本是喇嘛寺内的讲食客三堂，如今却好改作民刑、军、法三庭。先传五个鄂帮商人进去，很简单问了几句，也不知如何裁判了，另由喽兵押了出去。然后见昨日捉缚子渊等的那个班长带了几个弟兄，挟着子渊等的行李，进了屋子内好一会儿工夫，才先传乔、郑进去。又过了两盏茶光景，忽有四个班长服饰之人自外走入，春风满面，先代子渊解除了束缚，然后引领了，转弯抹角，不知行过了多少屋宇，才又至一处地方，乃是一个水泥砌的石库门，门上刷的透明黑漆，铜环兽钉，规仪宏肃。进了这石库门，一个很大的庭心，下面全用琢灵石板铺就，正中放着一座檀木落地屏风。转过这屏风，迎面是一所五开间的广厅，厅外翻轩游廊，廊内是矮半墙，湖色粉漆的吴王靠栏杆。因为是参互中西建筑法的屋宇，屋上头的滴水檐、屋角等等又采用宫廷仪制，所以格外动人注目。万不料强盗巢穴中倒有这一处美轮美奂的堂构，愈加出人意表。上了七层台阶，走进长窗，再向中间一瞧，挂一幅宋徽宗御笔的《英雄独立图》，旁悬刘墉的十言楹联，上句是：

大儿孔文举，小儿杨德祖。

下联是：

前身陶彭泽，后身韦苏州。

天然几上，左首一个霁青花瓶，右首一座紫檀摆钟，中间炉瓶三事之外，又供一缸金鱼、一盆香橼，并肩摆两张花梨八仙桌，都用大理石台面。两厢分列的六把圈椅、四只茶几，也是紫檀嵌黄杨木花纹的。两边壁上，东面是倪迂画的枯木竹石，西首是板桥郑燮写的古乐府。子渊再要瞧时，只听屏门后头有人含笑走出来道：“潜老，小可同您在此间邂逅，真是出于意外。”

子渊忙定神把来人仔细一瞧，原来不是别人，乃是阔别三年、时形梦寐、登门自荐、训教儿子达官的西席先生钱东孙。子渊见了，所谓十六晚上成亲，真正喜出望外，忙抢上一步，同东孙两手相握。一肚子的说话，要紧诉说出来，反又有一部二十一史，何从说起之概。足足愣了有五分钟工夫，喜滋滋扯住了东孙，一句说不出什么来。

还是东孙先道："站了不能说话，我们坐了再谈。"

当下两人归座，手下献上茶来。

子渊道："钱先生怎么会在此地，同张仲坚做扶余国主般呢?"

东孙道："自从前年离开尊府，到彭城会见了赵千里，果然是个人中鸾凤，矫矫不群，彼此相见恨晚。他提及目中所见人物，山左武定的史氏弟兄都可算得一时人物，故而在下才不辞道远，赶至塞外，拜访史氏三兄弟，在路上倒又网罗着几个豪杰。其时史家弟兄的大本营做在察哈尔的巴特海山。老大叫史国材，表字孟明；排二叫史国栋，表字仲达；老三叫史国梁，表字季英。昆仲三人，孟仲是武定府学武生，季英并且是武举子，非但弓马娴熟，并且熟读韬略，对于山川形势、朝章国故，向皆留意。而且爱交朋友，江湖上的九江三教等众望门投止，他们都倾心结纳，因而能哄动在野隐贤逸侠，也跑至史家去试试他们。三者之中，季英的目力尤出两兄之上，由是得到好几个名师指授武术，最后又经沧州空中祖师后人八臂哪吒廖双印教授，拳棒着实可以。季英并通剑术，真可说是山东省内有数人才。江湖上人便公送了三个诨号给他们弟兄，孟明叫卷毛狮子，仲达叫柱头狮子，季英叫金刚狮子，这也不在话下。

"不料仲达的岳家姓陈，那是曹州乡下有名的富户。其时满洲正黄旗人毓贤毓佐臣做曹州知府，自命是个能员，本来山左曹、兖两府的人民风尚蛮悍，不比济南、泰安等处的百姓，天性生得强横点儿，加着地土枯瘠，一月不下雨，变成旱灾，连下了七八天雨，积涝没有去处，又要闹水灾，而且在曹州附近这一段的黄河也时时攻溃，弄得民不聊生。强盗历史上最荣耀的水泊梁山又坐落在那处，故此苦民铤而走险，易流为盗。毓佐臣做了曹守，用最严酷的手段对付曹民，抓到了盗匪，不问首犯胁从，总之打入站笼，站毙示众。府衙门前最多陈列过五十一具站笼，最最冤枉是同族或同居的连坐。譬如我曾在府上坐过馆的，回头我做了盗匪，犯下案子跑掉了，毓贤抓不到本人及其他关系人，竟为寻着了你，拘禁起来，限你几天交出个我来，不然也请君入笼，这真是惨无天日。

"仲达的丈人本是个富户，总想不到也会享受着这站笼滋味的。不料暗中有人用了番犬伏窝之计，存心来陷害他。邻家被盗，驻防的兵丁和团防局的团丁合队往捕，那盗匪打通了墙壁，由陈家上屋逃逸了去。回头军士就至陈家搜查，在柴间内搜着了一件女衣，说是邻家案内的赃物，又搜着了一支猎枪，就算是军火，抓到毓贤那里，他又要照老例办哩。甚至那家失主也具禀代陈翁保白，地方上士绅亦然有公禀以及连环保状，雪片般递进去。毓贤一口认定自己是能员，手下全是能人，绝不会错拿人的，这姓陈的就算本案与他无关，以前本则他有个同族做了血案，未曾拿到，如今要着在他身上，要那个姓陈的到案哩。这么一来，生望断绝，初不料身家优实、忠厚清白良民也被这个满洲包龙图拿去，糊糊涂涂硬指为盗党站死。仲达知道了，自然不肯罢休，往济南去控告。其时巡抚是张曜，藩司是王毓藻，廉访是满人福润，全是暮气已深，办事不肯锐进，大概实操在幕府中狡黠者手内之人。仲达连连告三状，都遭批驳下来。不料毓贤这边做了手脚，买通了一个大盗，将他弟兄三人都攀作窝家，他又移文到武定来，要他们三弟兄归案哩。幸得一个府经历张明扬，向和他们昆仲交好，密通凶信，弃家避开，孟明便派人赴省，把仲达邀回，另作计较。季英将毓贤恨透了，暗往曹州，要飞剑取他首级，不料这厮衙内豢养一个义和团的大师兄，姓张的，论起剑术中的辈分，尚是廖双印的师兄、季英的师伯哩。自然败在他手，非但没刺成功，反遗失一口宝剑在曹州府衙内，剑柄上刊明‘史国梁’三字的。于是山东不能存身，至徐州投奔赵王孙，由王孙指引他们到塞外，慢慢做成那巴特海山的局面。

“在下去时，倒也一见如故。他们原来尚有个出家人，叫孤云僧，在那里辅助他们。在下觉得，巴特海山地处偏僻，不有大发展的，便由我代他们相地度势，相定了青海、新疆、后藏三交界地方的勒科尔乌兰达布逊山作为大本营，一壁招人开垦，一壁剿抚青、新两处的小股会匪，总算经营了这几年，如今势力已可达到川边来了。因为这座高山原来名字太嫌累赘，我改称为新君山，现由孟明镇守。仲达常驻新疆的克里雅山，季英常驻青海的冬布里山，在下驻在这沙鲁里山。所以四周的硕士里山、折多山、贡噶岭、纳拉岭、宁静山、他念他翁山、白马冈、津古拉岭、冬拉冈里岭、丹达山等十座大山头，全由我统辖。风闻潜翁是参劾三凶，远戍昌都，我意谓必由大道经行，怎么倒走了小道？悉难领悟，乞道其详。”

子渊便将自己经过事由也原原本本详细诉说出来，直说至失足坠井，解上山寨为止。东孙心房震动，忽然想起一桩巧事，喜得眉飞色舞。待子渊诉说甫毕，他要紧地接口说出。正是：

两叶浮萍归大海，人生何处不相逢。

但不知东孙要紧接说的究系何话，和子渊有无深切关系，且听下回分解。

第二十回

卜国运盗窟论僧诗
索陋规昌都失钦犯

却说东孙听子渊讲完了经过事实，忙便接口道："在下心事，潜老向所动悉，寄迹此间，也是不得已而为之。因为史氏昆仲的志愿倒也非似桓温、苻坚一流人物，只要图快一时，便无收拾中原之想，故而在下愿代他尽心擘画。不然，至多做个孟嘉、王猛同等之人，在下早已舍之远去的了。但是现在我们的局面，就这新、青、藏三处地方拿来治理妥善，做了个根据地，所有出产也敷开支，虽难夸说财力雄厚，然也不愁匮乏。至于军械添置，有英、俄两国的后盾陆续购备，也不足虑。

"现在最最恐慌者，倒是缺少运筹帷幄之人，谈到部卒这几年来抚募兼施，可战之士已训练了十二万人，但是最高阶级之上，原只有在下和他们三兄弟、一个孤云僧五人而已。我因为主持的人太少，不敢再募小卒，恐成尾大不掉之局。就是以内外蒙古、南北满洲、热察哈三区，我何尝真舍得割掉，实因五个人的精力有限，辖治区域太广了，一时鞭长莫及，疲于奔命，反要捉襟露肘的。孤云僧的主张，我们既有大志，想做刘邦、朱元璋样事业的，那东北七八个部落万万不可轻弃。我们连贯一气，成个弧形，到那时只消有一支异军在全国中心点的武汉发难，然后我们由东北方面导应入关，先下首都，犁庭扫穴，只消如是一发动，振衣挈领，其余多可传檄而定。话虽有充分理由，无如能独当一面的全才太少。似吾家吴、姚两位师弟，虽多不失为一代英俊，然终嫌智勇未全；像赵王孙那样，算得一个完全人物，无如他轻易也不愿到此，就算来了，至多也不过管了内外蒙，不能再将南北满也交托给他。管了南北满、热察哈三区，又无此精力，全由他一人兼治的了。孤云僧是主张急进的，道目下千载一时的机会快到，时机难遇，稍纵即逝，所以他闻说长江下游有曾、齐二人小有能名，所以他从季英那里动身下山，进玉门关，由甘陕出鄂皖，想去游说他们，将来就做中部首先发难的突起异军，顺便物色几个好帮手来，助他治理东北诸部去，并上徐州，面邀王孙前来入伙。据在下想来，孤云此行，未必能全达目的。王孙那里，非在下亲去计赚不成，倒是又怕此间未至根蒂深固日子，万一我和孤云同时离开他去，三史势孤，不要闹出点儿意外乱子来，岂非要做岳武穆的朱仙镇班师，十年之功废于一旦吗？

“这当儿，却好知道潜老远戍昌都之事，在下非常欣喜，希望你路经此处，有屈入山。在下久知潜老是老成持重，处处和诸葛忠武般，以谨慎从事，那么顾念从前宾主之情，拜烦代理在下职务，这也是一时权宜之计。待在下事毕返山，那时去留悉听尊便，就留在山中，也当以客礼相待，绝不敢玷染公身清白，使处两难地步。不过令公郎又当别论，却要他来做我这个不长进先生的大大膀臂的了。如此办法，在下自忖未背潜老本来旨趣，目前以私人交谊奉托代理一时，想来潜老也无得而推辞了。”

说罢，哈哈大笑，笑得子渊也忍俊难禁，含笑答道：“心头管见拙志，多被先生前几年就用深心探访了去，而今拿出来对付我，我岂再有不合之处，敢口是心非，作伪佯却吗？不过我有个迷信举动，先生不要笑我，我倒要举出来共商一下哩。”

东孙道：“怎样的迷信举动呢？”

子渊道：“照目前的时势看来，清朝的国运已届末代，不过吾人所见解得到者，是个‘理’字，那数字是不可知的。唐朝袁天罡、李淳风俩合作的《推背图》虽则最可凭信，无奈被明朝庄烈帝瞧过以后，杂和了许多假的进去，颠倒装订了颁行天下，反说以前散播人间的是假《推背图》，现在颁行各直省是真的。殊不知真实是假，假反属真，以致民间疑真疑假，真假不分。我们真正《推背图》没有地方瞧见，刘伯温的《烧饼歌》、袁了凡的《未来仙机》又多似后人捏造，词句又以似通非通的居多，不足为凭的。上次京中有人请一个参用欧美催眠方法的圆光术士预圆大清国运，用一面古铜镜上，以术显出一种幻象来，先圆出一扇龙旗，继变了一扇五色旗，三变为蓝地中间一个白圆心的旗，四变为一扇红旗。于是镜子上满布红光，俄顷红光退净，剩了个镜面，空洞无物。大家因为不明了，再烦那圆光术士二次作法再圆，又圆出一座高山，山下一道长川，山上树木中有许多猴子跳来跳去。跳了一阵，山坳内钻出个蝙蝠身子的老头儿，把猴子尽行赶去，他便踞坐石上，顾盼自雄。不料长川之内又蹿出一群猴子，后头随了无数小孩拥上山去，复将蝙蝠老儿驱逐，于是山上的树木、石块任凭这孩子、猴子搬运斩伐。忽然天空打阵，顿时雷电交作，渐渐乌云四合，镜子上也满罩黑色，等待黑气散净，又剩了个镜面。大家再要烦那术士作法，术士恐干天愆，不肯第三次施法。此中秘理玄之又玄，大家也猜不出什么。我的意思，最好哪里去预卜一下清运盛衰，我的行止才定哩。”

东孙道：“谈到这一层，最有应验的莫如黄檗禅师的十四首题句，就以往的参证，那是再灵也没有。”

子渊道：“但不知题句是怎样的呢？”

东孙道：“第一首是：

日月落时江海碧，青猿啼处判兴亡。
八牛后裔填沟尽，一木君皇壑谷藏。

“分明咏的是甲申至辛丑十八载光阴，和顺治在位年代暗暗吻合，以下已验的七首道：

黑虎当头际遇康，西南戡定话垂裳。
唐虞以后无斯盛，五五还余六六长。

有一真人出雍州，鹌鸰原上使人愁。
须知深刻非常法，不免嗟逢岁一周。

乾卦占来景运隆，一般花甲祖孙同。
怀襄熟展筹边策，内禅无惭太上风。

赤龙受箓纪时嘉，哪怕莲池放白花。
二十五弦弹已毕，龙来龙去不逢蛇。

白蛇当道漫腾光，宵旰勤劳一世忙。
末有英雄来海上，红羊从此叹洪杨。

亥豕无讹二卦开，三三两两总堪哀。
东南万里红巾起，西北千群白马来。

治安逢火又重兴，四海同为水沸腾。
一犯刚阳一复昼，寒冰寒月战兢兢。

“这七首诗里头，从康熙至同治七朝的年号事实，用心细按，莫不吻合，而且接位年代的干支也暗嵌在内，一丝不错的。以下再有六首的句儿道：

光芒炳炳见炎星，绪统傍延幸太平。
秦晋一家仍鼎足，黄牛遇虎力难胜。

中兴合璧属猿儿，辛后己前耀德仪。
继统偏安三十六，坐观境外血如糜。

黑鼠年同事不同，中原好境不为功。
西方再有南军主，未到红蛇运已终。

用武时常赤虎年，四方各自扫烽烟。
九州又见三分定，七岁延留一线延。

红鸡啼后鬼生愁，宝位纷争半壁休。
幸有金鳌能载主，旗分八面到秦州。

日月推迁似转轮，嗟余出世更无因。
老僧从此休饶舌，后事还须问后人。

“临了一首是收束，不去认它。第九首内，显把‘光绪’两字咏出。”

子渊道：“第十首内，明明说的光绪以后的君主要有三十六年天下哩。”

东孙道：“也许是三年三十六个月的，中兴合璧定是发难这人，一个名中，一个名兴的，最后被一个生肖属猴或者袁姓之人坐收渔利。末句境外云云者，大概外国要发生什么大战事哩。第十一首首句，那是说这人接位年代总是壬子，后来收束，不会到红蛇的。红蛇是丁巳年，并且要推翻那人，必得西南方二次重兴的军帅方可成事。第十二首明指到了丙寅年要起大刀兵，而且无形之中又要造成三分之局。第十三首是说的丁酉年后，连鬼都要愁了，并且为争宝位，半壁江山要同南宋西北沦于夷狄、偏安江左相似，不过就字眼儿推测，适与南宋地势相反，乃是东南沦亡，群争西北，陕省旧本秦中，想必在潼关东西要有八国争攘。又从末首第一句‘日月推迁’四字上着眼，朱明亡后，将来真主以火德王的，偏重红色，这是一定。在下因为如是，所以现在先创始基础起来，预备到秦州八面旗当中，至少去挨着一面哩。”

子渊被他说得有些心惑，默然了好久，才又启齿道：“我并非不知夷夏之防，定要效忠异种，不过既做了清代翰林，自身决计不愿再改弦更张。似清初龚、洪、钱、吴诸人，做两朝领袖，受后来青史贬词，这层心理，先生已经一眼看到，所以只命我暂代您的职务，不劝我也出头共襄大业。但是我尚有一端妇人之仁哩。那乔荣、郑璧两个部差，一路上同伴到西南边塞来，他俩伺候得我不错，一旦我未至戍地便飘然隐遁，岂非累他俩不能回京销差？无论如何，总得想个妥善方法，待我到了戍所，等待他俩卸责之后，再想隐避法儿。”

东孙道：“这是不成问题，只消如此如此，岂不是就没有他俩的事了？”

子渊道：“倒是我在途风闻三凶羽党已设下陷阱，自二郎湾至昌都，层层埋伏，真是跬步难行。所以我现要舍正路而不游，反走小道仄径哩。”

东孙道：“此事也易为，待在下按段派人暗中保护。至于水食一项，好在本山派出去踩盘弟兄素在各处开张旅馆食肆为业的，竟可说大小码头均有。您只要留心店门前，多树有一扇四角八卦、中绣太极图的小方红旗之家，进去打尖投宿，保可食中无毒，并不至于夜半纵火谋烧您等三人的。”

子渊听了，不禁站起身来，向东孙躬身一揖，谢他照拂。其时将交午牌，东孙早吩咐大厨房内端正盛筵，宴请子渊，就是乔、郑二人，也有上好酒饭在外厢吃喝。

等待饭毕，依着东孙要留子渊在山盘桓几天，再行动身，反是子渊不肯，道：“现既接洽妥帖，我恨不能早到昌都，将我事办了，便可暗来代理君务，让君好早去早回，访得几个大人物，早举大事。”

子渊如此说法，东孙未便再留，初拟传集队伍，相送下山，子渊又因过分招摇，于事有损无益，也辞掉了。仅东孙一人一骑，送子渊到山下，叮咛而别。子渊仍跨了菊花青，乔、郑俩仍共驾着原车，一同上路。现既暗中有东孙派人保护，不必再走僻径，仍循大道前行。在路闲谈起来，方知那五个鄂商竟出了加倍护费，已先就道。乔、郑二人蒙山寨大王给赏了五十块一个，回京盘缠有着落的了。

在路照常晓行夜宿，并无多话。及至过了二郎湾，每逢站口，无论大小，那食肆中的伙计、客店中的跑店，一见他们三人，都用全力来招揽，甚至于不是单费口舌，竟动手硬拉。子渊心知其中病由，总之门口不有小红方旗的，总严词拒绝，因之岔出无谓争执，被这些店伙破口詈骂，几乎逢站必然。子渊反劝乔、郑耐性，由他们骂也罢，不骂也罢，总不作成他们交易。

又过了两三站，路上发现三五成群的尴尬人，或先或后，或顺或逆，皆是有意来寻是生非。若得子渊等少和气一些，他们就要拔家伙出手。幸得子渊一味软让，再加每逢有人同子渊故意为难，总有另一班人前来解结。子渊也明知一班是龙殿扬买出来要害自己性命的，一班是东孙派出来暗保自己身子的，心上固多了然，口内却不说破。

光阴迅速，转眼这间已是三月中旬，子渊等也行过王卡，快到察木多了。龙殿扬派来断送子渊的全权使者晓得路上又无隙可乘，不能达目的的了，倘然不把姓龙的致命除根，无以复龙总兵之命，龙总兵也不能报答刚中堂。无论如何，计中生计，总要将文龙枭首，才能回复武龙。路上既又不能下手，只得先赴察木多设法的了。子渊怎知就里，但觉过了王卡，道上反较前几天安静，意谓从此可以无事。

三月初八的薄暮，居然行抵察木多，自上年十一月初九离京登程，足足行了一百二十天，达到戍所。总算路上没有遇着风雪兼旬以及身子感冒等事，不然四个月未必准能赶到。察木多这处地方，名为前藏地面，实在还是川边。川边是北连青海，南界滇缅，西抵江达，东接建昌，为以前喀木旧壤。不过吾国闭关时代，这种好地方不晓得经营，所以向归土司管理者十之一，畀于呼图克图者十之一，流为野番蛮穴者十之三，被藏人僭占去者十之一。子渊充军到此之时，清廷尚当它域外旷野看待的哩。直要待此次乔、郑俩回京宣传之后，于是做京官的川人也都出来证明地方确实不错，复经一过四川两榜姓蒲的上了条陈。故此到光绪三十二年年头上，特添设川滇边务大臣着手整理，先把土司及呼图克图之地改土归流，野番之地征讨劝诱，藏占之地亦次第收回，于是再规划设置府厅州县，想建立出一个西康新省份来。事未实行，适逢光复。

到了民国成立，改设县治，裁汰边东、边西两道，划为川边特区，在打箭炉设一个镇守使，四川军阀尹昌衡曾经统兵前往，到过极边的江达，所以那处就叫太昭县。余如入边的第一要道，那座泸定桥跨驾大渡河上，长三百十一尺，宽九尺，乃是悬九条铁索，覆板于上，行人践之，也算吾国有名风景。至于察木多，因为驾乎昌、都二水之间，所以叫昌都。番民依山建碉，洞宇迂回，陂下筑营垒、列市肆，俨然一个都会。其地适当滇蜀羌陇之孔道，形势险阻，昔为喀木要寨，硕般多在其西，洞门高敞，碉楼峻峭，环以长垣，同属西康要塞。再过去就是旧时康卫分界处的丹达山，逾山再西就是太昭县了。

子渊一路上观看形势，喟然谓乔、郑道："此处真是块好地方，如有能人到来临治，比贵州好得多。不过山川险阻，地广人稀，番夷窟穴其间，终身不忘蠢动，如果开辟之后，不有专员及时规划，移民屯垦，扩充区域，巩固疆圉，则川滇后患正不可测。"

乔、郑是不明政治大经济的，听子渊这般说法，他俩唯唯而已。后来开创西康之后，只因中原鼎沸，内乱棼如，无暇去问边陲之事，果然此处反成了川滇隐患。只就划界一端，吾国自然要划到江达，藏人却道只到江卡，他想把乍丫、五齐、八宿等处都要占据去了。相持至今，这问题仍然未曾解决，果应了子渊的说话啊。

闲话休烦，再说子渊等到得昌都，因为初八时候不早，干事须待明晨，于是先寻店安歇了一宵，待明天再去找寻土司。不料昌都的客店价目骇人听闻，门面稍为像样一点儿的店房，每铺一夜要售五元，并且没有保人，尚不肯招留。好容易觅着一所客店，买八角一铺，价虽最低，再廉没有的了，就外表看来，屋子用土墙，不有石筑的，矮得钻头不进，地上肮脏得不堪，一望而知是个下等人居住之所。但是要顾了代价的贵贱，所谓贱物不佳，佳物不贱，省了钱，只得这种地处将就将就。乔、郑俩口虽不言，心上颇为纳罕，追想龙爷一路上对于食宿二字一毫将就不得，怎么到了戍地，忽然肯这样地含糊？二人之中郑璧聪明些，私谓乔荣道："龙爷到此间来是做军犯，不是做官，所以路上尽不妨逞心阔绰。到了此地，不得不敛迹了。"

乔荣反复推想了一会儿道："或者是这个道理。"

不料这也是东孙暗暗嘱咐子渊："到了昌都，莫住大客店，因为昌都大店中至少预养一排护院之人，而且多备有英国最精锐的毛瑟枪、盒子炮等，我派弟兄来邀驾时节费手脚了。若住了小店，可免这麻烦，并且约定三月十五午后，派人来接。"故此子渊拣小店住下的。别的都可将就，倒是到了晚间，板铺上钻出来的跳虱多得异乎寻常。郑璧那张铺上算最少数了，用火照照，估估大略数目，约有二千以外。被褥上同黑线般一条连一条，蠕蠕跳动，如何能睡，三人直坐了一夜。

初九早晨之后，便由乔荣在行囊中拿出家生来，代子渊上了。郑璧拿着部文，将车马等物权寄店中，他们三人离开客店，径至土司衙门去投文卸责。一路问信前往，到得土司衙门，只见门面上一个石筑碉楼，工程异常坚固，碉垛子上排列着一座机关炮，垛子眼内多触出了毛瑟枪尖，十分威武。头门以内，东造着刑书房、执事房、公文房，西建着督粮厅、军校厅、巡捕厅，分科办事，秩序井然。望进去崇楼杰阁，画栋丹楹，那一股威壮严肃气概，同腹部各省督抚衙门比较起来，似乎彼尚逊此。本则一个土司，论他流品极卑，最大不得过正五品，然在本地方上，有历史关系，虽然名义是采用封建制度，殊不知最先得当地人推尊出来做土司之辈，十有八九是道德学问为地方多数民众所崇拜，且必曾为地方建树过特殊勋劳、公众受过他泽惠的，众望所归，翕然无间言，才能得坐着这把交椅，竟是一个民选土皇帝。当选之后，祖传父，父传子，一路世袭罔替的了，虽说枯瘠，土司缺役也不在少数哩，但是颐指气使，予取予求，总比内地做苦缺州县、佐杂班次的官员好得多。

昌都这个土司，以前出过家，曾由各斯尔喇嘛擢升哥伦喇嘛、堪布喇嘛过的了，皆因本族中人死亡殆尽，才请他还俗，袭充这土司职分。一切大小事件，他自己向来不问，完全交托左右代做，自己一天到晚看经念佛。所有承办汉文事件之人本来是云南永善县署的刑房书吏，因为误了一件公事，枉送了两条人命，被苦主告发，他畏罪脱逃，辗转流离到了昌都，被他夤缘在土司署中主办汉文事件。等待子渊等到来，郑璧将部文投了进去，此人一瞧来文，暗忖："昨晨接洽的事情，今天就来，用甚方法处死这军犯龙潜呢？"当便入内禀过土司，然后备了回文，并在来文上加盖土司钤记之后，便请土司坐出去，令乔、郑俩将军犯带至堂上交代。即把两道公文给付乔、郑俩领了，自行退去，准备回京。

先表土司堂上，那书办向子渊道："此处定规，凡有军犯发来，须缴纳一千两纹银助饷。"

子渊道："犯官哪里来甚银钱呢？"

那人道："既然无银助饷，须吃一百下杀威铜棍。"

说毕便不待分说，命左右把子渊揿倒堂上，动手便打。在这间不容发当儿，忽然刮起一阵大风，飞沙走石，吹得人眼都难张。等待风定，睁眼看时，地上那个军犯踪迹杳然，不知到哪里去了。正是：

千算怎如一算巧，善人何虑恶人磨。

欲知后事如何，且待下回详解。

第二十一回

吊明孝陵无意得龙驹
游南汤山有心救闺媛

却说光绪二十七年，庚子三月十五日，钱东孙和龙子渊预先约定的，亲自率了三十个机灵喽兵，多乔装了商人模样，同至察木多来，准备迎接子渊上山。不料到了昌都，也不用打听，闻得街谈巷语，正说的是初九朝上，土司衙内一阵大风把个北京大皇帝充配来的军犯吹得无影无踪。现在土司老爷虽则出了赏格，遍贴通衢。

谁人献出该犯正身，验明无讹，立即给赏三十元花边。倘然知风报信，因而缉获该犯正身者，减半给赏。若得藏匿不报，将来如其查获，与私藏违禁品物及窝藏盗贼赃私同等究办不贷。

赏格是初十揭帖出来，已有五天，那军犯的消息好比石沉大海一般，影响毫无。并闻土司老爷已经备了文书，咨送往各处土司衙署知照，一体协缉。倒是这个犯人，来了就不见的，所以连形状尚未认清，解他来的北京原差又都走了，访问也无从访问处，不然定尚有纸画图形同赏格张挂在一处哩。

另有人道："这个军犯，乃是中原的大大忠臣，此回是遭奸臣陷害，充配到来，实情是冤枉的，故而三尸大王派手下能人暗中跟随到来救去的。"

又有一人驳他道："既然三尸大王要救他，早就可以救的了，何必定要待他到了此地才下手呢？据我晓得，那是这军犯的对头人暗地派有飞檐走壁、登高上屋、如履平地的大本领好汉追随到此，把他抓去碎尸万段，以雪心头之恨哩。”

他俩一个如此说，一个如此话，竟各不相下，争执起来。最后，又走出一个向在土司署中做誊写生的人来，指先前两人的说话一个也不对：“我是在署内办公事的，目击情形，这军犯走失的真相，莫说外间知道的人甚少，就是我们署中同事，职分卑微的、不是值日那天不在署内的，也都莫名其妙。实在情形，连我一共只有近十个人知晓哩。”大众听了，信以为真，都围住那人，你一言我一语地去请问他。那人郑重其事道：“这是要公，照例现在是不能宣布的哩。我说给你们听了，你们千定不能逢人便道。”

大众应道：“这个自然，何劳叮嘱。”

那人方指手画脚地说出来道：“初九那天，中原光绪皇上发下这个军犯来，姓龙名潜，着我们本官严加训束。当下本官备了回文，交给押解人来的原差，然后把龙潜带至堂上。我们衙内不是有个运动人李汉卿的吗？他便向龙潜要一千两纹银助饷，龙潜回答没有，汉卿便吩咐手下把龙潜揿倒地上，要打一百下杀威铜棍。谁知这龙潜原来的职分乃是个翰林身份，比我们本官还要大好几级，并且是张天师的徒弟，善能呼风唤雨，有无边法力，见果真要打他了，他便念动真言，讽动咒语，作起一阵清风，借这阵风遁回北京去了。现虽出榜悬赏，不过叫作做空手脚罢了，捉是永捉不到的了。”

那人一说这语，于是又生出神经格外灵敏的论调来了。甲道：“既是张天师的徒弟，莫非要同活佛去斗法的吗?”

乙道：“既然官比土司还要大上几级，如何会充军？莫非假作充配到来，实是调查土司做官好歹的呢?”

丙道：“土司自己还好，只有这李汉卿，动辄想捞钱，恐怕就为了调查他贪赃而来的啊。”

丁道：“果真是调查李汉卿而来，却巧又是他向姓龙的要一千饷银，无银便打杀威棍。如今姓龙的借风遁回北京，告诉了光绪，那李汉卿该死，恐怕一颗头尚不够哩。”

你言我语，妄猜胡度，此之谓中华民众的真正舆论，各地皆是如此。钱东孙听了，不禁吃了一惊，真个事不关心，关心则乱，忙留心一找，果有赏格贴出。子渊确被大风吹去，别的不怕，只怕应了第二个人说的谣言，不要真被仇家抓去，性命决计难保。立同部卒在察木多各处找寻一遍，大海捞针，毫无所得，慌忙连夜回至就近他的山寨内，委派三百名精细喽兵，速即四出访查子渊下落，谁先访着确信，照昌都土司的赏格数目，加十倍酬劳。三百名小卒听了，当然分头尽心极力侦察去了。

话分两头，却说南京子渊家内，自从子渊于己亥年秋季离家之后，济苍在家无事，镇日看书消遣。那日瞧见前人笔记载着一段明初野史道：

天下的城墙，首推自下，不但工程坚固，洞口深邃，并且形胜独一。既占着长江天堑的天险，并且诚意伯刘基监造之际，格外用心，如属要塞城门口的内外，都有座山岭做保庇屏障的。譬如仪凤门是倚着狮子岭的，朝阳门是有钟山的。太平门有覆舟山的，汉西门有清凉山的，聚宝门有雨花台的，观音门有幕府山的，南京内城一共十四个城门，外郭十八个城门，除了上述六门之外，其余内城得胜门等、外城尧化门等二十六个城洞都不甚险要的了。城内又有个北极阁，宛同衣服上领头般，虽不甚高，只消到了阁上，却可管领全城，具见刘伯温监筑此城时节的匠心。

全城工程告竣，朱太祖同着皇太孙允炆、庶子棣、刘基三人登城视察，拊埤凭眺，笑谓三人曰："城高隍固，濠深壁坚，以后休想有人攻得进来。"

刘基奏道："如此坚垒，只有北来飞燕可以飞得入来，人无双翼，休想得入。"

庶子棣在旁插言道："架了大炮，到底还轰得开的哩。"

朱太祖听了默然，当即赐了他一个橘子。及待回宫，庶子棣虽非马皇后所出，因为生母已逝，在马后手内抚养成人，故此母子感情极佳，当即将阅城赐橘情形禀告马后。后道："谁叫你小孩子多言惹祸，可知你父赐橘给你，暗藏要把你抽筋剥皮，重重处治。"

庶子棣听了，大起恐慌，哀求马后援救。回头朱太祖到了宫内，果要追究此事，幸得马后代棣求饶才罢。后来，庶子棣册封燕王，留守北京。

到了建文元年，举兵靖难，果用大炮轰开金川门，夺了侄儿的天下，自立为帝，是为明成祖永乐。刘伯温除非北来燕儿飞得进一语，早已预露前机，朱太祖当时不曾觉得。

济苍见了这段笔记，忽动出游之想。入内告禀了云氏母亲，带了一个小厮叫桂兴，就是跟随子渊往北京去晋福老家丁的儿子，出了家门，一径出朝阳门，雇了辆小车，言明往游明孝陵来回。

自朝阳门至钟山，距离三里路，钟山一名蒋山，因吴蒋子文击贼死此而得名。五代南齐的周融曾隐于此，又称北山，以前山上尝有紫气冲霄，相传山有金矿，故而又名紫金山。山上有宏觉寺，寺门右有虎跑泉及七级浮屠，再上有观音阁。凭栏四眺，蒹葭杨柳，一望无际，下有兜率岩、仙人洞，亦称文殊洞，道书上所称的第三十一洞天就是此处，高有二丈，洞口宛比瓮口。钟山的阴面尚有梁昭明太子的饮马池，周径有一丈余宽，无论严冬炎夏，池水不涸。下山而西，又有个辟支洞，较文殊洞稍微广大些，洞前也有浮屠，云是辟支佛藏舍利珠的。山南五里外有个献花岩，乃是唐高僧懒融住居于此，有百鸟献花之异而得名。更南有华严寺，寺南有遁云亭，亭南有芙蓉阁，乃是倚山叠屋，仿佛房子嵌在岩石之中。山东有灵谷寺，就是梁武帝为宝志禅师建的功德林，本来在独龙阜的，就为朱太祖要筑南京城，将该寺移徙至钟山东偏的。寺内有口景阳钟，较之皇宫内的景阳钟形式具体而微，故此声音也短而狭促。寺南一带的山地，行人走过，履底发声若琵琶，故就名琵琶街。宝志塔畔尚有王安石读书处。钟山最高所在名太子岩，若登岩四瞩，那覆舟鸡鸣诸山如同黛螺点点，浮沉于苍茫尘海之中。城内烟火万家，若隐若现，六朝佳丽，一览无余。

明孝陵就在钟山南麓，乃是明太祖和马皇后合葬处，享殿上树着一方石碑，碑镌乾隆御书的“治隆唐宋”四字，“治”字少写一点，变了个“冶”字。据云乾隆下江南，闹了两个半别字，江阴的“睢”阳庙，读作“雎”阳庙，苏州的“浒”墅关读作“许”墅关，民间至今因之，乃是两个全别字。明孝陵碑上这个“治”字，写成“冶”字，后人代他修饰道：自负乾隆朝的惠政，足与唐宋同冶，不单追颂洪武，文理上尚可讲得去，所以算半个别字的。

孝陵之前，有洪武战功碑、下马碑，以及石人、石虎、石马、石羊等等，巍然尚存于荒烟蔓草之中，令人见了，有无限故宫禾黍、铜驼荆棘之感。

济苍到了那里，着实流连凭吊了好一会儿，直待那车夫催促了好几次，方才回城。其时大约下午四句钟敲过，一路上见那芦花飞白，枫靠崖红，豆花晚肥，莼菜早秀，谡谡松风，霏霏桐叶，绝妙一幅秋山行乐图。

车至适在雇车之处，桂兴叫他停下，车夫道："可要待俺一脚送进了城，到府上下车吧？"

济苍摇摇头，于是车停下，两人下车，桂兴给付了车资，跟着主人进了朝阳门，缓步当车，踱回家去。不料进城走了两箭路光景，经过一家豆腐店门首，忽然那店内跑出一头有孕的老马，瘦得毛长骨露，却跑至济苍面前，两个前蹄跪了下来，满眼流泪，好似人的哀求一般。那家豆腐店里的人随后追出来，口中骂道："畜生，索性挣断了绳索溜到街上闯祸哩。"

济苍一见这老马如此情形，心上觉得恻然，便问那豆腐店中人道："这头老马是你们的吗？"

店中人道："此马是我们养着磨磨的，已豢养了七年，口齿将满了。因为从今年秋初起头，它同老年人般贪吃懒做，磨豆之际，要用人在旁监视，鞭一下走一步，故此我们预备去换一头了。又因它腹中有孕，想待它产了再去更换，不料今晨有个回教中人到我们店内买东西，他瞧见了此马，问我们：'这条老畜生怕做不了重生活的了吧？'我们道：'本待它产驹之后，要将它卖掉哩。'那人道：'只要价目上算，何妨连胎售去？你们若得真的肯卖，卖给我吧。'我们问他买去何用，他说：'马肉是酸的，唯有怀胎老马味儿同产牛一样，腹中的胎驹尤嫩尤鲜，我买去宰了，充作牛肉出售。'于是便讲定行情，他先付了定洋，言定明天下午带足款项来银货两交哩。"

这人说毕，用力去牵那马，想把它牵进店去。不料那马蹲跪在济苍面前，死也拉不起来。济苍暗暗奇异，便又问店中人道："那个回教中人出多少价钱购买此马去呢？"

店中人道："他连胎买去，出了二十八元净盘，马牙子的佣金也归他给。"

济苍便回头问桂兴道："你身上可有三十块钱吗？"

桂兴忙伸手挖出皮夹子来，将内贮的钞票银洋数目一点，只有十三元六角。济苍便取了十块钱，其余仍命桂兴藏了，向那店中人道："这骑老马跪在我的面前流泪，其中或有前定因果，如今此马不必卖于回教中人，算三十块钱卖给我放了生吧。现因我身畔款未备足，先给十元定洋，回头我命人再拿二十块钱来，将马交于送款之人便了。”

店中人听可多卖两块钱，何乐不为？一壁伸手接钱，一壁道：“马牙子的佣金如何呢？”

济苍道：“也归我给便了。马牙子如到你店中，你指点他到三步两桥太史第龙家来取佣金可也。”

店中人自然欢天喜地，没口子答应。说也古怪，那马好似懂得人言一般，等待店中人受了济苍的定洋，它也晓得大事无妨，不会杀了当牛肉卖哩。牵也不劳人去牵拉，一骨碌爬起来，自行踱入店内去了。此刻不特济苍同店中人两方道奇，连路上站住着瞧热闹的行人也都同声称怪。等待济苍带了桂兴走后，有人认得的，便告诉店中人道：“适才买马之人，你们知道是谁？”

店中人回答不知。

那人道：“就是龙子渊翰林的独养儿子。两三年前头，咱们南京城内，上、下、中三等人都知道要打先生的达官就是他，你们不要小觑他是个年轻小子，乃是文武全才，小辈英雄哩。他是无书不觉的，想是你们这骑马有件可遇难求的大好处，所以他肯出钱购去。不然，他家内牲口有好几头，再买这老马去有甚用处啊？”

被此人一说，店中人又懊悔价目讨得太小了。虽则回教客人实在是许出二十五块，现已多加了三元，讨了二十八块，他又亲允拿出三十番，多赚了五块钱哩。据那多嘴的人说来，和情实暗合，此马如无异宝，他怎会非但照价不还，反又加出两元？想来我们一口就讨四五十块，他也会答应买去的哩。但不知此马好处在什么地方呢？忙去仔细瞧瞧，又瞧不出，于是东问西问，问着一个清朝“孔圣人”，万事假充内行之辈，跑来一瞧道：“此马并非有孕，腹中乃是生了个马宝在内哩。”

又经这人如此一说，店中人更加懊悔，晓得马宝是治失心疯病及肺痨病的，价值匪轻，若是未拿定洋，或者买主是平常士商，竟要反唇不卖了。无奈既收定洋，买主又是乡绅后裔，不敢反悔，只好难过在心内。

且说济苍回至家中，把那老马流泪跪求情形及自己出钱买来放生的话告禀母亲。云夫人怕那人用强牵去，便再取出二十块钱，着桂兴同个马夫连夜再过去把马牵回来。不料云夫人一团美意，也是救人须救出，莫负半途间的意思，赶夜去牵那头老马回来，害豆腐店中人格外疑惑了。直要往后去探听着此马养了头牡驹了，方知腹中不是马宝，心思才安定，人心不足，世事大都如此的啊。老马到了龙家槽上，一吃细料，立即上膘。后来养出一骑追风紫蝴蝶来，驮着龙济苍干了不知多少大事业，这也可说数由前定的啊。

济苍自那日游了明孝陵后，兴致勃勃，过了一天，探知江宁、句容两县交界之汤山地方天产温泉，乃是五代仙人陶弘景遗下的仙迹，把温泉洗了身子，大有益处，所以又带了桂兴，雇车前往游赏。车夫询知是南汤山洗澡的，他便大谈这温泉历史道："当初有个陶真人，乃是三茅帝君的首座大弟子，在句容勾曲山金坛华阳洞内烧丹炼汞，勾曲山周回有一百五十里路。陶真人先炼驱神役鬼之术，连空中飞鸟，他用道法来，使它衔松枝竹叶来代柴。山中的苍色猴子用道法收缚了它的野性，使它看守丹炉。炉中所炼的名为大还丹，每日子、午两时换火，丑、未两时换水，换出来的水滓，顺手向山下倾去。不料着地即化为石，渐渐堆积成山，乡人传说是陶仙人炉内的汤脚，故而叫作汤山。他一面炼丹，一面炼断绝烟火食，后来每月只吃五斤茯苓、两斤白蜜。谁知第一炉大还丹炼了三千六百天，只剩再有一天炼过后，大丹告成。不料看炉的苍猿兽性发作，把丹炉掀翻，前功尽弃，这也是造化忌他功行圆满，所以如此的。陶真人心坚铁石，再接再厉，重行烧炼，自己守炉。有志者事竟成，第二炉竟被他烧满三千六百零一日，得成大道。玉帝封他为通明华阳真人，连那座金坛华阳洞也封为第八洞天，载在道箓。他活至八十五岁，解脱登仙。当时第一次丹炉掀翻之后，他也倾在汤山上的，未几就有了这个朱砂泉穴，水味有些硫黄气息，一年四季温和不凉，越是冬天越暖。以前凡人在此丹井内洗了澡，浑身发赤，有缘的立可成仙，其次也可却病延年，寿至八九十岁。后因有个混账人，在泉内下了大小便，从此触怒三清，便闭了仙凡捷径，但是把这种朱砂泉常常洗了澡，仍能却病延年哩。"

济苍听了，真个忍俊难禁，暗忖："这些说话不知怎样传下来的，说它全无影响吧，陶通明勾曲山修道，寿至八十五岁，每月食茯苓、白蜜等等，都是斑斑可考的；说它是有根之谈吧，什么苍猿发性、倒翻丹炉等话又都属无稽之言，只好学苏长公姑妄言之、姑妄听之的前例了。"不过车夫这么一讲说，路上却不觉得寂寞了。好似一刻工夫，已到那里。谁知闻者稀奇，见则平常，温泉穴在万山之中，农天牧竖，在内翻来滚去，上见天，下见地，一些没有遮盖，泉水也肮脏得很。济苍不愿洗哩，向桂兴道："这处地方须得有人出来细加收拾，将泉穴用石筑成长方池式，男女分分内外，最妙造下一所旅馆，人们到此住宿一宵，浴泉却病，那才不负天生这个温泉。若照目下情形，漫无限制，士夫望而却步，真正辜负了这温泉哩。"

桂兴道："小的听老子讲过，北京也有个汤山，也有温泉，据云跟随老爷去过，就收拾得同琼宫玉阙一般，连外国人都赞成的。"

济苍道："此间不要说同北汤山一样，只消及了北汤山一半形象，也就可敷衍了。"

当下济苍见此处无甚妙处可玩，适才听车夫谈论朱砂泉野史，异常热套，料想他是此间附近出身，所以反去访问他道："除了这朱砂泉，近处可再有别的名胜玩耍呢？"

车夫见坐车的反去访问着他，他格外高兴，指天画地地说道："这丹井大小共有六处，爷既到此，可要多去赏鉴一下。"

济苍道："不必了，其他五处想和这一处总差不多的，没甚好玩。"

车夫道："可惜目下是秋季，倘在春天，牡丹开放时候，这里生有五尺高的金边白牡丹，也是著名的。当初长毛皇帝洪秀全占了南京，曾把此地所有的牡丹一股脑儿迁至天王府内种植，谁知一棵都没迁活。洪秀全便命人把枯干仍拿回这里，抛弃在地，隔了一晚，倒说枯枝竟会复活的。如今是影子全无，只有一些花根痕迹留在地上，没甚看头。"

济苍暗忖："我曾闻父亲说及，北京丰台的牡丹离开丰台半里路，就种不活，原来南京也有的，莫怪南北两京，谈者总相提并论，原来相同之点真多哩。"

又问车夫道："现在秋天也可玩的，可有什么好所在呢？"

车夫道："由此前去五六里路，有座宝华山，又叫花山，山上的瀑布很大，我们南京城内秦淮河里的水就是发源在这瀑布内的。山上有座大寺院，寺中有一只铜殿，尚是明朝万历皇帝造的哩。这寺名唤慧居寺，从前康熙老佛爷三次下江南时候敕建过的。此外再有个龙潭镇，就是唐朝年间武则天女皇帝时候，不是出过花振芳、骆宏勋、余千、濮天雕等一班英雄好汉的吗？濮天雕的妻子叫鲍金花，鲍金花的老子叫鲍自安，鲍老英雄乃是水旱兼精，红砂手内的有名人物。唱戏的做起《四望亭》《嘉兴府》《酸枣岭》《四杰村》《血溅张王府》《火烧翠云楼》等武工戏起来，其中有个勾白大脸的白胡子老生，报名起来，总道龙潭鲍自安。这个龙潭镇就是鲍老英雄出身所在。实不相瞒，小人就是龙潭镇上出身，嫡姓鲍，乃是鲍自安的子孙，招赘到南京过家做子婿的。爷可要去瞻仰瞻仰鲍老英雄的故里？”

济苍道：“龙潭镇我们不去了，还是上慧居寺瞧过铜殿之后就回去吧。”

车夫道：“今日是来不及回南京的了，我们到了慧居寺，只好就住在寺内，明日回去的了呢。”

济苍一听，想着温泉旁侧建旅舍这件事愈不可缓，否则一天不及往来，人家更不愿来游玩哩。他现在如是思想，果然隔了十年以后，自有个陶弘景后裔和济苍所见相同，出资前来收拾。到了目下，便成了一处胜地，白相南京的人们，南汤山浴温泉也列入了宁游必要课程表中的哩。此是后话，表过不提。

当时济苍便同桂兴上车，车夫推动，赶往花山。不多一会儿工夫，又早到了。只见烟云林壑，境极幽深，路旁松竹成林，风撼作响，反比南汤山好玩。此时阳乌已将西逝，一片晚霞映射在山林之上，耳畔听得慧居寺中晚钟催动，声震归巢群鸟，飞翔乱噪，另有一番气象，颇觉心旷神怡。

正在且行且看之际，耳边厢猛听得一个女子声音，极声喊叫救命，而且距离得不远，好似就在左近。济苍忙抬头四顾，瞥见迎面一座松林之中奔出一个青年女子来，向这边亡命飞奔，奔得衣裙不整，云鬓蓬松，额上汗珠和目内泪珠交互下坠，如同檐溜急雨。不过就这女子身上的衣裙看来，虽则穿的素服布裙，想在制中并不见得十分华丽，但是望而知为巨家闺媛，绝非山野村姑。可怜她终是女流，谁惯走这山道，况兼性命在于呼吸之间，心慌意乱，既要顾着脚下，又要口内喊叫救命，希望有人闻声到来援救。无奈又初次到此，路径陌生，不知走的是尖路还是死路，因此上格外着急。

济苍遥见此女情形，逆料必是途遇强暴，邀住了她要行非礼，或者要劫掠她身上衣饰，故而她喊救逃跑，所以停睛再向她身后一望，究竟随后追来有多少暴徒。不料望到她的身后，尚未及看清，鼻间已触着一股异味。仔细辨认清楚，不禁心上也吓得别别乱跳，口中撑不住也喊了声“哎呀”，赶紧跳下车来，鼓了一股锐气，奋不顾身，勇往直前，搭救这女子。正是：

女子临危唯有泪，男儿见义当能为。

但不知追赶这女子前来的究属何许人物，怎么连龙济苍见了，也会大吃一惊起来？欲知详细情由，且看下回分解。

第二十二回

两地相思意难忘柔情脉脉
一天风雨人去也清泪重重

却说龙济苍瞧见那女子身后有条丈余长的蟒蛇，头大如斗，眼若铜铃，浑身花白斑斓，一条鲜红舌头在唇外一撩一撩，如飞走来。所有它经过地方的草木，非但卧倒，而且立即焦枯。济苍虽则跳下车来，怎奈两手空空，一无家伙，如何去救那女子？说时迟，那时快，只得用刀拆了一根车杠在手，迎上前去，口中喊道："小姐切莫惊慌，有俺在此。"

说时，已和那女交肩而过，放过女子，同那蟒蛇候过正着，举起手中车杠，用力向那蟒蛇打去。那蟒蛇见车杠打来，物大通灵，将身子往后一缩，缩出有三尺多路，接着把身子一蜷，蜷成经霜牛屎般一大堆。济苍一下击了个空，抢步上前，作势要打第二下。

后边车夫喊道："爷看准了它头项下面七寸三分的要害下手，它蜷缩拢来，留心它蹿高绕人的头项。"

话声未绝，那蟒蛇果已向上一蹿，好比海潮经着大风吹起来的巨浪，才同一座小山头般涌向高处，倏忽间又早同峻岭长瀑直泻下来。果对着济苍头部、项间两处围啮上来。济苍忙把手中车杠觑准了它七寸内，狠命一下，不料它向前蹿过了些，打虽打着，并非要害，并且它身子反向车杠上一绕，软绵绵不吃劲。它鳞甲又厚，这一下非但不曾把它打伤，反被它绕住了家伙，沿着车杠游进来，张开血盆大口，对着济苍肩头便啮。济苍见不是头，忙将车杠向道旁顺手一抛。岂知它一条长尾弯转来，向济苍腰内便一扫，幸亏济苍近年来内部软功练得也不错，见蛇尾打来，躲闪不及，只得吸气运功，腰部软档内立即坚硬同铁石相似，蛇尾扫上来啪的一响，好比打了一下皮鼓，忙起两手抓住蛇尾，心想："用力一抖，抖乱了它骨节，不妨事了。”岂知尾上精光腻滑，手抓不住它。济苍要用衣袖衬了去抓时，不防它已一个旋风，头部回过来，又是乘势一跃，向济苍额上一口啄来。济苍空手不能招架，赶将身子往下一蹲，一顶缎子瓜棱秋帽已被它啄了去哩。终究鳞介动物不及人类机灵诡变，它啄着了一件东西，便意谓食料到口，势头立即缓和不少。济苍蹲下去时，功劲又运至臂上，把衣袖口代替家伙，功夫运上去，等于洋绉束腰，捋硬了当杆棒用的过门一样，所以此刻济苍的袖口也挺硬如铁，用力向它一鞭，却巧这一下有七分打中在它七寸里头，反比适才用车杠打的一下着力。它吃了这一下，张口吐去秋帽，要觅路逃遁了。

却巧桂兴和车夫俩去折了半根竹条，也随后赶上来，帮着济苍追打。那蟒蛇不怕粗圆家伙，反惧细长的竹条，因为那细竹枝在鳞甲缝内嵌进去，着在肉上，反而疼痛难受。经车夫、桂兴俩一阵敲打，它如飞逃遁。他们三人齐声吆喝，一同追上，转了两个山弯，踪迹不见。依着济苍主张，由它去吧，所谓君子不为已甚。反是桂兴和车夫不肯，异口同声道：“打蛇不死，必遗后患，务必寻着了它窠穴，打死了它才放心哩。”

济苍道：“地下草长如许，孔穴颇多，怎样寻法呢?”

桂兴道：“小的曾同那些鳝船上之人讨论过的，他们道：‘蛇洞两面光，口径圆的；鳝洞虽也两面光，口径尖的；鱼洞外毛内光，口径方的；蟹洞内外皆毛，口径扁的。’我们现在只消拣两面光、圆口地洞搜寻便了。”

于是三人找了半天，真个打草惊蛇，岂知白寻了好久，毫无影踪。看看天色晚了，只索罢休。济苍并不介意，桂兴终觉得不曾打死那蛇，心中耿耿，这条蟒蛇将来竟再要来找济苍报仇的哩。此是后话，现且表过不提。

当时济苍等三人寻不着蛇窟，循原路回来。车夫去草地上拾那根折断的车杠，适才不觉得，而今反觉那杠上腥秽难闻，连济苍袖口上也有些气味的了。及至回到停车地处，那女子不知何处去了，车儿是不能载人，要修了方可再推。于是由车夫引导，到了慧居寺中，只见大殿天井内早有一乘轿子、两辆车子停着。济苍等进了山门，先去寻了主客僧，备述来意，欲借宿一宵。

主客僧道：“荒山只有东西两个房头，东房地方宽敞，收拾得异常清洁，预备贵客光临，无奈现被马道台的内眷在荒山起建道场，做七天七夜水陆大功德，荐度先灵，东房皆被占去。西房地步虽也不小，那是预备普通香客住宿，客官今晚只得有屈在西房将就一宵的了。”

济苍道：“左右只宿一夜，地方窄陋的也不妨。”

当晚扰了寺内一顿素斋，因有马观察内眷在此做道场关系，夜饭菜虽然净素，味颇适口。夜饭吃毕，主客僧来招呼济苍到客房中安歇。桂兴和车夫也由寺内香工安摆睡去。济苍究系宦家子弟，自小养尊处优惯的，一朝换了张陌生床，翻来覆去睡不着，于是追想白天经过情形，因而追念到那个逃命女子身上。自己对于女色向本漠不关心，唯独今天邂逅了这个被蟒蛇尾追之女，当场那副惨苦情形，脑经内留着一个深刻的幻象，和伊交肩而过时候的神情尤其历历在目。心坎上好似有桩极大的心事未了，牢牢系念，再也丢不开来。足足思维了一晚，到东方发白，反倦乏熟睡，直睡至巳牌时候，车夫将车儿修理好了，桂兴方至床前相请。主人起身梳洗之后，和尚开出早膳来吃过，桂兴拿出钱来，算过房膳金之后，便上路回宁。在路上边，桂兴提及：“昨日被蛇追得上天无路入地无门的女子，就是马道台的三小姐。今晨我们修车时候，三小姐派出贴身侍奉的丫头来动问小的主人名氏、住居何处、年纪多少，听她们口风，或者隔了两三天后，要备了厚礼登门来拜谢救命大恩哩。”

济苍听了笑道：“这点子小事情，值得她们来答谢，被别人提起，岂不含惭啊。”

当日回至家内，加倍开发了那个车夫。往里头去和云氏夫人见过面后，回至书房，顺手拿了一卷《筠廊随笔》靠窗坐下观看。不料看了不满十行，心乱如麻，不要看了，独坐沉思昨天傍晚的经过事儿：“和这马小姐如此相逢，也可以算是意外机缘，但不知除这次觌面以后，再有第二次邂逅否？谈到江宁城内的佳丽，目下也见得多了，像伊这样的轻盈体态、绰约姿容、娉婷逸众，不需眷黛双描，袅娜动人，何待秋波一转，真可为群芳冠军。以前所见丽姝，从此都觉卑不足道。我想常沾伊的鬓泽，除非化作两股宝钗，身若化为罗带，庶可依恋裙香。不知伊可解音乐的，如其会操风琴的，我就变了具披霞娜，待伊纤纤十指时常揿着。昨晚宝华山那条山道也算有幸，经伊两瓣金莲从上践过，可惜我只顾攻击蟒蛇，无暇顾及别的，伊所经过的尘沙之上，定有足印留着，苟细细揣摩，定有许多绝妙的诗材词料呢。不过据桂兴说是马观察第三位女公子，未识可曾弄错，即使是了，不知可曾对亲否。若得尚未字人，大可禀求云氏母亲，央人往道署中去求亲。所虑者，爹爹不在家，恐怕母亲不愿单独做主。”

孰料龙济苍在家内想入非非，彼方的马昭仪小姐也在那里沉思杳杳。昭仪的父亲马恩培，那是北直隶永平府昌黎县人氏，是个优贡出身，现在任督理江安徽宁池太庐凤淮扬十府粮储道，提辖上江七府、下江三府漕务，督催漕项钱粮，辖治卫备弁兵，放给各帮运漕船舶钱米，查察司漕官员良窳贤否。江苏两个粮道缺分，一驻南京，一驻苏州，表面上听来，南京这个粮道该管十府地界，苏州的粮道只管苏松常镇太四府一州，论到实在，苏州粮道兼管水利分巡事务，养廉银就有六千两，南京另有盐法道兼巡道的，所以粮道只得三千两养廉，故而苏缺冲繁，宁缺冲繁疲，老官场多不欢迎的。幸而马道台是个学者，他生平崇拜乡先贤韩文公的，所以他别署企韩，以道自励，不重在这“利”字上头，故而做了好几年哩。

这位三小姐乃是二姨太所出。二姨太是安徽五河县人，生平好吃素念佛，只生得昭仪一人，去年秋天死了。慧居寺内的方丈也是五河县人，二姨太生前就皈依在他座下，做寄名女弟子的，此次却巧周年忌日，所以昭仪禀准了父亲，在慧居寺内做功德。昭仪非但美貌胜人，并且天赋聪明，无论什么书，过目不忘，真是个不栉进士，马道台着实疼爱，不肯轻许人家。现年二十，故尚闺中待字。她最喜的奇花异卉，那日在宝华山做道场，因贪折山花，致惊动蟒蛇，把她追了一阵，幸遇龙生援救，仅吃了一个大大惊吓，不然竟不知伊于胡底。却好救己的少年当晚也投宿到慧居寺内，她便命雯珠小婢探明白了姓氏、住址，等待功德圆满，回至署中，把此事告禀天伦，并拟备份厚礼，亲往龙府道谢。企韩是钟爱昭仪，她说的话从不反对。却巧指教昭仪刺绣的一个绣娘就在南京请的，姓甘，和龙家带一些旧亲，即烦甘绣娘到云氏夫人处先容。随即选了个吉日，备了十二色上好官礼，昭仪同甘绣娘都乘轩，督率下人扛抬着，同至三步两桥太史第龙府上来，拜谢搭救之恩。云夫人初本再三辞谢，不敢当的，叵耐人家一团诚意而来，也未便过分不近人情，只得预备盛筵，待马三小姐来时款待。

回头知道了昭仪到来的确期，隔夜吩咐济苍，命他明日回避出门。依着济苍心上，听说是马道台的千金来拜谢援救之恩，哪里愿意躲开去。无如前清时候的社交没有公开，男女间的防嫌杜渐，寻常百姓之家尚且虚文浮节多得很，何况他们数代阀阅，金陵城中著名耆旧的绅宦人家不得不避。所以到了那天清晨，济苍带了桂兴绝早出门，往雨花台游玩去了。直至十一句钟打过，马小姐方同甘绣娘到门，云夫人自当接出中门，两下见面之后，云夫人见昭仪清如浣雪，秀若餐霞，疑是不食人间烟火食者。旁侧衬了个朗润清华、和霭如春的甘绣娘，愈觉令人可爱。昭仪见云夫人虽则年近知非，究竟平素调养得宜，再加只生了达官一胎，故尚长眉颦黛，樱唇涂朱，肌理丰腴，丰神若仙，哪里像四五十岁人？然后接进内堂，互相行礼，分宾主坐下。两家仆妇侍儿也上来互行拜见，随即摆出茶盆，把上等香茗泡送上来。

昭仪和云夫人照例先叙寒温，后及宝华山遇险之事，道："若无贵公子搭救，恐侄女一命已膏毒吻。"

云夫人自也含笑逊谢道："这是贵千金福命超群，毒蛇虽猛，何足为害？天使小儿前来护卫，何功可居？若提这'谢'字，真令人愧煞。"

说话之间，下人拉开桌子，安下三个位子，厨房内先发出十六个碟子，以及三份杯箸调羹等等。云夫人便邀马、甘俩入席，开樽细酌。这一席酒，有十八个小碗、二十四个大碗、八道点心。她们三人食量有限，每一道菜不过尝得一筷，腹内都已觉吃得异常饱闷，十二句十五分钟吃起，直饮至三句半钟才散。席间，彼此倾心吐胆，无所不谈。

甘绣娘凑趣道："三小姐向来不喜健谈，今日和龙太太遇着，顿改常度，莫非你俩前世本是自家人？所以今生相遇，会如此亲热。"

这话正合昭仪心思，便当筵提议，欲认云夫人为义母。云夫人慌忙谦谢不遑，怎当得起昭仪已命带来的雯珠、雪珠两丫头铺下青毡，请甘绣娘按住了云夫人，她便跪下去恭恭敬敬拜了八拜，立即改称母亲，于是又多添了一重情谊。酒阑席散，坐谈了片刻，先至上房更衣，再由云夫人伴着她俩往各处散步，最后走至潭影山房歇息，见收拾得格外精致，名书古画，周鼎商彝，罗列满前。另有一间，却贮着刀枪弓剑，甘绣娘诘问根由，才知济苍是文武全才。又走进一间屋内，中设一张楠木床，锦帐银钩，十分华艳，房内并有一阵阵非兰非麝的袭人香气，墙上悬着一个椭圆镜架，镜内嵌着一纸油画小影，唇朱面粉，丰采夺人。甘绣娘又询问是谁，云夫人道："这就是小儿达官，最近一个朋友自西洋专修美术，毕业返国，代小儿画的。”

于是又谈到济苍读书经过，以及钱东孙登门自荐历史，原原本本讲演出来。甘绣娘听得出了神，昭仪却先偷偷地走出来，走到主屋沿窗的那张红木西式书案旁边，随手把案上叠的一部《筠廊随笔》一翻，翻见一纸薛涛笺，上面写着调寄《满庭芳》，昭仪便把那首词句低低诵道：

柳眼全青，桃腮半赤，黄莺枝上初啼。非因中酒，何事睡偏宜。自小深藏金屋，香闺路，梦去还迷。方惊起，小鬟来报，燕子恰双飞。

更衣，随步到，众芳亭畔，芍药栏西。见花屏角里，矮矮朱扉。正好低声索问，将从此，逗去芳思。回头觑，闲庭立久，阿母见须疑。

昭仪反复诵了几遍，心上更觉得郁郁不舒，抬起头来，流波四瞩，却巧身畔悄无人在，便将那首春词拢入袖中，仍旧把书掩上。只见义母和甘绣娘俩也谈话终止，从里间房内走出来。

昭仪见义母向己一笑道：“好女儿，你一人在此，敢是做偷书贼吗?”

言者无意，适中昭仪心病，伊的一颗芳心立即别别地跳个不定，和上次遭那蟒蛇追赶时候情形相似，疑惑自己取藏那张词笺的举动莫非已被义母瞧见的了不成吗，所以粉颊微赧，一时竟找不出一句相当话来对付。幸得甘绣娘插口道：“时候不早了，三小姐可要回署吧，再迟了，恐令尊盼望。”

昭仪欣然接口道：“本则我也想回署哩。”云夫人哪里肯放，定要留她俩进了晚膳回去。

无奈昭仪心上终觉虚怯，定要走了。云夫人见留她不住，只得订了后会日期，亲送至大厅，待她们上轿出门，方才回进去。所有送来礼物，收受一半，便宜了两家下人，都得着一笔额外重赏。

少顷，济苍回来，知道母亲收了个才貌无双的义女，非常高兴地向阿娘道喜。过了一宵，到潭影山房，想着新谱那阕《满庭芳》，意欲续谱一阕，不料前天明明记得有纸誊清的，夹在赖损庵创著、查随庵增辑的《词学全书》卷五册内的，翻来翻去找不着，又把近日常瞧的几种书籍翻寻，也不见，累桂兴却受了顿冤枉埋怨，倒是草稿已经毁去，只得再默写一纸了。正在默写之际，母亲又差婢女来喊，那是道署中又差人送了义女帖儿，及祭祀家堂的三牲盘礼来了，喊济苍去写登嘉回帖。接着，昭仪又来拜家堂，正式载拜义母，并和济苍也见礼，一叙年庚，虽是同年，昭仪迟生九天，故尊济苍为兄，济苍呼之为妹。是日，被昭仪硬把云夫人延入道署赴宴，到三更天才回府。

翌日清晨，云夫人便又选了日子，端正盛筵，邀请马企韩的大夫人和义女昭仪同来，算是答席的。不料到了那日，天忽刮风下雨，马大夫人不曾来，只昭仪和着一个十五岁的异母弟叫通官冒雨来的。云夫人问及根由，方知企韩升了甘肃的提刑按察使，事情骤忙，大夫人不能来了，并道："皇命迫急，不出十日，家父就要驰赴新任。因为甘兰地方枯瘠，遍地萑苻，我们都回原籍，不随去的了。今日筵后，以后恐无暇再能如此畅叙，真个胜会不常，盛筵难再了。"

云夫人也觉惶然，这日的筵席是双开桌，云夫人陪义女坐了上首一席，济苍陪通官坐了下首一席。席间各有说不出的心事，济苍听了胜会盛筵之说，更加难受，所以反不若前一次聚宴时的有说有笑。酒至半酣，长空忽有一群鸿雁冒雨飞过，内中一只开道的孤雁唳了几声，昭仪道："再隔几天，我们全家归去，虽则我们在此也如北雁南飞，不过在此日多，非但可说第二故乡，竟比家乡感情要深重。此番实是迫于皇命离开白下，真觉无可奈何，依依不舍。家父是道学先生，尚且如是，若论义女心上，更不必提了。"

济苍道："春燕秋鸿，南来北往，今年去了，明年要来的。"

通官道："这种雁儿，譬如今年去了，明年再来，但不知是否仍旧是那一群旧雁呢。"

济苍道："明年来时，保管仍是这群旧雁。"

昭仪道："何以拿得这样稳？恐怕……"

济苍忙道："前人有'似曾相识燕归来'之句，可见得是旧燕不是新燕。春燕如此，自然秋鸿也如此的了。"

昭仪道："'无可奈何花落去'，难道花落了下来，还能吹上枝头吗？"

济苍道："花落重开，也是常事，和明月的圆缺一样，不足挂虑。"

通官道："花落下来，实在就是花的归结，不过有的落在水里，有的落在溷里，其间干净龌龊，相去霄壤，也同人的命运相似，所谓有幸有不幸啊！”

云夫人忍不住也微吟道：“自去自来梁上燕，相亲相近水中鸥。”

昭仪道：“人为万物之灵，奔波南北，跋涉东西，好似比异类活动，实在动不如静，萍踪离合，最易催人老大，反不若那成对的鸡哩鸭哩，毕生团叙，永不离群。”

说罢，眼圈儿有些红了。那边济苍也觉得眼眶内酸汪汪要掉下泪来，忙抬起头来瞧了屋外天色，勉强接口道：“人生离合，本无一定，譬如天上行云，今日东北风，我们只见它望西南行，要知明天风吹转来了，云也就要吹回来哩。”

昭仪也抬头看了天上道：“恐怕遇着横风吹散行云。”

济苍道：“难道这边有横风吹得散，那边不有横风再来吹合拢它吗？”

云夫人道：“这就叫作天从人愿了。”

济苍和昭仪俩不约而同都扭项回头，四目相视，辗然一笑，心上都暗暗地祝告道：“但求有一日能够天从人愿，离而复合，永不分离啊。”

那天这席酒筵因为各有心事，虽则勉强终席，但都觉得落落寡欢，茫茫席散。昭仪因为署中有事，再略坐片时，向济苍母子殷勤道谢过后，便携着兄弟走了。

又隔了几天，昭仪遗书告别，述及“家严为此间交代事宜，尚有浃旬耽搁，家慈因好久未返故乡，诸事须重行经理，故挈仪等先行，不及踵府辞行。爰特驰书告别”云云。

云夫人忙差婢媪把馈赆礼物送去，并代表送行。不料昭仪已先一天走的了，唯恐云夫人要馈送东西，或者亲来送行，临别依依，反多平添一重伤感，所以预先嘱咐留宁下人，待自己走后一日，方把那信送来，免却不少烦恼。故而龙府送去的礼物全数奉璧。

济苍见了来信，忙瞒了母亲，连桂兴也未带，悄然出了仪凤门，到下关渡江，在浦口等候送昭仪北上。岂知昭仪等已于昨日出聚宝门，在雨花台江边上船，径驶王家营起旱，不走浦口。济苍一者隔了一日，再加路由也不对，白白守到傍晚归来，不曾如愿，反累家中人空急了一阵，怎么达少爷下人未带，也未关切到何处去，会跑不见了呢？直至黄昏时分，济苍回来了，才上下放心。

从这日起，济苍镇日价在书房内呆想心事，书空咄咄。过了好几日，济苍实在百无聊赖，暗忖：“不如作几首惜别诗起来，以志这事的始末。”本则心想吟全上下平三十首七律，后因心绪不宁，改了七绝，把已成的四首先写出来道：

见面无言别便思，个中情味几人知。
非关今日分离早，总是相逢已觉迟。

方知别绪最心酸，岂仅江郎感百端。
万斛离愁言不尽，再三叮嘱勉加餐。

江湖浩漫叹征车，难浣愁肠鬓半华。
只虑梦魂飞不到，可怜门外即天涯。

这番相见太无由，仿佛优昙一瞬休。
石烂海枯愁未已，宵来怕望月如钩。

济苍正在默写这销魂词句之际，忽然云夫人差仆妇出来，相请达少爷道：“太太说有天大地大的要紧事情，请少爷作速进去商议。”

济苍不知什么要事，忙去笔离座，三步并作两步，如飞地奔至后堂，动问何事。正是：

金风未动蝉先觉，大祸临头却未防。

欲知后事如何，且看下回分解。

第二十三回

奉主命星夜驰驱临白下
避缇骑惨分骨肉走东瓯

却说济苍心急，匆忙奔至后堂，抬头一望，只见母亲泪流满面，脸上遍罩惊恐之色。下面站着两个家人，停睛一瞧，一个不认识，一个是跟随父亲出去的老家人晋福。心上早猜着了八九分，逆料是父亲在京有了什么意久变故发生的了，或者是在路上遇着响马绑票，又许是在客邸病危，不觉一颗心别别地跳动，忙问云夫人道："母亲，呼唤孩儿为何要事？"

云夫人颤声道："达……儿……天大地大的一桩祸事临门，吾家从此休矣。"说罢，竟放声大哭起来。

济苍此刻心上宛同万箭攒心，听娘说了这句没头没脑的说话，一时也摸不出路，忙道："娘呀，究竟为了何事如此伤心？到底爹爹到了京都去，境况若何？晋福为了何事归来？那一个又是谁呢？"

可怜云夫人哭得说不出话来，只伸手指着晋福俩。济苍会意，便回过头去，追问晋福道："老主人在外究竟如何？你回来则甚？"

晋福也流泪禀告道："老奴跟随主人入京，路上且喜平安无事，到了京内，主人不宿在云老爷寓内，反去借住在长巷下三条元宁新馆。往清秘堂报到之后，又不去拜会梁、汪、王众位老爷，老奴已觉得主人举动反常，十分诧异。住了不多几日，主人有个折子参劾荣禄、刚毅、李莲英的，指他们是三凶，想托徐桐徐中堂代递这个折子。头次在本衙门碰头，主人提及这折子的话，被徐中堂说了几句。第二次，主人写了不涉他人的笔据，再至荫轩中堂寓内参谒，竟被他挥之门外，碰了个大大硬顶子。岂知这消息吹入报馆访员耳内，不晓得怎样会把主人折子底稿抄录了去，一字不遗地在报上刊布出来。徐中堂见了先着急，他便首先上本弹劾主人，于是三凶羽党也群起应声，主人成为众矢之的，遂由坊官到主人寓内抓送刑部狱内。老奴忙四处八路求在京诸位老爷设法相救我家主人，无奈众位老爷们都道我主祸殃闯得太大，大家都不敢出头说话。可怜老奴空乱了一阵，后来舅老爷说主人是凶多吉少的了，真是盲人骑瞎马，夜半临深池，危险到九分九哩。叫老奴在京空跑也没用，速即回家送信要紧。老奴听了舅老爷吩咐，连寓中的行李也不暇照顾，立即动身南下。不料匆促间到了保定，身畔盘缠已经用尽，没奈何，寻着了清苑县内一个熟人，向他借了几块钱，再行趱路。及至到了山东地界，又害起病来，把借来的银钱用个罄净，一时没有相熟的吾道中人，无从措办川资，只得一路上求讨回南。好容易到了王家营，和梁忠兄遇到，他是奉着梁大人的密命，也为了我家主人之事南来送信。据忠兄说及，主人是……”晋福说至此处，也泪流满脸，喉咙噎住了，说不出话来。

梁忠在旁接口道：“小的叫梁忠，乃是现任内阁学士梁大人家世仆，只因家主假满进京，得着龙老爷恭喜消息，所以立命小的不分日夜，兼程赶来，禀报龙太太和少爷知道。所有龙老爷身后诸事，皆由家主承办，请府上不必挂念。不过家主说，要防龙老爷仇人方面下斩草除根的辣手，再来算计府上人口，所以命小的面禀太太、少爷，千定不要过分悲伤，落了仇人算计，务请太太、少爷从速避开，免遭毒手。好在家主安肃老宅内，足可容身，请太太、少爷一同前往，暂避奸人罗弋，横竖留得少爷平安长成，将来高发了，可以报仇雪恨。小的便奉命赶来，到王家营搭船，得和晋福兄遇到，于是一同前来，请太太、少爷趁此仇人还未想着陷害家属之时，便先动身躲避开去吧。”

济苍听梁忠说罢，哇的一声一哭，哭得竟回不过气来，往后一跤仰跌下去，哭晕去了。吓得晋福、梁忠以及丫鬟、仆妇等忙都上前搀扶，齐声叫喊，掐人中、拍胸脯、赶泡姜汤灌救，又取通关散等吹鼻打嚏，把个云夫人也惊得极声哭喊，好容易把济苍喊醒。他捶胸跌足，哭叫天伦。云夫人见儿子如此，格外伤心，自然也放声大哭。正哭得难解难分之际，外头电报局内送了一封三等电报进来。桂兴收了电报，忙取了册明密码电报书，细细翻译，开场除地名“南京”二字之下，头一个“零零零五”，第二个“二九七五”，乃是“三步”两字，挨次翻下去，乃是“南京三步两桥龙云密”九个字，“密”字下头是“五三二六”“七五一二”“八六九六”，三个码子。桂兴照翻出来，乃是“□骡焉”，五三二六是个空白格子，没有字的，弄得莫名其妙。始而认道电局中弄错了字码，继思偶然错讹一两个字码数目，容或有之，从未有连错几个字的。仔细一想，好似记得老主人和舅老爷有密电本子的，不如拿至上头请示，不必空费手脚。故便把电报送至后堂道：“请太太、少爷暂止悲伤，如今北京有三等电报到来，姑且译出来瞧了再作道理。”

济苍泪眼模糊，把电报接去一瞧，见有“云密”二字，便走至上房，另外取出一本明密码电报书来。自己心乱如麻，无心翻译，将先直后横的翻法教了桂兴，就命在后堂靠窗桌上赶紧译来。桂兴接那册密码电报书一瞧，原来仍是普通的电报书，不过书角上另外用红朱注着页数。原本第一页，那第一页的角上，朱书“九一”两字，那是当他九十一页用的了。电报书原来每半页刊一百个字，一个字一格，另外横里有十一格、竖里有十格的空白格子，如今空白格子内也用红朱乱填着一至十的数目字样。于是桂兴照济苍叮嘱法则翻译，第十个字是五三二六码子，先看书角上的朱书五三两字，乃原来的第七页，然后再瞧直里的朱书二字，这一行是排正的，二字在第二格，再看横里的朱书六字，那是原来的末一行，原来是个“姊”字。照了原本号码，“姊”字是一一九二，现变了五三二六，谁想得到呢？桂兴照此译法，不多一会儿将电报译成，乃是：

姊丈远戍察木多，达甥远避为上策，详情函达小洲个。

当把这电报送给他母子观看。云氏晓得小川族兄是胆小人，恐有波累，故而电报署名用四房内已死的族弟云小洲出面，遮人耳目。照此电看来，丈夫并未曾杀，怎么梁仲衡谱伯会差专人来报信呢？这真有些弄不明白哩。济苍此刻悲伤稍已，便再追问梁忠道：“我家老爷尽忠，贵上是耳闻还是目睹的呢？”

梁忠便将那日梁学士得着高长升报告，并差长升去办后事，同时又遣小的南下情由，据实诉说出来。济苍听了，弄得狐疑莫决，一时往何处去探访个实在消息呢？云夫人道：“马观察未曾荣升，可往道署中去探访，他们官场中总有确讯。如今马观察又走了，别个署中去探问，未必会得到实在消息。”

晋福道："我想主人未曾公布的折稿，报纸上尚且会登载出来。据老奴想来，或者查查报纸上，总可得到主人实信吧。"

济苍被晋福一言提醒，忙至父亲书房内，去检查《天津国闻报》。因为他们龙氏家规极严，外头寄来的东西，无论印刷品书籍，信札是更不必说来，须瞧外封套上署的是谁名氏，便由这人先拆。莫说寄给子渊的，济苍不敢擅拆，哪怕寄给济苍的，子渊也不行先拆，这规矩传了六七代哩。所以子渊订的报纸寄了来，按日排列在案上，须待子渊回来亲自拆阅，即使济苍先偷偷地阅过一遍，却要用了心思，留神不可拆坏外封，阅过之后，仍将原封套起来。这个当儿，他一心专注在马昭仪身上，故而不曾前来偷阅过，如其不有昭仪那件交关，济苍早就要晓得阿爷京中近事，不必待晋福、梁忠来报告了才晓得哩。

当下济苍到了父亲书房内，把案上报纸一一拆开检阅，果然父亲的事情经过，自始至终都有新闻记载着，便拿进来陈于母亲观看。连处决龙都司，京都民众都误为斩决龙翰林，也有一则通讯刊着，可以打破梁学士所以派梁忠特地南下的疑城，并证明子渊确系察木多去了。母子二人心才略定，便吩咐晋福："陪梁忠到外厢休息，好生款待。至于我们是否迁避往安肃问题，待明晨解决了答复。"

晋福领命，自然陪着梁忠出去。云氏也即喊儿子到房内，屏退左右，商量这个迁避问题。始而济苍孩子气，一口咬定道："父亲远戍边塞，为人子者，不能随侍左右，何以为情，岂忍再离开慈母？我总跟母亲在一块儿，不分开的了。母亲若愿离乡远避，孩儿自也随着避开。母亲若得不走，孩儿也老守在家，不愿轻移寸步。"

云夫人听了，大不谓然，怒问济苍道："钱先生把你当作个一代伟人，费了如许心血，训教了你这点儿学问，你读圣贤书，所学何事？夫孝者，始于事亲，中于事君，终于立身。大丈夫首贵自立，你又不是女孩儿家，终身守定了阿母，甚至嫁出去了，还要依依不舍，痛哭流涕。你是个男子家，况且钱先生又教了你这身文武能耐，你自己也常说男儿志在四方，今番没有这种意外家变，明年也要命尔出去游历。现在不幸出了这种祸事，那么等不及明年，真正有志气的男儿也不劳堂上说的，自愿出门，到外头去留心揣摩艺能，广相结纳，一旦遇机成事，代父雪愤，为民除暴，使公私两无遗憾，这才不负堂上一片期望之心、先生一番教导的心血。怎么你平素信口胡吹，很像一个有气节的壮夫，一旦遇着要实行巧当儿，反效学妇人女子，伏在父母肘腋之下，不敢动弹？你还算尽孝哩，其实没有肝胆，能说难行，真正惹天下英雄耻笑。你年过弱冠，也该立身自树，照你所说，依附我处，又背了丈夫自立之志，真是大不孝，你如何可同为娘比较？为娘一者女流，再者目下仇人目光尚未注到你父亲家属方面，一朝视线移注过来，斩草除根，首重在你，娘尚其次。我若同你走了，家政嘱托何人？总之，你不应该不走，不走了，要生出多少枝节祸事来。娘是应该不走的，走了有损无益的。所以梁家伯伯、你家母舅，英雄所见相同，多主张命你走避，你不要随定为娘，算是尽孝的。不要仇人方面，因为注重谋你，为你同我在一处，于是连我也被他们暗算掉哩。你若离开了我，我终究是个妇女，仇人反不至用全神来贯注着我，我倒可安居治家，盼望你父赐环返里，祈祷你显姓扬名，干出一番轰轰烈烈事业。你仔细想想，为娘的说话对吗？”

济苍被娘说得顿口无言，自问自心，忖了好久道：“依母亲之见怎样呢？”

云氏道：“为娘早已熟筹过了，你速即避居出外，为娘的在家苦守旧园，静俟将来发展。至于仇人，若找上门来，为娘的并不害怕，出空了身子，和他们去对垒。”

济苍道：“如何对垒方法呢？”

云氏道：“这是全仗随机应变，临期看症发药，不能一定。现在我也说不出个所以然来呢。”

济苍道：“依着母亲主见，是否叫孩儿到安肃梁世伯老宅内去躲避呢？”

云氏道：“不当，今之世，衣冠队中多属廉耻道亡、重利轻义之辈。在梁世伯招呼你去，果属一片诚意，但是你到了他家，一来仍只得埋头故纸堆中去弄几句诗云子曰，不会有甚大发展，二来仍和衣冠中人接近，未必人人都如梁世伯般古道可风。近日屠沽舆贩之中，倒有几个侠义奇人，而且这种世界，要想有特别发展，必得要和中下社会去接近。所以我想着，你父有个温州友人叫徐定远，他自己虽也是个通儒，却不乐仕进，情愿隐于商贾，现在温州开设当铺和茧行等肆，算是温州商界闻人，我想命你避到温州徐家去。再者，你家先生是绍兴人，你此去浙东，或者还可与你家先生邂逅，你就跟着他跑，那是更美哩。”

济苍道：“如此说来，待孩儿明日就去。”

云夫人道：“既要瞒过人家，须装得实有其事，你要动身，必须如此如此才妥。”

济苍听了，暗暗佩服母亲的识见。当晚过了，到第二日清晨，云夫人先端正五十块钱，喊梁忠进来，把银洋赏给了他，命他：“先行回去禀复贵上。目下我们要紧部署家事，未能马上北来，一俟家事粗安，便当阖家造府，横竖临期先当有信寄来关切。”

梁忠也是个老公事，听说报载龙翰林仅办了个充军活罪，晓得此事不会再有何等重大危险，未必波及家属，一动不如一静，所以龙太太不肯轻易造扰吾家，能免跋涉，就不会北行的了。自然谢过了赏，当又动身北归，回复仲衡去了。

这一日饭后，云夫人把阖家男女仆人一齐喊至后堂，先由济苍告诉他们，老爷此次上京，干了怎么一件事情，现在已经充发到前藏地方去了。

云夫人接口道：“目下老爷既系犯罪之人，少爷年纪尚轻，未知何年可以出仕皇家，重振门庭，故而我做主，要把门口日用收小范围。但是你们这些男女下人都是帮了我家好几年，像看后门兼后园打扫夫的根根，年代算最浅，掐指算算，亦已上了工七年，像晋福和桂兴父子俩已帮了我们两代，就是仆妇等也都进了门十多年，又无过失，我也不能凭空辞歇哪几个，留用哪几个。故而把你们喊来，当面动问，你们愿留者留，愿去者去，若得愿留在此的，工资虽仍照旧，外快却不比以前。最要紧的是走出去，不可闯事，事要退让一步，不要再和以前眼睛生在额角上，横冲直撞，动辄仗势欺人。须知现在老主人失败了，外间结下仇寇很深，暗中虎视眈眈、吹毛求疵的人不计其数，万一你们再惹下小祸殃，竟要累及主人的。你们自己去思忖一下，愿留的就要比以前格外驯良，愿去的立即说明一声，我就将薪工算给你们，待你们好另投新主。”

云夫人如此一说，那些男女下人交谈接耳，商酌了半天，临了只有一个马夫、一个厨房内的厨师愿去，其余男仆和着全体女仆都愿留在此照常供职。云夫人便命晋福接手厨房买办，桂兴兼管马厩，一壁便将愿去两人的薪工算给他们，而且算到年底，省得他俩出门去，一时寻不到新东家，吃用是要的，故此算到了年终，想来不妨事了。

正在这个当儿，济苍好端端站立在旁，瞧母亲发落下人，忽然牙关一咬，哎呀一声，身子又向后便倒。幸亏得下人全在目前，人多手众，把小主扶定。

晋福道："将少爷扶至潭影山房房内去吧。"

云夫人也慌了手脚道："扶到潭影山房，诸多不便，且把少爷扶到我房内小床上睡了再说。"

于是由婢媪等将济苍扶进房去，病人口内胡说乱话，形似中邪，先去请大夫来诊脉开方。大夫按着脉息，不似有病，只开了张不去病、不致命的调理方子。有几个聪明些的下人道："达少爷不要冲了土呢，还不知犯了煞，倒不如请打卦先生去占占太平家宅吧。"

始而云夫人不相信，过了几天，济苍非但不有痊愈希望，反而两条腿不能落地，像风瘫似的，并且见了生人便大呼小叫，只有云夫人亲去伺候，方无声息。大夫请了不少，都说不像有病，连西医也请了好几个，总不见效。云夫人没奈何去占占家宅，果有土煞，于是拣了日子，请朝天宫的道士来大做功德，什么退星礼斗，谢土遣煞，做了七日七夜，弄得下人个个疲乏。外头不相干的人也都知道龙天霖病倒在床，而且是邪病，连郎中都叫不出这病的名目来。有班闲人议论道："想来龙家气数绝了，所以老子充军，儿子害病，不然怎会早不生病，迟不生病，在这时候生出这种连中西医生都不识的奇怪病来呢?"这叫作闲人只说闲话，哪里明白他们母子间的玄妙。

云夫人见事机已经成熟，所有川资和交代儿子带出去的东西早已收拾好了一个小小包裹，就乘道场圆满的翌日晚间，那些下人皆因连日劳乏过度，都已早早睡熟，等待二更过后，便悄悄然送儿子动身。济苍活了二十岁的人，从未曾离开父母过，现在为环境所迫，不得不走，临别之际，未免黯然神伤。云夫人虽则大贤大德，不比寻常妇女，及至亲送儿子到了后门跟首，想着丈夫远戍，未知今生可有见面之期，所生此子，眼前又要分别，并且今宵别后，说不定重逢何日，也许今生从此没有见面的了。想到了这层念头，撑不住心一酸，呜呜咽咽地哭起来了。

济苍心上本已觉得难受，步儿跨不开去，如今见母亲一哭，连累他更加心乱如麻，口内说："母亲休要啼哭呢。"自己的两行热泪倒也夺眶而出。正所谓：

世上两般悲苦事，无非死别与生离。

欲知后事究竟如何，且待下回分解。

第二十四回

或有前缘卖解女幸逢逋逃客
事由数定畸零儿欣遇振奇人

却说济苍母子俩到了后门跟首，反而心伤泪下，和对泣楚囚相似，一时都依依不舍起来。至于出外饮食当心，寒暖当意，发言宜慎，交友须逊，莫贪小利，少管闲事；晚上睡时，底衣倒盖被上，押虎子、纸头人及不得身了，脱下来的鞋袜塞在枕下，衣服须一件件折叠好了放在里床，倘夜遇盗贼回禄等事，不致东拉西扯，手足无措，袜塞在枕下，那味儿解闷香毒的。诸如此类，皆属出门人的紧要秘诀，早已叮嘱过儿子。就是济苍自己，以前听钱东孙先生教导的许多江湖门槛，牢记在心，不曾忘怀，这回虽属初次出门，实在有许多同老江湖无异。所以此际母子俩呆站在后门跟首，说话一句没有，唯只互相下泪。

两人斗了半天老虎，还是济苍爽快把心一横，忍住眼泪，惨然道："娘呀，自家保重，儿当真走了，到了温州，就写信来告禀哩。"说罢，硬着头皮，伸手开了后门，径自去了。

可怜云夫人孤孤零零，将两个眼泡都哭肿，到了第二天，下人见了，都来隔靴搔痒地相劝，都道："达少爷的病症，如今做了大功德后，保可一天好似一天。"

云夫人暗骂："蠢材知道什么，此刻的达少爷怕已出了江宁地界，到句容境内了。"眼前未便直说，只得以讹传讹地鬼混。

话分两头，且说济苍那晚走到狮子山下，守至天明，然后出了仪凤门，想到江边搭下水江轮，一转念间："我左右是往他乡避难，又没甚至要事情，何不由旱道到了镇江，瞧瞧金、焦二山，开开眼界。若得身子疲乏受不了苦楚，就在镇江搭轮；若得身子受得下，一路走丹阳、常州、无锡、苏州，沿途瞻仰瞻仰名胜。自古道：‘繁华之所，上有天堂，下有苏杭。’我顺道去玩他一玩，也不枉这一生。”主见打定，便觅路由旱道前往。路上遇着一个同伴，由南京往丹阳去的，闲谈起来，却巧此人是温州永嘉县人，做雨伞工师的。济苍初以为到了苏州，必定假道杭州上温州的，及闻那个伞工道及温州在浙省南僻，贴近瓯江，当瓯越要冲，山峦联络，地土沃饶，沿海地势凹凸，海水湾入处名温州湾，湾内湾外，小屿甚多，所以往来浙闽洋面的海船遇着风暴，都避入温州湾内。光绪二年开辟商埠，城垣是半砖半石，其州府属青田，南与福建福宁府霞浦接壤，北连台州府的仙居，离开北京四千三百里，距离杭州八百五十里。温州一府管辖永嘉、瑞安、乐清、平阳、泰顺五县，有一个总兵、一个温处兵备道，和知府同驻一城，人口约八万有奇。地方上的出产，牛皮瓯绸、蜜柑茶叶、纸铁明棋、漆器油纸伞等物，佳而且多，至于水产物品，尤不胜枚举。本城街道，以上南落北，直贯南北两门之长街，最最热闹，其他横街小巷，纵横交错，亦很多很多。街道大都宽阔，铺以砖瓦，左右设有沟渠，以通水道，免潴污水。其道路之营缮扫除则由各居户分任，以故街道完整且甚清洁。吃水五尺以下的轮舶，可从瓯江上溯，直达处州。不过贸易区域尚形狭小，人民亦多贫窭，故商务仍未兴盛。你若前去，由上海搭福州海轮前往非常便利，若走杭州反觉周折了。

济苍一一记在心坎上，路上有了那个伞工，颇不寂寞。出了南京，经过栖霞龙潭，到下蜀宿夜。下蜀是一条港名，俗呼官港，宋绍兴间，金主亮南侵，虞允文驻兵京口，令苗定驻此为后援。附近有座武岐山，山内产出蕙兰甚多，每届春季兰花开时，香闻数里，镇宁两处士女都往游焉。翌日，重行就道，过了高资，便至镇江打尖。镇江有金焦北固五州四山及甘露寺等五处名胜，有桃花坞、招隐寺等古迹。济苍因贪和那伞工同行，故也不曾耽搁。

这日搭夜些赶至丹阳，伞工很殷勤地招留济苍到他店中宿了一宵，扰了他一餐晚饭，并告诉济苍道：“这里季子庙内有孔子写的篆文十字碑，练湖上塘头村有梁武帝故宅，经山金牛洞中的石台石凳，练湖七十一条汇龙水，很出名的，可要屈留一天，陪你去玩玩?”

济苍因为这种名胜必要诚心细玩，才有佳味，如今心事重重，无暇前去游赏，故而谢绝了他。来日动身，济苍取出钱来酬谢他，他哪里肯受，反送济苍到了北门大道，指点明白了上陵口官路，方才别去。济苍追想母亲所说的衣冠中缺乏仁义之人，屠沽中反有侠肠古道之士，乍离家门，就遇这个伞工，把母亲的话引证一下，丝毫不错。礼失而求之野，像伞工这样热心人物，仕林中反觉罕有了。一个人且思且走，没有同伴，路便觉远些。走至晌午时分，不过到陵口，因为齐梁诸陵都在金牛山左右，譬如齐高帝的泰安陵在丹阳县北二十五里，武帝景安陵在县东三十一里，明帝兴安陵在县东十四里，梁武帝的修陵在县东二十一里，简文帝昭陵在县东二十七里。宋陆务观《游蜀纪闻》云：

> 今自常州西北至吕城，又西北过陵口，见有大石兽偃卧道旁者，盖南朝陵墓也。此处为入陵要口，故曰陵口。五代齐明帝末，王敬则反自会稽，西上至武进陵口，恸哭而过，盖即因见齐武帝陵里故也。其曰武进陵口者，因萧梁乃武进东陵里人也，虽有市集，不甚热闹。

见有家两开间门面的店铺，一半卖茶，一半卖酒饭，济苍便入内拣副座头坐下，先泡了一碗绿茶解渴，然后又要了半斤陈酒、一个碟子，先慢慢地自斟自饮，吩咐跑堂添炒一碗热炒、一碗桂花蛋汤带饭。他正在饮酒之际，间壁桌上来了个长大汉子，形似换牛客人，因为他在赶着五六条牛同行，如今自己进店喝茶，把群牛都放在店外旷场上啃草根。此人一进店来，泡了碗红茶，不住口喊开水。大约十分钟时候，喊了十外遍开水，喊得那个跑堂有些不耐烦。本来这跑堂是陵口有名的大力士，他一副挑水担桶比寻常的加大三倍，吃起饭来，一顿要吃四升大米，每日要八升米才饱。其时米价虽贱，究竟一个苦力要吃八升米一天，家家摇头，不敢请教。现时依附在母舅身旁，代他经理这所茶馆，工钱完全不拿，每日供给他三升大米饭，虽然吃不饱肚子，只能将就度过。此人本姓萧，因为他力气大，陵口人都把他姓的声音叫强些，唤他作小蛮牛。小蛮牛每逢吃饭时候，就因升半米一顿，肚子内实在不觉着，所以必定动气。此刻却巧吃午饭辰光，小蛮牛心上正不自在，偏遇那茶客连催开水，陵口虽是个乡镇，茶馆内却仿苏沪派头，用紫铜大扳炉烧水，不用老虎灶的。那人开水催也催得过分些，又巧遇小蛮牛动气之际，所以一伸手，把一大扳炉沸水单手执到茶桌旁边，恶狠狠道："开水来了，尽你喝个杀喝，省得一刻不停喊开水。"

那人见他将紫铜大扳炉单手执来，心上也敬佩这跑堂膂力不小，不过如此举动，竟是得罪买主。那人焉肯示弱于跑堂手内，便伸出右手中、食两指，向茶碗内轻轻一戳，把个碗底戳掉，也悻悻地向着小蛮牛道："你把开水洒吧，请问茶碗戳掉了碗底，洒一辈子都洒不满的了。"

钉头遇着铁头，长洲不让吴县，双方竟要用武了。此刻店内冷眼旁观的不止济苍一人，瞧见他俩如此暗斗神通，同声喝起彩来。年轻好事的又都用话挑拨，教唆他们到门外旷场上去见个高下。小蛮牛出道以来，从未曾碰过这样顶子，经旁人三声一怂恿，毕竟莽夫，果把扳炉顺手向地上一摆，也不归原位的了，一味揎拳捋臂，怒目狞眉，向着那人道："你若有种的，店内地步狭窄，施展不开手足，到外头空场上较量较量，不给点儿颜色与你瞧瞧，我小蛮牛情愿丹阳县地界上不住。"

那人冷笑道："我路也走得多了，十面居然也曾识过的了，再不料出了一千八百里路，未曾遇着野驴子欺生，反在门槛里头受村狗的滥咬。你得罪了人，倒先动火发狠，跑尽天边，只不过讨论一个'理'字，大概独有你们陵口地方适用外国理信的。什么小蛮牛、大蛮牛，可知我是金坛、溧阳、宜兴、荆溪四县的牛牙贩子于国柱，靠什么为生的？我是专靠换牛抽佣度活的。你合该倒运，小蛮牛遇着了我牛头伯伯，拔下你牛角来做鞋拔子，剥下你牛皮来做钉靴穿，把你牛肉烧熟了下酒。"

小蛮牛听那人说了名姓出来，虽未见过面，名气早有所闻。"金坛牛头于国柱，一来金坛于家大族，二来国柱本人是个武举，又是粮帮中的大字辈前人班子，三来手里着实可以，练过二十年死马鞍，曾经一掌拍下过一个牛头来。镇江出都天会，为争行第一只档船，单身和清江浦盐帮打过七次大相打，笃过三十斤实心石锁，照样在桥东抛了上去，待石锁飞过桥面，他船从桥下驶过去，到桥西接牢，声名赫赫。从此，提及'牛魔王'三字，常、镇两府之人都知道的。今天太岁头上动了土哩，若得就此落软，休想再在陵口吃饭，连母舅处的三升头老俸也要不稳哩。"想到这一层，只好忘命拼一拼了，恶狠狠道："牛魔王，你不要嘴上讨便宜，今日逢着了我孙行者，要替你鼻子上穿绳哩。是好汉，快些到外头去较量。"

于国柱站起身子道："怕你不成？"

两人正要举步，那边济苍已探听明白根由细底，走过来双手一拦道：“两虎相争，必有一伤，且慢出去，听我一言。”

于、萧二人经济苍一拦，竟都走不上前，两人心内都知道又是一个狠客来了。牛魔王认是小蛮牛的帮手，小蛮牛也认是牛魔王的同伴，四只眼都向济苍瞪着，不知他说些什么。济苍先将小蛮牛食量太大，现因升半米一顿吃不饱，故每逢饭时，他必生气的情由告诉国柱，又向小蛮牛道：“我是访问来的说话，对吗？”

小蛮牛被济苍一口道破心病，一张黑脸涨得变了猪肝色，默然不语。于是济苍又指国柱：“十分钟喊了十余遍开水，叫作手实在来不及，小蛮牛就拿扳炉过来，也得罪得人太厉害。而今我来代你俩解了结吧。”说罢，走过去起三个指头，钳住了那把大扳炉的当手，钳至原地方放好，回过来向他俩一笑道，“算了吧。”

国柱毕竟是个武举子，有识见的，非但不再多话，反拿出四升米钱来请小蛮牛吃一饱。济苍也助他四升米钱。小蛮牛喜得跪谢两位爷救他肚子饥荒，忙去籴米煮饭道：“今天可以一饱。”济苍爱他力大，问明白他能够弄马，想起家中的桂兴养马不十分内家的，故此就写了封书信，又拿出些盘缠，命小蛮牛自送到南京三步两桥龙家去充当马夫，从此可以不愁再挨饿了。小蛮牛愈加欢天喜地，当日就辞了母舅，往南京去了。于国柱也在此处和济苍同桌吃了午膳，彼此说了个通信地址，订约了后会之期，便先赶牛至丹阳交易。济苍算了店账，才再上路，一顿午餐结识了两个大力之人，将来都有用处，心上很觉高兴。

又行了三日，那日上午十句钟不到，行抵姑苏，其时由苏赴沪火车未通，仅有中日合资公司的内河小轮船。济苍问明路径，找到轮船公司内，先购了张客舱票子。照他身价而论，尽可买官舱票或是大菜间客票，只因避难出外，诸事从权积省，所以只买了客舱票。不过船要到下午四句钟才开，相距尚有五六个钟头，倘便闷坐在船中等候，未免太觉无聊，所以买票后先找了家饭店，吃了一顿午餐，餐后又在轮埠附近一个茶店内泡了碗茶，呆坐吸茶，消磨时候。凡遇这天有着事情，眨眨眼睛，天已晚了，日子易常好过，若到了轮埠车站，守候它开行的辰光，格外觉得迟滞难度。济苍在茶店内已把一碗茶吸得和白开水一般毫无茶味，意谓总快到四句钟了，谁知茶店内壁上挂的时计才只得当当敲两下，距离开船辰光照法定钟点，尚差两下哩。及至访问访问，店伙道："轮局中虽则挂出四点钟开船，现在下半年，日短夜长，装运的货色又多，实在总要五句钟敲过才启碇开行，有几天早些开船，也要四句半，从无照牌上挂出的准时候开船的。"

济苍听了暗暗纳闷，默忖："这半日光阴，真有些难度哩。"正转念间，忽见店外拥进一群人来，都是歪戴着帽子，散披着衣服，腰内围着一条大束腰，足下穿快靴的，也有趿鞋子的。也有不过簇新的鞋子，不知为何不将鞋跟拔上，大都踏倒了跟儿，拖着行走，鞋底在地上哒哒作响。手内全捏着拳心或铁弹，起码捏两个胡桃，放在掌中盘着，一望而知，都是游手好闲，绝非安分良民。口内又都念着"勿押要开哉里𠳐"的赌经。一进茶店，在头台上围坐下来，高喊泡茶。茶博士忙去招待，异常殷勤。济苍冷眼旁观，瞧得十分清切，谁知茶才泡上去，店外又来了个形似他们同类，把手招招道："来的了，大家捧场去吧！"

这班人听了，便站起来，一哄出店，齐往北首走了去，连茶钱都没会钞。店伙口内咕哝，懒洋洋过去收家生。济苍无意之间，待店伙来开水，便信口探问这班是何许样人。店伙道："这一班东西乃是我们苏州有名的坏毛党，掏乱把、敲竹杠过日子的。目下苏州城内出了两个流氓少爷，一个叫潘大官，一个叫顾小八，论他们身价，都是宦家子弟、阀阅后裔。无奈天生下作脾气，不喜同规矩人往来，专爱嫖赌胡闹，抱勇斗狠，和这班人结交，动辄聚众滋事，欺压善良。二者之中，顾小八尤觉蛮横，自称小霸王顾八将军，力气也生得不小，把井栏圈套在臂上当手镯戴了，可以耍二三十个流星圆圈，在街上走走路，每每同人争打，不胜不休。地方上的茶坊、酒肆、烟间等店，靠牌头做着好生意的果然不少，受他们大累，以致营业清淡，蚀本倒闭的也不可胜算哩。昨天八将军出城来游玩，却巧有个卖解的北边女子在此间北首空场上拉场子献艺要钱，不料城外有个白相人姓薛的，本是阊胥盘三门外的坐码头老大，去向那卖解女子要摆场子租地皮费，那女子不肯出，两下争执起来。姓薛的也会几手三脚猫的，三声不对劲，赶上去就动手。被那女子打倒在地，打得杀猪般叫，临了叫了三声姑奶奶，才放他逃命。姓薛的丢了这脸，抱头鼠窜逃去，却巧和八将军遇到，他便谎说这卖解女子卖艺招夫，谁把她打败，就把终身托付，并道这女子如何漂亮。八将军听了，信以为真，慌忙赶去，那女子已收场走的了，不曾遇着，又不知她寄寓何处，所以八将军今日特地再来跟那女子比个高下，想打倒了她娶至家内做第七房姨娘。这班下流坯都是顾小八去约来呐喊助威的，他们比武的空场离此不远，横竖距离开轮船时刻尚有两三个钟头，客人何不也随他们前往瞧瞧热闹去呢？”

济苍听那跑堂说得有理，故便回了茶资，出离茶肆，向北面行去。走不到百步路，果见一片空场上有许多闲人围着个栲栳圈，多屏息宁神，向圈内瞧着。济苍也站上去一瞧，只见一个瘦长汉子，想来就是那顾八将军，已同这卖解女子放对交手。那个女子皮肤不甚白皙，双趺尖纤似笋，长眉插鬓，脸上满含着一股英爽之气，望而知为是个超群逸众的北地胭脂，故而举止情形和寻常走码头、跑马走索之流大不相同。再留心把她动手的功架仔细瞧瞧，不是江湖把式，定曾受过名师指导，并且瞧出她处处腾挪躲闪，不肯放出全身功劲来。再把那顾八的手脚一瞧，膂力虽然不弱，无奈他施展出来的手式全是少林外宗当中的下乘功夫，那女子如其起落紧一点儿，顾八必败无疑。此刻瞧热闹的闲人越聚越众，把济苍的身子慢慢地由后排推挤到最前线上。

却巧此刻那个女子打出了性来，始而节节让步，不愿去占顾八的面子，出门人礼让为先，又道是毒龙难斗地头蛇，所以跟顾八三真七假地交手着。叵耐顾八不识高低，竟当她没甚能耐，得寸进尺，步步紧逼。她看出顾八用心，晓得不给些小痛苦与他尝尝，他今天不便善休，故而改变招数，使出一种少林宗的罗汉拳来，或上或下，倏左倏右，两个拳头兔起鹘落，同狂风催着骤雨相似，向顾八浑身的要害穴道上打去。只打得顾八浑身流汗，手足慌乱，连招架都难保周全，更休想从容还手。济苍暗忖道：“我早就瞧出这女子没有施出全身能耐，如其施展出来，莫说一个顾八，恐怕两三个顾八也难以抵御，现果不出我之所料。”那女子手内迅疾一变，取了攻势，顾八便招架不住了。可笑站在两厢的闲人大概以顾八约来的捧场人居多，所以顾八占优胜之际，他们放开了喉咙，拼命地喝彩助威，等待顾八挡不住了，这班人的脸上都露出一股惊慌愤懑之色，恨不能插身进去帮打。济苍瞧见了这种形形色色，肚子内撑不住要发笑，耳畔忽听得轮船放汽，呜的一声，恐怕快要开船哩。

正待回身拔步要走当儿，瞥见那女子使出一手乌龙探爪姿势，要去抓那顾八，顾八无能去破这一手，赶将身子往后倒退了三步。那女子冷不防他竟缩身退避，她伸出那条右臂来抓时，竟把浑身功劲全运到臂上，她的身子变成上重下轻，而且偏在右面。等待一抓一个空，身子向前直冲出去，下面那条左腿也直蹚出来。如其是男子呢，两足阔大，尚可借力，她究竟是个女身，鞋弓袜小，一时又来不及收回右臂，趁势抢一个拉空，把身躯站定，这筋斗稳栽到地。那班顾八羽党已都齐声呐喊道："八将军有脸，败中取胜了。"就是顾八自己，也想不到有这种天巧面子占着，本则预备要钻入人丛中逃跑的了，如今听旁人一喊，自又站定身躯，回头观看。这时候的龙济苍不觉怒火中烧，恼恨这班流氓仗势欺人，硬压一个异乡孤女，我不出手暗助她一臂之力，也枉为堂堂六尺的男儿。说时慢，彼时疾，好在那女子就冲在距离济苍站立地方的半步路外，所以济苍只消挨上一些，把右腿伸出去，觑准了女子的左足尖上，用力替她一挡，那女子只要这一借力，便得收回右臂，身子站稳，口内喝道："是好汉不要逃走。"顾八见不是头，忙钻向人丛中，一溜烟逃去了。他约来那班捧场之人，所谓蛇无头而不行，见顾八本人一走，他们自也无精打采，随着其余瞧热闹的闲杂人众分头走散了。

济苍心上颇觉痛快，因见时候不早，轮船已经拉过了第二次回声好一会儿哩，所以急急地赶回轮埠上船，等候开行。工夫不大，果然轮船上拉了第三次回声，公司船便拔碇开行，船荡到河心，船头上那班水手忙着把巨缆授给轮船尾上诸人缚拖当儿，济苍在舱窗中眺望出去，好似见那卖解女子呆呆站立在码头上，对着自己附搭的公司船出神，不知她是否也要搭船赴沪呢，还是专诚来拜谢自己适才暗助之德。若是常人，定要出舱去露面招呼，多生枝节，但是济苍一来天性不喜无谓交际，再者自己现处逆境，况又身在客中，宜乎少开口为是，江湖上俗谈，所谓开口洋盘闭口相，三来相手方是个女流之辈，自己不愿意带着瓜李之嫌去居功市恩。故此虽则瞧见那卖解女子站在码头上，非但和未曾看见一般，反而把自己脸面隐在舱窗阴面，避过她的视线，免得被她瞧见了多生枝节。

书中交代，这女子不是外人，就是济苍父亲在南星镇当银周济丧费、沧州狼儿口双枪将朱英义的内亲，那个难妇宣飞霞的族妹，叫宣飞云。她是山西田家的徒弟，现在名为卖解谋生，实因自己终身大事，借此会会天下英雄，物色一个如意郎君，把终身付托。适才若无济苍暗中相助，几乎遭着顾八毒手，虽说真金不怕火，一跤跌倒在地，未必便承认战败，即将身子嫁给顾八为妾，决定再要重行比较一下，分出了个真正胜负来，再谈别话。但是自家是个漂流女子，他是个有名土豪，果真至此地步，不知要费多少口舌。现幸济苍暗中这么一扶助，把顾八吓走了，省了许多手脚，从心头感激出来，所以她自己从容不迫收场子，暗早嘱咐一个同伴的族弟，叫宣德林，私下跟随济苍，预备探明着落，亲来重重道谢。及至得到消息，知道是个过路客人，其势不容少缓，急忙赶至码头，谁知迟了一步，船已启碇，连口头道谢都不曾来得及，空自站在码头上呆呆地出了一会儿神，只得同德林懒洋洋回寓。逆料此间已经开罪土豪，终非乐土，自行收拾东西，算清寓址账目，另开别个码头，书中暂时搁下，待后文再表。

如今先说济苍避过了那个卖解女子，洗心涤虑，安然上路。内河小轮的规则，专待舟船开行上路，便由押载先生同着船老大先向篷舱，次向客舱、官舱、大菜间等各等乘客收取船票，顺便带收饭钱。这个手续，凡属内河小轮，皆是一样的，船票收齐，即行开饭。等待饭罢，船上水手照例来冲一次茶，不比官舱、大菜间内的客人船上准备卧具的哩。客舱中人，除非自带铺程，不则只好就在硬平儿上熬一夜。如其向他们船上租赁卧具，那时生活程度虽说低廉，已经要一毛小洋一条被租，倘若现在时代，竟要两三角大洋一条被租哩。这项琐事干了，船上的职员职役都算公务告竣，自顾自赌钱或是睡觉去，乘客的死活永不再来问讯。直要待明天将近到埠时候，才再来生法小酒钱了。

当晚的济苍，因为自己没带铺程，自然晚饭之后，也向船家租了两条布被。客舱内连自己共搭六客，内中有个近四年纪的瘦矮汉子，抽大烟的，等待天甫断黑，他便摆出烟具来，一毫不顾公德，一个人占了两个人的位置，横躺了下去抽烟，而且此人健谈得很，和同舱诸人个个搭讪着谈话。偏偏客舱内除了济苍不喜多说话，其余四人都同此君相似，东说狼山西说海，讲得热闹异常。又过了半句钟时候，忽然有个篷舱客人钻到了客舱内来，大众厌恶这人，独有那个烟鬼却和那厮有一搭无一搭地交谈。那人自称无锡乡下张泾桥人，姓王，往上海去换猪毛的。那个王老朋友始而举止冒失，土头土脑，人多憎厌他，后经那个烟鬼三番两次地调侃，他一毫不知，于是又引得大家发笑，反都去当作他长途消夜品，你一言我一语地将他戏弄。他仍然这样呆头呆脑、瞎七搭八缠了一阵子。最后谈到赌博上去，由烟鬼篮内拿出一副纸牌来，叫姓王的做庄，把纸牌正面上的花白作为胜负标准，把那牌合在舱板上，大家下注押着，押花押白，悉听自主，押齐了，然后由姓王的把那纸牌拿起一叠来，瞧那叠打底的那一张纸牌，是花的花胜，白的白胜。先玩了一阵，没有大上下，姓王的忽然要出去解手了，于是烟鬼就乘这当儿，道："横竖这姓王的是个阿木林，我们合伙了做他一下，捞个上海盘缠。"

一壁说，一壁伸手把那副纸牌拣白的抽去了三四十张，又在篮内拿出一副同样的纸牌来，拣花的加进了三四十张。草草调换之后，姓王的已解毕进来，重又坐下做庄，口中咕哝道："人心隔肚皮，方才我出去解手，不知你们出了我枪花没有。"

那个烟鬼首先跳起来，把姓王的申斥了几句，余众自也附和了几声，骂他多疑多虑，当别人都是没良心的吗。姓王的受了众人埋怨，自然不再多话，叫人押罢，客舱中人都晓得这副纸牌花多白少，自然都押花的。不料那姓王的拿起来，临了一张，总是白的。舱内五人都输得火星直冒，有话没说处。独有济苍拥被而卧，好似入定老僧一般，既不想赢钱，更不愿输钱，心上暗忖："当年钱先生教我许多江湖上的门道儿，我有些将信将疑。不料今回一出门，就碰见这一路玩意儿。"正思念间，蓦然又走进一个穿陆军制服的长大汉子来，对着济苍道："你是南京龙子渊的儿子龙天霖，好，今天被我找到了，你没处跑哩。"

济苍听了，也撑不住面容变色，心头好似有一伙小鹿儿撞个不定。正是：

两叶浮萍归大海，人生何处不相逢。

究竟这长大汉子乃是何许样人，找寻济苍是凶是吉，且待下回分解。

第二十五回

人心险恶讲赌经利弊重重
荆棘江湖谈粮帮规矩叠叠

却说龙济苍在往来苏沪小轮的公司船上客舱里头，夜晚之间，被个穿着陆军制服的长大汉子蓦然间喊出自己真名实姓，认道是为了父亲所犯的案子，三凶差遣出来的牙爪前来逮捕自家的。事出仓促，心房难免震动，忙把身躯坐直，向着那人正颜厉色道："俺正是龙天霖，你准备怎样呢?"

那人听了大喜道："久慕大名，如雷贯耳，今宵邂逅相逢，实属出于意外。此间不是讲话之所，请您把东西收拾了，到小弟官舱中去对床夜话吧。"

济仓本嫌他们赌钱嘈杂，见来人亢爽磊落，一毫没有恶意，既承诚恳相邀，彼此不是寻常人物，自也不拘世途俗套，一口答应。好在自己又一身以外，别无长物，立即下铺，穿着之后，顺手提了那个小包裹，跟着那人便走。所有租赁的两床被窝由那人代行招呼水手搬到四号大房舱内，大房舱有两个铺位，本则左首一铺空着，那人便让济苍安睡。济苍待水手走了，要紧动问那人道："足下尊姓大名，府居何处，怎么会认识小子的呢?"

那人笑道："在下原籍江浙，足下的大名知之已久，据传足下是当代卧龙，所以外间有小诸葛之目。今晚左右没事，倒要试试足下的才智，您看在下是何许样人?"

济苍定神把那人上下端详了一会儿，毅然对道："小子打量足下，眉扫天仓，鼻冲地角，两目灼灼有光，颧高耳大，不过额纹堆山乱麻，风霜辛苦已非经了一次两次，望而知为是个饱尝世故的有心计人。然照足下的举止丰采，以及随带的那副行李和身上的穿着看来，又绝不是寻常走贩、经纪才商，并且还会认得小子，如此推想上去，足下定是个革命志士、秘密党人了。”

那人听了，不禁鼓掌称赞道：“好眼力，不愧人称小诸葛！但是足下既猜在下是个党人，索性再胡乱猜猜，在下是属于哪一党呢？如果猜得不对，在下摇头，偶尔猜对了，在下便低首默认。”

济苍想了一想道：“足下既系浙籍，莫非劫建双龙会的处州王金宝，还是九龙会的衢州刘家福？莫非千人会的浦江杜亦勇，或是白布会的严州濮振声？也许平洋党的绍兴竺绍康，想是乌带党的嵊县裘文高，不要是创立金钱党、祖宗教、百子会、白旗会、红旗会、黑旗会、八旗会等七党的嵊县王金发吗？”

那人笑道：“足下所说的均是哥老会的浙派分支，虽也是我们汉族团体，同仇敌忾，无奈他们仇视洋人和八卦教内分出来的义和团、虎尾鞭、红绿黑白黄五枪、大小两刀等九个团体，都大同小异。在下认为目光太近，志愿太小，没有称雄全球、雄冠世界思想，在下是主张人类大同，反对闭关主义、偏安蜷伏政策的。”

济苍道：“如此说来，足下定是建立龙华会的陶成章、沈英、张恭等众里头一人，还是徐锡麟、陈伯平、马宗汉等的复古会同志，不然当是邹威丹、章西狩的光复会同志。”

那人笑道：“在下如此装束，自然是扛枪杆儿的，怎会和捏笔杆儿的同淘呢？”

济苍也笑道：“足下究竟是三点会内唐才常、毕永年等信徒，还是兴中会内孙逸仙、陆皓东、杨飞鸿、黄克强等的同志？”

那人道：“足下知道兴中会内，除了孙、陆、杨、黄四人之外，尚有谁人？”

济苍道：“小子所知道，除此四人之外，尚有夏亚伯、李亚举、李芝南、杨衢云、刘秉祥、朱浩清、陈少白、王质甫、汤亚才、吴子才、莫亨、陈焕州、侯艾泉、魏友琴、黄丽彬等十五人。在光绪二十一年份十月二十一日那天，报上刊过广东按察使张某的悬赏缉拿公事，列载一十六人，首名孙逸仙，其次就是夏亚伯等十五个。足下莫非是十五人中一位吗？”

那人道：“亦非也，这十六个人，只有一个王质甫，江西人，余下都是逸仙同省，所谓粤派同志，并无他省名人。实不相瞒，目下各省党巨头都在日本东京加盟改组，合成一个大团体，名为同盟会。在下本属陕西黑边钱首领，后来加入四川的公口，在中国合组滇、黔、川、陕、甘五省光复公会，如今也在日本改入同盟会的了。在下被大众公推为个祖车访贤副使，因为探听着贵省常熟东乡有严庆、钱三、齐六三人，北乡有包四，西乡有杨家三弟兄及两个文的叫计通、全吉庵，所以不远千里，赶来要访候这七武两文九位人才。谁知跑到那里，只同严、钱二人遇到，其余都未曾会面。本欲少候一时，无如前日接到胡中山、张凤翔、李伯虞等催归书信，道关东十八好汉自淘伴火并，招在下速即回去调停，所以在下立刻首途，尚有个同伴李备符候在上海，赶紧回申，与他一同回去哩。”

济苍听了，恍然大悟道：“如此说来，足下乃是日本浩然学社副社长钱鼎钱禹九兄了？”

禹九笑道：“那才被您猜着了。”

济苍道：“小弟同兄虽则彼此闻声相思，但是从未谋面，今夕萍水相逢，怎会认识贱容的呢？”

禹九道：“三四年前，钱东孙先生往嘉峪关外去有所建树，路经敝省，在咸阳市上着实盘桓了一时，和我们一班三秦同志相交得异常亲热，彼此肝胆相倾，生平互诉。据他说一生长处都教授了南京龙某人，那时我们得闻此话，恨不能就飞到金陵来与君交结。最近弟同孟符俩薄游江左，一至上海，弟因水土不服，在栈房内小病了几天，孟符独自搭了江轮，至南京游玩孝陵。游倦进城，适见一头老马跑在当街，拦住一个过路少年，孟符因为事出奇异，他研究摄影学识，很有经验，摄影器具随身携带的，当下便摄了一张小影，回头听人闲谈，方知这过路少年就是足下。本拟到府拜谒，因为得着尊翁京内参劾三凶消息，料想府上必定有一番惊扰，绝不是交接友朋时候，所以不曾前来。等待返沪之后，将照片与弟瞧了，弟把尊相眼中瞧得很熟，今日上船时节，弟一见芝颜，便疑是足下。继念圣人阳货，同貌者多，未敢冒昧上前招呼。后来留心一听口音，乃是南京声气，再瞧您处在客舱里头，真个鸡群鹤立，矫矫不凡，故而斗胆上前，冒叫一声，不料正是。这一喜，喜得应了‘十六晚上做亲，喜出于望外’两句俗语哩。但不知吾兄何故如此经纪，去搭在客舱中呢？”

济苍听了，便先把自家去处细细述说了一遍，然后道：“弟因怕带出来的川资有限，唯恐现在用阔了手，难以持久，所以就购了张客舱票子。初不料余众不顾公德，竟然作起通宵赌博，吵得别人不能安睡。”

禹九道：“想来您明白他们弄的玄虚，所以不加入赌局中。”

济苍道：“不，弟素来对于博弈一门，生性不喜；再者，处了目下境界，更非赌钱作乐之时；三来，弟觉得那个姓王的太觉呆笨。当今之世，这样好人真正千中拣一，稀少的了，我行我素，输固不愿，赢亦不想，所以不加入赌局内的。”

禹九拍手道：“吾兄少年老成，真不愧东孙先生爱徒。似您这般两不相犯宗旨，莫说出门人应当书绅不忘，就是为人立身处世，无论对于何项事务，皆抱着此旨进行，永保没有亏吃的了。您要知道，这局门道儿，江湖上向来有的，名为翻天印，那个烟鬼同那姓王的是同党。适才种种经过，弟在舱外瞧得清清楚楚，他们问答的说话，以及把纸牌去白添花等种种手续，全是预定计划、题内文章。大凡社会民众，都喜取巧，自作聪明，这个门槛上当的多。要知他们这副纸牌早已动过手脚，白的较花的阔一些，别人意谓这副牌内花多白少，如其押花的，总多一些。岂知他拿起牌来，总拣阔的拿起来，自然打底的那一张永远是白的，不会花的了。”

济苍笑道：“照此说来，待大家押花，我专押白的，岂不有赢无输的了？”

禹九道：“您瞧那烟鬼，不是押十下注头，倒有九下押叉，不随大众下注，独押冷门的吗？像今晚这个局面，押冷门可以稳赢。有时专门想上您一个人的钱，在场下注的全是他们同党，情愿吃您冷门上的一块钱，去赔热门上的十块钱。其实十块钱是做做手脚罢了，吃您的一块钱倒可以几份头公分了，量米买柴的。”

济他道：“照此说来，于行旅有碍，怎么公司中人以及船上职员、职役们，怎么肯容纳这班人来去呢？”

禹九道：“您也聪明一世，懵懂一时了。他们这班翻戏帮内，一定有个人曾在这公司中或者船上做过职事的，不则同船上职员或职役沾亲带故，总之，有些关系的。始而一次两次是情面，后来他们弄到了钱，分些给水手，水手何苦去同他们做甚冤家？乐得捞几文外快。”

济苍道：“照他们这种赌下去，赌到如何了局？”

禹九道：“赌到真下风的钱输完为止。有时他们局中人太觉大意，被局外人看了破绽出来，他们明知再赌下去没有好收束了，于是那个假屈死装得大起疑心，故意将纸牌点验一下，点见花多白少，便指那些押下风的同谋欺他，趁势歇手。万一偷鸡不着蚀把米，被押下风的赢了去，于是又发极诈打架，吹火抢台面，就此闭幕。总之，不出这几项道路。”

他俩正谈论此事，忽听客舱中人声喧嚷，吵闹起了。济苍推开舱门，留心一听，但闻那个烟鬼口音在那里高声喝打，回头人声少静，一个水手跑回艄上去。济苍喊住了他，问客舱中缘何打架，水手道：“因为客人同客人消夜赌钱，不料押下风当中有个精细大赌鬼，他输了一角押二角，输了二角押四角，这样造宝塔赌法，仗着钞长胆大，一百下当中哪怕九十九下不着，只消押中一下，便可翻本出赢钿。上风赔不起，再加又是一赔两押，下风的人数又不多，扯不来盘，要定封门注头。那人不肯，因此口角起来，如今打散场了。”水手说罢自去。

济苍把舱门闭上，重又倒头睡下。

禹九笑道：“如何？弟早料他们没有好结局的。”

济苍道：“兄台对于此道，有这样经验，一定是个中好手了？”

禹九道：“好手不见得，不过见闻得多一些罢了。俗语说得好，叫作‘无邪不成赌’。凡属赌钱，无论文局武局，都含一点儿歪邪性质。譬如打麻雀，三人合做一人，名为抬轿；两人合弄两人，名为锯子；一人捉弄三人，名为挑担；牌上做暗记认，名为上云头；将手中闲张调换河内要张，名为捞浮尸；偷换幢上要张，名为下栅板；用暗语知照联手的斗放和张，名为搳翎子；用苦功夫认清牌背上的纹路，名为乱筋，这是文局中第一等本领。如其大花和等类，把牌平砌，每人一只一只起上来的，可以砌克子，假定自己是庄家，那克子要砌一、四、七、十、十三五个数目内的，庄二家要砌在二、五、八、十一、十四五个数目内的，庄三家要砌三、六、九、十二四个数目内的。倘用骰盆摇角，所谓单进双出，摇了单色，自己可以到手；摇了双色，被对家取去，对家如属同党，等于自取，不成问题。如非同党，那么或者多起一张，待砌的克子到手之后，再起一个空，扯个直，不然多张少一牌，要不对的。若是纸牌，又须记上几张牌船内的要张，而且纸牌文局，牌插得不紧密的，千定不可坐背心朝窗的亮缺，因为手内的牌被对家借光一射，瞧得清清爽爽，等同朝天牌一般。

“至于武避弊窦更多，用骰子比较青龙白虎，进门出让的摇摊，骰子可以雕空灌铅，用吸铁石吸住了它，要双便双，要单便单。贵省江阴无锡的乡镇上尚行两子摊，那么有一种匾三四骰子，所谓立直捆翻，有一班老赌鬼，隔盅盆听得出声音，连点色都喝得煞，竟有押二四白虎的注头，开了长幺长五四六幺五白虎，他还不要赢的哩。此外倒棺材、套红签、幺五六、铜钱宝、做方角、牵和尚、猜诗谜、打花会等等，皆有手脚可做，如其一桩桩、一件件详细地与兄拆穿内中门槛起来，恐怕十天半月尚谈不了，足够一年半载的闲话资料哩。

“单讲三十二张骨牌的推牌九一门，花色亦然，不计其数。从前有个好手，他第三条内砌的两个劈开和五九，一个天罡，一个至尊对子，他掷的骰子也拿得住双单点子，掷了九五两门，自己拿天罡，掷了三、七、十一三门，自己拿至尊，总之，上下门要吃断的。却巧掷了个七戳，庄家至尊拿到手，便扬扬得意吹了句大话道：‘这一条牌九，外头任凭如何大牌，也要输的了。’谁知他此话一出口，下风明知他拿了大牌哩，天门上原来坐着一个扳门的，拿起来一瞧，乃是天牌和人牌，甚为得意，正要翻出去，被背后站的一个宁波人劈手抢去道：‘待我瞧瞧是什么牌。’一转手间，天门上翻出来，变了人牌幺二人丁一，上门翻出来道，和对下门翻出来道，夹五宝，他们都在翻过来的啪的一响之际做的手脚，上门碰了一张幺四过去，下门碰了一张和牌过来。论牌，庄家至尊对，仍可吃上下门，无奈天门来了个人丁一，一副牌当中怎么会有两张幺二万？一闹起来，人家总指庄家弄玄虚，不会疑下风出竹笋，况且掉枪花，只有小牌掉大牌，岂有天罡掉一点之理？庄家明知遇着了牌九司务队中的老前辈，只好暗暗叫苦，至尊算别十，都不曾翻，照台面统赔了完事。故而无论赌文赌武，有一句‘牌不露风’的成语，确是阅历有得之言。

“他如摇摊的骰子，摇出来点色名目，也多着哩。譬如摇了天牌幺二的出门，下一摊青龙居多，所谓‘天打丁，必落青’；又如摇了三四幺五的进门，下一摊青龙或出门居多，所谓‘野鸡精，飞出青’；也有把这个点色当作幺三四五算，名谓‘猛将老爷插金花，青出角上拾芝麻’，这也是屡试不爽，没逃走的。”

济苍道：“照兄台所谈的赌博经验，若能著成了一部书，倒可以教导一班年轻子弟少着着老赌鬼的道儿。”

禹九叹道：“不有此辈，饿杀此辈，小弟以前确曾想著述此道专门书籍，名为《赌经》，存心济度当世青年，少出几个花骨头牺牲者。继思此书若出，害了普天下一班靠赌为生之人，无论何处，若没有了赌场，非但多出不少游手好闲并且偷鸡剪绺的小贼骨头，实在爱赌的少年仍旧要赌的，未必因见了我书便觉悟不赌，反而又要发明许多新新陷人窑出来，葬送青年。却巧这当儿，毗陵吕红鬟刊行一部《新十三经》，其中有一种叫赌经的，所以弟就此搁笔不为的。”

济苍道：“靠赌为生之人，大概以青帮中人居多。”

禹九道：“兄台此话，何所见而云然？谈到长江下游，本来粮帮中人较彭家为胜，兄台想必由此推想上去，便指家门弟兄都靠赌营生，其实不然。谈到江湖上一百单八种帮口之中，首推粮帮中最最奉公守法，规矩顶多，而且个中人奉行得亦最严肃。”

济苍道：“敝邑地处长江下游的要隘，江宁上元两县的人民，信仰天方教的回民居百分之三十，崇奉天主耶稣两教的人民居百分之十五，真正超然，一毫没有宗教或会党关系的平民也不过百分之十五。余下百分之四十居民全属青红两界弟兄，非但男的名隶党籍，连女子在帮的也不在少数。您说规矩首推粮帮最大最严，小弟觉得此话不甚确切，因为敝邑在帮男女也是入粮帮的居多，胡作胡为，谈不到‘规矩’二字。小弟晓得在帮在会首重‘义’字，然而目下敝地那班帮中人，顾什么仁义道德，最最注重的金钱，故而有‘有末老头子，没有蚕头子’，又道‘同菜不同饭，同饭打起来’等话传说，个中实情，可想而知。或者敝地帮中弟兄被衣冠鄙视，所以指他们为帮匪，别处的家门弟兄大概总要好一点儿哩。”

禹九叹道：“唉！吾兄提及此话，真个叫一言难尽。论到在帮最要原理，当然首重一个‘义’字。自从雍正四年，翁、钱、潘三位开山鼻祖应了仓场总督何宫保的招募，召集手下敢死之士成立这个粮帮帮口，与红门公口二大帮头适成鼎足三分之势，唯恐团结力不坚固，往后去要自相践踏，同室操戈，遭帮外人白眼，故而定下重重规例，首先注重是个‘义’字，谈不到‘金钱’二字的。所谓‘千两黄金买不进，万两黄金卖不出’的，恐怕少年人没有坚决的责任心，自己的身心被别人做了主张去。所以上大香时候，本命师慈悲起来，劈头第一句就要问上香诸众道：‘是你自家情愿进来的，还是有人怂恿你进来的呢？’又虑人无恒心，半途中止，故此又有‘粮船跳板三丈三，进帮容易出帮难’的说教。并且老头子收这个徒弟，此人拜这个师父，双方都该经过深刻的考虑，郑重出之，所以有‘师访徒三年，徒访师三年’之说，一入此中，乃是教歹人学好，不是教好人学歹的。不谈别的，单道这十条帮规：一不准欺宗灭祖；二不准藐视前人；三不准家帮外教；四不准爬灰倒笼；五不准以大压小；六不准以卑乱尊；七不准引水带线；八不准江湖乱道；九不准扰乱帮规；十不准奸淫邪盗。如果进帮之人个个遵守了这十条帮规，真是个有高尚道德的矫矫人物哩。到底潘祖爷是山西太原府阳曲县的府学生员，入学的官名叫潘锡雨，他手定的规则有道德的。无奈后来在帮之人都是目不识丁之徒，一毫普通教育都未曾受过，他听前人慈悲下来，大半口授的，即使托人去抄写了一个通草折子来，自己尚认不了这许多字，再加辗转传抄，其中难免要有错讹，于是以讹传讹，将错就错，越发没有解释。以前几个老帮自卫，还讲究什么分帮分兑、七飞禽、八走兽、三堂六部、三帮九代等种种名目，现在流行了一句‘三分安清七分交情’的时髦话，连这些都不问了。没说别一项，就是前二十四后二十四的四十八个字辈，乃是和佛门弟子一样，前二十四是‘清静道德、文成佛法、仁能智慧、本来自性、元明兴理、大通悟觉’二十四字，后二十四是‘万象依国、戒律传宝、法度星回、广照乾坤、普门开放、代发修行’二十四字。每一个字当三十年家，目下是二十一炉香的大字辈当家快要满了，不久就该轮到二十二炉香的通字辈当家了。照例当家时候好开山门收徒弟，每人至多收满五百个，就要关山门不收的了，若得已过当家年代，哪怕一个徒弟不曾收过，也不能再收，让下一辈收的了。不然，字辈后些、香头低的要没路走了。但是现在家门中人，谁尚去讨论这一点，并且连字辈的字眼儿大都弄错的哩。‘大通悟觉’有的缠作‘大通扶学’，也有南北口音不同，念作‘大通吾血’，数典忘祖，言之可叹。如其彻底整理一下，的确要算粮帮中规矩最大最严，为人处处通守帮规，和社会交接再好也没有哩。总之，慎其始而谨其终，不要同目下这样滥干，只要在帮之人有过半数资格够得到的，保就可以重义轻财，不会再把这匪字缀到帮字之下了。”

他俩正谈得津津有味、情意投合之际，忽然听得岸上一阵乱锣声音，接着又隐约起了几下枪声。船上水手都跑出来瞭望，许多乘客也都从睡梦中惊醒过来，七张八主地动问。龙、钱二人也撑不住爬起身子，推开了舱门去动问个究竟。正是：

自古宁为太平犬，慨今身作乱离人。

欲知后事如何，且待下回分解。

第二十六回

万鋆同源拜大学创始孔子教
千夫所指恨西人组织义和团

却说龙济苍在官舱里头同钱禹九俩对卧铺上，正在谈论青帮规则，谈得入港之际，忽然人声鼎沸，阖船上人吵闹起来。他俩初时疑惑轮船上机器出岔，水手们说起来，名为插蜡烛，或者乘客吸烟不慎遗了火星，不要水火烧起来，再加又听得有开枪声音，所以推开舱门，动问端的。始而盘问水手，水手们也回答不出个所以然，再瞧瞧岸上两面竟有五六百名农民站在那里。

问问岸上人，橹前的人道："离此半里之遥，一所大松坟内吊死一个女子，所以大家来观看的。"

问问橹后的人，又道："相距三里路外，一个乡村人家走水，故而鸣锣聚众，前去救火的。"

望望橹后，果然火光烛天，但是单只回禄，怎样会有枪声的呢？幸亏那个押载的管账先生绍兴人姓孙的有主见，先关切轮船上工人不许拉回声，也不用开前去，姑且探明白了个究竟再行开驶未迟。因为此地过了正义三四里路，唯亭尚未到，邻近阳澄湖金鸡湖不远，怕有大帮盗匪本则预备来抢轮船的，倘再前进，变了自投罗网哩。所以一壁停泊下来，一壁派人上岸访问个确讯。

约莫隔了三十分钟光景，差往探听之人回船报告道："起火地方果有小帮匪徒在那里动手烧掠，幸得正义镇上有一条飞划船驻泊着，得了乡民报告，出队援捕。盗匪人虽不少，家生不多，不敢抵抗，如今已远遁去了。"

于是轮船上机器间内工人主张照常开上去，那个押载姓孙的因为那时世乱荒荒，这条公司船已曾经过了几回盗劫，恐怕再蹈覆辙，主张驶回正义停夜，到天明再开。无奈一个人一张嘴，拗不过四五个工人来，于是心生一计，便宣言道："我也是公司中的雇用人，恨不能太平无事，一步就跨到上海。但是我自家没有什么值钱东西，乘客们的关系比我们重要。如今动问乘客，多数主张开驶的，就照常开驶去，如果大家相信走稳路，待天明了再开，那么就挣回正义，等到明晨再开如何？"

当下乘客们听了，大多数巴望太平无事，谁愿冒险前行，自然一致赞成天明了再开未迟。那班工匠虽则满心不愿意，但是难违众议，只得挣回正义停夜。龙、钱俩见风潮平静，问题解决，重又关门安歇。

禹九笑道："这样一来，倒成全我俩，可以多谈不少说话哩。"

济苍道："小弟幼年听敝业师东孙先生训导道，大江上游北岸，什么通崇如泰等地，尚有一个两杯茶教，在那五六县地方也具有相当势力。吾兄知道这个团体名目吗？"

禹九道："有的，这个团体始于淮安一个和尚，后来传给扬州的盛广大，通州的黄朝阳、茅广大等三四个人。该教发生在道咸之交，盛于咸丰中叶，败于咸同之际。且曾和忠王李秀成部将骆国忠通过款曲，后被狼山总兵泊荷亭、通州知州黄印山设计剪除，未曾成事。现在淮扬地方虽仍留一些根磐在那里，不过愚夫愚妇居多，不足与言大事。据传当时盛、黄二人被捕正法的，茅广大非但自家得能漏网逃去，保全性命，还设法救了黄朝阳一个儿子去，隐避在常阴沙上，现又组织成了一个小梁山，局面虽甚微小，团结力倒很大。我们也思派人前去联络哩。"

济苍道："吾国所有党会，大约吾兄总有相当交结的了。"

禹九道："无党不知这句大话，弟不敢吹，不过社会上差不多的党会内容，总能略知一二。"

济苍道："去年敝邑来过一个山东神童叫江希张，年纪只有九岁，已能作擘窝大字，为人书写联额，不过和他同淘之人，除了他生身父亲、祖父之外，还有几个通家世谊，为什么到晚上边，如遇有月光的亮汛夜，他们都要对着月宫跪诵《大学》？有时也同僧道一般用引磬木鱼敲打着，这总也有个渊源。兄台知晓他们的内容吗？"

禹九道："这就是黄崖教的遗派。该教的发起人张积中，表字石琴，乃是临清死难张积功的胞弟，因为屡试不第，便养成他一种满肚皮不合时宜的脾气。原籍是贵省扬州府仪征县人，中年遇到一个术士叫周太谷，教会了他黄帝御女秘术，专门采阴补阳，炼气辟谷。其时，周太谷本已收了许多徒弟，研究玄牝取精方法，后被仇人告发，瘐死狱中。

“石琴便起而代之，他比太谷学问高出一筹，才足以济其恶，四出游说，被惑入教者甚众，并且取格极严，不肯滥收弟子。其时扬州著名的八大盐商又多深信这烧丹炼汞、吐纳长生一道。好在石琴表面上以崇仰程朱理学，教人做那行不回顾、目不斜视的道学先生，暗中却导人于这肉欲玩意儿，所以着他道儿的有声价男女却然不少。其时在道光中叶，盐政变法，天下奇士如周韬甫、马元林、关恭季诸人皆在广陵，石琴恐怕被他们揭破阴谋，故而表面上更加方正，日取《四书衍义》《近思录》等书演讲，定名叫作道德社，又称理学会，居然周韬甫等也被瞒过。

“后来洪杨事起，江南大营兵溃，向荣、张国梁相继败死，江淮震动，张因避兵难，阖家迁避到山东潍城县的黄崖山中去寄居。黄崖山谷向分南北，北黄崖境界毗连长清，形势险峻，左右危峰环抱，出入山口，一道仄径，真是天生要隘，得地理险胜。而且谷内倒一坦平阳，有近百亩大小，如其藏纳一千或八百个敢死之士，足以自耕自给。于是便收买军械，起建武备房，预备干起王霸事业来。石琴自称黄崖教主，轻易不肯见人。座下得力弟子吴某、赵伟堂、刘耀东等，四出鼓吹，广收男女信徒，南自潍城之孝里铺起，北至济南省城内外，东西至东阿之滑口、利津之铁门关、海丰之埕子口等地，以及安丘潍县城内，皆有分部设立。方圆千里之内，奉其使命，一呼立集，乡愚均呼石琴为张圣人，吴刘诸人为七先生而不名。

“直至同治四年，潍县小民王小花也是该教信徒，全家搬往黄崖北谷，动了潍县知县靳昱的疑心，把王小花抓至当官，究问得实，于是通详上宪，请示定夺。其时阎敬铭做山东抚台，得到靳知县的报告，便委潍城知县前去详细调查。潍城县到黄崖北谷同石琴见面，瞧他道貌岸然，一表非俗，不像谋反叛逆，自便据实禀复，事遂搁置不问。直至明年九月间，益都小民冀宗华等谋乱事泄，被官厅捕去，严诘主谋，方知又是石琴主使。约期揭竿而起的地方，青州之外，尚有济南、泰安、兖曹、临清等处，其时阎敬铭已经内调，由布政司丁宝桢护院，便先下令将谷外党羽搜捕尽净，然后派巡捕唐文箴、长清知县陈恩寿俩到黄崖北谷招抚石琴赴省自白，念其出身世家，年高望重，绝不伤害他一根毫发。谁知唐、陈俩又去拉了潍城一个黄姓绅士同到了谷内，先和石琴大弟子吴某碰头，吴道：‘吾师适朝五岳未归。’吴言未毕，手下送一张字帖给吴，吴一见变色，催促唐等速走，不然手下要动武开刀。唐等慌忙出谷，迟行一步，带去的侍从和黄姓绅士已都被戕在谷内。陈知县逃到了潍城城门口，听见城内蓦地起了炮声，心疑回辔，也被教徒刺死。

“唐文箴逃至东平，适丁巡驻于斯，便面丁哭诉，丁尚不肯锻炼成为大狱。好在石琴儿子张绍凌乃是本省候补知县，便着他会同藩署员弁，入山檄谕乃父，许其投首自新。不料绍凌已先一日告假回籍，其实也入山去了。而且黄崖山口筑了石寨土垒，山顶上树了一面大红旗，四面旗帜招展，刀枪密布，载运入山的粮食车马络绎于途。到九月二十六，又有武定大帮盐枭用大船装载军火，由大清河行至孝里铺，搬运入山，所有长清、潍城两县的各乡庄，这个时期内的晚上常遭劫掠，黄崖山上的要隘都架了红衣大炮。丁宝桢再着候补道潘骏文入山招抚，石琴拒潘入山。到了九月三十日，丁由东平至长清，再着长清知县吴某、同首县林某入山招安，仍被石琴武装拒绝，反迹昭著。丁乃令参将姚绍修、游击王正起、知府王成谦、副将王心安等率了步兵，道员藩骏文、千总王萃率了骑兵，六路进兵，攻打黄崖山谷，攻了一月有余，始行攻克。然而山内教徒以及逃避粤匪兵火、入山寄居的官府眷属，共有一千余名男女，山破之日，情愿随着石琴自焚身死，无一生降。

“丁宝桢到了山内，查获一本党员名册，回省后把山外生存之人按名搜捕，不料都已宵遁，一个都未抓到。内中有一个海安韩美堂，本人也是张门大弟子，七先生之一，黄崖北谷破后，也将身跳入火中以死殉师。他有个族弟叫韩美轩，始而也是道德会会员，后来和安徽歙县江慎修认识了。江慎修也是天生异人，专精奇门遁甲、卜筮正宗。美轩便改变初旨，投入江门，炼那道家的大还丹、小还丹、碧箓朱篆等功夫。本来这许多异术和原来所习的黄帝素女功本同末异，息息相关，及至张石琴由江南迁往山东寄居当儿，美堂随师同去，美轩便上安徽去依慎修。慎修无后，只螟蛉一个女儿，许了婆婆家，未曾出阁，丈夫殁了，乃是个望门寡，人家憎伊命硬，多不敢娶她。却巧美轩单身跑去，慎修询知他发妻丧于乱军之中，孑然一身，便将义女给了美轩，而且言明为子为婿，算是招赘的。故此，韩美轩便变为江美轩了。

“后来黄崖事败，美轩风闻消息，立誓报仇，谁知卜卦决疑，偏偏卜着一档天山遁卦，分明叫他遁隐，不可胡为，违天不详，只得罢休。到后来，美轩生了两个儿子，长儿姓江，次儿归宗姓韩。但是依他心上，长儿就要归宗，承嗣到兄长名下，叵耐泰山恩德也未可抹煞，故只得姓江，不过教他的本领，却教了黄崖教的种种技能，并且命他住到山东济南去。留在歙县的次儿虽则姓韩，却全教会他是江家祖传玩意儿。揣度美轩心理，无非暗暗表明江即是韩，韩即是江，鲁江不啻皖韩，皖韩就是鲁江，姓氏不妨各别，艺能无分彼此，将来要互相援助的。那个神童想来就是这一支的嫡派，所以仍要做这拜《大学》工作的了。”

济苍恍然大悟道：“对了，神童名字所以叫希张，就是希望做张石琴第二，要执该教牛耳。如此说来，这黄崖教也是我们真正同志，万壑群流，归源则一，均是含着种族革命、改革政策思想的哩。怪不道上海有个小报记者，署名叫朱翁子，极力提创肉欲恋爱，专工龌龊文章。据云，他的夫人就是他的妹子，曾被润州土痞捉住了，罚她裸体跳舞。弟一向想不出个所以然来，今夕得闻兄话，如梦初觉。本来这朱翁子和石琴同乡，也许就是石琴后裔，所以他至老不减少年性态，实有一种主义包含在内哩。”

禹九道：“茫茫宇宙，日出事生，吾人在世，从有了智识，留心学习起来，一直学到老死，莫说他国，单就我们中华一国而论，已经学不了的哩。俗语道得好：‘学不尽的乖，跑不完的路。’这两句话仔细味味，真有道理。‘初学三年，天下去得，再学三年，寸步难行。’这十六个字也的的确确的。小弟近年来的豪气壮心已被这社会消磨殆尽，大非昔比，每遇一人静坐胡思之际，真好似临深履薄，危险万状，几乎也要到杜门谢客，与世隔绝地步快了。这就是略识此中甘苦，觉得世途上没有一处不有机械作用，吓得弟也要寸步难行哩。”

济苍道：“本则世间无奇不有，我们这些人总为受那读了几本书、认得几个字的赔累。倘然不识字，不读书，浑浑噩噩，日图三餐，夜图一瞌，饿来吃饭，冷时穿衣，糊糊涂涂度过一世，何等不舒服啊！”

禹九道：“吾兄此话深得余心。不过生在这种时世，环境恶劣，要知晓自己不读书、不识字，果然好省找不少闲是非、空烦恼，无奈有一班人反利用这班不读书、不识字的去助成他的事业，可怜这些被利用的男妇，精神上、形式上的苦恼恐怕比我们读书识字的烦虑要胜上十倍哩。莫谈别的，就是近日报上刊载北五省的义和团、红灯照，岂非就是个榜样吗?"

济苍道："义和团的创始者本则就是白莲教内在文教主张祖爷衍传下来的，红灯照是崇拜唐赛儿、齐二寡妇俩做鼻祖，研究他们的宗旨和适才所谈的两杯茶教、黄崖教等等，也是大同小异的。不过他们怎么会提倡扶清灭洋、戕教排外，反而帮助满洲人起来？弟总有些疑惑。"

禹九道："论到他们帮助满洲人的渊源，作俑之人，吾们不能不佩服他眼光手腕有胜人独到处。孟子不是说过的，'万乘之国，弑其群者必千乘之家，千乘之国，弑其君者必百乘之家'，本则我们一介细民，想赤手空拳干得成功非常事业的，自古迄今，只有刘邦、朱元璋二人，除此之外，哪一个成功人能逃出这千乘、百乘两句的范围？爱新觉罗氏入关定鼎以来，只有洪杨以后的曾苕生可以打倒满洲人，替我们汉族扬眉吐气，无奈他后来暮气日深，万事愿甘退让，做了个自戕同种的俾斯麦。至于没到这地位，够不上这资格，休想做这桩大事，即使勉强做成功了，贫儿暴发，将来青史上的评论也不过陈涉、吴广、张士诚、陈友谅之流亚，替将来成功人做个交过排场的开路角色罢了。吾们海外同志现都勘破此点，所以徐锡麟去做道员了，赵伯先、吴绶卿、蓝秀豪、倪映典、熊成基、蔡松坡、焦达峰等都投入军界去做军官了，想掌了大权，到那时登高一呼，万山响应，容易成事。义和团中人的所以依附满人，也同曹孟德的挟天子以令诸侯心思一样，借刀杀人未始不是一种妙法。不过现在这种设施破坏得太厉害了，叫后方建设之人更难着手，弟倒有些焦灼哩。"

济苍道："小弟识见谫陋，不及吾兄看得透彻，这层借刀杀人方法却未曾想着。至于对付外人，鄙意当先据理交涉，毋庸用武，如果相手方蛮横无理，无理可喻。第二步应再请求世界列强公论，评判个真正确当是非。倘然经了列强公判曲直以后，他们再恃强压迫，那么用得着'烧、打、杀、剐'四字，义和团中人若肯依了小弟所拟步口，挨次做去，非但更可博得全体同族人的好感和民众真正信仰，就是他国的异种人也无话可说。其次对付一班甘为虎伥的洋奴，率兽食人，自相践踏，例如各国公使馆中的雇佣人、律师、翻译、洋行出店以及一切众生，虽说未必人人卑微恶劣、甘为奴隶的，也许有庸中佼佼、铁中铮铮之子在内，不过这些人当中，能知国体，不假虎威，遇着交涉事件发生，情愿牺牲个人利益，力争同种人公众荣光之辈，实属千中拣一。对于这班混账东西，才该适用黄巢、张士诚俩政策，除了个‘杀’字，没有二说哩。换句话说，居留吾土的外侨，无论新旧教徒，或者超然派等众，对于居留地方的直接感情，并不十分恶劣，也因为中间杂和着这班狼心狗肺的汉奸于中播弄，只晓得自私自利，不顾受者难堪不难堪。普通士民又苦于言语扞格，明知被舌人颠倒是非、混淆黑白，叵耐没法跟外人直接谈判，始终忍受这些洋奴的闲气，日积月累，才造成今日北方这样恶果。研究栽种恶因的起点，也同乱臣贼子一样，并非一朝一夕所能酿成的，其所由来焉渐而且远了。

“现在北五省的拳匪，不先诛戮这班杀胚，反先去伤害外人，真所谓不齐其本而治其末了。弟恐画虎类犬，不要外人弄狠毒了，他们同心协力对付吾国起来，好比市井小人寻仇斗殴般，所谓‘双拳难敌四手，四手还怕人多’，又兵法上说‘主客殊势，众寡不敌’乃是军事上十大忌门之一，不幸我言之适中。那时江山破碎，荆棘铜驼，真不知伊于胡底哩。

“再就社会上普通知识和一般眼光讨论起来，所谓富与贵是人之所悦也。吾国中下人物，目中瞧见外侨，出则高车驷马，入则膏粱文绣，一切起居服御终较吾人阔绰，用起钱来也比吾人拼得。男女皆然，爱慕虚荣、仰附势利的存心，凡含生负气之类，皆不能免的。从来不曾瞧见一个白种人做小工，更不曾见过一个外国流氓或乞丐，但见他们逢新吃新，逢时着时。调查调查他们所入，每月薪俸至少要在五十元以上，一个月内，节假、风俗假等不计在内，照例有六天休沐，每天又只得工作六小时，至多八小时，已算受了资本家的压迫了。真个吃吃白相相，可称活仙人。吾国号称四万万同胞，除少数遥资格的外，其余哪一个人不羡慕外人？由羡生敬，由敬生畏，所以偶有一两个传教牧师跑到穷乡僻壤去，休说村农愚妇望而生畏，不敢走近他们身畔，就是衣冠中人见了他们，也奉命唯谨，不敢稍有违抗。如今北方拳匪，形式上虽然戕外闹教，他们心上实在还有点儿忌惮，哪怕像我辈有智识的苦口婆心，四出演讲。怎奈事实上，吾国人确然不及他们庄严，拗不过一班人先天遗传下来的恐怖性子，所以始终是言者谆谆、闻者藐藐的局面，再也改良不来。除非吾国市上也要发现了外国流氓和乞丐，吾国商店中也有外籍伙计及劳动工人，雇佣外国伙工的薪俸也并不特别高昂，日益亲近，揭破他们的人生观和吾国人实是毫无二异，商业往来也多戴着‘信义’二字的假面具，暗内也尚奸使诈，用起钱来也不过一时装阔，并非真正挥金如土的。那时层层揭破，戳穿了这只纸糊老虎，少不得外人的尊严自然一落千丈，吾国人士自然见了他们一毫不怕，那时庶可以再谈国际上平等待遇。至于目下北方这种现状，投石下井，有损无益，休误认了这一下就是强国的先声啊。”

禹九听了这番议论，撑不住手舞足蹈，从心坎上赞成出来。不料用力过猛，耳边厢忽又起了一声哗啦，禹九的身子向舱底直坠下去。正是：

酒逢知己千杯少，话不投机半句多。

欲知禹九究竟身子怎么会下坠下去的缘由，且待下回分解。

第二十七回

祸生不测感凄凉为客病魔临
喜出望外念故旧开轩延谱侄

却说钱禹九听了济苍一番议论，极端赞成，手舞足蹈起来。初不料力气用得太大了，舱铺年代深远，两头搁住棕垫的框木有些糟酥的了，两条狭窄的朽木如何禁得起重大压力，所以禹九浑身一用劲仗，两头的垫框同时折损，那张棕垫直塌下去。禹九的身子便随同跌到舱底里头，始而两人同吓一跳，继而彼此都忍俊难禁，相视大笑起来。

好在天将黎明，水手们已都起身弄船，因为昨晚公司船虽则解缆挣回正义镇上宿夜，轮船上的老大和工人为因他们主张未能贯彻，不曾连夜冒险前进，所以推说水浅难打倒车，其实含一点儿意气在内。单独停泊在旷野地方，未曾驶回。现在天明开船，仍需公司船上水手把船挣到三四里路之外，和轮船头尾衔接，才可带缆拖驶哩。

禹九爬起身子，推开舱门一望，此刻的天上，所谓晨星寥落，衬着薄薄一层淡云，望到公司船的四周，晓雾朦胧，遥闻乡村上的报晓金鸡啼声喔喔。望到前面，隐隐约约已瞧得见轮船上的两三星火，机器间内也正升火待发。烟筒内一缕青黑烟色向天空斜射上去，宛同一条有翅蟒蛇从空飞舞下来，蜿蜒有势，眼前境界另有一番气象。久居都会，深处邃堂奥院的纨绔子女，对于这种天然佳景无由领略，真有一辈子不曾消受着这光景之人，叫他脑海中要理想成功这情状，怕也构造不成哩。

此刻济苍也起身出舱，和禹九轮流到艄上解了一回小溲，又站在舱门口，彼此呼吸半天，换换新鲜空气。直待公司船照旧拖好，轮船开机行驶，他俩方再回舱。两人合了一铺，将就横卧下去，到底晚上贪谈少睡，此际回性疲倦，不觉同入睡乡。面对面微微打呼，浓浓好睡，这一瞌直睡至十句钟敲过。

因为天阴下雨，野风砭人股骨，济苍毕竟膏粱之体，寒暖不能参差一点儿，陡觉身子着凉，连打了三四个寒噤，打得惊回好梦，忙欠身而起。禹九也醒过来，擦擦眼睛，坐起身子，彼此掏出时计一瞧，方知已届巳刻，于是招呼水手来，端正脸水香茗，顺便告诉他们昨宵塌床情由，叫他们拿两张矮脚长凳来，将就支撑了，然后再访问到沪时候。

水手道："本来此际已在上海，即使风水不顺，迟到一些，总也在周太爷庙左右了。昨宵正义过了夜，再加车逆水，又是当头顺，所以青阳江过了尚不多时，而且天色又似起雾，这是行船最最犯忌，不敢开快车。恐怕转弯窄径，一时走夹了水线，和对头的别地班船同走了绿线上去，所谓'让红不让绿'，要闹出大乱子来的。因此上，只好打慢车，不能开足马力。今天到上海极快总在下午九十句钟了。"

禹九听了，便许他们另给膳费，准备开饭吧。

这天，船上有钱的没甚问题，无钱之人便闹起饭潮来了。再有诚心和船上人捣蛋的，客船中的烟鬼、篷舱上那个阿木林式的王老朋友，一搭一档，一吹一唱，指船上人不该欺贫重富："有钱的就有饭吃，我们预备出钱，买不到东西充饥，这情理是外国来的吗?"

被他俩出头一嚷，有些赴沪做劳工的、准备帮人家做用人的等众也异口同声地嚷将起来。最后仍由押载的出来解决道："彼此出门人，一客都是客，应当互助，不该互讦，实在昨宵事出意外，伙舱内有饭没菜，并非专卖给有钱人吃。现在两借劲点儿，我命伙舱内端正些木樨蛋饭，你们要吃的，售一角小洋一碗，这么一来，不是这难题解决了?"

押载这个办法确甚平允，大众自再不有异议。倒是有几个篷舱上苦客人，身畔实在没钱的了。禹九知晓此情，亲去瞧瞧那人形状，不似哀戳，于是便慨囊代给，成全了两方。济苍幸遇禹九，长途有伴，一毫不觉得寂寞。

那晚到了上海，依着禹九，要拉济苍同去。他们陕帮革命同志在法租界租有房屋，招留往来同党，并作通讯机关，共有三幢房子，在宝昌路、吕班路间。济苍若去住下，膳宿有着，尽可盘桓。无奈济苍急如星火，恨不能一步就跨到温州，自己现处的境遇不是消闲自在逗留上海的日子。"吾辈相交，不同世俗常情，何必定要拘沉浮套，横竖聚晤日期，往后去正长哩。”所以力辞不往。禹九见济苍执意过谦，也就不强人所难，彼此定了个秘密符号，同暂时和永久的两个通讯地点一气交换了，殷勤叮咛而别。

济苍虽则初次出门，但是行旅常识，脑经中固早已满贮着，好在随身只有个小小包囊，容易照料。待禹九先上岸，雇车走了之后，才从容登陆，也雇了一辆铁轮东洋车，径至四马路东荟芳里底的佛照楼耽搁。其时沪上栈房营业尚不及今日之盛，官场中人往来，大抵往郑家木桥的长发栈、三洋泾桥的全发栈、公馆马路的名利栈等三家投宿。其次商业中人，高尚点的住佛照楼，普通人士多往满庭芳的和源兴、老高升、老鼎升等几家住宿的居多。至于什么饭店、什么旅社，其时固尚没有，连大新街的老孟渊、大新旅社地址内的老鹿鸣旅馆等等也没有开设出来呢。当下济苍到了佛照楼，看定一个单房间，那时规则，客人没有保人和行李，旅费要先行付给，或者放下几元定钱。而且房间内的设备也极简单，床铺虽有，没有被褥，若得租用他们的被褥，又得另出租费，所以一间小房间，表面上听听只有一角小洋一夜，其实加上被褥租金哩，又是什么茶水灯烛等各项杂费哩，至廉也要合到三角半或四角左右一宵的代价哩。目下江浙地方旅舍风气固多彻底改良，再没有如此办法。譬如北京虎坊桥的宣南饭店，西河沿的金台旅馆等等，仍旧采用此种制度，至于山左川陕辽东诸省，那些沿着官道站口市集上的旅舍，竟仍家家如此的哩。

闲话休提，单表济苍到了佛照楼，房间开妥，便命茶房去购了一份《申报》、一份《采风报》来，先要紧瞧看开往温州海轮的日期。翻出报来一瞧，只见有一条船名普济，星期三出口，开赴闽省福州，途沿揽载宁波、温州等埠客货。掐指一算，今天却巧是星期，待后天去写船标，大后天下船动身，明天出空了身子，玩他一镇日。当晚身子觉得倦乏异常，其故尚因昨晚未得好睡，所以格外困疲，早些安歇，休养精神，待明天起身了，再定玩耍程序吧。主见打定，便胡乱要了几样菜蔬，将就吃过了一顿晚饭，自觉今晨睡在风里头受了凉啦，故又特地打了四两天津五茄皮酒，喝下肚去，想蒸一身臭汗出来，把风寒赶去，便可没事。晚饭吃罢，草草洗了个脸，待茶房把碗盏收拾出去，他便闭上房门，横倒床上，蒙头安卧。不料始而浑身酸痛，再加栈房中人声喧杂，休想睡得安稳，到下半夜三句钟打过，万籁少静，两目刚正交睫，忽然腹痛欲裂，要紧起来拉屎，偏偏里急后重，拉又拉不出来，腹中疼痛难受，如是起落了三四回，自知成了痢疾。到天色黎明，又加了寒热，身子烧得似热煎盘上烙过了一烙，口燥思饮。其时时候尚早，难觅热汤吃喝，只得权把台上凉茶解渴，喝了三口，一个恶心，又大吐起来。于是上吐下痢，勺饮不能入口，外加寒热，竟成了一种最重的噤口痢，西医所谓急性肠膜炎，病状来势凶恶，非同小可。可怜他孤身为客，骤然病倒，有谁替他料理汤药呢？所幸者济苍身边银钱带足，各种问题尚容易解决些，倘然经济也要求赖他人，更加要艰难困苦哩。

当下济苍勉强起身，开了房门，茶房进来，问明大略，认是起痧，便去代邀一个挑痧先生来。此人浦东出身，原业剃头，兼带挑痧的，年来挑痧生涯兴旺了，索性剃头不做，专门替人挑痧了，居然出门治病，诊费连车金起码也需一元，如其拔号，还得增加。等待茶房邀了他来，他照例拿出个针筒来，去了筒盖，倒出大大小小近二十支针，拣一支尖而且锐，和定被窝的外国引线般，要在济苍脐上针刺。济苍有生以来不曾尝试过这玩意儿，临时反对道："请你有药给我吃一点儿，针却不劳费手了。"

因为一个不当心，刺破了血管，反为不美，所以无论哪家医院中，凡患急痧的病人送去，先要问一问挑过了痧没有，如已挑过，拒绝不收，恐有意外，不愿代人受过。

那人听了，眼看着茶房道："到底要挑不要挑呢？"

茶房见本人反对，也不能擅专，强做主张，只好顺着病人口风道："请先生见赐一些妙药吧。"

那人只得收过针，又取出雷诵芬堂，俗名雷允上的，红痧药是吞的，黑痧是闻的，都留给了少许。济苍便取出一块钱来，送他做酬仪。那人接了这一头银饼，心上过意不去了，便正颜厉色地向着茶房问了一番病源，然后郑重其事道："你们这客人的病，照你说来不是起痧，乃是叫作噤口痢，该代他请个大夫诊治。此症非常厉害，不可轻视。总之，我有几句要言，你等应当牢记着，病人下部止痢，能可吃些继汤下去，不吐了，便可放心，不有大事发生的了。倘然照常下部下痢，东西吃下去便呕，病症一些不退，前途十分危险哩。这都是我看治出来的真宝门，这两句要言当牢牢记取着啊。"说罢，扬长自去。

济苍听了，又好气又好笑。他的所谓真宝门要言等于不说，他不叮嘱别人也知道的。若能止痢进饮食，也不叫生病了。这是明知他赚了一块钱，似乎觉得无功受禄，良心惭愧，所以一本正经地说几句废话，算一块钱的消灾经啊。当下便要了半杯白开水，将七丸红痧药吞了下肚，黑痧药嗅在鼻内。不料非但喷嚏不打，隔了一盏茶光景，一阵恶心，又把吞的痧药呕掉了，而且下部痢的次数更加紧急了，一句钟要上十三四次便桶。痢至晚上，索性人有些发晕了，晚上痢在屁股头，本人一些都不觉得。

星期二清晨，账房进去一瞧，只见病人面无血色，鼻孔左右的肉瘪了，两耳的拎子肉也吊上去了，两手的掌根肉也没有了，晓得至多还有三四天，一定要长逝的哩。回至账房一发表，幸而一个四川客人听见了，彼此出门人，动了兔死狐悲之念，他便去拉了一个上海本地人做内外科的叫俞伯铭到来诊治。俞伯铭虽非名医，然而亦非交时的庸医。果然庸医草菅人命，请不得的，但是名医，他自己要保名誉，开方下药，不肯再负重大责任出奇制胜的了，开出来的方子总之不去病，不致命，冠冕堂皇，敷衍塞责。况且名医生意忙碌，一天到晚不知要诊治多少病人，他也没空再把一个一个的病源和见症仔细讨论了下药的哩。现在那位俞大夫一者是上海名师秦文渊的门人；二来他的生父做药栈行总理的，深知药性；三来他自己时尚未成大名，偶遇人们请他看治，无论内病外症，他肯负责任，出奇制胜，有工夫详细研究了，然后定方用药的哩。

当时那个四川客人把俞大夫邀至济苍房内，照例诊过了两手关脉，瞧过舌苔之后，想动问济苍几句说话，叵耐本人昏昏沉沉，似睡非睡，没有明白的答复，只好喊茶房进来，问了几声。好在便桶摆在旁侧，他揭开盖来仔细一瞧，解的并非是粪，乃是同鱼冻般的屋漏水。俞大夫一壁把盖盖上，一壁口中不住地啧啧叹难。

四川客人插口道："眼前先要止他的呕吐，开了上部，再治中下两焦，据多数人推测，道是时痧。伯铭你看对吗？"

伯铭道："我们做医生的不承认什么叫痧，只有叫内邪。至于止他呕恶，并不艰难。"

说时，便坐下去，先写出"白马通""玉枢丹"两种名目来，唤茶房速去购买，并道："玉枢丹捣碎了吞服，白马通一名得胜散，不是相熟的药店不肯出售。买回来了，另外用佩兰叶三钱煎汤送下，保管呕吐立止了。"

茶房唯唯答应，由四川客人代给药钱，领了便去购办。

伯铭道："照古书上说，此人此病已是绝症，你们看他掌根、鼻肉都已干瘪，乃是五脏之中的脾土内绝，所以外表如此。五行之中，土为总枢，万物土中生，万物土中灭，现在总机关已经停止工作，试问如何下手攻伐？况且痢疾解了屋漏水，或者五色冻乃是不救的了。方子是还有一张黄龙汤，先用全力猛攻一下，然后再用清补药味去补济正原。但是这张方子用的药，前后有些矛盾，吃了下去，简直把病人腹内当战场用，万一不效，竟是一帖催命汤，我不肯擅开，要请你们推出个人来，负了完全责任，我才动笔。不然，吃死了人，非但有关名誉，还经不起病人家属的严重交涉哩。"

四川客人听了，立即去同账房商量。账房也只知病人是南京人，姓龙，未知底蕴，不比老客人的家世知道的居多，这又是新客人，不敢扛这一肩。于是同至房内，好容易喊醒了济苍，追诘他上海可有亲友，问了好一会儿，才问出一个钱禹九来，马上派人往吕班路去找寻，房屋虽然找到的，人已回了家乡陕西的了，白跑一趟。其时白马通、玉枢丹都买了回来，用佩兰叶汤送下去，果然不呕吐了。四川客人又闻俞大夫解释痢疾的治法，非攻即吐，最不好是止，但是要攻宜早，若得日子延长了，正原疲乏，要攻不能攻，竟致坐以待毙。此话论得很透彻，又见病人服了玉枢丹等下去，果然止呕，暗暗佩服伯铭本领不小，所以等待差往吕班路去之人回寓报告姓钱的没有找到，他动了义愤，毅然道："死马当活马骑，伯铭尽管胆大开方，我来负责。若有三长两短，全由我对付就是了。"

俞大夫见四川客人担负了责任去，所幸他自己尚未曾得享大名，爱出风头，自便落笔开方。若换了个享大名的或是年纪大一些的医生，莫说此方不肯开，连黄龙汤的名目也不肯轻易说出来哩。这也是龙家祖宗积德，济苍命不该绝，五行有救，会遇着热心古道的四川客人和这位俞伯铭大夫。伯铭下笔之际，又问明病人可吸鸦片烟的，因为吸烟之人吃不得花槟榔的，槟榔专攻烟积，有烟瘾之人吃了，危险得很。问知没有嗜好的，便振笔疾书，顷刻方儿书就，共用大黄、黄连、滑石、车前子、木香、枳壳、山楂壳、麦芽、赭赤苓、赤白芍、白术、鸡内金等二十七味草药，分量也格外加重，大黄用到八钱，其他可想。

方儿开好了，又谆谆叮嘱道："这一帖药，不至大马路抛球场蔡同德去购办，须至北京路北石路西首、北浙江路东首的胡庆余堂去赎。”

四川客人笑道：“莫非你同这两家药肆有连带关系的吗？”

伯铭道：“非也，家父是在南市药栈中做总理，深知内容。譬如枸杞子等草药，本省也有产生的，没甚出入，如属川陕云贵来的药料，只要货色在当地装运，已先有专电至申，去关切蔡、胡两家，回头货物到了，首尽蔡同德挑购，次让胡庆余，再次则为冯存仁、奚良济、童衍春、沐泰山四家，更次则为叶树德等十二家。这十二家选购之后，才发其他小店以及外埠，如苏州袁生生、常熟邹同庆等等哩。所以东南药肆，饮片最高首推蔡同德，他进价也比一概昂贵，故而门市零售价目也超出寻常，骇人听闻。别家十七八毛的一帖药，他家总要贵上两倍，但是一分行情一分货，东西真好，抱木茯神，要和两只猴牌火柴盒般大小，莫说外埠罕见，就是上海也可称独步。胡庆余的饮片较次于蔡同德，丸散原料较蔡家认真，故而我要叮嘱你们上这两家去赎药，这是当场可验，不是我一人所可阿私所好，信口胡吹的。”

四川客人听了此话，派人购去。伯铭又关切：“端正一些人参，这帖药吃下去，至迟到明天早上必定畅解，解之后，千定要用人参去补助他的正原。若得明晨再不畅解，那么病机绝望，端正衣衾棺椁，办后事吧。”伯铭说罢自去。

这帖药，蔡同德柜上先生见了，大为骇异，岂有一张方儿上前面攻导的药味，后面又用凝腻的去止泻？真正温凉同投，等于儿戏。疑心不是医生开的，再三诘问购药之人道：“不曾弄错吧，是否这大夫醉后开的方儿吗？江南地方从来也不曾见过大黄八钱一用的，你可要回去问问明白之后再来购取吧。”

购药之人说明情由，方得照方购回来，煎给济苍服下。四川客人因为多了一声嘴，肩上扛着生死重责，格外留心。当晚十二句钟不到，病人果然畅解了。四川客人大喜，好在他行李中携有人参，便煎了一茶壶水，待病人慢慢吃喝，他安心回房睡去。济苍畅解之后，人觉疲乏，真的睡着了。

第二天，伯铭又来复诊，一见病势已经去了大半，也十分欣喜，于是另外转换一方，如是者连诊五天，病已好了八九分哩。不过下部又变了脾泄似的，不肯止了。伯铭又传出两个丹方来，第一个方法呢，用马齿苋捣烂取汁，再用真正蜂蜜调和了，隔水温热吞下，每三勺马齿苋汁加一勺真蜂蜜。此方非但可治脾泄，就是痢疾也吃得好的，至多吞饮四五次，便可见效。再有一个方法呢，把大麦或荞麦磨成了粉，每日清晨和白糖冲调了，当点心吃，最好一年四季常服不间，因为麦液最益人身，而且补胃健脾，胃口好了，吃得下东西，脾土健全了，消化力增加。俗语所谓药补不如食补，西洋补剂，十种倒有九种的原料是麦粉，如其久服不断，保能却病延年哩。

济苍唯唯遵命，如法炮制，果然马齿苋汁一饮两次，下部不泄了。从今后，常服大麦粉，身子便不年年患病了。当时病体痊愈，先重酬了伯铭，又要去拜谢那个四川客人，不料已经动身的了，连口头道谢都不及说一声，此心耿耿，只得留待后报。自知身子尚未复原，在佛照楼将养了四十五在，才得动身上温州。其时已届严寒天气，衣服是在上海买了现成的穿着，至于自己这番病状，怕急坏云氏母亲，所以家中未曾写信去告禀。自沪动身赴瓯，要走浙海洋面，沿往南洋去的那条航线上驶行，居然算得乘风破浪，傍晚揭清了栈房账目，雇车下船。此次搭的海轮并非普济，乃是肇兴公司的肇兴，它春秋驶行渤海洋面，往来天津、大连诸埠，到了秋末冬初，才开几班香港、厦门、汕头、广东、福州班头，船的吨数有一零二三七吨，不好算小的了。

下船的那一晚，济苍要紧睡觉，及至醒来，第二日天亮，船已行在宁波的镇海口外。对口有座大山，就叫招宝山。越过这条路，便驶入舟山群岛，一面瞧得见普陀，再驶过了三门岛，便至温州。

济苍在船上宿了两晚，共经过两夜一日半时候，已抵温州，好在随身只带一个包裹，非常便捷。舍舟登陆之后，一问定远家在何所，有人指引他道："进了南门，靠右首第二个转弯朝东，走不到百步，有一所典当叫隆兴，就是徐先生开的。隆兴间壁的大墙门，就是徐先生住家。"

济苍依言寻去，门口虽则找着，偏遇定远为了庄上绘画事情到了宁波去，连家中人也不知何日归来哩。济苍无奈，只好退往沿南关城门口一家小客寓内住下，不过温州的被窝短而且狭，盖在身上露头出足的，真有些不惯常。第二日再至徐家问讯，定远仍未回来。直到第三日清晨，济苍睡在床上尚未起身，忽然房门外一阵脚步声音，接着门上敲得同擂鼓相似，厉声催促道："南京姓龙的客人，快快起身，不容你再安睡了。"

济苍一闻此言，未知为了何事，心上忐忑不定起来开门。正是：

昨宵未做亏心事，今日敲门不吃惊。

要知打门的究属何等样人，且待下回详解。

第二十八回

柔情脉脉自由女偏逢薄幸郎
天下荒荒经纪人频遭尴尬事

却说龙济苍到了温州，第三天的朝上，人未起身，听见打门声响闹成一片。济苍不知为着何事，忙便披衣下床，开门动问。原来徐定远从宁波回来，一见济苍二次往访留下的字条，晓得投宿在此，特地派人来招接济苍入宅。

温州地处海僻，社会风尚枭薄，徐定远功名并不大，资产却够得不小，在温州一般人眼光里头，看得这位徐大老爷的身份竟同神圣般尊贵，所以在他家内当差的下人也一个个眼高于顶，目中无人，无论跑到何处，自有一班中下社会之人笑脸相迎，掇臀捧屁地奉承他们。今晨差到小客栈内招接济苍家去的下人名唤徐荣山，乃是定远身畔最亲信的下大夫，所以一踏进门，小客栈内的店主、茶房、饭头打杂以及在此闲玩的附近邻居、游手好闲全拥上前去，请问到此何事。等待徐荣山说出原委，大家便忙着到济苍睡的卧房外面打门叫唤，故而有这巨大声浪。

当下济苍梳洗之后，被徐荣山催得早点都不及吃喝，只得同他离开客店。临行之际，济苍要和店主算账，店主道："荣山二老爷早已关切，尊账归徐大老爷给付的了。"

济苍明知抢也不见得抢到，不要做乡下人空费手脚了，当即随着荣山，提了小包，径至定远家内。一直到内书房相见，定远降阶相迎，携手入座，非常殷勤。济苍见定远虽是商人，觉得他举止亢爽，谈吐雅隽，脱尽市井恶习，不禁倾心钦佩，便将自家父亲遭遇，本人遵奉母命，特来投奔义旨一一诉说出来。定远听了，叹道："尊翁等身著作，垂老飘零，本则满肚皮不合时宜，牢骚抑郁了四五十年，一旦遇事触发，不可遏抑，哪怕斧钺在前，刀镬在后，亦所不顾的了。所以他在家中临走之际，要说出去寻安身立命所在的怪话来哩。就这一点推想上去，可以晓得尊大人平素抱负不凡，此次拼身舍命，上书直谏，他也本不打算再生人世。现在孤身远戍，袱被出关，已经出于他初料之外。倒是贤侄青年有志，正当作为之际，不幸遭遇这个大颠沛，未免又要多困守一时哩。既蒙不弃，光临敝舍，莫嫌简慢，尽可盘桓，姑且韬光敛影，避过了三年五载的风头，再图出头方法未迟哩。”

济苍听了，当便谢过了收留之德。定远就着徐荣山，命他主派干仆，将客房打扫洁净，然后铺床设被，端正一切日用常物，另外又派一个十三岁的小厮名唤云儿，乃是专门侍候济苍的。定远的结发夫人去世了七八年哩，续娶方氏，琴瑟乖睽，故而方氏常住在母家的。上海方面，定远有所洋房住宅造在戈登路，有两个姨娘住着。前妻留下一女，乃是上海教会女校的毕业生，非但温地著名，就是上海社会上也算得一个人物。她的闺名，知道的人甚少，但知用西文缩写起来，有两个 A 字打头，因此便叫她 AA 女士，一年三百六十日，倒有三百天住在上海的。因此定远老宅内竟是纯阳堂，除了洗衣粗做的两三个年老女媪之外，其余都是男子，无所谓阃内阃外。故此济苍寄居在此，出入便利，毫无顾忌。每日三餐，定远在家，一淘同桌而食，有时定远出门去了，下人按时开饭，尽管一人吃喝。并且定远这三日两头要出门的，为了商业上的接洽关系，忽沪忽甬，或杭或绍，行踪没有一定。他暗中吩咐账房，每月支出三十块钱来，送给龙家少爷作为零用，对待这个谱侄，可以算得招待周到、无微不至的了。

济苍在此无拘无束，同住在家中相似，每天吃饱了肚子，仍能柔日读经，刚日读史，照常用功，虽蒙主人殷勤招待，特支三十块钱零用花费，但是他终日深居简出，埋头养气，连一个本子也花不掉的。倘然读书觉得沉闷了，便练练武功。那个侍候他的云儿小厮，性地聪明，尤好此道，每见济苍练武，便在旁留心揣摩，如有不明之处，搭讪着向济苍问长问短。济苍左右没事，半要半真地道：“云儿，你若有意要练武功，除非你拜我做了师父，我悉心地教你。”

云儿听了，果真去办了香烛，端正红帖，正式拜先生。济苍见他诚心好道，盘问盘问他的家世，并非臧获之辈，也不是卖绝童儿。他本姓李，乃父务农为业，同徐家牵一些老亲，他在此间有一些帮忙性质，有饭没工钱。原是他的父母主张，叫他在此学点儿规矩，顺便管管住他脚头，免得年轻好事，在外放浪胡为哩。济苍问明了他的家世，自便大胆收下了他，用心教授。小孩子自己也肯学，不上一个月，已练得手脚利落，大非昔比，所以他后来也会成功一个人物——小狮子李云，江湖上赫赫有名，大关系是在乎此时本人的肯学。这是后话，此时表过，暂且按下慢提。

光阴迅速，济苍到了温州地方来，转眼之间，残冬送过，又是新春，眨眨眼睛，已至清明左右。那日，济苍在书房内正写第四封家书，以前三信全是把自己外来经遇告禀萱堂，最要紧是自身有托，该当修书禀慰，不然云夫人要魂梦难安、寝食俱废哩。现在第四封信乃是要问问家中近况，父亲远戍塞外，有无别项消息，梁年伯去年密示的抄家问题，现在有无下文。他正在细想慢书之间，忽然门外起了阵革履之声，接着有一阵芬芳馥郁的麝兰香味向着鼻孔内直刺入去。济苍大为奇异，暗忖："谱伯府上没有这股味道，今日何从来的呢？"及至抬起头来，只见一个时髦女郎现在眼前，一双秋水盈盈的秀目正注射在济苍所书的信笺上面，想是识得之无，所以在那里暗暗诵读哩。

济苍仔细把伊脸部一瞧，同定远有六七分相似，心上早猜着了八九成，口内却故意问道："尚未请教密司尊姓，光临敝寓，有何见谕？"

她听了此话，抬起头来，辗然一笑道："足下想就是金陵的密司脱龙了，承蒙文旌莅临，蓬荜为之生辉。但是我寄旅海上，继慈又素不在舍，阃内乏人主持，一向诸多简慢，毋怪要成反客为主之势，有劳顾问姓氏。"

这几句话说得济苍非常羞愧，只得搭讪着答道："听密司口吻，莫非就是AA世妹吗？"

AA道："密司脱眼中看我像谁，我就算是谁便了。"

于是济苍忙便行礼让座，喊云儿送茶。AA掏出一只金铸香烟盒子，取出两支绿锡包香烟来，一支自吸，一支送给济苍抽着。实在济苍不会抽烟的，只因同伊一碰面，就闹了个小小话柄，受伊谑笑言奚落。此刻若再拒绝伊的纸卷烟，怕又要逗引出她的讥笑来，只好勉强接着了，由云儿划了根火柴，燃着了呼吸着。不料才呼一口，那纸卷烟中乃是含有极猛烈的刺激性质的，济苍觉着一股辛辣味道从喉间转向脑门内鼻孔内四散钻去，一时喉间似痒非痒，自己哪里做得定主张，不禁张开口来，一连打了六七个喷嚏，咳了七八声嗽，引得AA女士把手帕掩住了樱唇檀口，吃吃地笑个不停，连站侍在旁的李云儿也撑不住笑得前仰后合了。济苍暗忖："这东西大约俺禄食簿上没有注定，不配我吸的，所以才吸得一口，便如此呛法。”当便将那支焦头烟卷授给云儿去吸了。

AA女士停睛把济苍上下一打量，见他生得鼻如悬胆，唇若涂朱，目秀眉清，颐方耳大，面如冠玉，真正是个金马玉堂之相。“古人所谓宋情潘貌、卫色曹才，今人未曾亲见，也许着了古人的道儿。不过照他这副容貌，我在上海交际场中时常出入，一双眼珠子内，人也见得多了。所谓男女相貌，大别为四等，什么清中清、清中俗、俗中清、俗中俗，就我这十余年的阅历下来，真正俗中俗不知见了几许。大抵衣冠中人、仕宦子弟，以清中俗居多数，至于真正天生成的清中清相貌之人，莫说男子队中我未见过，就是我们同性的女子淘内也不曾瞧见过哩。今天遇到这条小龙，确是人中鸾凤，娇娇不群。好在他的家世门第又非寻常百姓，天缘幸会，不可交臂失之。”

所以她倒倾心延纳，从此吹寒送暖，着意殷勤起来。在AA女士呢，身沾欧化，社交公开，一向在上海惯常的了，与济苍谈长道短，绝不拘泥，全无所谓男女防嫌，不亲授受。叵耐龙济苍中则局度异众，再加一颗鲜红的赤心宛同皎月明镜、秋水白璧一般，毫无丝须云尘滓瑕遮蔽，固亦无所用其顾忌。不过济苍自胜衣就传，经那钱东孙的陶熔以来，虽不曾专向那程朱理学、方正不苟路上走去，但是孔子所说的视听言动四箴、非礼不行的原则，却断断恪守，勿敢少违。至于年轻人对于异性者的情感作用，固属人非草木，不能矫揉造作、自欺欺人的。无如济苍心坎上早有了一个昌黎的马昭仪，漫道是曾经沧海，实在系先入为主，只就面上颜色而论，AA的肌肤较之在苏州邂逅相逢的卖解女子，确乎彼不若此。济苍同那卖解女子会见了，尚便有动于衷，暗中相助，难道而今见了高出一筹的AA女士，反倒烟云过眼，毫不介怀了吗？可知AA的人格地位和那卖解女子是大不相同的。

济苍为了家遭祸患，望门投止，将徐定远当作杜根看待，自然对于杜根的女儿敢有什么异想生出来吗？无如她扫墓归里，一见着他即别有会心，流连不去，累得他反有些顾前照后，远不如她未曾回家以前自由了。好容易度至那年天中节，却巧隆兴当内有个管金珠房的执事，为因年老多病，自行告退回安徽原籍去了，继任之人一时尚无及格者入选，济苍那天闻定远闲谈道及，他便脱颖自荐，愿往代理这项职务。定远始不谓然，后见他言出至诚，便把隆兴的当手刘万康邀至家中，重托一番，济苍便移往间壁金珠房中住宿。李云儿为勤学武术，也随侍过去。

AA 女士见落花有意，流水无情，心上异常嗔怒，便也收拾东西，仍往上海去了。济苍一进店门，自家事事虚衷，不耻下问，谨慎从事。那个当手刘万康也是安徽人，本则江湖上有“无绍不成衙，无徽不成当”的传说，这所隆兴当铺开出来时节就是万康经手，至今已经开了十四年，年年官利之外，总有红利余盈，所以在徐定远面前很能说几句话的。他对于这个金珠房管包先生的缺份，夹袋中本有相当的人才，正待原任的老管包瑞节解职之后，要把自家那个私人荐补进来，无端被主人翁安插了一个谱侄进来，而且还郑重托他照佛，他口内虽只唯唯答应，心上大大地不自在。初见济苍年轻面软，意谓一个纨绔子弟，可以玩弄之于股掌之上，进店不消三个月，就可调派他出去的。所以面子上装出二十四分的殷勤，招接济苍进店，把自己原拟荐补金珠房管包之人算作副管包，名为派在济他手下助理一切，暗实含着监视性质，要伺隙攻讦，取以自代的。幸亏济苍看破个中玄妙，自己步步当心，第一注意修身之道，和那个副手口头谦让，遇事总反去请命商酌以行，从不肯独行独断，也不委置不问，大权旁落。故此进店之后，转眼间夏天过去，已交秋令，他倒毫无错失，使得那个工于心计的当手先生要排挤掉这个“非我族类”，一时倒也没法可想。

到了七月过二十，店中发生了一件大事出来了。其事徐定远本人自六月初往普陀避暑，到七月初十左右往上海去的，在普陀临走之际，曾经有过一封书信寄给济苍，信上无非叮嘱济苍，万事自家小心学习，并告诉他自己的行踪。道此次到了上海，或者为了一件铁路案子，论不定还要航海北行，到京都去一趟，故而返温日期至早在九十月之交，所有店务，横竖有万康主持其巨大者，谱侄襄理一切，余可以无虑云云。店东既曾有此信寄回，自然店中出了岔子，都在当手肩头上哩。

当下刘万康一人扛不起这一肩，便召集阖店大小执事，共同讨论对付方法。万康先宣布事由道：“方今天下，世乱荒荒，各地盗贼蜂起，遍处荆榛，我们温州地处南海边疆，一面又靠着瓯江，地方上虽则出产的东西也不少，无如近年来人口滋繁，所以有供不应求之势。再加下县泰顺等处居民不仅我们汉族一种，有处州迁来的苗人和素居该处的畲民杂处其间，地土枯瘠，难种禾黍。年来社会生活程度又高，百物昂怪，他们为着生计关系，无可如何，铤而走险。胆小的偷偷摸摸，干干三欺两、两欺一的小案。胆大妄为之徒竟公然聚众劫掠，大大地做了一票，或者躲入瓯江西岸天台山，也有就藏入雁荡山内做山寇。也有投身海舶去做海寇，所以往来香港、广州、福州、上海等地的海轮，时时有被软进硬出的海盗掳掠消息。我们这所隆兴当铺，以前是杭州胡家，同南浔刘、张两姓合资开设，就因为十余年前遭了海盗的觊觎，每年要派人或者送信来商借伙食，始而一次两次，数目不大，商业中人但求能够太太平平做生意，花些特别费用，倒也并不在意。讵料一回情两回例，那班海盗得着了甜头，竟然年年要来纠缠不清，而且所欲的数目一次高上一次了。

“却巧这时候杭州胡家为了阜康庄倒闭一事，同许多存户成了民事诉讼，南浔刘、张两姓向来不问店务的，于是才由现东家定远先生接盘了，继续营业的。当时徐先生接手下来，便命做兄弟代他主理店务。不料海盗方面又做起老文章来，先由信局内寄了两封恫吓信来，后又派了一个亡命之徒公然明目张胆来店接洽。那时即由做兄弟向徐先生建议，与其每年要支出这笔花费去填那宵人欲壑，最可恨他年年要来胡缠，花钱买烦恼，有些犯不着，何不我们提出这笔费来，去聘请几个有能耐的镖师，常川在店驻防，同一出钱，可保太平，比较上算了。徐先生也赞成此项办法，所以就去聘了一个北直隶霸县杆子高家的高才顺、湖北黄陂县的余金寿俩到来，一个是陆道上跷大拇指的好汉，一个是长江上下游著名的英雄。

“我们店内自从延了高、余二位教头常驻保店以来，到目下首尾十四个年头，总算连绣花针都不曾遗失过一支。不料新近高、余二君一个因家内死了哥哥，请假回霸到原籍去治理丧务，一个因伏内感了点儿暑邪，现正患疟卧倒在床，大概这消息已被海盗探明，乘我们防务空虚，又寄了两封信来，要借一万现金。因此上做兄弟一面电催高教头回店，一面请余教头扶病防夜，力疾从公。但是这次的仇寇，双方结得深哩，他们对于我店已蓄意了十多年哩。此次乘隙而入，绝非小可，再加高师爷未来，余师爷有病，独木不成火，单丝不成线，恐怕要中他们算计，所以召集阖店同事，宣布兹事，自今晚起，就要加紧防备。你们众位有胆量的，不妨往总账房领了家生，晚上也编入警备队内，提防外来匪徒伺暇夜袭。如期胆门子小的，也须往总账房内声明一句，除着原来职务之外，兼任白天警务，晚间早些安歇。”

大众听了，唯唯答应。万康又向济苍道："足下是金枝玉叶之体，与众不同。现在店中出了这样意外之事，你是个读书人，文弱之辈，晚上受不起惊吓的，无妨叫伺候你的那个云儿小厮把铺程搬回徐府上去住宿，朝来晚去，省得受着闲气虚惊，你道好吗？"

济苍听了，正颜答道："刘先生此话，对于做晚辈个人一身的安危，可称打算得仁至义尽。不过俗语道得好，'家贫出孝子，国乱见忠臣'，古人也有'岁寒然后知松柏之后凋焉'之说。晚辈自去年至东瓯望门投止，蒙定远伯另眼相看接待以后，已觉铭感五内，等待今年端节到了这边店中以来，又承刘先生特别照拂，格外垂顾，使晚辈愈加感佩。不幸店内出了这桩意外岔子，真好比国家多故，忠孝得能表对之际，岂有平日间受了谱伯同刘先生知遇之恩，现届店中多事时候，反可洁身退避？莫说于天理人情上讲不过去，就是自家扪着良心暗中自问，也难得着安慰。尸位素餐之子，晚辈向不赞成，怎说如今躬自践踏，岂不要遭天下正人君子的唾骂？晚辈虽然是个弄笔书生，肝胆不甚泼大，但是幼读圣贤书，对于公义上的事情哪怕碎骨粉身，绝不皱眉退让。当此店中多事之秋，凡属我们店内大小同事，无论是谁，自该各尽一份心力，宛比同舟共济，无所谓彼此尊卑。总之，同心协力，共谋保得公众安逸，庶上可以对定远伯暨刘先生知遇之恩，中可以激励诸同事之闻风兴起，下可以自家得着一个良心上的安慰，请刘先生毋以晚辈为念。"

万康听济苍如是说法，实出初料之外，就是阖店同伙，一闻济苍此话，自都一致赞成道："不料龙先生年纪虽轻，又属宦家子弟出身，倒有这样的大志，侠义可风，令人无比钦佩。他是个养尊处优的文秀公子，真正膏粱子弟，尚甘如是耐劳任苦，难道我等藜藿之躯，向惯劳苦的，反倒脱身事外，置店事于臆外，青云里头看厮杀吗？竟忍坐观成败不成？"

于是经济苍无意这么一创议，所以全店诸人，上自总理、会计，暨各房管包，下至小廊学徒，以及厨房内的下灶水火夫、打更等众，一个个忠心耿耿，义形于色，都愿各尽心力，上下一致对付敌人。正是：

精神贯注开金石，蚁蛭团成撼岱华。

欲知后事如何，且看下回详细分解。

第二十九回

探虚实赎当明羞把式匠
献才能飞棋暗助保镖师

却说温州府城内的姓徐之人乃是瓯东大族，像徐定远般的家财豪富，足可媲美战国时代的猗顿、晋朝年间的石崇。他是东海平字支第四房，从明朝成化朝开始发财，一直传至定远手内，却巧是第十三代，已做了十三代富翁。另外有平字支第七房，也是在那明代成化弘治年间，和四房同迁到了温州地面上，非但发富，并且发贵哩。官职虽则不大，不曾出过一二品大员，但是每一代总产出一两个三四品阶级之人，内外任都有。

尔时有一个叫徐振宗，年纪虽同定远相似，辈分却高上两代哩。他是进士出身，由吏部铨选主事起家，直做到福建汀龙漳兵备道，因为看破宦海风波，所以急流勇退，解组归田了近十载哩。他生平最喜玩弄古董，不论名人字画，以及瓷铜玉石，各种大小件头，只要东西是真的，任你价值昂贵，他要收买的，哪怕手头短少现金，情愿向亲友设法移贷了，去购办那件古玩，连京、津、沪、汉各大埠的古董贩子也晓得这徐观察名誉。

这个当儿，有一个专做洋庄的古董掮客，掮了一大批字画到温州来，表面上说是在安徽一家老绅士墙门内去掮出来的，已有详细名目单子，送到了上海道端午桥观察身边，连价目都谈定，因为东西好不过，故而拿到温州来，给徐观察广广眼界的。其实这种说法就是掮客的生意经，万一此中有几件对了徐振宗的眼光，他要购办时，既可抬高行情，又可催缴现款，真的东西有了买主，焉有再容他们掮客掮出来献宝之理呢？内中有一轴褚遂良的真迹和赵孟頫、管夫人夫妇合璧的《竹林放马图》立轴，徐观察看中了要买，始而掮客不允，几经磋商，总算四千六百块成交，外加掮客的川资佣金。不料在这夏秋之交，青黄不济时候，振宗家内缺乏现款，偏偏定远又不在家，一时无从移贷，所以就拿出几件珠玉玩物，私下命人到隆兴当内典质现金。那人拿了许多珠玉件头，走至隆兴当内当时，却巧当铺中正在那里大闹，为甚吵闹呢？

书中交代，有一个口操湘音的彪形大汉，拿了张当票到隆兴赎取。这票东西是当的一把茶壶，柜上收了本利，照例喊小郎持了原票，到里头铜锡器包房内将原物拣出，拿至柜内，交给朝奉，再由朝奉转授给那原主。不料那大汉一见那把茶壶，不肯收去，将壶搁在柜上，即高声寻气，一口咬定店中人将烂锡茶壶换掉了他的真正点铜锡茶壶，现在赎出来的并非原物，定要店内赔偿。始而柜上的那个汪朝奉尚同他善言譬说道："我们典业中的规则最最严肃，走遍天下，都是一律的。无论何种品物，等待当了进来，把当票给予原主作为凭证，我们柜上经手人也要留些存根，该应今日一天，经手当了多少进来，赎了多少出去，一者同会计处要核对现款，二来有年终分红关系。至于经当下来的各种物件，哪怕一件破旧的布草短衫，也要亲自押着小郎送到收货间内，郑重点交，然后收货间执事凭了物件上的小标，照抄到收货簿上，再行分门别类转交包房存贮。包房执事又要照收货间的送货单上开列的数目日期，以及多少当价，某人经手，逐件按着号头登录簿记，然后才把货检收。倘然存箱的存箱，打包的打包，另外外账房逐日有清单开报到内账房，内账房又派专人凭了清单往各包房轧货，双日轧单，单日轰双，每五日或者十日，内账房又有报告单送总理房，总理房亦然要派专人分头核查，如其人家来到赎时，按号取物，事后也有一番销号手续费着，所以一丝一毫不会错的。况且我们隆兴当又是几十年的老店，如果你一票锡器真的会缠错了，一错百错，还能做生意吗？你放心好啦。"

汪朝奉如此开诚布公，一些没有徽铁面恶劣习气，确已罕见的了。无奈那人存心寻衅，任你如何解释，他仍一味胡嚷，见汪朝奉和颜开导他，非但不听，并且破口辱骂起来。汪朝奉人性任凭如何驯良，被他一骂，不禁也动起火来，厉声还骂。不料汪朝奉有冷嗽病的，心上一发火，就要气喘，等待气往上一升提，喘得说不成话来。那大汉却越骂越有劲。汪朝奉竟骂输在大汉手内，于是更加愤怒，便顺手拿起那具老紫檀的算盘来，好在柜内地形占得高，就对着大汉头上用力敲了他一下。不料那大汉见算盘打来，他非但不让，反把头顶往上一凑，只听哗啦一声，一具算盘打作五六段，算盘珠四散滚开。

那大汉愈加有所借口道："好呀！你们这些徽骆驼仗势欺人，调去了我真点锡的茶壶，同你们理论理论，非但不认错，反竟动手打人。你们的东家到底是何等样的大来头，难道王法都没有的了？王子犯法尚且与庶民同罪，何况你们靠着盘剥小民刮削刮削穷苦百姓，倚仗众人养活你们这班黑心财狗，小小一所典当罢了，今天竟敢如此欺压善良。也罢，俺陆地雷同你们拼了吧，也值得的了。"说时，奔至东柜角外那根野大碗口粗的四落空庭柱跟首，将背心戤上去，用力一掮，那根庭柱竟被他掮得松动发摇了。他又回转身躯，伸手抱住了柱子，用力向上一拔一推，把柱下砌牢在方砖地下那个石鼓磴拔了一半出来，庭柱竟被他推得有些歪斜的了。他正要再下手时，幸而柜内聪明人多，方才见汪朝奉算盘反而打坏情状，已猜这汉子是海盗党羽，特来寻是非的，故此赶紧到里头邀余金寿出来对付这厮。

余金寿虽则明知善者不来，来者不善，但是高才顺不在店中，自家虽又患着秋疟，无奈义不容辞，只得扶病出来。及至转出屏门，见那厮正要推倒庭柱，目的在于带翻柜台。

金寿忙抱拳带笑道："老兄有话好说，天气秋热困人，何必要空出一身热汗呢？"大汉见有人出来招呼，便缩住了手。金寿瞧见那庭柱歪了，故意恨恨道："可恨邻家的披毛畜生，天天跑来寻食吃，乱跑瞎闯，又把庭柱撞斜的了，且待我扶正了再说吧。"

便跑至庭柱旁侧，提起左脚，向石鼓磴上一踏，伸手抓住了柱子，用尽平生之力，往这边一拉，把柱子拉直，恢复原状。大汉站立在旁，看在眼内，将金寿上下周身一打量，心上明白了八九分，改容问道："尚未请教教师爷贵姓？"

金寿道："岂敢岂敢。小可贱姓是人未余，尚未请教老兄尊姓如甫？"

大汉道："俺是江湖上一个无名小卒罢了，何劳教师挂齿？"

金寿道："人不留名，不晓得张三李四，一定要请教。常言道：'不嘘不亲。'也许嘘出来倒是骨肉至亲。"

那人笑道："老实说吧，您是海道，咱们是河线，老不入少，小不合大，河水不犯井水，您又何必来盘底呢？"

金寿见他一定不肯吐露名姓，暗用那江湖上打过门话儿一拒绝，自也未便再说什么，只得改口问道：“老兄为甚要动三光呢?”

大汉道：“贵铺买卖做得不规矩，把烂锡器皿换去我的点锡茶壶，同柜上理论理论，他理讲不过了我，反而动手殴打起我来。世界上有这种情理的吗?”

金寿听了这话，一壁埋怨柜中人，指他们太觉蛮横无理，重富欺贫，有话好说，不行用武，一壁又向大汉连连招呼道歉。再走过去把那搁在柜上的茶壶拿至手中，翻过来瞧了一瞧壶底，然后指示大汉道：“茶壶底上镌着‘永和监造’的一颗四字方印，旁侧又镌着‘点锡’二个小字的长印，分明是永和铜锡店内监造出来的点锡茶壶，老兄或者隔手账，这把壶又长久未曾泡用，所以灰尘积垢堆得满满的，一毫看相没有。小可又是外教，也懂不了这道门槛。这样吧，待小可奉陪老兄一同往附近铜锡器店内去，请他们内家去复一复眼，如其果真不是点锡，由小可到里头去同敝经理说了，照价补偿。倘若老兄不要银钱，照这式样买还一把茶壶，奉送老兄如何?”

大汉听金寿如此说法，情理兼到，一时未便再有什么强词夺理发作出来，就在金寿手内把茶壶接过去道：“光棍起利，只打九九，不打加一，早听见这种说话，俺也去远了，王八蛋才多放一个屁。实在柜上这厮太不讲交情，眼内竟不把我们穷人当人看待。现在既然教师出头排解，俺也不同那厮一般见识，星星较量好啦。山水有相逢，咱们再会了。”说罢，拿着茶壶自去。

金寿表面上算是送他，实在是要探明白这厮一个究竟行迹，叵耐自己已同来人露脸搭话，现在跟踪前往，只恐单身临了险地。那大汉党羽众多，围攻起来，所谓双拳难敌四手，倘然委托一个别人吧，唯恐土头土脑，或者轻言浮躁，均于事实上非但无益，并且有害。他心上如此思想，脚下紧跟那汉出门，一步不肯放松。

却巧才出店门，适逢高才顺接了刘万康催动身的电报，星夜赶来。那时候刚刚到埠，由脚班挑了行李，他自己押了进城到店。金寿一见大喜，忙把那汉后影指给才顺瞧明白了，然后叫才顺快快尾随在后，探明这厮寓址何处，共有多少党羽。才顺听了，应着自去。

金寿却引了那个挑行李的脚班进店，代才顺检收东西，开销挑力去讫。此时店中那班文场司事正在那里围观一票好东西，那是头柜上经当下来，系徐振宗观察命人持来当的，一共九件东西，当三千三百块钱。内中有一副碧玉棋子，据《太平广记》所载，此棋产出在日本国东集真岛上的手谈池内，天生这一粒一粒的玉子，五色俱全，用心收拾满了黑白三百六十一粒，作为围棋，冬天下着它，不觉着手指头痛，夏天下着它，两腋觉有一阵阵的习习凉风发生，苍蝇蚊蚋不会飞集上来。冬暖夏凉，谓之凉暖玉，真是人间罕有的奇珍，世上仅见的异宝。当下大众正围拢了赏玩这种宝物，互相讨论它的好处，大抵疑信参半。金寿也挨上去，拿了几颗，停睛看了好久，实在好处也未曾看出来，但觉晶莹整洁，生得小巧好玩罢了。最后仍照例送往金珠房内收藏。

隔了一会儿，才顺回来了，向金寿皱眉告诉道："跟随那个大汉出了东门，先至双门巷十八号门牌屋内，走进去了好久，回头又出来，跑至江边，上了一条宁波式的红色海船，船上彪形大汉共有近二十人。那人一上船，便解缆下橹，向江心摇去。我因为这三面见天、一面见水的玩意儿自己不擅长的，所以不敢走去。及至回来，又到双门巷内十八号屋中去探视，原来是家私售灯吸的鸦片铺。那汉子吸了六分鸦片，没有钱会钞，就将赎去的那把茶壶抵押在那里的。"其时，刘万康也在旁侧，听得明明白白。余金寿便请总理速下加紧戒严命令，知照店中当值夜班诸众，从今晚为始，大家须要认真梭巡，加倍留心警备，不能稍存懈怠心念。万康追问："为甚忽而要如此严重起来呢?"

余、高二人不约面同道："总理有所不知，今天到来赎当的汉子，江湖上谓之铁石踩盘，不过借着赎当为名，有意寻是生非，献出一点儿真功夫来，哨探哨探我们店内有无能人聘请在暗中保护，这个看家护院之人够多少能为。若得他们自知够不上了，那么把赎出去的东西一径携回窝巢，巢内弟兄见了这暗符号，也不再多话，休心息念，不来纠缠。如其店中没有镖客聘端正着，或者镖客本领平常，他们足可对付，那么所赎的东西也不带出门，就在柜前毁损，分明关切镖客自己识相点儿，不是我们对手。万一到来借伙食时，速速自行避开，不然自寻苦恼，要同这件物事一样地损坏起手来，未知鹿死谁手。但是他们另外有个高手，能够制那镖客生命，权操必胜，不过眼前此人不在这副班子内，须得派人前去请来加入一伙，才再前来出手。那么赎出去的东西，又定抵换烟酒茶饭等因吞下肚子去。方才那个大汉赎了茶壶，借口吵闹，被金寿送了出门，才顺跟踪前往窥探究竟，他明知暗里有人侦探着他的踪迹，所以布露出这门槛来，明明照知我等，现伙内虽乏我等敌手，他们相熟的朋友队中却有六个本领在我俩之上的高手在哩。所以吸六分大烟，将茶壶押去，即便回到底子上，下橹开去，一定是去加请那六个好手同来下手。至迟十天半月之中，要出大乱子了。若得这六个高手就住在附近，一邀就来，那么当晚或者今明便来动手，所以即晚就得加意防备啊。”

刘万康听着这一席话，只吓得舌头伸了出来，缩不进去，于是依着余、高二人主见，吩咐当值夜班之人格外当心。原来夜班人数一共老少三十六名，由余、高二人为首，分了上下两班，十八个人一班。当晚，余金寿因为患病未愈，所以当值了上半夜，高才顺领了下班。刘万康恐怕出事，所以特别优待值夜之人，非但特雇两名专使为他们烹煮热汤水，并且由店内供给一顿半夜点心。凡属值夜班的，不论内外文武职员职役，上一晚值了夜，第二日特许旷职半天，将息精神，于是值夜之人非常高兴。

如是者过了两夜，没有什么动静。店中年轻之人都自告奋勇，十个人当中倒有六七个人自行请愿，添加入值夜巡逻队中尽义务，于是共有六十四人值夜的，分了十六个人一班，一共甲、乙、丙、丁四班，每夜计足十二小时排算，每班担任三小时的警备时刻。譬如余金寿率了甲班出去巡哨，高才顺率了乙班在警钟楼坐候消息，名为后援守望队，丙、丁两班安卧着。回头甲班公务告竣，高才顺率着乙班出去跑了，余金寿便招呼丙班之人上班守援，甲班之人安息去。等待满了六小时，乙班公竣睡去，仍由余金寿领了丙班出去梭巡，高才顺喊丁班之人起来守望，满了九小时后，才顺再同丁班出去。金寿在甲、乙、丙三班中挑选十六个人做丁班的后援，横竖巡到挨着丁班上差，天也快亮了，后援队不满一十六人，也无在妨碍的了。这座警钟楼呢，就是原来的更鼓楼改造，不过大皮鼓旁侧都备了一口小铜钟，万一声响处，非但甲、乙、丙、丁四班之人都要出队戒备，连阖店上下人众都要起来助威。如此轮流巡视，守望相助，可称戒备严密了。于是又安然过了四夜。

到第七天晚上，三更过后，却巧高才顺领的乙班剩最后一趟巡过了，准备交班啦。此时各房灯火黑暗，呼声大作，唯独金珠房内尚有灯光映在窗上，里头并有噼里啪啦之声，好似在那里拨弄算盘珠儿。才顺暗忖：“人不可貌相，我闻余兄道及，这个代理金珠房管事的龙济苍是个纨绔子弟，年纪又轻，只晓得诗云子曰，读几句死书，谁知倒是个少年老成，极有肝胆之人，做事体不稍苟且。上次店内开那防盗会议，他一个人激起了大众的义愤，像今晚大家都睡得浓浓的，他犹在那里弄账哩。左右没事，倒不如打门进去，和他谈谈。他是东家的义侄，将来定坐刘万康那把交椅，趁此刻将他巴结上了，往后去总能多少得些益处。”才顺正要伸手打门，耳边厢忽听得一阵哨子响，忙朝上一望，不见什么，他也是曾经大敌过的，晓得屋内瞧不出什么来，忙起一个箭步蹿至天井内。接着跃上金珠房的屋面，先向东西一望，没有动静。再往金珠房后的北面停睛观看，好似有一个黑影蹲着，正欲上前探个究竟，忽闻下边屋中有人高声喊道：“合字，丙丁宫位上风紧，怎么未曾觑着呢？”

才顺一壁暗中纳闷道：“下面究竟谁呀，会用线上的春典照会着我？”一壁旋过身子，向金珠房前面南首一瞧，不觉吓了一跳，原来银钱房上面五岳朝天的风火山墙侧首，有一座黑宝塔似的树在那里。才顺善用金钱镖，五十步内取人眼目，百发百中，所以他一见情形，忙在革囊中取出钱镖，觑准了黑影上三部，用力打去。只见那黑影一闪，依然挺立在彼，想是未曾打着，便又放出生平绝艺，放出三支连珠镖，左右中同时并发，意谓总有一镖射中的。岂知那黑影倏扭倏蹲，仍旧树立原处，未稍移动分毫。才顺不禁慌了手脚，明知来者不善，今番有些扎手了，只好舍命上前，和来人拼他一拼。第四支镖托在掌中，正待发出时，耳畔隐约似闻哎呀一声，再瞧对面那个黑影，不知去向。才顺心上狐疑，用目往四处瞭望，怎么那黑影周围不见的了呢？一顾盼间，又见那风火山墙侧首复来了一高一矮并肩两条黑影。才顺才得瞧见，仍想用镖去打时，岂料眼前一晃，那两条黑影又不见了。才顺更加奇怪，默念：“今天遇鬼不成，怎么目中分明瞧见身影一晃，即便不知去向呢？”心上如此转念，那边黑影高高矮矮，同时又发现五条。才顺索性不动手，瞧他可有什么变化。果然一瞥之间，那五个黑影竟然又同适才间两次三影一样，又晃不见了。此刻警钟楼上忽然敲动警钟，惊动阖店人众都起身拿贼。

原来警钟楼上派司瞭望之人，望见东围墙上有六七个撩衣窄袖、腰佩利刃钢斧之人鱼贯而上，忙喊金寿复瞧一下。金寿料想是一星期前所谈的话发觉了，故此敲动钟声，招呼大家起来捉贼。顷刻间，灯球火把照耀如同白昼，人声喧杂，四面兜拿。一来店中人多势盛，再者懂得拳脚、能够翻檐上屋的不止余、高二人，三来刘万康办端正十根洋枪、五根手枪，等待这方有了砰砰噼啪的火器声音，贼人究竟胆寒，任你铜筋铁骨，当不起这个玩意儿。所谓人防虎，虎防人，来人见店内防御得如此周密，也都不敢舍命相搏，大部分脸都未露，越出墙垣逃跑的了。

当下隆兴方面总算获了一仗胜仗，事后检点人数，独不见了高才顺一人。金寿忙再率众往前后找寻，经过金珠房的后面，听那院落中有兵刃攻击之声，大家兜进去用火一照，只见才顺正同一个大汉动手。这大汉一手掩住了自家半个脸面，面上鲜血淋漓，一手执了柄厚背鬼头刀，和才顺正杀得难解难分。

书中交代，才顺听见警钟响处，心上别地一跳，正欲下屋问个明白，不料回头一瞧，见金珠房的屋脊后边有一个贼人，身子覆在屋面上，背插钢刀，在那里俯视金珠房内情形。才顺见了，意欲取巧拿住这厮，所以忙把手中一柄六棱金装锏舞动，趁势跳至脊后，想一锏打断贼人两腿的。不料才顺跳过屋脊，那人适于此时低呼了声“好家伙!”也站起来回身想跑，同才顺撞了个满怀。贼人也是曾临大敌，一见身后又有伏敌，便往金珠房的后院落中跳了下去，于是才顺也跟随下屋，打在一处。贼人功夫实在才顺之上，皆因今宵孤身深入，未免胆怯，再加已身带暗伤，故此打了个平手。等待金寿等打来助阵，用火一照，此贼不是别个，就是到来赎茶壶抬杠之人。金寿见他单手挡住一个才顺，左拦右阻，尚觉绰乎有余，金寿想捉住了活口，追问他个实在，所以高喝一声：“高爷用劲，俺余师父来助阵，务必拿住这个茶壶换鸦片抽的烟鬼。”

大汉一见有人加入垓心，双战自己，来者就是拉直庭柱的黄脸病鬼，晓得不易打发，即便卖了个破绽，大吼一声，又上屋逃遁去了。高、余俩虽也都追上屋面，不过彼此都已战乏，况且穷寇莫追，不犯着把江湖上交情卖尽卖绝，故此追了一两丈路，都不再穷追。回来下屋，此刻天有四鼓，唯恐贼人再来，直防守到东方发白，高、余等人方都回房将息。

到了第二天午刻，刘万康特地端正了一席盛筵摆在店堂后面的厅上，请高、余俩坐了头二位，由自己同各包房正管事陪着，开怀畅饮，算代他俩庆功。席间道及昨晚情形，才顺明知那先前八个黑影暗赖一个无名英雄臂助，才能打退，不然昨夜真不知闹得怎样了。但是事隔了这许多时候，那人再不出面邀功，想来不愿居这名誉，乐得拉在自己身上，夸说一番。

在席之人听了，个个鼓掌称赞，赞得才顺十分高兴，愈加大吹大擂起来了。

他们正在欢呼畅饮之际，忽然前面店堂中又人声鼎沸，吵闹起来。因为适遇在这多事之秋，怕又有新奇岔子闹出来，故而席上诸众不约而同都走出去动问个底蕴。正是：

沧海甚深终有底，泰山高未及青天。

欲知后事如何，且待下回详解。

第三十回

计中计嵊匪溯源还赝鼎
难上难英雄负气访真棋

却说刘万康等正为高余二教师庆功开筵，席间听高才顺表功，可称谈者津津有味，闻者啧啧叹赏。忽然外头又喧嚷起来，大家听出去一瞧，原来是一个年纪大约八九岁的小孩儿，而且是个瘌痢头，手中拿了个申报纸包的小包，送至柜上当钱。却巧又落在那二柜汪朝奉手内。那秃孩子矮小，这包尚放不够摆到柜上，他伸手过头，将包献上，由汪朝奉伛出柜去，接过来打开一看，原来包中是九颗碧玉棋子，上面隐约有点儿血渍。

汪朝奉含笑问那秃孩儿道："你这东西预备怎样呢？"

秃孩儿将小头一歪道："自然是当钱了。"

汪朝奉笑道："预备当多少呢？"

秃孩儿道："当一千块钱一颗，有一颗算一颗。"

汪朝奉忙把包儿裹好，授给小孩儿道："照你所说，要当九千，这东西遇了主顾，一万块钱一颗也值。不过我们店内用不着这好东西，请你收回了，多跑一家吧。"

秃孩儿听了，瞪着两个小眼珠儿，两手叉着腰，挺胸凸肚地道："这就是你们店中送给人的厚礼，如今拿来原璧归赵，怎样你们也可说不要它？今天当也要当，不当也要当，当定的了，而且当价缺一不可。"说罢，一脸怒容，觑了柜内，鼓着两个小腮，没有第二句话说。

此时汪朝奉还不掉这个纸包，又闻得这小孩儿如是说法，话里有因，晓得又是一件尴尬事情来了。自己暗暗怨恨道："我的人到底触霉头触到如何程度，这些难问题总轮着在我手内来的呢？"于是高声嚷将起来，惊动厅上饮酒诸人，都停杯出来盘问端的。汪朝奉便把小孩儿的蛮话一一诉说出来。刘万康先把小包接过来，展开瞧了瞧道：“无论这棋子是玉的，哪怕九颗都是大红宝石雕琢成功，也不值一千块钱一粒。”

此刻济苍也杂在众人之中出来瞧热闹，实在至此地步，无可再忍，于是伸过手去，将那包玉棋接至掌中，仔细看了两眼，微微笑道：“我认道是什么奇珍异宝，原来是这小东西。我有一副碧玉棋，只剩了三百五十二颗，正缺九颗白子。现把这九颗放下去，却巧如数可以完成一件玩物了。”

说罢，就将棋子一包，往自己胸前一塞，向着那小孩儿道：“秃小子，你去吧，你送还的宝贝，原主儿收到哩。叫差遣你来的本主儿放心好啦。”

说也古怪，那小孩儿一见济苍这种神气，反而和颜悦色，低低应几个“是”字，临了又恭恭敬敬道：“我家主子特地要请问先生的贵前人大名雅篆，庶将来也有个相见地步。”

济苍笑道：“在家子不言父，出外徒不谈师，我背后没事，岂可把他老人家的姓名胡言乱道？但是既承辱问，我若再不说，倒算不懂交情，故意叫人走黑路。老实说吧，绍兴的东孙钱通灵乃是我的开荒田的业师。”

秃孩儿听了，唯唯答应，回身便走。一场大事，消弭无形。店中人见此情形，都暗暗奇怪。才顺也非呆子，心上猜着了八九分，推说腹痛告便，先避开去。万康亲见这一幕怪剧，也出于他意料之外，暗忖：“看不出这龙小子倒真有玩意儿哩。”于是大家回至厅上，重行入席，都反去动问济苍到底怎么一回事呢。济苍明知瞒不过哩，才把真情说出来。

原来昨夜三更时分，济苍在房内和云儿俩在那里下棋，先听见高师爷巡夜走过，隔窗一望，就见屋上有人。因见才顺情形尚未知觉，故忙高声喊出一席江湖黑话来去关切才顺，继见才顺连发两次暗器未曾奈何敌人，故而济苍没法，只得把桌上的棋子拿起来代替暗兵刃，先后发出八颗棋子，都打中了敌人的左目。最后见后窗户上好似也有人蹲在屋檐上，所以又发一子，随后便听见敌人下屋，有人跟下来动手，走过去一张，方知仍是高教头。及至两人一交手，晓得才顺不是贼人的对手，正又欲下手暗助，却见余金寿等来了。济苍晓得贼人孤身双手，再加身又负伤，想来高、余二人两打一，不妨事了，那才招呼云儿安心睡觉。

今天起身之后，依云儿小孩子脾气，要一一地告诉他人。济苍因闻才顺在那里夸口居功，不愿同他争执，喝住云儿不许多话。不料受伤敌人败回去后，大约都在左目中取出棋，又着这秃头小孩儿把原物送来，顺便要探探动手之人的历史，究属何人的徒子徒孙，施展得出这样辣手。大众听济苍讲完此话，又都异口同声赞叹了一会儿。

万康问道："龙先生既有如是能耐，何以平日间一毫没有火气，待人接物，总是和蔼可亲？哪怕人家把你打骂，你真有打杀不还手、骂杀不开口情状呢。"

济苍道："一来晚辈寄人檐下，当初受那师父明教，处事该以礼让为先；再者晚辈自知手内分量，不能说轻，万一还手戏殴人，不要我算轻得很哩，当受之人怕已受了伤哩。而故晚辈不常动火的了。"

刘万康正再欲开口动问，忽然一个下人到来禀报道："高师爷自知才劣无能，恐误店中大事，故已收拾行李，悄然不别而行。小的瞧见了，再四追问离店原因，他才嘱小的代表前来向刘总理告辞一声。"

万康听了，顿足叹息道："唉，咱们都是起手老弟兄，若得论功行赏起来，高教头的汗马勋迹也不止一件两件，哪怕一些事情不干，坐吃半世，也不为过。我不说什么，有谁再敢多话？难道十多年的老交情，连这点子脾气尚仍彼此不知，要用着这虚文俗套，使小心眼儿呢？就是昨天晚间之事，龙先生并非使刁不说出来，总之大家忠于店务，又不是有心要丢高教头的丑，如何如此的误会，反而自淘伙内闹起意见来，不是店中公众之福。此事千定要劳余教师的驾，去把高教头追回店来，解释这个误会，不然怕外侮乘隙而入，弄得店内七颠八倒，大家不安逸哩。"

余金寿唯唯答应道："小可当得效力，待我就去追他回来。"

当下便先要了一碗大米饭来吃过了，草草洗脸漱口之后，便匆匆前去追赶才顺回来哩。此时菜也上齐，大家用饭散席。

济苍毕竟年轻，忍耐不住，又开言道："恐怕余教头此去，非但高教头仍追不回来，连余教头也不见得回来哩。"

万康道："什么道理呢？"

济苍道："江湖上向有定规，叫作硬丢易受，软丢难当。今回的事情，晚辈就因怕做冤家，所以不愿出头，不料贼人方面对于这两个教头实在不放在心眼内。昨晚被晚辈暗器所伤的八九个人，玩意儿定都高出两教头几倍，他们纠众到来，期在必成，初不料暗里尚有一个打冷拳人，打得他们全军覆没，他们实属心有不甘，故此非来探个明白不休。适才晚辈初尚想顾全高教头的体面，不把棋子收回，任凭秃小子嚷了一阵完事，继念贼人方面，如其店内无人出头收回这九颗棋，他们要当昨晚之事乃是暗中幸遇一个过路好汉，拔刀相助，以致累他们吃亏败绩。不过暗里头相相的路人，未必夜夜在斯，隔了几天，他们定然又要来胡干的。晚辈因为想到了这层困难，所以才出来收回原棋，使他们晓得店中除了两个教师之外，尚有能人在着哩。庶几一劳永逸，他们不致再来纠缠不清。不料如此一干，造成了软丢局面，才顺自觉惭愧，无颜再在此间混饭，所以不别而行。大凡江湖上武行中人，首重义气，余、高二人虽非至亲密友，但是同事了这十余年，自有一种特别感情，一旦才顺遭了软丢辞职他去，金寿不免动了兔死狐悲的感慨，所以晚辈猜想上去，恐连余教头也不回来哩。他俩若得有志气的，此去再访名师，重投好友，习成了世上无双的绝技，往后来当着晚辈之面献出能耐，使晚辈心折，拉回今天丢失的脸子。若得他俩志节平常，那么合伙了来要约总理，辞歇晚辈，重复专任他俩，甚至反去入了盗伙，引狼入室，再来劫掠，也许干出来。不知他们走哪一条路哩。”

万康听了，将信将疑，信口答道：“余、高二人来此多年，他俩生性爽直，彼此都知道脾气，或者比众不同，不走这种道路，未必定落寻常把式匠的窠臼，在龙先生预算之中。”

济苍道：“晚辈也但求我言之不中，不然无端结下两个宕空仇家，也是晚辈的后患啊。”

讵料话声未绝，外头送进一封信来，那是余金寿写给刘万康的。那信上开头叙了一套寒温，再述：

承蒙十余年来，刮目相看，诸常照拂，无任感谢。

后云：

此次海盗来侵，仆与高才顺俩实非盗敌。幸有金陵龙生，天赐在店，暗中力助，战胜海盗，欣得保全公安，实为总理之幸福无穷。

叵耐才顺生性鲁莽，好大喜功，致当筵之夸辞未毕，柜外之秃厮已来揭破真相，使才顺无颜再能在此间立足，不得不引嫌他去，退让贤豪。而仆与才顺十年旧雨，祸福相共，兔死狐悲，物伤同类，物犹如此，人何以堪？故亦隐姓埋名，寻师求道，苟有寸就，则将来或者再谒芝颜，重罄别悃，并可与龙生齐驱谈道也。倘无所成，则终身不复相见，垂顾之恩，候来世图报。

至于仆存店之行李等件，目前乞代收藏，一阅月后，当令舍侄趋前领取。所有店中诸务，既有龙生在是，无虑宵人猖獗矣。

万康一见此信，暗中大为奇佩，默念："济苍这厮，年纪虽轻，为人却如是老成练达，料事如神，对于高、余二人之举止，早被他一口道着。不过此人既有如是本领，如其久留在是，连我的地位恐怕也要被其撼动，若不趁早设法制止着他，将来是要揿不住的。但是眼前又怕海盗重来剽掠，高、余二人已去，暂时又不得不仰仗姓龙的能耐保护阖店中人的安康。况且他是东家的义侄，就算要算计他，赶他走路，先须在定远面前进了浸润之谮，然后设成圈套，待他自己投入罗网，必得这样摆布，方是杀人不见血，八方无碍。不然，着了一些痕迹，就算眼前能在目的，将来定有后患的哩。"

当下先差人赶往轮埠上、栈房中再去找寻找寻余、高二人，如其找到了，务必仍旧邀请回来。谁知高、余二人此次出了这个软丑，誓不回店，从此海角天涯，再访名师益友，中年求道，学高了玩意儿，将来尚有和济苍暗比高下、重分胜负的一日。这是后话，暂且表过不提。所以任凭刘万康派谁出来找请，莫说一时也寻不到，即使寻到了他俩，也万万不肯重回店，做还汤豆腐干的了。故而连累奉命找寻之人白白赔去不少脚步，只少将温州城翻过身来，也未找见余、高二人的影子，徒然奔跑了三四天，无奈据实回复了万康。万康心头纳闷，便暗将自己的一班心腹牙爪召集拢来，迭连开了五六次秘密会议，商酌排挤小龙的妥善方法。最后由现为金珠房副管包的想出一个陷害方法来，道："小龙打贼的棋子就是徐振宗的家藏宝物，他那晚事情急迫，一时顾不了许多，就顺手拿来击退贼人，幸而原璧归赵，不成问题。他自己也私心快慰，曾和贴身小厮云儿谈过，道：'万一贼人不送回来，往后原主备了本利，把棋子赎回家去，检点起来，其中少了九粒白子，定然要大费唇舌。我因此击退贼人以后，口内虽然不则声，肚子内甚为焦灼。初不料贼人要探访我的实在名姓以及江湖三道的系统，竟把原物送回，真正喜出望外啊。'

此话是从云儿口中露了风声，我用计赚究明白的。现在我们要掇弄他，何不就走此路，去弄了九颗假的玉棋，移星换斗，暗去调换了九粒真的出来，回头待徐振宗赎回去，将九颗假货瞧了出来，他定然不甘缄默，非但仅同总理交涉，还定要和东家徐定远去说话。到那时，总理便将小龙拈棋打贼的经过老实告诉了东翁，小龙变了无私有弊，有口难分，到那时，不怕不把他逼得走路。待他走了之后，总理假作在上海或算杭州觅得九颗玉棋，也是真凉暖玉制的，拿去献给东翁，请他转致振宗，俾了此案，庶总理和二徐方面感情，非但一丝不伤，还可浓厚一层。这个根深蒂固的眼中钉却好轻轻拔去了。”

万康听了，大为赞成，面嘱此人：“赶紧依计进行，将赝鼎伺隙调换真宝。将来小龙走了，那金珠房的正管包准由你坐升上去，我不另外荐派他人，算酬劳你想出这条毒计来的报谢。”

那人闻话，自然很高兴地去设法倒换真棋。岂知济苍对于公务上十分勤慎，再加又有个云儿，如同他的副手，轮流监视着包箱，跬步不移，试问如何换法。

转眼之间，已过了七月，一到八月初旬，徐振宗方面有了一票会钱进款，专待朝上收着，即便端正本利，派人持票前来，将上次所当的九件珠玉东西如数赎了回去。刘万康等枉费心思，想陷害济苍，不曾达到目的，只得暗中另想他法，徐徐算计济苍。

不料上次夤夜前来图劫隆兴未成的盗寇乃是一个嵊县人姓裘的为首，此人也是个阴谋专家，第二天差来的秃头小厮就是他的亲生儿子，送回来的九颗玉子其实已都是以假乱真。当时济苍收回去，因见棋子上头沾满血渍，故而信以为真，未曾仔细察看，就是其他诸众，目光虽皆不坏，但都因事迹离奇，太甚急于要问个明白，致都不曾注意到这东西真伪问题上去。现在物归原主，徐振宗是个细心人，用阴阳水逐颗一试，试出其中有了九颗假的，当将刘万康邀至家中，备述因由。万康正拟用这方法陷害小龙的，如今一闻振宗此话，正中下怀，也不管振宗此话是否翔实，便一口应承道：“待小可立刻回店中去，着在该管金珠房的执事身上，限他追回原物便了。”

当下回至店中，召集大小执事宣布此事。结果要靠托在济苍身上追回原物，加着刘党党徒在旁冷嘲热讽，将济苍半要半真地掇弄着。济苍毕竟年轻志大，一时忍耐不住，竟便挺身而出，愿去负责追寻。正是：

酒到量时方觉醉，事非经过不知难。

要知济苍此去曾否达到目的，如何如愿归来，且容下回分解。

第三十一回

孤客叹无家迹浪萍飘空怅怅
知己轻易别马蹄辕辙恨漫漫

常言道："世间无难事，只要有心人。"那温州隆兴当的当手刘万康本则是个商界中的好手，素来工于心计的。他自从初次同龙济苍会面，受了徐定远的嘱托，招接济苍进店之后，他就步步留神，着着见将，想要把这纨绔子弟搀到鬼路上去的。初不料这人虽则宦家后裔，却丝毫不有贵胄恶习，而且深知稼穑艰难，待人接物，总不背"和诚"二字的宗旨进行，对于服务店中公事，又本着"忠信"二字做去，故而一些过失没有。万康一时倒也无法可以调派他走路。

迨后发生了暗助镖师飞棋退敌一节事情，表面上万康愈把济苍尊敬，心坎上却更添一重忌惮心思，暗忖："看不出这小子瘦得浑身皮包了骨头，文绉绉的，一点儿火气没有，倒有这样能耐。并且懂得江湖上种种打光棍的门槛，愈加不是好惹的。若不趁现在脚跟未曾牢固，用蜜饯砒霜方法将他送往他方，让他别处去利市，将来久居在此，根深蒂固，基础结实，少不得店中有班向来和我反对之人要去恭维他做了首领，岂非是我的劲敌吗？"因此上暗中召集党羽，连开密议，恨不能立刻把济苍设法撵出店去，才稍定心，所以要想出把凉暖玉棋子以假乱真之法，存心去陷害济苍，谁知济苍防范得十分严谨。

此法未曾得手，万康正要另想他法，再去暗弄送他，却好徐振宗赎了棋子回去，用阴阳水试出其中杂有九颗假子，便同万康说话。万康听了暗喜，回至店中，当着阖店执事向济苍哀恳道："并非做兄弟有意同龙先生为难，皆因这位徐观察脾气不好，脸子上有毛的，好比枇杷叶般一瓣，一言不合，就为竖起了眉毛，和人严厉交涉，说得到做得到。再加自己到底身份也不小，做到福建汀龙漳兵备道，钦加二品衔，真正是个大人了。从前又在吏部文选司内当过十多年差，门生故旧遍满天下，所以同他打官司是没有打头的。谈到情吧，他是东家的近房叔祖，无论大小事情，东家尚都让步他三分，何况我们吃人家饭，做效劳的伙官，倘若和振宗去对垒，真是螳臂当车，不自量力了。至于谈到理吧，振宗这副凉暖玉棋子，好好一粒不缺，当在我们店内，我们按月要加收他一分八厘子金，这些保管责任该应完全担负的了。人家总认道我们代为妥藏，讵料拿这贵重东西当作暗兵刃去击打贼人，这是理上也讲不过去的。社会上办那交涉事件，不问大小，无非讨论讨论‘情、势、理’三字，目下这项交涉，‘情、理’两字讲不过去，势头又不及人家，试问用什么话对付相手方呢？况兼龙先生总共用了九颗棋子击败贼人，现在假凉暖玉棋子数目也是九颗，倘若假子数目和龙先生借用的数目参差一些，尚可推说不是，偏偏数目又符合的，愈加无私有弊，不能辩赖。所以做兄弟当着徐观察面前，只得一口应承，允许他设法找回原物。所幸龙先生负有惊人绝技，再加江湖门道无一不知，想来这区区小事尚易办到，不见得推三诿四，不愿出去找寻哩。此事不但关系龙先生一身名誉的良窳，并且牵涉这所隆兴当铺的几十年老牌面哩。向知龙先生热心公益，勇于任事，一定负责出外前去找回原物归来哩。”

济苍正欲开言，旁侧一个管绸衣房姓朱的，也是刘万康信人，起立发言向万康双手乱摇道：“此事务请总经理要仔细审慎一下，不可造次，轻易就烦龙君出去。要知晓龙君是宦家子弟，玉叶金枝，和我们这班贱骨头是大不相同的，况兼又是东家义侄，真正非同小可的。而今总理烦恳他出去找寻真凉暖棋子，若得寻访不着，还算大大运气，万一出去有了风声，居然寻到秘藏真棋子的盗窝之中，试问盗方肯情愿双手奉还出来？势必要用武夺回，那时龙君只身双手，亲临虎穴，凭你有通天本领，俗语道‘毒龙难斗地头蛇’，不要东西仍未夺回，反又把龙君的千金贵体连带出了乱子来。不见了真凉暖玉的棋子，所谓黄金虽贵，分量还钱，若得碰坏了龙君的身子，更加无价之宝，大大不得了，所以我说寻不着倒是运气，寻着了反觉不美啊。”

又有个管铜锡器包房姓陆的开口道：“朱君此话真有道理，总理不能单就讨好徐观察方面着想，也要兼顾到我们自己人方面的利害。况且龙君那晚用棋打贼，也是为了保全公安起见，并非单为他个人的安危，诚心拆烂污，抓到众人头上来。这层道理，想出早在总理洞鉴之中。如今怎好着在龙君一人身上去找寻原物？您想这种茫无头绪、大海捞针之事，莫说龙君一来年轻，二来出身贵介，一时难以着手，就是换老于侦察学识、向惯走关东闯关西的专门家，也难操必胜之券。为今之计，龙君既为公众惹下了这场罪孽，应由我们公众拼出钱来，照样觅购了一副真凉暖玉围棋，赔给徐观察，也就完事哩。”

又有个管木器房姓张的道：“陆君此话小觑了龙君哩。龙君既然幼承名师教诲，深知江湖上的形形色色，他不肯负责出去找寻便罢，若允出外找寻，也不消十天半月便可得着门道，保主能将原物找还。至于公众合股偿还徐观察棋子这句说话，愈加不成问题，真要赔起钱来，自然归店内公积项下提出一注款子来赔偿，就是龙君本人家计宽裕，区区一副凉暖棋子，他个人就有赔偿的力量，万万不会拼到我们众人头上来的。不过目前别颜色，就别在这追得回追不回原物一点子关系上，若然要花钱另购一副，这是一毫不稀罕了。”

姓朱的道：“在下就怕龙君出外找寻，得了真确消息，再生出节外岔枝来，反比目前这个问题更重大哩。”

姓张的道：“朱君此话似是而非，可知龙君是英雄性格，‘大丈夫生而何欢，死而何惧’，‘不入虎穴，焉得虎子’，你莫小觑了他。像他这一身功夫，江湖上实可以夸说是一员无敌大将，就是胆门子，也同三国年间赵子龙一般。刘备说过的：‘他人身包胆，子龙胆包身。’当机立断，谁及得上他啊！”

姓朱的道：“你不要帮着人家吹大气，泰山高了，泰山之上还有青天，沧海深了，沧海之下也有地土哩。我不信龙君这样一个瘦小身躯，年纪又未满三十，已经天下无敌手了。”

姓张的道：“我是龙君的第一信徒，哪怕别人都不信，我独知道他心上非这么办不行。他若不是如此办法，我愿输下一颗脑袋来给你割去当便壶如何？”

姓朱的也恼了，悻悻地道：“非是我不信龙君，不过我原来的打算也是代龙君个人从有益方面设想。张君此话似在欺人，倘若龙君真如是办去，竟有日把原物找回，到那时我也把头输下来，给你做便壶好吗？”

这班万康党羽，你一言我一语，表面上互相抬杠，实在是狼狈为奸，把济苍抬上独木桥去。济苍虽也瞧出他们作用，但是轧在场面上，只得挺身而起道："众位毋庸争执，总理也不必担忧，徐观察好端端一副围棋缺了九颗，莫怪要心上难受，哪怕立刻觅到一式一样，赔偿了他一副，料想他亦不见得快活。以己之心，度人之心，这桩时情，假如我人和徐观察易地而处，试问本心上做何感想。至于那一晚，晚辈因见高教头不是歹人对手，一时惶急万分，也顾不到其他关系，一心只求击退了敌人再说，所谓饥不择食，慌不择言，所以便顺手拈起棋子来便打。此事的错失，晚辈千不该万不该，总不该信了云儿小厮的教唆，无端要取出这副棋子来试验试验它的佳点，到底蚊虫真的会不飞上来啊。晚辈好奇心动，竟依了他话，拿出来试试，不料试出这件岔事来。再加歹人送回来时节，晚辈私心逸乐过度，只大概瞧了一瞧，但见棋子的大小、玉色的深浅相似，上头又沾染血渍，当作是的了，不曾想到贼人以羊易牛、鱼目混珠的毒计。回头归并到原包之内，也曾费过一番研究，觉得无甚破绽，若不是原主经手仔细验试，怕也难辨真伪。他们做得实在好不过，怠公失察之咎，晚辈实也难逃清议。我辈大丈夫做事，理应光明磊落，不行推张拉李，一身做事一身当。总理既许了原主追找原物，晚辈又自知其过，自当由我即日离店前去找寻。好在先来踩盘的贼人是湖南口音，后来送回赝鼎的秃头孩子是绍兴口音，那晚被晚辈用棋子击退的宵小全是坏的左目，只要凭着这三种线索，悉心往绍兴一府八县、湘省九府七州四厅六十四县地界中，专拣秃头小孩儿、眇左目汉子淘伙内寻访，再加仗着敝业师外头的人情、晚辈自己这几年来的交谊，或可达到目的。如愿找到原物，回温赎罪，这是晚辈理所当为、义不容辞之事，自己固然推诿不去的，他人也不必代为着急，更无所用着激将方法。若得本心不愿意去干，或者实在酒囊饭袋烟荷包，缺乏真实能为去干，那么由你们旁人着急也罢、激励也罢，甚而至于笑骂啦、威逼啦，总之是个不去，请教你们再用何术对付呢？现在晚辈是愿意去的，这许多手段都用不着。不过此番出去，毫无实在把握，自己也想不到将来是怎样结果，心上果望一寻就着，然也许寻了三年五载，甚至寻了一十多年，仍无眉目，这也是意中常事、题内文章。所以话先说明，请总理转告徐观察，把'限期'二字取消。总之，在我身上，迟早找回原物，亲来送还便了。至于朱先生所说的说话，虽亦有理，但是晚辈此去，正所谓明知山有虎，故做打虎人，临期一人够不上，好在江湖上最重义气，可以找好手出来帮助的。比不得商业中人，全凭奸诡权诈、妒贤嫉能，算是营业珍秘经络、生意场中的唯一法儿，不如是，便虑处处落于人后，赚不着大铜钱的。要知出外去走江湖，完全与此道相反，请毋庸代为鳃鳃过虑的。”

济苍说完这一席话，便又请示了经理一声，将金珠房的公务即行交代那个副手接管。公务交卸清楚之后，又喊云儿到来，意欲命他仍回定远府中去执役，不料喊来喊去喊不着。

书中交代，适才云儿听师父宣布这事经过，他也十分懊恨，悔不该那晚教唆师父无端试验那副棋子，致闹成目下僵局。小孩子一片天真，心上觉得对于师父万分过意不去，所以他一声不响先至房中，拿了自己防身家伙，同着一些些积蓄，他先溜出去，瞎天盲地想去寻回原物，以赎此次愆罪，所以济苍临走喊他，再也喊不着的了。云儿此去，也要大大地干出一番事来，待后文书中再行细表。

如今且说济苍喊云儿喊不着，便亲自收拾了应用东西，又写了一封详详细细的书信，寄至定远的上海家里，表明自己此去不是忘恩负义、饥集饱扬，这也是男儿应当之事，所谓大丈夫来去应该明白一切周备了，便告辞一声同事，离开隆兴铺。但是他此次出去访求换棋盗匪，真同大海捞针相似，一毫没有线索。他出了店门，真有茫茫宇宙，何去何从，万物有托，孤云无依之慨。一时先至哪里去寻访呢？自家以心问心，忖度了好久，想着那个秃头小孩儿乃是绍兴口音，再加钱东孙先生也是绍兴籍贯，倒不如先至绍地侦访，顺便去瞧瞧先生在家不在家。若得先生在家，那是苍天助我，或者可以找到盗窟，把九颗玉棋找回来。如其绍地访寻不出端倪来，然后再上湖南去求访。

主见打定，便由温州搭船到了宁波，再由宁波取道到绍兴。好在有官道通行逆旅，自宁波动身五十三里至慈溪县属的叶家大山，又西行十四里九，至丈亭十二里至余姚境之蜀山，又十六里至余姚县城。余姚为浙江全省之中特异的县份，当时为大舜支庶所封，因舜是虞氏姚姓，故县亦称余姚，贴近杭州海湾，秦置县，隶属会稽郡，隋初入句章省，唐升为州，明清仍降为县。县有新旧二城，旧城系三国年间东吴将士朱然所筑，周垣不及二里，在姚江北岸。南岸又有座新城，系明洪武二十年，从邑人吕本之议，而筑此新城。至嘉靖三十六年大加修葺，与旧城隔江相对，特建通济桥，亦称江桥，又名浙东第一桥，以交通民众。桥身完全用石工堆建，非常高大，往来船只可以扬帆径过。江水日夜两潮，水味鲜洁，以之制为酱油，味冠全浙，所以余姚酱油向负盛名。江北旧城虽不若新城阔大，而县公署等都在焉，且有龙泉山特峙城中，山上建有历代名臣祠。南城街道宽洁，且分段设立高墙，以防火灾，所有邻近村镇皆甚殷富，水路通达，往来甚便，而且山清水秀，文人辈出，明朝的阳明夫子王守仁则为尤著者也。余姚地大物博，土产棉花、豆麦、米粮、鱼蛤虾蟹诸物，生涯做得很大。据云余姚有大黄山，一名凤凰山，姚江北有竹山，形如大龟，姚江南有白山，形如长蛇，与龙泉山合成四灵，天生这样好风水，故而文人荟萃，商旅辐辏。

济苍住了两天，再西行二十三里四，至马渚山，据称秦始皇东巡，曾饮马于此。又十四里一，至上虞境之五夫，地为焦氏故居，焦氏五子俱官大夫，故名五夫。又西行十一里四，至驿亭，再八里九至百官。过了百官四里多路，便渡曹娥江到绍兴了。绍兴府城距离钱塘江之入海处不远，城垣崇隆，高峻可观。城内有越王台在种山东北，种山亦名卧龙山，系越王勾践登临瞻眺之所，后来大夫文种祔葬于此，故名宋太守汪纲迁台于山之西麓，至今仍之为一郡登览胜地。城南有兰亭，即晋王羲之与谢安、孙绰等四十一人上巳修禊之所，亦名兰上里，今基址尚存。亭侧名为兰渚，即《兰亭序》文中所谓“清流激湍，映带左右”者是也。至今行经是处，犹令人追想当日之流风余韵。绍地文风极盛，人才迭出，且心思特灵，多有巧思，故以前各地大小衙署中所延之刑名幕宾，以绍人居多。所谓绍兴师爷之名誉遍传通国，妇竖咸知，盖能以笔墨语言排解讼狱，竟多有自幼专习此道，数代承斯为业者。绍地风俗勤俭，物产丰饶，而以镜湖中之水制为黄酒，味尤甘洌，绍酒美名其来已久，占据绍郡出产品物中之首座，不特全国著名，即欧美诸邦侨居我国有年之商人，亦都能道此绍酒之名，其价值可想而知。绍兴一府，共辖会稽、山阴、萧山、诸暨，余姚、上虞、嵊县、新昌等八县，济苍一到此间，先向邮局中去探访绍兴属各乡的有名村镇共有多少，居然被他探访明白。

原来山、会两县治下，有柯桥、安昌、斗门、陶堰、皋埠、漓渚、东浦、东关、道墟、华舍、马鞍山、党山、孙端、长塘、啸唫、汤浦、下方桥、平水、姚家埭、曹娥镇等二十一个市集。萧山治下有临浦、义桥、西兴、瓜沥、所前、钱清、新坝、赭山、龛山、闻家堰、河上巅等十一处市镇。诸暨治下则为巅口、枫桥、草塔、牌头、姚公埠等五处地方。此外百官、五夫、小越、崧厦、驿亭、梁湖、上浦、蒿坝、谢家塘、章家埠等十个市镇，乃是上虞县该管的；上塘、方桥、坎镇、孙魏、浒山、马渚、临山、周巷、郑巷、横河、彭桥、廊厦、石堰、五车堰、马家堰、天元市、庵东市、小路头、小桥头、第泗门、湖地市、低塘镇等二十二个市集，乃是余姚县该管的；三界、北庄、崇仁、黄泽、两头门、石璜市、长乐市等七处，嵊县该管的。新昌虽也是个县城，地土枯瘠，所以四乡尚多未曾通邮哩。

济苍再打听这八县民风，何处最最合群团结，平日行为最最蛮悍，他们都道："谈到浙东乡民，团结力最坚，首推姚北、镇北、慈北的三北乡民，目下做烟纸店生意的东家伙计，三北人要居百分之九十三，各省各县各乡都有。不过他们的营业竞争心、眼光手腕确较胜于他处农民，至于为非作歹之事，他们都不愿干的，万一在他乡干了桩不名誉的事情，真要回不得家乡，见不得爹娘哩。因为三北地方，聚族而居的村落居多，往往有一带三四个村落，竟只有一两姓人家聚居着，而且每一姓有所宗祠，有新旧家谱，宗支图挂得清清楚楚，一些不容含糊，故而外间做了坏事，家乡要谱上除名，逐出祠堂的，所以他们不敢干岔路事情的。新昌、嵊县两邑人民，因为境内山地居多，不能种植，加以民风向来强悍，三人欺两，掳人勒赎之事时有所闻的。"

济苍一闻此话，暗忖说话有些近情了，于是在绍兴城内住了两天，便又动身到嵊县观看动静。一到那里，留神瞧瞧地方上的风土人情，果然以强为胜，欺生谩客，尤其拿手。济苍越看越像那话儿，再静心听听他们中下社会的普通论调，也同粤、桂交界地方的人民口吻仿佛，都道人生在世，活至三十岁再不发财，非做强盗不可。照他们的言行揣想上去，自己此来并不虚此一行，不过这句说话不能找住了人，随便动问的话，倘然同呆子般去问及人家，被人打了嘴巴，还落褒贬给人的哩。只好白天出去，到各处留心察访，始而三四天没有访出什么来，到第五天饭后出去，信步走出东门，正往前行，耳畔听得有人喊道："驴儿来哩，让路呀！"

济苍忙站定身子，让那驴儿过去，瞥见驴子背上骑着一个孩子，面貌好似在哪里见过，熟悉得很。又见他戴的一顶帽子，宛比僧帽的困帽一般，深奥异众，猛然想着道：“哎呀，这个孩子就是送棋来的瘌痢头呀，不过戴了顶帽子，把秃头戴没了。”于是脚下加紧，尾随上去。驴背上孩子始而不曾觉着，被济苍随了半条街，他有些犯疑了，回过头来，把济苍面庞仔细一瞧，不禁倒抽了一口凉气，将胯下驴不住手地用力催打，而且见弯便转，转得济苍头昏眼暗。再者两只脚的人去追那四条腿的牲口，到底人不如畜，况且又是地陌生疏，路程格外见远些，被这孩子一阵子绕弯儿，竟被他扯滑去了。济苍脚步内稍缓了一下，那孩子已走得无影无踪去了。

济苍追至四岔路口，见地上蹄迹纵横，条条上有的，不知从哪条路上追去。一个人正站在那里出神，忽然侧首走出个瘦小汉子来，手中托了一只百灵，那百灵栖在台上，张开两翅，翘起了尾巴，正叫得精神聚会之际。那汉子一壁缓步当车，慢慢地走着，一壁不住地把眼去睃着那鸟儿。百灵俗名山东麻雀，本也是叫鸟当中的健将，非但无论何种鸟声，它能学叫，连小狗吠声、叫春猫声，它也学得相像，譬如常听得了二把小手车的辚辚之声，它也可叫得相像。而且它的寿限和人也差不多，普通一只百灵可单方养三四十年，如其喂养当心，脱毛时候不出岔，竟也可以养至七八十年哩。每到春天，二月过二十开始叫起头，一直叫至夏至以后脱毛，这当儿，要待它叫得足，犹如人的兴致一般，鼓不起兴来便罢，若得一动兴致，务必待它尽兴方休。百灵的叫兴，所谓以鸟鸣春，它叫得尽兴，将来脱毛起来，容易推陈出新，所以白天叫了早晚两次尚不算数，晚间还要掮夜火夜叫，若得叫得不尽兴，脱毛起来，反而受累。不过无论哪一只百灵，总有怕头的，最稀奇有的怕了尼姑，不怕和尚，有的怕了雨伞，不怕洋伞的，这真也有些神秘莫测的。而且无论喂着叫鸟也罢，斗鸟也罢，第一要紧是朝晚两次携到郊野去冲去，所以有前生忤逆父母、今生养鸟的俗谈。

那人只顾了手中的鸟笼，不曾留心着脚下，却巧济苍也呆站在路口，同电杆木般树着，两下不留心，那人的身子准对着济苍胸前一撞，幸亏济苍是有功夫的，虽经那人对胸撞着，却毫不介意。那人初认闯了祸哩，被撞之人定已跌翻在地，心上颇觉过意不去，及至用目瞧时，被撞之人依然挺立在彼，不禁大为诧异，暗忖：“嵊县合城壮汉，哪一个经得起俺这一撞？今天无意之中倒遇着了对手哩。”忙止住脚步，堆下笑脸，殷勤动问道：“请问足下贵姓？据小可目光看来，足下衣冠济楚，不类游闲，倒又呆立通衢，眉峰愁皱，想必有甚重大心事。小可叫许云鹏，承蒙外间朋友抬举，都唤作我小朱家，又称青毛狮子，爱管人间不平之事。足下心事，不妨老实告诉我一声，或者我有力可代解决，你道好吗？”

济苍一听那人自报名姓，不禁也欣然答道：“老哥就是青毛狮子许云鹏兄吗？幸会幸会，我来此间，就要登门拜谒的，只因访问不着尊府地址，故此迟迟未来，再不料会如此相逢的。实不相瞒，在下就是金陵龙天霖是也。”

云鹏听了，忙抢步过来，将鸟笼交给右手，腾出左手来，搀住了济苍左手道：“您真的是天霖师弟吗？哎呀，真想煞愚兄也！此间不是讲话之所，且到了舍间细谈吧。”

于是同济苍进了东门，一径领至家中，挂了鸟笼，然后再引到红梵精舍，重行见礼，分宾坐下。因在路上已询知济苍的寓址所在，故便吩咐老家人许三前往搬取行李，所有账目招一声，归云鹏去结算，待许三前去照办不提。

当下济苍最要紧动问云鹏：“近年来钱先生到过府上否？”

云鹏道：“先生未到白门之前，一年三百六十天，至少要二百天住在舍间的。自到金陵尊府授读以后，从此出关谋事，据上次有信来，道及和史家三弟兄同心办事，现在做成一个局面，已很有实力，基础定了。最近又有信息，道先生入关有事，或者要回乡扫墓，顺道至劣兄舍间盘桓一时，也未可定。劣兄曾把此事转告师弟，我从去年秋初到目下，一共寄了十一封信到南京，师弟究竟可曾收到，为何一封回信都没有呢？”

济苍叹道：“一言难尽。”

于是把父亲参劾三凶获罪远戍，自己赴温投奔徐定远，经沪患病，后来如何至温谒徐，如何入店办事，将所有经过事由原原本本叙述出来，直说到此番到嵊县来的目的，一一诉说出来。

云鹏喟然道：“劣兄原想彼此同出一师门下，虽未谋面，但是通了三四年的信札，无所不谈，肝胆互照，已成了不要认的知己有年，怎么会忽然搭起架子来，十一封信竟无一复？原来中间有这番关系哩。不过师弟此来，使劣兄为难咧。实不相瞒……”

云鹏正欲往下说时，忽然外间送进一纸字条儿来，云鹏一见，不禁勃然变色，立即就要打发济苍动身。正是：

尘海风波随地起，人生聚散本无常。

究竟这纸条儿是何人所写，怎样青毛狮子见了，即便要打发金毛狮子动身，这个理由都在下回分解。

第三十二回

念犯贪嗔毒秃谋财设陷阱
报分善恶异僧说偈指迷津

却说上次伙劫温州隆兴当铺的主谋人物，乃是嵊县有名土豪，叫九头鸟裘千斤。因为他两膀有千斤之力，小时候学的酒作坊生意，满师的后一年，跟染青帮打架，失手打坏了人，被地方上有力绅商会同裘姓族长动了公禀，将他拿至当官，问了个徒罪，充到湖南广西交界的东安县去了三年多。幸遇皇太后万寿，恩赦回来。他出去时候，是个穷光蛋，到了东安，专仗放那重利印钱，倒着实积蓄了不少起来，所以有这个九头鸟裘千斤的名称，实在他的真名字叫什么，连他自家也回答不出的了。

他在湖南加入了黑边钱、拜香会等两种秘密党内做了弟兄，及至遇赦回来了不久，湘帮患难弟兄有一班背了风火，都避到他浙东来。始而来了一两个人的伙食，尚可支持的哩，后来人头来得多了，他也开支不起这份堂食了，没奈何铤而走险。好在班子现成的，便开起武差使来，不过他和部下有三章约法：（一）绍兴府地界不作案；（二）中下社会人家不下手；（三）作案时节不准采花及杀死事主。因此上他露脸了二三年，做了二十余件案子，而且每案数目起码三四千，大抵总拣贪官污吏的赃银、为富不仁的财帛，指挥弟兄去动手移借。借到了手，匀作四股开派，一股公积，一股弟兄公摊，一股归他私人，一股专门做那冬天施衣、夏天施药以及施材恤寡、养老济贫、修桥补路等各项善举。而且他自己又专和官绅富商往来，如其江湖上九流三教以及三姑六婆、七红八黑上下中三等人物到来望门投止，他总一律招待，至少一宿三餐。临走之际，问他通几根樯子，他也无不应酬，所以名誉甚佳，永不破案。“裘千爷”三字，方圆三四百里路内，差不多尽知道他的。上回又至温州隆兴当内借伙食，先寄了两通黑头去，没有下落，第三次派手下巡风陆地雷前去踩盘，等待得着报告，晓得有杆子高、金鞭余两个水旱达官在彼保镖，不可轻视，忙到三门岛去聘请沈家六弟兄合伙前往。初不料隆兴暗中尚请端正一个不出名师家，用碧玉围棋子代替飞蝗石，迭连把铁头沈大醉、金刚沈二、海里泛沈三、金棍将沈四、钻仓耗子沈五、阎王票子沈六，以及自己手下当家老三戒金奎、巡风老六陆地雷和九头鸟本人，一齐打伤，伙食未曾借到，反赔掉了九个左眼珠儿。当晚回至船上，个个暴跳如雷，把那用暗器伤人的狠心王八羔子痛骂了一顿。

第二天朝上，大家商量出了个连环恶计来，差儿子小太保裘发魁前去送还九颗假棋子，访问着昨晚那厮是南京人，也是钱通灵的门生。于是先把沈家昆仲送回三门岛，然后他们大队人马回至嵊县，便去访问许云鹏道："你家师父南京徒弟收有几个？"

云鹏不知就里，便答道："家师南京徒弟只收着一个极得意的关山门，乃是龙子渊太史之子，名唤龙天霖。"并把天霖当初拜先生经过，以及面貌肥瘠、身材高矮，都告诉出来，和裘发魁所见之人毫无二异。九头鸟等一党五六十人，都把济苍恨得牙痒痒的，现在都炼着子午毒药问心钉，等待炼成功了，先上南京去收拾小龙家属，回头再至温州找本人报仇。岂知今天发魁途遇济苍，忙赶回去报告了。这是他自投罗网，送上门来，再不报仇，等待何时。

及至二次派人出去兜拿，却又遍寻无着，直至遇着许三，才知他已到了许家去哩。故此九头鸟便写字条儿来，知照云鹏，叫他休管闲事，总算招呼打到，省得没有本地面上朋友在眼里。云鹏适才闻济苍道及此番到嵊县来的本意，就会意到九头鸟上次忽然差人到来，访问南京地方有几个同门师弟兄，莫非和济苍所谈之事有些关系的吗？所以他一开口就说："师弟此来，使劣兄为难哩。"

若说嵊县城乡各处有多少人专开武差使的，其中几班是放大买卖的，其余若干是走小路的，云鹏肚内全知道的。不过兔子不吃窝边草，岂有自家也是嵊县人，倒把本地方上人的秘密去泄漏给外省人知晓。无奈来者又非外人，乃是自家嫡亲师弟，自己向来是尊师重道的，先生的说话无有不依，比娘老子的金谕还要郑重一些哩。

钱先生半世人身，收的徒弟也不少，未收济苍之前，常把云鹏推为第一，既收济苍之后，立即函知云鹏，盛道：

> 济苍天分在汝之上，平生绝艺，能纤细毕传者，非龙生莫属。汝宜与之订交为友，将来同声同气，相应相求，互助同谋，前途不可限量。千万莫信他人之教唆，致同门视同仇敌。若尔二人者，合以治事，则有大胜无大败，分而谋事，则有大败而无大胜。

云鹏接到此函，便不揣冒昧，和济苍通信订交，彼此虽都不曾谋面，但是都换过照片，而且肺腑中的说话已都你知我见，一毫没有隐蔽的了。此次他远道前来，掬忱相告，非但不把师兄见外，言语中间尚含着要仰仗师兄帮助一臂之力哩。所以云鹏感觉着困苦，左右做人难，帮着师弟，抑了本地方上朋友，固属理上讲不过去的，但是袖手旁观，眼巴巴瞧师弟遭外人欺凌，做人也不是如此做法的。并且九头鸟方面，现果致书关切，请自己莫管这件闲账，愈加使得自己为难了。仔细想了一想，便向济苍道："师弟，你也是个聪明人，你此次到来访查这件事，被你放矢中的，十停中算对了八九停哩。不过这件事情，劣兄虽则一肚皮，无奈两方都是朋友，不能帮助哪一方的。现在师弟行踪已被本地方上的人注意去了，有书前来知会劣兄，叫劣兄休管这笔闲账，故此劣兄已打定主见，少顷要去和那致书人碰头，同他去谈判。只说师弟此来，专诚是为的探访劣兄，你们既然有我在眼，特地修函关切，那么此次万万不可有伤我家师弟的毫发。因为他不是到来办公事，那是到来望朋友，你们若得这次就要碰动人家，叫我江湖上兜不转的，回头他若再到此间，那么我置身事外，不管你们两家交涉，由你们闹去。料想劣兄如此去说着，本地方面朋友或者尚肯买这一回账，庶师弟可以安然而来，安然而去。此地各方人士对于钱先生都是奉命唯谨，一些不敢发强的。好在先生又有入嘉峪关的消息，师弟离开此处，赶紧往这条路上迎过去，若得迎着了先生，拉着他老人家同来，那时既有先生的定做恶人，复有劣兄的现成善人，两下这么一挤，保管师弟那件交涉可以如愿而偿了。倘若只就目前动手而论，师弟能耐，劣兄深知道的，未必败在他们手内，不过师弟单身一定能够稳胜他们这句话，也难夸口。何不此次少忍一时，待找着了先生同来，权操必胜，把此事迎刃解决，来得便利了？”

济苍听云鹏这番解劝确实不错，故便一口应承。云鹏便去拜谒九头鸟，道及：“龙天霖此来，完全访友而来，列公要看在我面上，不可出手。”被他这么一说，所谓光棍不谈无理之言，九头鸟也只得勉强答应。当下济苍在许家住了两天，由云鹏伴送他到了余姚，代他招呼了一条开往北洋的海船，言明附搭到海州上岸，然后叮嘱他沿陇海路线西行，由陕入甘，去候师重来办理索还真棋交涉。济苍自然遵命动身，到了海州登陆，觅路西去，无非晓行夜宿，并无多话。

那日行至华阴县界的华山脚下，只见高峰远岫，集翠流青，云影天光，千态万状。因为贪玩山景，错过宿头，只得费了一番唇舌，向一家乡村人家哀求，他们答应了寄宿一宵，无意之中又同那村农闲谈起来，提及：“离此正南有一所卧佛寺，寺中供的陈抟老祖，寺后有座石佛崖，离地有七八丈高。在半山腰内有个石堂，石堂旁边有个天生大窟窿，窟窿上系了根铁绳，直垂到涧底。凡铁绳经垂之处，都有石孔可以接脚的，也不知当年是谁凿的窟窿，是谁把铁绳拴在孔内。我们小时候就瞧见的，现在我已四十七岁了，从来不曾有人敢上去过。两月之前，卧佛寺中来了个挂单和尚，据他自己说是从北五台清凉禅寺飞锡到此，在卧佛寺住了一夜，第二天就挽绳踏窟，上了石堂中去闭关修炼。每天早上至晌午，他总在石堂外面盘膝趺坐，太阳直过，便回进石堂内去坐禅。卧佛寺中常持诸众见他举动怪异，传说得远近皆知。始而也无人敢上去送口粮，只在下面打了手势，叫他用麻绳垂下来，吊上去的。近日也有大胆人敢上去，问他生死富贵，那和尚总说些模棱两可的话，不肯明明白白告诉人，因为他怕泄漏天机，要遭天谴责的。却最喜和人谈江湖上的门槛同玩弄拳棒的话，你想奇是不奇？”

济苍听了，也觉得奇异，自忖：“左右没事，倒要绕道前去瞧个明白哩。”

当晚过了，第二天清晨起身，问明了上卧佛寺的途径，诚心赶去。其时已是十月中旬，天气交进了冬令哩。到了卧佛寺，天下起雪来哩，只好借住在寺中。过了三天，云开雪霁之后，才烦了个小沙弥领至寺后，指示济苍道：“对面半山崖内那不是石堂和铁绳吗？”

济苍只见铁绳，却看不见石堂。小沙弥初时不肯领路，济苍给了他二百大钱买果子吃，他才欢欢喜喜，将济苍直送至石佛崖下，指着上面道："异僧就在着这上头石堂中，客官如其要去动问休咎，请放大了胆，由铁绳上去吧，小僧恕不奉陪了。"

济苍见四面都是崇山峻岭，被连日下的大雪堆积着，格外见得凸者愈高，凹者愈平，周围树木都成一色雪白。再把那要铁绳仔细瞧瞧，却是一个个碗口粗细的铁连环贯着，分明是一条胡桃大链，从上至下，约有七丈以外。石崖之上凿着一个一个小圆窟室，人的足趾尖勉强可以嵌得进。倘然上去，危险万分。

济苍详细反复审度了一会儿，问那小沙弥道："你曾上去过否？"

小沙弥道："我不敢上去，万一铁绳锈断，或者失手滑脱，跌下涧沟内去，骨头都要跌得粉碎哩。"

济苍道："我再给你一块大洋谢仪，你陪我上去。"

小沙弥道："哪怕客官给我一百块钱，我也不奉陪的。据我们寺内的首座，他上去过的，说及上去倒尚不甚艰难，下来之际，无有不脚软的。我看客官也是斯文一脉，登梯爬高不擅长的，我劝你还是不上去为妙。"

济苍被他此话一激，暗想："我既到此，难道就罢了不成？要见异人，总要吃些苦的。"于是一鼓作气，双手挽住铁链，先用左足踏住一窟，次用右足换上一步，两手亦然，以次左换右，右换左，一步步攀踏上去。跑至一半光景，自觉有些手酸脚软，猛听得下面小沙弥高声吆喝道："客官小心拉着铁绳，用劲往上爬，现只爬了一半哩。"

济苍听了，两腿有些发抖，心神慌乱，眼前发花了。回头过来一想："现已至此田地，只合有进无退，管甚生死。"于是再振心神，鼓勇上前，又放大了胆，爬了两盏茶时候，且喜已到了石佛崖的最高一层岭上。岸顶上头都是天生许多四五尺高的石笋，一排连牵树着。到了上边，回头向下望望，只见云雾迷漫，连来路都瞧不清楚。再瞧瞧那铁链发源处，竟似拴挽在崖石窟内，由山内穿出来，往下倒垂，瞧不明白它拴牢在哪一块石头孔内。山东边是一条瀑布，此时因为天寒水冻，只有汩汩细流。靠西四五步外，果有一所小小石屋，用一块三尺多高、二尺来宽的木板堵住着石屋门口。

济苍走至木板前面，用手轻轻一推，那木板应手而倒。向石屋内一望，果有一个和尚，光着头，赤着脚，身上穿着一领棉衲袄，盘膝坐在石屋中间的石床上首，两眼紧闭着，想是在那里练得入定功夫，所以一毫没有知觉。济苍伛偻进了石屋，见只有一小开间，石床东面堆着些米，石床西边放着些干柴和一口大砂锅、一只小水缸，以及火炉、木碗等类。石床正面地上放着一个蒲团，旁侧有几卷书籍同纸墨笔砚诸物。石壁上面都镌的佛像，年代深远了，一时瞧不清楚是什么菩萨。再把那个和尚仔细瞧瞧，见他头圆口方，项短眉浓，筋粗骨暴，现虽盘膝坐着，若得站起来，身材必然高大。

正在仔细端详之际，那和尚猛把两眼张开，向着济苍高声喝道："你来了吗?"

济苍不觉应声答道："我来也。"

和尚道："你来则甚?"

济苍道："我来求道的。"

和尚道："你是真心求道的吗?"

说着，便跳下石床，在地上拿起墨水来，在砚上磨浓了，又拿起纸笔，写下八句偈言，授给济苍道："你懂得这八句玄妙，方可和我谈道哩。"

济苍接过来一瞧，那和尚写得一手好苏字，非常苍劲。那八句偈言是：

身在空门心在玄，半生入定羡枯禅。
婴儿未产工犹浅，姹女逢媒果始圆。
颠倒阴阳通气海，调和水火润丹田。
将来龙虎争降后，万象同归寂灭天。

济苍反复诵了几遍，一时不知其意旨所在，回答不出什么来。和尚催问了几遍，见济苍皆未回答，仰天打了个哈哈道："孔子云：'道也者，不可须臾离也，可离非道也。'道本无形无影，故老子云：'道可道，非常道，名可名，非常名。'又言：'恍兮惚兮，如见其象，依兮稀兮，如闻其声。修道者，当养其无形无声，以全其真，天得其真故长，地得其真故久，人得其真故寿。'"说罢，又将自己的心一指，把济苍的心一指，厉声道，"现在想总明白了?"

济苍道："尚未请教老佛的法号。"

舍利和尚道："我也不必问你的名姓住址，你也不必问我的上下宗派，总之我和你有前定因缘，我把真正达摩祖师的《易筋经》秘诀传授给你，你在此静心调摄，闭关坐功，我出去云游一周。至于水食两般，卧佛寺的僧人自会按期送来，木板之上，我早画上辟邪符箓，不怕山精野怪入洞纠缠。你只消把木板堵了石屋门口，连山中虎豹也不敢跨进百步之内了。"说罢，便又在地上拣出一本《易筋经》来，授给济苍，又在石床底下拿出一支长梗安息香来，叮嘱济苍道，"你要看此书，须点此香，方不亵渎神佛。大约此香点完，你功行亦可圆满了。"

和尚交代明白，他收拾了他的一个小包裹，出屋去了。济苍听他说得很觉郑重，不疑有他，待他走后，竟依着他话，把木板堵了屋口，虽则屋内黑了，幸尚看得出字。于是点起香来，插在面前，掀开《易筋经》来观看。不料这和尚是北京雍和宫的喇嘛僧，因为干了歹事，被逐出外，他颇娴文墨，极有胆量，别人不敢去的地方，他都敢去的。此次到了卧佛寺，一见石佛崖上的石屋，他便同寺僧勾通了，想出这新鲜赚钱方法来，先由寺僧代他宣传出了名誉，若是附近愚夫愚妇上去问他休咎，必定有个寺僧陪伴上去的。这就是个暗号，他晓得附近之人不能动手的，倘然单身上去，没有寺僧伴往，他知道是远来孤客，而且有油水的，于是便用这法儿。授给济苍的那炷长梗安息香，其实就是鸡鸣断魂香，俗名所谓闷香，让他自己燃着了，闷倒了自己，然后他从容不迫重回石屋中，把那闷倒之人的衣服银钱搜剥罄净，将他精赤条条的身子向崖后涧沟内一扔，喂饱野兽毒虫的肚子。孤客身上东西归喇嘛僧一人享用，如其带有行李杂物，留寄卧佛寺中，则归卧佛寺常住僧众公开瓜分的。这法儿行了两月光景，已被他害掉了九个孤客性命。

今天济苍不幸也来凑在数内，当下石中取火，将香燃点着了，急急地掀书细看，岂知瞧了两三页，那册书上语句也都窕幻费解，一时看不明白。正思忖间，忽觉得头昏目眩，两太阳穴涨闷起来，顷刻间天旋地转，一跤跌倒在地，心中虽甚明白，眼中也瞧得清楚，只是口中不能言语，手脚不能活动。又迟了片刻，见那和尚一脚将堵口木板踢倒，用布卷塞了鼻孔，笑嘻嘻重又走进石堂来，先把济苍浑身搜剥一下，衣服银钱如数取去，搜出来的银钱，在火炉下面预先挖成的一个地窖里头拿出个小褡裢来，把银钱装了下去，仍旧藏窖妥当，依然把火炉遮在上头。剥下来的衣服堆在石床上头，然后把一个精赤条条的龙济苍往胁下一夹，夹出石堂，往北行去。济苍耳内听得出，眼中瞧得见，无如身子宛同中风瘫痪了一般，一丝气力没有，由这秃驴摆布。等待夹出石堂，往北走不到二十步路，已至崖顶尽头，他便一手抓了济苍的脖颈子，一手托在济苍臀股交界之处，脚下踏了个丁字步，一个作势，把济苍对准了崖后万丈深涧中，便用力往下一扔。正是：

阎王注定他乡死，断不容人返故园。

欲知龙天霖性命究竟如何，且看下回分解。

第三十三回

劝业会龙马夺头标
上新河名师报喜信

却说嵩山少林寺异僧孤云和尚，他自从上年除夕在褒城县和龙子渊邂逅相逢，代他推排八字，算过星命之后，便匆匆分袂向东南游行。他此次入关，本则为史家三弟兄访求能人奇士，顺便想说说春宝山全山弟兄和曾国璋部下人众加入史孟明等一气，潜把势力扩张到长江方面，将来一朝揭竿起事，可以四方响应，容易成功。所以他沿路留心交结，不论文才武艺，上下中三等人物，只要有一才一艺可取，他便要设法拉拢了，才肯再往别处。

及至到了此间，听见关东十弟兄的声名势力确实不小，他便聚精会神去和白大、关二、张三、柴八、憨九诸人勤通款曲，由浅入深地订交起来。不过他们十弟兄早受了王天纵王老四的符号，已算滇、黔、川、陕、甘五省光复会内的有力团体。现在白老大、关老二俩做主，又和关外醒狮团接洽，变成骑墙姿势。王老四当然不赞成，便勾结了柴老八、憨老九等出头反对。于是白、关二人便拼命去运动张老三、樊老五、李老六、任老七、张老满等五人，赞成和关外联络政策。不料五人之中只有绰号老洋人的张老满赞成白、关二人的主张，有明白表示，其余张、樊、李、任四人抱着东风东倒、西风西倒，爷来爷好、娘来娘好主意，并无实在帮助哪一边的真确表示。以致十弟兄分了三派，主张和关外联络的乃是大、二、满三人，反对联络的乃是四、八、九三人，三、五、六、七四人又另成中立一派，两下旗鼓相当，势均力敌，各不相下。于是白老大先写信到咸阳，告诉光复公会内的中坚分子，声明新疆的史家三弟兄也是革命结合，和咱们宗旨相同，他们既姓史，又在新疆创立一个局面，所以取名叫新史团。

却巧社会上有那“睡狮醒了”一句传说，故此他们就改称醒师团，乃是音不同字不同。他们派一个总参议叫李孤云，好在也是我们陕西同州人，特来联络，应该和他们接洽，不能辜负他们一团美意。谁知王老四等也有信致光复公会重要职员，攻讦白、关、张三人竟违背众意，和土码子联盟了。

偏偏其时咸阳城内只有一个张凤翙在彼，他不肯狮肩重责，所以分头寄信往三原去追胡中山，上海去追钱禹九、李备荇等回陕，共同调处这事。因此上孤云僧不能即下江南，留滞在此，要待光复公会内派人前来会了面，一共调和了他们十弟兄意见，才可动身。他在此闲着无事，爱慕这西岳华山葱翠灵秀，比较东岳泰山、南岳衡山、北岳恒山、中岳嵩山四岳为胜，故此不时要来游赏。近十天内，也闻人道及石佛崖出了个怪僧，所以他不辞劳瘁，亦然要来会会这个异人。若得是个有用人才，也思收罗他入伙。及至留心一探听，又探听着此僧来历，现同卧佛寺常住僧众狼狈为奸，为非作歹，更加触动了他疾恶如仇的英雄性格，定要赶来为民除害，不容少缓。却巧他早一天到此，另外投宿在一家乡村人家，今天迟一步走至崖下，亲见济苍上去，他便待引导济苍到来的小沙弥回身走后，也手拉铁链踏窟登崖，走至石堂旁侧，听见那恶僧嘱罢那人一番说话，走出屋来。孤云隐身屋后，留心窥视，见恶僧并不下崖，却见他掏出布卷来塞鼻孔。孤云暗忖：“莫非是用闷香吧？”果然一猜正着，直待他们挟了客人走至崖后，要往下扔了，孤云再也忍耐不住，而且事机急迫，也不容再缓，口中便高喝一声道：“嘿！青天白日，朗朗乾坤，狠心孽障，枉为也算断尘绝俗、六根清净的佛门弟子，完全失却出家人修行面目，胆敢弄此狡狯，谋财害命！今天也是你恶贯满盈，天遣佛爷爷在此代你来忏悔了以前罪恶吧！”

孤云口内喝着，脚下早已一个腾步，跳至恶僧背后，伸出左手，把他衲袄抓住，往里一拖。料想一个凡庸秃厮，怎当得起孤云的天生神力，一把一抓，早已倒退了三四步。孤云又起右手向他腰内一点道：“还不与我放下客人身子来吗？”

他果把济苍轻轻放在地上，然后孤云两手一举，把他望崖石上一扔，已扔得半死。无奈他经孤云两把擒拿，浑身发僵，不能动弹的了。孤云又起一脚，用力向他身上一踢，喝声：“滚吧！”他果又骨碌碌往崖下涧底内滚下去，一个人不知要滚为几十段，也是他为恶的报应啦。当下孤云踢了那恶僧下崖，然后把济苍挟至石屋门口。好在屋内缸中贮有清水，便舀了一木碗出来，撬开济苍的牙关，将水灌下，这是一物一制。中了闷香，只消凉水灌下去，立见功效，隔不多时，腹中空响了一阵，打了三四个干恶，便能爬起身来。天气寒冷，孤云叫他进屋去穿了衣服，然后煨火汲水，他俩煮熟了一顿饭，吃饱肚子。

在做饭当儿，彼此问过名姓。济苍不知什么，孤云却晓得他原来是龙子渊的儿子、钱通灵的徒弟。当日时候不早，他俩就在石屋中过了一宵。到第二天清晨，济苍将火炉移开，在地窖中取出小褡裢来，将自己银钱收回。恶僧也有些些积蓄，便送给孤云作了川资，再做了一顿早饭吃了，然后手挽铁链，脚踏石窟，一步步倒退下山，反觉比上去时候省力。

到了平地，孤云叫济苍先行一步，候在路旁，等取行李，不必再入卧佛寺中，空费唇舌。济苍依言，先独自走了一里多路，然后耐心守候。大约隔了一顿饭工夫，忽见石佛崖下烈焰飞腾，附近乡民鸣锣聚众，前往救火，都嚷道："卧佛寺内走了水哩。"

此时孤云笑嘻嘻地走来，把济苍行李装作一担挑来，叫济苍检收，一件没有缺少，然后郑重叮嘱道："你要和先生见面，火速赶至上新河地方去，保你师徒见面，并且可以得着大大喜信。出家人并有四句偈言奉赠予你，你须终身牢记。你是'逢姚而霸，遇赵而王。见孙中止，得马成双'。"

济苍道："多谢大师指迷，不过这四句如何解释的呢?"

孤云道："事后自知，现在连出家人也分剖不出个所以然来。"

济苍无奈，只好辞别了孤云，回身东下。行了几天，已到河南光州境内，那晚投宿在客店中，听人提及道："我们光州地方，总算也出了一桩千古流芳的故事哩。"

另有个尖嗓子的问道："什么事呢?"

那人答道："合肥的李傅相，他是出过洋的，所以他发明出来的大小事情总沾染些外国色彩。他上次做北洋大臣、直隶总督之际，奏明两宫，要办一个北洋劝业会，不料才提起此话，就为了甲午中日战争，他改调到两广去哩。不过这劝业会的筹备手续依旧照着法定程序进行着，本预备今年秋天要在天津开大会的了，岂知上半年拳匪一闹，下半年八国联军攻入北京，两宫蒙尘西狩，哪里再会干着大人白相玩意儿？所以两江总督南洋大臣刘坤一、两湖总督张之洞会衔奏明天子，要开一个南洋劝业会，地点择定在南京城内北极阁附近的空地上，特地建筑起许多西式新房屋来，预备陈列各种南洋出产的农、工、商三界品物，请各国农、工、商三学专门博士同来仔细观览之后，公同品判，评定甲乙。若是判在头二三等之内，不但承认他有专利权柄，并且还有大大的奖赏哩。目下已经积极筹备着手征集各地方的优美东西，先由本国专门人才把各种植物用心选择一下，然后拣最优美的几种给予凭证，候将来正式开会时送去陈列。至于正式开会的日子，尚不知要等到何年月日，就是那会场的房子，现方择定图样，招人投标，准备动工哩。不过非正式的竞赛小会已开了好几回哩，倒说最近又开了一个赛马会，由关外赶来赴会的马贩子何止二三十个，带来的大小马匹真有五六百匹。说也古怪，这许多马匹里头竟没有一骑毫无毛病可以入选的，于是主持的人恼了，特地四处八路张贴榜文，知照户头上，如其养有好马，快快牵出来，挂号与赛，共争国际荣光。这榜文一贴，果然有私家户头上豢养的牲口送出来比赛了。比赛下来，就在南京本城三步两桥龙翰林家内一头四不像老马产生的一骑科马，银鞍毛片，同人类中的小孩儿相似哩。由龙家一个管厩的马夫，诨名小蛮牛，私自牵来比赛，倒考了个第一。经许多中西养马专家评判下来，此马将来真可以日行千里不暗，夜行八百不明，真正龙驹马，可以媲美周穆王的八骏、战国年间燕邦的日月骕骦马哩。这风声传入我们光州神拳无敌金光祖金四老爷耳内，他家中不是也养着一头铁脚枣骝驹，远近驰名的吗？他一时性发，按捺不住，也跨了此马前去赛会。不料大家一见此马，都道：‘马呢，果然一头好货，可惜口齿将满，老迈些了。’金四不服这话，便同一个英国的养马大家叫马律师俩赌下一千两纹银东道，马律师坐在小火车上，另外请个高等骑师跨了此马，一同在下关出发，到进劝业会头门为止，谁先到为胜。金四一时鲁莽，竟会赞成这个办法，两下都请了公证人，立了契约，择日举行。不料临期没有一个人上得上它的背。有个马标内当军官的叫余搏霄，江南骑师当中算说得着的，不料跨上它背，被它前后两个树牌楼，将余搏霄掀下背来，连一只眼睛都跌坏的。最后仍由金四自己骑着，同火车赛跑。等待到鼓楼附近，那马总在火车头旁侧一脚不松，马律师已瞧出此马不弱，唯恐这次比赛下来，此马要力尽倒毙，忙扬红旗止住，无奈金四人肯答应，胯下那马不肯收煞，回头马先到三秒钟，火车反迟三秒钟。东道是金四胜的，不料那马果然力尽，等待金四下背，大家拍手欢迎之际，可怜马在旁一声哀嘶，横卧倒地，口鼻中不住冒血，一瞥之间，四蹄挺直，竟然死了。当场金四号啕痛哭道：‘死掉了一个兄弟或者子侄辈，没有这般伤心哩。’东道虽赢一千，但是一头好马却断送的了。据云金四此马死后，偌大中国只剩一骑好马，就是龙家那头银鞍驹了。不过金四的枣骝马虽死，总算我们光州地方也出了这件故事，连外国人都知道，想亦可以千古流芳的了。”

济苍得闻此话，暗忖：“我家出得出这样好马，倒又不像倒霉，为何我们父子二人要遇着如此遭际呢？若说家运不佳，怎么出得出这夺标名马？倘说家运佳吧，如何会父戍川边，儿遭颠沛，此中玄妙真个非人所知。据他们说来，小蛮牛把马私牵出外与赛，未识母亲知道否。”济苍本则不念家里，自闻此信，不禁打动心肠，记挂起家中的云氏母亲和老家人晋福、小厮桂兴儿等众，因而又想着徒弟李云，现在不知仍在徐府当差，还是和自己一样天涯沦落、南北奔波呢。在路非止一日，那天到了江宁北岸，屡欲想渡江过去，进了仪凤门，往家中走遭，究怕走出意外之事来，故此仍沿北岸行至草鞋峡对面渡江，然后扑奔上新河。他虽生长金陵，上新河这处地方却从未到过，今番尚是头一回哩。上新河虽是个市集，因为安徽和上江下来的整排大木头都到此散了排，然后再分往镇江、常州去的，所以上新河的卡子抽取木税，算是大宗收入，因此上市集虽则不大，却非常热闹，十分紧凑。济苍才进市梢，迎头就遇见一个打卦先生，济苍不在心，和他交肩而过。

那先生反停住脚步喊道：“达官，上哪去？”

济苍听他叫得出自己的乳名，大为诧异，忙也站定身躯，把那打卦先生面貌仔细端详一下，不禁喜得打跌道：“我道是谁，原来是先生！异僧之言，何其神验若此。哎呀！好先生，岂不想念煞学生也！”

东孙笑道：“我和你数年未见，怎么你仍然带有三分孩子气的哩？夹七搭八说了一大篇，为师的一句不曾明白。路上未便讲话，你且随我到了寓中再说。”

于是东孙在前引领，直至后街关王庙二殿旁侧一间静室门首，东孙由身上除下钥匙，开锁进去。济苍跟进来，把行李安顿好了，东孙亲自出去打了一桶热水，泡了一壶茶，提至房中，把房门掩上。济苍赶紧参拜过了先生，东孙便命他洗漱之后，坐下喝了口茶，师徒二人方再细谈衷曲。先是东孙告诉学生别后情由，一直说至在沙鲁里山和子渊碰头，迨后到昌都去欢迎令尊，迟了一步，被云贵飞贼赛时迁彭二救去。此人虽是梁上君子，倒也很明白江湖义气，令尊由他搭救了去，大致无妨的了。济苍一来遇着恩师，二来得到老父确信，喜得眼泪都笑出来，竟疑惑自己身在梦中哩，直至东孙问他何以至此，济苍才把自己经过也一一地诉说出来。

东孙听了，叹道："天下本无事，庸人自扰之。不料像令堂那种贤惠，真是女中罕有，也会这般无事自扰起来。你石佛崖遇见那个异僧定是李孤云了。他本同为师的一条跳板上的人，所以他晓得我要至此间，指点你来相会。"

济苍道："先生到此地来，可有真目的呢？"

东孙又叹道："唉，为人家国，误我神仙，为师如今也被名缰套住，身难自主，此来岂有没事之理。不过目下未便同你说明，往后你自然也会得知，而今不用操心顾问。"

济苍应道："是。不过先生可能抽暇到一趟浙东，代门生拉回一个脸，索还九颗玉棋？待门生送至温州，了却那重公案。"

东孙道："这算什么大事，也值得专诚去索讨？你放心好啦，回后遇巧，保你拉转这个脸来。至于九颗玉棋，只消着落在你家许师兄身上，不怕他们不拱手献还。你何必大材小用，将此事耿耿于胸？如今为师的命你到一处地方去弄件东西，你若能弄得到手，于你个人大大有益，真可名震江湖，万人俯首哩。"

济苍听先生如此说法，不禁眉飞色舞，兴会淋漓地问道："请问先生命门生往何处去，弄什么东西呢？"

东孙不慌不忙说将出来，济苍听了，便又欣然别师前往，此一去管教：

虎兕下山走沙石，蛟虬出海涨波涛。

欲知后事究竟如何，且看下回分解。

第三十四回

灵官庙双盗软玉鞭
云龙山计激赵王孙

《杜阳杂编》上载，唐代宗时候在兴庆宫复壁内搜着一条软玉鞭，乃是唐玄宗天宝年间外国进贡进来的。此鞭光可鉴物，倘若弯拢来，可以头尾衔接，弯成一个圆圈。如其捋直了，比随便什么东西来得硬，而且越碰着硬东西越硬，莫说斧钻锻斫不能伤动分毫，哪怕用曾经九炼苗钢铸的刀剑斫它，也斫不断的。后来朱泚作乱，德宗驾幸奉天，这条鞭被一个小太监偷了出来，流落民间，辗转易主。

到了嘉庆年间，白莲教出没川陕湘楚之时，此鞭到过杨遇春手内，后来杨遇春死了，被他一个贴身小厮偷出来卖给湖北襄阳府光化县乡下三官殿内老道的。那三官殿贴近盐池河，一班汉阳江的船帮水贩每年三月初三，北极玄天上帝圣诞，他们总是三月朔日起，大小舟船聚集老河口，三步一拜，五步一叩，名为报娘恩的拜香胜会，拜上了武当山，了却心愿之后下山来，必到三官殿烧回头香，年年如此，非常之盛。并且有些人赤了膊，臂膊上、胸口头、背心上都用小铁丝钩钩在肉内，垂了不少纸扎莲花灯，名为肉身灯，也有垂着大圈盘香，名为臂香。更有暴勇斗狠之徒，索性垂着大铜锣，随走随敲，也有垂着几十斤或近百斤的铁香炉，声称暗赖祖师保佑。一些小铁丝钩钩在皮肤内，能有多少牢处，荡得起多少分量，倒可以挂得牢近百斤的铁香炉？因此上愚夫愚妇格外相信，其实这是四两拨千斤，一些些巧劲罢了。像江南无锡江阴常熟等处也有这风俗，有的竟事前布置，故意到某处庵内去借一对若干重的大铁香炉到来，预备挂臂香用的，其实到了临期挂上去的，那是用木头仿着铁炉形状，预铸一对西贝货，所以挂了它，尚能走十多里路，偶然自淘伴内火并打架起来，第一要紧卸下这对木炉藏掉，就怕揭破了这门槛，半文不值之故。至于武当山这个香汛，一年的开销要照半年牌头，老河口镇上各种店肆也把这个节场算是大宗收入的，三官庙的香火自然也连带兴旺，孤零一所庙宇，不上十年，一班赶节场做小买卖的经纪牙贩都发了财哩。于是望衡对宇，多都先从盖搭茅草屋起首，渐渐都翻造了瓦屋，兴起市面来，居然也成了一个镇口哩。大家饮水思源，想着这个市集全仗着天官、地府、水府三官兴发起来的，所以镇名就叫作了三官殿。至于那座三官庙，地步并不十分广大，并且正殿上三官菩萨的香火也寻常得紧，倒不如进了头山门供的一尊王灵官的香烟来得兴旺。因为据《玄枢真诰经》上所载，那玄天上帝的俗家姓萨名洪，当初学成大道，尚未名列仙班，云游天下，朝山礼斗。

那日行至一处地方，见土人都尊敬一个黄鳝精，无论男妇，都虔诚供养，一点儿不敢含糊。萨洪大不为然，便运用三昧真火，把黄鳝精的庙宇烧毁。这一下使得黄鳝精无家可归，将萨洪恨得牙痒痒的，一时又捉不着萨洪的错处，奈何他不得，于是暗中寸步不离，跟着萨洪走路。如是者跟了三年。

那一天，却巧是六月三十日，萨洪行路口燥，便在一家瓜田里摘了个西瓜，拍开来吃了解渴。吃完了那个瓜，跑至河边洗手，水中照见有个三只眼的红脸大汉，扬鞭要打。萨洪忙回至瓜田内喊了几声，不见人来，当即挖了一百个大钱来，挂在瓜藤之上，以表自己丝毫不苟，不做暗室亏心之事。黄鳝精一见萨洪如此举动，心悦诚服，便现形谈道，愿为护法神祇。萨洪于是代为更定姓氏为王，单名一个善字。两人约为兄弟，言明萨洪有事用着王善，只要将指头划破，滴些鲜血在沙土上，杂在沉檀速降等香内，焚在炉中，便是催召王善的信香。当即随召到坛，听候调遣。传留至今，凡属道士所做的紫光斗、璇玑斗、接引斗、朝真斗等各种礼斗功课，皆属萨洪大真人所创始的。第一上场，其名家书发檄，就是催召王善，所以做这礼斗的主任法师，要把左手中、食两指的指甲对香炉内弹上三弹，口中念“我奉萨洪大真人滴血流沙”云云，就是这个出典。后来，萨洪位列仙班，和太白金星李长庚、许旌阳、葛洪三人成为玉虚四相，便保王善为护法灵官，等待萨洪升做北极玄天上帝，专管荡魔涤妖、斩邪灭恶之事。他部下有龟、蛇二将，张大帝、小张太子等玄门十将，又把王善封为护法先锋，以故无论是龙虎山养玄抱一堂的三山滴血派、穹窿福地字派、武当福海派、龙门法派、华阳道派、太华宗、王刁宗等各派羽流，研究静宗的“玄关”“清生”，动宗的“正乞”“宏先”各系道法的，总之以王灵官为护法先锋将的。这班迷信男女，《玄枢真诰经》知道得甚少，但是老徽班内有一出全本武当山祖师得道的唱作打念四项并重的戏剧，故而茅山、华山等处都有半山灵官庙的，现在三官殿头山门内那尊王灵官香烟反较正殿上兴盛，大半就借劲在这上头。再者最初塑成了这尊灵官法像，照例要开光抢灵，却巧去抢着了一个钱都司的人灵，故而格外威灵显赫。他手内捏的那根鞭就是当家老道在杨遇春贴身小厮处买来的那根软玉鞭，更加远近争传，大名鼎鼎。

到了洪杨时候，翼王石达开为因金陵北王火并东王之际，北王韦昌辉指石是杨党，石便率部西上，别树一帜。其时天南遁叟王韬却巧初出茅庐，在石幕中做参议。他是无书不览的路经老河口，听见土人提及此鞭，他再把《杜阳杂编》上的话一引证，忙带了人到三官殿来搜取这件好东西。不料道士早将真宝收藏，灵官手内捏的是一条矾石铸的假货。王韬一试是假的，正欲追究道士，不料胡林翼差李续宜打过来了，石军三战三败，忙向川省退去。王韬就在这当儿和石达开分散，上香港去的。他同东孙的父亲曾经道及此鞭的佳处，现在落于何地，曩曾谋之而未得。

东孙小时候也听王韬说过，后来亦然亲至三官殿实地侦察，不料那个灵官手内空空如也，并假玉鞭也不捏。仔细用心一打听，才知那庙中老道自从长毛军师来转过一次念头之后，为郑重起见，灵官手内索性不捏，此鞭归当家宝藏，特制一间特别宝库、特别箱儿安放此鞭，钥匙归庙董执管。每年三月三祖师诞、六月二十四雷祖诞，才将此鞭拿出来献一献宝，平常日子休想瞧得着这鞭，任凭一等一大好老，不买账的。其时东孙就想设法下手的，后因目前用不着，犯不着煞费苦心，背了血海般干系去弄这小东西。回头用得着时，再来算计，直也不怕不到手，故而作罢的。这是以前的说话。

此次在上新河同爱徒会面了，因为听他口风，实在有了这身好功夫，眼前无事可做，所以才又想起这条软玉鞭来，指点他上三官殿设法前往盗取。倘能到手，如虎添翼。济苍听了，自然应声便去。

东孙道：“忙不在一时，我和你长久没有会面了，今番别后，也许就碰头，但是就大势上推想，重逢日子不会近的。你姑且在此休息两三天再动身，未为迟也。”

济苍一一从命，果住了三天，方才别师就道。临行之际，东孙又叫他将温州带出来的铺程留下，待为师的代送到府，并且顺便报个平安确信于令堂。可知出门人的东西，少带一样，便利得多哩。济苍自又从命，仅把家中带出来的小包裹拿了动身，先至江边候搭上水船到了汉口，然后再转船到老河口。岂知龙天霖往三官殿去转那软玉鞭的念头，同时东孙的小师弟锦毛狮子姚逢刚也和济苍抱着同样目的，却巧不先不后，齐至老河口。

逢刚自从在北京一时义愤，暗保龙子渊密通消息之后，一路上护送子渊到了邛州羊场镇上，因见龙殿扬差来的刺客，其中有个白云观的金冠老道吕福通，剑术功夫已经练到九分九，真正是个棘手货，外加三四个黄符帮大力盗冠，寻常之辈绝非对手，所以他才露面出手的。十八回书当中述及那个吸烟怪客就是逢刚。后来子渊一过康定，和东孙会面，他晓得以后责任由大师兄负担了，他才放下心思，先至瓦斯沟东市梢白衣庵探望悟善二师兄，帮助悟善教会了项秀林放袖箭的本领，然后又至绵州新店子金鞭崖三师兄蓬头狮子吴士华家中住了一时。还是士华无意之间同逢刚谈及了这软玉鞭的好处，才打动逢刚念头，即便别了士华，也到光化来，想盗这条鞭的。不料他俩同至此间，先留神探访下来，方知这条玉鞭近几年来连三月三、六月二十四两个香汛节场也不献出来的了。因为灵官手内一捏这鞭，那年方圆一百里之中必有瘟疫，而且田内还要歉收。后来有人提议道：“目下世界上，坏良心上人来得多，灵官是疾恶如仇的，故此玉鞭到手，他要收拾恶人，因此要有瘟疫，而兼暗荒。我们一壁求求神灵，大家良心忏悔，诸恶莫作，众善奉行，一壁玉鞭不送到灵官手中，试他一年如何?”

大家果真依了此人主张，那年竟然人口太平，而且大熟年，因此上连这两个香汛，玉鞭也不出现。行了这风俗，也有四五年来了。他俩来想盗玉鞭，愈加难哩。

慢提他俩盗鞭之事，先说小隐徐州云龙山的赵王孙，他自闭门谢客，不问外事，专和那些乡农交接以来，倒彼此开诚相见，一毫不有机械作用。浑浑噩噩，不识不知，反较以前座上客常满，樽中酒不空时候来得安闲自在。自己无求于世，世人亦无须求他，偶然兴到，喊清霜或者紫电往城内去骑一匹骏马下来，习练一时骑射。或者邀月华举觞，手边摆下一部

《汉书》或者《左传》瞧一会儿，喝一会儿酒，舞一会儿剑，喝得有些醉了，便又抚剑作歌，唱一个痛快。觉着疲倦了，放倒头去便睡。每隔了五六十天，进一趟城，查查儿子及义侄言汝良的功课。所有外省有交气的朋友，随时通函存问，彼此晓得近日的起居一切。至于寻常泛泛之交，也就含糊一点，不似从前那样热心滥交。所谓人生在世的文字品行，大抵绚烂之后，必归平淡，这是一定的。像赵王孙般是早出道的，到了三十岁以外，便已淡视名利，与世无争，如此光阴，倒也易度得紧。转眼之间，赵王孙归隐了已有四年多，近五年了。

那一天，他却从乡下到城，至家探视，门外边忽然通报进来道："有个南京下书人求见。"

王孙暗暗奇异，自忖："每次回家来在路上，向很注意，不愿与熟人招呼，多生枝节，怎么这回前脚到家，后脚就有人上门来找？这倒奇了。"及至细问门下，才知来人已经到过云龙山别墅去访问过，才再赶进城来的。王孙愈加奇异了，因为认得山中别墅之人轧得出几个人，休说下大夫淘内知道的固少，就是朋友当中，也有限几个真正知己才会晓得自己实在住居之所哩。现在那人先至山中寻不着，才又追踪进城来，定是要好朋友差遣来的，而且这人尚必曾经来过一两回的了，所以能如此驾轻就熟，不然万不会如是熟悉。但不过仔细想想，南京方面并无十分交好的知心朋友，倒要亲去诘问个底蕴。等待走出去一瞧来人，又是一面不相识的，直至他拿出信来送来王孙展视过后，才知底细。原来其时的光绪和西太后西狩咸阳，那些封疆大吏居然起兵勤王，然而派来的勤王军队大抵还是淮军某字营。那班军官，什么统领帮统，都是头戴顶帽，身穿天青缎的乌龙得胜褂，四角镶嵌了玄色大如意头，下身披了两片马裙，脚上蹬着缎子或者布筒的尖头快靴，一个营盘内拖花翎蓝翎的军官，尚还点得清几个，大半还是拖着两根黄狼尾巴的居多。至于那部下弟兄们的装束，又都是皂布捆头，身穿红边号褂，脚上穿着多耳麻鞋。每二十五个人算一百名，合一个篷帐食宿的，所有名称呢，每二十五人为一棚，十棚为一哨，五哨为一营。譬如张三，招募了二十营或三十营兵勇，自成一种张字营名目了，号称有二万兵丁，实在只有五千个足额。他本人例有三队亲兵，专为保护他个人的，不杂在二十营总数目内，等于目下的卫队。谈到军械呢，一、五两队用抬枪，就是那种中国旧式火炮，俗名又唤作"毒龙"是也。二、

四、六、八四队用刀矛叉藤牌等器械，矛子上头多兼带系着一面红地白边黑字的大尖角旗，平时遍插营垒之上，以壮威武，临战时把旗卷了起来，用头上那个尖头刺人的。三、七两队则又谓洋枪小队，扛火枪的了，然而还是前膛枪居多数哩。

这种淮军的味道，光绪甲午、庚子两次战事，尝着味道的了，不敢赞成。然而除了淮军之外，只有湘军，那编制名目又和淮军大同小异，乃是十人为一队，八队为一哨，四哨为一营，五营设个统领，实额一千六百名兵丁，作一万个人领饷的。湘军的暮气更较淮军为甚，两宫见了，实是哑子吃了黄连一般，说不出连珠箭般的苦。本来国家养兵，每年要支出多少军费，却养了这种东西，譬如出了一万个人的粮饷，有一万个饭桶陈列在眼前，倒也可聊以自慰哩，初不料一半数目也不到。所以历古至今，军饷无有不拖欠的，除非要用着军队上火线，没奈何才想法抽拨一些军饷出来，收买收买军心。承平时代，当然要欠的哩，倘若军饷分文不欠，关关如数收清，做军官的太舒服了，简直一些产业没有的穷光蛋，只消做着军官，发财可立而待的。

光绪自忖，倘若军饷不行拖欠，那是我这倒霉皇帝也不愿做，情愿去做军官，名利双收，舒服得多着哩。怪不道聂士成、李秉衡、董福祥、宋祝三等一班部下已算我手下的劲旅，和外国人交手起来，照面全无的了。照这种军队，平日间名誉尚不如聂、李、董、宋诸人，试问要来何用呢？其时岑春煊却巧随侍行在，有一天两宫召见谈及这话，讵料岑氏弟兄三人全是李少荃一手提拔出来的。李是淮军鼻祖，岑三在恩师分上，自然不肯轻易诋毁一句半句，反滔滔不绝盛称淮军勇敢，奏对上去，两宫默然。

又过了几天，山东巡抚袁世凯也派了一支勤王兵来了，光绪一见这支军队倒大有朝气，士饱马腾，军威非常雄壮，忙降手谕去动问袁鲁抚的军队是何名称，怎样编制方法。回头袁专折奏陈，原来他是采取日本军制，每十人为一棚，三棚为一排，三排为一队，三三见九十个人，外加九名正目、九名副目。每棚派着一正一副两个目兵，一排有一个排长，一队三个排长、一个庶务长、一个司书生，另委一个队官统率着，每队再加八个陪补兵、四个伙夫。就是每一棚十个弟兄，内中也有分四个正兵、六个副兵。分明一队之中有一个队长、三个排长、一个庶务长、一个司书生、四九三十六个正兵、六九五十四个副兵，外加八个陪补兵、四名伙夫，共有一百二十六人为一队。四队为一营，委一个管带统率着；三营为一标，设一个标统管领着；两标为一协，设一个协统管领着；两协为一镇，设一个镇统主理着。至于军械，以毛瑟枪为主，分明一营足额五百人，一标足额一千五百人，一协足额三千人，两协共有六千名足额，这都是步兵。另募一标马兵、一标炮兵、一营工程兵、一营辎重兵，步马炮工辎五种军丁已合足一万。此外营部有副官，标部有执事，协镇司令部有差遣军械、军需军法、军医等处职员，另有参谋秘书等等。一股脑儿算起来，一镇人数至少一万零三四百人，和敌人开起仗来，自以步兵为主，马炮掩护着进攻。如其敌人以马兵当先冲锋，则我以工辎防御正面，以炮兵掩护遥击，以步兵两翼包抄；敌以炮兵为主，则我正面以步兵冲锋，用马兵两翼包抄，只要冲进敌方的炮门，他的炮即失其效用力量。平日严加训练，连打败仗的法儿都要训导弟兄。万一我军失利退却之际，有子弹在身，尚可且放且走。一旦子弹告罄，弃枪败阵了，须将枪上用以瞄准的密达尺、用以开放的扳机拆下来，藏之于胸，枪头上的刺刀拔下来自卫其身，回头将这尺、机、刀三物回营缴令，虽败无罪。盖敌人就拾了你的枪去，也等同废物，一毫无用的了。倘回营无此三物，则以临阵脱逃论，立即军法从事。入伍三年之后，拣军事学识全熟习的目兵，同学堂中的毕业一般，办退伍。退伍兵士名为续备兵，酌给恩赏，一面另招新人补充，六年以后，办第二次退伍。则头次之退伍兵，由续备兵改为常备兵，不再给饷，由彼自维生计。如是者三年办一次退伍，二年招一次补充兵，周而复始，等待十余年后，全国百姓大抵都是常备兵，一旦国家再有事故，可以随时召集，便利多多。

光绪一见此本，大为赞成，便命袁世凯在直、鲁两省任何小站地方，广行招募，着手训练新军，并着各省一体照办，每省至少要成立一镇，所有镇名的次序，以成立日期先后为标准。至于以前绿营哩、镇筸兵哩、湘淮军哩，以及一切杂色军队，多算作武卫右军，以后成立的新军则名为武卫左军。不过右军准裁不准募，以养老现在这点子兵为度。此旨一下，袁世凯红得不得了，他便在天津府属青县的马厂地方作为练兵基本地，因此处距离天津一百四十余里，在青县西北十八里，距离运粮河八里。以前竟是一个村落，还是光绪三年裁汰不尽的科尔沁郡王僧格林沁的旧部，潘鼎新强移防北之山东军队，以及防捻团练大臣胜保多隆阿等之残余亲军，约共十余营屯驻在此，总称胜字营。其实都是些疲癃残疾的老弱军人，安置在此养老死的，故而筑有一个绵亘数里的大营房在此。其时已经人少房多，小一半变了民间寄养牲口所在，故顺口叫它马厂。居然有个小小市集，袁就借这营房为基础，一上手就练一二三四镇新军，由冯国璋、马龙标、段祺瑞、王士珍四人分统的（后来冯的第一镇改为武卫亲军，另将蔡成勋的绥远军补缺；马龙标的第二镇由王占元、孙传芳等接统的；段的第三镇，本人到淮安去做江北提督，镇统让给张绍曾，张又授给曹锟、吴佩孚、杨清臣等的；王的第四镇，乃是先段去做江北提督，遂让给杨善德，杨又传于程乐山，现在这四镇军士都无形消灭的了）。于是鲁省成立第五镇，奉天成立第六镇，吉林成立第七镇，湖北成立第八镇（五镇是靳云鹏、孙完先两人先后统率，六镇是锡良、良弼、吴禄贞、李纯、齐燮元，七镇是溥搂、张敬尧。张在湘失败后，吴新田另行编练第七师，随阎相文、冯焕章入陕的。八镇是张彪一人始终之，黎元洪就是该镇十六协协统，蜕化为民国临时首领的）。于是江苏省内也急于要成立第九镇的十七、十八两协，先积极招募三十三、三十四、三十五、三十六标步兵。

其时刘坤一已因病开缺，把午庄魏光焘从陕西巡抚升任到来。刘是湘省新宁县廪贡生出身，魏也是湖南邵阳县监生出身，其时科举未废，人民对于本省长官的出身十分注意。表面上说起来，监生似乎不及廪贡，殊不知午庄较岘庄来得维新一些，干事情还肯勇往直前，干了再说，比不得岘庄是老于官场，事事从稳健上着手去做，午庄比他敢作敢为得多。再加其时江苏省内的端午桥，所谓满洲才子，正在出色当行之际，已由上海道越级升擢做了江苏布政司，甚至于巡抚陈启泰被他活活气死了，他非但无罪，并且就此护院。午庄晓得下头有这个狠客在那里，愈加事事不能因循落后，所以他拟定南京本城安置三十三、三十四两标新军，三十五标驻镇，三十六标驻苏，但是一时哪里去招募这许多富于新军事知识的人才来当军官呢？想着那时直隶总督孙家鼐有个子侄辈，叫孙竹丹，乃是日本士官四期毕业生，特烦孙家鼐端正了介绍函件，派人上安徽寿州去延聘。不料竹丹不愿意出山，于是转荐赵王孙的，故此王孙的踪迹都由竹丹指点，所以来人会循次找寻，一丝不乱的。王孙见了午庄的聘书，腹中暗笑道："竹丹这件湿布衫倒来卸给我披。你自己抱了君子末世不称名宗旨，不愿出山，难道我就愿意去干这一手不成？"故便向来使婉言辞谢。谁知来人竟是个游说好手，故意装得郑重其事请王孙屏退左右，低声告诉道："实不相瞒，敝上久怀革命思想，在陕西时候，对于许多革命工作的团体大眼开小眼闭，不去认真逮捕和取缔，就可见敝上的本意。此次一到江南，适逢这个训募新军时候，敝上便思乘时发展，所以四处搜罗朝野名流。因为江苏省内有了这个端方，倒不可小觑他的，故而敝上想着延聘孙竹丹君。孙君因为自己才非端敌，那才转行推荐足下。不过敝上背地里评骘当世人才，并及足下和孙君的优劣比较，指孙君是操的白棋，足下乃是黑棋。像孙君那种学识经验尚不敢出来和端方对垒，至于姓赵的，更不用说了。此次虽则差人上徐州，但又是空走一趟，姓赵的决计也不会来的。目下足下果然辞谢不遑，竟早被敝上一言道破，在下意谓，足下此次还是出山一下，回头干了一两件惊天动地的大事情，使端方也奈何足下不得，献些大经济出来，使敝上也知足下才出孙君之上。那时即便急流勇退，明哲自保，似较谢绝出山为得计。鄙见如是，未识尊意以为如何?”

王孙遭此人这种绵里针说话一激，不禁又动起前数年五陵结客、驰马击剑时的少年情性起来。正是：

美女黄金游士舌，不知断送几男儿。

欲知后事如何，且待下回分解。

第三十五回

面貌雷同误指拍花贼
相逢邂逅识破假仙人

大凡世界上的男女众生，用吾佛慈悲眼光看出来，没有一个恶人的；倘把社会深刻眼光去衡量起来，又没有一个善人的。总之环境关系最最紧要，至于和环境奋斗方法，第一就是“装错不得”，此话怎讲呢？

譬如有个富贵人家的子弟，他的父兄确然是有老爷少爷，受人崇拜的资格。这个孩子却是天生成一个工匠胚子，但是仗着父兄余荫，居然也要杂在少爷队里，那就糟了。或者此刻的爸爸向以剃头、修脚为业的，本则是个贱工，谈不到什么礼义廉耻，然而这个儿子的天分的确是个文学家或者政治大家，以及一切高人一筹的货物，却又被祖父贱业所累，为衣冠中人所鄙夷，不屑与交，只好仍去继续家传旧业，这就是“装错”了。只要这一装错，根本谬讹一错百错，于是他所处的环境完全和了本性反背，处处皆使得他精神上感受着苦痛的。如其自己毅力坚持点儿，那么造成一个终身不合时宜的畸零人，若得自己耳软心活的，难保不被歹人引诱到邪路上去，专门为非作歹的了。这是酿成社会恶多善少的一种大原因。

其实来，就像上回所述的徐州赵王孙，本则他的心地何等光明磊落，一点龌龊没有，他本来谁愿意溷入官场？偏偏有这国家编练新军，魏光焘邀请孙竹丹，竹丹转引荐他，三合六凑，牵掣到了他的头上，真所谓烦恼寻人。而且他自己主张也拿得很坚定，始而婉谢，不料经那人这么一游说，暗忖：“一个端午桥到得哪里，难道我出去了，竟稳在到手内栽筋斗吗？”自己也有些不相信自己，要出去试他一试哩。当日照例款留来人膳宿，所事容与亲友等就商后再谈。无奈王孙的知心好友都不是同城居住，这桩事情又不是一个电报就可以解决的，口内虽将“就商亲友后再谈”一句话答复了来使，其实还是自己同自己打商量。

到了晚间，和夫人谈及，赵王孙妻子张夫人是非常贤惠的，她并不力劝丈夫出山，也不极力阻止，晓得这是男儿大事，不可造次，主张还是让丈夫自己决定，不敢多话。不过对于来使贡献的那个方法，也认为最圆融的办法，照他做去也好。

王孙踌躇了一晚，翌日清晨，便出门去，拣几个有道理的亲友，前去移樽就教，同他们商议，不料多数主张都和妻子类似。如是者经过了三四天的考虑，依然是不痛不痒局面。经不起那个江宁来使日夕絮絮叨叨地噪聒着，到最后解决，王孙拗不过这环境催迫，竟其允许出山。先打发来使动身复命，自己把家政约略整理一下，也就收拾行李，往金陵谒魏去了。

当时报上刊布这项“赵千里应聘来宁”的新闻出来，各方都很注目，有几个同王孙交好友人愈加奇异，初犹认为不确实的，竟有专诚通函问及的。回头这消息证实了，舆论纷哗，大抵责备王孙的居多数。有几个深知王孙情性的，都道此中定有特因，不然像他这般富有气节之士，已过哀乐中年，尚且如是希荣慕利，今后世界无一完人的了。此信由近播远，渐渐传到张家口王孙的表弟张补篱耳内，也有些不相信起来。本则表弟兄数年未曾见面，乘此南游一趟，聚聚契阔，顺便再探访探访胞妹，瞧瞧外甥，一举两得，择日动身。

依着张补篱，要和白马郭二同行，伴伴热闹，郭二自然也愿意南行，却被补篱的母亲阻挡掉的。因为北方自从拳匪乱后，愈加天荆地棘，草木皆兵，若得保家师爷不在家，万一盗匪乘机到来借火食，如何是好呢？补篱无奈，只得带了两个家人南下，一路上逢山玩山，遇水游水，并不按站赶路。好在他虽然不常出门，所有出门人“开口洋盘闭口相”的唯一大门槛，他总永志不忘，万事明吃三分亏，闲事不管账，处处抱着自家扫尽门前雪，莫管他家瓦上霜的宗旨，所以路上太太平平，毫无话说。

在路行了十余天，那日行至山东滕县管辖的官桥地方打尖。那是在滕县东南四十五里，无意间问及食肆跑堂道：“此地有无著名的古迹供人游览的所在呢?”

跑堂答道：“离此东南三十里路光景，有座华采山，又名陶山。因为战国年间的陶朱公曾和西施隐避于此，养鱼种竹发财的，那才改名叫陶山的。山上有口古井，游人不可窥探的，如其去扒在井栏上瞧了一瞧，一年之中必定要丢命，屡试屡验，远近咸知。井上又有一个大鸟窠，窠内的鸟浑身黑色，生一张金嘴，也是不常出现的，倘然它出现了，在十天中定要发水哩，又是屡试不爽，也不知它叫什么名儿。山后左首有条薛河，乃是战国时代孟尝君的老子田婴开的，右首也有条蠡湖，就是范蠡开凿了养鱼的。薛河、蠡湖交界汇流之处，有一个平陂阂，开陂外有座离地一丈五尺高的土台，俗称钓鱼台，据传就是范蠡筑了它钓鱼的，凭你河水涨得多大，那台总不为淹没，也很奇怪。此外，市西三里不到些，有一个毛遂古墓，新近有一班官人沿途测量田亩，道是铁路局内派出来的测道专员，预备要筑一条南京上天津的铁路，交通南北道路，振兴商业。测至那里，在地下掘着一方石碑，把碑上字迹仔细摩挲拓辨，才知是脱颖自荐的毛生葬处哩。市南一里路外，有个薛城，乃是当年孟尝君派冯驩监造的，目下城垣虽已没有，那周围的基址尚能依稀辨认得出。城东便是孟尝君的坟墓，以前曾有个浙江籍贯的掘坟贼，猜想孟尝君墓内必有殉葬宝物，他想发财了，特地和了五六个伙伴到此开掘下去，居然被他掘着，圹门比咱们的店门还要高阔。不过重门紧闭，弄了一个多月，没有弄开。周围的圹壁都用铜铁熔铸而成，叩之咚咚作响，完全是古代皇宫殿苑样儿，也没法可以进去，枉费了一番手脚，一些好宝贝没有掘到手。客官可要去赏鉴一下？”

补篱听了，啧啧称奇不置，默念：“陶山上那头金喙玄鸟究不知叫作什么，书上没有见过。据我晓得，南方有种檀树，不常放青，若得檀树放青，不出十天，必然下雨发水，故而俗名等水檀。此鸟倒和檀树一样，预知发水的。古人曾说多读书，尚须多走路。我一向疑惑多走路和读书有甚关系，俗语反只有道出门一里，不如家里，怎么反叫读书人走路呢？原来在外游历游历，有这些奇闻逸事，耳闻目击，可以与书互证，真不知增进多少学识哩。”继又想着：“千里表兄，他有九头狮子、小孟尝两个诨号，现既路经田文古墓，何不前去瞻仰一番，好在离此不远，回头遇见了表兄，好多添不少玩话资料哩。”

腹中盘算定妥，便问跑堂道：“贵铺中有招留行旅的客房吗？”

跑堂忙应道：“小店中备有地道清洁上房，往来南北的老客人全知道的，只要请客官自家选定。至于价目，单铺照铺算，用多少铺算多少钱，包房尤其克己，不但照码八折清账，还奉送灯油茶水哩。”

补篱听他招揽主顾用足生意经，几乎笑出来。当下便先胡乱打过了尖，然后择定卧房，把价讲妥，便把行李卸车搬运了进来，留一个下人和车马夫在店料理，他自己带了那个跟人，即行离店往南。到田文墓前，流连凭吊了一回。因见时候尚早，游兴未衰，索性信步再朝南去，观览观览乡村景象。不料约又行了二里路宽些，口中忽然发渴，抬头四望，见路左小道尽头有个很大的庄院，四围苍松古柏，榆柳成林，望过去尚有红墙殿角掩映其间，想来这所庄院之中筑有庙宇在彼，不如走过去要口水喝，多出几个零钱，大概总可以的。于是便向左归弯，望那庄院行去。

走至距离庄门两箭路不到之际，那边却巧走出一个近二十岁的大孩子、一个近十岁的小孩子来，劈面遥把补篱主仆俩上下一打量，两人同时脸上露出讶怒颜色，口内都道了一个"咦"字，回身便走。补篱见此神情，明知此中大有研究，但是一时也猜想不出个中神秘理由，姑且进了庄院再说。不料走到护庄壕的这边，忽听庄内锣声敲得震天价地响，一群五六十个壮男健妇，手中都执了扛棒、木棍、门闩、切菜刀、斫柴斧等各种家伙，一齐奔出庄来。一见补篱，格外怒气勃勃，口中齐喊："拿住了送官究办，这回不能再饶他的了。"口中说时，已都拥上前来动手，其势汹汹。补篱的仆人见不是头，早已回转身躯，亡命如飞地逃避。毕竟补篱有学问的，一见这班乡人情状，晓得逃是逃不了的，路径不及他们熟悉，再加人手又是他们众多，倘然逃时，白给苦与两条腿受。万一经着官厅解决起来，反被问官责备道："你既非歹人，当时何必情虚图遁？分明你自知不是，所以才思觅路逃去哩。跑既终究跑不了，犯不着自讨冤苦哩。"所以补篱索性站定身子，静瞧他们把自家如何发落。果然那班人小一半围住了补篱，大一半分头追抄上去，一刻工夫，将那下人也追找回来，反已受着了几下冤枉拳头的了。当下将他主仆俩围在一块儿，有的主张用香烧死这两个恶贼；有的主张掘地窖活埋；有的主张先扳罾吊，吊在树上，问明了口供，再定处置方法；有的说总之犯法的，还是先毒打了一顿，送官究治。

此刻补篱一声不响，静听他们打稿儿，定神瞧瞧这伙人内，都是蠢如鹿豕的乡农，晓得无可理喻，静待一会儿再说。

他们商量了一阵，最后有人道："且把这两个恶贼解至夏三老爷家，请他老人家如何设法摆布。"

一个女子道："三老爷自从前年退了卯，把圩甲让给他侄子干了之后，吃炒豆怕响，任何闲事不问的了呢。”

又有一个女子道：“不，三老爷因为被拐掉了一个七岁的孙子、一个六岁的外孙女儿，他老人家也把这班恶贼恨得牙痒痒的。今天大家去请示他，他一定肯出来打主意的。”

于是呼幺喝六，上前来拉拉扯扯，把补篱主仆拥押进庄。补篱已听出口风，正拔步将行之际，他们又起了一阵噜噜道：“三老爷来哩！三老爷真的来哩！”

于是他们先上前去，夹七搭八地告诉了一阵，然后那个三老爷挤入人圈子内来，诘问补篱：“到底做了几年拐匪？前后共拐了多少男女孩子？拐去什么用处？我们村庄上和你们结下了什么仇寇，要年年来拐掉几个孩子去？千拐万拐，怎么连我的孙儿、外孙女儿都敢拐去？胆门子越来越大了。今日天网恢恢，被我们打到抓住，快快说了实话，把拐去的男女孩童立刻送还，放你俩一条性命。不然，端正松香黄豆，架起火来，活活烧死你们这两个狠心恶贼。”

补篱一些不慌，仍带着三分笑脸，将自己姓氏、籍贯，以及南来游览并探望表兄又是妹婿赵千里的，在官桥打尖如何听跑堂说起古迹，特来游览田文古墓，因为口渴，特地绕到贵庄，想要口水喝等情由一一说明。并道：“众位不信，请派人上官桥客店中去调查，我还有一个下人同行李车马在彼哩。”

夏三一听，向大众丢了个眼色，暗暗表示闯了祸事哩。不过他当过三十多年圩甲的，也有一手儿，便再盘问了赵王孙一番家世，最后又诘问：“赵家有个祖坟在此附近，你可知这坟中埋葬之人和赵爷什么称呼？”

补篱笑道：“你们尚疑我信口开河，自认亲戚哩。吾家表兄此地何来什么祖坟？坟是有一个的，此中埋的是一个姓言，名叫笠人，乃是表兄的好朋友。”

于是又把千里得梦奔丧、仗义扶孤的一番经过演讲出来。原来笠人的坟墓就在此地庄后，看坟的坟丁也住这庄内，当年王孙代笠人购地埋棺，夏三是圩甲兼介绍人。那张坟契上，他一身跨了两个名目，接按花押的哩。再者，王孙夫人是张氏，万全县人，母家是大皮货商，夏三早就知道的。因到此拐孩的匪人露过脸，虽同此人有些相像，不过尚曾出过口音的，乃浙江声气，时常道家装束。如今补篱口音既已完全不对，装束又不符合，所说出的其家历史又一丝不错。别的不怕，倒是这个村庄上人每年凭借着笠人的关系，不时要往徐州赵府上去好鬼混不少闲钱，如今得罪了赵爷的大舅爷，怕影响了这上头去，那还了得！所以适才动手之人，一个个溜之大吉，由夏三再四作揖认错，把他主仆俩款留到家待茶，着实献了不少假殷勤，赔了许多小心。补篱却并不怪他们鲁莽，因为子女是人人疼爱，自己貌似拐匪，他们聚众兜拿，这也是人情常事，所以毫不芥蒂。在夏三家喝了一会儿茶，反又叫他引领到笠人墓上瞧了一瞧，才一笑而别。

回至寓中，同那个留守家人及车马夫谈及这话，才知江湖上真正危险万分。幸亏已近徐州，并且他们知道赵王孙，幸而赵王孙又曾在此处仗义殓葬过言笠人，所以才能安然脱险。若得到哪处地方，连王孙名誉也不知道，他们明知口音不对、装束不符，但是他们仗着容貌相似一点儿理由，可以诬指我忽而越音、忽而北音，借乱人的耳官。至于装束，或道或俗，更不成问题，无非要淆乱他人耳目。于是抓住了蛮干蛮做，莫说丢命，就是吃他们一顿打得满身青紫，眼前现亏受着，回头就算设法弄明白，他们是误认诬良，报复过来，这眼前亏总难照反过来的了。所以无论男女，都要受着良好教育，万事审思后行，就没有这些闲是闲非发生的了。

当下补篱等在官桥过了一宵，明日重又就道。行了两日，在下午四句多钟，行至茅村，到徐州虽剩二十五里，不过陌生地方不敢赶夜站，再加冬令日短，比不得夏至左右的日子，只好找店投宿。此地虽属乡村，但是四围附近的前官山、后官山、前王家庄、后王家庄等地，均富于农产物，所以殷实的乡民甚多。此地并有一座峒山，山上有所古刹，尚属明朝中年所建。山下有个深邃的古洞，洞前有个整洁的石室，每年春秋佳日，四方慕名来游之人很多，但是那个古洞深不见底，据传一头可以直通至北平皇城后面的景山，然也从未有过缒幽凿险之士实地试验过。另外运河故道上有条大石桥，名为金字桥，也算徐州府铜山县辖境内之巨大建筑，建筑年代湮不可考，这都算茅村的名胜，可惜天已断黑，不及前往游览。

补篱正在客房中漱洗完毕，喝了些茶水，然后喊跑堂打酒开饭。一个人正在房中自斟自饮之际，忽然街上人声鼎沸起来。补篱年轻好事，放下杯箸，跑出来一瞧，原来店外走过一个老道，后面随了不少闲人交头接耳地谈论，都指此道是游戏人间的活仙人。补篱忍不住要问他们何以见得这是仙人，于是好事之徒便指手画脚地告诉补篱道："这个老道能将二三尺长一口宝剑插入一个朱红漆的小小葫芦内。乡村人家养的看家狗向他吠时，他只消把拂尘向它一拂，那狗二三里路逃跑出去。代人家门上画了一道朱符，非但洗涤不净，哪怕刨去了一层，里头仍有那道符箓的影子，这岂不是仙人吗?”

补篱哈哈大笑道：“这个门槛，怎么众位不知道的? 那口宝剑是锡的，葫芦内满装着水银，锡遇水银，融化无形，他那口剑插了进去，拔不出来的了。他手中所拿的名为云帚，并非拂尘（按：和尚所执者曰拂尘，道姑所执者曰清闺，高人名士所执者曰麈尾，王孙公子用以代马鞭，肥胖显宦或巨富暑天执之曰拂蝇。君主时代，太监所执者名静宫，泥塑土地手执者曰吓鬼），挺心里头有两根狗头虎须在内，所以草狗闻即远遁。他代人家画符的朱墨之中，乃以龟溺调和，一经竹木，吸入骨髓。这都是江湖术士卖风火的法儿，怎么你们会当他作仙人游戏人间呢?”

那班听者将信将疑。补篱揭破了这黑幕，正待回身入房，饮酒用夜膳，不料那假仙人也投到这家客店内来住宿，移步进门，同补篱打了个照面。补篱一见，这人正是：

踏破铁鞋无觅处，得来全不费功夫。

要知后事如何，且待下回分解。

第三十六回

迷本性国士可怜成人腊
种兰因丽姝巧计护书生

物质愈文明，社会愈野蛮，这是一定不易之事。唯一大原因呢，总为人口一天滋蕃一天，能可生利养活人的行业只有这几种，没有正当可靠的新企业发明。国土的疆界非但没有新大陆开辟出来，移民垦殖，并且原有的地方反东割去一块，西租掉一处，土地权反落异种之手，那么人类要想生存，不得不走到邪路上去，想出种种奸拐事业来了。于是社会上有一种拐卖人口的男女匪类出来了，拐匪最大的帮口共分福州、苏州、广东、山东四大帮，杭州、江北两小帮。福州和广州的拐匪拐了人，都贩往南洋去的，所谓“猪仔掮客”；山东拐匪都拐往奉、吉、黑三省去，俗名“硬下关东”。间有男的卖入北京相公堂子，女的卖入北班为伎。

苏帮拐匪重女轻男，杭州、江北两小帮亦然，就是女子，也只欢迎三十岁以内的，到了三十岁以外，虽则不会搁死，然而难出手得多。至于男子，除非在十岁以内的小孩儿，或者要拐的哩，倘过了十三岁一重大关口，简直没有销路的哩。倘然行交行，去转卖给闽广帮内充“猪仔”，价钱卖不大的犯不着。如其转售给山东帮，充下关东的硬货（因齐、鲁穷苦乡民，在本地衣食不给，每届春末夏初，有出于自愿，携男挈女，形类逃荒，至关东三省去种客田者，很多很多，此类即名软下关东。此则被拐前往，含有强迫性质者，故曰硬下关东），绝对不要的，因为南方乡民气力既弱，身材又都瘦矮，远不若齐鲁之人吃得起大苦头，虽欲假充，而事实上有所不能，所以不要的。故而只拣十三岁以下的孩子拐去，卖入走码头、赶春台戏的小京班内做戏子，或者卖给金皮利斩等老江湖做徒弟，运气最佳，算卖入豪门做仆，或者乡下无后暴发户上做儿子。不过这是千中拣一，可遇难求。若得拐着了四五岁的男孩子，便用手术或者药法来把这孩子改造成功一种奇形怪状，弄出去赚钱。若得拐着七八岁的男孩儿，他自己已知姓氏、籍贯，生性倔强，不肯就范，那么把他药哑了喉咙，或者弄得他残疾之后，贱卖给西行流丐去做小告花子，就是武理的一只眼睛哩，或者一条腿、一只手等，也可拿来合春药、蒙汗药等毒物的，惨无人道，真正残酷到极点。据他们自己说起来，在钱塘江西、扬子江南这一带区域，到底拐骗大小女子来得好，一来易于出手脱售，再者少下下煞手，积点阴功。他们不拐男孩儿还算阴功积德的哩，因为女孩儿销路：（一）长三妓院；（二）幺二堂子；（三）野鸡；（四）花烟间；（五）咸肉庄上的瘦马；（六）出口人贩（凡年纪大者，由甲地拐往乙地，仍售为乡人妇者，亦属此类）；（七）婢女经纪场；（八）蓄华产洋娼之老鸨；（九）妈姐买为养女；（十）荐头行；（十一）小老婆交易所；（十二）老唱脚买为讨人（粤帮歌妓，年老色衰者名老唱脚）；（十三）咸水妹买为养女；（十四）备一班采宝家之阴枣制造场；（十五）有家私尼庵买为徒弟；（十六）南洋群岛之猪仔公用妻；（十七）一切惨无人道的兽淫练习生；（十八）一切游艺技术家（如女子新剧、女子滩簧、女子魔术等等）之徒弟；（十九）模特儿；（二十）电影界之候补明星。近来又添了舞女、女子理发匠两项新门路，以及各种女子职业，总之有一种正当的在社会上出现，便有一种含有邪性的暗中跑出来鱼龙混杂，所以苏、杭、江北三帮拐匪同一用心思拐人，当然宁女毋男了。

他们也有专用语言和寻常九流三教的春典，互有出入。譬如拐匪的头脑男称“好心老爹”，女称“好心老太婆”（此江北帮之称谓也。苏州则男称“寄爷”，女曰“阿姨”，杭帮则男名“善心老人家”，女曰“善心大亲娘”）。所谓好心老爹及好心老太婆俩，时常往来各埠，向当地痞棍收货，或探线下钩，因其不坐守一地的，故名“两面快”。倘若专在本地经手二婚头，说惑人家夫妻不和，怂恿其出门离婚之人贩，等于拐匪中之土相，无能往来各埠经营是业者，则名“一路通”。其余奉命四出拐人之小跑腿，或称“白相人”，亦曰“帮忙人”，能下药拐人者则名“活手”，被拐来之男孩儿则名“冷热货”，女子总名“养得白”，又曰“一盆花”。年在二十岁以内之女子曰“未来”，亦称“等大”“扇子”，二十岁以外曰“现在”“单条”，三十岁外曰“过去”“中堂”。其女漂亮曰“遮得密”，难看曰“难出手”，中人之姿曰“有人爱”，老曰“枯兜”，少曰“蹿青”。每一岁曰“一个蓓萁”，四肢不残曰“撑得起”，两目无病曰“开门山”，口舌伶俐曰“剪刀”，头发玄润曰“盖青天”。押曰“扁担挑”，卖曰“东流水”，未明被拐者之根底曰“顺风篷”，押的年满取赎曰“扯钩篷”，找绝曰“一口吞”，送被拐者至买主处曰“见世面”。千曰“丈”，百曰“尺”，十曰“寸”，银洋曰“匾灵”，钞票曰“防风”，现款过付曰“省手脚”，分期拨交曰“步步紧”，按月分拆利息曰“分龙雨”，年曰“大圈”，月曰“小圈”，匪得之分肥资曰“稻种”，被拐者家属所得之身价曰“体面种”。挟被拐者他去曰“开市”，陆行曰“过昭关”，水行曰“芦花荡”，目公署吏役曰“顶门针”，案发被拘曰“娘舅翻脸”，公堂见官曰“探孤儿”，信口胡供曰“掉抢”，定谳曰“棺材钉”，亦曰“上闸板”，监禁曰“住栈房”，罚款曰“用晦气”，开释曰“满孝”，亦曰“强盗发善心”“败子回头”。被责曰“拍灰尘”，遭私刑曰“吃黄连”，行贿曰“喂馋狗”，亦曰“养壮猪”。被拐者半途脱逃曰“饭镬铺”，防被拐者路上声张求援，先用法制止之曰“八阵图”。将拐此女，用甘言诱惑之曰“送波罗”，亦曰“上甜头”。施用手术或药法曰“下蚯虫”，得手曰“齐根拔”，得而复失曰“断鹞线”，同伙作梗曰“咬舌头”，发觉脱逃曰“卸甲”，被人敲诈曰“送三更”。被拐者中途悬梁自尽曰“吃油面”，服毒曰“渗香头”，投水曰“下馄饨”，不肯进饮食曰“鬼见愁”，佯狂曰“晒蚌壳”，饮泣曰“六月雪”，举动如常曰“三世恩”，态度安逸而有逃意曰“龙门紧”，既逃复活曰“抛盘”。临期出卖或抵押时，与以装饰曰“钓金鳌”，一看便成交曰“拜财神”，屡看不成曰“贴债”，久未脱售曰“上窖”。拐来数月，忽然病死曰“前世事”。卖既难成，而又不服调度曰“滚铅元宝”，亦曰“喜洋”。诸如此类，借以蒙蔽外界之视听。

上回书中所述的那个乡愚称他为仙人的道士，出身是萧山县人，门第并不低微，肚子内学问也不坏，只因少年时非嫖即赌，酗酒吸烟，把祖遗产业弄光，弄剩孑然一身，上无遮身之瓦，下无立足之地，并且尚亏了不少的债，实在逼得无可奈何，逃至穹窿山出家做道士。始而倒很守清规，做事体比谁都认真，深得当道老道信任，就派他到上方山去掌山。上方山是有名放阴债总机关，凡属苏松常镇太杭嘉湖等处之人，都知道的，所以一年到头，香火盛旺。却巧有个南通州的半老徐娘到来烧香借债，冥冥中也有前定孽缘，他和她一见，便两下钟情，他便将庙内贮存的现款一股脑儿卷入私囊，同那妇人就此一同逃往江北阜宁地方。

当时上方山道士反跟人逃走，一时传为笑柄。原本跟人逃走的成例，只有女跟男跑，如今男跟女跑，岂非罕见稀闻？他一到江北，才知此妇是个两面快拐匪队内的“善心老太婆”，她的丈夫吴幼山在日，也是此道高手，后来男人死了，她才出马。家中有三个儿子，都娶了媳妇，两个女儿，加上两个女婿，一个二儿子的丈人，一个大女儿的婆婆，和她十三个人，集合一组，专门出去诱拐女人。老道腹内有小才，所谓才足以济其恶，索性把这件事情扩充范围，大干而特干起来。他自称无厄道人，命那姘妇吴张氏称为庐山太母，此外吴张氏的儿子、媳妇等众，都有一种名号，并嘱吴的大儿子邋遢小毛去捐了个州判虚衔，居然算是官宦人家。又教了吴张氏许多门槛，每逢带了大批货色出门，如果循良的，便同她认作自己人，强硬地用药把她弄呆了，另招党员假充婢媪仆役。以供奔走之役，而且渡江必用大船，偶然搭江轮，必包赁连号大菜间三四间。一到上海，也预有同党恭候，汽车接送，并于林荫路建筑高大之洋房，以备往来接脚。如此场面，孰疑其为拐匪首领？而且吴张氏之外表，亦俨然巨家太太，任凭包探目光锐利，一时亦难窥破其底。所有诱拐手续，平日间挑拨他人家庭发生恶感，加以社会浇漓，恶姑凌虐养媳，妯娌互相咒诅，强嫂欺压小姑，刁姑捉弄善嫂，这些事实实在在有的，他们就乘隙而进，送波罗、下蚯虫等手段依次施展出来。可怜她们终究智浅识薄，服蛊充饥，饮鸩止渴，视骨肉如蛇蝎，目匪类为亲人，水到渠成，该党可以“齐根拔”矣，这是货物来源的一条路。

此外，对于贪性穷人尤其好弄。近年来时丁末造，十岁九荒，小民元气凋敝，良懦者食息未宁，强黠者流为兵匪。而且越是家中饱暖，过度淫欲，越是膝下孤零，反是穷人家多食藜藿，少动房事，越是子女成行，食指多累，筐儿挑女，怨恨连连。于是有土生资格之一路通，平日已留心甲也女多，乙也贪得，丙也可欺，腹内早有成竹。于是贪者诱以财，懦者施以术，滥者饵以势，对症发药，计无不售，是一养得白来源的大路。他自家时常道士打扮了，出去充假仙人，代替人家烧丹炼汞，点铁成金，瞧见了标致一些的小孩儿，只要四顾无人，他便上前施展手术迷蒙法（法以两拇指顺抚孩子后之脉跳处，即生理学人体解剖学所揭示之睡脉，只要轮抚十数下，被术者即懵然失其知觉，任人拨弄），倘若迷蒙手术不灵，则再利用嗅剂迷蒙药及种种下蚯虫辣手，总之，不达到目的不止。山东兖、沂两府的各乡村，竟是年年要去走动走动，所以他的容状大略，有几个村上已依稀认得出他来。

上次张补篱到官桥，误被村众指为拐匪，就为补篱面貌和这无厄道人有虎贲中郎之似，险些受着冤枉毒打。此次道人由阜宁吴家出来，路经徐州府，被他又拐着一个聪明清秀小孩子，连姓氏都未及细问，便卖给一个日照县向以卖解为业的姓王之人。

看官们可知这小孩儿是谁呢？就是言笠人的孤儿，赵王孙抚养的言汝良。可怜汝良被那无厄道人用了药术，弄得一个绝顶聪明的小孩子变成麻木不灵，连自己饱暖冷热都不得而知的了。那个王卖解花五十六块钱把汝良买了，带回日照县的乡下，地名皋陆老家中。量了汝良身材的长短，自己本则做过木匠的，便和妻子俩做了一个木桶起来，想把汝良身子装在桶内，每天把好粥好饭来用心喂养，养了一年半载，利用这十余岁的孩子正在长头上，生长得他拘手挛足，奇奇怪怪，然后好带他往江南各处去卖铜钱。不料王大夫妻俩合力做木桶，他家里有个女儿叫王曼珠，年纪和汝良仿佛，天生丽质，出落得面目姣好，越是荆钗布裙，一点儿装饰没有，越显得伊秾纤合度，修短得中。她一见汝良，不知不觉一颗小心儿别地一跳，暗暗说声惭愧，默忖："男子队中，难道竟有这样漂亮人物，与我生得在伯仲之间，这尚是有生以来第一次哩。"又见他两只小眼珠儿一味呆呆瞪着，不言不语，初犹疑心他是个哑巴。谁知进门来第二天，王大睡得迟了一些起身，汝良海底穴内贴有一个倒提膏药，乃是无厄道人教导王大的，每日清晨七八时要换过一张，共有七张膏药送给王大，叮嘱他七张膏药贴完，这孩子囟门内的明慧性一齐湮没，脑经系倒反了过来，永远不会追念着本来出身历史，由你摆布的了。

这天，膏药迟换，原来那张隔夜膏药上的药性已经过了，汝良便泪流满面，连连哭喊了几声亲娘、婶母，把王大哭醒，忙起身换过膏药，汝良又是一声不响了。曼珠冷眼内瞧得清楚明白，晓得这人的来路和自己是一样的，自己是幸亏王大妻子爱上了，一力保护，认为义女，才得至今无恙。"这人我不去救他，他一定要被义父弄成奇怪模样儿，带到各处去赚钱。过了几年，风头卖完，人家不稀罕哩，便将他转卖给江西人肢解合药，活活断送了他一世，岂不大大可怜？"这也是叫天缘凑巧，曼珠见了汝良，竟会从心坎上发出真诚爱惜来，仗着自家是王大妻子心爱品物，故先向义父讨差，把看护汝良的责任要了来，趁王大夫妻在门外做木桶时，然后也不再管甚男女嫌防，将他海底内的膏药揭掉。待汝良真元恢复，又要哭喊母亲、婶母之时，曼珠忙便摇手止住，先将自己来历说明，又说："贴了膏药要迷失本性，七天之后，脑经倒置了过来，神仙也无法可救。你现在只消仍装迷惘，不知情状，先挨过七天，待七张膏药关口过了，然后再徐徐想法脱离虎口才是。"汝良虽是幼孩儿，究竟读了这许多年经史，再加天分也很高，细将本身利害一盘算，又把曼珠的说话神情暗暗观察一下，确是出于至诚，并非造作，所以竟依她教导，度过七天。曼珠暗中预备着一种形式相类的寻常膏药，待王大朝上换过膏药，到门外和妻子俩做生活去了，曼珠乘人不备，就偷将有药膏药暗来换去，这是贴与不贴类同的。

光阴迅速，转眼间七天过去，王大那具木桶装制好了，要把汝良装进去。其时曼珠没有善法阻挠，只好眼巴巴看汝良装入了桶内。曼珠口中无话，心上急得同油沸一般，因为她专想了偕逃念头，如今见他装桶，自然急得主见毫无。到底汝良想得出些，身在桶中，又想了个釜底抽薪之法，暗和曼珠说了。果然过了几天，汝良的身子并不发胖，照常没有大动静，使得王大大大诧异起来，心想："怎么这回法儿不甚灵验了呢？"殊不知本来孩子本性迷惑，一点心思没有，吃了东西下去，自然同猪狗般尽长皮肉。如今汝良本性未蒙，再加暗中又有曼珠递信照顾，知道这一顿东西中已下了药，吃不得的，那一顿吃了就不妨碍的。于是有药的吃了一些些，回头曼珠来收拾碗盏，倒给鸡或者猪狗吞了，无药食物便如数吃了下肚，而故身子发育和平常一样，不会邪气壮胖起来。皮肉不发胖，莫说养他一年半载不会长成奇怪形状，哪怕养他一世也是徒然。王大不知就里，长吁短叹，自怨命运欠佳。曼珠就乘这巧机会，依了汝良说话，向王妻进言道："闻人道及，外头有些小孩子卖字卖画，多可赚大铜钱的。现在我们新近收买来的娃娃，面目异常清秀，何必定要走了老路捞本。现既入桶养不胖他，倒不如放他出来，逼了他写大字，只要写到六六七七程度，就可领了他出门戳黑，岂不是一样好赚钱的吗？"

王妻因为自己无所出，向来最疼曼珠，她的话真个言听计从，便同男人说了。王大又有些怕老婆的，始而还巴望汝良发胖，不即顺从妻小的计较，只天天把食物东西内下了药给汝良吃。不料汝良得到了曼珠告密，晓得食物内顿顿有药，故而顿顿不吃，于是身子愈加一天瘦似一天。王大实在弄不懂，认道药性已经走完的了，不然怎会越吃越瘦？曼珠又频向义母建议，王妻自然转去絮聒丈夫。王大既见孩子养不胖，又遭了妻小认真的逼迫改计，没奈何只得把汝良放出桶来，姑且叫他试练试练大字。练了三四天，他自己是好歹不识得的，拿出去给识者瞧瞧，大家同声赞美，都道笔力苍劲，腕力雄健，这孩子练得出的。王大才放心大胆向那条戳黑路上走去。不过越是汝良大字能写得好，王大的防视格外留神，曼珠想和他乘机设法逃遁，越是艰难。这也是言汝良命中注定，要受这点子磨折。正是：

万事皆由天做主，一生都是命安排。

要知言汝良何日得能自由，母子重逢，且待下回分解。

第三十七回

陶大令断狱儆奸民
干酒鬼传书戏贤妇

却说无厄道人自在徐州拐走了言汝良，卖给日照县人王大之后，他仍旧干他出卖风云雷雨的假仙人事业，按站北行。他每逢出游一趟，必定带一条满江红小船，由三五个党徒驾驶着，在后缓缓随上，离开他本人至少六七里路。沿途由那五六个帮忙人蚂蚁传报，他若拐着了孩子，或者代人烧丹赚着了金银，都私自搬运出来，交给这班帮忙人拿回船上去藏起来。每出门一次，多者半年，起码三个月，必定要回了阜宁休养一时，再行出外。

此次徐州得手了，他预嘱舟船循着运河，开到柳泉去候他。他自己从陆路上动身，因为一路上贪做广告，来不及赶到柳泉，所以就在茅村宿夜的，讵料投进那家客店，和张补篱打了个照面。补篱一见他的容貌和自己一样，又是道家装束，况且这厮仗着江湖上一些小门槛假充仙人，哄骗乡愚财帛，就不是拐匪，也决计不是好人。回想到前两天官桥南首庄子上人的说话，留神听听，果又是浙江口音，腹中洞若观火，故忙回至房中，喊此间的掌柜进来，把前日官桥集上的大略情形告诉了他，然后说明自家来历，命店主东转喊里正到来，将这假仙人拐犯正身交代给他，留心管押。横竖自己明天赶至徐州，到了表兄家内，就当拜会地方官，立即派差前来拘提该犯归案讯办，不会累你担着个诬良罪名就是了。

里正听说是赵王孙的表弟连舅爷，一来王孙有以前好客的名誉，二来知道新近南京制台派人来欢迎王孙出去，真正炙手可热、威风凛凛的当儿，哪敢怠慢，自然唯唯答应。立即退出去，指派四个得力伙计，把那无厄道人软禁起来。

当晚过了，翌日清晨，补篱绝早抽身，算清账目，忙即登程赶至徐州，先至表兄家内。本拟到了赵家，尚欲命人到官桥去喊那夏三等一班人到来做原告哩。谁知一到徐州，到赵府墙门，通报进去，果然表兄往南京去了，不在家内，外甥出来迎接，接至后堂，兄妹先叙了一番契阔，张夫人问候过了母嫂金安。补篱因见妹子面有泪痕，追问根由，才知为了侄儿言汝良被拐，遍寻无着，言家嫂嫂已急得病倒在床，故而近几日中，惨然不乐，伤心落泪哩。补篱追究汝良不见，可有线索，当时有无谁人溜过眼呢。

张夫人道："他人说话，都难凭信，只有老家人赵忠之言较为可靠。"

于是补篱就叫妹子喊赵忠进来，当面诘问。赵忠说："言家汝官未被拐走之先，老奴亲见后门口有个中年老道，满面邪气，在我家前后门绕弯儿。老奴只疑心他是盗贼伙伴看脚路，照呼值夜弟兄们小心些，想不到是个拐孩子的匪人。这老道绕了两三天，汝官便不见了。最奇的那个老道从此也踪迹不见，猜想上去，倒有六七成账，汝官是被这牛鼻子道人拐去的。"

补篱道："那个老道形状，赵管家想得出吗?"

赵忠道："这个老道的容貌和舅老爷倒像弟兄模样，五官部位生得一般无二的。"

补篱听了，忙笑向张夫人道："妹妹快去安慰言家嫂嫂，请她保重身子，不用悲伤。他家汝良侄儿的踪迹不难寻根究底，珠还合浦之日，绝不会出这十天之内哩。"

张夫人听了，茫无头绪，呆瞧着哥哥。补篱便把自己官桥茅村两事的经过一一述说出来，张夫人方才明白，自便去安慰言母。补篱就冒用了表兄名义，写了一封详函，着赵忠送至铜山县署，面陈县太爷，并又教了一番说话。赵忠依言前往。好在现任铜山知县乃是浙江绍兴府会稽县人，叫陶在镕，是个举人出身，一见来书，见这拐匪也是浙江口音，异常愤怒道："这厮来丢我们两浙人士的脸，非抓来严办不可。"立即公坐签押房，传该班值日公差进来，当面击签朱判，限时将犯提到，一面又询问了赵忠一番。赵忠便又将补篱所教的说话次第禀陈上去。陶知县听了，忙传书吏进来，命他端正公文，往滕县去关提夏三等一干人证到来质询，并吩咐赵忠道："本县对于此案拟待滕县方面的人证到齐，然后开庭质询，请管家代达贵上，以为然否？并望开庭那日，管家亦务必到庭做证，庶奸人无可遁隐了。”

赵忠应声退出，回家告禀补篱。补篱亦明知陶大令所以如此雷厉风行，完全是在表兄的脸上，倘能秉公执法，将这厮照律重办，报复自己官桥受辱私仇，尚属小也者；代社会上除去一个蟊贼，保全许多良家小孩儿，昭雪公愤的事，尤来得重大哩。

待过三天，县署中派人来把赵忠唤去，到堂证质，就是官桥方面，由夏三为首，共来了七男四女十一个人，和这无厄道人质审。无奈他利口游供，一点儿头绪问不出。陶在镕恨极了，吩咐用刑，不料无厄道人有熬刑术的，始而掌嘴笞臀，把藤条鞭背，他一些不惧，后来端正夹棍天平、美人凳、脑箍等各种酷毒刑罚，挨次敲问他，他依然嬉皮笑脸，仍无实供，反信口胡吹道：“庆亲王是出家人的好朋友，仁和王协办乃是同族，你这狗官得罪了我地行散仙，莫说不出三月要遭天谴，就在官言官，被我好友和族兄知道了，你区区七品小前程也得连根拔掉。”

陶在镕见他善熬毒刑，料定是白莲教徒，定会妖法，故又命公差预备了黄狗乌鸡、白猪玄羊的鲜血，和在铜清水内，上刑起来，对准他头上浇下去，又将铜山县印用清油洗过，吸了最高等的辰砂，盖了两颗在油纸上，分贴在妖道前胸后背，意谓再用大刑，定然难受，招认口供了，岂知依然如故。弄得陶大令真的计穷力尽，就是夏三等十一个男妇，虽则食宿两项都倚仗了赵家，但是各人有各人的私事，来了十余天，上了九次公堂，依旧不曾打倒被告，自家人反都舌疲唇焦，心灰意懒，竟都想放弃了控诉权，嗒然回去哩。幸而赵忠每逢上堂回来，必将经过情形告诉主母和舅老爷。张夫人听了，又必往西院中去转告汝良的生母。言母听见贼道有术熬刑，想起丈夫笠人在日，曾经说起几件以柔克刚的门道，忙也和张夫人说了。张夫人又传说给补篱知晓，却巧补篱也想着一个旁敲侧击的方法，于是又托名表兄上的条陈，一总写在个白折子上，仍命赵忠上县衙面递陶大令。在镕一见这条陈，大加称赏，立时照办，当下升堂问案，先将无厄道人问了几句，然后押过一旁，声称待本县问过了他案，再来究诘你这狗入的。于是公差将无厄道人带过一边，陶大令自行审问他案，等待各案问遍，时已不早，在镕又吩咐值日：“今天晚上坐夜堂，严讯这贼道。”说这话时，声音格外响亮，非但本衙门各班卯首都已听得，连两厢观审闲人亦都入耳。

到了晚间二更敲过，才传话出来，喊招房等到东花厅伺候，而且关防严密，一个闲杂人等都不准放进去。约莫过了半个更次，有个正身卯役携了一盏气死风灯，一手提了把酒壶，一路絮絮叨叨地怨骂出来。在头门以内呢，无人去理会他，他一出头门，站在台阶上，老实不客气高声辱骂起本官来了，道："半夜三更，不顾人死活，还坐甚断命堂？倒是还要喝酒，喝醉了，犯案的人霉气，被他滥刑敲打，酒吸完了，还要添。半夜三更，自家厨房内已没有的了，外头酒店都打了烊，愈加无处去打的了。"他有心这么一嚷，果然暗黑中钻出一个短衣窄袖的人来，搭讪着上前殷勤动问无厄道人那件拐案可曾审出口供来没有。公差便不问情由，将这探问之人抓至签押房，经陶大令严厉诘问，指他是拐匪同党，不然如此时候，不回家去睡觉，尚这样地关心探信。那人一时不及狡赖，承认供招，果然是无厄道人牙爪，并说出尚有一条舟船停在东水关内哩。于是漏夜派人到船上，七个匪伙全行拿住，又搜着五六件证物，内中有一册日记，上头载得明明白白，某年某月某日至某处拐了几个女子、若干男孩儿，某日至某处干了如何如何事情，一同带回县署呈堂，舟船交给地保看守。

陶令见了这本日记，大喜过望，第二天再坐出来，先取了七名匪伙口供，最后拷问无厄道人。他见人证物证都有的了，赖是难赖的哩，索性咬紧牙关，一句话都没有，抵桩再熬大刑的。在镕见他如此，便命将新刑具拿到堂上，令值日动手拷打。那是用两只擂盆，盆内都盛满了烧红的钉鞋钉，叫拐犯两膝去跪在钉上，又把绝细的麻线缚住了他大、食两指，而且把这两指弯成了一个小圆形，才缚得紧紧的，三吆三喝，他仍旧不供。于是膝盖跪在钉头尖上，那个手指小圆圈内塞上一把方头毛竹筷，然后再问他招是不招，他若不招，把毛竹筷一支一支加插到小圈内。插到后来，圆圈塞满，插不进时，端正小榔头，慢慢地用力敲挨进去。任你铜筋铁骨，这两桩滋味同捕快私刑小贼的老虎凳一般，从没有这人再受得住的。

当时无厄道人熬了八十三支筷，等待第八十四支筷硬敲进了半支，他满身冷汗直流，面容失色，所谓十指连心，痛得实在受不住了，只好供认拐孩儿不讳。在镕把搜着的日记簿子，按簿逐条究问，前面几条，连本人也时过境迁，回答不出什么。问至后头的几条，他能一一地回答出来。赵忠在旁留心细听，听他供出最近在徐州所拐的男孩儿，虽未明言姓氏，将时间、地址以及供说出来的面貌、身材，确是汝官无疑。最后闻知已经转售给了住居日照县皋陆镇上，向以卖解生活的王大为徒，赵忠便要求堂上速即饬差前往日照提人。陶大令亦点首赞同，命公差执了公文，即日赶往日照县衙投递，务将王大正身，及新近在徐所买之小孩儿一同起解回徐，归案定谳。又审出拐犯窝巢在阜宁，陶令为除毒务尽计，故亦备文前往关照阜宁县，一体严办。又把船上搜着的许多木偶，有的男形，有的女像，身上有的刺满了钢针，针下还刺住着一张生辰八字，问他这是什么邪术。据他供是这那截教唯一玄妙道法，所谓钉头七箭术，当初姜子牙除去赵公明，即是陆压道人把此法传授了姜尚，赵公明便一命呜呼的。又把搜着的许多胎孩紫河车以及人类的手足眼鼻诸物，问他何用，他供道合药，又问他合什么药，他永也不肯说出来。按照他日记簿上所载，随从共有九名，现只抓到七名，逃去了两名，问他可知这两人大约逃往何方去的。他供认这两名从人大约不回阜宁老家，总向豫、鲁两省躲避。

当下招房落了口供，陶令吩咐把首从八犯还押外监，姑待日照、阜宁两处回文到来，再行定谳。

如是又过了两星期，阜宁差人先回禀复道："拐犯姘妇吴张氏，为本地另犯了五六件奸拐案子，一家十三口逃避无踪，房屋早已发封的了。"

回头日照文也由原差带回销缴道："王大夫妻两口，同着一个女儿叫王曼珠，带着那个新买回家的孩子，先期闻风，畏罪迁避无踪。"

陶在镕得到阜、日两方消息，虽则书上边有罪疑唯轻、功疑唯重的说数，但是这两拐匪积案累累，其中并有几件血案，罪大难逭，故把首犯无厄道人定了个绞罪，其余七犯，三个罪名较轻的判了徒，四个罪名较重的判了长监。所有官桥方面来的夏三等十一个证人，被拐的孩子虽未追回，总算一口气出着了，待他们陆续回去。只有言汝良的母亲听赵忠回来禀告，始而尚认儿子就在日照，母子重逢之日就在目前。及至该案判决，惊悉汝良业已不在皋陆，踪迹杳然，未知何年何日才能骨肉重圆，可怜悲从中来，朝夕啼哭。虽有张夫人婉言解劝，但是言论拗不过事实，任凭张夫人等如何会说，一壁厢再写信到南京，把此事颠末转告王孙，请王孙出信给各处交好友人，留心找访。总之，汝良人不回来，笠人夫人的眼泪永远没有干日。

补篱在徐州住了一时，又接到表兄来信，邀至南京盘桓了一阵。上年冬内南下，直玩至次年的春暮，才束装北归。书中暂且按下慢表。

话分两头，却说南京城内龙子渊的夫人云氏，自从丈夫远戍，生死不知，达儿离乡，音问阕绝，她一个人掌理家政，主持内外巨细事务，处处抱定明吃三分亏宗旨，不同他人去争强好胜，倒也安然度日。倏朝又暮，匆匆地过了些时，儿子初出门际，下人们都认道抱病卧床，九虚难免一实。后来老家人晋福等见主母不上劲代小主延医调治，真心着急起来，定要要求主母许可，踏进上房瞧瞧小主的病状究竟如何。云氏见瞒不过的了，自然也私将实话告诉他们。幸而现在尚照常在家伺候的婢仆，一个个忠心赤胆，不比寻常，就把实话说给他们听了，他们也晓得进出，不到外头去随便泄漏。

儿子出去了不多时，却有一个丹阳人自称小蛮牛的，拿了一封书信到来投奔，桂兴正因养马不得法，有他来接手，真是求之不得。后因云夫人接不着济苍的平安家报，所以她每晚焚香点烛，祷天祝地，哀求吾佛有灵，默佑丈夫同儿子在外事事遂心无恙。其实此时的济苍正在上海佛照楼害病，所以家中消息杳无。不料这一晚夜深人静，云夫人正在房厅天井内对天祝告、焚香礼拜之际，明明一股宿香燃着了插入炉内的，等待三跪九叩首完毕，那股香不见了。初认掉在地上，四处找寻，竟然不见。云夫人长叹一声，私忖："古人道得好，'势败奴欺主，时衰鬼弄人'这两句，我一向不信，今日才知这话也是有因而发。不然，我家向来安静，没甚作怪的，怎么到了眼下，夫戍边，儿子离家他去，命运乖张之日，会有这些怪事发生？明明我把宿香插在炉内，一瞥之间，会得不见的呢？"她正在揣想之际，忽又听得头上边吁的一声怪叫，叫得毛骨悚然。抬起头来向四围一瞧，不曾瞧见什么，于是自己暗暗安慰了一阵，一面忙将香具收拾了，急于回进屋去。不料走至滴水檐前，又听得背后扑哧一笑，笑得云夫人心惊手颤，两腿有些发抖，而且越是胆小人越是要扭项回头，看个明白，终究是什么声音。岂知回头瞧时，只见距离自家身后丈外光景地步，站着一团黑影在那里，似乎像个人影。云夫人索性回转身躯，用灯光照看，明明是一个红须赤发、淡金脸子、绿袍乌靴，好似城隍庙内武判官般一尊。云夫人毕竟女流，况且深夜单身，蓦地瞧见这么一个人物，撑不住要高声极喊起来。不料"哎"字喊了，"呀"字尚未出口，但觉眼前一晃，那个怪影儿晃得无影无踪的了。云夫人愈加胆小，始而尚疑心是盗贼之流，假装神怪，把事主吓昏了，急于关门闭户，躲避上床，那么他们好静心洗劫。但是要开了花脸，乔装易服之后来偷盗的，绝非常路高好人物，定是附近次货。一者露出本来面目，也许有下人辨认出来，容易破案，再者怕事主家内聘有超等手脚的镖客看家护院，动起武来，鸡子不敌石子，所以要装神扮鬼，想吓退保家师父，大凡这班东西，十有八九不能高来低去的。如今一晃便杳，本领非常，倘真正够着如此能为之辈，他要到我家来借盘缠，又何必再要化装动手，尽可出亮了搜掠的哩。适才明明瞧见是红须赤发，不是常人，怎说一闪即不知去向，不要当真是个神道，不是凡人吧。

云夫人心中胡思乱想，脚里明白，急急赶回屋内，放下手中香具，闭上窗棂。又匆匆回进卧房，把房门再闭上加闩，自己暗道："如今好了，不妨事哩。"这也算自家安慰自家，然而心坎上的小鹿儿尚在那里撞个不定哩。及至走到床前那只梳妆台畔，却见洋镜前面的一个竹筒式瓷痰盂内插着一股宿香，香烟缭绕，已经烧去了十分之六，分明就是方才不见的那一股宿香，它怎会自己生脚，由天井内的铜香炉里乔迁到房中的瓷痰盂内呢？仔细复复眼光，原来痰盂下头尚压着一封书信哩。移开痰盂，把那封信拿起来一瞧，信封上写着"谨烦玉携致寒荆云骊珠亲展子渊拜缄"十六个字。云夫人见了，撑不住浑身冰冷，四肢发颤，眼圈儿一红，鼻孔中酸汪汪的，竟要掉下泪来。好容易勉强止住悲伤，急急拆开那封书信，一字字低低念道：

骊珠吾妻妆次：

家庭判袂，袯被入都，渺渺余怀，愁同日积，耿耿斯愿，私期克践。孰料书未上乎北阙，事已泄于东窗，缇骑四出，罗织百般，待罪黑狱。本不望偷活草间，重见青天，谳止定遣戍塞外，从此锒铛铁索，煊烂赭衣。

乍出都门，便逢侠士，哑谜暗示前途，涉世大难来日，天荆地棘，树剑山刀，雪窖冰池，云愁雾惨，势固跬步难行，理又乌能谢却？余生忧患，哀乐中年，凡兹险途，不堪静念。行矣去耳，生死付之天命，不蹈金人瑞无意而得之快事覆辙，仅瞻纪晓岚《滦阳消夏》之漫游前车，已属我家祖有余德，故使潜得保首领以殁，私衷愉悦，岂再敢妄兴愤恨之叹耶？

顾就道以来，所经险道，所历狂澜，足使闻者心惊咋舌，何况躬亲遭遇，既苦纸短之不能尽宣，然而告卿亦于事无济。总之，都门无名侠士之言，非但都验，且尤过之。此次长行，回车无日，自维结果，敢望生还。

兹者道出新丰，忽遇酒人，乘其南游之便，特寄尺素之书。回念十一月初九就道之前一夕，在中和见名伶小叫天、王瑶卿合演《武家坡》剧中情状，历历在目。十八年故雁重来之薛平贵，固亦以寄书人诳其发妻王氏者，斯人斯语，此景此情，不知天生我昂藏六尺之龙子渊，亦有此一日以戏我发妻云骊珠否？兴念及兹，泪何能忍？所堪自慰者，平贵膝前乏嗣，而尔我抚育之达儿年已长矣。况达儿生有自来，复得名师陶冶，虽未敢自夸匪池中常物，然逆料将来必有所作为。因此回溯我生之初，我父母亦以英物期望，我亦自负不凡。孰料琼林一宴，误我生平壮志，清秘十年，磨尽胸头豪气，至今追悔，惜已晚矣。顷者万念消沉，壮怀泯歇，准对于达儿此身出处，奚可自误误人，旦夕念兹在兹，故特驰书关切，农工商三途，听其自择，唯士则万不可为矣。

书不尽意，诸祝自珍。书到之日，我身又不知何寄也，匆肃只请吾妻万安。潜笔于新丰酒肆之寒夜，书成，正漏声三转也。

云夫人忍泪含悲，读罢此信，不觉一阵心酸，身子往后便倒。正是：

不如意事常八九，可与人言无二三。

欲知后事如何，且看下回分解。

第三十八回

赵王孙入伍请标旗
熊烈士孤军谋大举

却说云夫人子夜开缄、啼月悲风之夕，正赵王孙谈兵虎帐、发号施令之时。他自应聘出山，到了南京，照例参谒过了魏午庄。魏便立下手札，委派他入督练公所办事。只因其时新军尚在开始招募，派了许多招兵委员往各处，会同地方官绅，择地演讲，先要把人民“好男不当兵，好铁不打钉”的观念打破，然后劝募一班中人以上、有资格的工商入伍投效。事虽草创，然很繁杂，所以特立一个督练公所机关，专司其事。

那时公所的督办是个广东人，姓徐，其余职员，或荐或委，已有二三十人。

内中有个本省人，日本士官毕业的沈天醉，王孙和他一见面，三声说话一交谈，便知也是个革命同地，所以两下讲得异常投机。就是那个徐督办，仪表虽仅中人，心地却很光明磊落。王孙得着这两个新交，倒也很敷衍得下，所有几个知交朋友处，都一一写信去申述自家出山本意，而且随处留心结交江湖奇士，预备将来共图大业。

毕竟南京是个大地方，再加王孙所处地位尊贵，又属军界红人，格外容易轧朋友。不到六个月工夫，南京赵协统的名誉竟通国皆知，非但同事大小各职员都同王孙往来，就是一班候补人员，从道班到佐杂等文治官儿，也喜和王孙来往。好在王孙又腹有诗书，不比寻常目不识丁之子，人家都乐于交游，并且大家都知道王孙最喜访问新异奇闻、结识江湖好汉，故而无论是谁，听到振奇人士的特殊行为，遇见了王孙，定都罄所知闻，举以相告。

其时候，补道班里头有个湖北黄州人姓唐的，因为他专喜代同寅庆生纳妾，任意闹出快活乱子来，如其当场怕他恶要，瞒过了他，回头被他从下大夫方面探着了消息，重行补祝等手续，愈加胡调得厉害。所以他唐二大人的大名，非但江苏官场和江宁一部分戏园妓院、酒菜馆、马车行等等全都知道，连川、鄂、赣、皖、浙、闽、两广等八九省的缙绅仕宦、倡优隶卒等一切众生都晓得这唐二乱子的大号。好在别人是千里做官只为财，在家乡倒空了褡裢出来，预备装满了金帛回去的。唐二乱子是黄州首富，莫说田房屋产，单讲他半生来所收买的名人书画、瓷铜玉石等古玩东西，已要值到五六十万。连当时苏州的潘祖荫、吴清卿，常熟的翁同龢都算饶有名士气息的大佬，收古董队中也都说得着的，若得提及黄州唐二，潘、吴、翁三人亦都肯承认他是长江中部一双狠眼睛，家中着实藏有许多无价之宝。唐二名重一时的实状，于此可见一斑，他和两湖总督张香涛交尤莫逆，他的出来做官，完全出于张猴儿的劝驾。

王孙一到南京，目中所见人物，除了徐、沈二人之外，第三就要挨着唐二乱子。王孙晓得此人绝不是愿干手扳脚靴生活之人，他的在仕途中厮混同自己是相仿佛的。冷眼瞧他的行为，饶有豪情侠气，往往雪中送炭烧冷灶，能为人所不为，所以王孙真心钦佩他，与他肝胆相倾，互吐肺腑。彼此心坎上的真正志愿，虽都未明言，然皆不言而喻，无论干出来的事情，说出来的要言，不谋而合的地方很多很多。并且唐二乱子听见一桩奇闻，瞧到一件异事，哪怕晓得了一句笑话，必要专诚寻着了王孙，倾筐倒箧，转述一个痛快才休，若得两人三天不见面，就觉得怅然若有所失，竟要寝食难安。有人见他俩如此要好，便在旁凑趣道："你俩既如此情投意合，何不换份兰谱，做个拜把子弟兄呢?"

王孙尚未回答，唐二乱子已仰天打了个哈哈道："换兰谱磕头拜弟兄固属官场常事，不足为奇，可惜这玩意儿被一班衣冠禽兽弄坏了门面哩。不管阿猫阿狗，动不动就调帖，义兄盟弟，改口相称，甚至于备酒请客，郑重其事。不料义兄是想仰仗老弟的势，盟弟是为转念老兄的财。本来这朋友还可相交一时，只要中经举行过这种手续，那么两下绝交的日子可立而待，一百个通谱弟兄倒有九十九个不对的。江湖上讲道义交合的，首推青、红二帮，尚且青帮中有'同参不同饭，同饭打起来'，红帮中有'你的就是我的，我的动也动不得的'等话传说。何况咱们官场中人格外势利，团结力永远不及青、红两界弟兄，他们把义气为前提的，尚然如是，我们本以不义为怀，排挤成习的牛羊犬马，哪里会比他们搅得好？苏季子不第而归，自己生身父母也都不理睬他，嫡亲嫂子连饭都不煮，家庭间古来已经如是，我们这种萍踪偶合，等于路人的官场，再加眼前这种浇漓枭薄世界更不用谈哩。什么叫换帖，实则叫‘完踢’，你若完了，我就要踢你一下飞脚。朋友相交，本在五伦之内，大家凭良心来往，平日间酒肉征逐，呼庐喝雉，满不在乎。什么交换兰谱咧，结成儿女亲家咧，这都是对付寻常泛泛之交的才对啦，这是‘碰有’，碰着你，你身畔有钱，立即友爱起来，那才用得着这一手儿。我和王孙乃是道义之交，平日淡如水，所谓朋友而非碰有，故此用不着这串鬼戏的。”

王孙听了，也拍手赞成，弄得那个凑趣说客反讨了一场没趣，红着脸走开。自此以后，王孙格外将唐二敬爱。

有一天，却巧是三八上辕门日期，赵、唐俩在官厅内遇到，唐二乱子一把抓住了王孙，带笑说道：“你最喜访问世上奇人，我昨天在钓鱼巷一家窑子内，闻得一个真正大奇特奇的妓女，少顷进去了出来，你请我往京馆内去吃一顿八排菜，我把这奇妓说给你听如何？”

王孙一口答应，回头公参事毕，顺便邀了沈天醉作陪，同至六合居京菜馆内吃八排菜，分宾落座。酒过三巡，王孙要紧动问那妓女奇至若何程度，唐二乱子道：“昨晚我是吃镶边，这家窑子是南北班混合组织，他家新来一个天津姑娘，大家逼我做她，我就先叫她一个本堂堂差。据她说此次南下，在沧州城内，听说有个姑娘叫娟非云，年纪已过二十，尚没点过大蜡烛。她左臂上有鲜红的守宫砂，可以做证。现在沧州城内上捐做生意。”

王孙道：“二十多岁的妓女不曾破瓜，算不得什么奇妓。”

唐二乱子道：“您不用心急，奇事来啦，倒说上她家去玩耍，一不碰和，二不喝酒，她既不出局，也不能吹弹歌唱，凡有嫖客来了，无所谓生张熟魏，嫖钱一律十块大洋，不折不扣，无赊无欠。等等十元交付过后，她便取出一副骰子、一只骰盆来，请那客人掷一把骰子。如其掷了六颗红四，她立即下嫁给这客人，一把掷开，若非红浑成，就要下令逐客，除非要再拿出十块来，才可以再敷衍一刻。并且百元掷十把，千元掷百把，并不少留情分，顾念客人掷得多了，奉送一两把饶头。”

沈天醉在旁插嘴道：“这个门槛，我明白了。从前有个宁波人，在上海城隍庙内摆了个小摊儿，正中供了一只四十五两重的镀金银元宝，也是用骰子掷的，每一掷费钱十文，如其掷着了一个金颜色的不同，便将这元宝拿去。他的那副骰子，那是定铸的，每一颗上有一门用金颜色点的，于是人家贪他那个元宝，好在所费不过十文，一倍博几千倍，人人要去掷几把的。殊不知涂金色的那一面性重滞下，永不会翻到上面来，所以那金不同再也掷不出来。一班小本经纪的苦力将气力臭汗去换来的血钱都贪他那只元宝，天天要去双手奉献给些钱与他。他竟仗此发了一票大财，真应合着‘若要发，穷人头上刮；若要富，穷人头上刮’两句俗语。现在沧州那个妓女想必也是这门槛。不过上海那个金不同发明家最后被流氓敲竹杠打掉的，那个沧妓也难免如此结局。”

唐二乱子道：“非也，她的骰子，据云一无弊病，尽客仔细检后再掷，就是客人带骰子去，只要经她瞧过，不是六颗六六三十六面全红，和普通一样幺二三四五六六门的洋方骰子，也准许下盆掷着。最近这风声传至天津，被马玉昆的第三儿子知道了，特地带了手下许多狐群狗党前往掷去。花了一千七百块钱，掷了一百七十把，临末一把，盆内五颗红滚定了，尚有一颗骰子在盆中流转未定。马三拼命喊红，手下诸人也帮着喊四，不料滚定了，却是个三。她笑向马三道：‘足下福分虽不小，不过和奴没有姻缘，相差一些些，如要再掷，请速再付资，不然请便吧。’马三道：‘我花了这许多钱，天地良心，你送我掷十把饶头，应该的了。’她笑道：‘此地欺众不欺一，公平交易，老少皆然，足下再要掷十把，请再放下一百块钱来。至于送饶头这句话，免开尊口，这本是姜太公钓鱼，要愿者上钩，并非奴到府上硬来拉扯你光降的，所以一点儿生意经没有。’马三讨不着便宜，还受了她的讽刺，恼羞成怒，便指挥手下一拥上前，开硬弓打架。她见此情形，一点儿不怕，马三等二十多名壮健汉子一窝蜂围上去，她裙子没脱，袖儿未卷，只站起身来，顺手左掀右盖，上阻下拦，一袋旱烟工夫，把这班人个个打得头破血淋，抱头鼠窜，如飞逃去。她犹把为首的马三抓住，喊了邻舍到场做证，勒逼马三在甘责上签了字，亲口承认永远不敢再来胡闹，高叫了她三声姑奶奶，才放他走路。所以地方上的破落户、捏笔流氓、白相人、大小混混等众，一个也不敢前去讨打，除非要去真正帮了一阵子忙，向她软言商讨些辛苦铜钱，她倒肯拿出来的。而且不给则已，要答应给了，倒是阔手，起码一二十番，不会再少的了。所以沧州一班穷酸极客都很感念她的哩。”

王孙听了，不觉鼓掌赞叹，向天醉道：“宇宙之大，无奇不有，风尘中真不少奇男侠女。咱们有日北行，道经渤海，务必要去赏鉴赏鉴这个怪物，广广眼界，不可失之交臂。”

天醉道：“被唐观察说得神乎其神，我恨不能立刻也就去掷几把骰子哩。”

唐二乱子道：“今天我讲的这个妓女奇是不奇？这一席八排菜值不值呢？”

王孙也笑应道：“足值足值，您若天天有像这种奇人奇事讲出来，哪怕我天天请您吃八排菜，我也愿意的。”

天醉大笑道：“果真如此，那是我无论如何忙法，总抽空到来做陪客，永不搭架子谢绝不来。总可以说有您俩在心目中，待朋友不算错了。”

唐二乱子笑对天醉道：“我费精神，他费金钱，您既有吃喝，又有新闻听着，这个脸谁都愿意赏的。但不过您吃了这样便宜食，唯恐下肚不化，害起夹食伤寒来，累您上海请马培之或者陈莲舫诊治，有累大破悭囊，难为看对药钱，我们觉得太对您不住了。”

王孙也笑道：“照此说来，吃死了他，我和您还要代他开销治丧费不成？”

天醉笑道：“小弟家道寒酸，您俩都是优家，不在乎此。当真我吃白食胀死了，治丧费破钞了二位，孝子孝孙自有正身在那里应卯，不消您俩再来冒名顶替了。”

三人互相调笑了一阵子，尽欢而散。王孙自壬寅年到了金陵，不知不觉，已至甲辰年的春天，其时标房已经造好，三十三标步兵亦已招募足额。其时魏午庄又因事开缺，两江总督把两湖的张之洞调任过来。张香帅是最喜沽名钓誉，他在湖北将两湖书院奏改了将备学堂，造就了吴绶卿、蓝秀豪、陈二庵、林唐夫等一班名士派的武夫。他到江苏来，自然也要有些作为，首把督练公所的徐督办奏保做了南洋第九镇镇统，沈天醉做了参谋长，林述庆做了三十五标标统，朱申夫做了三十六标标统。因知赵王孙在野名声颇佳，便保他做十七协的协统，兼三十三、三十四两标标统，总算红极的了。谁知张香涛到了江南来，未满一年，朝廷又将他调回本任，把江苏巡抚端方升了南洋大臣两江总督哩。王孙晓得他幕府内有个刘光汉，乃是民党反叛，专代他做鹰犬的，故忙辞去十七协协统、三十四标标统两个兼职，仅留一个三十三标标统本职，韬光匿彩，看刘为端如何做法。果然端方到任不久，先封《苏报》，把该报的两个主笔，一个叫邹威丹，一个叫章西狩，都监禁在上海租界上的西牢内。结果威丹瘐死西牢，西狩幸得生释出洋。接着又弄了个野鸡大王姓徐的，把利禄去引诱他，累及上海一所健行公学封掉，还监禁了一个陈淘夷，又因蔡孑民在爱国学社教书，用全神监视那校。此外，于三原办的《神州民吁民呼日刊》，及在日本刊行的《民报》《复报》《天讨黄钟》等月刊，派了专员搜禁，郑重其事。王孙自顾自灌施革命真精神，使得本标弟兄明白夷夏之防，对外步步谨慎小心。好容易端方调任北直，两江换了个周馥来了，王孙自忖年纪要大上去了，事机也将近可云成熟，步、炮、马、工、辎五种兵也招募足额，所以便同徐镇统去商妥，派人上陆军部去请标旗。其时南洋只成立了八、九两镇，八镇比九镇成立得早，那时尚未请标旗，九镇反倒先来请旗成镇，于是部派专员南下一调查，第九镇的精神实在不坏，所部三十三、三十四、三十五、三十六四标步兵，三十三标第一，三十五标第二，三十四标第三。三十六标兵士呢，虽也都是年轻强壮，不过驻扎在苏州，时时要闯戏园、闹窑子，每逢星期放假出营，在马路上肇事，军纪尚可，风纪欠佳，和同镇三十三标弟兄比较起来，大不相同，所以列在最后。陆军部得到专员回京报告，自便颁发三十三、三十四两标标旗。

其时，苏藩、瑞莘儒大捕巢湖帮的盐枭赌匪，咨照了浙、皖两省三面会剿，把太湖内的匪巢先行搜灭，于是夏竹林、夏小辫子叔侄俩召集手下，意欲占据江浙边界，干番事业。不料浙江驻在苋桥的八十一标新军成立，要出风头，自告奋勇，和驻苏的三十六标约通了，两路夹攻，将夏氏叔侄在枫泾地方抓住，送苏重办，以致巢帮大头目余孟亭自行投案领罪，因此瑞莘儒得了一场大功。却好苏抚陆春江他调，瑞便升为苏抚，三十六标亦准予颁给标旗，驻镇的三十五标岂甘落于人后，便在扬、通、崇、如各地清乡，也得功颁旗，南洋第九镇完全成立。不料标旗到宁，随后光绪同西太后先后升遐消息也到。

王孙得闻此信，便欲乘机起事，无奈自己左右没有几条好膀背，有鉴于徐锡麟、马宗汉、陈伯平等安庆前车，不敢轻举妄动，故仍隐忍下来，择日举行受旗升旗典礼。等待军旗树起，立即为两宫哀丧，三军挂孝，不论官佐目兵，一律左臂缠缚三尺白布，这不过遮人耳目。讵料端方在北洋总放心不下这三十三标，故而密上条陈，等待两宫百日丧满，忽然派了庆亲王奕劻同着荫昌俩南下阅兵，命第九镇和第八镇在安庆会操，期限半个月。第八镇是二十九标起至三十二标四标，步兵以及马炮工辎各队全行开拔至皖。第九镇只三十三标步兵全标，三十四、三十五马炮两标酌挑一标赴皖，实地演习，临时给发子弹，也是第八镇来得多，分明要将三十三标冠冕解散的。会操程序先是八攻九守，期限六天，六天之后，变为九攻八守，也是六天，余下三天是犒赏胜军。幸亏三十三标弟兄争气，守垒期内，没被八镇攻进二十里路，回头改取攻势，三天之中，前线进展了八十里，王孙预备六天全胜，乘士饱马腾，一鼓作气之际，好在第八镇的中下级军官也都表同情于自己，便要占据安庆，西取武汉，东克宁、沪，把扬子江作了根据地，要干兴王定霸的大事业的了。不料安徽本省也招有一混成协的新军，因为前有徐锡麟、后有倪映典两次暴动教训，所以安徽新军乃是有枪无弹的。

此次为八、九两镇假地会操，本省混成协要做两军的协十字军，故也颁发了一部分子弹。其时代理协统熊成基，他晓得第九镇此次胜了，定必拔满帜易汉帜，等待得信三十三标前进八十里，他就想先行动手，要独立安庆了。不料其时皖抚朱家宝有些小道理的，得知熊代协统秣马厉兵，他便用迅雷不及掩耳手段，统率全城军警，赶至混成协司令部，要抓熊成基。幸而熊得信尚早，跳上江轮便跑，该协立成无头蛇势。于是朱一壁委亲信接统该协，一壁向庆荫告密，立下停操急令，将三十三标全部调回，一面就命第八镇和安徽混成协四面监视，逼着三十三标缴还子弹，不然就要格杀弗论。

王孙明知孤掌难鸣，识时务者为俊杰，只好将子弹缴出，连江督周馥亦引嫌辞职，另调粤抚张人骏升任到来，庆、荫二人也就回京复旨。第九镇白白战胜了第八镇，非但一点儿功劳未得，反饱受一番虚惊，倒便宜了第八镇，会操虽则是输的，却得着了一大批军火回鄂。这是宣统元年的事情。

到了辛亥八月十九晚上，究竟为有了这批军火关系，要把清朝打倒，玩出个中华民国来白相相。当时赵王孙哪里想得到，一味长吁短叹，白白费了五六年心血，而且玷污了自家清白之躯，越想越悔，越加怨恨起来。正是：

刚愎由来多败事，椽楹大器晚成功。

欲知后事如何，且看下回分解。

第三十九回

钱通灵对局识人龙
郭寿丞盗马惹奇祸

却说前清洪杨役后，挺生草泽间的英雄豪杰，除了吾书所述的金毛狮子龙济苍、九头狮子赵王孙、锦毛狮子姚逢刚、卷毛狮子史国材、柱头狮子史国栋、金刚狮子史国梁、蓬头狮子吴士华、青毛狮子许云鹏、小狮子李云，以及文如钱通灵、张补篱、钱禹九，武如白马郭二、郭标、刘兴邦，女如沈大姑、宣飞霞、宣飞云，小孩儿如言汝良、朱龙生，奇人如干酒鬼，义贼如彭二，僧如孤云，尼如悟善等众之外，其时尚有一个顶天立地大奇人，可和历史上的泗上亭长刘季子、凤阳牧童朱元璋俩后先媲美。

此人诞生于清穆宗同治五年丙寅十月初六，就是白手建造中华民国的第一发起人，创立三民主义学识的鼻祖，世居广东省广州府香山县乡下的孙文孙中山先生。据云先生出世的那一晚，他的生母梦见一个魁梧丈夫，自称是忠王李秀成前来投胎转世，乃母一吓，梦便惊醒，立时腹痛临盆，产下这位鼎鼎伟人。因为二十世纪以后，这些类于神怪荒诞不稽的梦话为知识界所鄙夷不屑道，所以忠王投生这句说话至今无人提及。况且先生祖父乃是耶教信徒，对于此种迹近迷信等情事，尤其辟除反对，故而肯为此梦忠实宣传者简直绝少。因为先生家内数代信教关系，幼时所受教育也只注重英文，八岁上学，就从一个美国教士叫克尔习会话，十三岁那年的上半年才入族叔所设的私塾内补习中文。他别的不留心，唯听叔父谈及十余年前洪杨逸史，却不厌不倦，牢记在心。十三岁的下半年，便出洋到夏威夷，入耶教大学肄业，十六岁回国，考入广州的博济医校，和一个同学郑士良结为知交。郑是红帮内的看家老三，背的九龙山公事，先生和他一谈红帮秘密，觉得很好一种富有革命思想的有势力团体，不过要借他做大事业的基础，不是如此做法的，便同郑订下密约，叫他暗中四处联络，将来由自己出为改革，造成一种有价值集合，干一番轰轰烈烈的大事业出来，谋在历史上占一个重要位置。郑也很赞成。

翌年十七岁，转入香港阿赖斯医院，又结识了尤少纨、陈少白、杨鹤龄、陆皓东四人，于是想起上年同郑士良的盟约，便同尤、陈、杨三人昌言革命，肆谈不讳。甚至其时他们四家亲友称他们为“四寇”，吓得连话也不敢同他们交谈。先生便创立一个少年中国党，以未来亚洲主人翁自命，党员名字皆嵌入一“少”字作为暗号。如郑士良原号弼臣，改为少臣，陆皓东改作少东，杨鹤龄改为少鹤，自己取名少仙。后因清廷屡捕不获，自身几度遨游世界，和地行散仙相似，就着这两重意思推想，才再改字逸仙的。二十岁港院卒业，就在广州、澳门两处挂牌做西医，暗中灌施革命知识，并命郑弼臣积极进行联络各地秘密会党之人，团结起来，自己和皓东俩遍历京、津、沪、汉，窥察天下形势，顺觇各省人心向背。二十八岁那年，曾经冒险到李鸿章私邸，夤夜入谒，说其革命，李以年迈无能婉谢之。

明年，甲午中日开战，先生见时机来了，忙至美境檀香山去，向华侨游说捐轮，并创立兴中会。讵奈那时候的华侨见闻谫陋，都不赞成，仅得着邓德彰、邓荫南弟兄俩算是同志。其中德彰还勉强的哩，大一半是卖族弟荫南的面子，才允加入。三十岁那年，先生接着上海同志宋跃如函促回国，因即离檀返粤，设乾亨洋行于香港，由荫南、少白及新同志杨衢云、黄咏商四人主之，立农学会于广州，由弼臣、皓东及欧美技师等众主之，积极筹备饷械，准备择日起事。不料重阳日运械不慎，被海关上搜出了六百余杆手枪，因而牵动大局，皓东及丘四、朱贵全等七十余人均以死殉，连其时的防营统领程奎光亦遭株连，瘐死狱中。先生乃由间道至香港，和弼臣、少白俩同至日本横滨，住了些时，留少白驻日，弼臣回粤，先生则再往檀香山设法募饷。

清德宗光绪二十二年丙申，先生由檀再赴美洲游说华侨。自美至英，被那时驻英公使龚照瑗随从探知，由乃侄龚心湛设法，把先生逮捕。幸得曾为香港医院教员，英人康德黎夫妇侦知，设法救之出险（按：此事先生自著有《英使馆遇难记》记之，又嘉定挹青吴宗濂《随轺笔记》中亦载兹事。先生名讳，则加一三点水作“汶”字的哩。照瑗乃甲午年失守旅顺口龚照玙之兄，近人笔记中有载芜湖张狂士所撰《向六哥要还旅顺寿联》中之六哥是也)。先生就客居英伦，未几迁日。

直至三十五岁那年，适逢庚子之役，先生又命少白、弼臣及新同志史坚如等由日回国大运动。是年秋天，弼臣在惠州起兵，坚如在广州谋炸粤督德寿，皆未成功。

翌年辛丑，唐才常创中国独立协会于汉口，亦失败身殉。钮永建、吴绶卿、程家柽、吴稚晖等均于是年与先生开始结交，自后又有李纪堂、洪全福在粤起兵，黄克强、马福益在湘举事，都未成功。

至光绪三十一年乙巳，正式成立汉族大同盟会，在东京开会。以前头次在比京开会，一共只有三十余个会员；第二次在柏林开会，多了二十余人；第三次在巴黎开会，会员仍只得六十余人；这回第四次在日京开会，会员已有八百多。中国原来十八行省，除了甘肃没有人加入，其余十七省都有人的了。所以接着便有潮州、黄岗、惠州、钦廉、河口镇南关等几次举事，及刘道一、宁太乙、胡瑛等之谋占萍醴，倪映典自皖入粤之指挥新军，前仆后继，百折不回。清廷为了先生同法日两国屡次交涉，又叫赵尔巽作了一部《国贼孙汶》，长有数万言，痛诋先生颁发各地官立学校，无非想打倒先生的主张。其实越是如此小题大做，先生的声名越是一天尊重一天。

却巧这一册东西传入钱东孙眼内，不觉暗暗大吃一惊，所以他忙忙关切了三史，自己便入关探视，意欲和孙中山见上一面，瞧瞧究竟是个何许样人。上次得着秘密确信，晓得中山先生在长江方面走动，所以他扮了卖卦先生，专在沿江一带留心侦察，无意之中却同爱徒龙天霖在上新河遇到，也算机缘巧合。等待打发天霖上光化盗鞭，他将天霖行李送了回家，就在龙府上小住数天之后，再行出发。不料空耗了数年心血，终究不曾遂愿。

直至那一年，刘宁诸人在萍醴起事，东孙却巧在汉口寄居一家旅舍内，代人相面算命，生涯倒甚佳。因为武汉人士，无论上下中三等，都喜这一道的。东孙又用的一种风火戳法儿，一见人家面貌，或将八字一推排，开口第一句总是极恶劣的不祥说话，譬如问财的必云你今年非但求财无份，尚须提防破财哩，于是再婉曲转折，说到谀谄之词上头。文人所谓欲扬先抑，兵家所谓欲擒故纵法儿，使人格外容易相信着道儿，并且尤易见灵验，故此生涯非常茂盛，每日人头挤挤，打发不开。再加批出去的命书上头都用模棱两可的语句在文字内埋伏取巧暗机，例如命书上批着“父母双双不能克伤一位”十个大字，如果来人是父母双全的，固用正当解释，上一句分为四个字，下一句六个字，再现成也没有；若得来人父亡母存，或母亡父存，便把上一句读为六字，下一句读为四字，又通顺了；倘然来人父母双亡，则将此十字一气读成一句，犹言你今生非但要想父母双双不能，并且连克伤一位的希望也难，盖命中注定，父母要死同死，绝不会一死一存的，如此解释出来，亦极顺口。诸如此类，全仗着这句法巧妙，说来头头是道，自然格外可以取信愚人。大凡做着这走江湖的空心饭的人，其名叫“神仙老虎狗”，若得命运如日方中，过门打得清深，人们相信了你，非但生涯鼎盛，赚钱容易，而且名誉也随之远大，人人见了你，有一种自然畏敬之心表示出来，真个名利双收，写意得像神仙，威严得像老虎。倘若生意不佳，手头拮据，当然名儿不大，人家非但对你一毫不畏不敬，并且还处处把你厌视，等同病猫癞狗一般。故此世间人类之中，最适意是走江湖，最苦恼也是走江湖，同东孙那种举动，他是醉翁之意不在酒，所以愈加异乎寻常些。如今名儿一大，生涯一盛，真是臣门如市，自有当地一班斗方名士和着好奇少年到来倾心结纳，格外见得忙些。

有一天，有一个在新军内当军官的叫刘家运，深夜由武昌渡过江来，同东孙寓内晤谈，提及：“你一向欲见未能的孙逸仙先生，新近同了几个法国军官到来进行革命事业，我同他见面过后，已代为介绍，约定明日下午二句钟去会他，所以我特地先来送信喜信。”

东孙听了，乐得打跌道：“我要和此公见面的念头存了好多年哩，所谓中心藏之，何日忘之。今番得能如愿，真是生平快事。我屡闻各处友人道及孙先生为了国际关系，时在欧美、南洋、日本、安南等地出没，祖国地方反不常履及，如其真欲见他，除非也要到国外去，保可遇到。我也认为言之有理，不料今回竟能在此地邂逅，也可说是天从人愿了。”

当晚无话，到了第二日，东孙房门外头先贴了一张纸条，推说有病停业一天，自己吃过早膳，即便赶至武昌，就在刘家运家吃过了中膳，询知孙先生寓在洪山脚下的青草寺内，于是再一同雇车前往。不多一会儿工夫，到了寺前，他俩下车，吩咐车夫少等一时，就便坐着原车回去哩。车夫自然唯唯答应，当由家运引导，东孙在后跟着，同进寺门，兜绕曲径，直至禅房后边的花木深处。有三间茅舍，莫道不是熟人，永远走不到的，就是人世嚣尘，一时也难飞到，真正是所静室。那茅舍方向是坐北朝南，前面一并肩两间明的，后头还有一间暗的。家运踏进去一瞧，见孙先生同着此间住持在靠西次间内下棋咏画，他便招呼东孙姑先在靠东这间主屋内坐下，由香工照例送上烟茶。

东孙低问家运道："此次孙先生到鄂，有无特别事情？"

家运也就低低回答道："最近孙先生自日本动身，本拟往南洋去碰头黄龙生，劝募巨饷，准备发难之用。路经吴淞口外，却巧有个法车武官叫布加卑者，乃奉其陆军大臣之命，正欲赴日晋谒孙先生，转达法兰西政府有赞助中华革命之美意，顺便叩问吾国革命党人的势力若何。适在三夹水邂逅相逢，布加卑即过船相见，申述来意。孙先生乘机请求他实力赞助，布加卑立派三个少将、四个大佐援助孙先生先办实地调查和演讲游说两事，布君自己言明常川驻防在天津法租界的海陆军参谋部内，派出来的七武官任听调遣。

"孙先生便令廖仲恺、何香凝夫妇二人随布赴津设立机关，派黎仲实同一个法国少将赴粤、桂，胡毅生同两个大佐往川滇，孙先生自己到南京。此地和长沙原本派乔宜斋和一个法少将来的，只因孙先生一到南京，有三十三标新军标统赵王孙率着标下营长以上各武员开会欢迎，一力担任苏、镇、沪、宁四要塞革命事务。同时江南同盟会分会中的正副两会长，一个高金山，一个柳禊湖，也都赶来相见。江苏的革命事业前途光明得很。再者孙先生的脑经里头注重用兵西北，至于东南各省，将来可以传檄而定，保全元气，因为任你勇敢善战的军队，一踏到钱江以西、长江以南一带地方，衣、食、住三项都比别地方来得舒服，这些军人的勇气自然腐化。从前洪杨军到了武汉，不出武胜关去攻伐河北诸郡，反要沿江顺流东下，就此士气衰馁，大事不成，就是一个大好殷鉴。古今豪杰，评论及吴越人民，总说柔弱无能，殊不知大柔可以克制大刚，江浙人民虽懦，但是心坎上的坏念头比他省人民想得出，表面上果若碌碌无奇，实在众口铄金，用渐进手段暗捉弄人，哪怕你兼有良平之智、贲育之勇的好男儿，只消一年半载居留下来，不愁你不沾染议论多而成功少的江浙习惯哩。

"孙先生勘破此点，故而对于江、浙两省，将来预备作为筹饷区域，不加一兵一矢，元气不伤，格外易于集款。目前既有本省人赵王孙出来担任了本省革命事业去，也不必亲赴各地去调查联络的了。回想到湘鄂两省乃中华腹部，武汉三镇尤其重要，宛比人身的心关系全部血脉，唯恐乔宜斋一人才识有限，故特又同了一个法少将、两个法大佐追踪前来襄治一切的。”家运正欲再往下谈，忽听得孙先生在那厢叫唤，家运便走了进去。

东孙一人呆等了好久，不见动静，忍不住站起身来，走至西屋门口张望。只见一僧一俗依然对局，家运站在那里，默然监局，瞥见东孙张望，他便把手招招。东孙自也走进去，冷瞧他俩手谈。原来着的是平棋满盘，两人旗鼓相当，所以格外延长时候，始而和尚黑子占得优先，谁知越着越不佳了，急得那住持和尚头上出汗，皮肤涨得变成猪肝色，而且一条左手不时去摸着自己头顶心，口中又时时喃喃道：“这里有了个眼，就可出泄出泄，不愁胀满了。”东孙把他光头颜色和此时的神情一比较，头顶心内有了个眼，活像那话儿，撑不住要笑出声来，只好回过头去，干咳了几声，嗽得孙先生同刘家运也有些觉着，不约而同地笑出来。他们三人一笑，把住持的棋儿愈加笑得下得不成样儿，于是东孙又忍不住哩，在旁教了几子先着，总算扯个直。下到将近结局之际，彼此扭结在一只角上，因为围棋的争角都不敢怠，俗语所谓“金边银角铜肚皮”，简直结局的胜负就在边角上分出来。

东孙因为来此已久未得交谈，瞧瞧时刻已将四句钟哩，他俩如此相持不下，未知何时可结，所以正色开言道：“大师只剩西南一角弹丸之地，算是食邑。瞧孙先生神情，犹思点睛攻击，难道下手竟不肯稍稍留情，定欲成并吞统一局面，才奏凯告终吗?”

孙先生道：“我是寸土不让于人，足下目西南为一角弹丸，可知我争雄制胜，就仗着这西南偏僻为发祥地的哩。”

东孙一听，不禁憬然如有所失，私忖：“天心已定，中华未来主人定属此君。可惜我先佐三史，不能背之易主，有违江湖上的义气，然而无可强求的了。”口内仍犹强辩道：“分久必合，合久必分，先生若必欲统一全局，只恐民不聊生。”

孙先生笑道：“现在局势和前代稍异，眼光要看得远大，不能单就一家一国着想，须代世界上的人类谋个永久幸福安享着。我之所谓寸土不让于人，不是一定要安插到我的亲私掌握之内才算统一，不是的。譬如美国是联邦制度，德国何尝不是联邦制度呢?不过美国的公仆由人推选出来，几年一任，任满了再选，德国仍是帝制，一个德国不啻威廉一姓的私产，我是极反对的。至于我们老大帝国，亦然如是，我的主张并非打倒了他，我就上台去代他掌理国政，安知不有个第三者出来，又打倒了我，他来接替下去？于是第三者后再有第四、第五等等，以次循环接替下去，真个祸乱频乘，民不聊生哩。故而我虽主张革命，以博爱为前提，只消我的主义贯彻，民众生活不愁了，权限平均了，民族的界限自然分不出来了，各地方的'立法''司法''行政''弹劾''考试'五种权柄，都各自鼎立，毫不相溷，那时吾华有朝依我所云如此，得能实现，还要帮助他国受那帝制压迫，处不平等待遇，独夫威权之下，呼吁无门的别种人民，打倒一切权威，同我华一样，那才住手。哪怕我自己年岁有限，够不上亲自去导引，还当遗嘱我旗帜下的信徒，同心努力，朝前做去。你想，我非但亚洲本名分要完全改造，并且还要代他洲人民出头说话，导引他们到新世界路上去，那么岂肯把寸土轻让与人？不过我之所谓统一，乃是用'主义'，不用'武力'，又不一定要用我的亲私前去贯彻主义，最好是面不相识的路人才显出我大同博爱的本性。换一句话说，如其信仰我的主义，肯代我由宣传而届实行地步，依次做去的，哪怕仇人路人。就是我的亲人信人，倘若反对我这主义，哪怕他也干这革命生涯，自负爱国志士，即使是我个人亲信之士，实在就是我的仇人，又好比漠不相干的路人一样。"

此时孙先生借棋子过渡到革命演讲上，口若悬河，滔滔不绝，天生嗓音又洪亮，字字清晰。东孙同家运俩听了还好，倒是累那青草寺的住持从来不曾听见这种言论，听是也爱听的，但恐隔墙有耳，被人拾去告讦，把自己也株连成为革命党，那是不当玩的，秃头定要搬家。故此他耳中好比听得了开花大炮声息一般，面色泛青，手足冰冷，满肚要找出句说话来打断这话头，一时左想不是，右想不对，竟没有一句得当之言可以岔止住孙先生的言论。

正在这当儿，忽然外头赶进一个人，奔得满头是汗，神色慌张，前来告密。原来孙先生到鄂之后，刘家运邀集同志开会欢迎，其时鄂省革党以新军中人居多数，初不料开会时节大意了一些，被第八镇统制张彪探知确细，也乔装易服，混入会场。开会时各人的演说当然提创革命昌言不讳，那随来的几个法国军官亦演说赞成。张彪一一听在耳内，散会出去，立即上总督衙门报告。其时尚是张香涛在鄂，张彪乃是他的信人，一手提拔出来，由戈什哈一直升到镇统的。当时两湖官场中的“丫姑爷”三字，南北咸知。张之洞一闻丫姑爷报告，便密派一个海关上的洋司员尾随那几个法军官，倾盖订交，先伪称亦表同情于中国革命党者。法武官意谓彼亦西人，可谈肺腑，故而内容尽被探悉回报张猴子。张立即密电清廷奏请办法，清政府一面同法使严重交涉，一面电张速筹妥法，弭祸消灾。故张已派了军警，四出搜查，新军同志赶至刘家运家内通信，因为到刘家找不到人，由家运亲信指引到此。

当下孙先生闻话，便和原来诸人跑上外舰，安然走了。后来此事结局，张之洞虽未抓到孙先生，却把刘家运等二十三个官佐性命平白地断送掉了，奏复完案。北京方面，法公使受了清外交部的诘问，亦电巴黎请示办法，对于布加卑应如何处置？不料法政府回电来，叫他不了了之，所以没有下文。清廷下了个软面子，正欲备文催询，幸而法政府改组，新人物反对旧主张，将布加卑等自动调回法国。清廷认是交涉胜利，故有此结果，实在全不是这回事，反成全了张之洞幕府中一班人物。由一个姓易的主编刊行一种《革党阴谋败露记》，就把张彪听来的演说，海关洋员的报告，张香帅如何事前预知，如何密札张虎臣等入会侦探，仰赖两宫齐天洪福，香帅如何忠心谋划，得能尽揭阴谋，向法国交涉胜利，撤回助逆人员布加卑等云云。在他们意思，不过拍拍东家马屁，也算吃了香涛饭，用了香涛钱，念上这篇消灾经罢了。张猴子为扩张自己声势计，把此书分发各省各官校阅看，不料反代革命党大大宣传了一下。从此非但留学生都带革气，连国内学生的心思，大部分也都倾向到孙先生主义的路上来了。

闲话不提，且说钱东孙当时在洪山青草寺内得闻密信，他自也急于明哲保身，忙辞了孙、刘，先自回出寺来，雇车一径到汉阳门外，开发车资，渡江回寓。他晓得中原有主，不屑分人片脔，急于回去同史家弟兄别做事业，不能再缓，所以第二天连星相生涯也不干，忙忙结算店账，收拾行李，往汉阳江内搭船，顺便到光化瞧瞧徒弟龙济苍软玉鞭到手没有。师徒会过面后，要紧出塞回山，急速别图异举，至于他如何别图方法，后文再行细表。

话分两头，却说赵王孙的内兄兼表弟张补篱，自徐州回张，路上无话，行了几时，到得喃嘛庙家内，自然先同母亲、妻子叙了契阔，然后再和郭二谈心。提及此次赴宁与表兄会面之后，彼曾问及师爷近况，并道师爷从前同他分手之时，奉托过你代为留心购办一骑好马，未识尚能记及此话否。郭二听了默然。

补篱又道：“我家表兄很希望你也抽暇上趟金陵去玩耍几天。”

郭二叹道：“上年东君动身，我就想随伴同去，后闻令堂之言，所以我未曾随往。实不相瞒，我很牵挂赵公，恨不能立刻就飞至南京，同他相见。”

补篱道：“家慈的意思，唯恐师爷去了被我家表兄留住，不即容您回来，所以上次不允做伴同去，要出言力阻。”

郭二道：“人非草木，在下又非那种得新忘旧、负义寡情之辈可比。自来府上，多蒙贤母子如此待遇，在下岂敢饥集饱扬，落天下人唾骂？所以上次不曾硬求同行。依在下心上，恨不能专诚南行一趟，何况有上回那样巧便呢。”

补篱道：“既然如此，您不妨立刻动身到南京去一趟，和王孙会晤会晤。至于家母面前，由我代负责任，保不再扫你的高兴。不过君未登程，我却先要请问归期何日。”

郭二听了大喜，便自己腹中盘算了一下，请了三个月假，便定于翌日清晨，带了防身军器和川资零花银钱等等，自行把那骑白马备了鞍鞯，辞别补篱母子，登程入关。自家这头坐骑也长久不曾放长站了，所谓老骥伏枥，啮膝心雄，一上了路，放开四蹄，如飞前进。

在路行了几日，那天到泰安宿夜，遇着一个嫡亲同乡姓戴的，此人出身马贩，后来郭二在榆林站码头，他来当过伙计，又因出息不佳，故又自行辞歇出去，仍为马贩。此次由口外办了一大批牲口，赶至长淮南北一带售去，着实赚了些，因又带了银两，二次再赴口外去买马。无意间同郭二遇到，郭二就因为王孙处的一个心愿未了，自觉对不住人，一见戴某，知道他是马贩，故动问他：“近来眼光内可有骏马瞧见，如其遇巧有好货，我要买了送人，价目尽大不嫌贵。”

戴某听了跌足道：“可惜迟了，此次我就贩着一头紫毛科马，后蹄跨出来，罩过前蹄半个痕子。我原想卖大价的，无奈没遇识者，自己一苦手头窘乏，二无地方喂养，所以前七八天，在安徽寿春正阳关盘缠用到，真正半送半卖，将此马贱售给彼处乡间一家大户姓戈的做代步。我若与你早碰头了，就将这骑紫马送你，保管你也爱上它哩。”

郭二道："这头紫马和我胯下这骑白马比较，谁优谁劣?"

戴某道："还要高出一头哩。光州金家有一匹好马，同火车赛跑，也占着胜利。又南京龙家有骑小马，得着南洋劝业会特奖。这两头马，你总耳有所闻。我新售出去的紫马可同金、龙两马鼎足成三，不是我吹牛，货色现在皖北，你可以弯去瞧瞧，才可证明我话的正确不正确。"

郭二听他赞得如此佳妙，不禁有些心动，诚恳问道："既然你是贱卖给他们的，如今由你原手去备价赎出来，转售给我去送人，行吗?"

戴某摇头道："姓戈的也是财势双全的有声价人，不比无知乡愚，要赎了来再售给你，怕难的了。"

郭二道："可有什么方法转圜的了呢?"

戴某眉蹙计生，霍地站起身来，走到郭二近身，笑嘻嘻地凑到耳边，低低告诉。正是：

牛头鸟鬼马贩子，本来人类最奸刁。

要知姓戴的说些什么，郭二依是不依，须待下回分解。

第四十回

报前恩舍娣拒追兵
谈旧恨临风挥热泪

却说郭二的同乡戴某听郭二肯出善价购那头紫马，财帛动人心，便想出一个先兵后礼的方法，向郭二附耳低诉道："你叫我原手去赎马还银，姓戈的决计不肯。你现擅着一身好功夫，何不我同你到了正阳关，指引你认识了上戈庄的道路，然后待黑夜里，你去将马盗了出来。只消把此马原价拿出来交给与我，待我候在要道路口，挡住追兵，自信凭着这三寸不烂之舌，向姓戈的一阵说法，再将原价还给他们，保你大功克告，不成什么大问题了。"

郭二听他说得井井有条，循循有理，好在此去金陵正阳关虽不是必经之道，幸而绕过去，路相距得不多，自然点首赞成。当晚在泰安过了一宵，到了第二日，姓戴的便同郭二做伴南下，在路上谈谈说说，一些不觉着寂寞。

行了数天，那日已抵正阳关，便由戴某领至一家相熟的客店中投宿下来。当日因时候不早，再者行路辛苦，不及干事，安然过了一晚。待至第二天早饭过后，戴某便领郭二往觇上戈庄的路径。好在该庄坐落在正阳关西北角上，相距不过十一二里，一条大路并无什么弯曲小径。就不过走到相近戈庄头二里路光景，有条十字交叉的岔道，地名七田角，阡陌纵横，错综交互，又无树木房屋可作标识，全仗自家目力辨别。倘在黑夜中行经是处，须得留意一些，不然一个大意，便易走错。

郭二也是个老门槛，遇到这种地处，自早留心辨认，不劳别人关切，瞧见田内有个农夫在那里做生活，郭二便含笑拱手道："老哥，此处道路如同蛛丝相似，我等要下周家口去，请问如何走法的呢?"

那农夫倒很诚实，特地停了工作，走上田岸来，详详细细地指点道："上西北，落东南这条直路，就是正阳关和周家口往来干道，由正东那条小路上来，走正北那条仄径上去，也是往来正周的捷径。东北是往马冈白塔荆家三湖去的，西南是上霍邱大道，正南是到六合去的。"

郭二道："闻得此地有一个戈庄，很有名的，但不知离此尚有多少路程？"

那乡人把手向正西一指道："你俩沿着这条正周往来大路，一直走去，到第三个弯，然后归弯，对准正西走过去，有一个四周种满椿、杨、榆、楝等大树林内，一颗印瓦房，黄石围墙，白石碉楼，青石护庄壕，这里头就叫戈庄。你俩顺着我的手指瞧过去，瞧到尽头，不是隐隐约约有个大森林吗？这森林就是戈庄壕外的外围墙，走去不过二里不到，里半开外点儿路了。"

郭二道："但不知戈庄的庄主做过什么大官职，名气会比别庄来得大？"

那农夫听了，笑道："你幸而问着了我，若是年轻小子，你要诘问他戈庄历史，恐怕还回答不出你个所以然哩。戈庄目下的主人翁乃是弟兄二人，哥哥叫戈松年，兄弟叫戈柏年，他俩的父亲叫戈幼寥，祖父叫戈天寥。从前他们也是中人之家，不过父子二人以前在洪杨时候到过苗沛霖身畔，当了几年军官，所以父子二人练得好鸟枪，百步打人，百发百中。后来苗沛霖失败，父子俩卸甲归田，靠着打猎过活，光阴苦度，数年无话。有一天薄暮的时候，父子俩从泗州宝积山内打猎出来，路经东湖附近，瞧见三四十个缉私营弁抓住了一个贩私盐的，拳脚交下，先攒殴毒打了一顿，定要抓到淮北缉私营内照律重办。可怜那个贩私盐的妻小随后跟上，一面号哭求饶，一面把头上插戴的金首饰拔下来送给那班营弁。不料营弁拿了她们的钗环，反又怒目抡眉，指她们公然行贿，罪上加罪。可怜那私贩一家人呼天抢地，哭的情形实在可惨。戈天寥目睹情形，实在忍不住了，便上前代为哀求。谁知缉私营弁仍不买账，天寥求得有些心头火发，便厉声向着围着的闲人道：'我自己也吃过口粮，当过营内差使，不是自己拆坏自己门面，这些营内的七老爷、八老爷真不知什么心肝，对于这些肩挑手担、借博蝇头微利、要养活一家老小的苦力，反指作私枭。像今天这种情形，可惨不可惨？对于那些巨商大贾，公然夹带，而且数目十倍于这班小贩，倒又不敢去办他漏税虐民之罪了。’天寥几句公话一说，恼了这几个营弁，便诬指天寥是私枭同党，也将铁链套入他的颈内，要牵着同去。幼寥见此情形，忙上前劝阻道：‘我家老子年迈多言，无心冒犯诸位副爷，看在小子分上，将就些吧。’不料营弁非但不允，反又将幼寥痛打。天寥怒火难遏，不由分说，拨动背上背的枪机，砰的一响，将两个动手营弁打倒。幼寥一见已经惹祸，索性背上卸下鸟枪，同父亲俩轮流开放，把营弁当作禽兽，一阵连环枪法，将三四十个缉私营兵打得非死即伤，只逃去了三个全清的，其余抱怨爹娘少生了两条腿，都尝着外国莲心的特别味道。于是天寥父子俩索性把那私贩放走，他们自行投到寿州衙门内领罪。那私贩叫李田义，夫妻年过四十，只养一个女儿，小名叫阿螺。自天寥放走了他们，田义暗中探闻得戈家父子已经自首偿命，定了斩罪，夫妇二人求神拜佛，愿以身代。螺姑倒有主意地道：‘这种于事无济的空举动，做它则甚？’她打听彭宫保巡阅长江，路过安庆，便赶去扑水告状，幸遇这位彭铁面，准了李螺词状，亲到寿春鞫问。天寥父子二人又抢认先动手的正凶，彭宫保道：‘照案情论，杀人偿命，没有第二句可说。但是戈天寥是激于一时义愤，所以甘冒不韪出手的。戈幼寥的代父认罪，李螺的舍命上控，均属孝义堪嘉。因判为戈父子隔苇塘放枪猎凫，适营卒巡湖过此，致误毙几名，误伤几人，照误害人命律，减等治罪，充发广西。’却巧那时广西土匪作乱，他俩帮着一个营官叫苏元春，四出剿抚，苏因此连得奇功，保举到提督，他俩亦都保举到实缺游击，加参将衔，后仍由彭宫保调他们回来。天寥因年老乞休，幼寥便在六合镇标内当游击，后升寿春城守营参将，所以寿州防营内的弟兄会打背枪，就是戈家父子所教，名震全皖。当天寥父子衣锦还乡之日，幼寥尚未娶妻，特去访着了李田义，问知螺姑也未字人，幼寥就娶了回家。现在松柏二年皆是李氏所出。天寥父子死了近十年来哩，李氏至今健在。松柏二年，一个是实缺守备，一个是实缺千总，如今都在寿春营内当教习，教训弟兄们打靶子。因此上戈庄名誉比一概来得宏大，一因他们是乡宦人家，二来有从前仗义救人经过事实传播乡里，所以在这淮扬庐凤一带乡间，差不多十有八九，连妇女小孩儿全知道这戈庄二字的。”

郭二听了，向乡农重谢了一声，再和戴某向西北行去。依照乡农的说话以次前往，果然一些不错，不多一会儿工夫，已到戈庄壕外。戴某是曾经到过庄内，所以晓得何处是上房，哪里是正屋，一一指点个大略出来，低低告诉了郭二。郭二将进出要道、何处可以上下，一一记在心头，四通八达、不易辨认的咽喉要地，都亲自做了暗记认，免得到来动手盗马时，匆促不辨死活。等待循原路回去，经过七田角，又仔细再牢牢记认了一下，然后再走。讵料行至半途，戴某忽然惊指道："咦！那边来的好似戈家大老爷，胯下那头牲口就是我贱卖给他的那匹紫蝴蝶。"

郭二忙定神向前一望，只见迎面过来十四五名亲壮，簇拥着一个五品顶戴的官儿，跨着一骑紫毛神骏，自头至尾，约长一丈，自背至足，约高八尺有奇，浑身毛片紫亮，毫无一些子杂色丛生，蹄痕跨灶，果然是头绝无仅有的脚力。郭二见了，从心坎上中意出来，撑不住喝起彩来。说时迟，彼时疾，当下郭二口内高声喝彩，脚下却停止不前，和戴某俩站立路旁，让他们一行十五六个人过去。那马上的戈松年被郭二喝了一声碰头彩，也停睛一瞧，一个汉子不认识，一个是新近到来卖马的甘肃戴马贩，所以倒先在马上颔首招呼，并着手下，硬邀他俩今晚务必到他庄上过夜，聊尽地主之谊。戴、郭俩正愁无法入庄，现在他自己来开门揖盗，正中下怀，口中假意谦逊了一句，便跟着他们从人，二次再往戈庄。路上和他们随从闲谈起来，才知戈松年出了最低价钱买着顶高牲口，所以心上很感念戴老哥，今天中途邂逅，故而定要邀回家去款待，以表此心。

他们一行人众且谈且走，转眼之间，已至戈庄。郭二私下留心观看，只见庄外四方筑有四座碉楼，比普通当铺内的更楼还要高大，就是壕沟也深有一丈六七，周围堠墙乃是用三角黄石堆高了。那黄石罅隙内都用明矾拌石灰水浇砌过了，这是堡垒中的最坚固工作，哪怕用枪炮轰击，一时也不易攻破。因为皖北凤庐府属下的大小村庄，自从大明开国以来，此间土人十有八九是从龙元勋，功望高重，故所居的村落都用了几层头堡墙，四面掘了壕沟。家中备端正军火，雇用了保镖壮丁，以防盗贼，相沿成习，至今如此。到了眼下，不但做过官的文武绅宦有此排场，连仅富不贵、单够几个臭铜钱的狗头财主家中亦皆如是。而且这种地方的土产盗匪也比他处滋生得来得多，你若不是这样戒备，对不起，土匪竟要按准了一四七或者二五八、三六九的期头，光降到来收月费哩。戈松年庄上，居然是三代为官，自然要有这架子了。

郭二等进了总庄门，行至松年的正墙门外，只见有一片砖场，场上围站了许多人，在那里瞧一个五短身材的瘦小汉子习练把式。郭二留心一瞧，那人在那里练的飞凿，大约距离五六十步之外，树着一大块用漆漆过的生牛皮，皮上画了一个裸体人像。那瘦汉功夫、眼力练得着实可以，他发出凿子来，要打什么就什么，譬如口内喊道："打左眼睛!"话声未绝，把手一扬，一道寒光向生牛皮靶子上直射过来，啪的一声，正中那个人像左目眶中。他喊甚打甚，凿凿打中，没有一手空发的。郭二暗暗赞佩，动问这是谁人。亲丁道："这就是二老爷戈柏年，他们弟兄俩的武功都是老老太爷所教，各有绝技。大老爷两膀有千斤之力，一个单拍，连石狮子都拍得翻。二老爷膂力虽小，却能使用这暗兵刃，五十步内打人要害，发无不中。所以外间叫大老爷做紫面天王、大力金刚，二老爷叫活二郎神、飞凿大将，而且弟兄俩放洋枪的家传绝技果然世无敌手。老老太爷临终在枕上教会他们救命三枪的困放背枪，每逢吃了败仗，跌倒地上，尚有这三枪放出来救命。因为老老太爷扶病在床上传授的，故而必待卧倒了才开放得出。现在弟兄二人按准了双单日期，到城内营里头教习。譬如今天大老爷进城，入营应卯，二老爷在家用功，明天倒换过来，二老爷出门，大老爷在家习练。而且时光尽晏，必定要回庄歇息，弟兄俩都是如此的。别人一做了官，一身好功夫必然荒掉，唯独这一对好弟兄，非但一毫没曾荒疏，并且还与日俱增，真正名下无虚哩。"

郭二听了暗暗咋舌，私忖自家所能玩意儿虽不弱，一个对一个，或可扯直，若得他们两打一起来，怕难以取胜哩。

当晚，戈松年端正了大碗的酒、大块的肉，请他俩吃喝。松年为自重自贵起见，并未出来作陪。总算郭、戴俩酒至半酣，松年走来现成客套了几句，又提及："戴马贩上回卖给我那骑紫蝴蝶，真正好脚力，以后如有同样良驹，不妨赶来，我们老弟也要买一匹哩。不瞒你俩说，现在我们军界里头也分了左、右两派，左派是新军，都是日本士官修业生出身居多，右派仍是湘淮各军的老派，目下少时髦些了。可恨左派中人不思兔狐相护，反而同类相戕，自相排挤，故而我们右派团结起来对付他们，总有一天分个高下哩。他们东洋留学生算善于开放洋枪，老实说要及上我们祖传枪法，真差得远哩。我待兄弟也买着了一头好马，然后自告奋勇，也要同新军中人去赌赛一下枪法。他们平常憎厌我们旧头脑、老顽固，到了那时候，叫他们承认那句'麻雀老的乖'的俗谈，发泄发泄我们近年来积受在肚子内的牢骚哩。”

郭二道：“好东西有目共赏。”又道，“真金不怕火，像二位老爷够了如此的家传能耐，哪不去得，就是不和新军去会操，有朝遇到识者，不愁不一日三迁，位极人臣哩。”

松年叹道：“你们是负贩为生，论到商界中地位，也属中人以下，毋怪不晓得我们官场真相。总之，无论品级大小，衙门文武不全仗实在本领上头，所谓一分本领、七分手段、二分运气，故而俗称做宦为做官。谈到官买卖，竟同唱戏相似，第一注重做工的，其次运道也要的，如其命运不佳，又不会做工，哪怕你有全身本领，不中用的。远的不说，单道最近的直隶总督杨士骧，他生平最爱听戏，模仿程长庚的腔调，真正惟妙惟肖。这次他害了病，昏闷非凡，睡在床上，仍以唱戏消遣，正在那里学程大老班的《天水关》，刚把一段西皮正板的起句唱出来，却巧光绪升遐电报到津。杨系该省最高的军民长官，不能不扶病出去哀丧，但是他口中还把《天水关》的‘先帝爷白帝城龙归海井’十个字反复歌唱。讵料就因为扶病哀丧，劳乏了些，病重谢世。自有一班趋炎附势之人要在他兄弟士骥等面前讨好，故专折奏上，称杨故督至死不忘皇室，临终尚呼先帝不止，忠心为国，当有奖励。摄政王竟然准奏，赐谥文敬。你想运道多佳，学唱程玉山的《天水关》，会唱着一个谥号的，倘运道不佳之际，不但得不到好处，国丧期内讴歌取乐，封疆效优伶所为，大失大臣仪度，有玷国体，办起来罪名不小，要做乾嘉时候的山东护院方伯国泰第二哩。据此看来，岂非做官不讲本领，手段和运道反比本领重要得多啊。”

松年言罢，不住地长吁短叹，眉宇间露出胸头的无限感喟来，连郭、戴俩也食难下咽，草草散席。又空谈了一阵，松年命下人送他俩往客房安睡，他自己也进内边去安息。

隔不多时，戈家庄上雇用的防守团丁到四周巡查一下。巡更的打过二更，男女上下全行睡静之后，郭二早和戴某把办法谈妥，将上下身装束检点舒齐，等待夜深人静，便将槅子推开，蹿出客房。戴某忙把窗闭上，自顾自和衣睡在床上假寐，静待外面消息。郭二一出客房，身子一蹲，做一个斜燕衔泥上梁之势，先蹿上了对面的披屋，往四周一瞧，好似客房屋脊后头有一个黑影，慌忙定睛看时，却又不见了。此刻郭二艺高人胆大，再者急于要紧找寻马厩去盗取那头紫蝴蝶，所以一些也不理会，自顾自在屋上蛇行鹤步，往后越去。料想此间的马厩总做在庄屋后头，厨房柴间附近的，谁知左找不着，右寻不见。正寻得心神暴躁之际，忽听得身后又好似有人扑哧一笑，忙回头定神细瞧，倒又不见什么，心上空疑惑了一阵。又寻了好一会儿，马厩依然未曾找着，回想："我何不今宵安歇一晚，待明天白昼先去看明白马厩的所在地方、出入的路径，然后明晚再行动手，岂不容易了?"主见打定，仍由屋上向准了客房方向回过来。谁知走不到一半路，忽听见下面人声鼎沸，火把齐明，那班团丁庄客约有三四十人，口中齐在那里嚷道："好大胆的贼子，敢到老虎头上来做窝，硬进软出，盗偷龙马，这还了得！先到客房中去捆住了那个眼线，再去追捕那一个。"

郭二在暗中一听口风不对，姑在屋上稍等一会儿，看了动静再定行止。他候在此处屋面上等了工夫不大，果见一群丁客将戴某从客房中抓出来，反剪了两手，要押进去见大老爷发落，指他是偷儿眼线："胆敢公然引领伙伴进庄盗取紫蝴蝶宝马，快把真情说出，待我们追赶上去，将那个姓郭的同伙抓回来，把盗去的宝马也原赃追归旧主，便没有你的事，不然定要移县究办。"

戴某认道郭二已经得手，好在早做准备，不必同这班庄客们多话，所以由他们捆缚了簇拥进来，由他们呼吓诘问，一味不开口。郭二在屋上虽则瞧得清楚，听却未曾全听明白，暗忖："我若下去，自投罗网，三十六着，走为上着。识时务者为俊杰，好汉不吃眼前亏，还是到了南京，同王孙见面之后，回头再想法到此地来援救戴某来得便利了。"故而他面也不露，急急觅路向庄外而去。好容易到了戈庄总前门，下了屋面，越过庄壕，兜出树林，拔步走时，已经闻得庄内燃放信炮，接着锣声响亮，由松年、柏年俩领头，庄丁等跟着，手中各执长短空伙，以及灯球亮子，在后分两路追赶上来。

郭二夜行术功夫虽尚去得，无奈路径不熟，再者庐凤一带的村庄上向来按照着保甲联防办法。有一个联庄会的组织，乃是守望相助，祸福与共，只要一村有事，鸣锣出队，碉楼上白天便扯起信旗呼援，晚上便燃信炮通知，于是附近各村庄上凡有保卫团丁，备有军械的，都要出来帮助兜拿盗匪。这个方法还是苗沛霖行之于先，李肇受继之于后，故而至今如此。现在戈庄一鸣告警信炮，附近的许多大村庄自都派队出来围捕。郭二耳边厢但闻拿拿之声，抬头四瞩，只见东一簇火光，西一群人声，明知今晚糟了，一者手无寸铁，再者众寡不敌，三来地陌生疏，恐怕难免要被他们围住的哩。心慌意乱，拔步飞奔，奔到七田角地方，要紧了一些，转错了一个弯，望了那条上霍邱路上逃去。望望后面的追兵，依然在那里追逼过来。

再跑了一会儿，耳边又听得水流声响，朝前一看，只见黑暗中发现一带白茫茫的水光，晓得断水的了，而且河面不小，未知深浅，这真是前无去路，后有追兵了。

书中交代，这条河的来源，还是在苏皖交界的洪泽湖起点，经盱眙、五河、临淮、怀远四县，和淮河合流，再经凤台、寿春，到正阳关。然后分为四线，一条同河南商水接壤，名为颍水；一条走六安霍山，穿过天柱山，入于潜水的，名为淠湖；其余两条都至霍邱为尾闾，在霍东为东湖，在霍西为西湖。如今郭二走着的，那是东湖水线，自己出身甘肃，近在口外做事，久惯陆路乘骑，一旦深宵逃命，遇着了水道，格外气短了半截。幸亏望过去，好似芦滩之内有一星灯光露出着，忙沿塘走去。第一处一亮一亮，乃是个萤虫尾上放光。直至找到第二个亮光所在，方是一条乌篷渔舟，船身不大不小，一个中年渔翁在船头上扳罾捕鱼，船艄上好似一个渔婆当着橹。郭二正欲开言求渡，那渔翁反先开言道："岸上的朋友莫非是甘肃的白马郭二吗?"郭二听了，十分惊异，正欲答言，渔翁忽然回身，抽了根篙子，向岸滩上一挽道："后边追兵将到，快请上船来吧。"

郭二听他声音慈善，不像歹人，况且晓得自己姓氏、籍贯，想来是个江湖上讲义气的朋友，事在燃眉，故也顾不得许多，忙施展出郭门绝技草上飞的轻身功夫，打从他这根竹篙上渡至船上。渔翁见他果能草上飞功夫，晓得是真郭二无疑了，便叫他："快些钻进舱去，睡在那个现成铺程上，面对着里，千万不要开口。追兵到来，不用多管，我自有方法退去。"

郭二依了他话，钻入舱中，倒头睡下，喘个不定。但听得那个渔翁由勒木上越到艄上，唧唧哝哝商量了半天，仔细辨辨，艄上似有两个女子口音。迟了一会儿，渔翁仍越到头上扳罾，只见岸上追兵已到，齐问渔翁："可见有这样一个人逃过吗?"

渔翁道："我自己要紧捕鱼，哪有闲空来关心岸上的过路人?"

于是各村的团丁仍随着戈家两位老爷、庄客等沿塘追寻过去。郭二在舱中听得明白，私喜可以脱险。不料追兵过了，却有个人从后舱门内爬进来，越过了郭二身子，靠外床也自睡下。郭二不知是何等样人，正要开口问时，不料岸上追兵去而复来。

松年、松柏厉声喝问渔翁道：“沿塘追去，并不见贼子的踪迹，莫非你也是贼伙，这条是窝赃的贼船？你若不说出老实话来，我要下船搜检，搜着了我的宝马，连你的船都要拔起来烧掉，你不要懊悔嫌迟。”

渔翁笑道：“我舴艋大一条小船，也藏不了一头马。我两代捕鱼为业，在这淮湖上下游、大小城镇来往有年，谁不知我是邬老老的赘婿，湖南姜老实。艄上掌舵的是我妻子邬碧秋，舱中睡的是我胞妹姜紫烟。倘若不信，可要下船来瞧瞧？”

柏年眼光最锐利，忙亲自执了火把，捉准了光线向舱内照进去，果见舱中睡的是个女子，究竟距离太远，瞧不清楚，好似这女子里头还卧着一个人在。想下船查看，又怕邬家父女、姜家兄妹在长淮渔帮里占有绝大势力，不好惹的。倘然惹恼了他们，邬渔翁是合肥李家的恩亲，既有才，又有财，更有人缘势力，复有大大靠山，自家弟兄俩的一些些微末前程不是对手，稳吃下风的。不下船去复眼吧，倒又心不甘愿。正在狐疑未决之际，忽然手下呐喊起来道：“那厢不是有马蹄声息顺风吹来吗？”

柏年便趁此收篷，向松年丢了个眼色道：“大家快些逆风寻上去，不怕这盗马贼逃上了天去。”于是又一窝蜂循着原路追去了。

此刻郭二在舱内听渔翁自道名姓，仔细一想，想起：“从前在巩昌府资助一个湖南人葬亲回籍的革职守备，以致怒恼马统领儿子马显庭，好似此人是姓姜，不错，他尚有个妹子在一处。哎呀！照他说来，睡在外床的是个女子了，岂有此理！俺郭楠是堂堂男子、矫矫丈夫，哪里可以如此的呢？”要想立刻坐起来，又怕坏了大局，自己果然被戈家弟兄抓去，并且坏了姜老实的名誉，又辜负了他这番苦心，只好一动不动。直至追兵去后，姜渔翁喊妻子开船，同睡之人也仍起身爬到了艄上去啦，郭二方才心定。

那舟船摇了好一会儿，姜渔翁才至舱中点灯。郭二也忙起身道谢。

姜洪道：“恩公受了惊了。自从巩昌受了资助之后，直至如今，咱们无日不提及大名，也曾到过榆林、兰州两处访求大驾，为何总找不到，一向恩公到底在于何处呢？”

郭二便把自己以往历史如此这般一一告诉出来。姜洪听了惊道：“原来恩公要往赵标统处去，昨天我家岳父有个南京朋友来道及，好像赵标统闹出了大乱子，被总督端方严行监视，一个不小心，要有性命之忧哩。”

郭二听了，自然急得张口结舌，说不出话来。

原来上回书内曾约略说过，端方到了江宁，王孙格外敛迹，将兼职辞去，事事小心谨慎着做去。然而在王孙心上，意谓我削足就履，到如此地步，至矣极矣。在端方心目中，对于这个赵标统，总觉得留得此人在肘腋之下，必为我心腹之患，非把他排去不行。两下各存心迹，自然处处扞格不入，遇事辄左。更有一班趋炎附势的磕头虫从中挑拨是非，小说小话，使得端方更事吹求，王孙愈加牢郁，屡次要辞职他去，又被手下苦留住了，不能摆脱。

那一天，王孙带了全标弟兄出了太平门，往紫金山去野外演习，实地操练两军攻守阵法，操演完毕，又一同到明孝陵谒陵游赏。却巧部下一个三营的管带无意间问及陵中人朱太祖的历史起来，打动王孙心事，便把全标弟兄跑成了一个大方阵，然后他站在中间，指天画地，演讲明代历史。虽由朱元璋淮泗举义讲起，却注重在吴三桂引狼入室，洪承畴两朝领袖，多尔衮、多铎等八王下江南，扬州十日，嘉定三屠，阎典史守江阴，以及鲁桂唐三王佚史，连剃头担上树的独根旗杆乃是为杀了不肯剃发的民众，就把这脑袋血淋淋挂在这杆上，使他人见而寒心，不敢再事违抗。所以剃头司务，无论何处的传派，到修面之际，必要将剃刀在被剃者脸上一批，名为刀巴掌，也始自那时。因为当时十停中人有八停是强迫剃发，剃时不免身上牵动，谁知你一动，剃头司就把刀在你脸上打一下，禁止你擅动，故而至今有这刀巴掌的传派。此中也含有汉族绝大痛苦纪念。余如汉不封王拜相、汉不领兵为帅等等典例，诸如此类，一桩桩、一件件演说出来，真个声泪俱下，十分悲痛，说得全标弟兄个个变容动色，大大地感动。

王孙见了，暗喜今日不虚此行，于自己志愿上无形中得到不少益处，于是又戒勉了大众一番，然后整队回城，进朝阳门转标房。王孙心想：“从今以后，每一月中上两次孝陵，借以灌施革命学识，倒也公私两利。”谁知他今天这么一演说，早有人到端方面前讨好多话。正是：

是非则为多开口，烦恼都因强出头。

要知端方知道了，又将如何对付着王孙，且待日后另书明白。

图书在版编目(CIP)数据

南北十大奇侠传／姚民哀著. — 北京 ：中国文史出版社，2020.2

ISBN 978 – 7 – 5205 – 1556 – 6

Ⅰ. ①南… Ⅱ. ①姚… Ⅲ. ①侠义小说 – 中国 – 现代 Ⅳ. ①I246.5

中国版本图书馆 CIP 数据核字(2019)第 250563 号

点　　校：清寒树　旷　野
责任编辑：牟国煜

出版发行：**中国文史出版社**
社　　址：北京市海淀区西八里庄 69 号院　邮编：100142
电　　话：010 – 81136606　81136602　81136603　81136605（发行部）
传　　真：010 – 81136655
印　　装：廊坊市海涛印刷有限公司
经　　销：全国新华书店
开　　本：720 × 1020　1/16
印　　张：22.5　　　字数：350 千字
版　　次：2020 年 2 月第 1 版
印　　次：2020 年 2 月第 1 次印刷
定　　价：66.00 元